四川民族学院学术著作出版基金资助

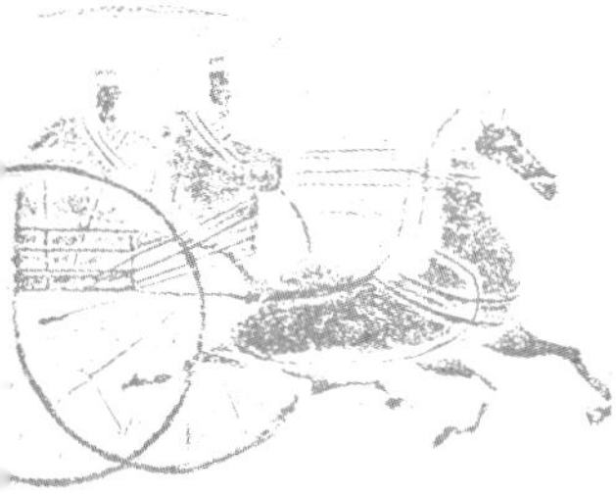

中国古代文学名篇隅解

上古秦汉魏晋南北朝卷

赵　阳◎编著

四川大学出版社
SICHUAN UNIVERSITY PRESS

项目策划：陈　蓉
责任编辑：陈　蓉
责任校对：毛张琳
封面设计：墨创文化
责任印制：王　炜

图书在版编目（CIP）数据

中国古代文学名篇隅解．上古秦汉魏晋南北朝卷 / 赵阳编著．— 成都：四川大学出版社，2021.12

ISBN 978-7-5690-5112-4

Ⅰ．①中… Ⅱ．①赵… Ⅲ．①中国文学－古典文学研究－上古－魏晋南北朝时代 Ⅳ．①I206.2

中国版本图书馆 CIP 数据核字（2021）第 213724 号

书名　中国古代文学名篇隅解·上古秦汉魏晋南北朝卷
ZHONGGUO GUDAI WENXUE MINGPIAN YUJIE · SHANGGU QIN HAN WEIJINNANBEICHAO JUAN

编　著	赵　阳
出　版	四川大学出版社
地　址	成都市一环路南一段 24 号（610065）
发　行	四川大学出版社
书　号	ISBN 978-7-5690-5112-4
印前制作	四川胜翔数码印务设计有限公司
印　刷	四川盛图彩色印刷有限公司
成品尺寸	170mm×240mm
印　张	27.75
字　数	455 千字
版　次	2022 年 3 月第 1 版
印　次	2022 年 3 月第 1 次印刷
定　价	82.00 元

◆ 读者邮购本书，请与本社发行科联系。
电话：(028)85408408/(028)85401670/(028)86408023　邮政编码：610065
◆ 本社图书如有印装质量问题，请寄回出版社调换。
◆ 网址：http://press.scu.edu.cn

四川大学出版社
微信公众号

总　序

全书摭采中国古代文学作品中佳者以成卷，篇前有“题解”以撮取大意，篇中自作“注释”以疏浚其难点，篇后有“笺释”以阐发幽微，是为“解”。依照时代先后共分四卷，即《上古秦汉魏晋南北朝卷》第一，《隋唐五代卷》第二，《宋辽金卷》第三，《元明清卷》第四。其观点、方法、审美，皆属一隅之见而发挥之，故曰“隅解”。

各时代文学之前例有“序论”，略述此范围内文学发展之全貌及相关成因；各章之首例有“概述”，分述此章所选作家作品之梗概；书末附录有“研读书目”，可作阅读拓展。书中所引作品异体字均按现代汉语规范用字更改。

子曰：“述而不作，信而好古。”区区蕞尔之才，冒昧一撰，作此殚精之解。殊盼读者唯以沉和之心，借之而近古典，尝其大羹玄酒，宿藏民族文化之温情与敬意或可唤生。然弗读原典而指摘文学，犹不事庖厨而妄言美食者也。审之，可深为歧路者恨，足使好学者戒乎哉？至是斯文犹不致庋阁覆瓿也。

是书之撰，云南民族大学古代文学在读硕士何黎娜同学为之四处搜集文献资料；书稿既成，四川大学出版社编辑陈蓉女士悉心校阅，四川民族学院科研处王鹤艳女士积极支持，于兹深衷浅意，一并鸣谢。

笔者学力有限，错讹之处难免，冀幸方家、读者赐惠指迷。宜光即日甫识。

赵　阳

目　录

序　论（上）

先秦文学源远流长，历史影响深刻复杂，它不仅是中国文学的源头，也是中国文学的第一次大发展。

中国文学的产生与汉字的出现密切相关。按照传统说法，汉字的起源与八卦的发明有联系，经典中的认识有——“古者包牺氏（即伏羲氏）之王天下也，仰则观象于天，俯则观法于地，观鸟兽之文与地之宜，近取诸身，远取诸物，于是始作八卦……上古结绳而治，后世圣人易之以书契”（《周易·易传·系辞下》），“古者伏羲氏之王天下也，始画八卦，造书契，以代结绳之政，由是文籍生焉”（《尚书序》）等。商周时期的甲骨文是据今所知最早的文字，标志着书面文学的正式萌生。

原始宗教衍生了很多神话传说，这应当是中国文学最早的表现形式。《春秋左传·成公十三年》曰：“国之大事，在祀与戎。”可见，起码在周代神灵祭祀与国防是国家头等大事。生产力水平低下的原始先民面对各种生老病死、自然灾异十分无助，只能祈祷想象中具有超能力的神祇或者先祖鬼灵的佑护，这些神灵的事迹由此得以口耳相传并形诸文字。神话虽然不等同于文学，却是人类艺术创作力的一种不自觉的表现，它的幻想方式与文学的形象思维有相同之处。现存的中国古代神话诸如“盘古开天”“女娲补天”“河图洛书”“鲧禹治水”“黄帝擒蚩尤”“后羿射日”“精卫填海”等，主要保存在《楚辞》《庄子》《山海经》《淮南子》等各类著作中。然其成书年代至早在战国晚期甚至秦汉时期，考虑到其“口耳相传，成书在后”的可能，故于兹处从略。

诗歌的产生与宗庙祭祀有关。“颂者，美盛德之形容，以其成功告于神明者也”（《毛诗序》），《诗经》中的三《颂》（包括部分《大雅》）就是周代岐周、鲁、宋等地区祭祀先祖鬼神的祝祷辞。战国晚期屈原的作品，标志着诗歌由集体歌唱转化到个人独唱的新时代，其最早作品《九歌》本身也具有楚地原始的神祭色彩。

殷商时期占卜之风大盛，神鬼威仪至高无上，巫者（及觋、祝、尸等）由于歌舞娱神和判断、解释占卜辞象的需要，具备一定的知识水平，后来又分化出专门负责书写记事的史官，其所载之文字是中国古代散文的源头。“士”阶层在“礼坏乐崩”的春秋末期形成，是人文主义思潮高涨的直接结果，是巫者和史官这样的有知识者向社会下层流动。他们纷纷抒发对宇宙人生或社会政治的态度，要求维护或变革现行的社会秩序，以人文精神为武器著书立说，于是产生了诸子散文。

先秦文学的内容主体是诗歌和散文。诗歌主要包括《诗经》和以屈原作品为代表的《楚辞》，前者是周代中原不同地域的乐歌总集，后者则是楚地的地方文学。散文主要包括《尚书》《左传》《国语》《战国策》（本篇将其归入诸子散文纵横家中）等历史散文和《论语》《墨子》《老子》《孟子》《庄子》《荀子》《韩非子》《吕氏春秋》等诸子散文。

先秦文学呈现出“文史哲”浑融的综合状态，文学并没有独立出来。各类文本之间固然有其各自的内在差异，却也存在着某种整体一致性。以往的学者往往重视作品的“文学艺术”，而忽略作品于“道统”意义上之连贯性。南齐刘勰《文心雕龙·原道》和唐代韩愈《原道》两篇文章的文化价值正在于此，而先秦典籍正是其渊源所在。

第一章　商周古辞

一、概述

清末在安阳殷墟发现的甲骨文是我国现存最早的古文字，一般认为产生于殷商时代。甲骨文以及稍后出现的金文、籀文、篆文，这些镌刻在龟甲、兽骨和青铜器等出土文物原器上的古文字，保留着当时某些重要的社会活动信息，却又多为零星片段。除此，商周时代还有很多成册定典的系统典籍，经过秦代的焚书之后，被不同程度整理、保存下来的就是古代所谓的“五经”[1]。今天我们看到的这些典籍的书写形态，虽是经过汉隶定型以后的规范汉字（楷体），却仍能从中窥探到我国在商周时期政治、经济、文化、军事等多方面的基本情况。按照通常的认知，五经中成书最早的就是《周易》和《尚书》两部。

《周易》本为西周时代筮卦之书，易者知变也，彰往察来，故名《周易》，为“十三经”之首，可分为《易经》和《易传》[2] 两大部分。古人皆认为：八卦是伏羲氏所作，重卦及六十四卦辞是周文王所作，三百八十六爻

1　五经本为六经：《易》《书》《诗》《礼》《乐》《春秋》。《乐》在秦代后消亡，故称余下五部为五经。

2　《周易》中卦爻辞的正文部分，即《易经》；对卦爻辞进行解释的文字，即《易传》，一共有十篇，亦称为“十翼”。还有一种说法，认为《易经》是对《连山》《归藏》《周易》三部夏商周古占卜书之总称，但前两部在周代业亦佚失，如此提法并没有太多实际意义。

辞是周公旦所作，“十翼”[1] 是孔子所作。但是由于时代久远、现存资料真伪芜杂，今人对这种说法争议较大。分而论之，《易经》文字简奥古朴，符号感较强，当是殷周之际文字的反映；《易传》虽托孔子之名，但文字平冗，不似《论语》之类的行文风格，《说卦》《杂卦》诸篇所论又多阴阳谶纬之学，应是孔子的某些观点经汉儒敷衍补缀而成，其定稿不早于汉初。总之，《周易》一书经多代多人之手，非一人一时之作。因《周易》免于秦燔，流承状况尚好，通行本为曹魏王弼、东晋韩康伯注，唐孔颖达疏之《周易正义》(即《十三经注疏》阮刻本)。除此以外，研《易》名著尚有唐代陆德明的《周易释文》、李鼎祚的《周易集解》，宋代程颐的《周易程氏传》、朱熹的《周易本义》，清代李光地的《御纂周易折中》，等等。近人尚秉和、闻一多及当代的高亨、南怀瑾、黄寿祺等亦为治《易》名家，其著述可供研习。

《汉书·艺文志》云：“左史记言，右史记事。言则《尚书》，事则《春秋》。”《尚书》是我国最早的一部以言论为主的历史文献，起于唐尧，止于东周前期，保存了夏、商、周三代及其以前大量的珍贵史料。《尚书》原称《书》，本有百余篇，相传孔子对其进行过整理和编汇。[2] 在经历焚书之后，其版本流传的情况非常复杂，大致有三个系统：一是《今文尚书》，是汉初济南人伏生凭记忆所传的二十八篇，为汉隶写就；二是《古文尚书》，是汉景帝时期出现的古籀文本，为鲁恭王刘余坏孔子旧壁所得，经孔安国传释，共四十五篇，现已不存；三是伪《古文尚书》，是东晋人梅赜自称重新找到的孔安国所传《古文尚书》，共五十八篇，唐孔颖达据此疏为《尚书正义》，立于官学，遂为后世《十三经注疏》中的定本。伪《古文尚书》实将《今文尚书》的二十八篇析为三十三篇，并另补二十五篇。自宋迄清，朱熹、梅鷟、阎若璩、惠栋诸家相继质疑此后补二十五篇之伪，其中阎氏所著《古文尚书疏证》一书辩证最为详尽。因此，梅赜的《古文尚书》版本之伪书性质已成累世铁论，故称“伪《古文尚书》”。但是其中与《今文尚书》内容基本

---

1 指《文言》、《彖》上下、《象》上下、《系辞》上下以及《说卦》《序卦》《杂卦》这十篇文字。因“翼”有附翼、辅佐之义，故称“十翼”。十翼之名，最早见于汉代谶纬神学著作《易纬·乾坤凿度》卷下。

2 《汉书·艺文志》：孔子对《尚书》做了“上断于尧，下讫于秦，凡百篇，而为之序”的工作。

一致的二十八篇，可以确定是原本《尚书》中的篇目[1]；其所多出的二十五篇伪经（及孔传、《书序》等），也并非全部出于后人杜撰[2]，可多少反映出魏晋间人研治《尚书》之心得，对研究《尚书》其余各篇及上古历史都有一定的参考价值。

二、作品

屯（周易·易经）

【题解】

《屯》（zhūn）卦是《易经》六十四卦中的第三卦。八卦是指☰（乾）、☷（坤）、☳（震）、☶（艮）、☵（坎）、☲（离）、☱（兑）、☴（巽）这八种表意符号（构成这些符号的基本要素，⚊称阳爻，⚋称阴爻），它们都是三爻卦。将其两两上下叠加则得六十四个六爻卦，称为重卦。六十四卦及其卦爻辞就是《易经》的经文。

“屯”字在甲骨文、金文中的原始造型都是植物种子萌生、破土之象形。《说文解字·屮部》载：“屯，难也。屯，象草木之初生，屯然而难。从屮贯一，屈曲之也。一，地也。”“屯”在《周易》中作为卦名，便有初生、艰难的含义，这也体现在下文《彖传》《象传》对其卦爻辞的解释里。

䷂震下坎上①

《屯》：元、亨、利、贞。勿用有攸往，利建侯②。《彖》曰：屯，刚柔始交而难生。动乎险中，大亨贞。雷雨之动满盈，天造草昧。宜建侯而不宁③。

《象》曰：云雷屯，君子以经纶④。

初九，盘桓，利居贞。利建侯。《象》曰：虽盘桓，志行正也。以贵下贱，大得民也⑤。

六二，屯如邅如，乘马班如。匪寇，婚媾。女子贞不字，十年乃字。

1　可参见廖名春《清华简与〈尚书〉研究》一文，《文史哲》2010年第6期。

2　详情见黄怀信《十三经注疏·尚书正义》（上海古籍出版社2007年版）之“校点前言”。

《象》曰：六二之难，乘刚也。十年乃字，反常也⑥。

六三，即鹿无虞，惟入于林中，君子几不如舍，往吝。《象》曰“即鹿无虞”，以从禽也。君子舍之，往吝，穷也⑦。

六四，乘马班如，求婚媾。往吉，无不利。《象》曰：求而往，明也⑧。

九五，屯其膏。小贞吉，大贞凶。《象》曰“屯其膏”，施未光也⑨。

上六，乘马班如，泣血涟如。《象》曰“泣血涟如”，何可长也⑩？

据中华书局阮元刻《十三经注疏》本《周易正义》卷一

【注释】

①震下坎上：是对屯卦卦象的说明，表示由震、坎两个三爻卦构成，且以自下而上的顺序读卦。按：以下文字中，宋体部分为卦爻辞，为《易经》的文字；楷体部分出自《十翼》，为《易传》的文字。②此段为屯卦的卦辞。元、亨、利、贞，孔颖达疏：“子夏传云：‘元，始也；亨，通也；利，和也；贞，正也。’”《易传·文言·乾》对此四字有进一步解释，并引申为“四德”之义：“元者，善之长也。亨者，嘉之会也。利者，义之和也。贞者，事之干也。君子体仁，足以长人。嘉会，足以合礼。利物，足以和义。贞固，足以干事。”其中元亨可理解为极其顺利，利贞意为守中持正。一说经文中之“贞”皆可训为“占”，意为占卜、占问。勿用：不宜。有攸往：犹“有所往”，指有所行动。利建侯：有利于建立侯国，此处以借喻事业成功。③《彖（tuàn）》：即《十翼》中的《彖传》之略。按：《彖传》分《彖上》《彖下》两篇，内容为论断六十四卦卦名、卦辞的意义。《彖传》等十篇本独自成篇，列于经后，今通行注疏本分别对应各卦，列其中，凡卦内“《彖》曰”即是，亦称“彖辞”。难（nán）生：难以生长。雷：指三爻震卦，震象征雷。雨：指三爻坎卦，坎象征水。天造草昧：谓万物初始之时如草芽萌发于混沌蒙昧之中。孔颖达疏：“言天造万物于草创之始，如在冥昧之时也。”不宁：不得以为平安无事。④《象》：《十翼》中的《象传》之略。按：《象传》也称“象辞”，分为上下两篇，共四百五十条。其中解释卦名、卦义的有六十四条，称为“大象”；解释爻辞的有三百八十六条，称为“小象”。卦爻辞解释卦名、卦义都以卦象为据，解释爻辞则以爻象为据。此处即“大象”。云雷屯：解释《屯》卦上坎为云，下震为雷之象。云在雷上，

将雨未成，是以屯难生。经纶：指治理国家的抱负和才能。⑤初九：《周易》术语，第一爻为“初”，阳爻为“九”。盘桓：徘徊不前貌。《象》：此处为解释爻辞之象，故为“小象”，以下诸爻之《象》皆是。以贵下贱：《周易》之学认为阳贵而阴贱，初九阳爻处众阴爻之下，故曰。得民：得民心。⑥六二：阴爻为“六”，第二爻称“二”。屯如：难行貌。邅（zhān）如：不进貌。如，意同“然”，表“……的样子”。班如：意同上文之“屯如邅如”。陆德明《周易释文》：“如字。子夏传云：‘相牵不进貌。’郑本作般。”匪：通“非”。婚媾（gòu）：求亲。字：出嫁。十年：以喻时间之长。乘（chéng）刚：指六二之阴爻凌驾于初九阳爻之上。反常：恢复常态。反，通“返”。⑦即鹿：追逐野鹿。虞：虞人之略，本指古时掌管山泽苑囿的官员，此指向导。几（jī）：事物质变前微妙的过渡阶段。《易传·系辞下》：“几者，动之微，吉之先见者也。”吝：后悔。从禽：犹言“即鹿”。禽，泛指鸟兽。穷：指窘困的境地。⑧求而往：六四为上坎卦之初，初九为下震卦之初，两爻应位，阴居上而求阳处下者，必成。明：明智。⑨屯其膏：困难即将得到膏泽的滋润。其，语气副词，表示将要。小贞吉：谨小慎微者将得吉祥。大贞凶：托大逞强者将得凶险。施未光：膏泽未完全施加，指正在克服困难，尚未彻底渡过难关。⑩上六：《周易》术语，对最末之爻为阴者的称谓。涟如：泪流不止貌。何可长：怎么会长久？指“涟如”的状况不会持续很久。按：本爻与六三不相应，故忧而泣，但整个卦势的走向是“难极终通”，喻厄运即将离去。

【笺释】

一、《周易》是先秦经典中阅读难度最大的书籍之一。本文节选了其中一卦的全部内容，涉及了大量“易学”的专业术语、概念和艰深的逻辑思想等。其本身也并非纯粹意义上的文学作品，作为开拓视野的泛读文献即可。

二、《周易》在周代是占筮吉凶的书，在汉代以后更是一度披上阴阳、图谶这般难登大雅之堂的外衣。在科学技术日益发达的当下，很多古代难以认识和理解的社会、自然现象大部分都能得到合理的解释和说明。如此是否还有继续学习和研究《周易》的必要？数典不能忘祖，《周易》承载着大量中华先民认识自然、改造世界的思维模式，发现规律、沟通天人的民族智慧等，从这个意义上讲，《周易》的现代价值正在于它是一部哲学之书、文化之书，它熔炼了过往中国人的民族性，也必将继续参与塑造未来中国人的民族性。

包牺氏始作八卦（周易 · 易传 · 系辞下）

【题解】

《系辞》是《易传》的一部分，分为上下两篇。它较为系统地归纳出卦爻辞的意义和卦象、爻位的作用，记录了揲蓍求卦的操作过程，用算术的方法解释了《周易》筮法和卦画的产生与形成，并提炼出《周易》察言、观变、制器、卜占的四种功用。《系辞》征引了大量的孔子之言，应是经过几代儒者的整理，是先秦儒家认识论和方法论的集大成者。此处文字节选于《系辞》下篇，主要简述了八卦产生、发展的历史，并举例说明六十四卦卦义在原始先民生产生活中的来源。

古者包牺氏之王天下也，仰则观象于天，俯则观法于地，观鸟兽之文与地之宜①，近取诸身，远取诸物。于是始作八卦，以通神明之德，以类万物之情②。

作结绳而为罔罟，以佃以渔，盖取诸《离》③；包牺氏没，神农氏作，斫木为耜，揉木为耒，耒耨之利，以教天下，盖取诸《益》④；日中为市，致天下之民，聚天下之货，交易而退，各得其所，盖取诸《噬嗑》⑤；神农氏没，黄帝、尧、舜氏作，通其变，使民不倦。神而化之，使民宜之⑥。《易》穷则变，变则通，通则久。是以“自天祐之，吉无不利”⑦。黄帝、尧、舜垂衣裳而天下治，盖取诸《乾》《坤》⑧。刳木为舟，剡木为楫，舟楫之利，以济不通，致远以利天下，盖取诸《涣》⑨。服牛乘马，引重致远，以利天下，盖取诸《随》⑩。重门击柝，以待暴客，盖取诸《豫》⑪。断木为杵，掘地为臼，臼杵之利，万民以济，盖取诸《小过》⑫。弦木为弧，剡木为矢，弧矢之利，以威天下，盖取诸《睽》⑬。上古穴居而野处，后世圣人易之以宫室，上栋下宇，以待风雨，盖取诸《大壮》⑭。古之葬者，厚衣之以薪，葬之中野，不封不树，丧期无数⑮。后世圣人易之以棺椁，盖取诸《大过》[16]。上古结绳而治，后世圣人易之以书契，百官以治，万民以察，盖取诸《夬》[17]。

据中华书局阮元刻《十三经注疏》本《周易正义》卷八

【注释】

①包牺氏：即伏羲氏，传说中的三皇之一。陆德明《周易释文》：“包，本又作‘庖’。”王（wàng）：治理、管理。象：即天象，日月星云变化等现象。法：即地理，山川林泽等的构成、分布。文：纹理、纹路。地之宜：宜存于地上的各种事物。②神明之德：自然阴阳变化的规律。类：比类、归纳。万物之情：万事万物的各种情态。③作：此处有“发明”之意。结绳：孔颖达疏“结绳者，郑康成注云，事大大结其绳，事小小结其绳，义或然也”。罔罟（gǔ）：皆指网。罔，网的古字。佃（tián）：即田猎。佃，通“田”或“畋”。《离》：六十四卦中的第三十卦，下上卦均为☲，象征“附丽”。④没：通“殁”，离世。神农氏：传说中上古的氏族首领。一说即炎帝。作：此处有继任的意思。斫（zhuó）：砍削。耜（sì）、耒（lěi）：为两种不同的翻土农具，亦可泛指各种农具。揉木：使木头弯曲。耨（nòu）：小锄头。《益》：六十四卦中的第四十二卦，下☳上☴，象征“增益”。⑤日中：正午。为市：形成集市。《噬嗑》：六十四卦中的第二十一卦，下☳上☲，象征“啮合”。⑥黄帝：传说中的五帝之一，姓公孙，号轩辕，有熊氏。尧：五帝之一，陶唐氏，名放勋，史称唐尧。舜：五帝之一，有虞氏，名重华，史称虞舜。神而化之，使民宜之：孔颖达疏“言所以通其变者，欲使神理微妙而变化之，使民各得其宜”。⑦自天祐之，吉无不利：为《大有》卦九二爻辞。祐，通“佑”。⑧垂衣裳：谓定衣服之制，示天下以礼。韩康伯注：“垂衣裳以辨贵贱，乾尊坤卑之义也。”《乾》《坤》：六十四卦中的前二卦。⑨刳（kū）：挖空。剡（yǎn）：削尖。孔颖达疏：“楫必须纤长，理当剡削，故曰剡木也。”楫（jí）：船桨。短曰楫，长曰棹。《涣》：六十四卦中的第五十九卦，下☵上☴，象征“涣变”。⑩服牛：驾牛。引重：负重。致远：行远路。《随》：六十四卦中第十七卦，下☳上☱，象征“顺从”。⑪重（chóng）门击柝（tuò）：设置重门，击柝（木梆）巡夜，谓警戒森严。暴客：指盗贼。《豫》：六十四卦中的第十六卦，下☷上☳，象征“愉乐”。

⑫臼杵（chǔ）：捣制粮食的木棒和土坑。济：指舂米为食。《小过》：六十四卦中的第六十二卦，下☶上☳，象征“防微杜渐”。⑬弦木：弯木上弦。弧：弓也。《睽（kuí）》：六十四卦中的第三十八卦，下☱上☲，象征“睽违乖背”。⑭宇：屋檐。《大壮》：六十四卦中的第三十四卦，下☰上☳，象征“大为强盛”。⑮厚衣之以薪：用枝条将尸体层层遮住。中野：原野之中。封：堆土为坟。树：种树。丧期：居丧的日期。无数：没有具体的限定。⑯棺椁（guǒ）：泛指棺材。古时外棺称椁，内棺称椑（bì），空棺称榇（chèn）。《大过》：六十四卦中的第二十八卦，下☴上☱，象征“大为过甚”。⑰书契：书籍和文字。契，刻文。察：明晓、明了。《夬（guài）》：六十四卦中的第四十三卦，下☰上☱，象征“决断”。

【笺释】

一、通过阅读此选段可以初步熟悉《周易》六十四卦中一部分的卦名、卦象、卦义及其所形成的时代背景等基础知识和深层内容。

二、通过阅读本文还可以大致了解先秦古人所认知的中华文明产生、发展的线索。

高宗肜日（尚书·商书）

【题解】

《尚书正义》所本的是托名孔安国传的《古文尚书》，有文五十八篇，还包括相传孔安国作的注（简称“孔传”）、序（即下文的《书序》）百篇。本篇亦为《今文尚书》二十八篇之一。《正义》分为《虞书》《夏书》《商书》《周书》四部分，本篇列《商书》第十五篇。高宗，商王武丁的庙号，是商代第二十三代君王，在位近六十年，内治外靖，使国势达到鼎盛。肜（róng），商代祭祀名。孔传：“祭之明日又祭，殷曰肜，周曰绎。”《尔雅》：“又祭也。周曰绎，殷曰肜，夏曰复胙。”肜日，肜祭之日。

《书序》：高宗祭成汤，有飞雉升鼎耳而雊，祖己训诸王，作《高宗肜日》《高宗之训》①。

高宗肜日，越[②]有雊雉。祖己曰："惟先格王，正厥事[③]。"乃训于王曰："惟天监下民，典厥义[④]。降年有永有不永，非天夭民，民中绝命[⑤]。民有不若德、不听罪，天既孚命，正厥德[⑥]。乃曰：'其如台[⑦]？'呜呼！王司敬民，罔非天胤典祀，无丰于昵[⑧]。"

据中华书局阮元刻《十三经注疏》本《尚书正义》卷十

【注释】

①成汤：商代的开国君王，名履，又称商汤、天乙。雊（gòu）：野鸡鸣叫。祖己：武丁大臣。王：指武丁。《高宗之训》：此篇已佚。②越：通"粤"，发语词，无实意。③祖己曰：祖己对其同侪说。格王：做到王道。格，至也，达到。正厥事：做好这件正事。厥事，指肜祭。④天：上天。监：监察。下民：犹言"我等"。天在上，故我等为下民。典厥义：孔颖达疏"言以义视下，观其为义以否"。典，此处有"实施"的意思。厥义，指下民诚心祭祀之义。⑤降年：犹言寿命。有永有不永：有的寿命长，有的寿命短。按：这是就武丁前几代商王而言，阳甲、小辛、小乙皆寿命不长。夭：未成年而死。中绝：半道而死，即上文所言之"夭"。⑥若：顺从、顺应。不听罪：不服罪。听，听从。天既孚命：孔颖达疏"言天自信命，赏有义罚无义，此事必信也"。既，既已。孚，信也。正：修正，使……矫正。厥德：君王之德。按：这几句是祖己劝谏武丁的话。孔颖达疏："天随其善恶而报之，劝王改过修德以求永也。"⑦乃：复，又。台（yí）：第一人称代词"我"。如《尚书·汤誓》："非台小子，敢行称乱。"这几句孔传曰："祖己恐王未受其言，故乃复曰'天道其如我所言'。"⑧司：职掌。敬民：敬行民事。罔非：无不。胤（yìn）：继续，这里是使动用法，使……继续。典祀：此指商王举行祭祀。昵：近也，指商王自家的宗庙。按：这几句是说王的职责就是敬行民事，上天因此常道使王继其祭祀之权，如果对自家的近庙祭祀特别丰盛，就会薄于民事，就是不合常道，所以商王要认识到自己的错误，改正"丰于肜祭"的做法。

【笺释】

一、关于本篇肜祭的主祭者为谁，笔者采取《尚书正义》孔安国《书序》中为武丁（祭祀成汤）的传统说法。对于认为乃武丁之子祖庚的说法，略作说明如下——《史记·殷本纪》："帝武丁崩，子帝祖庚立。祖己嘉武丁之以祥雉为德，立其庙为高宗，遂作《高宗肜日》及《训》。"更有当代学者指出肜祭之上的人名是被祭的祖先，非主祭之人[1]。于是有学者认为本篇是祖庚肜祭武丁时，祖己对之训导的记录[2]。按：《史记》引文之前先有"帝武丁祭成汤，明日，有飞雉登鼎耳而呴（'雊'的古字）"之语，与本文"高宗肜日，越有雊雉"之记暗合，疑司马迁将一处文字分截两处记之，故不取。

二、关于《尚书》的阅读难度向来就有"佶屈聱牙"的说法（唐韩愈《解学解》"周诰殷盘，佶屈聱牙"），本篇是其中篇幅短小、信息量较少的一篇，也不乏文字古奥、语意晦涩、上下文省略过多等阅读难度……但本篇又能体现出严密的语言逻辑，具有勿要厚祀近庙、丰于肜祭的实际主旨和敬天保民的朴素民本思想等重要内容。该文献时代如此之早，真实性又较能确定，故具有极高的思想、政治、历史等方面的文化价值。

---

1 常玉芝《商代周祭制度》，中国科学出版社 1987 年版。

2 见李民、王健《尚书译注》，上海古籍出版社 2004 年版。

第二章　风雅三百

一、概述

《诗经》本名“诗”“诗三百”“三百篇”，经秦燔后在汉武帝时被列为五经之一，故称《诗经》。它是我国最早的一部诗歌总集，相传为孔子所编定，收诗三百〇五篇（另有《笙诗》六篇，有目无辞）。关于作品的来源及流传，前人有“（乐官）采诗”“（诸侯）献诗”“（孔子）删诗”之说，或有出入（“删”可解作编辑，非仅有删除之义），但基本符合事实。今人一般认为其中一部分作品为上层贵族所作之乐歌，作者姓名多不可考，而大部分则采自民歌，再经乐官润色而成。

《诗经》的时间跨度自西周初期至春秋中期，内容大致又分为“风”“雅”“颂”三部分。《风》绝大部分为地方歌谣，包括周南、召南及邶、鄘、卫、王、郑、齐、魏、唐、秦、陈、桧、曹、豳等，简称十五国风，凡一百六十篇。《雅》包括《大雅》三十一篇，《小雅》七十四篇，乃朝堂之乐，多为叙事诗和祭祀诗。《颂》有《周颂》三十一篇，《商颂》五篇，《鲁颂》四篇，是周、商、鲁三地宗庙祭祀的祝祷辞。

汉代传诗的有齐、鲁、毛、韩四家，唯赵人毛亨、毛苌所传的毛诗历久不辍，其他三家则陆续消亡（韩诗残篇后人辑为《韩诗外传》）。现今我们学习的就是毛诗流传下来的各种本子。

二、作品

关　雎（周南）

【题解】

《关雎》三章，一章四句，二章三章八句。雎（jū）鸠，鸟名，《尔雅·释鸟》郭璞注："雕类，今江东呼之为鹗，好在江渚山边食鱼。"朱熹《诗集传》载雎鸠"生有定偶而不相乱"。周初周公、召（shào）公分陕而治，周公管辖陕地以东，周南当是洛阳以南直至汉江的区域。其非国，不能以国名，故统称"南"，以示此域之诗，"召南"同此。《毛诗序》："《关雎》，后妃之德也，风之始也，所以风天下而正夫妇也。故用之乡人焉，用之邦国焉。"除此尚有美文王、刺时俗等旧说，今人多认为是一首爱情诗。

关关①雎鸠，在河之洲。窈窕淑女，君子好逑②。

参差荇菜，左右流③之。窈窕淑女，寤寐④求之。求之不得，寤寐思服⑤。悠⑥哉悠哉，辗转反侧。

参差荇菜，左右采之。窈窕淑女，琴瑟友之⑦。参差荇菜，左右芼⑧之。窈窕淑女，钟鼓乐之⑨。

【注释】

①关关：象声词，水鸟和鸣之声。②逑（qiú）：同"仇"，配偶。《礼记·缁衣》引《诗》："君子好仇。"郑玄笺："仇，匹也。"孔颖达疏："此《周南·关雎》之篇，诗意云'窈窕淑女，君子好仇'，此则断章云君子之人以好人为匹也。"③荇（xìng）菜：一种水生植物，可食用。流：求取。《诗集传》："顺水之流而取之。"④寤寐：寤，睡醒；寐，睡着。⑤服：语助词，无实意。⑥悠：绵长。⑦琴瑟友之：五弦或七弦为琴，二十五弦为瑟。友，动词，意为亲近。⑧芼（mào）：择取。⑨钟、鼓：皆礼乐之器名。乐（lè）之：动词，使之乐。

【笺释】

一、后妃为周文王正室，名太姒（一作大姒，“大”“太”互通）。

二、“君子好逑”之“好”，读作 hǎo，意为君子的最佳配偶。

三、“琴瑟友之”“钟鼓乐之”两句的“琴瑟”和“钟鼓”，是名词活用作动词，意即弹起琴瑟、敲响钟鼓。

四、若从《诗经》作为“经”的角度讲，《关雎》有助“风天下”“正人伦”的社会功效，这是其文化内涵；若从纯文学的角度讲，将其理解为一首情诗不谓不可，但眼光自是小了。“二南”中的作品类此。故《毛诗序》曰：“《周南》《召南》，正始之道，王化之基。是以《关雎》乐得淑女，以配君子，忧在进贤，不淫其色。衷窈窕，思贤才，而无伤善之心焉，是《关雎》之义也。”

桃　夭（周南）

【题解】

《桃夭》三章，每章四句。《毛诗序》：“《桃夭》，后妃之所致也。不妒忌，则男女以正，昏（婚）姻以时，国无鳏民也。”其他还有美文王之化、武王娶亲诸旧说。今人多解为祝贺女子出嫁的情诗。

桃之夭夭，灼灼其华①。之子于归，宜其室家②。
桃之夭夭，有蕡③其实。之子于归，宜其家室。
桃之夭夭，其叶蓁蓁④。之子于归，宜其家人。

【注释】

①夭夭：新壮貌。灼灼其华：灼灼，花盛且艳。华，同“花”。②之子于归：之，指示代词，此、这。子，对一般男女的敬称。于，语助词无实意。归，出嫁。室家：即家室。《左传·桓公十八年》有“男有室，女有家”。下文“家人”同此。③有蕡（fén）：有，语助词。蕡，果实肥大貌。④蓁蓁（zhēn）：叶盛貌。

【笺释】

一、本诗中“宜其……”的句式，“宜”字的词性活用为使动，“使……

宜”“使……融洽”。

二、比兴是本诗最显著的艺术特点。比兴是一种古老而较为晦杂的表现手法，朱熹《诗集传》曰：“比者，以彼物比此物也。兴者，先言他物以引起所咏之词。”用白话简单来说，比就是比喻；兴，有切合场景意象联想、暗示、象征其他层次意象或情感的多重意味。本诗中，以“桃花”比喻女子的年轻清新、容色明艳，又以“桃叶”“果实”之累累在目，联系和暗示其家庭今后的人丁兴旺，乃“比兴”用法的上佳例证。

野有死麇（召南）

【题解】

《野有死麇》三章，一章二章四句，三章三句。《毛诗序》：“《野有死麇》，恶无礼也。天下大乱，强暴相陵，遂成淫风。被文王之化，虽当乱世，犹恶无礼也。”今人多认为是一首描绘青年男女自由恋爱的诗。

野有死麇①，白茅包之。有女怀春，吉士诱之②。
林有朴樕③，野有死鹿。白茅纯束④，有女如玉。
舒而脱脱兮，无感我帨兮，无使尨也吠⑤。

以上据中华书局排印本《毛诗传笺》卷一

【注释】

①麇（jūn）：原文为“麕”，即獐子，似鹿一类的兽。按：《说文解字》载“麕，麞也。籀文作麇（jūn）”，今作“麇”。先秦多以鹿皮作为情郎馈赠女方的礼物。②有：语助词。吉士：美士，漂亮的男子。③朴樕（sù）：小木。④纯（tún）束：捆绑成束。按：纯、屯、稛、捆，四字先秦时互为假借。⑤舒而：犹“舒然”，缓慢貌。而，形容词词尾。脱脱（tuì）：毛传曰“脱脱，舒迟也”。感（hàn）：同“撼”。帨（shuì）：佩巾，女子之帨则类似于围裙。尨（máng）：多毛的狗。《说文解字》：“尨，犬之多毛者。”吠（fèi）：狗嘶叫。

【笺释】

一、关于此诗的思想主旨，学界向来存在分歧。若按古人旧说，则在文化学的意义上与“二南”诸诗篇脉络一致，古人谓之“正风”。如朱熹《诗集传》曰："南国被文王之化，女子有贞洁自守，不为强暴所污者。故诗人因所见以兴其事而美之……述女子拒之之辞，姑徐徐而来。毋动我之帨，毋惊我之犬，以甚言其不能相及也。其凛然不可犯之意，盖可见矣。"若按今人观点，则是一首非常激情的艳诗。

二、《论语·阳货》载孔子论《周南》《召南》诸篇中所蕴为人之道云：子谓伯鱼曰："女为《周南》《召南》矣乎？人而不为《周南》《召南》，其犹正墙面而立也与？"

三、《诗集传》引程子（程颐）亦曰："天下之治，正家为先。天下之家正，则天下治矣。二南，正家之道也。陈后妃、夫人、大夫妻之德，推之士、庶人之家，一也。故使邦国至于乡党皆用之，自朝廷至于委巷，莫不讴吟，风驰讽诵，所以风化天下。"

击　鼓（邶风）

【题解】

《击鼓》五章，每章四句。《毛诗序》："《击鼓》，怨州吁（xū）用兵暴乱，使公孙文仲将而平陈与宋。国人怨其勇而无礼也。"州吁，卫庄公庶子，桓公之弟，骄奢好兵，杀桓公而自立为君，后为大夫石碏所废，而立宣公（名晋，桓公之弟）。公孙文仲，卫国大夫。《诗集传》："卫人从军者自言其所为……有锋镝死亡之忧，危苦尤甚也。"清人方玉润《诗经原始》："此戍卒思归不得诗也。"故本诗的抒情对象有戍卒之友或戍卒之妻两种理解。

击鼓其镗，踊跃用兵①。土国城漕②，我独南行。
从孙子仲，平陈与宋③。不我以归，忧心有忡④。
爰居爰处？爰丧其马⑤？于以求之？于林之下。
死生契阔，与子成说⑥。执子之手，与子偕老。
于嗟阔⑦兮，不我活兮。于嗟洵⑧兮，不我信兮。

以上据中华书局排印本《毛诗传笺》卷二

【注释】

①镗（tāng）：击鼓声。用兵：操练兵器。②土：服土役也。城：筑城

也。漕：卫国邑名，在今河南滑县。按：土国城漕，意即为国服土木之役，为漕邑筑城。③孙子仲：人名，即公孙文仲。平陈与宋：调解陈宋两国间的不睦。《左传·隐公六年》杜预注："和而不盟曰平。"④忧心有忡：即忧心忡忡。有，同"又"。⑤爰：于何。《诗集传》："爰，于也。于是居，于是处，于是丧其马，而求之于林下，见其失伍离次，无斗志也。"⑥契阔：勤苦貌。一说，契，合也；阔，离也。子：此指戍卒的战友。郑笺："执其手，与之约誓，示信也。言俱老者，庶几俱免于难。"一说为"我"的妻子。成说：立下誓约。⑦于（xū）嗟：感叹词，哎哟。于，同"吁"。阔：远也。此指战友已死，与己阴阳两隔。⑧洵：坚守誓约。

【笺释】

一、"土国城漕"是一个学习难点，其中"土""城"是名词活用作动词，释义见注释。

二、"不我以归""不我活兮""不我信兮"皆否定情态下的倒装句，可举一反三。

三、"死生契阔，与子成说。执子之手，与子偕老"，此章流传至今，成为妇孺皆知的名句。理解其诞生之初的具体语境，乃知是一个从戎多年的戍卒与多年为伴的战友（或理解为其妻子）的内心自语。

四、本诗全篇贯用赋法，一气呵成。刘勰《文心雕龙·铨赋》："《诗》有六义，其二曰赋。赋者，铺也。铺采摛文，体物写志也。"《诗集传》："赋者，敷陈其事而直言之者也。"赋法，即按照一定的逻辑维度铺陈某事，或直叙，或排比，本诗属于前者。第一章为从戎离乡，第二章为羁留远方，第三章为失马找马，第四章和第五章为追忆前誓、伤悼其亡。

伯兮（卫风）

【题解】

《伯兮》四章，每章四句。《毛诗序》："《伯兮》，刺时也。言君子行役，为王前驱，过时而不反（返）焉。"此诗是一首讲述丈夫随军出征、在家的妻子既以他为傲，又饱受离别之苦的思妇诗。

伯兮朅兮，邦之桀兮[①]。伯也执殳[②]，为王前驱。
自伯之东[③]，首如飞蓬。岂无膏沐，谁适为容[④]？
其雨其雨，杲杲出日[⑤]。愿[⑥]言思伯，甘心首疾。
焉得谖草，言树之背[⑦]。愿言思伯，使我心痗[⑧]。

以上据中华书局排印本《毛诗传笺》卷三

【注释】

①伯：女子对丈夫的称呼。朅（qiè）：同“偈（jié）”，威武健壮貌。邦：国。桀：同“杰”，出众之人。②殳（shū）：古代兵器，竹制，一丈二尺长。③之东：去往东方。④膏：润发的油。沐：洗头。适（dí）：取悦（依清人马瑞辰《毛诗传笺通释》）。为容：修饰容颜。⑤其：语助词，表示祈求语气。杲杲（gǎo）：光明貌。按：这两句是起兴，盼着下雨却出了太阳，以暗示盼望丈夫归来却始终未归之意。⑥愿：每每。《毛诗正义》曰：“言我每有所言，则思念于伯。”⑦谖（xuān）草：即萱草，一名忘忧草，俗称黄花菜、金针菜。言：语助词。树：种植。背：通“北”。《毛诗诂训传》：“背，北堂也。”⑧痗（mèi）：病苦。

【笺释】

一、本诗在“思”字上独具匠心。首章写女子爱夫夸夫，为下文写思夫怨夫作铺垫。后三章都是写离别后的烦苦，但层层深入，写出了思妇饱受离愁折磨的不同情态。

二、《诗经原始》卷四：此诗室家之怨切矣。始则“首如飞蓬”，发已乱矣，然犹未至于病也。继则“甘心疾首”，头已痛矣，而心尚无恙也。至于“使我心痗”，则心更病矣，其忧思之苦何如哉！使非为王从征，胡以至是？后之帝王读是诗者，其亦以穷兵黩武为戒欤？

黍　离（王风）

【题解】

《黍离》三章，每章十句。东周的都城为洛邑，亦称王城。平王时，周室东迁，势力衰微，无力驾驭诸侯，实际管辖范围在今河南西北部洛阳一带。其地诗歌，故曰王风。《毛诗序》：“《黍离》，闵宗周也。周大夫行役，至于宗周，过故宗庙宫室，尽为禾黍。闵周室之颠覆，彷徨不忍去，而作是诗也。”宗周，此指位于今关中地区的丰、镐等西周旧都。故后世都认为这是一首士子怀念故国的忧愤诗。“黍离之悲”，遂成为一个哀伤亡国的成语。

彼黍离离，彼稷之苗①。行迈靡靡，中心摇摇②。知我者，谓我心忧；不知我者，谓我何求。悠悠苍天，此何人哉③？

彼黍离离，彼稷之穗。行迈靡靡，中心如醉。知我者，谓我心忧；不知我者，谓我何求。悠悠苍天，此何人哉？

彼黍离离，彼稷之实。行迈靡靡，中心如噎④。知我者，谓我心忧；不知我者，谓我何求。悠悠苍天，此何人哉？

【注释】

①黍：一种谷物，去皮后叫黄米。离离：结实累累貌，或行列齐整貌。稷：高粱或小米。②行迈：《毛诗传笺通释》曰“行、迈连言，犹古诗云‘行行重行行’也”。靡靡：犹迟迟。中心：即“衷心”。摇摇：无所定也。③悠悠：辽远貌。此：指“不知我者”，一说，“此”指苍天。人，同“仁”，亦通。④噎（yē）：喉咙梗塞。

【笺释】

一、此诗最大的特色就是重章叠唱，反复咏叹。

二、《诗经原始》卷五：三章只换六字，而一往情深，低徊无限。此专以描摹虚神擅长，凭吊诗中绝唱也。唐人刘沧、许浑怀古诸诗，往迹袭其音调。

野有蔓草（郑风）

【题解】

《野有蔓草》二章，每章六句。《毛诗序》：“《野有蔓草》，思遇时也。君之泽不下流，民穷于兵革，男女失时，思不期而会焉。”此诗现今多认为是一首关于自由恋爱的诗。

野有蔓草，零露漙兮①。有美一人，清扬婉兮②。邂逅相遇，适③我愿兮。

野有蔓草，零露瀼瀼④。有美一人，婉如⑤清扬。邂逅相遇，与子偕臧⑥。

以上据中华书局排印本《毛诗传笺》卷四

【注释】

①野有蔓草：《诗集传》载“男女相遇于野田草露之间，故赋其所在以起兴”。漙（tuán）：露多貌。②清扬：眉目清秀。婉：妩媚貌。③适：恰合。④瀼瀼（ráng）：露多貌。⑤如：义同“而”。连词，表示递进。⑥偕臧：都满意。臧，善也。《诗集传》：“与子偕臧，言各得其所欲也。”

【笺释】

一、本诗白描如画，以赋法写草露，以草露比引美人，即“清扬如蔓草，姣婉如玉露”，再兴起爱人同归之意。可以说，“赋比兴”三义皆在其中。

二、《诗经》里的作品对后代文学影响很大，比如金庸小说中“风清扬”“木婉清”两个人物的名字即源于此诗。

东方未明（齐风）

【题解】

《东方未明》三章，每章四句。《毛诗序》：“《东方未明》，刺无节也。朝廷兴居无节，号令不时，挈（qiè）壶氏[1]不能掌其职焉。”《诗集传》：“此诗人刺其君兴居无节，号令不时。”故本诗是一首讽刺君王政令太繁，妻子抱怨其为官之夫早晚不归的作品。

东方未明，颠倒衣裳①。颠之倒之，自公②召之。

东方未晞③，颠倒裳衣。倒之颠之，自公令之。

折柳樊圃，狂夫瞿瞿④。不能辰夜，不夙则莫⑤。

据中华书局排印本《毛诗传笺》卷五

1　古官名，《周礼 · 夏官》谓司马属下有挈壶氏，掌管沙漏，以定每日时刻。

【注释】

①颠倒衣裳（cháng）：谓急促惶遽中不暇整衣。衣裳，古时衣指上衣，裳指下裙。按：毛传曰“上曰衣，下曰裳”。孔颖达疏：“《传》：上曰衣，下曰裳。此其相对定称，散则通名曰衣……《传》言此，解其颠倒之意，以裳为衣，令上者在下，是谓颠倒也。”一说，指将衣服里外穿反。②公：当指齐国国君。③晞（xī）：破晓。④折柳樊圃：折下柳枝作菜园的篱笆。樊，此处活用为动词，编制篱笆。圃，菜园。狂夫：无知妄为的坏人。瞿瞿：干瞪眼之态。⑤辰夜：从早到晚。辰，同“晨”，一说，辰，通“时”。《毛诗传笺通释》：“《广雅·释言》：‘时，伺也。’伺、候同义。伺即司也……不能辰夜，即不能伺夜也。”二说皆通。不夙则莫：不是早出就是晚归。莫（mù），“暮”的古字。

【笺释】

一、“折柳樊圃”是一个学习重点，要掌握其主语指代和语法规律，释义见注释。

二、关于“狂夫”的理解，应指某个觊觎此家丈夫不在、欲做坏事的人，故而妻子竖起篱笆以自御，使其不能得逞。有种说法，是把“狂夫”解释为妻子对丈夫的谩骂，结合全诗语境来看，太具市侩气，恐不可取。

蒹　葭（秦风）

【题解】

《蒹葭》三章，每章八句。诗中“伊人”是作者爱慕和追求的对象，至于二者之间是怎样的关系，很难确定。《毛诗序》：“《蒹葭》，刺襄公也。未能用周礼，将无以固其国焉。”秦襄公（？—前 766 年），春秋初秦国之君，名失传，庄公次子，在位十二年。西周灭亡时曾护送周平王东迁，因赐以秦岐之地，秦遂由附庸而为诸侯。另外，旧有秦穆公访贤、思慕隐士诸说。今人多以为是首情歌。

蒹葭苍苍①，白露为霜。所谓伊人②，在水一方。溯洄从之，道阻且长③。溯游从之，宛在水中央④。

蒹葭萋萋，白露未晞[⑤]。所谓伊人，在水之湄[⑥]。溯洄从之，道阻且跻[⑦]。溯游从之，宛在水中坻[⑧]。

蒹葭采采，白露未已。所谓伊人，在水之涘[⑨]。溯洄从之，道阻且右[⑩]。溯游从之，宛在水中沚[⑪]。

据中华书局排印本《毛诗传笺》卷六

【注释】

①蒹：荻也。葭：芦也。苍苍：深青色，一说，茂盛之态，与下文之“萋萋”“采采”同义。②伊人：那个人。③溯（sù）洄（huí）：顺着蜿蜒曲折的水道。从：追寻。④溯游：顺着直流的水道。宛：宛如。⑤晞（xī）：干也。⑥湄（méi）：岸边，水草交接之处。⑦跻（jī）：升高。⑧坻（chí）：水中高地。⑨涘（sì）：水边。⑩右：弯曲。郑玄笺：“右，言其迂回也。”⑪沚（zhǐ）：水中小洲。

【笺释】

一、本诗的一大艺术特色就是利用比兴手法，描绘景中含情、情景交融的诗情画意。由蒹葭、白露起兴，发展到或弯或直的河道、水中的小洲，是为景；由忧愁（蒹葭）、近于哭泣（白露）的感情，发展到寻寻觅觅、近在咫尺而始终不可得，是为情。故此，全诗发散着一种凄迷而朦胧的美。

二、重章叠句、一唱三叹的结构形式，使感情的抒发不断深入，造成了一种回环往复之美。《诗经原始》卷七评析曰：“三章只一意，特换韵耳，其实首章已成绝唱。古人作诗多一意化为三迭，所谓一唱三叹，佳者多有余音。”如上文之《黍离》。

鹿　鸣（小雅）

【题解】

《鹿鸣》三章，每章八句。《毛诗序》：“《鹿鸣》，燕群臣嘉宾也。既饮食之，又实币帛筐篚，以将其厚意，然后忠臣嘉宾得尽其心矣。”古人乡饮酒礼、燕礼及始入学，多歌《鹿鸣》。唐代仍延习其风，如韩愈《送杨少尹序》：“杨侯始冠，举于其乡，歌《鹿鸣》而来。”《诗经原始》故评曰：“至其音节，一片和平，尽善尽美，与《关雎》同列四诗之始，殆无贻议云。”

呦呦鹿鸣，食野之苹①。我有嘉宾，鼓瑟吹笙。吹笙鼓簧，承筐是将②。人之好我，示我周行③。

呦呦鹿鸣，食野之蒿。我有嘉宾，德音孔昭④。视民不恌，君子是则是效⑤。我有旨酒，嘉宾式燕以敖⑥。

呦呦鹿鸣，食野之芩⑦。我有嘉宾，鼓瑟鼓琴。鼓瑟鼓琴，和乐且湛⑧。我有旨酒，以燕乐嘉宾之心。

【注释】

①苹：即艾蒿。②簧：乐器名，大笙也。承：捧着。将：奉献。③周行(háng)：至正大道。孔颖达疏："周，至；行，道也。"④德音：郑玄笺："先王道德之教也。"孔：副词，很，非常。⑤视：通"示"。恌（tiāo)：通"佻"，轻佻。君子是则是效：言君子当以此为则并效法之。⑥旨酒：美酒。式：应也，劝令之辞。燕：通"宴"。敖：通"遨"，畅玩。⑦芩（qín)：即芦苇。⑧湛（dān)：通"耽"，尽情尽兴。

【笺释】

一、《关雎》为"风"之始，《鹿鸣》为"小雅"之始，《文王》为"大雅"之始，《清庙》为"颂"之始，是为《诗经》四始。

二、《鹿鸣》是《诗经》"四始"诗之一，是古人在宴会上所唱的歌。据朱熹《诗集传》的说法，此诗原是君王宴请群臣时所唱之作，后来逐渐推广到民间。曹操曾将此诗的前四句直接用于他的《短歌行》。

采　薇（小雅）

【题解】

《采薇》六章，每章八句。《毛诗序》："《采薇》，遣戍役也。文王之时，西有昆夷之患，北有猃狁之难[1]。以天子之命，命将率遣戍役以守卫中国，

1　昆夷，殷周时我国西北少数部族名。猃狁，见本诗注释③。

故歌《采薇》以遣之，《出车》以劳还，《杕杜》[1] 以勤归也。”《世说新语·文学》：“谢公因子弟集聚，问《毛诗》何句最佳。遏称曰：‘昔我往矣，杨柳依依。今我来思，雨雪霏霏。’”

采薇采薇，薇亦作止①。曰归曰归，岁亦莫②止。靡室靡家，猃狁之故③。不遑启居④，猃狁之故。

采薇采薇，薇亦柔止。曰归曰归，心亦忧止。忧心烈烈⑤，载饥载渴。我戍未定，靡使归聘⑥。

采薇采薇，薇亦刚⑦止。曰归曰归，岁亦阳⑧止。王事靡盬，不遑启处⑨。忧心孔疚，我行不来⑩！

彼尔维何，维常之华⑪。彼路斯何，君子之车⑫。戎车既驾，四牡业业⑬。岂敢定居，一月三捷⑭。

驾彼四牡，四牡骙骙⑮。君子所依，小人所腓⑯。四牡翼翼，象弭鱼服⑰。岂不日戒，猃狁孔棘⑱！

昔我往矣，杨柳依依⑲。今我来思，雨雪霏霏⑳。行道迟迟，载渴载饥。我心伤悲，莫知我哀！

据中华书局排印本《毛诗传笺》卷九

【注释】

①薇：野豌豆苗，可食。作：初生。止：语助词，下同。②莫（mù）：古“暮”字。③靡：无，没有。猃狁（xiǎn yǔn）：古代北方的一个民族，或为匈奴之先人。④遑：闲暇。启居：安居休息。启，跪也，周人跪坐于席。⑤忧心烈烈：即忧心忡忡。⑥聘：问候。⑦刚：与上文“柔”对应，指薇菜老了，又粗又硬。⑧阳：夏历十月。⑨盬（gǔ）：休止。启处：同“启居”。⑩孔：副词，很。疚：心痛。行：将要。来：归也。⑪尔：通“薾”，花盛貌。维：是也。常（táng）：通“棠”，即棠棣。华（huā）：古“花”字。⑫路：通“辂”，大车。斯何：即“维何”，是什么。君子：指将帅。⑬戎车：即兵车。牡：驾车之公马。业业：高大貌。⑭捷（jiē）：通“接”，接战。⑮骙骙（kuí）：强壮貌。⑯小人：士兵自称。腓（féi）：庇护。⑰翼

1　《出车》《杕杜》，《采薇》的后二首。杕，音 dì。

翼：行列整齐貌。象弭（mǐ）：用象牙所制之弭（弓两端接弦处，亦可指弓）。鱼服：鱼皮制成的箭袋。服，通“箙”。⑱日戒：日日警戒。棘：通“亟”，紧急。⑲依依：柳条迎风披拂貌。⑳思：语助词，无实意。雨（yù）雪：落雪。霏霏：雪盛貌。

【笺释】

一、本诗虽然是一首戍卒思归之诗，但由于士兵在艰苦的戍边生活中能够深明大义，认识到自己的背井离乡、艰难驻守是“猃狁之故”，自己的职责就是抵御外辱、保家卫国，这种爱国主义精神当是全诗的主题。而就个人层面所产生的忧怨之情，则抒发得委婉含蓄，这也符合司马迁所说的“《小雅》怨诽而不乱”的评判。

二、第六章备受后世诗家推崇，王夫之《姜斋诗话》评曰“以乐境写哀，以哀境写乐，一倍增其哀乐”，也正是现代“痛并快乐着”人生体验的传统写照。

采　绿（小雅）

【题解】

《采绿》四章，每章四句。《毛诗序》：“《采绿》，刺怨旷也。幽王之时，多怨旷者也。”周幽王（？—前771年），名宫湦，西周末君，死于犬戎之乱。孔颖达《正义》：“刺之者讥其不但忧思而已，欲从君子于外，非礼也。”怨旷，语本《孟子·梁惠王下》“内无怨女，外无旷夫”所述之古代仁政，本诗指女子怨恨丈夫之不居家。今人亦认为这是一首丈夫因故外出，妻子独居而无心割草、梳妆，并幻想与丈夫一同玩乐的情诗。

终朝采绿，不盈一匊①。予发曲局，薄言归沐②。
终朝采蓝，不盈一襜③。五日为期，六日不詹④。
之子于狩，言韔其弓⑤。之子于钓，言纶⑥之绳。
其钓维何？维鲂及鱮⑦。维鲂及鱮，薄言观者⑧。

据中华书局排印本《毛诗传笺》卷十五

【注释】

①绿：草名，即荩草。匊（jū）：古“掬”字，一捧。②曲局：卷曲。薄言：语助词，这里有勉强之意。③蓝：蓝草。襜（chān）：衣襟。④詹：到。后世如东汉张衡《思玄赋》：“黄灵詹而访命兮，樛天道其焉如。”⑤之子：指丈夫。韔（chàng）：弓袋。这里活用为动词，装进。⑥纶：钓线。这里活用为动词，缠绕。⑦鲂（fáng）：即鳊鱼。鱮（xù）：即鲢鱼。⑧薄言：语助词，这里有窃喜之意。者（zhū）：通“诸”，犹之。

【笺释】

一、本诗首章与《卫风·伯兮》第二章“自伯之东，首如飞蓬。岂无膏沐？谁适为容”，语境相通，情意类似，而表达不同。

二、南朝乐府民歌《西曲·拔蒲》——“朝发桂兰渚，昼息桑榆下。与君同拔蒲，竟日不成把”即化用此诗之意。

第三章　左氏春秋

一、概述

《左传》亦称《春秋左传》或《左氏春秋》，是我国古代第一部编年体史书。前人以为作者是春秋时鲁国史官左丘明，现多认为是由战国初期人据各国史料编撰而成，非一人一时之作。《左传》本是解释《春秋》的注书之一，与《公羊传》《穀梁传》合称“春秋三传”，但《左传》之文侧重记录史实，而其他二传偏于阐释义理。

《左传》的纪年始于鲁隐公元年（前722年），止于鲁哀公二十七年（前468年），比《春秋》多十三年。其书记录了春秋时代各国政治、经济、军事、文化以及社会生活的各方面情况，具有极高的历史研究价值。同时，它也是一部兼具浓郁文学性的散文巨著，描写战争场面和外交辞令尤其精当，对后世史学、文学创作的发展有深远影响。

二、作品

齐无知弑其君诸儿（庄公八年）

【题解】

齐襄公是春秋初期齐国的国君，他与其异母妹文姜乱伦，鲁桓公十八年（前694年）密遣大夫彭生拉杀来访的妹夫鲁桓公，再杀彭生向鲁国交代。鲁庄公八年（前686年），齐襄公为大夫连称、管至父及宗室公孙无知等人所杀，公孙无知自立为君。诸儿，齐襄公之名，齐僖公长子，因其荒淫无道，故《春秋》经文（如题）不称其爵号，直称其名。

齐侯使连称、管至父戍葵丘[1]。瓜时而往，曰：“及瓜而代。”期戍，公问[2]不至。请代，弗许，故谋作乱。僖公之母弟曰夷仲年，生公孙无知，有宠于僖公，衣服礼秩如适[3]。襄公绌之，二人因之[4]以作乱。连称有从妹在公宫，无宠，使间公，曰：“捷，吾以女为夫人[5]。”

冬十二月，齐侯游于姑棼，遂田于贝丘[6]。见大豕，从者曰：“公子彭生[7]也。”公怒曰：“彭生敢见[8]？”射之，豕人立而啼。公惧，队于车，伤足丧屦[9]。反，诛屦于徒人费[10]。弗得，鞭之，见血。走出，遇贼于门，劫而束之[11]。费曰：“我奚御哉[12]？”袒而示之背，信之。费请先入，伏公而出，斗，死于门中[13]。石之纷如[14]死于阶下。遂入，杀孟阳[15]于床。曰：“非君也，不类。”见公之足于户下，遂弑之，而立无知。

初，襄公立，无常[16]。鲍叔牙曰：“君使民慢[17]，乱将作矣。”奉公子小白出奔莒[18]。乱作，管夷吾、召忽奉公子纠来奔[19]。

据中华书局阮元刻《十三经注疏》本《春秋左传正义》卷八

【注释】

①齐侯：即齐襄公。葵丘：齐地名，在今山东淄博市临淄区西。②瓜时：瓜熟之时。及瓜而代：第二年瓜熟时可由他人替代而还。后泛指为官任职期满，由人替代。期戍：戍守期满。公问：指齐襄公关于换戍葵丘的命令。③僖公：襄公、公子纠、公子小白之父，前731年—前698年在位。礼秩：礼仪等第和爵禄品级。如适（dí）：如同嫡子一样。适，通“嫡”。④绌之：降低了公孙无知的政治待遇。二人：指连称、管至父。因：依靠，凭借。之：指公孙无知。⑤从妹：堂妹。公宫：指齐襄公居住的宫室。间（jiàn）：窥探。捷：指谋逆成功。女（rǔ）：通“汝”。夫人：诸侯的正妻。⑥游：出游。姑棼：齐地名，在今山东博兴县。田：通“畋”，打猎。贝丘：姑棼附近的地名。⑦公子彭生：见本文题解。⑧见（xiàn）：出现，现形。

⑨队（zhuì）：通“坠”，坠落。丧：丢失。屦（jù）：以麻、葛、皮等所制之鞋。后泛指鞋。⑩反：通“返”，指返回住所。诛屦：责问屦的下落。徒人：内侍。王引之《经义述闻·春秋左传上》：“徒当为侍字之误也，侍人即寺人。”费（bì）：徒人的名。⑪束：绑缚。之：指徒人费。⑫奚御哉：怎么会抵抗你们呢？按：联系上文，徒人费刚被襄公责打，此时却如此诓骗公孙无知等人，实则是为了设法解救襄公。⑬请先入：请求率先进入宫室以作内应。伏：隐藏。门中：室门附近。⑭石之纷如：襄公身边的近臣。⑮孟阳：亦是襄公的近臣，此时装作襄公躺在睡床上，以代其死。⑯初：补述先前发生的事件。无常：犹“无道”，指言行不一、政令不定等。⑰鲍叔牙：齐国的贤士，当时为襄公之异母弟公子小白之傅。君使民慢：君王一味役使人民而使其怠慢。⑱莒（jǔ）：春秋诸侯国名，在今山东莒县一带。⑲乱：指此次无知弑君。作：发作、爆发。管夷吾：即管仲，字夷吾，春秋时代齐国著名的政治家。召（shào）忽：齐国大夫，当时与管仲同为公子纠之傅。公子纠：襄公之弟，小白之异母兄。来奔：“来奔我”之略。按：因《左传》为鲁国的史书，故以“我”“我国”自称，有时亦省略。

【笺释】

一、虽然齐襄公淫逸无道，“春秋笔法”对其之贬恁在本文题解中亦已说明，但《左传》对其身边几名内侍近臣的忠义行为，在字里行间的微言大义上还是暗为褒扬的，尤其是那位不挟私怨、有智有勇的徒人费。齐襄公非君，徒人费等不能非臣，这应该就是儒家所提倡的伦理和秩序的意义所在吧。

二、关于本文的后续事件，在此略作一个简要说明。在齐国此次动乱之前，鲍叔牙早已奉公子小白出奔于莒（并有“勿忘在莒”[1] 之典），管仲、召忽奉公子纠出奔于鲁。公孙无知在位不及一年，即为大夫雍廪所杀，齐国国内一时无君，于是出现了流亡在外的两位公子争位的局面：谁先进入齐都临淄对于争位能否胜算至关重要。鲁距齐远，而莒距齐近，管仲乃担心公子小白率先入都，事先于半路设伏，射中小白衣带钩，以为其已死，遂与召忽

---

1 《吕氏春秋·直谏》：“齐桓公、管仲、鲍叔、宁戚相与饮。酒酣，桓公谓鲍叔曰：‘何不起为寿？’鲍叔奉杯而进曰：‘使公毋忘出奔在于莒也，使管仲毋忘束缚而在于鲁也，使宁戚毋忘其饭牛而居于车下也。’”

从容奉公子纠上路。至齐都时，小白已即位矣，是为齐桓公。为此齐、鲁在乾时（齐地名，在今山东桓台县）交战，鲁国败绩。齐国遂向鲁国施加压力，鲁于生窦（鲁地名，在今山东菏泽市北）杀公子纠，召忽死节，囚管仲归与齐。在鲍叔牙的力荐下，齐桓公赦管仲之罪，后用其为相国，终成伯业。

介之推不言禄（僖公二十四年）

【题解】

介之推在晋文公流亡期间曾“割股奉君”，后又“不言禄”与老母隐居深山而死，葬于绵山（在今山西介休市）。文公深为愧疚，遂改绵山为介山，并立庙祭祀，严令全国三日不得食用熟食，是为后世“寒食节”之始。介子推“不夸功、不求赏”的高风亮节也传诵至今。

晋侯赏从亡者，介之推不言禄，禄亦弗及①。

推曰：“献公②之子九人，唯君在矣。惠、怀③无亲，外内弃之。天未绝晋，必将有主。主晋祀者，非君而谁？天实置之，而二三子以为己力，不亦诬乎④？窃人之财，犹谓之盗。况贪天之功，以为己力乎？下义其罪，上赏其奸⑤，上下相蒙，难与处矣。”

其母曰：“盍亦求之？以死谁怼⑥？”对曰：“尤⑦而效之，罪又甚焉！且出怨言，不食其食。”其母曰：“亦使知之，若何？”对曰：“言，身之文也⑧。身将隐，焉用文之？是求显也。”其母曰：“能如是乎？与女偕隐。”遂隐而死。

晋侯求之不获，以绵上为之田⑨。曰：“以志吾过，且旌善人⑩。”

据中华书局阮元刻《十三经注疏》本《春秋左传正义》卷十五

【注释】

①晋侯：即晋文公，名重耳，晋献公之子，素有贤名。按：献公死后晋国内乱，太子申生自杀，献公幼子奚齐、卓子先后死于内斗，公子重耳、夷吾纷纷离国避难。后秦国助夷吾上位，是为晋惠公。重耳流亡卫、齐、曹、宋、郑、楚多国，历十九年，后亦在秦国的武力帮助下复国，时六十二岁。介之推：晋国贤臣，与赵衰（cuī）、狐偃、狐毛、胥臣等追随重耳流亡。

②献公：即晋献公，名诡诸。按：其在位期间晋国国力大增，对外不断扩张，晚年宠幸骊姬，为之后的内乱埋下祸根。③惠：即晋惠公，名夷吾，重耳之弟。怀：即晋怀公，名圉（yǔ），惠公之子。按：起先圉在秦国为质，惠公死后逃回晋国，即位为君，旋即被废。其夫人为秦穆公之女，名怀嬴，后改嫁文公，更名文嬴。④置：立（为国君）。二三子：重耳其他的从亡之臣。⑤下：此指诸臣子。上：此指君侯。义：以之为义。赏：以之为赏。义、赏二字皆为意动。⑥怼（duì）：怨恨。⑦尤：错失。⑧文：文饰，此指对外宣扬。⑨绵上：古地名，介山所在地。田：即祭田，供给祭祀之费的田地。⑩志：标记。旌：奖励。

【笺释】

一、本文节选自《左传·僖公二十四年》，虽然只记述了春秋时代晋国介子推一个人的事迹，但是包含了大量晋国的历史背景知识，如“骊姬谮杀太子申生”“献公追杀二公子”“公子夷吾争位”“重耳流亡受辱”“齐楚厚待重耳”“怀嬴改嫁”等，这些都是需要补充阅读的。

二、学习本文以后，也才能与《左传》其他后续篇章做好理解上的衔接，比如《晋楚城濮之战》《烛之武退秦师》《蹇叔哭师》《秦晋崤之战》等，才能全面地了解晋文公（及其后继者）称伯诸侯百余年的原因。

晋楚城濮之战（僖公二十八年）

【题解】

春秋初期，南方异文化的楚国陆续吞并淮汉流域的诸姬姓诸侯国，兵锋直指中原诸国。齐国作为诸侯首霸（bó，通“伯”，下同），齐桓公只能与楚国结盟，却不能使其屈服。齐桓公死后中原无主，能与楚国相抗衡者唯有晋国，故城濮之战乃是晋国能否开创其伯业的关键一战。时值晋文公即位后的第五年，他年届七十指挥若定，巧妙运用政治、外交等手段联合秦、齐、宋、鲁等盟国，操控郑、卫、曹等小国，与楚、陈、蔡展开决战，并最终挫败楚军取得胜利。本文为《左传》描写战争的名篇，场面壮阔，气势恢宏，对战争双方的内政、外交、军事以及用人方面的细节都有精彩刻画。整个事件的原文过长，此处对其首尾稍作删节。

二十八年春，晋侯将伐曹，假道于卫，卫人弗许[①]。还，自河南济[②]，侵曹伐卫。正月戊申，取五鹿[③]。二月，晋郤縠[④]卒。原轸将中军，胥臣佐下军，上德也[⑤]。晋侯、齐侯盟于敛盂[⑥]。卫侯请盟，晋人弗许[⑦]。卫侯欲与楚，国人不欲，故出其君以说于晋[⑧]。卫侯出居于襄牛[⑨]。公子买戍卫[⑩]，楚人救卫，不克。公惧于晋，杀子丛以说焉，谓楚人曰："不卒戍也[⑪]。"

晋侯围曹，门焉，多死，曹人尸诸城上[⑫]。晋侯患之，听舆人之谋曰称："舍于墓[⑬]。"师迁焉，曹人凶惧，为其所得者棺而出之[⑭]。因其凶也而攻之。三月丙午，入曹。数之，以其不用僖负羁而乘轩者三百人也[⑮]。且曰："献状[⑯]。"令无入僖负羁之宫而免其族[⑰]，报施也。魏犨、颠颉怒曰："劳之不图，报于何有[⑱]！"爇僖负羁氏[⑲]。魏犨伤于胸，公欲杀之而爱其材，使问，且视之。病，将杀之。魏犨束胸[⑳]见使者曰："以君之灵，不有宁也？"距跃三百，曲踊三百[㉑]。乃舍之。杀颠颉以徇于师，立舟之侨以为戎右[㉒]。

宋人使门尹般如晋师告急[㉓]。公曰："宋人告急，舍之则绝，告楚[㉔]不许。我欲战矣，齐、秦未可，若之何？"先轸曰："使宋舍我而赂齐、秦，借之告楚[㉕]。我执曹君而分曹、卫之田以赐宋人。楚爱曹、卫，必不许也。喜赂怒顽，能无战乎？"公说，执曹伯，分曹、卫之田以畀[㉖]宋人。

【注释】

①二十八年：鲁僖公二十八年，即公元前632年。晋侯：即晋文公重耳。假道：借道。按：重耳当年流亡时曾在曹、卫受辱，当时楚军已包围了宋国，晋国为了救宋，故先拿这两国开刀。②济：渡河。③五鹿：地名，在今河南濮阳市。④郤（xì）縠（hú）：晋大夫，当时任晋军主帅。⑤原轸（zhěn）：即先轸，晋大夫，名将。因食邑封于原（地名），故亦称原轸。将中军：任中军将。按：当时晋军分为上、中、下三军，中军将为三军主帅。胥臣：晋大夫，即司空季子。佐下军：任下军副将。上德：即"尚德"，将品德考量放在第一位。⑥齐侯：即齐昭公，名潘，桓公之子。敛盂：卫国地

名，在今河南省濮阳市。⑦卫侯：即卫成公，名郑，卫文公之子。按：当年卫文公对晋文公“不礼”，故晋国现今拒绝与之结盟。⑧与：依附。出：赶走。说（yuè）：通“悦”。⑨襄牛：卫国地名，在今河南睢县。⑩公子买：鲁国大夫，字子丛。戍卫：驻守卫都。按：当时鲁、卫结盟，故鲁国派他去支援卫成公。⑪公：指鲁僖公。不卒戍也：意即“尽力了，可最终没能守住”。⑫门：用作动词，攻打城门。尸：用作动词，停放晋军战死者之尸。⑬舍（shè）于墓：在曹人城外的坟地上驻扎（暗示要挖坟曝尸）。⑭凶惧：恐惧。《说文解字》：“凶，扰惧也。”所得者：所得晋军战士之尸体。棺：用作动词，装尸入棺。⑮数（shǔ）：数落，责难。之：指曹共公。僖负羁：曹国大夫。按：重耳流亡曹国时，负羁及其妻曾暗中送其一行人饭食和玉璧。乘轩者：指曹国滥封大夫三百多人。轩，大夫所乘之车，车高有窗。⑯献状：要求呈现其政绩状况。杜预注：“言其无德居位者多，故责其功状。”按：一说欲澄清当年被曹共公窥浴（传言重耳骈肋）之辱，晋文公故自“献状”，以展示其身貌形体。⑰宫：先秦泛指较大的房屋，此指住宅。免其族：免僖负羁家族之罪。⑱魏犨（chōu）：晋大夫，即魏武子。颠颉（xié）：晋大夫。劳之不图，报于何有：即“不图劳，报于有何”的倒装。图，考虑，顾及。劳，自己的功劳。报，指报答僖负羁。有何，意即“有什么意义”。按：魏犨、颠颉都曾追随重耳流亡近二十年，此时并未授予高位，故有此牢骚语。⑲爇（ruò）：火烧。氏：指其全家。⑳束胸：包扎住受伤的胸口。㉑距跃：直跳，即跳高。三百（mò）：三陌，即三次，下同。曲踊：横跳，即跳远。㉒徇：示众。舟之侨：本虢国人，晋灭虢后为晋大夫。戎右：即车右，魏犨原任车右，此时被免职。㉓门尹：官名，盖守城门之类的长官。般：人名。如：往，到。㉔告楚：要求楚国撤兵。㉕借：凭借，通过。之：指宋国。㉖畀（bì）：给予。

楚子入居于申，使申叔去谷，使子玉去宋，曰：“无从晋师[①]。晋侯在外十九年矣，而果得晋国。险阻艰难，备尝之矣；民之情伪[②]，尽知之矣。天假之年，而除其害[③]。天之所置，其可废乎？《军志》[④]曰：‘允当则归。’又曰：‘知难而退。’又曰：‘有德不可敌。’此三志者，晋之谓矣。”子玉使伯棼请战，曰：“非敢必有功也，愿以间执谗慝之口[⑤]。”王怒，少与之师，唯西广、东宫与若敖之六卒[⑥]实从之。

子玉使宛春[⑦]告于晋师曰：“请复卫侯而封曹，臣亦释宋之围。”子犯曰：“子玉无礼哉！君取一，臣取二，不可失矣[⑧]。”先轸曰：“子与[⑨]之。定人[⑩]之谓礼，楚一言而定三国，我一言而亡之。我则无礼，何以战乎？不许楚言，是弃宋也。救而弃之，谓诸侯何[⑪]？楚有三施，我有三怨，怨仇已多，将何以战[⑫]？不如私许复曹、卫以携[⑬]之，执宛春以怒楚，既战而后图之。”公说，乃拘宛春于卫，且私许复曹、卫。曹、卫告绝于楚。

子玉怒，从[⑭]晋师。晋师退。军吏曰：“以君辟[⑮]臣，辱也。且楚师老[⑯]矣，何故退？”子犯曰：“师直为壮，曲为老，岂在久矣[⑰]？微楚之惠不及此，退三舍辟之，所以报也[⑱]。背惠食言，以亢其仇[⑲]，我曲楚直。其众素饱[⑳]，不可谓老。我退而楚还，我将何求？若其不还，君退臣犯，曲在彼矣。”退三舍。楚众欲止，子玉不可。

【注释】

①楚子：即楚成王。按：楚国芈（mǐ）姓，子爵，国君自称为王。申：楚国地名，在今河南南阳市。申叔：楚大夫。去：离开。谷：齐国地名，在今山东阳谷县。子玉：楚国令尹（即首相）成得臣的字，也是这次大战楚军的主帅。从：进逼。②情伪：真假。③“天假”二句：意即上天给予了重耳阅历，使其除掉了自己的政敌。其害，指重耳之弟夷吾（晋惠公）、之侄晋怀公（他们都先于重耳即位），及其党羽吕甥、郤芮等。④《军志》：周代兵书。⑤伯棼（fén）：楚大夫斗椒的字，又称斗越椒。间（jiàn）：乘间，找机会。执：堵塞。谗慝（tè）：谗言坏话。按：谗慝之口，指所谓的诽谤者，针对当初楚国前令尹子文批评他而言。⑥西广：楚军分左右广，西广即右广、右军。东宫：太子的卫队。若敖：楚王先祖熊仪的名号，楚国后用为宗族亲兵的名号。卒：楚军建制一百人为一卒。⑦宛春：楚大夫。⑧子犯：晋大夫狐偃的字，为晋文公母舅，亦称舅犯。君：指晋文公。取一：指得一利（释宋之围）。臣：指子玉。取二：指得二利（复卫和封曹）。失：失误。⑨与（yǔ）：答应。⑩定人：使人民安定。⑪谓诸侯何：如何回复其他诸侯。⑫三施：对宋、卫、曹都有施恩。三怨：与这三国都结下仇怨。⑬携：

离间。⑭从：进逼。⑮辟：同“避”。⑯老：疲惫。按：楚军围宋已近半年，故云。⑰直：理直。曲：理亏。⑱微楚之惠不及此：重耳流亡楚国时，受到楚成王款待，并被护送至秦国，在秦的帮助下复国。故有此言。三舍：九十里。古时三十里称为一舍。⑲亢：通“抗”。其仇：指宋国，当时宋楚两国为敌对状态。⑳素：向来。饱：指精神饱满。

夏四月戊辰，晋侯、宋公、齐国归父、崔夭、秦小子慭次于城濮[①]。楚师背酅[②]而舍，晋侯患之，听舆人之诵，曰：“原田每每，舍其旧而新是谋[③]。”公疑焉。子犯曰：“战也。战而捷，必得诸侯[④]。若其不捷，表里山河[⑤]，必无害也。”公曰：“若楚惠何？”栾贞子曰：“汉阳诸姬，楚实尽之，思小惠而忘大耻，不如战也[⑥]。”晋侯梦与楚子搏，楚子伏己而盬其脑[⑦]，是以惧。子犯曰：“吉。我得天，楚伏其罪，吾且柔之矣[⑧]。”

子玉使斗勃请战，曰：“请与君之士戏，君冯轼而观之，得臣与寓目焉[⑨]。”晋侯使栾枝对曰：“寡君闻命矣。楚君之惠未之敢忘，是以在此。为大夫退，其敢当君乎[⑩]？既不获命矣，敢烦大夫谓二三子，戒尔车乘，敬尔君事，诘朝将见[⑪]。”

晋车七百乘，韅、靷、鞅、靽[⑫]。晋侯登有莘之虚以观师[⑬]，曰：“少长有礼，其可用也。”遂伐其木以益其兵[⑭]。己巳，晋师陈于莘北，胥臣以下军之佐当陈、蔡[⑮]。子玉以若敖六卒将中军，曰：“今日必无晋矣。”子西将左，子上将右[⑯]。胥臣蒙马以虎皮，先犯陈、蔡。陈、蔡奔，楚右师溃。狐毛设二旆而退之[⑰]。栾枝使舆曳柴而伪遁，楚师驰之。原轸、郤溱以中军公族横击[⑱]之。狐毛、狐偃以上军夹攻子西，楚左师溃。楚师败绩。子玉收其卒而止，故不败。

【注释】

①戊辰：四月初三日。宋公：宋成公，宋襄公之子，名王臣。国归父、崔夭：皆齐大夫。小子慭（yìn）：秦穆公之子。以上都是与晋国结盟诸国的参战将领。次：驻扎。城濮：卫国地名，在今山东鄄（juàn）城县。②酅（xī）：险阻丘陵。③原田：原先之田，即休耕田。每每：野草繁密貌。新是

谋：即谋划开垦新田。这两句的实际意思是：晋文公忘记了楚国往日的恩情，现今又想拓展新的疆土。④必得诸侯：必然得到诸侯的拥戴，意即必然称霸于诸侯。⑤表里：皆名词意动用法。山：太行山。河：黄河。按：表里山河，指晋国外有黄河、内有太行，国土辽阔，地势固守。⑥栾贞子：即栾枝，晋大夫。汉阳诸姬：汉水以北的姬姓诸国。尽：尽灭。⑦伏己：伏于己（晋文公）之上。盬（gǔ）其脑：吸吮自己的脑髓。⑧"我得天"两句：狐偃为了打消晋文公的惧怕心理，将噩梦解释为祥梦。文公上仰于天，象征天助；楚王下俯于地，象征伏罪。柔之：形容词的使动用法，使之驯服。⑨斗勃：楚大夫。冯（píng）：同"凭"，靠着。轼：车前的横木。得臣：子玉的名。寓目：观看（战况）。按：以上三句是斗勃代子玉向晋军说的话，反映出子玉的自负轻敌。⑩"为大夫退"两句：是晋文公自谦的话，意即"对待大夫你且要退让，又怎敢抵挡楚王呢"。⑪不获命：不能达到（我们的）要求。二三子：子玉等楚军诸将。诘（jié）朝（zhāo）：亦作"诘旦"，次日早上。⑫乘（shèng）：古代兵车单位，四马一车为一乘，车上三人（长官、御者、车右）。按：据今人研究，春秋晋国军制一乘配步兵七十二人，七百乘约五万兵力。韅（xiǎn）、靷（yǐn）、鞅（yāng）、靽（bàn）：皆为战马身上的皮制装备。杜预注："在背曰韅，在胸曰靷，在腹曰鞅，在后曰靽。"⑬有莘（shēn）：古国名，在今山东曹县。虚：同"墟"，村落。观师：观看战况。⑭兵：兵器。⑮陈（zhèn）：通"阵"，列开阵势。莘北：地名，即上文所说的"有莘"之北。陈、蔡：两国与楚国为盟，其军属楚军右师。⑯子西：楚国司马斗宜申的字，时任左军帅。子上：即上文的斗勃，字子上，时帅楚右军。⑰狐毛：晋大夫，晋国老臣狐突长子，狐偃之兄，晋文公之舅。狐氏兄弟二人当年都曾随文公流亡。旆（pèi）：军中大旗。按：古制，中军设二旆。狐毛时任晋上军主将，他设二旆而退是为了制造晋中军败退的假象以引诱楚军。⑱郤溱（zhēn）：晋大夫。公族：晋文公的亲兵部队。横击：拦腰突击。

晋师三日馆谷[①]，及癸酉而还。甲午，至于衡雍，作王宫于践土[②]。乡役之三月，郑伯如楚致其师，为楚师既败而惧，使子人九行成于晋[③]。晋栾枝入盟郑伯。五月丙午，晋侯及郑伯盟于衡雍。丁未，献楚俘于王，驷介百乘，徒兵千④。郑伯傅王，用平礼也⑤。己酉，王享醴，命晋侯宥⑥。王命尹氏及王子虎、内史叔兴父策命晋侯为侯伯，赐之大辂之服，戎辂之服，彤弓一，彤矢百，玈弓矢千，秬鬯一卣，虎贲三百人⑦。曰："王谓叔父：'敬服王命，以绥四国。纠逖王慝⑧。'"晋侯三辞，从命。曰："重耳敢再拜稽首，奉扬天子之丕显休命⑨。"受策以出，出入三觐⑩。

据中华书局阮元刻《十三经注疏》本《春秋左传正义》卷十六

【注释】

①馆谷：皆用作动词，意即"住楚军之营，食楚军之谷"。②衡雍：郑国地名，在今河南原阳县。王宫：周天子之行宫。践土：郑国地名，在衡雍附近。③乡（xiàng）：通"向"，时间副词，先前。役：指城濮之战。此句的意思是：在城濮之战之前的三个月。郑伯：即郑文公。如楚致其师：去楚国将郑军的指挥权交给楚国。子人九：人名，郑国大夫。行（xíng）成：讲和，此处有请罪的含义。④王：周襄王。驷介：披甲的四马战车。徒兵：即步兵。⑤傅：辅助，襄赞。此指郑文公作为周襄王召见晋文公仪式的傧相。用平礼：用当年周平王礼待晋文侯（晋国先祖）的规格来接待晋文公。⑥享醴（lǐ）：赐用甜酒。宥（yòu）：通"侑"，劝人加餐。⑦尹氏、王子虎：二人皆周王之卿士。内史：掌管爵禄策命的官员。叔兴父：人名。策命：写于竹书正式任命。侯伯：诸侯之首领。大辂（lù）之服：乘坐大辂（古时祭祀用的金色礼车）时所穿戴赤色雉羽之冕等相应礼服。戎辂之服：乘坐戎辂（高规格兵车）时所穿戴韦弁（熟牛皮礼帽）等相应礼服。彤：红色。玈（lú）：黑色。秬（jù）：黑色黍米。鬯（chàng）：甜酒。卣（yǒu）：古时盛酒器，小口圆肚，有盖和把手。虎贲（bēn）：勇士。⑧叔父：周天子对同姓诸侯的称呼，不论辈行，此指晋文公。服：听从。绥（suí）：安抚，平定。四国：泛指天下各国。纠：纠正。逖（tì）：使远离，消灭。王慝（tè）：不利于周室的奸邪。⑨丕显休命：伟大、光明、美好的命令。丕，大也。显，明也。休，美也。此为周代官方敬语。⑩出入三觐（jìn）：指此次仪式后晋文公并未立即离开，又先后三次觐见周王，以示对周天子的敬意。

【笺释】

本文篇幅较长，相关人物众多，内容头绪丛杂，且多涉及春秋中期各国政治形势、外交关系、礼法文化等背景知识，要善于耐心思考，咀嚼细节，抓住主线，如此对文章的理解才能做到水到渠成。以下通过“字词语法”“政治背景”“各国外交”“核心人物”“文化意义”等几个方面，稍作提点。

一、字词语法

文中出现了大量生僻字，大部分为专用名词，包括地名、人名、宗法器物名等，结合注释知道它们的大致意思即可，不需要花费太多精力。对于一些常见词汇，需要明晰的是文言文中词性的活用（一般为名词、形容词活用作动词，常见的有使动、意动、为动、连动等几种用法）及互文省略（上文出现过的主语、宾语或句中的一些代词、介词、助词，下文中常常省略），如文中的“门焉”“尸诸城上”“表里山河”“馆谷”“出入三覲”等处，多作咀嚼，其义则明。

二、政治背景

当时的政治大势是周室衰微，楚国北进。当时的中原大国有齐、秦、宋、晋等，小国如郑、卫、曹、鲁、陈、蔡等，即将面临被楚国蚕食的危险。然而各大国的情况又各自不同：齐国在桓公死后，群子争位，在宋国的帮助下刚刚稳定，元气未复；秦国远在西陲，鞭长莫及；宋国在襄公时被楚国戏耍和痛击，一蹶不振，渐渐沦为二流国家；而晋国在多年与秦国的爱恨情仇后，自晋文公即位渐渐走上正轨。于是这个保卫周文化和中原诸国的历史重任，就顺理成章地落在了晋国头上。

三、各国外交

这是一个非常微妙且底蕴深厚的问题，处在两大国夹缝中的诸小国与晋楚的外交关系尤其复杂。晋文公当年流亡时，曾受过宋、齐、秦各国的恩惠，却也受过卫、郑、曹诸国的冷遇或侮辱。于是，晋国与宋、齐、秦各国关系良好，而郑、卫、曹各国本应持中间立场，但由于惧怕晋文公报复，便纷纷倒向了楚国。其中宋国与楚国有仇，故是晋国的铁杆盟友，于是楚国向北扩张，第一站就是首先包围并攻打宋国；而晋国相对应的战略是先攻曹、卫，借此吸引楚国救援，既可与楚决战，亦可解宋国之围。而陈、蔡二国地理位置偏南，亲楚多年，故是楚的盟国。补充说一下鲁国，鲁国是周天子非常倚重的诸侯之一，本应“反楚”，但它国力较弱且与卫国结盟，故又“反晋”。在这种矛盾的心理下，它并未直接参与这次城濮之役，采取的是“谁也不得罪”的政治战略。

四、核心人物

文中的核心人物是晋文公和子玉。晋文公大器晚成，老成持重，拥有丰富的人生阅历和政治经验，他在对待曹、卫两国国君时，表明上夹杂着报私仇的成分，却又是在为“瓦解楚盟”这一大原则服务，二者并不矛盾。他在本方阵营中权威极大，晋国的军事团队成员如原轸、赵衰、狐毛、狐偃、栾枝、胥臣等，大多是跟随他多年共患难的股肱之臣，即使是对违令的大臣如魏犨、颠颉，他也能做到赏罚分明、爱惜人才，可见晋国君臣内部的团结一致。他在对待楚国时，退避三舍，未见楚王却言辞客气，这是为了报恩，也是故意示弱，以骄楚军之心。反观楚军统帅子玉，首先是由于狂妄自负，导致内部不团结（与前令尹子文不和，参见文中注释）；其次是骄傲轻敌，多次表示晋国不堪一击，如“君冯轼而观之，得臣与寓目焉”“今日必无晋矣”，等等；再者，虽然如此，子玉还是一个具有杰出军事才华的人物，他在城濮之战中虽然失败，楚军中军却并未损失（“子玉收其卒而止，故不败”），楚军元气尚存。子玉在战后愧而自杀，“晋侯闻之，而后喜可知也，曰：‘莫予毒也已。’”晋文公为自己生平这个最强劲对手的死而感到庆幸，表示自此以后再也没有谁可以威胁到他了。

五、文化意义

关于这一点，可以重点阅读文章最后一段。晋文公虽然称霸（原文是称“伯”）于诸侯，但他起码在表面上仍视周天子为最高政治权威，在客观上也有力捍卫了周文化在中原地区的统治权不被侵犯，所奉行的是“王道”而不是“霸道”，是儒家“尊王攘夷”思想的具体体现，也与孔子所说的“微管仲，吾将披发左衽矣”的义理是高度一致的。

晋灵公不君（宣公二年）

【题解】

本文讲述的是春秋中期晋国国君灵公顽劣无道，正卿赵盾劝谏多次无果且遭刺杀，不得已隐居边境以避其祸。未几灵公死于他臣之手，史官董狐直书“赵盾弑其君”。文章“微而显”，实则赞扬了董狐“不虚美、不隐恶”的良史风格，以及赵盾作为政治家包容异议的博大胸怀。

晋灵公不君[①]。厚敛以雕墙[②]。从台上弹人，而观其辟[③]丸也。宰夫胹熊蹯不孰，杀之，置诸畚，使妇人载以过朝[④]。赵盾、士季见其手[⑤]，问其故而患之。将谏，士季曰："谏而不入[⑥]，则莫之继也。会请先，不入，则子继之。"三进及溜[⑦]，而后视之。曰："吾知所过矣，将改之。"稽首而对曰："人谁无过？过而能改，善莫大焉。诗曰：'靡不有初，鲜克有终[⑧]。'夫如是，则能补过者鲜矣。君能有终，则社稷之固也，岂惟群臣赖之。又曰：'衮职有阙，惟仲山甫补之[⑨]。'能补过也。君能补过，衮不废矣。"

犹不改。宣子骤[⑩]谏。公患之，使鉏麑贼之[⑪]。晨往，寝门辟矣。盛服将朝，尚早，坐而假寐。麑退，叹而言曰："不忘恭敬，民之主也。贼民之主，不忠；弃君之命，不信。有一于此，不如死也。"触槐而死。

秋九月，晋侯饮赵盾酒[⑫]，伏甲将攻之。其右提弥明知之，趋登曰："臣侍君宴，过三爵，非礼也[⑬]。"遂扶以下。公嗾夫獒焉。明搏而杀之。盾曰："弃人用犬，虽猛何为！"斗且出。提弥明死之[⑭]。

初，宣子田于首山，舍于翳桑[⑮]。见灵辄饿[⑯]，问其病，曰："不食三日矣。"食之，舍其半[⑰]。问之，曰："宦[⑱]三年矣，未知母之存否。今近焉，请以遗[⑲]之。"使尽之，而为之箪食与肉，寘诸橐以与之[⑳]。既而与为公介[㉑]，倒戟以御公徒，而免之。问何故，对曰："翳桑之饿人也。"问其名居，不告而退。——遂自亡[㉒]也。

乙丑，赵穿攻灵公于桃园[㉓]。宣子未出山而复[㉔]。大史[㉕]书曰："赵盾弑其君。"以示于朝[㉖]。宣子曰："不然。"对曰："子为正卿，亡不越竟[㉗]，反不讨贼，非子而谁？"宣子曰："乌呼[㉘]！'我之怀矣，自诒伊戚[㉙]'，其我之谓矣！"

孔子曰："董狐，古之良史也，书法不隐[㉚]。赵宣子，古之良大夫也，为法受恶[㉛]。惜也，越竟乃免[㉜]。"

宣子使赵穿逆公子黑臀于周而立之[㉝]。壬申，朝于武宫[㉞]。

据中华书局阮元刻《十三经注疏》本《春秋左传正义》卷二十一

【注释】

①晋灵公：名夷皋（前 620 年—前 607 年在位），襄公之子，文公之孙。不君：不行为君之道。②敛：征收赋税。雕：涂画。③辟：同“避”。④宰夫：厨师。胹（ér）：炖煮。熊蹯（fán）：熊掌。孰：同“熟”。畚（běn）：古代用草绳编成的盛器，后为竹制，即畚箕。⑤赵盾：晋国正卿（即首相），赵衰之子，字孟，谥号“宣”，故称赵宣子。士季：晋国大夫，名会。⑥入：纳，采纳。⑦溜（liù）：通“霤”，屋檐下滴水处。⑧靡：用法同“莫”，没有谁。鲜：少。克：能。按：此两句引自《诗经·大雅·荡》，意即“没有谁做事没有个开始，但很少能持之以恒”。⑨衮：君王绘有卷龙图样的礼服，此实指国君之位。职：职责。仲山甫：周宣王大臣。按：此两句引自《诗经·大雅·烝民》，意即“周宣王不尽职之处，还有仲山甫来弥补”。⑩骤：多次。⑪鉏（chú）麑（ní）：晋国勇士。贼：用作动词，击杀。⑫饮（yìn）：使之饮，即赐赵盾饮。⑬右：即车右，亦称骖乘，一般为负责保护或防御的武士。提弥明：人名。趋：快步走。登：登堂。三爵：三杯酒。《诗经·小雅·宾之初筵》郑玄笺：“三爵者，献也，酬也，酢也。”爵，古代饮酒器。⑭死之：为此而死。⑮田：通“畋”。首山：即首阳山，在今山西永济市。翳（yì）桑：地名，杜预注“桑之多荫翳者”。⑯灵辄：人名。饿：实指饿倒。⑰食（sì）之：使之食，即给灵辄东西吃。舍：施舍，赠予。⑱宦：充当贵族的奴仆。⑲遗（wèi）：赐予。⑳为：作，有“准备”之意。箪（dān）：盛食物的竹器，圆形，有盖。橐（tuó）：布袋。㉑与（yù）：参与。介：铠甲，此指甲士。㉒自亡：（赵盾）径自逃亡。㉓乙丑：前 607 年农历九月二十六日。赵穿：晋国大夫，赵盾之从弟，晋襄公之婿。攻：攻杀。桃园：灵公之林苑。㉔山：晋国界山。复：回来。㉕大（tài）史：即太史，官名，此指晋国史官董狐。㉖以示于朝：将其在朝堂上公示。㉗竟：同“境”。下文“越竟乃免”中之“竟”，同此。㉘乌呼：即“呜呼”，感叹词。㉙诒（yí）：同“贻”，招致。伊：代词，那个。戚：忧难。按：此两句引自《诗经·邶风·雄雉》，个别单字略有出入，意即“因为我怀念祖国，反而给自己招致了忧难”。㉚书法：记事的原则。隐：隐讳。㉛为（wèi）：为了。法：史官的原则，即上文的“书法”。恶：恶名。㉜越竟乃免：孔子认为董狐刚直不阿固然没错，赵盾却也无辜。杜预注：“越竟则君

臣之义绝，可以不讨贼。”㉝逆：迎也。公子黑臀：文公之子，襄公异母弟，当时在周天子处为人质，回国即位后为晋成公。周：即成周，本是雒邑东城，为周公旦所筑，东周时作为天子都城。㉞壬申：十月初三日。朝（cháo）：开朝，接受百官朝贺，此指即位。武宫：晋国先祖武公之庙。

【笺释】

一、《左传》作为史书经典，自然也有为后世树立“以史为鉴”史观的用意。杜预《春秋左氏传序》中所论“《春秋》五义”之五为：“惩恶而劝善，求名而亡，欲盖而章。”所以先掌握本文的叙事艺术，才能对各位历史人物的善恶得失有准确的认识。

二、正因为晋灵公种种“不君”的行径，才凸显出赵盾的处处忠正。

三、灵公“不君”的错误也是按照其由小到大、性质逐渐加剧的思路而进行叙述的。“厚敛雕墙”为其奢侈之风，“台上弹人”为其轻佻之态，“滥杀宰夫”为其残忍之心，“谏而伪诺”为其狡黠之伎，“犹不改”为其恣肆之志。多次暗杀大臣，以忠良为奸邪，非欲除之而后快，这正是一个典型的无道之君的作为。灵公最后的结局也引证了“多行不义必自毙”（见《左传·隐公元年》）这句古训；他的教训，也符合儒家“惩恶而劝善”的本意。许多年轻的读者以为，在古代社会皇帝或者国君就至高无上，可以为所欲为，此处对此问题略做廓清。

四、作为文中要特别颂扬的历史人物赵盾，他身上优良的品质也是多方面的：多次劝谏，是为忠也；“盛服将朝”，是为敬也；使刺客愧而自戕，是为正也；使部下舍死以护，是为亲也；使饿士感恩相救，是为仁也；不诛董狐，是为宽也。简单说，赵盾就是儒家极力提倡的一个近乎理想化的政治人物。

五、关于赵盾诸事件的叙述艺术，尤要注意的是“灵辄报恩”一节，使用的是插叙。

子产不毁乡校（襄公三十一年）

【题解】

乡校，乡间的公共场所，既是学校，又是乡人的聚会议事之所。春秋中后期，郑国处于晋、楚两大强国之间，政治形势窘促。正卿子产执政二十余年，使国家长期安定，故而声名远播。本文记述的是他治国时，关于是否要废除乡校的一件政事。

郑人游于乡校，以论执政[①]。然明谓子产[②]曰："毁乡校，何如?"子产曰："何为？夫人朝夕退而游焉，以议执政之善否[③]。其所善者，吾则行之。其所恶[④]者，吾则改之。是吾师也，若之何毁之？我闻忠善以损[⑤]怨，不闻作威以防怨。岂不遽止？然犹防川，大决所犯，伤人必多，吾不克救也。不如小决使道，不如吾闻而药之也[⑥]。"然明曰："蔑也今而后[⑦]知吾子之信可事也。小人实不才[⑧]。若果行此，其郑国实赖之，岂唯二三臣[⑨]？"

仲尼[⑩]闻是语也，曰："以是观之，人谓子产不仁，吾不信也。"

据中华书局阮元刻《十三经注疏》本《春秋左传正义》卷四十

【注释】

①游：闲游，此实指劳作之余的聚集。执政：治理国家的情况。②然明：鬷（zōng）蔑的字，郑国大夫。子产：公孙侨的字，郑国正卿。③善否（pǐ）：好坏。④恶（wù）：讨厌，不喜欢。⑤损：减少。⑥道（dǎo）：通"导"，引导，疏导。药之：以之为药，将其当作良药。⑦今而后：即"从今往后"。⑧小人：本指粗浅之人，此为鬷蔑的谦称。不才：亦是谦语，类似于"无能"。⑨二三臣：指除子产外的其他大夫。⑩仲尼：孔子的字。

【笺释】

一、子产乃春秋时代杰出的政治家，他对于民间政治言论的开明态度，可以看作是对"防民之口，甚于防川"（《国语·周语上》）这一古训正面精神的进一步诠释，是古代重要的政治治理经验之一。

二、这种朴素的民主政治思想对后世影响很大，唐代韩愈就作有《子产不毁乡校颂》一文，可供参阅。

第四章　诸子百家

诸子百家是春秋至汉初学术思想流派的总称。诸子指孔子、老子、墨子、韩非子、孙子、杨朱、苏秦、吕不韦、邹衍等，其所属为儒家、道家、墨家、法家、兵家、名家、纵横家、杂家、阴阳家等，百家举其成数而言。

春秋时期，周天子王权旁落。诸侯纷纷以高爵重禄延揽人才，使大量非贵族知识分子进入政治核心，于是产生了以社会政治追求为己任的新兴阶层——“士”。士阶层就社会秩序、道德伦理、政治方略、个人价值、宇宙本原诸方面，提出新的认识及相关问题的解决办法。于是各种思想、学说纷纷涌现，如儒家追求“仁”“礼”，提倡“以义制利”的精神；墨家主张“兼爱”“尚贤”“节用”的治理思想；道家秉持“少私寡欲”“道法自然”的处世原则；法家强调“明刑严法”等。至战国而有“百家争鸣”之势。

关于“百家”的划分，最早源于汉代司马谈《论六家要旨》，他首次将百家分为“阴阳、儒、墨、名、法、道”等六家。后来，刘歆《七略》又在此基础上增“纵横、杂、农、小说”等为十家。班固在《汉书·艺文志》中继承了刘歆的观点，并认为“诸子十家，其可观者九家而已”。于是，后世再去掉“小说家”，将所余九家称为“九流”。

第一节 儒 家

一、概述

《汉书·艺文志》曰："儒家者流，盖出于司徒之官，助人君顺阴阳、明教化者也。游文于六经之中，留意于仁义之际，祖叙尧舜，宪章文武，宗师仲尼，以重其言，于道为最高。"简言之，儒者起源于周天子负责文教的司徒之官，是周代对学者、教育者的统称。《论语·雍也》篇中，孔子对子夏说"汝为君子儒，毋为小人儒"，可见儒者亦有高低之分。

《说文解字·人部》云："儒，柔也，术士之称。"近人章炳麟、胡适等据此认为，"儒"是周代负责各种社会礼俗、祭祀仪式的一种职业；今人李泽厚等则从"儒"字的甲骨文字形及孔子先祖为殷商遗民等角度分析，认为儒家由殷商的巫史之士发展而来。上述意见虽有待进一步佐证，然皆有一定之理，可存其说。

通过孔子自身的仕宦、游历、授学、著述，以及其历代弟子的不懈努力，儒家最先打破贵族垄断教育之局面，引领诸子百家在民间开设学堂，使文化教育深入社会大众，对提升先秦时期中华先民的整体文明程度做出伟大贡献。

儒家进一步发展了自周公旦以来的礼乐传统，重视宗族人伦，追求事功德业，以"仁德"为体，以礼教为用，在政治上主张"德治""仁政"，在伦理上提倡"忠恕""中庸"。其学说简称儒学，是自汉代以来多数时代的官方正统思想。

春秋战国时期，儒家虽为最有影响力的学派之一，然并不具备官方背景，也只是诸子百家之一，与其他诸子在地位上并无明显的主次关系。先秦儒家的代表人物有孔子、子夏、曾子、子思、孟子、荀子等，其言论和文字皆具有周到的思想性及生活指导性，兼具相当的文学价值。

二、作品

孔　子（约前551年—前479年）

春秋时期鲁国陬邑（在今山东曲阜市）人，名丘，字仲尼，儒家学说的创始人。《论语》是一部语录体散文集，主要记录了孔子及其弟子的言论。“论语”即言语的论纂，是书由孔子弟子和再传弟子共同著录。因秦始皇焚书坑儒，汉初《论语》仅有口头传授及从孔子故宅夹壁中所得的本子，计有《鲁论》20篇，《齐论》22篇，《古论》21篇，共三种。西汉末年，汉成帝师安昌侯张禹根据《鲁论》，参照《齐论》，另成一论，称为《张侯论》。东汉郑玄以《张侯论》为依据注释，形成后世通行的版本。清代阮元刻《十三经注疏》，《论语》计有20篇，共492章。

温故而知新（为政）

【题解】

本章主要讲的是学习的境界。（《论语》各章本无题目，题目为编者所加，下同。）

子曰：“温故而知新①，可以为师矣。”

【注释】

①而：连词，这里有强调的含义，理解为“更要”“更为重要的是”。句后省略了名词性词尾“者”，全句的意思是“……的人”。

【笺释】

一、注意句中连词“而”的准确理解，这影响到对本章核心精神的领悟。

二、本章的核心思想是提倡“开拓创新”。通常的理解是将“温故”和“知新”并列，认为这是孔子提倡的学习精神，做好“温故”就可以“知新”。其实细细琢磨就会发现这样的理解存在漏洞，因为从旧的知识领域当中永远不可能学到太多的其他领域的新知识，故步自封、不思开拓，只能形成消极保守、日渐寡陋的境地。“温故”很重要，这是不能忘本；“知新”则更为重要，这是难能可贵的精益求精，这才是孔子所提倡的“为师者”。这个道理不仅仅指学习，做任何事情要想取得非凡的成就，都需要有勇于开拓、探索未知的精神和魄力。

一以贯之（里仁）

【题解】

本章是对孔子思想的高度概括，即“夫子之道，忠恕二字而已”。

子曰：“参乎①，吾道一以贯之②？”曾子曰：“唯③。”子出，门人④问曰：“何谓也？”曾子曰：“夫子之道，忠恕⑤而已矣。”

【注释】

①参（shēn）：即曾参，字子舆，孔子著名的弟子之一，相传《孝经》为其所著，后世尊称为“曾子”“宗圣”。乎：语气词。②道：思想大意、精神实质。一：一句话。贯：贯通，总结。③唯：答应之声，类似于“好的”。朱熹《论语集注》：“唯者，应之速而无疑者也。”④门人：孔子其他众弟子。⑤忠：忠诚。恕：体谅。按：朱熹《论语集注》曰“尽己之谓忠，推己之谓恕……或曰：‘中心为忠，如心为恕。’于义亦通”。

【笺释】

一、孔子的思想义理深邃且复杂，用一句简单的话总结出来是很难的，他却故意向曾子提问，可见对曾子的器重。而一个“唯”字，也足见曾子平日就曾思考过这个问题，而又不敢在师尊之前冒昧直言。回应得快，表明其并未辜负孔子的厚望；应而不答，表明其品质也是很谦虚很谨慎的。

二、“忠”的含义一般都能理解（但对象也有“自我”“他人”“群体”等几个不同的层次），唯有对“恕”字的普遍理解多少都显得简单化了。何为“体谅”或者“原谅”？只有设身处地地站在对方立场考虑问题，如朱熹所说的“推己”“如心”，即现代人通常说的“换位思考”，才能真正理解对方的苦衷和难处，才能真正做到对别人的体谅和原谅，这才是“恕”的精髓。《论语》中还出现了“己所不欲，勿施于人”这样的论述，其中也包含有“忠”和“恕”这两方面的含义，可做深入思考。

饭疏食（述而）

【题解】

本章形象地展示了孔子“安贫乐道”和“君子固穷”的思想。

子曰：“饭疏食①，饮水，曲肱而枕②之，乐亦在其中矣。不义③而富且贵，于我如浮云。”

【注释】

①饭：用作动词，吃，以……为饭。疏食：粗劣的食物。②肱（gōng）：胳膊肘到肩的部分，即上臂。枕：用作动词，以……为枕。③不义：通过不合道义的错误方式。

【笺释】

一、孔子为万世师表，本章就是其思想身体力行的表现。

二、《论语》中还有“君子固穷，小人穷斯滥矣”，可以看作对本章内容的进一步发挥。君子（道德水平高上者）心中有持之以恒的精神坚守，所以就是在“穷”（指个人的人生追求处于穷尽的境地，非仅指经济物质方面的困乏）的时候，也能稳如磐石，并自得其乐；而小人（道德水平低下者）因为心中没有原则，一旦处于穷尽的地步，就会不择手段地摆脱这种局面，就像泛滥的流水一样四处流淌、无有定准，从而善变、背叛，伤害别人的情感，耽误别人的事业。

闻斯行诸（先进）

【题解】

本章体现了孔子在教育中“因材施教”的原则。

子路问：“闻斯行诸①？”子曰：“有父兄在，如之何其闻斯行之？”冉有②问：“闻斯行诸？”子曰：“闻斯行之。”公西华③曰：“由也问闻斯行诸，子曰‘有父兄在’；求也问闻斯行诸，子曰‘闻斯行之’。赤也惑，敢问。”子曰：“求也退④，故进之；由也兼人⑤，故退之。”

【注释】

①子路：姓仲名由，字子路，一字季路，小孔子九岁，为孔子亲近的弟子之一。按：《论语》书中孔门弟子除曾参、有若书“子”外，其余弟子均书字、弟子自称名，以示尊重夫子，孔子则直称弟子之名。斯：代词，指某件符合道义的事情。诸：复合代词，“之乎”的合音。②冉有：姓冉名求，字子有，孔子弟子。③公西华：姓公西名赤，字子华，孔子弟子。④退：谦逊。⑤兼人：一个人干两个人的事，即“好胜”之意。

【笺释】

一、面对同一个问题、不同弟子的提问，孔子针对提问者的个体差异，做出了截然相反的回答。可见灵活变通、不拘陈式、人尽其才，是“因材施教”的典型。

二、子路、子有、公西华都是孔子门下很有特点的弟子，通过本章的简短表述，也可以看出他们的性格特点。

子路、曾皙、冉有、公西华侍坐（先进）

【题解】

本章是儒学史上著名的典故“浴沂之乐”（或称“春服舞雩”）的出处，从中可以看出孔子的人生大志是“尊崇周礼”和“力行教化”，践行“先王之道”，实现“尧舜气象”。曾点的回答因为正合其意，所以受到孔子称赞。何晏《论语》注：“莫春者，春三月也。春服既成，衣单袷之时，我欲得冠者五六人，童子六七人，浴乎沂水之上，风凉于舞雩之下，咏先王之道而归夫子之门。”朱熹《论语集注》引程颐语：“孔子与点，盖与圣人之志同，便是尧舜气象也。”又引：“曾点，狂者也，未必能为圣人之事，而能知夫子之志。故曰浴乎沂，风乎舞雩，咏而归，言乐而得其所也。孔子之志，在于老者安之，朋友信之，少者怀之，使万物莫不遂其性。曾点知之，故孔子喟然叹曰：吾与点也。”

子路、曾皙、冉有、公西华侍坐①。子曰：“以吾一日长乎尔，毋吾以也②。居则曰：‘不吾知③也！’如或知尔，则何以④哉？”

子路率尔[5]而对曰："千乘之国，摄[6]乎大国之间，加之以师旅[7]，因之以饥馑[8]。由也为之，比及[9]三年，可使有勇，且知方[10]也。"夫子哂[11]之。

"求！尔何如？"对曰："方六七十[12]，如五六十，求也为之，比及三年，可使足民[13]。如其礼乐，以俟君子。"

"赤！尔何如？"对曰："非曰能之，愿学焉。宗庙[14]之事，如会同[15]，端章甫[16]，愿为小相[17]焉。"

"点！尔何如？"鼓瑟希，铿尔[18]，舍瑟而作[19]，对曰："异乎三子者之撰[20]。"子曰："何伤乎？亦各言其志也。"曰："莫[21]春者，春服既成，冠者[22]五六人，童子六七人，浴乎沂[23]，风乎舞雩[24]，咏而归。"夫子喟然[25]叹曰："吾与[26]点也！"

三子者出，曾皙后。曾皙曰："夫三子者之言何如？"子曰："亦各言其志也已矣。"曰："夫子何哂由也？"曰："为国以礼，其言不让，是故哂之。""唯求则非邦也与[27]？""安见方六七十如五六十，而非邦也者？""唯赤则非邦也与？""宗庙会同，非诸侯而何？赤也为之小，孰能为之大？"

【注释】

①曾皙（xī）：姓曾名点，字子皙，曾参之父，父子先后都是孔子弟子。侍坐：陪伴孔子而坐。②"以吾"两句：前一"以"，因为，由于。后一"以"，通"已"，停止（发言）。③居：平时，实指"课后"。知：了解，主语应为老师、诸侯、卿大夫等考量弟子的尊上者。④何以：即"以何"，意为拿什么去从政。⑤率尔：轻率急促貌。⑥摄：夹持。⑦师旅：军队，此处代指战争。⑧因之：接着。饥馑（jǐn）：指饥荒之年。《尔雅·释天》："谷不熟为饥，蔬不熟为馑。"⑨比及：等到。⑩方：其义犹"道"，儒家之道即为"礼乐"。⑪哂（shěn）：微笑。⑫方：周围、方圆。六七十：后省略"里"字，下文"五六十"，同此。⑬使足民：使人民富足。⑭宗庙：诸侯祭祀祖先之堂宇。⑮会同：诸侯的会盟、议和等。⑯端：即玄端，黑色礼服。《周礼·春官·司服》："其斋服有玄端、素端。"章甫：礼帽。《礼记·儒行》："冠章甫之冠。"⑰相：仪式上负责接待、协助行礼的人，后世一般称为"傧相"，公

西华自称“小相”以示谦虚。郑玄注：“相，诏王礼也。出接宾曰摈，入诏礼曰相。”⑱希：通“稀”，指瑟声变弱。铿（kēng）尔：象声词。⑲作：站起。⑳撰：才具。何晏集解：“撰，具也，为政之具也。”㉑莫（mù）：同“暮”。㉒冠者：成年人。古时男子二十行及冠礼，即为成年。㉓沂（yí）：水名，在今山东曲阜南，古时河中有温泉。㉔风：乐曲，此作动词，指演奏或者歌唱。舞雩（yú）：即“舞雩之坛”的省略，求雨的祭祀坛。按：雩，古代求雨的祭祀，配有舞乐，故名“舞雩”。郦道元《水经注》：“沂水北对稷门，一名高门，一名雩门。南隔水有雩坛，即曾点所欲风处也。”㉕喟（kuì）然：长叹之态。㉖与（yǔ）：赞许，赞同。㉗唯，发语词，无实意。邦：指国家政事。与：同“欤”，疑问语气词。按：“非邦也与”，意即“不是治国之才吗？”

【笺释】

一、“尊崇周礼”的表现。暮春沐浴、祭祀风咏这些都是周礼的表现。孔子曾说过：“夏礼吾能言之，杞不足征也。殷礼吾能言之，宋不足征也。文献不足故也。足，则吾能征之矣。”［《论语·八佾（yì）》］可见他对古礼的追求是由来已久的，夏商两代的礼法由于缺乏资料和口耳相传有限，文献（朱熹注：“文，典籍也；献，贤也。”）大部分已经遗失，孔子对此是很痛心的，故说“足，则吾能征之矣”。而周代之礼在春秋末期也已“礼坏乐崩”，故此孔子才要大力提倡。

二、“力行教化”的表现。成人出游为何非要强调带上“童子六七人”？因为要从小陶铸小孩子的崇礼意识。浴祭已毕为何还要突出一个“归”字？因为归来后还要检查众弟子以及小孩子参见活动和仪式之后的心得体会。教化并非贬义，古人云：“风以动之，教以化之”（《毛诗序》），教之以礼，化之以德，行之成风，所以最终“美教化，移风俗”（《毛诗序》），实现理想当中的“尧舜气象”。

三、对曾点以外其他弟子的态度。孔子并没有给予曾点以外其他弟子一个明确的评价，那是因为其循循善诱、和蔼可亲的长者风度。其他弟子的回答也都并没有错，正如孔子所言“亦各言其志也”，只是人各有志、思想境界的高低略有差别罢了。对于子路的直率有为，孔子示以微笑；对于子有、公西华的谨慎有为，孔子对他们则是引以为傲的，明确表示“他们做了第二，谁还有资格做第一呢？”

卫君待子（子路）

【题解】

本章孔子强调“正名”在为政治国中的重要性。当时孔子在卫国，该国的形势是：世子蒯聩不喜其母南子淫乱，欲杀之而无果，出逃国外；聩之子辄被立为国君，是为卫出公，且据国以拒其父，正所谓“父不父，子不子”。当时有传闻卫出公欲召用孔子以巩固其实力，故孔子借子路之问而言之。《论语集注》引谢良佐语：“正名虽为卫君而言，然为政之道，皆当以此为先。”

子路曰：“卫君待①子而为政，子将奚②先？”子曰：“必也正名③乎！”子路曰：“有是哉，子之迂④也！奚其正？”子曰：“野哉由也！君子于其所不知，盖阙如也。名不正则言不顺，言不顺则事不成，事不成则礼乐不兴，礼乐不兴则刑罚不中⑤，刑罚不中则民无所措手足⑥。故君子名之⑦必可言也，言之必可行也。君子其于言，无所苟⑧而已矣。”

【注释】

①卫君：即卫出公，名辄。据朱熹考证其时为鲁哀公十年，孔子正在周游列国，居卫国。待：等待。②奚：不定代词，什么，怎么。③正名：辨正名称、名分，使人事名实相符。④迂：迂腐。一说，“迂”通“纡”，弯绕、迂回，但与后文“野哉由也”文意稍悖，可供参考。⑤中（zhòng）：恰当。⑥措：放置。无措手足：比喻百姓无法度可依的样子。⑦之：指代被正名的对象。⑧苟：随便，无原则地说话。

【笺释】

一、本章是通过剖析“不正名”的政治危害性来讲“正名”的重要性，分层递进，逻辑清晰，言之有物，其意义也可作为普遍的为政原则。

二、子路先孔子一年而死，那是因为他后来出仕卫出公，死于卫国内斗。孔子对此很是悲伤，也可见子路始终没有领悟是否“正名”与一国是否安定之间的重要联系。

管仲非仁者与（宪问）

【题解】

本章主要体现了孔子从文化角度对管仲历史功绩的肯定，与“君子不以一眚（shěng，过错）掩大德”（《左传·僖公三十三年》）的思想是一致的。管仲在其先主公子纠死后未能殉节，是其人生的一个污点，所以子贡对其是否为“仁者”心存疑问。《论语集注》：“愚（我，朱熹自称）谓管仲有功而无罪，故圣人独称其功。”实际上，儒家看待管仲也暗合道家“大仁不仁”（《庄子·齐物论》）的精神。

子贡曰：“管仲非仁者与①？桓公杀公子纠，不能死，又相之②。”子曰：“管仲相桓公，霸③诸侯，一匡天下④，民到于今受其赐。微管仲，吾其被发左衽⑤矣。岂若匹夫匹妇之为谅⑥也，自经于沟渎⑦而莫之知也？”

【注释】

①子贡：孔子弟子，复姓端木名赐，字子贡，有辩才。管仲：春秋早期齐国著名政治家，名夷吾，字仲，曾先为公子纠之臣，公子纠被杀，后被齐桓公任为相国。可参见本卷第三章《左传·齐无知弑其君诸儿》文中相关部分。与（yú）：通“欤”，疑问语气词。②桓公：即齐桓公，姓姜名小白，齐僖公之子，齐襄公之弟。公子纠：桓公之兄，襄公死后与小白争夺君位。相（xiàng）之：做他的相国。一说，“相”意为辅佐，皆通。③霸（bó）：通“伯”，大也，意即“首领”。④一匡天下：《论语集注》曰“尊周室，攘夷狄，皆所以正天下也”。匡，纠正。⑤其：语气副词，大概。左衽（rèn）：古代少数民族所着服装前襟向左掩，不同于中原诸国（即周文化圈中的诸国以及后来的汉族）的右衽。衽，衣襟。⑥谅：信，此指小德小信。⑦自经：即自缢。沟渎（dú）：水沟小渠。

【笺释】

一、许多历史人物都存在“大功不朽，小节有亏”的评价矛盾，如管仲、刘彻、李世民、魏徵等。孔子的评价标准是站在社会发展的大局之上的，故而极力肯定管仲巨大的历史贡献，认为其“功过相较，过可不究”。此种精神也与唯物辩证法“矛盾的主要方面决定矛盾的性质”这一原则相符。

二、“霸”的本意为“伯”，意即“诸侯之首领”，其文化含义是“尊王攘夷”、免万民于“被发左衽”（非指以武力强行称雄，接近后世孟子所谓“王道”一词），这在《左传》和《论语》里多有体现。而后世的“霸”则重点突出穷兵黩武、党同伐异之意，有“霸主”“霸王”“霸道”等词的衍生，极易与其在先秦典籍中的原义相混淆，故在此做一辨析。

君子有三戒（季氏）

【题解】

本章孔子从人的生理条件变化角度，提醒欲为有德者在少年、中年、老年三个人生阶段所须克服的私欲。宋儒将这种“自制力”归纳为“志气”，如《论语集注》引范祖禹语：“血气有时而衰，志气则无时而衰也。少未定、壮而刚、老而衰者，血气也。戒于色、戒于斗、戒于得者，志气也。君子养其志气，故不为血气所动，是以年弥高而德弥邵也。”

孔子曰：“君子有三戒：少之时，血气①未定，戒之在色。及其壮也，血气方刚，戒之在斗②。及其老也，血气既衰，戒之在得③。”

【注释】

①血气：血液和气息，也可泛指人的元气、精力。《论语集注》：“血气，形之所待以生者，血阴而气阳也。”②斗：好争斗。③得：贪多务得。

【笺释】

一、本章对人生具有很强的现实指导意义，领悟本章精义，可避免很多不必要的悔恨的血泪。

二、佛教讲“五戒”，基督教讲“十诫”，儒家自不必似宗教般森严，故只讲“君子三戒”。然世间为君子者并不多，可见君子之难为也。

君子有九思（季氏）

【题解】

本章具有很强的现实操作性。孔子言中的“君子”如果替代为现代意义上的“高素质公民”，则本章的内容可作为当今人际关系学的鼻祖，且底蕴更为深厚。

孔子曰：“君子有九思：视思明，听思聪①，色②思温，貌③思恭，言思忠④，事思敬⑤，疑思问，忿思难⑥，见得思义⑦。”

【注释】

①“视思”两句：《尚书·太甲》曰“视远惟明，听德惟聪”。按：看得长远才是“明”，能接纳有德之言才是“聪”。②色：气色、气质。③貌：体貌、仪表。④忠：诚信。⑤敬：敬畏、敬业。⑥忿：发火、发脾气。难(nàn)：严重的后果。⑦得：获得利益。义：符合道义。

【笺释】

一、本章可以看作《君子有三戒》章的续章。

二、“三戒”是三项思想大纲，“九思”则是九条行为细则。

楚狂接舆（微子）

【题解】

世上最大的悲哀是善良且高尚的自己不被大多数人理解，甚至被嘲讽。本章中的楚狂接舆或被一些人目为“异士高人”，而把孔子比得境界低了。还是朱熹说得好：“孔子下车，盖欲告之以出处之意，接舆自以为是，故不欲闻而避之也。”

楚狂接舆①歌而过孔子曰：“凤②兮凤兮，何德之衰③？往者不可谏④，来者犹可追⑤。已而⑥，已而！今之从政者殆而⑦！”

孔子下⑧，欲与之言，趋而辟⑨之，不得与之言。

【注释】

①楚狂：楚国的狂人。接舆：西汉刘向《列仙传》称楚狂为陆通，字接舆。一说即“接近孔子车舆”之意，皆可。②凤：以凤代指孔子。③何德之衰：《论语集注》曰“凤有道则见，无道则隐。接舆以比孔子，而讥其不能隐为德衰也”。④往者：过去的、已经发生的。谏：谏阻。⑤来者：将来的、未发生的。追：追救。⑥已：停住。而：语气词，相当于“吧”。⑦殆：危险。而：语气词，相当于“了”。⑧下：下车。⑨趋：快步走。辟：同“避”。

【笺释】

一、先秦以来，道家屡有故作拔高之举，除《论语》中时有记述外，其他如“孔子为老子弟子”“许由洗耳讥帝尧”、《周易》本为儒家十三经之首在一般人眼中却成了道家之书等，这些问题在学界多少都值得商榷。盖道者飘逸，不合则去故遁世，多隐士；儒者务实，遇强更强故入世，多斗士。隐士格高，有益于社会进步者少；斗士德大，有益于社会进步者多。故隐士不必妄讥斗士也。

二、“明知其不可为而为之”，孔子之流亚也；“无为而无不为”，楚狂接舆之同侪也，下章“长沮桀溺耦而耕”有之。

长沮桀溺耦而耕（微子）

【题解】

本章是最能体现孔子穷且益坚高尚人格的著名章句，如山石荦确立于一片矮草之上。《论语集注》引程颐语：“圣人不敢有忘天下之心，故其言如此也。”又引张载语：“圣人之仁，不以无道必天下而弃之也。”

长沮、桀溺耦而耕①，孔子过之，使子路问津②焉。长沮曰：“夫执舆者③为谁？”子路曰：“为孔丘。”曰：“是鲁孔丘与？”曰：“是也。”曰：“是知津矣④。”

问于桀溺。桀溺曰：“子为谁？”曰：“为仲由。”曰：“是鲁孔丘之徒与？”对曰：“然。”曰：“滔滔者天下皆是也，而谁以易之⑤？且而与其从辟人之士也，岂若从辟世之士哉[⑥]！”耰而不辍[⑦]。

子路行以告，夫子怃然[⑧]曰：“鸟兽[⑨]不可与同群，吾非斯人之徒与而谁与[⑩]？天下有道，丘不与易也[⑪]。”

【注释】

①长沮、桀溺：两位隐士的化名。从字面考之，“沮”“溺”皆指水中，“桀”通“杰”，强壮貌，故二名意为“在水田里干活的一高一壮两个农夫”。耦而耕：两人并排协作耕地。②津：渡口。③夫（fú）：发语词。执舆者：即驾车者。一般为子路驾车，当时子路前去问路，故孔子暂代之。④是知津矣：此句语含双关，字面上是说孔子见闻广博自然知道渡口所在，实则是讥讽孔子找不到渡口是咎由自取，不懂隐避于世，枉为博学深见之人。⑤“滔滔者”两句：意指当下的世道人心如滔滔洪水般不可收拾，有谁能够参与其中去改变呢？以：通“与”，参与。易：改变。⑥而：第二人称代词，你。辟人之士：躲避坏人的人，指孔子。辟世之士：躲避世道的人，指自己。何晏注：“士有辟人之法，有辟世之法。长沮、桀溺谓孔子为士，从辟人之法；己之为士，则从辟世之法。”⑦耰（yōu）：播种后翻土、盖土。辍（chuò）：停止。⑧怃（wǔ）然：失意、失落貌。⑨鸟兽：指如鸟兽般无视礼义道德的世人。《礼记·曲礼》：“鹦鹉能言，不离飞鸟。猩猩能言，不离禽兽。今人而无礼，虽能言，不亦禽兽之心乎？”⑩“吾非”句：为倒装句，本为“吾非与斯人之徒而与谁”，意即“我不和这些世人在一起又能和谁在一起呢”，表示绝无归隐之心。与：参与其中，共处。⑪“天下”两句：为假设语气，言下之意是“正因为天下是无道的，所以我才要参与其中去改变它”。

【笺释】

一、“与”在本章中多次出现，读上声表示“和”，读去声表示“参与其中”。

二、本章中有两处形象的譬喻，其一是用“滔滔”洪水比喻世道沦丧、人心准则之四溢而无从遵循，其二是用“鸟兽”来比人，详情见注释。

三、“吾非斯人之徒与而谁与”为倒装句，否定语态下的宾语前置，以示强调。

四、“天下有道，丘不与易也”为虚拟语气的假设句，这种表达方式蕴涵着孔子由于无奈故而委婉、看似无力实则绵厚的坚韧精神。

君子有三变（子张）

【题解】

本章讲的是如何看人、识人，尤其是有道德、有修为之人，其在日常生活中给人的印象也许并不是很好接近的。

子夏①曰："君子有三变：望之俨然②，即③之也温，听其言也厉④。"

以上据中华书局朱熹《四书章句集注》本《论语集注》

【注释】

①子夏：孔子弟子，姓卜名商，字子夏，擅长文学。②俨然：严肃貌。③即：靠近、接近。④厉：严厉、深刻。

【笺释】

一、君子内心笃厚，故其厚重如山石；胸中有节，故其不肯低首示人；气中有仁，故与之近交如沐春风；言中有志，故要求他人必须恪守也。

二、唯物辩证法也讲"透过现象看本质"，《论语》还讲到"巧言令色，鲜矣仁"（《学而》），而这是小人的典型作派。能厘清"现象"迷离的外衣、勘定"本质"厚重的内核，是为智者。

孟　子（约前372年—前289年）

名轲，字子舆。战国时期鲁国邹（今山东邹城市）人，孔子嫡孙子思（孔汲）的再传弟子。《孟子》为孟子及其弟子记载其言论的语录体散文著作，至宋代被列入《十三经》。全书凡7篇，各析出上下篇，实则14篇。《孟子》一书提倡"仁政"思想，长于譬喻，语言详赡奔放，极富抒情色彩，是战国时期儒家思想的杰作。

仁者无敌（梁惠王上）

【题解】

本章孟子向梁王着重宣扬其"仁政"思想，《孟子集注》："省刑罚，薄税敛，此二者仁政之大目也。”又引孔安国语：“惠王之志在于报怨，孟子之论在于救民。”（《孟子》各章本无题目，题目为编者所加，下同。）

梁惠王①曰：“晋国，天下莫②强焉，叟③之所知也。及寡人之身④，东败于齐，长子死焉；西丧地于秦七百里；南辱于楚。寡人耻之，愿比死者一洒之⑤，如之何则可？”

孟子对曰：“地，方百里而可以王。王如施仁政于民，省刑罚，薄税敛，深耕易耨⑥；壮者以暇日修其孝悌忠信，入以事其父兄，出以事其长上，可使制梃以挞⑦秦楚之坚甲利兵矣。彼⑧夺其民时，使不得耕耨以养其父母。父母冻饿，兄弟妻子离散。彼陷溺⑨其民，王往而征之，夫谁与王敌？故曰：‘仁者无敌⑩。’王请勿疑！”

【注释】

①梁惠王：即魏惠王，战国早期魏国国君，“惠”为其谥号。按：魏国之祖为晋国大夫魏斯，后与韩、赵二氏瓜分晋国各自成国，号为“三晋”，故下文“晋国”，实指魏国。因魏惠王迁都大梁（今河南开封），亦称梁国。②莫：不定代词，没有谁（比之）。③叟：即“老头子”，梁惠王对孟子的称呼，略带戏谑。④及寡人之身：意即“等到我来执政”。⑤比：为（wèi）。洒：洗雪。⑥易：整治。耨（nòu）：锄草。⑦梃（tǐng）：棍棒，此处泛指武器。挞（tà）：打击、攻击。⑧彼：泛指敌国。⑨陷溺：《集注》曰“陷，陷于阱。溺，溺于水。暴虐之意”。⑩仁者无敌：古语也。

【笺释】

一、因为“仁义之师，无往而不利”，故仁义之师，必出自仁义之国；仁义之国须有仁义之政，仁义之政必出自仁义之君。这是孟子对梁王的期许，也是他在论辩时的基本逻辑。

二、“王往而征之，夫谁与王敌”，“征”不仅仅指武力征服，如朱熹之意：“征，正也。以彼暴虐其民，而率吾尊君亲上之民往正其罪。彼民方怨其上而乐归于我，则谁与我为敌哉？”这是孟子“仁政”为何“无敌”的发散逻辑。

不忍人之心（公孙丑上）

【题解】

本章所论“不忍人之心”即“恻隐之心”“真心”“仁心”，可与上文《仁者无敌》联系阅读。前者言政、为公、为大，后者言人、为私、为小，却都离不开一个“仁”字。

孟子曰：“人皆有不忍人①之心。先王②有不忍人之心，斯③有不忍人之政矣。以不忍人之心，行不忍人之政，治天下可运之掌上。所以谓人皆有不忍人之心者，今人乍见孺子④将入于井，皆有怵惕恻隐⑤之心。非所以内交⑥于孺子之父母也，非所以要⑦誉于乡党朋友也，非恶⑧其声而然也。

由是观之，无恻隐之心，非人也；无羞恶之心，非人也；无辞让之心；非人也；无是非之心，非人也。恻隐之心，仁之端⑨也；羞恶之心，义之端也；辞让之心，礼之端也；是非之心，智之端也。人之有是四端也，犹其有四体也。有是四端而自谓不能⑩者，自贼⑪者也；谓其君不能者，贼其君者也。凡有四端于我者，知皆扩而充⑫之矣，若火之始然⑬，泉之始达⑭。苟能充之，足以保四海；苟不充之，不足以事父母。”

【注释】

①不忍人：不忍加害于人。按：《孟子·梁惠王上》“齐桓晋文之事”章对此有具体阐释。②先王：儒家道统里尧、舜、文、武等理想化的圣君。③斯：就。④乍：偶然。孺（rú）子：小孩子。⑤怵（chù）惕恻隐：《孟子集注》曰“怵惕，惊动貌。恻，伤之切也。隐，痛之深也。此即所谓不忍人之心也。”⑥内（nà）交：结交。⑦要（yāo）：通“邀”，强求。⑧恶（wù）：厌恶。⑨端：起始、开端。⑩能：做到。⑪贼：戕害、坑害。⑫扩：拓展。充：充满，使之满。⑬然：通“燃”。⑭达：流通。

【笺释】

一、本章所论人人都有“不忍人之心”，儒家将其表现系统化后称为

“四端”，但其归宿在于能否“扩而充之”。《孟子集注》：“四端在我，随处发现。知皆即此推广，而充满其本然之量，则其日新又新，将有不能自已者矣。能由此而遂充之，则四海虽远，亦吾度内，无难保者；不能充之，则虽事之至近而不能矣。”

二、后世将“仁、义、礼、智、信”称为“五常”，此处孟子因何不提“信”?《孟子集注》引程颐语：“四端不言‘信’者，既有诚心为四端，则信在其中矣。”

三、后世多因“存天理，灭人欲”一语指摘朱熹，若以此章所指论之，则后人或断章取义或望文生义也，朱文公陷诬千年矣。在《孟子集注》中朱熹引陈良佐语，评“非所以内交于孺子”三句：“人须是识其真心。方乍见孺子入井之时，其心怵惕，乃真心也。非思而得，非勉而中，天理之自然也。内交、要誉、恶其声而然，即人欲之私矣。”可见“真心”即天理之自然，“存天理”，存的是发自先天的善良本心（即文中的“不忍人之心”）；后天的社交逢迎、沽名钓誉、个人好恶乃是“人欲之私”，“灭人欲”，灭的是各种狭邪私欲。可见，朱熹要求灭除的并不是人的正常欲求。

沧浪之水（离娄上）

【题解】

为“仁者”抑或为“不仁者”，孟子认为全在于自我内心的取舍。孔子“清斯濯缨，浊斯濯足矣，自取之也”几句，也意在说明“咎由自取”之意，是全章思想的画龙点睛之语。文中歌谣《孺子歌》也较知名，在《楚辞·渔父》里也有类似的文字。

孟子曰：“不仁者可与言哉？安其危而利其菑①，乐②其所以亡者。不仁而可与言，则何亡国败家之有③？有孺子歌曰：‘沧浪④之水清兮，可以濯我缨⑤；沧浪之水浊兮，可以濯我足。’孔子曰：‘小子听之！清斯⑥濯缨，浊斯濯足矣，自取之也。’夫人必自侮，然后人侮之；家必自毁，而后人毁之；国必自伐⑦，而后人伐之。《太甲》⑧曰：‘天作孽，犹可违⑨；自作孽，不可活。’此之谓也。”

【注释】

①安、利：皆用作动词，以……为安，以……为利。菑：通“灾”。②乐（lè）：以……为乐。③何亡国败家之有：即“有何亡国败家”，意即“怎么会亡国败家”。按：“何……之有”，文言常用句式，常表示对象的难以理解或令人难以置信。④沧浪：古水名，有汉水、汉水之支流、汉水之下流、夏水诸说。一说，即指苍青色的河流。⑤缨：系冠的带子。⑥斯：就可。⑦自伐：内斗。⑧《太甲》：指《尚书·太甲》篇。⑨违：离、逃离。

【笺释】

一、“沧浪之水”本无优劣。水清之处，可以濯缨，可以正衣冠，此为上流；水浊之处，只得濯足，只得愈加混浊，此为下流。上流，是为仁；下流，是为不仁。以水喻理，且蕴涵道德政教，是为比兴。

二、文中首先设问，提出问题。引《孺子歌》意在比兴，从而将理性问题形象化，并将其微言大义展现给读者。孔子之语，乃作综结，为一章之中心。其后用排比句展开阐释，从小到大，层层说明“咎由自取”的种种表现。而《尚书》之语，则用来强调其危害性。全章逻辑严密，层次鲜明。

三、“善恶之差，存乎一心。”宋儒强调正心养气，朱熹评价此章云：“心存则有以审夫得失之几，不存则无以辨于存亡之著。祸福之来，皆其自取。”

男女授受不亲（离娄上）

【题解】

本章“男女授受不亲”一句广为流传，在后世很长一段时间内作为礼教准则而被奉行，而“嫂溺不援，是豺狼也。男女授受不亲，礼也。嫂溺，援之以手者，权也”则鲜为人知。古人云“管中窥豹，未见全豹”，信矣。

淳于髡[①]曰：“男女授受不亲[②]，礼与？”

孟子曰：“礼也。”

曰：“嫂溺[③]，则援[④]之以手乎？”

曰：“嫂溺不援，是豺狼也。男女授受不亲，礼也。嫂溺，援之以手者，权[⑤]也。”

曰："今天下溺矣，夫子之不援，何也？"

曰："天下溺，援之以道；嫂溺，援之以手。子欲手援天下乎？"

以上据中华书局朱熹《四书章句集注》本《孟子集注》

【注释】

①淳于髡（kūn）：齐国著名的辩士，其事迹见《史记·滑稽列传》。②授受：递物为授，接物为受。按：男女授受，为前后互文，泛指成年男女之间亲密的接触。亲：亲自。《孟子集注》："古礼，男女不亲授受，以远别也。"③溺：溺水。下文"天下溺"之"溺"，意为泛滥、危难。④援：牵引、援救。⑤权：变通。

【笺释】

一、"权"的思想既朴素，又深刻。为人处事，既要讲原则，还要灵活变通。如果灵活变通把事情做成了，却违反了原则（"援之以手"），起码在孟子看来这并不是真的违反了原则，反而恰恰是维护了更大的原则（"没有成为豺狼"）。

二、淳于髡在这里向孟子提出的问题，是一个道德悖论，而孟子所答"死守"与"变通"的道理，貌似正落在淳于髡彀中。"今天下溺矣，夫子之不援，何也"几句是讽刺孟子，当今世道危难，你应该变通而不是死守原则。孟子自然不会为之而动，"天下溺，援之以道"是个大原则，哪里有"援之以手"这么简单？《孟子集注》："直己守道，所以济时；枉己殉人，徒为失己。"

第二节　道　家

一、概述

《汉书·艺文志》曰："道家者流，盖出于史官。"班固此言，盖由老子曾为周天子柱下史之故。战国时，《老子》《庄子》成书，标志着道家思想之定型。

道家作为古代的主要哲学派别之一，认为“道”乃万物之源，故以“道家”名。自然、天性，“道”之外化也，故以自然为本，以天性为尊。在后世与儒、释二派并驾，而称“三教”。

老子、庄子为其派之祖，主张由道生法、以雌守雄、刚柔并济、清虚自守、齐物而观诸说，静邃绵朴，极具思想张力，深刻影响后世的价值取向及国家治理方式。

二、作品

老　子（生卒年不详）

《史记·老子韩非列传》称其“楚苦县（今河南鹿邑县）厉乡曲仁里人也，姓李氏，名耳，字聃，周守藏室（周天子藏书处）之史也。孔子适周，将问礼于老子”，“于是老子乃著书上下篇，言道德之意五千余言而去，莫知其所终。或曰：老莱子亦楚人也，著书十五篇，言道家之用，与孔子同时云”。故老子究竟为何人，孔子是否曾向其问礼，学界并不能统一意见。《老子》一书亦称《道德经》，《道经》多言哲学，《德经》多讲政治、军事等，一般认为成书于战国早期。书中所道“自然无为”“天道无亲”“道隐无名”“柔能胜刚”“绝圣弃智”“小国寡民”“不言之教”“正言若反”等辩证思维，极富理趣。全书共八十一章，五千余字，历代注书版本较杂，主要的有汉代河上公注和曹魏王弼注两个系统。

一　章

【题解】

本章为全书的总纲，开宗明义地强调了“道”在《老子》书中灵魂般的地位。“道”的最本质体现是“无”，“有”（世间万物）也不过衍生自“无”，只不过奇妙地表现出各种形象和名分，而这种现象的感观特征就是“玄”。

道可道，非常道①。名可名，非常名②。“无”③名天地之始，“有”④名万物之母。故常无欲⑤，以观其妙。常有欲，以观其徼⑥。此两者同出而异名，同谓之玄。玄⑦之又玄，众妙之门⑧。

【注释】

①“道”二句：道一、道三为名词，道二为动词。按：“道”作名词一字多义，既可指天地造化之本原及其运行规律，也可指人类行为做事的方式和准则。②“名”二句：句法同“道”二句。按：“名”作名词，指名分；“名”作动词，指命名、认定。③“无”：虚无，“无”是“道”的高级体现。④“有”：实有，“有”是“道”的低级体现。王弼注：“凡有皆始于无，故未形无名之时，则为万物之始。及其有形有名之时，则长之育之，亭（通‘停’）之毒之，为其母也。”⑤欲：欲望。无欲：即指“静”的状态。⑥有欲：指人“动”的状态。徼（jiào）：边际。⑦玄：幽远深奥。⑧门：归宿。

【笺释】

一、宇宙的本原是“道”，那么“道”的本质又是什么？道家给出了明确的答案——“无”。这一点和儒家既有联系，更有区别，本质上又是一物之两面。孔子、孟子并没有关于“道”的本质的明确而集中的论述（也许有，但没有流传下来。《周易》里虽然有“一阴一阳之谓道”的话，但是对“阴”“阳”的诠释又相当庞杂支离。更何况《周易》本身虽为儒家十三经之首，在秦燔之后却又夹杂了不少道家的成分），而先秦儒家往往重“名教”、多务实，给人更多的印象是他们认为“道”的本质是“有”。

二、后世的宋儒诸家受佛典的启发，加大对《周易》《中庸》《大学》等儒学著作的深研，从而总结出儒家“道”的本质是“气”，是“性”，是“理”，是“心”，那么这些又何尝不是虚无的精神产品呢？

三、孔子曰：“天下何思何虑？天下同归而殊途，一致而百虑。”（《周易·易传·系辞下》）由此可见，儒道同源，它们都是中华民族解释宇宙自然和社会人生的两种相辅相成的重要学说。

二　章

【题解】

本章阐述了评判世间万物的相对性，有了人为的参照物，才会出现事物的两极，是故圣人“无为”（处无为之事）。

天下皆知美之为美，斯恶已[①]。皆知善之为善，斯不善已。故有无相生，难易相成，长短相较[②]，高下相倾，音声相和，前后相随。是以圣人处无为之事[③]，行不言之教[④]。万物作焉而不辞[⑤]，生而不有[⑥]，为而不恃[⑦]，功成弗居。夫唯[⑧]弗居，是以不去[⑨]。

【注释】

①斯：则，就。恶（è）：丑恶。已：同“矣”。按：斯恶已，意即“就显露出了恶”。②较：一本作“形”。③处：做。无为之事：顺其自然、不强求、不苛求之事。④不言之教：不通过语言表达的教化。此句有针对儒家的意味，因儒家强调说教。⑤作：兴起，萌生。不辞：不拒绝。此句的言外之意是“顺应万物之渐生，不强行做反面的对立行为”。⑥生：生长，生成。有：占有，据为己有。⑦为：劳作，辛苦。恃：倚仗。⑧夫（fú）：发语词。唯：语助词。⑨是以：“以是”的倒装，因为如此。不去：（功德）不离开。

【笺释】

一、“道”的本质是“无”，“无”的实际表现是“无为”，无为就是顺从自然（天道）、不争不贪、谦逊辞让。

二、这种“无为”的表现，最终因其“弗居”（谦逊）而“功成不去”，其结果正是“大有为”——此乃“无为而无不为”的意思。

六　章

【题解】

本章主要诠释了老子所认为的“道”的实体表现，就是“谷神”和“玄牝”，因为它们“非虚即无”。

谷神[①]不死，是谓玄牝[②]。玄牝之门，是谓天地根。绵绵[③]若存，用之不勤[④]。

【注释】

①谷神：即山谷，因其“虚怀若谷”，体现了“虚”的精神，故名谷神。②玄牝（pìn）：黑色母牛。按：老子特别推重母性，因其孕生、哺养万物，具有“虚”的特质。一说，玄牝为万物最初之生养者，即母性生殖器官，故

下文有“玄牝之门”。③绵绵：若有若无之貌。④不勤：不尽。

【笺释】

一、关于“谷神”的解释。河上公注：“谷，养也。”高亨《老子正诂》：“谷神者，道之别名也。‘谷’读为‘毂’。《尔雅·释言》：‘毂，生也。’《广雅·释诂》：‘毂，养也。’谷神者，生养之神。”此说亦通，可供参考。

二、关于“不勤”的解释。《列子·天瑞》篇张湛注引此段王弼注，曰：“无物不成，而不劳也，故曰不勤。”故有“不竭”“不尽”之意。

七　章

【题解】

本章进一步解释“无为”和“有为”的现实表现，真正的“无为”，乃无为而无不为；所谓的“有为”，乃无一事有为。

天长地久①。天地所以能长且久者，以其不自生②，故能长生。是以圣人后其身而身先③，外其身而身存④。非以其无私邪？故能成其私。

【注释】

①天长地久：即“天地长久”，四字互文。②自生：为己而生，即“有为”，后文的“先其身”“存其身”“成其私”意思皆同“有为”“自生”。不自生：所生不为自己，即“无为”，后文的“后其身”“外其身”“无私”意思皆同“无为”“不自生”。③后其身而身先：凡事落在别人之后，最终却是最领先的。④外其身而身存：凡事置身事外，最终独善其身。

【笺释】

一、仅仅通过这几章，就可以掌握老子的说理逻辑：道—无—虚—无为—无私，此为形而上；道—谷神—玄牝—不自生—后其身—外其身，此为形而下。

二、“无为”的实质并不是消极无为，真正的“无为”是无为而无不为，是以无私而成其私，此乃大有为。

八　章

【题解】

老子认为“水”的特质最接近于“道”。

上善①若水。水善②利万物而不争，处众人之所恶③，故几④于道。居善地⑤，心善渊，与善仁，言善信，正善治，事善能，动善时。夫唯不争，故无尤⑥。

【注释】

①上善：最大的善。善：善德。②善：副词，善于。③恶（wù）：厌恶。王弼注：“人恶卑也。”④几（jī）：接近。王弼注：“道无水有，故曰‘几’也。”⑤“居善地”以下七句：皆动词前提，正常语序是“善居地，善心渊，善与仁，善言信，善正治，善事能，善动时”。“善”为副词，善于。心：归于。言信，言而有信。正，通“政”，为政。治，政治清明。能，发挥最大能力。时，适时，合时宜。⑥尤：过失，罪愆。

【笺释】

一、何为“几”？简言之，为“接近”；深言之，事物从量变到质变前的这一过渡阶段，即古人对“几”的真正含义。《周易·易传·系辞上》：“夫《易》，圣人之所以极深而研几也。”可见《周易》就是一本研究“几”这种学问的专门书籍，明析微妙（“微显阐幽”），预探未知（“彰往察来”）。子曰：“知几其神乎！君子上交不谄，下交不渎，其知几乎？几者，动之微，吉之先见者也。君子见几而作，不俟终日。”（出处同上）

二、“渊”即“谷”也，空虚也，道也。“心善渊”，就是说水以渊谷、以冲虚、以道为指归，故“几于道”。

二十章

【题解】

本章重在凸显“守道”之“我”与大众之间在现实生活中表现出的巨大

差别，用今天的话讲就是：“我”就是“非主流”。

绝学无忧①。唯之与阿②，相去几何。善之与恶，相去若何。人之所畏，不可不畏③。荒兮④，其未央哉。众人熙熙⑤，如享太牢⑥，如春登台⑦。我独泊⑧兮，其未兆⑨，若婴儿之未孩⑩。儽儽⑪兮，若无所归。众人皆有余，而我独若遗⑫。我愚人之心也哉。沌沌⑬兮，俗人昭昭，我独昏昏。俗人察察⑭，我独闷闷⑮。澹兮其若海，飂⑯兮若无止。众人皆有以⑰，而我独顽似鄙⑱。我独异于人，而贵食母⑲。

【注释】

①绝学：学到极致。按：绝学无忧，大意同《老子》四十八章：“为学日益，为道日损。损之又损，以至于无为。”②唯：诺也，诚恳地答应。阿(ē)：曲也，虚伪地迎合。③不可不畏：王弼注“故人之所畏，吾亦畏焉。未敢恃之以为用也”。④“荒兮”两句：王弼注“叹与俗相返之远也”。荒，辽远貌。未央，没有边际。⑤熙熙：热闹貌。⑥享：享用。太牢：古时具牛、羊、豕三牲的祭祀之礼。只用羊、豕，为少牢。此指丰盛的祭品。⑦如春登台：河上公注“春时阴阳交通，万物感动，登台观之，意志淫淫然”。成玄英《老子道德经疏》：“又如春日登台，眺望村野。”⑧泊：淡泊，恬静。⑨其未兆：指行为做事没有目的性。兆，指引。⑩孩（hái）：义通“咳”，小孩笑。《说文解字》：“咳，小儿笑也。”⑪儽儽（léi）：疲惫貌。⑫“众人”两句：王弼注“众人无不有怀有志，盈溢胸心，故曰‘皆有余’也。我独廓然无为无欲，若遗失之也”。⑬沌沌（dùn）：愚昧无知貌。河上公注：“无所分别也。”⑭察察：精明细致貌。⑮闷闷：老实粗鄙貌。⑯飂（liù）：风疾速貌。他本作“飘”“漂”。⑰以：用，用途。⑱顽似鄙：近于粗野的倔强。⑲食母：即“守道”“用道”之意。王弼注：“食母，生之本也。人者皆弃生民之本，贵末饰之华，故曰我独欲异于人。”河上公注：“食，用也。母，道也。我独贵用道也。”

【笺释】

一、关于“绝学无忧”的释义。一说“绝学”为世俗社会迎合势利的智巧之学，学无所用，于是放弃学习的浸染，就可达到“无忧”的境界。但是，细细品味《老子》四十八章之意，恐非是，故注释中不取此说。

二、真理未必在大多数人手里。按本章之意，“我”为持道之人，“我”的特质有：诺、善、恬静、疲惫、孤独、愚蠢、无知、昏聩、呆傻、粗野、倔强等——无所用；俗人为现实之人，其特征有：阿、恶、热闹、富足、明快、精明、细致——有所用。自然，大多数人都会选择后者的生活方式，于是丢掉了真正的“道”。

四十一章

【题解】

本章指出“道”的深奥复杂性，见识低下之人“笑”道之不足信，反为有识之士所笑，愈可见其浅薄无知。“道隐无名，善贷无形”，岂一般愚夫俗子所能识哉？

上士闻道，勤而行之。中士闻道，若存若亡[①]。下士闻道，大笑之，不笑不足以为道[②]。故《建言》[③]有之：明道若昧，进道若退，夷道若颣[④]。上德若谷，大白若辱[⑤]，广德若不足[⑥]，建德若偷[⑦]，质真若渝[⑧]。大方无隅[⑨]，大器晚成，大音希声[⑩]，大象无形。道隐无名。夫唯道，善贷且成[⑪]。

【注释】

①若存若亡：指对“道”的信仰不坚定，时信时不信。②“下士闻道”三句：因“道”之高深，见识低下的人无法领悟，若其领悟了“道”，那么“道”也就不能成为“道”了。笑，自以为是之笑、无知之笑也。③《建言》：古语或古谚语书。④夷：平也。颣（lèi）：丝结，即“不平”。⑤大白若辱：《老子》二十八章曰“知其白，守其黑，为天下式”。辱，受辱。按：“道”之不被理解，持道之人必为世人所辱，犹白布之受污也。⑥广德若不足：道家之德为“冲虚”，冲虚不可满，德愈高则愈不足。⑦建：通“健”，刚强。偷：懒惰。按：“建德若偷”一句历来争议较大，此从晚清俞樾《诸子平议·老子》之说。⑧质真若渝：“道”乃至真大道，表面却虚无迷茫，难以捉摸。渝，变。⑨隅（yú）：边角。⑩希声：指不用“宫商角徵羽”等五声来修饰。希，通“稀”。⑪善贷且成：此句省略宾语，正常句式是：“善

贷之且（善）成之也。”之，指上文从“大方无隅”至“大象无形”诸物。贷，施予，给予。王弼注：“贷之非唯供其乏而已，一贷则足以永终其德，故曰‘善贷’。成之不如机匠之裁，无物而不济其形，故曰‘善成’。”

【笺释】

一、俗语云“良药苦口利于病，忠言逆耳利于行”，那么“道”就是“良药”，就是“忠言”，它们的外在表现与内在本质正好相反。如果能够懂得这句俗话，那么就很好理解“明道若昧，进道若退，夷道若颣。上德若谷，大白若辱，广德若不足，建德若偷，质真若渝”这几句的哲理。

二、道之“善贷”万物，赋予万物之“形”，如“大方”“大器”“大音”“大象”等；道之“善成”万物，赋予万物之“质”，如“无隅”“晚成”“希声”“无形”等。这里作者强调万物“生”的基础和“成”的特点，来说明“道”的“善贷”与“善成”。

五十五章

【题解】

本章以为“赤子”乃道德水平最纯粹、最深厚者，因其“不盈”。而人长大后逐渐老成，则不断充盈，则离道愈远。

含德之厚，比于赤子①。蜂虿虺蛇不螫②，猛兽不据③，攫鸟④不搏。骨弱筋柔而握⑤固，未知牝牡之合而峻作⑥，精之至也。终日号而不嗄⑦，和之至也。知和曰常，知常曰明，益生曰祥，心使气⑧曰强。物壮则老⑨，谓之不道，不道早已。

【注释】

①赤子：出生不久的小孩。②虿（chài）：蝎子、蜈蚣一类的毒虫。虺（huǐ）：古书上的一种毒蛇。螫（shì）：毒虫叮咬人。③据（jǐ）：搏击。④攫鸟：凶猛的鸟。成玄英疏：“攫鸟，鹰鹯（zhān，鹞类猛禽）类也。”⑤握：攥握。⑥牝牡：在此泛指雌雄两性。牝，母牛。牡，公牛。峻（zuī）：王弼本原作“全”，众注家以为非，今择善改为“峻”。峻，同“朘”，男性生殖器官。《经典释文》：“峻，赤子阴也，子垂反。”《玉篇·月

部》："朘，赤子阴也。"一说，"全"乃"侌"（"阴"的古字）字之讹，亦通。作：挺起、勃起。⑦嗄（shà）：声音嘶哑。⑧心使气：心中产生七情六欲之气。王弼注："心宜无有，使气则强。"⑨物：万物，此处实指人。老：老成，世故。

【笺释】

一、"赤子之心"作为成语，渊源肇此。

二、"赤子之心"固然可贵，然而一个成年人能始终常葆一颗"赤子之心"，内心永远年轻，则属难能。

七十一章

【题解】

本章分析了造成"病"与"不病"两种状态的原因：病者因其"满"也，拘于己见而不思开拓；圣人（不病者）因其"虚"也，海纳百川而有容乃大。

知不知①，上②。不知知③，病。夫唯病病④，是以不病。圣人不病，以其病病，是以不病。

以上据中华书局《诸子集成》本王弼《老子注》

【注释】

①知不知：即"知不知之事"的省略。②上："上道"或"上德"的省略。③不知知：即"不知而自以为知"的省略。④病病：第一个"病"用作动词，意动，以此病为病，意即"把这种病态的做法当作一种病"，下同。

【笺释】

一、道家讲"知不知"，儒家讲"温故而知新""苟日新，日日新，又日新"（《礼记·大学》），其反对故步自封、妄自尊大的精神是一致的。

二、"包容"的精神也是现代社会思想进步性的重要体现，能包容者必能虚心以待人，有则改之，无则加勉；不能包容者必然以己为尊，日益浅陋而最终为人所笑。从这个角度讲，现代社会的进化未必不需要传统经验的营养。

庄　子（约前369年—前286年）

《史记·老子韩非列传》："庄子者，蒙人也，名周。周尝为蒙漆园吏，与梁惠王、齐宣王同时。其学无所不窥，然其要本归于老子之言。故其著书十余万言，大抵率寓言也。"《庄子》被道教尊称为《南华经》，主要反映的是战国时期道家代表人物庄周的思想。是书包括内篇7、外篇15、杂篇11，共33篇。一般认为内篇乃庄周自作，外篇、杂篇则为庄周后学所作。庄子的文章想象力奇特，风格浪漫，行文惯用"寓言""卮言""重言"之法，扑朔迷离而又幽默辛辣。历代版本中较重要的为晋郭象、唐成玄英的注本。

姑射山神人（内篇·逍遥游）

【题解】

本则故事节录于《庄子》第一篇《逍遥游》，通过有意渲染许由、姑射神人等高大形象，及其"知足常足""纯粹无瑕"的处世节操，表现出"不为世染"的洒脱做派和"勿为物役"的自由精神，这才是"逍遥"的真谛。(《庄子》各章本无题目，题目为编者所加，下同。)

尧让天下于许由[①]，曰："日月出矣而爝火不息[②]，其于光也，不亦难乎？时[③]雨降矣而犹浸灌，其于泽[④]也，不亦劳乎？夫子立而天下治[⑤]，而我犹尸[⑥]之，吾自视缺然。请致[⑦]天下。"许由曰："子治天下，天下既已治也。而我犹代子，吾将为名乎？名者，实之宾[⑧]也，吾将为宾乎？鹪鹩[⑨]巢于深林，不过一枝。偃鼠[⑩]饮河，不过满腹。归休[⑪]乎君，予无所用天下为[⑫]。庖人虽不治庖[⑬]，尸祝不越樽俎[⑭]而代之矣。"

肩吾问于连叔[⑮]曰："吾闻言于接舆[⑯]，大而无当，往而不返[⑰]。吾惊怖其言，犹河汉而无极也。大有径庭[⑱]，不近人情焉。"连叔曰："其言谓何哉？"曰："藐姑射[⑲]之山，有神人居焉，肌肤若冰雪，淖约若处子[⑳]。不食五谷，吸风饮露，乘云气，御飞龙，而游乎四海之外。其神凝，使物不疵疠[㉑]而年谷熟。吾以是狂[㉒]而不信也。"连叔曰："然。瞽者无以与乎文章[㉓]之观，聋者无以与乎钟鼓之声，岂惟形骸有聋盲哉？夫知[24]亦有之。是其言也，犹时女[25]也。之[26]人也，之德也，将磅礴万物以为一世蕲乎乱[27]，孰弊弊焉[28]以天下为事？之人也，物莫之伤，大浸稽[29]天而不溺，大旱金石流[30]、土山焦而不热。是其尘垢粃糠[31]将犹陶铸尧舜者也，孰肯以物为事[32]？”

宋人资章甫而适诸越[33]，越人短发文身[34]，无所用之。尧治天下之民，平海内之政，往见四子[35]，藐姑射之山、汾水之阳[36]，窅然[37]丧其天下焉。

【注释】

①许由：传说古代的隐士，曾隐居于箕山。②爝（jué）火：火炬。成玄英疏：“爝火，犹炬火也，亦小火也。”息：通“熄”。③时：及时。一说适时。④泽：恩泽。⑤治：政治清明、安定。⑥尸：占据，主政。按：“尸”和“祝”同为古代祭祀时的神职人员，充当神主的为“尸”，负责司仪的为“祝”。⑦致：交……给……。⑧宾：客也，此引申为次要的、从属的地位。⑨鹪（jiāo）鹩（liáo）：鸟名，善筑巢，故俗称巧妇鸟，又名黄脰鸟、桃雀、桑飞等。⑩偃鼠：即鼹鼠，田鼠也。郭庆藩《庄子集释》：“偃，或作鼴，俗作鼹。”⑪归休：意即“回去歇着吧”，为口语化表达。⑫无所用天下为：为倒装句，正常语序是：“天下无所用为。”为，语助词，表感叹。⑬庖人：厨子。治庖：烹饪之类。⑭樽俎（zǔ）：祭祀时盛放祭品的祭器。⑮肩吾、连叔：皆庄子虚构的两位人物。⑯接舆：即《论语》中的楚狂接舆。⑰“大而”两句：指接舆之言夸大无稽，越扯越远。⑱径庭：指双方差距甚大。径，门外小路。庭，门里院落。⑲藐姑射（yè）：《山海经·海内北经》载“列姑射在海河洲中”。郭璞注：“山有神人，河洲在海中，河水所经者，《庄子》所谓藐姑射之山也。”《列子》中亦有《山海经》中相同文字。盖“姑射”本非一峰，故曰“列姑射”。《庄子》所谓“藐姑射”，即“远眺姑射山”之意。⑳淖（chuó）约：同“绰约”，柔婉美好貌。处子：处女。㉑疵（cī）疠（lì）：泛指各种疾病。㉒狂：通“诳”，荒诞。㉓瞽（gǔ）者：盲人。与：参与。文章：各种有纹理之物。㉔知（zhì）：通“智”，智力。㉕时（shì）：通“是”，肯定，认为正确。女（rǔ）：通“汝”。㉖之：代词，这些，这样。㉗磅礴：他本作“旁礴”，义同。成玄英疏“旁礴，犹混同

也”。蕲：通“祈”。乱：治也。㉘弊弊焉：辛苦经营貌。㉙大浸：大水也。稽：至。㉚金石流：金石熔化而流淌，夸张温度之奇热。㉛尘垢秕（bǐ）糠：代指神人身上之渣滓。㉜以物为事：代指治理天下。㉝资：贩卖。章甫：礼帽，详情见《论语·侍坐》章。适：去往。诸越：古越族诸部。㉞短发文身：剪短头发、肤上文身。短发，他本作“断发”。文，在身上、脸上刺画花纹或字。㉟四子：推测上下文当是许由、姑射神人、肩吾、连叔四人。一说为“王倪、啮（niè）缺、被衣、许由”（《经典释文》引司马彪语），四人虽为《庄子》中人物，但前三人于前文中并未出现，恐是《庄子》今本各篇顺序并非古本原貌之故。㊱阳：山南水北谓之阳。㊲窅（yǎo）然：迷惘失落貌。

【笺释】

一、许由“知足常足”的表现——“鹪鹩巢于深林，不过一枝。偃鼠饮河，不过满腹”是其所言，严拒尧帝之让位是其所为。

二、姑射神人“纯粹无瑕”的表现：“肌肤若冰雪，淖约若处子。不食五谷，吸风饮露”乃其纯粹；“乘云气，御飞龙，而游乎四海之外”乃其飘逸；“其神凝，使物不疵疠而年谷熟”乃其有德。

三、有立必有破。《庄子》为了树立符合自身思想的正面形象，如姑射神人等，将儒家偶像唐尧、虞舜等放大为“太实务”“不通透”“不潇洒”的反面（在《庄子》的其他很多篇章里对孔子也是如此）。把儒家比作姑射神人身上的“尘垢秕糠”都不如，足见其笔调之嘲讽；杜撰了尧帝对这些道家“高人”追慕不已、寻访不到竟然怅然若失的情节，道家的“自恋”神气也溢于言表。这种打压别人以抬高自己的做法显得并不厚道，但也可在一定程度上反映出道家的弱势心理和对儒家长期占据当时社会主流思潮的不满（《老子》中所讲“绝圣弃智”等也都是针对重视伦理的儒家）。《论语·楚狂接舆》章的“题解”和“笺释”对此有过一定议论，可参照阅读。

以无为首（内篇·大宗师）

【题解】

“无”是道家学说的思想核心，乃指宇宙造化之根本，如《老子》第一章"'无'名天地之始，'有'名万物之母"（详见本章选文及其分析）。《庄子》此章乃借助具体事例对其详加阐释。文中子祀、子来二位高士的生死观，一是"物不胜天"，一是"以天地为大炉"，以"无"为首，以死为生，故而他们能够顺从自然、笑对生死。

子祀、子舆、子犁、子来四人相与语曰："孰能以无为首、以生为脊、以死为尻，孰知生死存亡之一体者，吾与之友矣①！"四人相视而笑，莫逆②于心，遂相与为友。

俄而③子舆有病，子祀往问之。曰："伟哉！夫造物者，将以予为此拘拘也④。"曲偻发背，上有五管，颐隐于齐，肩高于顶，句赘指天，阴阳之气有沴⑤。其心闲而无事，跰𨇤而鉴于井⑥，曰："嗟乎！夫造物者，又将以予为此拘拘也。"子祀曰："汝恶之乎⑦？"曰："亡⑧。予何恶？浸假而化予之左臂以为鸡，予因以求时夜；浸假而化予之右臂以为弹，予因以求鸮炙；浸假而化予之尻以为轮、以神为马，予因以乘之，岂更驾哉⑨？且夫得者，时也；失者，顺也。安时而处顺，哀乐不能入也，此古之所谓县解也⑩。而不能自解者，物有结之。且夫物不胜天久矣，吾又何恶焉？"

俄而子来有病，喘喘然将死，其妻子环而泣之⑪。子犁往问之，曰："叱！避！无怛化⑫！"倚其户与之语曰："伟哉！造物又将奚以汝为？将奚以汝适？以汝为鼠肝乎？以汝为虫臂乎⑬？"子来曰："父母于子，东西南北，唯命之从。阴阳于人，不翅⑭于父母。彼近吾死而我不听，我则悍矣，彼何罪焉⑮？夫大块载我以形，劳我以生，佚我以老，息我以死⑯。故善吾生者，乃所以善吾死也。今之大冶铸金，金踊跃曰：'我必且为镆铘⑰！'大冶必以为不祥⑱之金。今一犯人之形，而曰：'人耳！人耳⑲！'夫造化者，必以为不祥之人。今一以天地为大炉，以造化为大冶，恶乎往而不可哉⑳？"成然寐，蘧然觉㉑。

【注释】

①子祀、子舆、子犁、子来：《庄子》书中杜撰的四位高士。唐道人成玄英疏（以下简称"成疏"）："子祀四人，未详所据。观其心迹，并方外之

士，情同淡水，共结素交，叙莫逆于虚玄，述忘言于至道。”“以无为首”以下四句：意即“无”生万物，“生”“死”皆“无”之产物，譬如于人体，则三者分别相当于人之首脑、脊背和臀腚，而并存于一体。尻（kāo），人或动物的臀部。②莫逆：指心意相通，毫无隔阂。③俄而：时间副词，不久。④伟哉：了不起啊！造物者：创造万物的神明，道家以其指“虚无”的实体。拘拘：成疏云“挛缩不申之貌也”。⑤曲偻（lǚ）发背：成疏云“伛偻曲腰，背骨发露”。上有五管：指五脏所对应的穴位都产生了上移。颐隐于齐：下巴都抵住了肚脐。齐，通“脐”。句（gōu）赘（zhuì）：指因驼背而鼓起的脊骨如赘瘤状。沴（lì）：指四时之气不和而生的灾害。⑥跰𨇤（pián xiān）：行路蹒跚貌。鉴于井：在井口边映水观像。鉴，映照。⑦恶（wù）：厌恶，不满。⑧亡（wú）：通“无”，不，没有。⑨浸假：假如，假使。按：以下四句，郭象注“浸，渐也”。成疏：“假令阴阳二气，渐而化我左右两臂为鸡为弹，弹则求于鸮鸟，鸡则夜候无时。”时夜：即“司夜”，主管夜间的报时。时，通“司”。鸮（xiāo）炙：炙烤鸮鸟以为食。鸮，成玄英认为是鹏鸟（猫头鹰）。以上四句语本《庄子·齐物论》“见卵而求时夜，见弹而求鸮炙”。以神为马：将“我”的精神当作奔马。更（gēng）驾：更换驾乘。⑩不能入：指各种杂念不能侵入、惑乱我的内心。县（xuán）解：天然的解脱，即能于生死忧乐之时心无所动。县，通“悬”。⑪喘喘然：奄奄一息貌。环：环立于其周。⑫以上三句：是子犁怒喝子来的妻子、子女，要其离开的话。叱（chì）：象声词，呵斥之声。无怛（dá）化：不要惊吓自然死亡之人。怛，惊动。化，自然之变化。⑬“造物又将奚以汝为”四句：是子犁质询子来之语。大意是：你可知道，你死后造物主又将化你为何物、带你去何处？化作鼠肝、虫臂这些微末的东西吗？按：意即造物赋形，变化无定，人亦可以成为微不足道的虫臂鼠肝。只有随缘而化，方能临所际遇而自安适也。⑭不翅：同“不啻”，不止，不仅仅。⑮彼近吾死：指阴阳之气（新陈代谢）迫使我之死亡。彼，阴阳造化。悍：刚愎自吝貌。⑯大块：大地，大自然。成疏：“大块者，造物之名，亦自然之称也。”劳我以生：即“以生劳我”之倒装，用贪生的私念使我辛劳。劳，活用为意动词，下文“佚”“息”句中的句式及其字之用法同此。佚，放松、安逸。⑰大冶：铸造之大匠。镆铘（yé）：同“莫邪”，古良剑名。⑱不祥：不善，资质低劣。

⑲犯人：以形容受拘役之人。人耳：称己是一平常人而已。⑳一：宏观地、整体地（看待）。恶（wū）乎往而不可哉：去哪里不可以呢？㉑成然寐：指生似恬然入睡。蘧（qú）然觉（jué）：死如欣喜梦觉。蘧然，惊喜貌。按：此二句王先谦解曰“成然为人，寐也；蘧然长逝，觉也”。

【笺释】

一、“物不胜天”的释义：简言之，思想之“无拘”高于肉体之“拘拘”，死而无拘，生而拘拘，死乃天道，生而物役——故曰物不胜天、死不足惧，此子祀之做派。

二、“以天地为大炉”之释义：天地熔炼万物，新陈代谢自然之理，生死皆阴阳之循环耳。天地之“善死”使我死，其“善生”则势必亦使我重生——故生者如梦，死者如醒，此子来之做派。

三、“无”为宇宙之本原，于是天道即“无”，天地运载“无”。能明“物不胜天”“以天地为大炉”之理者，此必“以无为首”者哉。

四、补充拓展一点：道家此种“以天地为大炉”的思想，到宋代被新儒家五子之一的张载改造到理学的“民胞物与”思想之中，其《正蒙·乾称·西铭》一文曰：“乾称父，坤称母。予兹藐焉，乃浑然中处。故天地之塞，吾其体；天地之帅，吾其性。民吾同胞，物吾与也。”意谓世人，皆为我之同胞；万物，俱是我之同辈。此亦不限于专指生死之态度，而谓泛爱世间之一切人与物矣。

轮扁斫轮（外篇·天道）

【题解】

本章主要反映了《庄子》“言不尽意”的文艺思想，强调了语言文字无法将人复杂的思想情感充分体现出来的局限性。由于轮扁精通斫轮之道，能够体察操作中具体环节的微妙精深，并把斫轮之术运用自如，将技术难关克服于无形，后世则用“斫轮老手”和《庄子·养生主》里“游刃有余”的庖丁来指代具有精湛技艺的匠人。

世之所贵道[①]者，书也。书不过语，语有贵也。语之所贵者，意也。意有所随，意之所随[②]者，不可以言传也，而世因贵言传、书。世虽贵之，我犹不足贵也，为其贵非其贵也[③]。故视而可见者，形与色也；听而可闻者，名与声也。悲夫！世人以形色名声为足，以得彼之情。夫形色名声果不足、以得彼之情，则知者不言，言者不知，而世岂识之哉！

桓公[④]读书于堂上，轮扁斫轮[⑤]于堂下，释椎凿而上，问桓公曰："敢问公之所读者，何言邪？"公曰："圣人之言也。"

曰："圣人在乎？"公曰："已死矣。"

曰："然则君之所读者，古人之糟魄[⑥]已夫！"桓公曰："寡人读书，轮人安得议乎！有说则可，无说则死！"

轮扁曰："臣也以臣之事观之。斫轮，徐则甘而不固，疾则苦而不入[⑦]。不徐不疾，得之于手而应[⑧]于心，口不能言，有数[⑨]存焉于其间。臣不能以喻臣之子，臣之子亦不能受之于臣，是以行年[⑩]七十而老斫轮。古之人与其不可传也死矣，然则君之所读者，古人之糟魄已夫！"

【注释】

①贵道：重视道。贵，用作动词，以……为贵，看重。②随：发散、飘逸。意之所随，即"言外之意"。③"世虽贵之"三句：是说即使世人认为的可贵之物，我仍然觉得不值得看重，因为他们重视的并不是此物真正的可贵之处。④桓公：一般认为指齐桓公。⑤轮扁：人名，制轮之匠，轮为职业，名扁。斫轮：伐木做轮。⑥糟魄：即糟粕，代指文意之粗浅者。魄，通"粕"，下同。⑦"斫轮"三句：指榫头楔入榫孔用力太缓则顺滑之余却不牢固，用力太猛则因干涩而不能楔入。徐，舒缓。甘，顺滑。苦，干涩。⑧应：感应。⑨数：机巧，规律。⑩行年：经历的年岁，指当时的年纪。

【笺释】

一、文中微妙之处，口不能言，即"言不尽意"，可见《庄子》对"意"的推崇。《庄子·外物》篇："筌者所以在鱼，得鱼而忘筌；蹄者所以在兔，得兔而忘蹄[1]；言者所以在意，得意而忘言。”这就是古代文学批评史中著名的“得意忘言”说。

二、文学作品贵在含蓄蕴藉，尤其是传统诗歌，在唐宋之后多强调“味外之旨”“韵外之致”“不着一字，尽得风流”（以上出自唐司空图《与李生论诗书》及《二十四诗品》），或者“不涉理路，不落言筌”“羚羊挂角，无迹可求”“言有尽而意无穷”（以上出自宋严羽《沧浪诗话·诗辨》）等“意在言外”“意在形外”的美学主张，而《庄子》诸思想对中国古代文学形成重“神韵”、重“意境”一派产生了深远的影响。

曹商使秦（杂篇·列御寇）

【题解】

本章辛辣地讽刺了为利益不择手段，依然沉浸在恬不知耻、沾沾自喜的快乐中，还在人前炫耀的小人曹商。名利金钱对于个体的人生是很重要的，但是不能将其排在价值观的第一位，因为还有很多东西比它更为重要，比如人格、自由、时间、信仰、大道等。在这一点上，儒、道的意见并没有多少分歧。

宋人有曹商者，为宋王使秦。其往也，得车数乘。王说①之，益车百乘。反②于宋，见庄子曰：“夫处穷闾阨巷③，困窘织屦④，槁项黄馘⑤者，商之所短也。一悟万乘之主而从车百乘者，商之所长也。”

庄子曰：“秦王有病召医，破痈溃痤⑥者得一乘，舐痔⑦者得车五乘。所治愈下⑧，得车愈多。子岂治其痔邪？何得车之多也？子行矣！”

以上据中华书局王先谦《庄子集解》

【注释】

①王：指秦王。说（yuè）：通“悦”。②反：同“返”，二字为古今字。③穷闾：陋巷。阨（è）：义通“隘”，狭小。《左传·昭公元年》：“彼徒我

1　筌：捕鱼的竹笱（gǒu）；蹄：捕兔的兔弶（jiàng）。

车，所遇又阨。”陆德明《经典释文》：“阨，本又作隘。”《文选·左思〈吴都赋〉》：“国有郁鞅而显敞，邦有湫阨而蜷局。”李周翰注：“阨，小。”④屦（jù）：草鞋。⑤槁：枯槁。项：脖颈。馘（xù）：脸庞。《经典释文》引司马彪曰：“黄馘，谓面黄熟也。”⑥破、溃：皆使动用法。痈（yōng）：毒疮。痤（cuó）：疖子。⑦舐（shì）：舔舐。痔（zhì）：一种常见的肛管疾病，通称痔疮。成玄英疏：“痔，下漏病也。”⑧所治愈下：所治疗的部位越靠下。按：下，此字双关，一指部位靠下，一指脏秽、卑下。

【笺释】

一、儒者、道者做人有人格，心中有信仰，虽处“穷闾阨巷，困窘织屦”，志犹不改，在这一点上两类人都可称为“君子”，可参见前文《论语·楚狂接舆》章后“笺释”部分的分析。

二、曹商就是“小人穷斯滥矣”的典型，可与《论语·饭疏食饮水》章后“笺释”部分参照阅读。

第三节　纵横家

一、概述

《战国策》是一部记载战国时期擅于谋说（shuì）的纵横家言行的散文著作，依东周、西周、秦、齐、楚、赵、魏、韩、燕、宋、卫、中山等十二国分为十二策，共三十三篇。其时间范围起于战国初年，止于秦灭六国，约二百四十余年。其书初无定称，有《国事》《事语》《短书》《长书》等名，至西汉刘向整理，定名为《战国策》，并沿用至今。《战国策》作者多不可考，《汉书·艺文志》将其归入诸子“纵横家者流”，故在此列于诸子散文之类。

纵横家大多反复无常，事无定主，划谋设策多有一定政治目的，故《战国策》一书所记言论及史实不无夸张荒诞处，不可尽信。但其善于叙事析理，语言生动，富于文采，仍可作为研究战国时期历史、社会之重要参考文献。

二、作品

苏秦以连横说秦（秦策一）

【题解】

战国初期，秦国崛起，有并吞天下之心。以地理形势划分，秦国在西，其余六国（其他如鲁、卫、郑、周、中山等小国不计在内）在东。在政治上，从西至东秦国与之结盟的策略，称为“连横”；反之，从南至北团结抗秦者，称为“合纵”。苏秦作为当时有名的游说之士，本欲以“连横”之术打动秦王以取富贵，而不被采纳，转而发奋读书，以“合纵”之术取得山东六国的信任，达到个人仕途的顶峰。本文记叙了苏秦的上述求仕经历，见其汲汲功利之心和炎凉世态，其中的辩说文字逻辑清楚、富有感染力，代表了当时纵横家的普遍风格。（原文无题目，此处借鉴《古文观止》书中标题，下同）

苏秦始将连横，说秦惠王[①]曰：“大王之国，西有巴、蜀、汉中之利，北有胡貉、代马之用，南有巫山、黔中之限，东有肴、函之固[②]。田肥美，民殷富，战车万乘，奋击百万，沃野千里，蓄积饶多，地势形便，此所谓天府，天下之雄国也[③]。以大王之贤，士民之众，车骑之用，兵法之教[④]，可以并诸侯，吞天下，称帝而治。愿大王少留意，臣请奏其效。”

秦王曰：“寡人闻之：毛羽不丰满者，不可以高飞；文章不成[⑤]者，不可以诛罚；道德不厚者，不可以使民；政教不顺者，不可以烦大臣。今先生俨然不远千里而庭教之，愿以异日[⑥]。”

苏秦曰：“臣固疑大王之不能用也。昔者神农伐补遂，黄帝伐涿鹿而禽蚩尤，尧伐驩兜，舜伐三苗，禹伐共工，汤伐有夏，文王伐崇，武王伐纣，齐桓任战而伯天下[⑦]。由此观之，恶[⑧]有不战者乎？古者使车毂击驰，言语相结，天下为一[⑨]。约从[⑩]连横，兵革不藏。文士并饰[⑪]，诸侯乱惑，万端俱起，不可胜理。科条[⑫]既备，民多伪态。书策稠浊[13]，百姓不足。上下相愁，民无所聊[14]。明言章[15]理，兵甲愈起。辩言[16]伟服，战攻不息。繁称文辞，天下不治。舌弊耳聋[17]，不见成功。行义约信，天下不亲。于是乃废文任武，厚养死士，缀甲厉兵[18]，效胜于战场。夫徒处而致利，安坐而广地，虽古五帝、三王、五伯，明主贤君，常欲坐而致之，其势不能，故以战续之[19]。宽则两军相攻，迫则杖戟相橦[20]，然后可建大功。是故兵胜于外，义强于内。威立于上，民服于下。今欲并天下，凌万乘，诎敌国，制海内，子元元，臣诸侯，非兵不可[21]。今之嗣主，忽于至道，皆惽于教，乱于治，迷于言，惑于语，沉于辩，溺于辞[22]。以此论之，王固不能行也。”

【注释】

①苏秦：战国时洛阳人，字季子，相传他与张仪同入鬼谷子门下学纵横之术。按：据 20 世纪 70 年代长沙马王堆汉墓出土之帛书考证，苏秦主要活动在战国中晚期齐愍王称帝期间，曾先后入仕燕、齐等国。连横：指从东至西远交近攻、分化瓦解六国、各个击破的政治战略。从南至北团结六国、共同抗秦则是“合纵”。说（shuì）：正式场合以语言劝服别人。秦惠王：秦孝公之子，名驷，前 336 年至前 312 年在位。②巴：今重庆及湖北西部一带。蜀：今四川大部。汉中：今陕西南部及湖北西北部一带。按：三地古代亦合称“梁益”，均为传统的产粮地区。胡貉（hé）：胡地之貉，一种貌似狐狸的小动物。代马：代地之马。代，今山西省东北部一带。巫山：山名，位于湖北、重庆交界处。黔中：楚国郡名，今湖北、湖南、贵州交汇一带，当时已属秦国。限：限隔，障护。肴（xiáo）：通“崤”，山名，在今河南省西北部。函：即函谷关之略称，在今河南省灵宝市。二地均为古代军事要地。③奋击：奋击之士的略称。形便：用作形容词，指地势平坦、交通便利。天府：天造之府库，形容物产丰盈。④教（jiào）：演教，操练。⑤文章：各种法令制度。成：完善。⑥俨然：大张旗鼓之貌。庭：通“廷”，廷教，即“当场指教”之意。异日：即“改日”。⑦“昔者”九句：概述先代九位善战君王的事迹。神农，即炎帝，三皇之一。补遂，一作“辅遂”，古部落名。黄帝，五帝之一，轩辕氏，姓公孙，与炎帝共为中华夏族的始祖。涿鹿，地名，在今河北涿鹿县。蚩（chī）尤，黄帝时九黎部族的首领，与黄帝战而

败。尧，五帝之一，陶唐氏，姓伊祁，名放勋。驩（huān）兜（dōu），尧帝的司徒，因叛乱被放流于崇山。舜，五帝之一，有虞氏，姓姚，名重华。三苗，古部族名，亦称有苗。禹，夏代之祖，姓姒（sì），名文命，因治水有功受位于舜，后以子传天下。共（gōng）工，尧舜时期的水利之臣，传说因罪被逐于幽州。汤，商代的开国君王，姓子，名履，亦称成汤、商汤，本为夏朝诸侯，后起兵攻灭夏桀。文王，即周文王姬昌，商纣时为西方诸侯首领，称为“西伯”。崇，诸侯名，在今陕西鄠邑区，崇侯虎助纣为虐，文王讨之。武王，周文王之子，名发，周代开国之君。纣，商代末君，名受，亦称“帝辛”，古代著名暴君之一，为周武王所灭。齐桓，即齐桓公姜小白，春秋五霸之一。任战，善战，好战。伯，作诸侯首领，后世写作“霸”，但其含义已有不同。⑧恶（wū）：岂，难道。⑨车毂（gǔ）击驰：指外交车辆络绎不绝，车轮相互撞击。毂，车轮辐条辏集处的圆木。结：结盟。⑩约从（zòng）：相约合纵。从，通“纵”。⑪饰：一作“饬”，以巧言装饰。⑫科条：法令条文。⑬书策：代指政令公文。稠浊：繁多而混乱。⑭聊：依靠。⑮章：通“彰”，显明。⑯辩言：能言善辩。⑰舌弊耳聋：文士之舌弊，君王之耳聋。舌弊，谓说话很多，舌为之疲。⑱缀：缝制。厉：通“砺”，磨砺。⑲徒处：鲍彪注“徒，犹空也。言无所为”。五帝：黄帝、颛顼（zhuān xū）、帝喾（kù）、唐尧、虞舜。三王：夏禹、商汤、周文王（或并举周武王）。五伯：指齐桓公、晋文公、秦穆公、宋襄公、楚庄王等五位春秋时的诸侯霸主。一说，乃齐桓公、晋文公、楚庄王、吴王阖闾、越王句践。⑳橦（chōng）：击、刺。一本作“撞”。㉑凌：驾凌，居于其上。诎（qū）：通“屈”，使屈服。子：用作动词，意动。元元：黎民百姓。㉒嗣主：即新即位之主，暗含秦惠王即位不久之意。嗣，继承。惛（hūn）：糊涂。

说秦王书十上而说不行。黑貂之裘弊，黄金百溢[①]尽，资用乏绝，去秦而归。羸縢履蹻，负书担橐，形容枯槁，面目犁黑，状有归色[②]。归至家，妻不下纴[③]，嫂不为炊，父母不与言。苏秦喟叹曰：“妻不以我为夫，嫂不以我为叔，父母不以我为子，是皆秦之罪也。”乃夜发书，陈箧数十，得太公《阴符》之谋，伏而诵之，简练以为揣摩[④]。

读书欲睡，引锥自刺其股[⑤]，血流至足，曰："安有说人主不能出其金玉锦绣、取卿相之尊者乎？"期年[⑥]，揣摩成，曰："此真可以说当世之君矣！"

于是乃摩燕乌集阙，见说赵王于华屋之下，抵掌而谈[⑦]。赵王大悦，封为武安君[⑧]。受相印，革车百乘，锦绣千纯，白璧百双，黄金万溢，以随其后[⑨]。约从散横，以抑强秦，故苏秦相于赵而关不通[⑩]。

当此之时，天下之大，万民之众，王侯之威，谋臣之权，皆欲决苏秦之策。不费斗粮，未烦一兵，未战一士，未绝一弦，未折一矢，诸侯相亲，贤于兄弟。夫贤人在而天下服，一人用而天下从，故曰："式于政，不式于勇[⑪]；式于廊庙之内，不式于四境之外[⑫]。"当秦之隆，黄金万镒为用，转毂连骑，炫熿于道，山东之国从风而服，使赵大重[⑬]。且夫苏秦特穷巷掘门、桑户棬枢之士耳，伏轼撙衔，横历天下，廷说诸侯之王，杜左右之口，天下莫之能伉[⑭]。

将说楚王，路过洛阳。父母闻之，清宫除道[⑮]，张乐设饮，郊迎三十里。妻侧目而视，倾耳而听。嫂蛇行匍伏，四拜自跪而谢[⑯]。苏秦曰："嫂，何前倨[⑰]而后卑也？"嫂曰："以季子之位尊而多金。"苏秦曰："嗟乎！贫穷则父母不子，富贵则亲戚畏惧。人生世上，势位富贵，盖[⑱]可忽乎哉？"

据上海古籍出版社《战国策笺证》卷三

【注释】

①黄金：指铜。《尚书·舜典》"金作赎刑。"孔颖达疏："此传黄金，《吕刑》黄铁，皆是今之铜也。"溢（yì）：通"镒"，古代重量单位，二十两（一说二十四两）为一镒。一本作"斤"。②羸（léi）：通"缧"，缠绕。縢（téng）：绑脚布。蹻（juē）：同"屩"，草鞋。橐（tuó）：本指布囊，此代指行李。犁（lí）：同"黧"，黄黑色。③纴（rèn）：织布，此借指织布机。④箧（qiè）：竹箱，一般多用于盛书。太公：即姜太公，姓姜名尚，亦称吕尚、吕望，周代开国功臣，助周武王灭殷。《阴符》：《阴符经》之略，即《太公兵法》，相传姜尚所著之兵书。简：挑选。练：熔炼，此指熔炼字句。⑤股：大腿。⑥期（jī）年：历经一年。⑦摩：接近。乌集阙：宫阙名，疑

在燕国，故名燕乌集阙。赵王：当时应为赵肃侯，名语，前339年至前326年在位。华屋：华美之屋，即宫殿。抵（zhǐ）掌：击掌，形容相谈甚洽。抵，通“扺”（击、拍之意）。⑧武安君：苏秦的封号。武安，地名，在今河北武安市。⑨革车：古代的一种兵车。纯（tún）：计量单位，布帛一段为一纯。鲍彪注：“四端曰纯。”⑩约从散横：相约合纵，拆散秦国的连横策略。关：指函谷关，为秦与山东六国之间的交通要塞。⑪式：作则，示范。⑫廊：宗庙里的走廊。庙：古代君王祭祀祖先的宗庙。按：后以廊庙代指朝廷。四境之外：即国境之外，代指战争。⑬当秦之隆：因为抵御秦国而带来的荣耀。当，抵挡，阻挡。煐（huáng）：通“煌”，光芒显赫。山东之国：即山东六国，以崤山为界，以西为秦，以东诸国一般统称为山东六国。使赵大重：谓使赵的地位因此而提高。⑭特：只不过。掘门：掘壁为门，义同“窟门”。桑户：以桑木做门板。棬（quān）枢：用曲木做门枢。棬，曲木做成的杯盂。伏轼撙（zǔn）衔：扶着轼木，拉着马缰绳，形容苏秦出入乘车骑马、得意之态。伏，通“扶”。轼，车前的横木，用来搁手休息并确保人员安全。撙，控制。衔，马辔头，俗称马笼头、马嚼子。横历：遍历、历尽。伉：通“抗”，抗衡，匹敌。⑮宫：秦汉以前对房屋、居室的通称。除道：打扫道路并驱散行人。这些动作都是表示对苏秦的尊重。⑯匍伏：同“匍匐”，爬行。谢：谢罪。⑰倨（jù）：傲慢。⑱盖（hé）：同“盍”，疑问代词，怎么。

【笺释】

一、本文所记叙的苏秦事迹流传甚广，现今仍然使用的“锥刺股”“前倨后恭”等成语，皆来源于本文。

二、苏秦、张仪等纵横家在后世并不是很受推崇，《战国策》虽然具有一定的文学价值和史学资料作用，在古代也算是一本冷门之书。究其原因，则是其宣扬的热衷名利、朝秦暮楚的价值观，与忠、孝、仁、义等主流观念并不一致。作为今天的读者，我们要汲取其智慧，淘汰其糟粕。总的来说，《战国策》仍不失为一本较好的、颇具文采的文史读物。

冯谖客孟尝君（齐策四）

【题解】

本文主要展示了以冯谖为代表的战国纵横家恣肆不羁而又机巧迭出的策士之风，其行文叙事紧密，人物形象鲜明，不过也不乏放诞浮夸、于史不合之处。

齐人有冯谖者，贫乏不能自存，使人属孟尝君，愿寄食门下①。孟尝君曰："客何好②？"曰："客无好也。"曰："客何能？"曰："客无能也。"孟尝君笑而受之曰："诺。"左右以君贱之也，食以草具③。

居有顷，倚柱弹其剑，歌曰："长铗归来乎④！食无鱼。"左右以告。孟尝君曰："食之，比⑤门下之客。"居有顷，复弹其铗，歌曰："长铗归来乎！出无车。"左右皆笑之，以告。孟尝君曰："为之驾⑥，比门下之车客。"于是乘其车，揭其剑，过其友曰："孟尝君客我⑦。"后有顷，复弹其剑铗，歌曰："长铗归来乎！无以为家。"左右皆恶之，以为贪而不知足。孟尝君问："冯公有亲乎？"对曰："有老母。"孟尝君使人给其食用，无使乏。于是冯谖不复歌。

后孟尝君出记，问门下诸客："谁习计会，能为文收责于薛者乎⑧？"冯谖署⑨曰："能。"孟尝君怪之，曰："此谁也？"左右曰："乃歌夫长铗归来者也。"孟尝君笑曰："客果有能也，吾负之，未尝见也。"请而见之，谢曰："文倦于事，愦于忧，而性懧愚，沉于国家之事，开罪于先生⑩。先生不羞⑪，乃有意欲为收责于薛乎？"冯谖曰："愿之。"于是约车治装，载券契而行，辞曰："责毕收，以何市而反⑫？"孟尝君曰："视吾家所寡有者。"

驱而之薛，使吏召诸民当偿者，悉来合券⑬。券遍合，起，矫命以责赐诸民⑭。因烧其券。民称万岁。长驱到齐，晨而求见。孟尝君怪其疾也，衣冠而见之⑮，曰："责毕收乎？来何疾也！"曰："收毕矣。""以何市而反？"冯谖曰："君云'视吾家所寡有者'。臣窃计，君宫中积珍宝，狗马实外厩，美人充下陈⑯。君家所寡有者，以义耳！窃以为君市义。”孟尝君曰：“市义奈何？”曰：“今君有区区之薛，不拊爱、子其民，因而贾利之⑰。臣窃矫君命，以责赐诸民，因烧其券，民称万岁。乃臣所以为君市义也。”孟尝君不说，曰：“诺，先生休矣⑱！”

【注释】

①冯谖（xuān）：《史记》“谖”作“驩”（“欢”的异体字），他本作“煖”（“暖”的异体字）。按：三字写法、读音不同，盖战国时各国文字书写有异，刘向、司马迁等所据底本不同，今可理解为三字互为假借。属（zhǔ）：同“嘱”，委托，嘱咐。孟尝君：齐国宗室，姓田名文，战国四公子之一，以善养士著称，门下食客数千人，主政齐国时曾参与苏秦合纵抗秦。寄食：犹言“讨口饭吃”，故寄食者被称为“食客”或“门客”。②好（hǎo）：长处、优势。③食（sì）：动词，给……提供饭食。草具：粗疏之食。④有顷：不久。铗（jiá）：剑或剑把。⑤比：等，同。⑥驾：套车。⑦揭：举起。过：过访。客：用作动词，意动。按：客，本指身在异地的外乡人，此处为“当作上客”之意。⑧出记：合账。计会（kuài）：即会计。文：孟尝君自称。责（zhài）：通“债”。薛：地名，孟尝君采邑，在今山东枣庄市。⑨署：署名。⑩倦于事，愦（kuì）于忧：等同于“以事倦，以忧愦”。愦，神志不清。懧（nuò）：同“懦”。⑪羞：用作动词，以……为羞耻。⑫约车：套车。治：整备。装：行李。券契：债券、契约。毕：全，都。市：购买。反：通“返”，下同。⑬合券：合对债券。按：古时债契借贷双方各持一半，偿还时合对以验其诚信。⑭矫命：假托受命以行事。鲍彪注：“矫，托也。托言孟尝之命。”赐：赐还。⑮疾：速度快。衣（yì）冠（guàn）：皆用作动词，穿衣戴帽。⑯窃：谦辞，常表示自己不成熟的想法。下陈：古代殿堂外陈放礼品、站列婢妾的地方。⑰区区：微小貌。拊（fǔ）爱：疼爱。拊，通“抚”。子：用作动词，意动，以……为子。贾（gǔ）：行商坐贾之“贾”，此处用作副词。按：贾利之，像商贾那样以……为利。⑱说（yuè）：通“悦”。休矣：口语表达，相当于“算了吧”“歇着吧”，表示非常失望。

后期年，齐王谓孟尝君曰："寡人不敢以先王之臣为臣①。"孟尝君就国②于薛，未至百里，民扶老携幼，迎君道中。孟尝君顾谓冯谖："先生所为文市义者，乃今日见之。"冯谖曰："狡兔有三窟③，仅得免其死耳。今君有一窟，未得高枕而卧也。请为君复凿二窟。"

孟尝君予车五十乘，金五百斤，西游于梁④，谓惠王曰："齐放⑤其大臣孟尝君于诸侯，诸侯先迎之者，富而兵强。"于是梁王虚上位，以故相为上将军，遣使者，黄金千斤、车百乘，往聘孟尝君⑥。冯谖先驱，诫孟尝君曰："千金，重币也；百乘，显使也。齐其闻之矣⑦。"梁使三反，孟尝君固辞不往也。齐王闻之，君臣恐惧，遣太傅赍黄金千斤、文车二驷，服剑一，封书⑧，谢孟尝君曰："寡人不祥，被于宗庙之祟⑨，沉于谄谀之臣，开罪于君。寡人不足为也。愿君顾先王之宗庙，姑反国统万人乎⑩？"冯谖诫孟尝君曰："愿请先王之祭器，立宗庙于薛⑪。"庙成，还报孟尝君曰："三窟已就，君姑高枕为乐矣。"

孟尝君为相数十年，无纤介⑫之祸者，冯谖之计也。

据上海古籍出版社《战国策笺证》卷十一

【注释】

①期（jī）年：一年。齐王：即齐愍王，战国中后期齐国国君，前301年至前284年在位。先王之臣：指孟尝君，孟尝君先为齐宣王（齐愍王之父）之臣。本句意在婉言剥夺孟尝君的政治权力。②就国：回到藩国（采邑）。③窟：洞穴。④梁：梁国即魏国，详情参见《孟子·仁者无敌》章注释。⑤惠王：即梁惠王，姓魏名罃（yīng），前369年至前319年在位。按：据本文描述梁国欲聘孟尝君为相，他固辞后旋即任齐相。据其他史料考证，孟尝君为齐相时梁惠王已死多年，故此处"梁王聘相"情节类似于野史戏说。放：放逐。⑥虚：空出。上位：此指国相之位。故相：前任国相。按：此处未书人名，可见所记之含糊。⑦诫：提醒。显：显赫。其：语气副词，表示推测，相当于"大概"。⑧太傅：周代官名，三公之一，各诸侯国皆仿置。赍（jī）：持送。文车：彩绘之车。二驷：即二乘。四马驾一车为"驷"。服剑：即佩剑。封书：册封官员的正式文书，即策书、诏书、制书之类。⑨被：遭受。宗庙之祟（suì）：指祖先鬼灵所降之祸。祟，害人之鬼

也。⑩姑：姑且。统万人：指执政之位，即相位。⑪请：要求。按：将祭祀先王的祭器移到薛地，并建立齐国宗庙，可以巩固孟尝君在齐国的政治地位。⑫纤：细丝。介：通“芥”，即草芥，小草。

【笺释】

一、孟尝君作为战国时代一位较有名的政治人物，对于冯谖的“无好”“无能”“三歌”，却能“笑而受之”、有求必应，反映出其慷慨大度的容人之量；而不能理解冯谖的“市义”之举，也足见其缺乏一定的政治理念；所谓“狡兔三窟”的苦心经营之谋，也全是为了一己之小私，而未有经世济用之大善。虽然同为战国四大公子，但这些也决定了他在政治上所取得的成就无法望信陵君之项背。同样作为政治人物，宋代的王安石就敏锐地看到了这一点，于是撰有《读孟尝君传》一文，将其直呼为“鸡鸣狗盗”之辈，其讥讽之意不在话下。

二、儒家“仁者爱人”“克己复礼”“仁者无敌”的政治主张，到了纵横家这里竟然可以当作商品（如股票、证券等）进行买卖、投资而去“市义”，这也正是纵横家之流在后世受到非议的主要原因。

第五章　屈宋楚辞

一、概述

东周时，中原史官文化与荆楚巫官文化逐渐交融。时至战国，便以诗赋形式在楚国结出文学硕果——“楚辞”。其直接渊源是以屈原《九歌》为代表的楚地民歌，而后宋玉等人将其创作特色进一步发展壮大。宋代陈振孙《直斋书录解题》引黄伯思之言云：“屈宋诸骚，皆书楚语、作楚声、名楚物，故可谓之楚辞。”故楚辞作品有鲜明之地域文化特色。

西汉刘向将屈原、宋玉之作品及淮南小山、东方朔、王褒、刘向等汉代作家承袭屈、宋体制之作汇编成集，计十六卷，定名为《楚辞》。东汉王逸又增入己作《九思》一篇，成十七卷，遂为后世定本。

二、作品

屈　原（约前 340 年—约前 278 年）

战国时楚国人，芈姓，屈氏，名平，字原，以字行。其《离骚》中自云：“名余曰正则兮，字余曰灵均”，故还有名正则，字灵均一说。出生于楚国丹阳（在今湖北省宜昌市），是楚王的同姓宗室，深得当时怀王的信任，曾任左徒、三闾大夫等要职。他举贤任能、联齐抗秦的政治主张受到王后郑袖、公子兰、靳尚等人的反对和诬陷，先后被楚怀王、楚顷襄王疏远和流放，于郢都被秦军攻破之后，怒投汨罗江而死。屈原是我国最早的浪漫主义诗人，也是我国文学史上第一位留下姓名的伟大爱国诗人。

屈原作品，班固《汉书·艺文志》著录25篇，王逸《楚辞章句》收24篇，而历来著屈原之名者凡27篇：《离骚》、《九歌》（11篇）、《九章》（9篇）、《天问》、《招魂》、《大招》、《远游》、《卜居》、《渔父》。据后世学者考证，《大招》模拟《招魂》而作，《远游》又有后世典故，应为汉代人伪作；而《卜居》《渔父》两篇内容有后人悼亡性质，似不可能为屈原亲撰。故可确定为屈原所作者，实23篇。

离骚

【题解】

《离骚》全诗共373句，2477字，是屈原的代表作，也是我国文学史上第一部自叙性质的抒情长诗，带有较强的政治诉求色彩。“离骚”二字的含义，后世多取班固之说，其《离骚赞序》曰：“离，犹遭也；骚，忧也。明己遭忧作辞也。”关于写作时间，多认为是楚怀王十六年（前313年）屈原被谗流放后，壮年时期所作。诗中详述了其高远的人生理想、正直的政治追求，不被国人理解又遭君王放逐后的复杂矛盾心理，以及誓不与“恶禽臭物”同流合污的坚强决心。此篇在艺术上创建甚多，详见诗后“笺释一、二、三、四”。

帝高阳之苗裔兮，朕皇考曰伯庸①。摄提贞于孟陬兮，惟庚寅吾以降②。皇览揆余初度兮，肇锡余以嘉名③：名余曰正则兮，字余曰灵均④。纷吾既有此内美兮，又重之以修能⑤。扈江离与辟芷兮，纫秋兰以为佩⑥。汩余若将不及兮，恐年岁之不吾与⑦。朝搴阰之木兰兮，夕揽洲之宿莽⑧。日月忽其不淹兮，春与秋其代序⑨。唯草木之零落兮，恐美人之迟暮。不抚壮而弃秽⑩兮，何不改此度？乘骐骥以驰骋兮，来吾道夫先路⑪！

昔三后之纯粹兮，固众芳之所在⑫。杂申椒与菌桂兮，岂惟纫夫蕙茝⑬！彼尧舜之耿介⑭兮，既遵道而得路。何桀纣之猖披兮，夫唯捷径以窘步⑮。惟夫党人之偷乐⑯兮，路幽昧以险隘。岂余身之惮殃兮，恐皇舆之败绩⑰。忽奔走以先后兮，及前王之踵武⑱。荃不察余之中情兮，反信谗而齌怒⑲。余固知謇謇⑳之为患兮，忍而不能舍也。

指九天以为正兮，夫惟灵修之故也[21]。曰黄昏以为期兮，羌中道而改路[22]。初既与余成言[23]兮，后悔遁而有他。余既不难夫离别兮，伤灵修之数化[24]。

【注释】

①高阳：五帝之一颛顼的别号。苗裔：后代。《史记·楚世家》："楚之先出自帝颛顼高阳。"朕：我。按：此词秦代以后才专作皇帝的自称。皇考：亡父也。《礼记·曲礼》："父曰皇考。"伯庸：屈原父亲之字。②摄提：犹摄提格，古代天文学术语，表示寅年。王逸《楚辞章句》："太岁（今名木星）在寅曰摄提格。"贞：通"正"。孟：夏历正月，即寅月。陬（zōu）：《尔雅》"正月为陬"。孟、陬都表示正月。庚寅：纪日的干支，乃六十天内的第三个寅日。③皇："皇考"之略。览：观看。揆（kuí）：揣测。度：出生之时。肇：开始。锡（cì）：通"赐"。④"名余"二句：王夫之《楚辞通释》"平者，正之则也。原者，地之善而均平者也。隐其名而取其义，以属辞赋体然也"。一说，"正则"为乳名，"灵均"为小字。⑤纷：繁多貌。内美：内在的美德。重（chóng）：增加。修能：修，高也；能，才也。一说，"能"通"态"。⑥扈（hù）：披。江离：香草名，一名蘼芜。辟（pì）芷（zhǐ）：即"偏僻之白芷"。纫：缝缀。佩：佩饰。⑦汩（yù）：水流急速貌。不吾与："不与（待）吾"之倒装。《论语·阳货》："日月逝矣，岁不我与。"⑧搴（qiān）：拔取。阰（pí）：土阜。木兰：香木名。宿莽：草名，经冬不死。⑨淹：停留。代序：更次，变化的次序。⑩不："何不"之略。抚：亲近，依恃。秽：脏臭之物，此喻小人。⑪来：通"徕"，招致。道（dǎo）：通"导"，引导。⑫三后：楚庄王、楚康王、楚悼王三位有创建的楚国先王。纯粹：无杂质，道德完美。众芳：以喻群贤。⑬申椒：申地所产之椒。菌桂：香木名。惟：同"唯"。蕙：香草名。茝（chǎi）：香草名；一音 zhǐ，盖乃"芷"字之异体，意为白芷。皆通。⑭耿介：王逸《楚辞章句》云"耿，光也；介，大也。尧舜所以有光大圣明之称者，以循用天地之道，举贤任能，使得万事之正也"。⑮猖披：王逸《楚辞章句》云"猖披，衣不带之貌"。今人姜亮夫《屈原赋校注》："猖披当为偏邪狂妄。"捷径：便捷小道，以喻邪途。窘步：举步艰难。⑯党人：拉帮结派之人。偷乐：苟且享

乐。⑰惮：害怕。殃：灾祸。皇舆：君王之车驾，此代指国家。败绩：车辆倾覆。⑱踵（zhǒng）：脚后跟。武：脚步。⑲荃：香草名，此指楚怀王。中情：即“衷情”，内心实情。齌（jì）怒：暴怒。⑳謇謇（jiǎn）：忠贞貌。㉑九天：古人以为天有九重。按：扬雄《太玄·太玄数》云“九天：一为中天，二为羡天，三为从天，四为更天，五为睟天，六为廓天，七为减天，八为沉天，九为成天”。正（zhèng）：通“证”。灵修：本指神灵，此实指楚怀王。㉒“曰黄昏”二句：洪兴祖《楚辞补注》以之为衍文。羌（qiāng），发语词，无实意。中道，半路中。㉓成言：定约。㉔难（nàn）：用作动词，意动。数（shuò）化：多次变化。

余既滋兰之九畹①兮，又树蕙之百亩。畦留夷与揭车兮，杂杜衡与芳芷②。冀枝叶之峻茂兮，愿竢时乎吾将刈③。虽萎绝其亦何伤兮，哀众芳之芜秽。众皆竞进以贪婪兮，凭不猒乎求索④。羌内恕己以量人兮，各兴心而嫉妒⑤。忽驰骛⑥以追逐兮，非余心之所急。老冉冉其将至兮，恐修名之不立⑦。朝饮木兰之坠露兮，夕餐秋菊之落英。苟余情其信姱以练要兮，长顑颔亦何伤⑧。揽木根以结茝兮，贯薜荔之落蕊⑨。矫菌桂以纫蕙兮，索胡绳之纚纚⑩。謇吾法夫前修兮，非世俗之所服⑪。虽不周于今之人兮，愿依彭咸之遗则⑫。

长太息以掩涕⑬兮，哀民生之多艰。余虽好修姱以鞿羁兮，謇朝谇而夕替⑭。既替余以蕙纕兮，又申之以揽茝⑮。亦余心之所善兮，虽九死其犹未悔。怨灵修之浩荡兮，终不察夫民心。众女嫉余之蛾眉兮，谣诼谓余以善淫⑯。固时俗之工巧兮，偭规矩而改错⑰。背绳墨以追曲兮，竞周容以为度⑱。忳郁邑余侘傺⑲兮，吾独穷困乎此时也。宁溘死⑳以流亡兮，余不忍为此态也！鸷鸟㉑之不群兮，自前世而固然。何方圜之能周㉒兮，夫孰异道而相安？屈心而抑志兮，忍尤而攘诟㉓。伏清白以死直兮，固前圣之所厚㉔。

【注释】

①滋：本指浇灌，此处有种植之意。畹（wǎn）：田亩面积单位，汉代以前十二亩为一畹，以后三十亩为一畹。按：此处“九畹”及下文“百亩”

都是泛指，言其多也。②畦（qí）：田垄，此处用作动词，分垄种植之意。留夷：即芍药。揭车：香草名。杂：混种。杜衡：即马蹄香。芳芷：芳香之白芷。③冀：希望。峻：高也。茂：盛也。竢（sì）：同“俟”，等待。刈（yì）：收割。④竞进：汲汲争取貌。凭：满也。猒（yàn）：通“餍”，吃饱，满足。⑤内恕己：宽于律己。量人：严以待人。兴（xīng）：产生。心：欲也，此特指嫉妒之心。⑥驰骛（wù）：狂奔乱跑。⑦冉冉：缓慢貌。修名：美名。⑧信：副词，确实。姱（kuā）：美好。练要：精粹坚贞。颇颔（kǎn hàn）：洪兴祖《楚辞补注》云“颇颔，食不饱，面黄貌”。⑨木根：香木之根。贯：联串。薜荔（bì lì）：香木名，即木莲。⑩矫：举起。索：用作动词，搓草制索。胡绳：香草名，可为绳索。缅缅（xǐ）：长而下垂貌。⑪謇：发语词。法：效法。前修：先贤，前代贤人。所服：所为，所用。⑫周：合。彭咸：殷商时大夫，有贤名，谏其君而不纳，投水而死，传说化为水神。⑬太息：长叹。掩涕：拭泪。⑭鞿（jī）：马缰绳。羁：马笼头。按：王逸《楚辞章句》“鞿羁，以马自喻。缰在口曰鞿，革络头曰羁，言为人所系累也”。谇（suì）：进谏。替：废除。⑮纕（xiāng）：佩带。申：再次。⑯浩荡：行为恣肆在约束以外。众女：众小人。蛾眉：眉似蚕蛾，娟美之貌。谣：传谣。诼：中伤。淫：行为不端。⑰偭（miǎn）：违背。错：通“措”，举措。⑱绳墨：木匠之墨绳，此指规矩。周容：苟且悦人。⑲忳（tún）：愁闷貌。郁邑：即“郁悒”，忧郁压抑。侘傺（chà chì）：怅然失意貌。⑳溘（kè）死：突然死去。㉑鸷（zhì）鸟：鹰隼类猛禽。㉒圜：同“圆”。周：合也。㉓尤：罪愆。攘诟：除去辱骂。㉔伏：通“服”，保持。死：为动用法，为……而死。厚：用作动词，赞许。

悔相道之不察兮，延伫乎吾将反①。回朕车以复路兮，及行迷之未远。步余马于兰皋兮，驰椒丘且焉止息②。进不入以离尤兮，退将复修吾初服③。制芰荷以为衣兮，集芙蓉以为裳④。不吾知其亦已兮，苟余情其信芳。高余冠之岌岌兮，长余佩之陆离⑤。芳与泽其杂糅兮，唯昭质其犹未亏⑥。忽反顾以游目兮，将往观乎四荒⑦。佩缤纷其繁饰兮，芳菲菲其弥章⑧。民生各有所乐兮，余独好修以为常。虽体解吾犹未变兮，岂余心之可惩⑨？

【注释】

①相（xiàng）：看且择也。延伫：长久直立。反：通“返”。②步：徐行。兰皋：生有兰花之皋（水边高地）。椒丘：生有椒树之丘。焉：于此。③进：出仕。不入：不纳。离：通“罹”，遭受。服：从事。④芰（jì）：菱也。芙蓉：荷花、莲花的别称。⑤高：用作动词，戴而变高，下文“长”同此，变长。岌岌（jí）：高貌。陆离：长貌。⑥泽：雨露。昭质：明洁之美质。⑦反顾：回头。游目：纵目四望。四荒：《尔雅·释地》云“觚竹、北户、西王母、日下，谓之四荒”。郭璞注：“觚竹在北，北户在南，西王母在西，日下在东，皆四方昏荒之国，次四极者。”⑧章：通“彰”，显著。⑨惩：惧且悔。

女媭之婵媛兮，申申其詈予[①]。曰：“鲧婞直以亡身兮，终然殀乎羽之野[②]。汝何博謇而好修兮，纷独有此姱节[③]？薋菉葹以盈室兮，判独离而不服[④]。众不可户说[⑤]兮，孰云察余之中情？世并举而好朋兮，夫何茕独而不予听[⑥]？”

依前圣以节中兮，喟凭心而历兹[⑦]。济沅湘以南征兮，就重华而陈词[⑧]：“启《九辩》与《九歌》兮，夏康娱以自纵[⑨]。不顾难以图后兮，五子用失乎家巷[⑩]。羿淫游以佚畋兮，又好射夫封狐[⑪]。固乱流其鲜终兮，浞又贪夫厥家[⑫]。浇身被服强圉兮，纵欲而不忍[⑬]。日康娱而自忘兮，厥首用夫颠陨[⑭]。夏桀之常违兮，乃遂焉而逢殃[⑮]。后辛之菹醢兮，殷宗用而不长[⑯]。汤禹俨而祗敬兮，周论道而莫差[⑰]。举贤才而授能兮，循绳墨而不颇[⑱]。皇天无私阿兮，览民德焉错辅[⑲]。夫维圣哲以茂行兮，苟得用此下土[⑳]。瞻前而顾后兮，相观民之计极[㉑]。夫孰非义而可用兮，孰非善而可服？阽[㉒]余身而危死兮，览余初其犹未悔。不量凿而正枘[㉓]兮，固前修以菹醢。”曾[㉔]歔欷余郁邑兮，哀朕时之不当。揽茹蕙以掩涕兮，沾余襟之浪浪[㉕]。

【注释】

①女媭（xū）：人名，一说为屈原之姊，一说为屈原侍妾。婵媛（chán yuán）：通“啴咺”，怒而言不止也。《楚辞章句》：“婵媛，犹牵引也。”申

申：不停重申。詈（lì）：责骂。②“鲧（gǔn）婞（xìng）直”两句：鲧为夏禹之父，治水不成被舜帝杀死于羽山之野。婞直，刚直。亡（wàng），通“忘”。殀，同“夭”，此指被杀。③博謇：博学而忠直。纷：相杂。姱节：美好的节操。④薋（cí）：草多貌，此处用作动词，收集野草。菉（lù）：即荩草，又名王刍。葹（shī）：又名苍耳。按：菉、葹，皆恶草。判独：判然独立。离：离弃。服：佩戴。⑤户说：逐户诉说。⑥并举：相互抬捧。好（hào）朋：喜欢拉党结派。茕（qióng）独：孤独貌。⑦节中：以中正为节。喟（kuì）：叹息。凭心：满布于心。⑧沅湘：即沅江、湘江，湖南境内两条河流，都注入洞庭湖。重华：舜帝之名。按：舜帝死后葬于苍梧山，其山即今湖南南部之九嶷山。⑨启：夏禹之子，夏代首任国君。《九辩》《九歌》：本为传说中天庭之乐，后被启偷至人间。夏康：即太康，夏启长子，即位后荒淫无度，被后羿夺政，史称“太康失国”。⑩五子：即五观，夏启幼子。家巷（hòng）：内讧。巷，通“哄”。⑪羿：即后羿，夏代有穷国国君。按：其与尧帝时射日的后羿（嫦娥的丈夫）为同名的不同二人。淫：过度。佚：放纵。畋（tián）：打猎，也写作“田”。封狐：大狐狸。⑫乱流：不正之徒。鲜终：难以善终。浞（zhuó）：人名，即寒浞，后羿的国相，曾遣家臣逢蒙杀死后羿并强占其妻。⑬浇（ào）：人名，即过浇，一作“奡”，寒浞与羿妻之子。被服：本指穿戴，此指凭恃。强圉（yǔ）：强梁有力。不忍：无法自控。⑭颠陨：颠落，即被杀头。按：奡强武有力，起兵杀了夏后相，后终为夏后相之子少康所杀。⑮夏桀：夏末暴君。常违：即“违常”，违反正道。遂：用作动词，有酿祸之意。⑯后辛：商纣王名辛，亦作帝辛，商代末君，以残暴著称。菹（zū）醢（hǎi）：古代酷刑，将人剁为肉酱，纣王曾把大臣梅伯菹醢。殷宗：殷商宗庙，即商代国祚。⑰汤禹：商、夏两代的实际开国君主。俨：庄严貌。祇（zhī）：恭敬。周：指周文王、周武王。⑱颇：偏颇。⑲私阿（ē）：因私偏袒。错辅：有序辅助。错，通“措”，安置。⑳维：通“唯”。茂行：美德。苟：副词，方才。㉑计极：思想准则。㉒阽（diàn）：临近危险。㉓凿：榫孔。枘（ruì）：榫头。㉔曾：通“增”，增添。㉕茹：柔软。浪浪：泪流不止貌。

跪敷衽以陈辞兮，耿吾既得此中正①。驷玉虬以乘鹥兮，溘埃风余上征②。朝发轫于苍梧兮，夕余至乎县圃③。欲少留此灵琐④兮，日忽忽其将暮。吾令羲和弭节兮，望崦嵫而勿迫⑤。路曼曼⑥其修远兮，吾将上下而求索。饮余马于咸池兮，总余辔乎扶桑⑦。折若木以拂日兮，聊逍遥以相羊⑧。前望舒使先驱兮，后飞廉使奔属⑨。鸾皇为余先戒兮，雷师告余以未具⑩。吾令凤鸟飞腾兮，继之以日夜。飘风屯其相离兮，帅云霓而来御⑪。纷总总其离合兮，斑陆离其上下。吾令帝阍开关兮，倚阊阖而望予⑫。时暧暧其将罢⑬兮，结幽兰而延伫。世溷⑭浊而不分兮，好蔽美而嫉妒。

【注释】

①敷：铺开。衽：衣前襟。耿：用作动词，意动，以屈原为耿直。②驷：用作动词，驾四马之车。玉虬（qiú）：无角白龙。鷖（yì）：凤凰。《楚辞章句》云："鷖，凤皇别名也。《山海经》云：鷖身有五采，而文如凤。凤类也，以为车饰。"溘（kè）：迅疾貌。上征：飞上天。③发轫（rèn）：出发。轫，插入车轮中制动的横木。苍梧：山名，今名九嶷山，相传虞舜死后葬于此。县（xuán）圃：又作"悬圃""玄圃"，传说中神仙居处，在昆仑山顶。④灵琐：天宫之门。琐，《楚辞章句》："琐，门镂也，文如连琐。"⑤羲和：神话传说中驾御日车的神。弭（mǐ）节：停鞭。崦嵫（yān zī）：山名，传说中日落之处。⑥曼曼：通"漫漫"。⑦咸池：神话中谓日浴之处。总：总揽缰绳。扶桑：神话中长在东方日出处的树。⑧若木：即上文的"扶桑"。拂：拂拭，此处有遮蔽之意。相羊（cháng yáng）：同"徜徉"。⑨望舒：神话中为月驾车的神。飞廉：风神。属（zhǔ）：追随。⑩鸾：青色的凤凰。皇：通"凰"。戒：警戒。雷师：神话中主管打雷的神，名曰丰隆。未具：行装未整备。⑪飘风：即旋风。屯：集聚。离（lì）：通"丽"，附着。御（yà）：同"迓"，迎接。⑫帝阍（hūn）：天宫守门者。阊阖（chāng hé）：天门名。⑬暧暧（ài）：昏暗貌。罢（pí）：尽也。⑭溷（hùn）：脏臭潮湿。

朝吾将济于白水兮，登阆风而绁马①。忽反顾以流涕兮，哀高丘之无女②。溘吾游此春宫兮，折琼枝以继佩③。及荣华之未落兮，相下女之可诒④。吾令丰隆乘云兮，求宓妃之所在⑤。解佩纕以结言兮，吾令蹇修以为理⑥。纷总总其离合兮，忽纬繣其难迁⑦。夕归次于穷石兮，朝濯发乎洧盘⑧。保⑨厥美以骄傲兮，日康娱以淫游。虽信美而无礼兮，来⑩违弃而改求。览相观于四极兮，周流乎天余乃下⑪。望瑶台之偃蹇兮，见有娀之佚女⑫。吾令鸩⑬为媒兮，鸩告余以不好。雄鸠之鸣逝兮，余犹恶其佻巧⑭。心犹豫而狐疑兮，欲自适⑮而不可。凤皇既受诒兮，恐高辛⑯之先我。欲远集而无所止兮，聊浮游以逍遥。及少康之未家兮，留有虞之二姚⑰。理弱而媒拙兮，恐导言之不固⑱。世溷浊而嫉贤兮，好蔽美而称恶。闺中既以邃远兮，哲王又不寤⑲。怀朕⑳情而不发兮，余焉能忍与此终古？

【注释】

①白水：水名，传说中源出昆仑山，饮之可不死。阆（láng）风：《楚辞章句》引“阆风，山名，在昆仑之上”。绁（xiè）马：系马。②“忽反顾”二句：《楚辞章句》引“楚有高丘之山，女以喻臣。言己虽去，意不能已，犹复顾念楚国无有贤臣，心为之悲而流涕也”。高丘，一说泛指高山。女，此指仙女。③春宫：东方青帝所居之处。琼枝：玉树之枝。佩：佩带。④下女：下界之美女。诒（yí）：通“贻”，赠送。⑤丰隆：雷神名。宓（fú）妃：伏羲氏之女，溺死于洛水中，化为洛水之神。⑥蹇（jiǎn）修：传说中伏羲氏之臣，古贤者。理：媒人。⑦纬繣（huà）：乖戾。迁：迁就。⑧次：住宿。穷石：神话中山名。洧（wěi）盘：神话中的水名，发源于崦嵫山。⑨保：保持。⑩来：通“乃”。⑪览相（xiàng）观：三字均作“观看”讲，同义连用以强调其频度。四极：四方的尽头。周流：即周游。⑫瑶台：美玉所砌的楼台。偃蹇：高耸貌。有娀（sōng）：上古部族名。佚女：美女。一说即帝喾妃简狄，为商民之始母。⑬鸩（zhèn）：羽毛有剧毒的鸟，此处喻奸诈小人。⑭佻巧：轻浮善言。⑮适：往，去。⑯高辛：帝喾之名。⑰少康：夏代中兴之君。按：其父夏后相被寒浞及羿所杀，其母以孕身避祸于娘家，生少康。后少康又逃奔有虞氏，有虞君以二女妻之。有虞氏乃舜帝后代，姚姓，故下文称此二女为“二姚”。未家：未成家。有：名词词头，无实意。⑱弱：懦弱。导言：媒人中介之言。⑲闺中：女子闺房，此代指上文屈原所追求的有娀氏之女。哲王：指楚怀王。寤（wù）：通“悟”，

醒悟。⑳朕：通“正”，忠正。

索藑茅以筳篿兮，命灵氛为余占之[①]。曰：“两美其必合兮，孰信修而慕之[②]？思九州之博大兮，岂惟是其有女[③]？”

曰：“勉远逝而无狐疑兮，孰求美而释女[④]？何所独无芳草兮，尔何怀乎故宇[⑤]？世幽昧以昡曜兮，孰云察余[⑥]之善恶？民好恶其不同兮，惟此党人其独异！户服艾以盈要[⑦]兮，谓幽兰其不可佩。览察草木其犹未得兮，岂珵美之能当[⑧]？苏粪壤以充帏[⑨]兮，谓申椒其不芳。”

【注释】

①藑（qióng）茅：用来占卜的茅草。筳（tíng）篿（tuán）：亦作“筳篅”，楚人用来占卜的竹片。按：《楚辞章句》云“索，取也。藑茅，灵草也。筳，小折竹也。楚人名结草折竹以卜曰篿”。王夫之《楚辞通释》：“筳，折竹枝。篿，为卜算也，楚人有此卜法。取琼茅为席，就上以筳卜也。”灵氛：神巫之名。②两美：互相爱慕的俊男美女，此代指贤臣明君。信修：真正美好。③是：代词，指楚国。女：指明君。按：以上四句是屈原问卜之辞。④释：放弃。女：通“汝”。⑤尔：第二人称代词，你。故宇：故国，即楚国。⑥余：“余侪”“我辈”之略。⑦户：家家户户。艾：即艾蒿，屈原心中的恶草。盈：满。要（yāo）：通“腰”。⑧珵（chéng）：美玉。当（dàng）：得当，恰当。⑨苏：索取。帏（wéi）：此指香囊。

欲从灵氛之吉占兮，心犹豫而狐疑。巫咸将夕降兮，怀椒糈而要之[①]。百神翳其备降兮，九疑缤其并迎[②]。皇剡剡[③]其扬灵兮，告余以吉故。曰：“勉升降以上下兮，求矩矱之所同[④]。汤禹严而求合兮，挚咎繇而能调[⑤]。苟中情其好修兮，又何必用夫行媒[⑥]？说操筑于傅岩兮，武丁用而不疑[⑦]。吕望之鼓刀兮，遭周文而得举[⑧]。宁戚之讴歌兮，齐桓闻以该辅[⑨]。及年岁之未晏[⑩]兮，时亦犹其未央。恐鹈鴂[⑪]之先鸣兮，使夫百草为之不芳。”

何琼佩之偃蹇兮，众薆然[⑫]而蔽之。惟此党人之不谅[⑬]兮，恐嫉妒而折之。时缤纷其变易兮，又何可以淹留？兰芷变而不芳兮，荃蕙化而为茅。何昔日之芳草兮，今直为此萧艾[14]也？岂其有他故兮，莫好修之害也！余以兰为可恃兮，羌无实而容长[15]。委厥美[16]以从俗兮，苟得列乎众芳。椒专佞以慢慆兮，樧又欲充夫佩帏[17]。既干进[18]而务入兮，又何芳之能祗？固时俗之流从[19]兮，又孰能无变化？览椒兰其若兹兮，又况揭车与江离？惟兹佩之可贵兮，委厥美而历兹[20]。芳菲菲而难亏兮，芬至今犹未沬[21]。和调度[22]以自娱兮，聊浮游而求女。及余饰之方壮[23]兮，周流观乎上下。

【注释】

①巫咸：神巫之名。降：即降神，由巫觋传达神灵的旨意，以彰显其神明。椒糈（xǔ）：拌着香料的精米饭，即精致的祭品。②翳（yì）：遮蔽，此有相互遮蔽之意。九疑："九嶷众神"之略。缤：众多貌。③皇剡剡（yǎn）：光闪闪之貌。皇，通"煌"。④上下：天上和世间，实指四处寻找。矩矱（yuē）：法度。矩，画方形之工具。矱，量长短的工具。⑤求合：寻求同道者。挚：成汤贤相伊尹之名。咎（gāo）繇（yáo）：即皋陶，舜禹时著名的贤臣。调：协调，配合。⑥行媒：《楚辞章句》云"行媒，喻左右之臣也"。⑦"说（yuè）操"二句：殷高宗武丁以梦中贤人形象寻访天下，得到身为役徒正在筑版的贤人傅说，即用之为相。⑧"吕望"二句：吕望（即姜尚姜子牙）曾在殷都朝歌（在今河南淇县）屠沽为业，又以直针为饵垂钓于渭水之北，周文王姬昌出猎遇之，相谈大奇，载与俱归，拜为国师。⑨"宁戚"二句：春秋时齐国人宁戚贤而贱，击打牛角徒歌《饭牛歌》以干齐桓公，桓公用为客卿。该，全备。该辅，即辅政大臣。⑩晏：晚也。⑪鹈鴂（tí jué）：鸟名，俗称伯劳、杜鹃。⑫薆（ài）然：掩蔽貌。⑬谅：信也。⑭直：径直，直几。萧艾：皆恶草，喻变节者。⑮羌：发语词。无实：无实才。容长：徒有其表。⑯委：抛下，放弃。厥美：它（兰草）的美好。⑰专：专横。佞：谄媚。慢慆（tāo）：傲慢放肆。樧（shā）：屈原心中的恶草，即后世的茱萸。按：这两句的意思是，椒本香草已然变质，樧乃贱草却要钻营。⑱干进：汲汲以求上升。干，追求。⑲流从：即"从流"，随波逐流之意。⑳兹佩：这块玉佩，屈原自喻。委厥美：不同于注释⑯之"委厥美"，此处意为自身（厥）之美好被奸小之人摈弃、打压。㉑沬（mèi）：通

“昧”，淡薄。㉒和（hè）：应和。调（diào）：行走时玉佩与身体碰撞的声响。度：步频。㉓饰：身上之玉佩。壮：光彩盛耀。

灵氛既告余以吉占兮，历[1]吉日乎吾将行。折琼枝以为羞兮，精琼爢以为粻[2]。为余驾飞龙兮，杂瑶象[3]以为车。何离心之可同兮，吾将远逝以自疏。邅[4]吾道夫昆仑兮，路修远以周流。扬云霓之晻蔼兮，鸣玉鸾之啾啾[5]。朝发轫于天津[6]兮，夕余至乎西极。凤皇翼其承旗兮，高翱翔之翼翼[7]。忽吾行此流沙兮，遵赤水而容与[8]。麾蛟龙使梁津兮，诏西皇使涉予[9]。路修远以多艰兮，腾众车使径待[10]。路不周以左转兮，指西海以为期[11]。屯余车其千乘兮，齐玉轪而并驰[12]。驾八龙之婉婉兮，载云旗之委蛇[13]。抑志而弭节兮，神高驰之邈邈[14]。奏《九歌》而舞《韶》兮，聊假日以愉乐[15]。陟升皇之赫戏兮，忽临睨夫旧乡[16]。仆夫悲余马怀兮，蜷局顾而不行[17]。

乱[18]曰：已矣哉！国无人莫我知兮，又何怀乎故都[19]！既莫足与为美政兮，吾将从彭咸之所居[20]！

据中华书局洪兴祖《楚辞补注》卷一

【注释】

①历：选择。②羞：同“馐”，干肉。精：用作动词，捣碎。琼爢（mí）：玉屑。粻（zhāng）：粮食。③瑶：美玉。象：象牙。④邅（zhān）：转向。⑤云霓：画有云霓的旗帜。晻（yǎn）蔼：旌旗蔽日貌。晻，日无光。蔼，通“霭”，云气。玉鸾：鸾鸟形的玉制车玲。啾啾（jiū）：车铃象声词。⑥天津：天河渡口。⑦翼：用作动词，展翅。翼翼：整齐貌。⑧流沙：西方极地的沙漠地带。遵：沿着。赤水：神话水名，源出昆仑山。容与：徘徊不前貌。⑨麾：通“挥”，指挥。梁：用作动词，架桥。诏：请。西皇：姜亮夫《屈原赋校注》云“西皇，西方天神也。西方庚辛，其帝少皞，少皞即西皇”。⑩腾：奔驰。径待：在路旁等待。一说应为“径侍”，亦通。⑪路：用作动词，路过。不周：山名，即不周山。西海：神话中西方的神海。期：此指目的地。⑫屯：屯集。齐：用作动词，齐头并进。轪（dài）：车轮。⑬婉婉：通“蜿蜿”，龙身曲折游动貌。委蛇（wēi yí）：犹“逶迤”，蜿蜒舒展貌。⑭抑志：凝神定心。弭节：停鞭，停车。神：思绪。

邈邈：辽远貌。⑮《韶》：即《九韶》，舜帝时的舞乐。假：借。⑯陟（zhì）：登高。皇：皇日，太阳。赫戏：光芒辉煌貌。临睨（nì）：下视。⑰仆夫：屈原的车夫。马怀：指马似通人之情而亦怀悲意。蜷（quán）局：蜷曲不行貌。⑱乱：全篇的结语，乐曲的卒章。⑲莫我知：宾语前置倒装句，即“莫知我”。知，理解。故都：楚国都城郢，后世称作江陵，即今湖北荆州市，此代指楚国。⑳彭咸：见前文注释。居：居所。

【笺释】

一、奇妙神幻的浪漫主义诗境的构造。诗中打破了现实社会与虚幻神话世界的界限，削弱了时间、空间的限制，光怪陆离而又飘飘欲仙，对后世贾谊、曹植、李白、苏轼等文人有很深的影响。如全诗所经之地的线索：沅湘之水—苍梧山（九嶷山）—昆仑山（悬圃、崦嵫、咸池）—扶桑—阊阖（天庭）—白水—阆风山—穷石山—洧盘之水，再由昆仑山—天津—西极—流沙—赤水—不周山，最后至西海，有真实地名，更多的则是神话书中的地名。诗中的神话人物，若不算女媭，巫者尚有灵氛、巫咸，神祇（qí）有重华（舜帝）、羲和（日神）、望舒（月神）、飞廉（风神）、雷师、帝阍、丰隆（雷神）、宓妃（洛水神）、简狄（有娀氏之女）、西皇、彭咸等，其他如鸾、鹥、鸩、凤凰、蛟龙之类不一而足，能够连缀众多神话人物和神兽、神鸟，却如此自然和谐，仿佛就是屈原亲历过似的，中间或自诉或借灵氛之口，还穿插陈述了大量现实世界中的上古历史典故，亦真亦幻，并无丝毫违和之感，足见作者之才思巧妙。

二、“香草美人”比兴象征手法的运用。“比兴”的含义及运用是本诗学习的重点，可参见《诗经》部分的“笺释”及“注释”，此处不再赘述。《离骚》中的比兴手法传统上亦称作“香草美人”手法，源自王逸的总结——《离骚经序》：“离骚之文，依《诗》取兴，引类譬喻。故善鸟香草以配忠贞，恶禽臭物以比谗佞，灵修美人以媲于君，宓妃佚女以譬贤臣，虬龙鸾凤以托君子，飘风云霓以为小人。其辞温而雅，其义皎而朗，凡百君子，莫不慕其清高，嘉其文彩，哀其不遇，而愍其志焉。”

三、结构宏大严整，情节平中现奇、跌宕起伏。全诗可以分为三个层次。第一层：自述身世、个人政见、遭谗被疏的经历以及不改初心、死而不悔的坚贞志节。第二层：详述女媭詈骂、见舜陈辞、扣帝阍不开、寻逸女不遇诸情节，可见其“上不见容于天，下不获知于世”的惨状。第三层：记叙了经灵氛、巫咸的开导，经过微妙的思想斗争，终不忍弃故国而去，并暗示杀身报国之志。

四、打破了四言诗的窠臼，创造了新的诗体。诗歌运用了大量楚语发语词，如“羌、謇、纷”等，尤其是“兮”之类语助词的使用，形成了形式整齐、音节富于变化的新诗体，后世称为“骚体”或者“楚辞体”，对后世辞赋文学的发展有着深远的影响。

五、《文心雕龙》对《离骚》的评价。《离骚》作为最早的政治抒情长诗，又因其瑰丽浪漫的艺术美学，在后世（尤其是汉代）影响巨大。以下评论均引自南齐刘勰的古代文论巨著《文心雕龙》的第五篇《辨骚》，稍加编者梳络，可作深入研习。古人多以《离骚》一诗思想宗旨是否背离经传（儒家经典及注释）大道而论，而刘氏之见尤为中肯。

1．肯定一派有六家：(1) 汉武帝刘彻、淮南王刘安及司马迁。“汉武爱《骚》，而淮南作传。（司马迁）以为《国风》好色而不淫，《小雅》怨诽而不乱。若《离骚》者，可谓兼之。”(2) 王逸。“王逸以为诗人提耳，屈原婉顺。《离骚》之文，依《经》立义。”(3) 汉宣帝刘询及扬雄。“汉宣嗟叹，以为皆合经术。扬雄讽味，亦言体同《诗》《雅》。”

2．否定派：班固。“班固以为露才扬己，忿怼沉江”，“四家举以方经，而孟坚谓不合《传》”。

3．刘勰的意见：(1)《离骚》的可取之处（合乎经典者）有四点：“典诰之体”“规讽之旨”“比兴之义”“忠怨之辞”——“其陈尧舜之耿介，称禹汤之祗敬，典诰之体也；讥桀纣之猖披，伤羿浇之颠陨，规讽之旨也；虬龙以喻君子，云蜺以譬谗邪，比兴之义也；每一顾而掩涕，叹君门之九重，忠怨之辞也。观兹四事，同于《风》《雅》者也。”

(2)《离骚》的不可取之处（不合经典者）亦有四点：“诡异之辞”“谲怪之谈”“狷狭之志”“荒淫之意”——“至于托云龙，说迂怪，丰隆求宓妃，鸩鸟媒娀女，诡异之辞也；康回倾地（即共工，其事在《天问》诗中，非在《离骚》中），夷羿彃（bì，射也）日，木夫九首，土伯三目（木夫、土伯之事均在《招魂》诗中，不在《离骚》中，刘勰当误记；抑或《辨骚》篇刘氏所言非囿于《离骚》一首，盖就代表屈原相关诸作以论也），谲怪之谈也；依彭咸之遗则，从子胥以自适，狷狭之志也；士女杂坐，乱而不分，指以为乐，娱酒不废，沉湎日夜，举以为欢，荒淫之意也。摘此四事，异乎经典者也。”

（3）刘勰论屈原《离骚》的成就及影响：赞扬其思想纯正、有文学创新——“虽取熔经旨，亦自铸伟辞”；论《离骚》的巨大影响——“其衣被词人，非一代也。故才高者菀其鸿裁，中巧者猎其艳辞，吟讽者衔其山川，童蒙者拾其香草”；论其瑕不掩瑜，几乎不存在所谓的负面影响——“酌奇而不失其贞，玩华而不坠其实”；高度称颂屈原之人格——“赞曰：不有屈原，岂见《离骚》？惊才风逸，壮志烟高。山川无极，情理实劳。金相玉式，艳溢锱毫。”

湘夫人（九歌）

【题解】

本诗为《九歌》的第四首。《九歌》本是传说中夏代的古曲名，其后一直流传于荆湘地区，成为楚地的祭祀歌曲。王逸《楚辞章句·九歌》云：“昔楚国南郢之邑，沅湘之间，其俗信鬼而好祠。其祠必作歌乐鼓舞以乐诸神。屈原放逐，窜伏其域，怀忧苦毒，愁思沸郁。出见俗人祭祀之礼，歌舞之乐，其词鄙陋，因作《九歌》之曲。上陈事神之敬，下见己之冤结，托之以讽谏。故其文意不同，章句杂错，而广异义焉。”屈原创作《九歌》组诗，包括《东皇太一》《云中君》《湘君》《湘夫人》《大司命》《少司命》《东君》《河伯》《山鬼》《国殇》《礼魂》等十一首，祭祀十神，末章《礼魂》为整个组诗的“乱辞”。

本诗与《九歌》的第三首《湘君》是姊妹篇，据王逸《楚辞章句》及郑玄《礼记·檀弓》注，“湘君”为虞舜，“湘夫人”为舜之二妃（娥皇和女英）。不过，朱熹《楚辞集注》援韩愈之说，认为湘君是娥皇，湘夫人是女英；王夫之《楚辞通释》、顾炎武《日知录》都认为湘君、湘夫人是湘水的配偶神，与虞舜无关。此处依从王逸、郑玄之说，其他诸说可作备考。

帝子降兮北渚，目眇眇兮愁予①。袅袅兮秋风，洞庭波兮木叶下②。登白薠兮骋望，与佳期兮夕张③。鸟萃兮苹中，罾何为兮木上④。沅有茝兮醴有兰，思公子兮未敢言⑤。荒忽兮远望，观流水兮潺湲⑥。麋何食兮庭中，蛟何为兮水裔⑦？朝驰余马兮江皋，夕济兮西澨⑧。

闻佳人兮召予，将腾驾兮偕逝⑨。筑室兮水中，葺之兮荷盖⑩。荪壁兮紫坛，播芳椒兮成堂⑪。桂栋兮兰橑，辛夷楣兮药房⑫。罔薜荔兮为帷，擗蕙櫋兮既张⑬。白玉兮为镇，疏石兰兮为芳⑭。芷葺兮荷屋，缭之兮杜衡⑮。合百草兮实庭，建芳馨兮庑⑯门。九嶷缤兮并迎，灵之来兮如云⑰。

捐余袂兮江中，遗余褋兮澧浦⑱。搴汀洲兮杜若，将以遗兮远者⑲。时不可兮骤得，聊逍遥兮容与⑳！

【注释】

①帝子：指舜帝之妃，即湘夫人。按：相传尧帝二女娥皇、女英为舜帝之二妃，舜南巡死于苍梧山，二妃追至洞庭，投湘水殉情而死，楚人为之立祠，以湘水之神祭之。本书采取传统说法，认为湘夫人即二妃。渚（zhǔ）：水中陆地。眇眇（miǎo）：通“渺渺”，飘忽远视貌。愁：使动用法。②袅袅（niǎo）：吹拂貌。波：用作动词，生波。③白薠（fán）：“白薠之洲”的省略。白薠，水草名。骋望：远望。佳：佳人，即湘夫人。期：约会。张：铺张摆设。④萃：聚集。苹：水草名。罾（zēng）：渔网。⑤沅、醴：皆水名。醴，通“澧”，湖南古水名。茝（chǎi）：白芷，参见上文《离骚》诗中注释。公子：犹上文之“帝子”。⑥荒忽（huǎng hū）：同“恍惚”，朦胧不明貌。潺湲（chán yuán）：水流舒缓貌。⑦麋：麋鹿。水裔：水边。⑧江皋（gāo）：江边高地。澨（shì）：水边。⑨偕逝：与使者同往。⑩葺（qì）：以茅草遮盖屋顶。荷盖：用荷叶盖屋。⑪荪（sūn）壁：以荪草装饰墙壁。荪，又名“荃”，香草名。紫坛：用紫贝装饰庭院。坛，中庭也。播芳椒：古人以椒入泥，涂抹墙壁增香驱邪。播，播撒。⑫“桂栋”二句：桂（桂木）、兰（木兰）、辛夷（一种香木）、药（白芷）均名词用作动词，意动。按：其实际含义是，以桂木做栋梁，以木兰做屋椽，用辛夷木做门楣，用白芷装饰房间。橑（liáo）：屋椽。楣：门上横木。⑬罔：通“网”，用作动

词，编织。擗（bò）：同“擘”，剖开。櫋（mián）：屋檐板。⑭镇：镇席之物。疏：散布。石兰：香草，兰之一种。⑮杜衡：香草名。⑯庑（wǔ）：过廊。⑰九嶷：“九嶷诸神”之略。缤：众多貌。灵：神灵。按：至于此处，翘盼已久的“帝子”（湘夫人）仍未到来，来的只是苍梧山的诸神们。⑱捐：扔弃。袂（mèi）：衣袖（王逸、洪兴祖、朱熹诸家古注皆如此）。一说，乃“袟（zhì）”字之讹。袟，女子内衣，贴身汗衫。按：《左传·宣公九年》载有陈灵公、孔宁、仪行夫受赠夏姬内衣之事，可见春秋时已有此俗，以见情人关系之亲密。褋（dié）：外穿单衣。浦：江滨。⑲搴（qiān）：拔取。杜若：香草名。遗（wèi）：赠送。远者：指湘夫人。⑳聊：姑且。容与：闲适貌。

【笺释】

一、本诗虽题为“湘夫人”，主人公实为男性，具述湘君精心准备、痴心等待心中爱人（湘夫人），而对象苦苦不来的失落和惆怅。

二、诗中反复敷陈以香草、芳椒、美木修葺房屋的精心陈设和布置，香气缭绕，青翠满室，富有浓厚的浪漫主义气息，也足以烘托主人公对待爱人的一片赤子之心。

三、关于诗中名句的评价。

1. 明代胡应麟《诗薮》内编卷一：“袅袅兮秋风，洞庭波兮木叶下”，形容秋景入画；“悲哉秋之为气也，萧瑟兮草木摇落而变衰。憭栗（liáo lì，凄凉貌）兮若在远行，登山临水兮送将归”（宋玉《九辩》），摹写秋意入神，皆千古言秋之祖。六代、唐人诗赋，靡不自此出者。

2. 清代林云铭《楚辞灯》：开篇“袅袅秋风”二句，是写景之妙；“沅有茝”二句，是写情之妙。其中皆有情景相生，意中会得、口中说不得之妙。人知“山有木兮木有枝，心悦君兮君不知”（无名氏《越人歌》，见刘向《说苑·善说》篇、郭茂倩《乐府诗集》卷八十三“杂歌谣辞”），犹“沅有茝”二句起兴之例，而不知“无边落木萧萧下，不尽长江滚滚来”（杜甫七律《登高》）实以“袅袅秋风”二句作蓝本也。《楚辞》开后人无数奇句，岂可轻易读过？

国　殇（九歌）

【题解】

本诗为《九歌》组诗的第十首。清代戴震《屈原赋注》："殇之义二：男女未冠笄而死者，谓之殇；在外而死者，谓之殇。殇之言伤也。国殇，死国事，则所以别于二者之殇也。歌此以吊之，通篇直赋其事。"本诗是一首为捐躯国难者所作的祭歌，第一部分为扮演受祭者——尸的独唱，自述战场上战斗的凄惨场面；第二部分为台下群巫——祝的赞颂，突出了楚国人民同仇敌忾的爱国主义精神。

操吴戈兮被犀甲，车错毂兮短兵接①。旌蔽日兮敌若云，矢交坠兮士争先②。凌余阵兮躐余行，左骖殪兮右刃伤③。霾两轮兮絷四马，援玉枹兮击鸣鼓④。天时坠兮威灵怒，严杀尽兮弃原壄⑤。

出不入兮往不反，平原忽兮路超远⑥。带长剑兮挟秦弓，首身离兮心不惩⑦。诚既勇兮又以武，终刚强兮不可凌⑧。身既死兮神以灵，子魂魄兮为鬼雄⑨。

以上据中华书局洪兴祖《楚辞补注》卷二

【注释】

①操：操持。吴戈：吴地所产之戈。被（pī）：同"披"。犀甲：犀牛皮所制之铠甲。按：吴戈、犀甲，都表示战士的装备精良。错毂（gǔ）：敌我双方战车近距离交错。毂，车轮上插入车轴的中空，一般代指车轮或车辆。兵：兵器。②旌（jīng）：即旌旗，军中大旗。交：交互，纷纷。③凌：驾越，侵犯。躐（liè）：践踏。行（háng）：行列。骖（cān）：古代大车驾四马，称为"驷"，中间两马称为"服"，两边的马称为"骖"。殪（yì）：倒地而死。右："右骖"之略。刃：用作动词，中刀，受重伤。④霾：通"埋"。絷（zhí）：牵绊。援：抡起。玉枹（fú）：白皮包裹的鼓槌。⑤天时坠：太阳隐没似乎坠落。灵：阵亡将士的灵魂。严：残酷地。壄："野"的异体字，还有种写法是"埜"。⑥出：出征。入：回家。反：通"返"。平原：指战场。忽：飘忽渺茫貌。⑦挟：夹在腋下。秦弓：秦地所产之弓，喻良弓。

惩：既惧又悔。⑧勇：指心理，勇敢。武：指外表，威猛有力。终：自始至终。凌：欺侮。⑨以：却。灵：显灵，不朽。子魂魄：一本作“魂魄毅”。子，指战死的烈士们。鬼雄：鬼中之翘楚者。

【笺释】

一、据《史记·楚世家》，楚怀王执政时期，秦国运用张仪连横之谋以及外交欺诈，拆散齐、楚同盟，并于前 312 年（楚怀王十七年）的丹阳之役大败楚军，俘虏楚将屈匄以下列侯及执珪者七十余人，斩首两万，并乘胜占取了楚国的汉中地区。不久楚怀王为了复仇，两国又在蓝田会战，楚军又败。前 301 年，秦会同韩、魏联军在重丘大败楚军，斩首两万，杀楚将唐昧。次年，秦国再次攻楚，杀楚将景缺，斩首三万（后楚怀王使秦被扣，死于异乡）。本诗所描绘的战斗场面应是以上诸多战役之中某一场的缩影，读者尝一脔而知全鼎之味矣。

二、本诗采用的是“直赋其事”的写实风格，如实记录了楚人祭祀烈士的实况，这与《九歌》中其他诗作的浪漫主义风格稍异。尤其是第一部分，具体再现了一场战役的全过程，时空阔大，场面惨烈，呈现出慷慨悲凉、刚劲沉雄的庄重色彩。

哀　郢（九章）

【题解】

《九章》为屈原所创作的另一组诗，包括《惜诵》《涉江》《哀郢》《抽思》《怀沙》《思美人》《惜往日》《橘颂》《悲回风》等九篇。王逸《楚辞章句》云：“屈原放于江南之野，思君念国，忧心罔极，故复作《九章》。章者，著也，明也，言己所陈忠信之道甚著明也。”朱熹《楚辞集注》则认为“后人辑之，得其九章，合为一卷，非必出于一时之言也”，后学多以为是。

《哀郢》为《九章》的第三首，王夫之《楚辞通释》认为作于楚顷襄王二十一年（前 278 年），其时秦国大将白起攻破楚都郢（今湖北荆州市，又称江陵），学人多从之。诗歌描写的是九年前自己被逐离开郢都时的情形，回忆了旅途的行程，想象着国都破毁、人民深陷兵燹的惨状，接着激发出对奸小误国的愤懑。是篇将纪行、叙事、写景、抒情、议论熔为一炉，层次分明，感情强烈，堪称爱国主义诗篇的杰作。

皇天之不纯命兮，何百姓之震愆①？民离散而相失兮，方②仲春而东迁。去故乡而就远兮，遵江夏③以流亡。出国门而轸怀兮，甲之鼌吾以行④。发郢都而去闾兮，荒忽其焉极⑤？楫齐扬以容与⑥兮，哀见君而不再得。望长楸而太息兮，涕淫淫其若霰⑦。过夏首而西浮兮，顾龙门而不见⑧。心婵媛而伤怀兮，眇不知其所蹠⑨。顺风波以从流兮，焉洋洋⑩而为客。凌阳侯之泛滥兮，忽翱翔之焉薄⑪。心絓结而不解兮，思蹇产而不释⑫。

将运舟而下浮兮，上洞庭而下江⑬。去终古⑭之所居兮，今逍遥而来东。羌灵魂之欲归兮，何须臾而忘反。背夏浦而西思⑮兮，哀故都之日远。登大坟⑯以远望兮，聊以舒吾忧心。哀州土之平乐兮，悲江介之遗风⑰。

当陵阳之焉至兮，淼南渡之焉如⑱？曾不知夏之为丘兮，孰两东门之可芜⑲？心不怡之长久兮，忧与愁其相接。惟郢路之辽远兮，江与夏之不可涉。忽若不信⑳兮，至今九年而不复。惨郁郁而不通兮，蹇侘傺而含戚㉑。

外承欢之汋约兮，谌荏弱而难持㉒。忠湛湛而愿进兮，妒被离而鄣之㉓。尧舜之抗行兮，瞭杳杳而薄天㉔。众谗人之嫉妒兮，被以不慈之伪名㉕。憎愠惀之修美兮，好夫人之忼慨㉖。众踥蹀而日进兮，美超远而逾迈㉗。

乱曰：曼余目以流观兮，冀壹反之何时㉘。鸟飞反故乡兮，狐死必首丘㉙。信非吾罪而弃逐兮，何日夜而忘之！

【注释】

①皇天：上天，老天。皇，大也。不纯：即“不常”，变化无常。震：震动。愆（qiān）：用作动词，遭受祸咎。②方：当。③遵：沿着。江夏：长江和夏水。④国门：都门。轸（zhěn）怀：痛心。《楚辞章句》：“轸，痛也。怀，思也。”甲：甲日（天干属甲之日）。鼌（zhāo）：通“朝”，早晨。⑤闾：乡里。荒忽（huǎng hū）：即“恍惚”。焉：哪里。极：终点，尽头。

⑥楫（jí）：船桨。容与：缓慢行进貌。⑦楸（qiū）：即梓树，古人以桑梓之树代指国家或故乡。涕：泪也。淫淫：泪多貌。霰（xiàn）：雪珠。⑧夏首：夏水与长江的分流处，在郢都南，楚人将其视作夏水的起点，故名“夏首”。龙门：郢都东门。⑨婵媛（chán yuán）：牵挂流连貌。眇：通“渺”，迷蒙貌。跖（zhí）：踏，践。⑩焉：语助词。洋洋：茫茫无路貌。⑪凌：乘。阳侯：神话中的波神，此代指波浪。忽：“忽如”之略。焉：疑问代词，何处，哪里。薄：靠近。⑫絓（guà）结：挂牵、纠结。絓，通“挂”。蹇（jiǎn）产：亦作“蹇嵼”，诘屈不顺貌。⑬运：驾。下浮：顺流而下。上洞庭而下江：古人方位讲究坐北朝南，且以右为上，以左为下，以江陵为基点，洞庭在西在右，长江在东在左，故言。⑭终古：意即世世代代。⑮夏浦：夏水之滨。西思：即“思西”，思念西方。⑯大坟：大堤。⑰州土：即国土。江介：江岸地区，沿江一带。遗风：先祖留下的习俗、风尚。⑱当：临，面对。陵阳：地名，在今安徽青阳县。焉：如何，怎么。淼（miǎo）：水际无边貌。如：至，往。⑲曾（zēng）：竟然。夏（shà）：通“厦”，大屋，此代指楚国王宫。丘：丘墟。两东门：古代通邑大都八门，一方二门，此指郢都东北、东南两个城门。⑳忽若：形容时间流逝之快。去不信：即“去而不信”，被放逐且不被信任。㉑惨：愁也。郁郁：浓烈且不可抒。蹇：语助词。侘傺（chà chì）：失意彷徨貌。戚（qī）：伤感。㉒外：对外，此实指对待秦国。承欢：讨人欢喜。汋（chuò）约：即“绰约”，姿态娇娆貌，此指谄谀之态。谌（chén）：的确，确实。荏（rěn）：软也。持：持久。㉓湛湛（zhàn）：深厚貌。愿进：愿意挺身为国。被（pī）离：犹“披离”，杂乱貌。鄣：通“障”，蔽塞。㉔抗行：高尚德行。抗，通“亢”，高也。瞭杳杳：目光深邃远大。瞭，明亮貌，犹指目光。杳杳，深远貌。㉕伪名：尧帝认为其子丹朱不贤而传位于舜，舜帝认为其子商均不贤而传位于禹，而《庄子》《韩非子》《吕氏春秋》等书却讥其虚伪，是沽名钓誉。㉖“憎愠惀”两句：指楚王憎恶忠直正义之士，却喜欢奸佞小人能说会道。愠（yùn）惀（lǔn）：忠诚貌。好（hào）：喜好。夫（fú）：代词，彼，那些。忼慨：通“慷慨”，本指言辞激烈，此实指能言善辩。㉗踥蹀（qiè dié）：小步快走貌，实指卑鄙之态。进：晋升。美：指贤人君子，与上文之“众”相反。超远：其志节远大而不可及。逾：通“愈”，越发，更加。迈：用作动词，被动，被疏远。

㉘曼余目：我举目四望。曼目，犹“漫目”，抬眼展望。流观：四面观望。壹反：犹“一返”。㉙狐死必首丘：典出《礼记·檀弓》，“狐死正首丘”。相传狐狸死时必将头朝向自己洞穴（丘）的方向。首，用作动词，头向着。

【笺释】

一、学习文学，当以读懂作品的思想内涵、把握作家的精神实质为第一要务，理解作品的真正意旨，做作者的异代知己，即古人谓之的“义理”之学，是为“大学”。譬如本诗，到底屈原是在引尧舜为傲，还是在讥讽他们？如果把这个核心意思都弄错了，就失去了学习这些伟大诗篇的终极意义。

二、由本诗观之，屈原是一个追求纯粹和正义的理想主义者。虽然这一点在他的其他诗作里也有体现，但都不如《哀郢》诗中这四句来得集中和典型：“尧舜之抗行兮，瞭杳杳而薄天。众谗人之嫉妒兮，被以不慈之伪名。”说尧舜是贤君的不乏其人，如儒家者流；论尧舜是伪君子的也大有人在，如道家、法家之类。（当然他们都有各自的学术目的，他们与屈原并不在同一时代，与楚国当时的政治也无关，更没有任何直接的利害关系。那么，他们所说的都一定是对的吗？屈原能不能不同意他们的观点呢？）很显然，在这里屈原是把自己当作尧舜的同道，是诗中的“美”；一个“被”（披）字，实则是诬陷、谮毁的意思，而诬陷者和谮毁者正是楚国政坛上那些奸邪宵小之人，就是诗中的“馋人”和“众”。这一层意思，在诗中其实表达得再清晰不过，于现代读者却需悉心剖析。

怀　沙（九章）

【题解】

本诗为《九章》组诗的第五首。据《史记·屈原贾生列传》，屈原“乃作《怀沙》之赋，遂自投汨罗以死。原所以死，见于此赋，故太史公独载之”。朱熹《楚辞集注》：“言怀抱沙石以自沈（沉）也。”今人多赞同以上看法。

陶陶孟夏兮，草木莽莽①。伤怀永哀兮，汩徂南土②。眴兮杳杳，孔静幽默③。郁结纡轸兮，离慜而长鞠④。抚情效志⑤兮，冤屈而自抑。

刓方以为圜兮，常度未替[⑥]。易初本迪[⑦]兮，君子所鄙。章画志墨兮，前图未改[⑧]。内厚质正兮，大人所盛[⑨]。巧倕不斲兮，孰察其拨正[⑩]。玄文处幽兮，矇瞍谓之不章[⑪]；离娄微睇兮，瞽以为无明[⑫]。变白以为黑兮，倒上以为下。凤皇在笯兮，鸡鹜翔舞[⑬]。同糅玉石兮，一概而相量[⑭]。

夫惟党人鄙固兮，羌不知余之所臧[⑮]。任重载盛兮，陷滞而不济[⑯]。怀瑾握瑜兮，穷不知所示[⑰]。邑犬之群吠[⑱]兮，吠所怪也。非俊疑杰兮，固庸态也。文质疏内兮，众不知余之异采[⑲]。材朴委积[⑳]兮，莫知余之所有。重仁袭义兮，谨厚以为丰[㉑]。重华不可逻[㉒]兮，孰知余之从容！

古固有不并[㉓]兮，岂知其何故？汤禹久远兮，邈而不可慕[㉔]。惩违改忿[㉕]兮，抑心而自强。离慜而不迁兮，愿志之有像[㉖]。进路北次兮，日昧昧其将暮[㉗]。舒忧娱哀兮，限之以大故[㉘]。

乱曰：浩浩沅湘，分流[㉙]汩兮。修路幽蔽，道远忽兮[㉚]。怀质抱情，独无匹兮[㉛]。伯乐既没，骥焉程兮[㉜]？万民之生，各有所错[㉝]兮。定心广志[㉞]，余何畏惧兮？曾伤恒哀[㉟]，永叹喟兮。世溷浊莫吾知，人心不可谓兮[㊱]。知死不可让，愿勿爱兮[㊲]。明告君子，吾将以为类[㊳]兮。

以上据中华书局洪兴祖《楚辞补注》卷四

【注释】

①陶陶：和暖貌。按：洪兴祖本原作“滔滔”，非是，据《史记》录文改。孟夏：夏季首月，即夏历四月。莽莽：草木茂盛貌。②汩（yù）：本指水疾流貌，此指人快速走。徂（cú）：往。南土：南方。③眴（shùn）：通“瞬”，看。杳杳：遥深不测貌。孔：很，极。幽默：静而无声。④郁结：忧思深锁。纡（yū）：萦绕。轸（zhěn）：悲痛。离：通“罹”，遭受。慜（mǐn）：同“悯”，忧伤。鞠（qiōng）：通“穷”，困窘。⑤抚情：整理心情。效志：反省心志。⑥刓（wán）：削也，剜也。圜：同“圆”。度：法也。替：废弃。⑦易：改变。初：初心。迪：道，道理。⑧章：通“彰”，使动，使显明。画：谋划。志：意动，以……为标记。墨：绳墨，此喻法

度。前图：前人之道。⑨内厚：内心笃厚。质正：品质端正。大人：即君子。盛：赞美。⑩倕（chuí）：相传尧帝时的巧匠。斲（zhuó）："斫"的异体字，削砍。拨正：即曲直。⑪玄文：黑色花纹。矇（méng）瞍（sǒu）：《楚辞补注》"有眸子而无见曰矇，无眸子曰瞍"。一说即"蒙叟"，盲人。不章：没有纹采，不够华艳。⑫离娄：人名，一名离朱，黄帝时视力超强者，能于百步之外见秋毫之末。微睇（dì）：乜斜眼睛看。瞽（gǔ）：盲人。⑬笯（nú）：鸟笼。鹜（wù）：家鸭（晋代以后指野鸭）。⑭糅（róu）：混合。一概而相量（liáng）：犹言"等量齐观"。概，即量谷米时刮平斗斛的木具。⑮鄙固：卑鄙且固执。臧：善，赞同。⑯盛：多也。陷：陷溺。滞：停滞。济：成功。⑰瑾、瑜：皆美玉名。穷不知所示：我方困窘，别人不知我之美好。⑱吠（fèi）：狗叫。⑲文质：外在与内在。疏：疏放。内（nè）：通"讷"，憨厚。异采：非凡的才华。⑳材朴：指已尽之才和未尽之才。材，有用之木材。朴，未加工的原材。委积：堆积。㉑重：看重，重视。袭：继承。丰：满足。㉒重华：即舜帝。逻（wǔ）：同"遻"，遇见。㉓古固有不并：自古确实有明君、贤臣不同世而生的现象。并，并立，并存。㉔邈：辽远貌。慕：思慕，追慕。㉕惩：自罚、自解。违：通"愇"（wěi），怨恨，洪兴祖本原作"连"，据《史记》录文改。改忿：意同"惩违"。㉖像：榜样，先则。㉗次：停驻，留宿。昧昧：幽暗不明貌。㉘娱哀：犹言苦中作乐。大故：死亡。㉙分流：支流。㉚修路：正道。远忽：遥远且缥缈。㉛怀质抱情：犹上文之"怀瑾握瑜"。质，品质。情，思想。无匹：无人为证。《楚辞集注》："匹，当作'正'，字之误也。"㉜伯乐：相传为前秦时的相马名家。没：同"殁"，死亡。骥（jì）：骏马。程：考虑。㉝错：通"措"，安置。㉞定心广志：平定心情，打开心胸。㉟曾：通"增"。恒哀：久哀不止也。恒，洪兴祖本原作"爰"，据《史记》录文改。㊱谓：揣测。㊲让：避也。爱：吝惜。㊳以为类："以之为类"的省略。类，榜样。

【笺释】

一、一般认为本诗是屈原的绝命诗。诗中证据有二：1."舒忧娱哀兮，限之以大故"；2."知死不可让，愿勿爱兮。明告君子，吾将以为类兮"。而死的方式则是从题目"怀沙"得来，故有"抱沙石以自沈（沉）"的说法。

二、诗歌所体现的是屈原忠贞不阿、以死明志的人文精神，即作品的义理。他的“死志”是明显的，在其他很多诗篇里都有提及，本诗中“离慜而不迁兮，愿志之有像”，这个“像”就是追随汤、禹等所代表的上古明君贤王，而汤、禹也正是儒家“道统”中重要的两环（参见本书第四章《孟子·不忍人之心》等选文相关内容对道统的介绍）。屈原虽出身南方楚文化，却身体力行地践行了儒家优秀的思想价值和道德标准。这表明身处南方的荆楚文化已经完全周化（中原化），已经彻底融入了华夏民族的大家庭。故而在后世，无论官方还是民间，都对屈原这样一位忠正的文化伟人推崇备至。

宋　玉（生卒年不详）

战国后期楚国文学家。关于他的生平事迹只有《史记·屈原贾生列传》《新序·杂事》《襄阳耆旧传》等书里有零星的记载，大约知道他是屈原的弟子，在楚顷襄王时期曾为下吏。他的作品收入《楚辞》《文选》（两书关于宋玉作品的篇目是一致的）的有《九辩》、《招魂》（司马迁认为是屈原的作品，后人多从之）、《高唐赋》、《神女赋》、《风赋》、《登徒子好色赋》、《对楚王问》等，加上《古文苑》里所录入的《笛赋》共八篇。其中只有《九辩》一篇学界公认是宋玉的作品，其余诸篇真伪难辨，后人对其著作权都有争议，而这些作品的文学性也是相当高超的。面对这样一批宝贵的文学遗产，重要的是学习和继承当中所蕴载的战国楚地的美学艺术和文化精神，故姑且可以将宋玉看作这些作品（《招魂》除外）的作者[1]。宋玉是屈原骚体文学的直接继承者，后世以“屈宋”并称二人。杜甫《戏为六绝句》其五云“窃攀屈宋宜方驾，恐与齐梁作后尘”、《咏怀古迹》其二曰“摇落深知宋玉悲，风流儒雅亦吾师”，可见宋玉的文学地位。

神　女　赋

【题解】

本赋极具感性地塑造了一位美艳绝伦、仪态万千的神女形象，其用语、构思对后世作家有很大影响，在枚乘《七发》、汉武帝《李夫人赋》、曹植

1　上述作品因大多以第三人称直呼宋玉，且体制多似汉代散体赋，曾长期被疑为伪作。山东临沂银雀山西汉古墓出土的作者名题为“唐革（勒）”的散体赋竹简与宋玉这些作品的形式非常类似，因唐勒与宋玉同为战国晚期楚人，故此发现可作为肯定宋玉著作权的一定证据。另，《汉书·艺文志》有上述宋玉诸赋之著录，《文选》《古文苑》等书所录斯作皆署名宋玉，其必亦有据。

《洛神赋》里都可以找到借鉴它的些许痕迹。

楚襄王与宋玉游于云梦之浦，使玉赋高唐之事①。其夜王寝，果梦与神女遇，其状甚丽，王异之。明日，以白玉。玉曰："其梦若何？"王曰："晡夕②之后，精神恍忽，若有所喜，纷纷扰扰，未知何意。目色髣髴，乍若有记③。见一妇人，状甚奇异。寐而梦之，寤不自识④。罔兮不乐，怅然失志⑤。于是抚心定气，复见所梦。"

王曰："状何如也？"玉曰："茂矣美矣，诸好备矣。盛矣丽矣，难测究矣。上古既无，世所未见，瑰姿玮态⑥，不可胜赞。其始来也，耀乎若白日初出照屋梁；其少进⑦也，皎若明月舒其光。须臾之间，美貌横生。晔兮如华⑧，温乎如莹。五色并驰，不可殚⑨形。详而视之，夺人目精⑩。其盛饰也，则罗纨绮缋盛文章⑪，极服妙采照万方。振绣衣，被袿裳⑫。襛不短，纤不长，步裔裔兮曜殿堂⑬。忽兮改容，婉若游龙乘云翔。嫷被服，侻薄装⑭。沐兰泽，含若⑮芳。性⑯和适，宜侍旁。顺序卑⑰，调心肠。"王曰："若此盛矣，试为寡人赋之。"

【注释】

①楚襄王：即楚顷襄王，楚怀王之子，名横。云梦：即云梦泽，古代楚地泽薮（sǒu）名，现已不存。汉魏之前所指云梦的范围不大，晋以后的经学家将云梦泽的范围扩大，甚至把洞庭湖包括在内。高唐之事：详情见宋玉《高唐赋》。②晡（bū）夕：傍晚。晡，申时的别称，下午三点至五点。③髣髴："仿佛"的最初写法，视力不清貌。乍若：犹"突如"。记：牵挂。④寐：入睡。寤（wù）：睡醒。⑤罔：通"惘"，惘怅，不开心。志：兴趣。⑥瑰、玮：皆美玉美石之名，意在形容神女骨骼精奇、皮肤白皙。⑦少进：略微走进。少，稍微。⑧晔（yè）：光彩。华：通"花"，鲜花。⑨殚（dān）：穷尽。⑩精：通"睛"，眼睛。⑪罗纨（wán）绮（qǐ）缋（huì）：皆高级丝绢制品。按：细绢为罗，白色者为纨，有纹者为绮，彩色者为缋。盛文章：富于文饰。⑫被（pī）：同"披"。袿（guī）裳：即袿衣。刘熙《释名·释衣服》："妇人上服曰袿，其下垂者，上广下狭如刀圭也。"⑬襛（nóng）：指衣服宽厚，与下文"纤"相对。裔裔：通"翼翼"，步履轻盈婀娜之貌。曜（yào）：照耀。⑭嫷（tuǒ）被服：美丽的服饰。嫷，美好。侻

(tuì) 薄装：适合穿着薄衣。侻，适宜。⑮兰泽：兰草的汁液，古人用来护发。若：即杜若，一种香草。⑯性：性情。⑰顺序卑：不争次序，指待人恭让。

玉曰："唯唯。夫何神女之姣丽兮，含阴阳之渥饰[①]。被华藻之可好兮，若翡翠之奋翼[②]。其象无双，其美无极。毛嫱鄣袂，不足程序[③]。西施掩面，比之无色。近之既妖，远之有望[④]。骨法多奇，应君之相[⑤]。视之盈目，孰者克尚[⑥]。私心独悦，乐之无量。交希[⑦]恩疏，不可尽畅。他人莫睹，王览其状。其状峨峨[⑧]，何可极言。貌丰盈以庄姝兮，苞温润之玉颜[⑨]。眸子炯其精朗兮，瞭[⑩]多美而可观。眉联娟以蛾扬兮，朱唇的其若丹[⑪]。素质干之醲实兮，志解泰而体闲[⑫]。既姽婳于幽静兮，又婆娑乎人间[⑬]。宜高殿以广意兮，翼放纵而绰宽[⑭]。动雾縠以徐步兮，拂墀声之珊珊[⑮]。望余帷而延视兮，若流波之将澜。奋长袖以正衽兮，立踯躅而不安[⑯]。澹清静其愔嫕兮，性沉详而不烦[⑰]。时容与以微动兮，志未可乎得原[⑱]。意似近而既远兮，若将来而复旋。褰余帱而请御兮，愿尽心之惓惓[⑲]。怀贞亮之絜清兮，卒与我兮相难[⑳]。陈嘉辞而云对[㉑]兮，吐芬芳其若兰。精[㉒]交接以来往兮，心凯康以乐欢。神独亨而未结兮，魂茕茕以无端[㉓]。含然诺其不分兮，喟扬音而哀叹[㉔]！頩薄怒以自持兮，曾不可乎犯干[㉕]。

于是摇佩饰，鸣玉鸾。整衣服，敛容颜。顾女师，命太傅[㉖]。欢情未接，将辞而去。迁延引身，不可亲附[㉗]。似逝未行，中若相首[㉘]。目略微眄，精彩相授[㉙]。志态横出，不可胜记。意离未绝，神心怖覆[㉚]。礼不遑讫，辞不及究[㉛]。愿假须臾，神女称遽[㉜]。徊肠伤气[㉝]，颠倒失据。暗然而暝[㉞]，忽不知处。情独私怀，谁者可语？惆怅垂涕，求之至曙。"

【注释】

①姣（jiāo）丽：容颜俏美。含阴阳之渥饰：如日月之光华装饰其身（而炫人）。阴阳，日月。渥（wò），浓郁的光泽。②华藻：华美的纹饰。藻，纹饰。翡翠：鸟名，羽毛有蓝、绿、赤、棕等色。③毛嫱：春秋时越国

美女。鄣：通“障”，用作动词，遮蔽。袂：衣袖。程序：榜样，规范。④妖：妖娆。望：欲也，想法。⑤骨法：骨相、气质。应君之相：指气质高贵，有成为贵人的面相。⑥克：能够。尚：比得上。⑦交：交谈。希：通“稀”，稀少。⑧峨峨：修长、颀长之貌。⑨庄姝：端庄且美丽。苞：通“包”，具有。⑩瞭：明澈之目。⑪联娟：微曲貌。蛾：即蚕蛾，古人常以之形容女子眉毛细长。的（dì）：明亮貌。⑫素：本质，躯体。质干：硬朗的树干。醲（nóng）实：累累的果实。醲，通“秾”，多且厚。志：心志。解：放松。泰：不躁。体闲：体态安闲。⑬姽婳（guǐ huà）：娴静优美貌。婆娑（pó suō）：身姿曼妙貌。⑭翼（jì）：通“冀”，期许。绰宽：指神女若在人间也能过上闲逸的生活。绰，柔缓。⑮雾縠（hú）：轻薄的绉纱，多为女子美服。墀（chí）：走上宫殿正位的台阶。⑯正衽：整理衣襟。踯躅（zhí zhú）：含羞徘徊貌。⑰愔（yīn）：亲和貌。嫕（yì）：柔顺貌。沉详：沉静安详貌。⑱容与：安闲惬意貌。得原：意即得偿所愿。⑲褰：掀开。帱（chóu）：帐子。惓惓（quān）：同“拳拳”，诚恳貌。⑳怀：胸怀，心地。絜：通“洁”，纯洁。卒（cù）与我兮相难（nán）：仓猝间与我相处却是如此之难。卒，通“猝”，突然。㉑云对：即交谈。㉒精：精神。㉓亨：通畅。结：纠结。茕茕（qióng）：孤单貌。端：头绪。㉔含然诺：指口头唯唯诺诺。不分（fèn）：不合其心意。喟（kuì）：叹气之态。扬音：即扬声，很大声。㉕頩（pīng）：怒而变色。薄：接近，近乎。自持：自作矜持。犯干：相冒犯。㉖“顾女师”两句：指神女示意自己的随从要走。女师，女教师。太傅，本周代官名，此指神女的男教师。㉗引身：引领他人共退。附：在后跟随。㉘相首：相向。㉙眄（miǎn）：眷顾。精彩：精，精神，思想。彩，光华流动貌。按：此二句即曹植《洛神赋》中所谓的“转眄流精”。㉚意：料想。怖：恐惧。覆：颠倒。㉛不遑（huáng）：没有闲暇，犹下文的“不及”。讫（qì）：完备。究：讲究。㉜遽（jù）：急促。㉝徊（huí）肠：同“回肠”，比喻长久挂记在心。伤气：犹“气馁”。㉞暗：晦暗不明。瞑：本义指天黑，此指就寝。

【笺释】

一、本赋前两段人称次序历来有不同说法。沈括《梦溪笔谈·补笔谈》卷一：“自古言楚襄王与神女遇，以《楚辞》考之，似未然……‘其夜，王寝，梦与神女遇’者，‘王’字乃‘玉’字耳。‘明日，以白玉’者，‘以白王’也，‘王’与‘玉’字误书之耳。”认为梦神女者为宋玉。考核上下文文理，当以为然。

二、自五臣注《文选》以来，后世主要流传的是梦神女者为“王”、询梦境者为“玉”的版本，遂有“楚襄王梦神女”的说法。清代胡克家刻印李善注《文选》，作《文选考异》，认为宋代沈括《梦溪笔谈》、姚宽《西溪丛语》里对此的说法是正确的。

登徒子好色赋

【题解】

本赋叙述宋玉对东家之子三年窥墙而不为所动，章华大夫与美女相爱而始终守礼，敷陈其辞，舒畅生动。讽谏楚王不要贪恋女色，务必用心国事，乃其主旨。

大夫登徒子侍于楚王，短宋玉曰[①]：“玉为人体貌闲丽，口多微辞，又性好色[②]。愿王勿与出入后宫。”

王以登徒子之言问宋玉。玉曰：“体貌闲丽，所受于天也。口多微辞，所学于师也。至于好色，臣无有也。”王曰：“子不好色，亦有说[③]乎？有说则止，无说则退[④]。”

玉曰：“天下之佳人莫若楚国，楚国之丽者莫若臣里，臣里之美者莫若臣东家之子[⑤]。东家之子，增之一分则太长，减之一分则太短。著粉则太白，施朱则太赤。眉如翠羽[⑥]，肌如白雪。腰如束素，齿如含贝。嫣然一笑，惑阳城，迷下蔡[⑦]。然此女登墙窥臣三年，至今未许也。登徒子则不然，其妻蓬头挛耳，齞唇历齿，旁行踽偻，又疥且痔[⑧]。登徒子悦之，使有五子。王孰[⑨]察之，谁为好色者矣。”

是时，秦章华大夫[⑩]在侧，因进而称曰：“今夫宋玉盛称邻之女，以为美色。愚乱之邪！臣自以为守德，谓不如彼[⑪]矣！且夫南楚穷巷之妾，焉足为大王言乎？若臣之陋目所曾睹者，未敢云也。”

王曰：“试为寡人说之。”大夫曰：“唯唯。臣少曾远游，周览九土，足历五都[12]。出咸阳，熙邯郸，从容郑、卫、溱、洧[13]之间。是时向春之末，迎夏之阳，鸧鹒喈喈，群女出桑[14]。此郊之姝，华色含光，体美容冶，不待饰装。臣观其丽者，因称《诗》曰：‘遵大路兮揽子袪[15]。’赠以芳华，辞甚妙。于是处子怳若有望而不来，忽若有来而不见。意密体疏，俯仰异观[16]。含喜微笑，窃视流眄[17]。复称诗曰：‘寤春风兮发鲜荣，絜斋俟兮惠音声，赠我如此兮不如无生[18]。’因迁延而辞避。盖徒以微辞相感动，精神相依凭；目欲其颜，心顾其义；扬诗守礼，终不过差，故足称也[19]。”

于是楚王称善，宋玉遂不退。

以上据上海古籍出版社李善注《文选》卷十九

【注释】

①登徒子：人名。登徒乃复姓。短：诋毁。②体貌闲丽：体态闲逸，容貌美好。微辞：浮华之辞。③说：说辞，解释。④退：退而不用也。⑤里：古代地方行政组织。周制，二十五家为一里。此指家乡。东家：东边之邻家。⑥翠羽：翠鸟之羽毛。⑦阳城、下蔡：均楚国地名，常为贵族弟子封地。⑧挛（luán）耳：耷拉的耳朵。挛，弯曲不挺也。齞（yàn）唇：唇不掩齿。李善注："《说文》曰：齞，张口见齿也。"历齿：牙齿稀疏。旁行：走路姿态不正。踽偻（jǔ lǚ）：即伛偻，腰弯背驼。疥（jiè）：疥疮。痔：痔疮。⑨孰：通"熟"，详细。⑩秦章华大夫：人名。按：章华，即章华台，本楚王行宫，盖其人本为楚人而仕秦为大夫，现又出使于楚，故名之曰秦章华大夫。⑪臣：章华大夫自称。不如彼：这是章华大夫谦虚，说自己见到的美色甚至还不如登徒子所见到的，更不要谈宋玉所见到的了。⑫九土：即九州。按：《尚书·禹贡》以冀、兖、豫、徐、青、扬、荆、梁、雍为九州。五都：如下文所言秦都咸阳、赵都邯郸，以及魏都大梁、齐都临淄、楚都郢等大城市。⑬溱（zhēn）：水名，流经今河南省密县、新郑市，汇于洧水。洧（wěi）：水名，俗作双洎（jì）河。《诗经·郑风》有《溱洧》诗。⑭向春之末：即暮春，夏历三月。迎夏之阳：指孟夏，夏历四月。鸧鹒（cāng gēng）：鸟名，即黄莺。喈喈（jiē）：鸟叫声。按：鸧鹒、喈喈，语出《诗经·豳风·七月》《诗经·周南·葛覃》二诗。⑮称：吟咏。遵大路兮揽子

袪（qū）：语出《诗经·郑风·遵大路》。袪，衣袖。⑯意密体疏：心意热切而行迹疏远。俯仰异观：举手投足间都仪态万千。⑰窃视流眄：转睛偷看。⑱“复称诗”以下三句：是女子回答的诗句。寤，苏醒。絜，通“洁”，干净。斋，庄重。无生，勿生追求之念也。⑲诗：温柔敦厚的诗教。礼：男女有别的礼仪。过差：犯错。称：称道。

【笺释】

一、本赋分别讲述了对待女色不同态度的三个典型，据道德评判标准由低至高分别是：凡女必悦而滥情的登徒子，无视美丽而清高的宋玉，琴瑟之好而有德的章华大夫。

二、司马迁《史记·屈原贾生列传》：“《国风》好色而不淫，《小雅》怨诽而不乱。若《离骚》者，可谓兼之矣。”可见宋玉此赋秉承了《诗经》正风、正雅以及《离骚》的“风雅”“风骚”的精神。

序　论（中）

秦代二世而亡，除李斯的《谏逐客书》及石刻文[1]外，几无可称者。而始皇末年所行之“焚书”“坑儒”及“挟书令”[2]诸政令，使汉代儒学有今文经与古文经之杂，影响所至，亦及文学。

汉赋历骚体赋、散体大赋、抒情小赋之变，而成一代之文学；文章一端，西汉早期之贾谊、晁错、邹阳等雄于政论，中后期之董仲舒、刘向、刘歆、扬雄等精于学术，东汉王充、王符等兼有前二者之长；史传文如《史记》《汉书》《吴越春秋》《越绝书》等成就斐然；乐府诗“感于哀乐，缘事而发”（《汉书·艺文志》），《古诗十九首》“婉转附物，怊怅切情”（《文心雕龙·明诗》），则是诗之卓荦者。

以政治治乱言，西汉武、昭、宣帝，东汉光武、明、章帝，此二段乃汉代国力最为强盛之期。武帝之前，王朝草创，诸绪未安，除贾谊等少数作家外，文学大貌不显；二期之中，国势雄张，人才辈出，《史记》《汉书》及汉赋四大家（马、扬、班、张）应运迭生，正所谓“兴废继绝，润色鸿业”（班固《两都赋序》）者也。明、章之后，外戚、宦官接踵擅政，朝野清流与之相争而罹两次“党锢”之祸，政治形势日黯，抒情小赋、文人诗、时论文日兴，忧怨讥刺，或彰或晦，亦文学对政治之反诉。

以思想兴替言，汉初六十余年以黄老之术治国，儒学尚在重构、成长之中。秦燔之后，今文经之成多倚耆老，古文经之生功在旧籍，而文学亦多战国遗风。如早期汉赋（骚体赋）之讽喻精神及骚体形式，其源乃在荀子《赋

1　如《泰山石刻》《琅琊石刻》《会稽石刻》等，撰文均出自李斯之手。

2　秦始皇三十四年（前213年），采纳丞相李斯的建议，下令禁止儒生以古非今，颁布民间有私藏《诗》《书》和百家书籍者族诛的法令。

篇》与屈宋诗赋。武帝“独尊儒术”，于元光元年（前134年）专置儒家五经博士（传记、诸子博士皆废）。自此经学终成显学，“解经之风”终汉之世而不衰。东汉郑玄解经由繁入简，博采“今”“古”之长，诸如“温柔敦厚”（《礼记·经解》）、“发乎性情，止于礼义”（《毛诗大序》）等经学审美、道德原则亦深刻于文史创作之中。

以君王喜好言，上有所好，下必甚焉，其引领文学之功，不容小觑。汉代皇帝与诸侯王中，雅好文学、奖掖士林者不乏其人。如武帝自己有诗赋传世，枚皋、司马相如、东方朔、朱买臣等因文才也皆受其拔擢；宣帝有石渠论经之制；河间献王刘德好学修礼，有“实事求是”之誉；梁孝王刘武之梁园，淮南王刘安之幕府，皆是文人墨客仰食、骋才之所，而传为文坛盛事。

以用人制度言，汉代之察举征辟制并非文人幸事。其优势在于，能有效施用荫贵子弟之才，如司马迁、刘歆等子袭父职。其劣势在于或由考核者之主观意向，多数黜退者不得其职而遗才于野，即便得职又难匹其长，于是奔走廊庑间供王侯贵族驱使，终不得正式仕宦而隐默无闻，以文存名者十遗七八，如《乐府诗》《古诗》作者之阙如也。

第六章　秦汉鸿文

一、概述

秦代文学止于李斯之作及少量制诰、石刻文，唯其《谏逐客书》善于博辩，有纵横家之风，清代以来被选入《古文观止》而广为人知。

汉初政论文兼济天下、建言政治，贾谊（有《过秦论》三篇）与晁错（有《论贵粟疏》《举贤良对策》等）之文，鲁迅《汉文学史纲要》称其“皆为西汉鸿文，沾溉后人，其泽甚远”。邹阳、枚乘（有《上书谏吴王》）、东方朔等文学侍从之文稍重于个人身世之诉求，而自有其胸襟抱负，气宇不弱。

《史记》《汉书》于后世被视为“古文”典范，地位之高非限于史部。《史记》所载贯通三千余年，自创体例，开后世修史之制，其叙事条分缕析，记人生动传神，有“龙门笔法”之称，故被近人鲁迅誉为“史家之绝唱，无韵之离骚”。《汉书》文章不苟，布局严谨，传记亦有名篇，其《艺文志》一篇对古代学术史做出首次记录与全面总结，价值尤大。

东汉以来，汉儒解经颇染“天道神权”之弊，图谶、灾异与阴阳、福祸相附会。其说盛行之下，人心蜕淳厚而好虚妄，文风亦沦为冗繁炫惑，王充（《论衡》）、王符（《潜夫论》）、仲长统（《昌言》）诸人之书思想朴正、语言练达，对时运世道颇多针砭，今日读之亦当受教，于此存目。

二、作品

（一）秦代散文

李　斯（约前284年—前208年）

战国时期楚国上蔡（今河南上蔡县）人，为荀子弟子。至秦为吕不韦舍人，后助秦始皇统一全国，官至丞相，立郡县之制，下挟书之令。始皇死后，伙同赵高矫杀太子扶苏。胡亥即位后，被赵高诬以谋反，斩于咸阳并灭三族。

谏逐客书

【题解】

据《史记·李斯列传》记载，秦王嬴政十年（前237年）李斯为秦客卿，有韩国水工郑国来秦治渠，被人告发为奸细。于是宗室向秦王建议驱逐所有外国在秦者。李斯也在其列，故上此书力陈逐客之失，并最终为秦王所采纳。

臣闻吏议①逐客，窃以为过矣。昔缪公求士，西取由余于戎，东得百里奚于宛，迎蹇叔于宋，来丕豹、公孙支于晋。此五子者，不产于秦，而缪公用之，并国二十，遂霸西戎②。孝公用商鞅之法，移风易俗，民以殷盛，国以富强，百姓乐用，诸侯亲服，获楚、魏之师，举地千里，至今治强③。惠王用张仪之计，拔三川之地，西并巴、蜀，北收上郡，南取汉中，包九夷，制鄢、郢，东据成皋之险，割膏腴之壤，遂散六国之从，使之西面事秦，功施到今④。昭王得范雎，废穰侯，逐华阳，强公室，杜私门，蚕食诸侯，使秦成帝业⑤。此四君者，皆以客之功。由此观之，客何负于秦哉！向使四君却客而不内⑥，疏士而不用，是使国无富利之实，而秦无强大之名也。

今陛下致昆山之玉，有随和之宝，垂明月之珠，服太阿之剑，乘纤离之马，建翠凤之旗，树灵鼍之鼓⑦。此数宝者，秦不生一焉，而陛下说⑧之，何也？必秦国之所生然后可，则是夜光之璧，不饰朝廷；犀象⑨之器，不为玩好；郑卫之女⑩不充后宫，而骏良駃騠不实外厩⑪，江南金锡不为用，西蜀丹青不为采⑫。所以饰后宫，充下陈⑬，娱心意，说耳目者，必出于秦然后可，则是宛珠之簪⑭，傅玑之珥⑮，阿缟⑯之衣，锦绣之饰不进于前；而随俗雅化⑰，佳冶窈窕⑱赵女⑲不立于侧也。夫击瓮叩缶、弹筝搏髀⑳，而歌呼呜呜快耳者，真秦之声也。郑卫桑间㉑，昭虞武象㉒者，异国之乐也。今弃击瓮叩缶而就郑卫，退弹筝而取昭虞，若是者何也？快意当前，适观而已矣。今取人则不然，不问可否，不论曲直；非秦者去，为客者逐。然则是所重者在乎色乐珠玉，而所轻者在乎人民也。此非所以跨海内、制诸侯之术也。

臣闻地广者粟多，国大者人众，兵强则士勇。是以太山不让㉓土壤，故能成其大；河海不择细流，故能就㉔其深；王者不却众庶，故能明其德。是以地无四方，民无异国，四时充美，鬼神降福，此五帝三王之所以无敌也。今乃弃黔首㉕以资敌国，却宾客以业诸侯，使天下之士退而不敢西向，裹足不入秦，此所谓“借寇兵而赍㉖盗粮”者也。夫物不产于秦，可宝者多；士不产于秦，而愿忠者众。今逐客以资敌国，损民以益雠㉗，内自虚而外树怨㉘于诸侯，求国无危，不可得也。

据中华书局三家注《史记》卷八十七

【注释】

①吏议：即官方意见。②“昔缪（mù）公求士”以下十句：缪公，即秦穆公，春秋中期秦国国君。缪，通“穆”。由余：本晋国人，再亡于西戎，后归秦，穆公用由余之计拓土千里，称霸西戎。戎：古代西部少数民族的通称。百里奚：本虞国大夫，晋灭虞，他为晋国俘获并作为晋献公女儿陪嫁的奴仆入秦，途中逃到楚国，穆公遣使以五张羊皮将其赎回并授以相位，故百里奚又被称为五羖（gǔ，黑羊）大夫。宛：地名，即今河南南阳市。蹇（jiǎn）叔：宋国人，百里奚之友，因百里奚之故被穆公以厚币迎入秦，亦

为相。丕豹：晋国大夫丕郑之子，其父被杀，豹逃至秦，被任为将。公孙支：又名子桑，亦晋国人，后为秦大夫。③“孝公”以下九句：秦孝公，春秋末期秦国国君。商鞅：本卫国公子，姓公孙，西入秦助孝公变法，后被封在商於（wū，在今陕西商洛市）之地，号曰商君。④“惠王”以下十二句：惠王，即秦惠文王，战国早期秦国国君。张仪：魏国人，向秦王献连横之计，为秦相，蚕食山东六国，诓楚王，取汉中，可参见第四章屈原《国殇》诗后笺释。三川：本属韩，大约今河南黄河以南、灵宝以东地区。巴：古国名，今重庆一带。蜀：古国名，今四川中部地区。上郡：本属魏，大致今陕西榆林市一带。汉中：本楚地，指汉水中上游地区，即今陕西省汉中市、安康市一带。包：此处为“吞并”之意。九夷：泛指楚国的边远部族。鄢（yān）：楚地，今河南鄢陵县。郢（yǐng）：楚国都城，今湖北荆州市。成皋（gāo）：一名虎牢，古代著名军事关隘，在今河南荥阳县。施（yì）：延及。⑤“昭王”以下七句：昭王，即秦昭襄王，战国中期秦国国君。范雎（sūi）：字叔，本魏国人，后入秦为相。穰（ráng）侯、华阳君：皆秦王室外戚，经范雎的提议被秦王驱逐。公室：即国库。⑥却：拒绝。内（nà）：通“纳”，接纳。⑦“今陛下”以下七句：昆山，即昆仑山。随和之宝：即隋珠、和氏璧。随通“隋”，春秋时国名。隋珠，传说隋侯曾救一大蛇，岁余，大蛇口衔明珠以报。和氏璧，楚人卞和于山中得一璞石，先后献于楚厉王、武王，不信，失去双足。数年后再献于楚文王，果得玉。明月之珠：夜光珠。太阿（ē）之剑：传说吴国欧冶子所铸名剑之一。纤离：骏马名。翠凤之旗：以翠鸟毛绘有凤凰纹饰之旗。鼍（tuó）：古代对扬子鳄的称呼。⑧说（yuè）：通“悦”，喜悦。⑨犀象：犀牛角、象牙。⑩郑卫之女：周代以来郑、卫两国盛产美女。⑪駃騠（jué tí）：宝马名。厩（jiù）：马棚。⑫丹青：指颜料，朱砂为丹，蓝靛为青。采：采用。⑬下陈：古代廊庑间陈放礼品、站列婢妾的地方。⑭宛珠之簪（zān）：以宛地所产之珠为饰的簪子。⑮傅：通“附”，附带。玑（jī）：不圆的玉珠。珥（ěr）：耳饰，耳环。⑯阿缟（gǎo）：东阿所产的素绢。东阿，地名，今山东东阿县。缟，素绢。⑰随俗雅化：跟随时尚装饰自己。⑱佳：美好。冶：美容。窈窕（yǎo tiǎo）：姣美之态。⑲赵女：战国时期赵国亦多美女。⑳瓮、缶：皆日常瓦器。筝：瑟一类的乐器。搏：拍击。髀（bì）：大腿。㉑郑卫：郑卫之音的省略，郑国、卫国的民乐颇为悦耳，春秋以来流行于各国。桑间：桑间濮上（桑树之间，濮水之滨。濮水在今河南省）的省略，郑卫两国青年男女幽会唱歌的地点，此代指两国的乐曲。按：《礼记·乐记》“桑间濮上之音，亡国之音也”。后汉班固《汉书·地理志下》：“卫地有桑间、濮上之阻，男女亦亟聚会，声色生焉。”南梁萧统《文选序》：“《关雎》《麟趾》，正始之道著；桑间濮上，亡国之音表。”㉒昭虞：即韶虞，相传舜帝时的乐曲。昭，通“韶”。武象：周代的乐曲。㉓太山：即泰山。太，通“泰”。让：辞让，拒绝。㉔就：成就。㉕黔首：秦国对平民的称呼。黔，黑色，庶民不加冠故曰黔首。㉖赍（jī）：带而送之，给予。㉗益：用作动词，使动，使……增多。雠：同“仇”，敌国。㉘树怨：结怨。

【笺释】

一、本文颇有战国纵横家论辩的铺张扬厉之风，如铺陈大量生动的史实来说明秦国发展成败的关键，列举大量的“色乐珠玉”之物来说明器物未必是“出于秦然后可”的道理。

二、文章词句整饬，音节和谐，趋于骈偶化，如“不问可否，不论曲直。非秦者去，为客者逐”“太山不让土壤，故能成其大；河海不择细流，故能就其深”“物不产于秦，可宝者多；士不产于秦，而愿忠者众”等处，故被后人称为“骈体初祖”（清人李兆洛《骈体文钞》卷十一）。

（二）西汉散文

邹　阳（约前206年—前129年）

齐人，文帝时以文辩为吴王刘濞门客。吴王叛乱，邹阳上书谏而不纳，因与枚乘、严忌等离吴投景帝少弟梁孝王刘武门下为客，为著名的“梁园文人”之一。现存文章两篇，《史记》《汉书》均有传。

狱中上梁王书

【题解】

邹阳有智谋之才，品性正直磊落，故多为人所忌。梁孝王听信谗言要处死他，阳于狱中慷慨奋笔，写就此信陈情详赡。孝王遂感而宥之，并引其为上客。

臣闻“忠无不报，信不见疑”，臣常以为然，徒虚语耳。昔荆轲慕燕丹之义，白虹贯日，太子畏之①；卫先生为秦画长平之事，太白食昴，昭王疑之②。夫精诚变天地，而信不谕③两主，岂不哀哉？今臣尽忠竭诚，毕议愿知④，左右不明，卒从吏讯⑤，为世所疑。是使荆轲、卫先生复起，而燕、秦不寤也。愿大王孰察之。昔玉人献宝，楚王诛之；李斯竭忠，胡亥极刑⑥。是以箕子阳狂，接舆避世⑦，恐遭此患也。愿大王察玉人、李斯之意，而后⑧楚王、胡亥之听，毋使臣为箕子、接舆所笑。臣闻比干剖心，子胥鸱夷⑨，臣始不信，乃今知之。愿大王孰察，少加怜焉。

语曰有“白头如新，倾盖如故⑩”。何则？知与不知也。故樊於期逃秦之燕，借荆轲首以奉丹事⑪；王奢去齐之魏，临城自刭以却齐而存魏⑫。夫王奢、樊於期非新于齐、秦，而故于燕、魏也，所以去二国、死两君者，行合于志，慕义无穷也。是以苏秦不信于天下，为燕尾生⑬；白圭战亡六城，为魏取中山⑭。何则？诚有以⑮相知也。苏秦相燕，人恶之燕王，燕王按剑而怒，食以駃騠⑯；白圭显于中山⑰，人恶之于魏文侯，文侯赐以夜光之璧。何则？两主二臣，剖心析肝相信，岂移⑱于浮辞哉？故女无美恶，入宫见妒；士无贤不肖，入朝见嫉。昔司马喜膑脚于宋，卒相中山⑲；范睢拉胁折齿于魏，卒为应侯⑳。此二人者，皆信必然之画，捐朋党之私，挟孤独㉑之交，故不能自免于嫉妒之人也。是以申徒狄蹈雍之河，徐衍负石入海，不容于世，义不苟取比周于朝，以移主上之心㉒。故百里奚乞食于道路，缪公委之以政；宁戚㉓饭牛车下，桓公任之以国。此二人者，岂素宦于朝，借誉于左右，然后二主用之哉？感于心，合于行，坚如胶桼，昆弟㉔不能离，岂惑于众口哉？故偏听生奸，独任成乱。昔鲁听季孙之说逐孔子，宋任子冉之计囚墨翟㉕。夫以孔、墨之辩，不能自免于谗谀，而二国以危。何则？众口铄金，积毁销骨㉖也。秦用戎人由余而伯中国，齐用越人子臧而强威、宣[27]。此二国岂系于俗，牵于世，系奇偏[28]之浮辞哉？公听并观[29]，垂明当世。故意合则胡越[30]为兄弟，由余、子臧是矣；不合则骨肉为仇敌，朱、象、管、蔡[31]是矣。今人主诚能用齐、秦之明，后宋、鲁之听，则五伯不足侔[32]，而三王易为也。

【注释】

①“昔荆轲”三句：战国末秦国蚕食诸国，燕国太子丹厚待荆轲，遣之以刺秦王，荆轲事败被杀。出发前因荆轲等待同伴停留，太子丹曾疑其志不坚。白虹贯日，白色长虹穿日而过的奇异天象，此指荆轲之诚感动天地。②“卫先生”三句：秦赵长平之战中，秦将白起遣卫先生请秦王增兵以图灭赵，秦相范雎（详见下注⑳）嫉之，使事不成。太白食昴（mǎo）：金星遮住了昴宿，象征赵地有战事，也可指卫先生精诚感天。太白，即金星。昴，星宿名，赵国的分野。③谕：明晓，使动，使……明晓。④毕议：全部想法。愿知：希望被知晓。⑤卒：最终。从：使……服从于、听命于。吏讯：狱吏的审讯。⑥“昔玉人”四句：见上文《谏逐客书》注⑦及题解。胡亥，即秦二世，后以罪灭李斯全族。⑦箕子：商纣王叔伯，名胥余，进谏不听，又不愿出走以“彰君之恶”，故假装疯癫。阳：通“佯”。接舆：见本书第四章《论语·楚狂接舆》。⑧后：用作动词，将其放后，即勿要之意。⑨比干：同是纣王叔父，力谏而触怒纣王，纣王将之剖杀以观其七窍之心。子胥鸱（chī）夷：伍子胥本楚国人，逃难至吴国，用为国相，辅佐阖闾、夫差两代吴王，败转却齐成就伯业。后夫差听信谗言，逼子胥自尽，取其尸盛以鸱夷之器，投于江中。鸱夷，称皮革制成的大囊。⑩白头如新，倾盖如故：相识多年直到白头，仍与新识一样，喻感情之薄；路上偶遇而停车交谈甚欢，似多年深交一般，喻知心且投机。倾盖，车盖相互倾倒，喻相谈甚欢。⑪樊於期（wū jī）：人名，本秦将，秦王灭其门，故逃至燕国。后荆轲刺秦王，於期自刎借己首与荆轲，以取信秦国。奉：侍奉，此指相助。⑫王奢：本齐大夫，避难于魏国，于是齐国伐魏，王奢为了不连累魏人而自杀，齐人遂退。刭（jǐng）：以刃割颈。⑬苏秦：参见本书第四章《战国策·苏秦以连横说秦》。尾生：人名，与女子桥下约会，久等而女不至，时发大水仍不肯去，抱桥柱而溺死，此喻极度诚信之人。按：苏秦先说秦、赵不被用，说燕文侯

而用之为相，又为合纵长、任六国之相，其后诸侯又猜忌苏秦，唯燕国对其信之不疑，仍用为相，故曰为“燕之尾生”。⑭白圭：本中山国将军，战败而失六城，畏罪逃至魏国，魏文侯待之甚笃，故助魏灭中山。⑮有以：文言固定句式，有……的原因，有……的目的。⑯恶（wù）：诽谤，进谗。怒：对谗者怒。食（sì）以駃騠：当作骏马来看待（供养）。⑰显于中山：因攻取中山而显贵。⑱移：游移，意志不坚。⑲司马喜：人名，在宋国受膑刑，后三次为中山国之相。膑（bìn）：古代刑罚之一，剜去膝盖骨。脚：此指小腿。⑳范睢（suī）：本魏国人，随大夫须贾使齐，归国后相国魏齐疑其私通齐国，施以毒打以致其肋断齿落，以为死而抛之厕中，竟不死，后逃至秦国为相，封应侯。按：此人见前《谏逐客书》注⑤，《战国策》《史记》《汉书》《资治通鉴》《辞源》一律作范睢，他本作范雎，误。拉：摧折。胁（lèi）：同“肋”，肋骨。㉑画：计划。捐：弃也。挟：持也。孤独：孤清正直。㉒申徒狄：商代人，谏君不从投雍水而死，其尸漂进黄河，故下文曰“蹈雍之河”。徐衍：东周末人，慨于世乱，负石蹈海而死。比周：结党营私。比，勾结。周，亲密。《论语·为政》：“君子周而不比，小人比而不周。”㉓百里奚：见《谏逐客书》中注②。宁戚，见本书第五章屈原《离骚》诗中注释。㉔胶桼：胶与漆，以喻黏结之物。桼，“漆”的古字。昆弟：兄弟。㉕季孙：鲁国主政的三卿之一，此指季桓子，孔子主张削弱公卿势力，要求“堕三都”（拆毁孟孙氏、叔孙氏、季孙氏的家族都城），后终见季桓子非诚心为之，故去鲁。翟（dí）：墨子之名。㉖铄（shuò）：熔化。毁：谗言。销：蚀损。㉗由余：见《谏逐客书》文中注②。伯：通“霸”，作诸侯首领。子臧：人名，其事不详。威、宣：齐威王、齐宣王。㉘系：束缚。奇（jī）偏：偏狭。㉙公听：公正地听取。并观：各方面都察看。㉚胡越：泛指蛮夷。㉛朱：丹朱，尧帝之子，不贤。象：舜之异母弟，与父母合谋要害死舜。管、蔡：即管叔、蔡叔，皆周武王之弟。武王灭殷后，封纣王之子武庚于殷商故地，并使管、蔡辅弼之。武王死，成王年幼，周公旦摄政，管蔡挟武庚反叛，周公举兵平之，杀管叔、武庚，流放蔡叔。㉜侔（móu）：相齐平。

是以圣王觉寤，捐子之之心，而不说田常之贤，封比干之后，修孕妇之墓[①]，故功业覆于天下。何则？欲善亡厌[②]也。夫晋文亲其仇，强伯诸侯；齐桓用其仇，而一匡天下[3]。何则？慈仁殷勤，诚加于心，不可以虚辞借[4]也。至夫秦用商鞅之法，东弱韩、魏，立强天下，卒车裂之。越用大夫种之谋，禽[5]劲吴而伯中国，遂诛其身。是以孙叔敖三去相而不悔，於陵子仲辞三公为人灌园[6]。今人主诚能去骄傲之心，怀可报之意，披心腹，见情素，堕肝胆，施德厚，终与之穷达，无爱于士，则桀之犬可使吠尧，跖之客可使刺由[7]。何况因万乘之权，假[8]圣王之资乎？然则轲湛七族[9]，要离燔妻子[10]，岂足为大王道哉？

臣闻明月之珠，夜光之璧，以暗投人于道[11]，众莫不按剑相眄[12]者，何则？无因而至前也。蟠木根柢，轮囷离奇，而为万乘器者，以左右先为之容[13]也。故无因而至前，虽出随珠、和璧，秖[14]怨结而不见德；有人先游[15]，则枯木朽株，树功而不忘。今天下布衣穷居之士，身在贫羸，虽蒙尧、舜之术，挟伊、管[16]之辩，怀龙逢[17]、比干之意，而素无根柢之容，虽竭精神，欲开忠于当世之君，则人主必袭[18]按剑相眄之迹矣。是使布衣之士，不得为枯木朽株之资[19]也。是以圣王制世御俗，独化于陶钧[20]之上，而不牵乎卑乱之语，不夺[21]乎众多之口。故秦皇帝任中庶子蒙之言，以信荆轲，而匕首窃发[22]；周文王猎泾渭，载吕尚归，以王天下。秦信左右而亡，周用乌集[23]而王。何则？以其能越挛拘[24]之语，驰域外之议[25]，独观乎昭旷[26]之道也。今人主沉谄谀之辞，牵帷墙之制[27]，使不羁之士与牛骥同皂，此鲍焦[28]所以愤于世也。

臣闻盛饰入朝者，不以私污义；底厉名号[29]者，不以利伤行。故里名胜母，曾子不入[30]；邑号朝歌，墨子回车[31]。今欲使天下寥廓之士[32]，笼[33]于威重之权，胁于位势之贵，回面[34]污行，以事谄谀之人，而求亲近于左右，则士有伏死堀穴岩薮[35]之中耳，安有尽忠信而趋阙下[36]者哉？

据上海古籍出版社王先谦《汉书补注》卷五十一

【注释】

①子之：战国时燕王哙（kuài）的相国。哙极其亲信子之，并以王位让

之，燕国遂乱，齐国乘势攻入。田常：即田恒（汉代避文帝讳改之），亦称田成子，春秋末齐简公相国，杀简公而立齐平公，五年后专国权，后齐国终被田氏取代，史称“田氏代齐”。封比干之后，修孕妇之墓：皆指周武王灭殷后的善举。孕妇，纣王所杀之孕妇。②欲善亡（wú）厌：向善之德是无尽的。亡，同“无”。厌，满足。语本《荀子·修身》：“好善无厌，受谏而能诫，虽欲无进，得乎哉？”③晋文亲其仇：晋献公听从骊姬谗言遣寺人（宦官）勃鞮去杀公子重耳，在追击中只斩断了重耳的一只袖子。十九年后重耳复国为晋文公，赦免了以前所有的政敌，于是勃鞮主动将晋惠公余党意欲烧死新君之谋告与重耳，使其幸免于难。齐桓用其仇：指管仲事迹，见本书第四章中《论语·管仲非仁者与》相关部分。④以虚辞借：“借以虚辞”的倒装。⑤大夫种：即越王句践的大夫文种，与范蠡一起复兴越国，但功成后范蠡先行隐退，文种被谮自杀。禽：通“擒”。⑥孙叔敖：春秋时楚庄王的令尹（相国），他三次为相而不喜，因为是以自己的才能得来的；三次免相也不忧，因为并不是自己的过错造成的。於（wū）陵子仲：即陈仲子，居楚地於陵，楚王遣使重币聘其为相，仲子不愿并带妻儿逃走，于一处为仆丁灌园而后安。详见《孟子》、刘向《列士传》等。⑦“怀可报之意”以下九句：怀可报之意，即怀恩德。见（xiàn），体现出。素，通“愫”，真情。堕肝胆，即肝脑涂地。终与之穷达，与士人不论穷达都相始终。爱，吝惜。桀之犬可使吠尧，此乃成语“桀犬吠尧”所本。跖（zhí），即盗跖，春秋时有名的强盗，此喻坏人。由，即许由，参见本书第四章《庄子·姑射神人》章中内容，此喻好人。⑧假：凭借，拥有。⑨轲：指荆轲，此字前当脱一“荆”字。湛（chén）：通“沉”，本指沉于水，此泛指杀戮。按：《汉书》颜师古注“此说云湛七族，无‘荆’字也。寻诸史籍，荆轲无湛族之事，不知阳所云者定何人也”。王先谦《补注》引王充《论衡·语增》：“秦怨荆轲，并杀其九族。”及刘敞语：“杀则是湛矣，非必沉之水也。”先谦论曰：“九族、七族，小异而大同，则汉时传语固自有荆轲灭族之事矣。且荆轲湛七族，要离燔妻子，相对为文，则正文内当有‘荆’字……《史记》《新序》《文选》皆有‘荆’字。”七族：亲族的统称。司马贞《史记索隐》曰：“父之族，一也；姑之子，二也；姊妹之子，三也；女子之子，四也；母之族，五也；从子，六也；及妻父母，凡七族也。”⑩要离：春秋吴国刺客，为公子光去刺杀吴王僚之子庆忌，为了便于接近对方，他请公子光事先断其右手，烧死了自己的妻子。燔（fán）：焚烧。⑪以暗投人于道：将其暗中在大道上投给别人。⑫按剑相眄：形容莫名其妙之态。相眄（miàn），互视。⑬蟠（pán）木：攲（qī）曲之树。根柢（dǐ）：树根。轮囷（qūn）离奇：皆连绵词，盘绕攲曲貌。万乘：指帝王。器：玩赏之器。容：修饰。⑭随珠、和璧：见前文《谏逐客书》文中注⑦。秖（shì）：通“适”，适足，恰好。⑮游：宣扬。⑯伊管：伊尹和管仲。⑰龙逢（péng）：即关龙逄，夏桀贤臣，被桀处死。⑱袭：因袭，重蹈。⑲资：效用。⑳独化：匠心独具之意。陶钧：指制作陶器所用的转轮。㉑夺：即夺情，因外力而改变主意。㉒中庶子：秦国官名，太子属官，类似于汉代的侍中。蒙：颜师古注“蒙者庶子名也。今流俗书本‘蒙’下辄加‘恬’字，非也”。匕首窃发：荆轲以樊於期首级及燕地督亢之地图觐见秦王，图中藏有匕首，以便在打开地图时伺机刺秦。㉓乌集：像乌鸦一样偶然聚集，此喻武王伐纣而与天下诸侯不期相会也。按：裴骃、司马贞、颜师古均解作代指姜太公，王先谦《补注》以为皆非，此从王说。㉔挛拘：愚腐。㉕驰：使动，使……传扬。域外之议：指异己的意见。㉖昭：光明。旷：宽广。㉗帷墙：代指亲信宠姬。按：廧、墙、牆三字异体，今统一简化为“墙”。制：制约。㉘皂：饲马之器，木制如槽。鲍焦：春秋时人，相传他不臣天子，不友诸侯，甘心贫苦度日，后抱木而死。㉙底厉名号：指修身立名。按：底、厉，通“砥”“砺”，都是磨刀石，前者细而后者粗。㉚里名胜母：名为“胜母”的里巷。曾子：孔子弟子，名参，极孝，相传十三经之一的《孝经》为其所撰。“胜母”之名与其孝道思想相违。㉛邑号朝（zhāo）歌：名为“朝歌”的城邑。朝歌，殷商故都，在今河南淇县。墨子回车：墨子提倡“非乐”，认为“朝歌”有从早歌唱之意，有悖于自己的学说，调转车头而不入城。㉜寥廓之士：即高远之士。㉝笼：受制于。㉞回面：调转面目，即改变态度。㉟堀（kū）：“窟”的异体字。薮（sǒu）：水草丰盈的湖泽。㊱阙（què）下：王侯的门下。宫门、城门两侧的高台，台上起的楼观，古代都统称为阙。

【笺释】

一、本文为了达到打动梁王、说服其收回成命的目的，列举了大量同类君臣之间的政治事例，有君明臣贤的正例，也有君昏臣奸的反例，洋洋洒洒，排闼而来，以显作者之才。其中涉及众多的历史人物和繁复的事件细节，信息量很大。而作为一篇说理的议论文，本文的论点其实很简单——“圣王制世御俗，独化于陶钧之上，而不牵乎卑辞之语，不夺乎众多之口”，再说简单一点就是：君王应公听并观，勿信谗以害贤。所以对于现在的读者而言，重点在于温习这些历史常识和政治案例，以保存这份丰厚的人文积淀。

二、本文文笔开张放纵，气势饱满舒宕，说理正反对照，层层排比。这种铺张扬厉的文风比之李斯的《谏逐客书》有过之而无不及，可以看作战国纵横家之风在汉代的延续。由此可见，这种文风对邹阳、枚乘等作家都有影响，而枚乘的《七发》（汉大赋的开山之作）甚至奠定了汉代整个散体大赋的基本风格。

东方朔（前154年—前93年）

字曼倩，平原郡厌次（今山东德州市陵城区）人。汉武帝即位初，征天下方正贤良文学材力之士，朔上书自荐，诏拜为常侍郎。朔身长九尺三寸，性格诙谐，言辞多智，常在帝左右，能直言切谏，建言大计，面折公卿不屈。他自视甚高，后亦尝至太中大夫。但当时武帝征辟人才众多，他不似公孙弘、司马迁等能倚一方之重者，仅为文学侍从之臣而已，故常为郎官，不受重用。

答客难

【题解】

汉武帝文学侍从之臣，如东方朔、枚皋等，皆有文才。朔犹有大志，而言辞狂傲不逊，行近俳优，故终在卑位。乃作此文，欲求试用，以抒其闷，以慰其心。

客难[①]东方朔曰：“苏秦、张仪一当万乘之主，而身都卿相之位，泽及后世。今子大夫[②]修先王之术，慕圣人之义，讽诵《诗》《书》百家之言[③]，不可胜记。著于竹帛，唇腐齿落[④]，服膺而不可释[⑤]，好学乐道之效，明白甚矣。自以为智能海内无双，则可谓博闻辩智矣。然悉力尽忠，以事圣帝，旷日持久，积数十年，官不过侍郎[⑥]，位不过持戟，意者尚有遗行[⑦]邪？同胞之徒[⑧]，无所容居，其何故也？”

东方先生喟然长息，仰而应之曰："是故非子之所能备⑨。彼一时也，此一时也，岂可同哉！夫苏秦张仪之时，周室大坏，诸侯不朝，力政争权，相擒以兵⑩，并为十二国⑪，未有雌雄。得士者强，失士者亡，故说⑫得行焉：身处尊位，珍宝充内，外有仓廪，泽及后世，子孙长享。今则不然。圣帝德流，天下震慑⑬，诸侯宾服，连四海之外以为带⑭，安于覆盂⑮。天下平均，合为一家，动发举事，犹运之掌。贤与不肖，何以异哉？遵天之道，顺地之理，物无不得其所。故绥⑯之则安，动之则苦；尊之则为将，卑之则为虏；抗⑰之则在青云之上，抑之则在深渊之下；用之则为虎，不用则为鼠。虽欲尽节效情，安知前后⑱？夫天地之大，士民之众，竭精驰说⑲，并进辐凑⑳者，不可胜数。悉力慕之，困于衣食，或失门户。使苏秦张仪与仆并生于今之世，曾不得掌故㉑，安敢望侍郎乎！《传》㉒曰：'天下无害，虽有圣人，无所施才；上下和同㉓，虽有贤者，无所立功。'故曰时异事异。

【注释】

①客：登门之友也。难（nàn）：问难，诘问。②子大夫：对于一般官员的敬称。③《诗》《书》百家之言：《诗经》《尚书》和诸子等著作。④唇腐齿落：形容读书用力之深，类似于皓首穷经的意思。⑤服膺：心里服气。释：放下。⑥侍郎：秦汉郎中令的附属郎官。按：下文的"持戟"，即持戟郎，亦郎官之一。⑦遗行：留给后人的遗产，指立德、立言之类。⑧同胞之徒：指与东方朔处境类似的如枚皋、郭舍人等人。⑨备：详知。⑩擒：制服。兵：指武力。⑪十二国：战国时代除秦、楚、赵等七个强国以外，还有卫、鲁、宋、郑、中山等国，较大者共十二国。⑫说：指上文客赞扬张仪苏秦的论调。⑬震慑（shè）：震惊惶恐。⑭带：屏障。⑮安于覆盂：比大口朝下放的盆盂还安稳。⑯绥：静处。⑰抗：通"亢"，使动，使……高升。⑱前后：进退之度。⑲说：指士人各自之论见。⑳辐凑：亦作"辐辏"（còu），聚集。㉑曾（zēng）：则，表承接。掌故：汉代官名，太常寺属官，掌管礼乐制度等故实。㉒《传》：解释经典的书籍，具体指何书不详。㉓和同：和谐而团结。

“虽然，安可以不务修身乎哉！《诗》曰：‘鼓钟于宫，声闻于外①’；‘鹤鸣九皋，声闻于天②’。苟能修身，何患不荣！太公③体行仁义，七十有二，乃设用于文武④，得信厥说⑤，封于齐，七百岁而不绝。此士所以日夜孳孳⑥，修学敏行而不敢怠也。譬若鹡鸰⑦，飞且鸣矣。《传》曰‘天不为人之恶寒而辍⑧其冬，地不为人之恶险而辍其广，君子不为小人之匈匈⑨而易其行’，‘天有常度，地有常形，君子有常行；君子道其常，小人计其功’。《诗》云：‘礼义之不愆，何恤人之言⑩？’‘水至清则无鱼，人至察则无徒。冕而前旒，所以蔽明。黈纩充耳，所以塞聪⑪。’明有所不见，聪有所不闻，举大德，赦小过，无求备于一人之义也。枉而直之，使自得之；优而柔之，使自求之；揆而度之，使自索之⑫。盖圣人之教化如此，欲其自得之；自得之，则敏且广⑬矣。

“今世之处士，时虽不用，块然⑭无徒，廓然⑮独居。上观许由，下察接舆。计同范蠡，忠合子胥。天下和平，与义相扶。寡偶少徒，固其宜也。子何疑于予哉？若夫燕之用乐毅⑯，秦之任李斯，郦食其之下齐⑰，说行如流⑱，曲从如环⑲，所欲必得，功若丘山。海内定，国家安，是遇其时者也。子又何怪之邪？

“语曰：‘以管窥天，以蠡测海，以筳撞钟⑳。’岂能通其条贯㉑，考其文理，发其音声哉？犹是观之，譬由鼱鼩㉒之袭狗，孤豚之咋㉓虎，至则靡㉔耳，何功之有？今以下愚而非处士㉕，虽欲勿困㉖，固不得已㉗。此适足以明其不知权变，而终惑于大道也。”

据上海古籍出版社李善注《文选》卷四十五

【注释】

①鼓钟于宫，声闻于外：引自《诗经·小雅·白华》，据说为申后被黜后伤周幽王以妾代妻、专宠褒姒之作，这里东方朔自比怀才不遇。②鹤鸣九皋，声闻于天：引自《诗经·小雅·鹤鸣》，是一首规劝君王任用贤才隐士的招隐诗，这里东方朔以怀才之隐士自励。③太公：即姜太公姜尚。④设用：施用。文武：周文王、周武王。⑤厥说：指上文姜尚的仁义。⑥孳孳：

同“孜孜”，勤勉不懈之貌。⑦鹡鸰（jí líng）：鸟名，嘴、尾和翅都很长，俗称点水雀。⑧恶（wù）：厌恶。辍：停止。⑨匈匈：同“汹汹”，声势凶猛喧杂貌。⑩礼义之不愆（qiān），何恤人之言：这两句见《荀子·正名》篇，盖是《诗经》佚诗。不愆，无过无失。何，何必。恤，忧虑。⑪“水至清则无鱼”六句：引自《大戴礼记》。旒（liú），同“鎏”，冕冠前后悬垂的玉串。黈纩（tǒu kuàng），黄绵所制的小球，悬于冠冕之上，垂两耳旁，以示不欲妄听是非。⑫“枉而直之”以下六句：枉，弯曲。优，放松。揆（kuí），测量。度（duó），计算。索，寻找。⑬敏：快捷。广：贯通。⑭块然：像土块、石块一样特行孤立。⑮廓然：空旷孤寂貌。⑯乐毅：战国名将，本魏国人，曾助燕国复兴，后被猜忌逃往赵国。⑰郦食其（yì jī）之下齐：郦食其，刘邦谋臣，曾助韩信说服齐王田广，使齐国七十余城降汉。后被韩信出卖，被齐王烹死。⑱说（shuì）行（háng）如流：形容游说者之多。⑲曲从如环：委屈顺从如玉环般圆滑。⑳语：俗话谚语之类。蠡（lí）：瓠瓜之瓢。筳（tíng）：草茎，草杆。㉑其：指上文的管、蠡、筳。条贯：条理和体系。㉒鼱鼩（jīng qú）：亦作“鼩鼱”，一种鼠类小动物。㉓孤豚：小猪。咋：吓唬。㉔靡：本意为倒下，此指被扑倒。㉕非：意动，以……为非，意即非议、轻视等。处士：古称有才德的隐士。㉖困：困扰，迷惑。㉗不得已：不能止，不能不如此。

【笺释】

一、本文采用了汉赋主客问答的文体结构，语言虽然相对自由不拘，但整饰有序，兼用对仗、排比之法，带有较明显的赋的特点。有些学者将其归为辞赋，也是可行的。

二、稍后扬雄的《解嘲》、班固的《答宾戏》、张衡的《应间》以及唐代韩愈的《进学解》等文，在文体形式上都是对《答客难》的借鉴和传承。而这些文章有人看作散体文，有人却当作辞赋。

司马迁（约前 145 年—？）

字子长，夏阳（今陕西韩城市）人。其祖自春秋时出仕晋国以来就世典周史，至汉有司马谈，为太史令，即史迁之父。他深受家学家风之影响，旁通经史，亦受业于经学大师孔安国和董仲舒。二十岁南游江淮，上会稽，探禹穴，窥九嶷，北涉汶泗，历齐鲁之都，观孔子之遗风。及仕，初为郎中，奉使西征巴蜀以南。元封三年（前108年）继父职任太史令，开始写作《史记》，于太初四年（前93年）完成。其间曾深陷“李陵之祸”（前99年），被汉武帝处以宫刑，然其以坚忍不拔之志，忍辱含垢“发愤著书”，终于写成这部“究天人之际，通古今之变，成一家之言”的巨著。《史记》为我国第一部纪传体通史著作，记载自黄帝到汉武帝三千余年之历史，共一百三十篇，五十余万字，由十二本纪、三十世家、七十列传、十表、八书构成。班固《汉书·司马迁传·赞》虽批评其“是非颇缪于圣人，论大道而先黄老而后六经，序游侠则退处士而进奸雄，述货殖则崇势利而羞贱贫”，却也高度肯定其忠于“实录”的信史精神。

赵世家（节录）

【题解】

赵氏作为春秋时代著名的世族，其先人西周时世代为周天子御人，东迁之际仕晋，自赵衰（cuī，“缞”的本字）以下代代位列正卿，其子赵盾（宣子）更是春秋中期声望显赫的杰出政治家，其后历经赵武（文子）、赵鞅（简子）的复兴，赵毋恤（襄子）与魏、韩三家分晋，至赵烈侯而成为战国七雄之一。本文节选自“赵氏孤儿”之事，《史记》记载此事或与事实有差，但在后世影响甚大，被改编为元杂剧，甚至流传至海外（如被法国启蒙思想大作家伏尔泰改编成话剧《中国孤儿》），故读此文细心者可知其渊源真伪焉。

赵氏之先，与秦共祖。至中衍[①]，为帝大戊御[②]。其后世蜚廉有子二人，而命其一子曰恶来，事纣，为周所杀，其后为秦。恶来弟曰季胜[③]，其后为赵。

季胜生孟增。孟增幸[④]于周成王，是为宅皋狼[⑤]。皋狼生衡父，衡父生造父。造父幸于周缪王[⑥]。造父取骥之乘匹[⑦]，与桃林盗骊、骅骝、绿耳[⑧]，献之缪王。缪王使造父御，西巡狩，见西王母[⑨]，乐之忘归。而徐偃王[⑩]反，缪王日驰千里马，攻徐偃王，大破之。乃赐造父以赵城，由此为赵氏。

自造父已下六世至奄父，曰公仲，周宣王时伐戎，为御。及千亩[⑪]战，奄父脱[⑫]宣王。奄父生叔带。叔带之时，周幽王无道，去周如晋，事晋文侯，始建赵氏于晋国。自叔带以下，赵宗益兴，五世而至赵夙。

赵夙，晋献公之十六年伐霍、魏、耿[13]，而赵夙为将伐霍。霍公求[14]奔齐。晋大旱，卜之，曰“霍太山为祟[15]”。使赵夙召霍君于齐，复之[16]，以奉霍太山之祀，晋复穰[17]。晋献公赐赵夙耿。夙生共孟，当鲁闵公之元年[18]也。共孟生赵衰[19]，字子余。

赵衰卜事[20]晋献公及诸公子，莫吉；卜事公子重耳，吉，即事重耳。重耳以骊姬之乱亡奔翟[21]，赵衰从。翟伐廧咎如[22]，得二女，翟以其少女妻重耳，长女妻赵衰而生盾。初，重耳在晋时，赵衰妻亦生赵同、赵括、赵婴齐。赵衰从重耳出亡，凡十九年，得反国。重耳为晋文公，赵衰为原[23]大夫，居原，任国政。文公所以反国及霸，多赵衰计策，语在晋事中。赵衰既反晋，晋之妻固要[24]迎翟妻，而以其子盾为适嗣[25]，晋妻三子皆下事之。晋襄公之六年，而赵衰卒，谥为成季。

赵盾代成季任国政二年而晋襄公卒，太子夷皋年少。盾为[26]国多难，欲立襄公弟雍。雍时在秦，使使迎之。太子母日夜啼泣，顿首谓赵盾曰：“先君何罪，释其适子而更求君？”赵盾患之，恐其宗与大夫[27]袭诛之，乃遂立太子，是为灵公，发兵距[28]所迎襄公弟于秦者。灵公既立，赵盾益专国政……[29]晋景公时而赵盾卒，谥为宣孟，子朔嗣。赵朔，晋景公之三年，朔为晋将下军救郑，与楚庄王战河上[30]。朔娶晋成公姊为夫人。

【注释】

①中衍：人名，秦人、赵人共同的始祖，传说人面鸟嘴。②帝大（tài）戊：即太戊，商代的第九任君王，庙号中宗。御：车夫。③季胜：人名，即赵人的始祖。④幸：得宠。⑤宅皋狼：孟增的号。⑥周缪（mù）王：即周穆王，周代的第五任天子。缪，通“穆”。⑦乘（shèng）匹：造父为穆王选取的八骏，并四为乘，并两为匹。⑧桃林：古地名，今河南陕县西至陕西潼关一带山林之地。盗骊（lí）：颈细、浅黑色的马。骅骝（huá liú）：红褐

色的马。绿耳：亦作“騄駬”，骏马名。按：以上都属于穆王八骏。⑨西王母：《穆天子传》记周穆王与西王母于瑶池宴饮。按：三国时谯周认为代地之人尊东西方之神，谓之王父母。故由此推之，西王母即西方之神，穆王非与神会，盖造访其神址也，其地在西域。⑩徐偃王：周穆王时徐国的国君，其状偃仰而不能俯，故谓之偃王。僭称王，周穆王乃灭之。一说穆王使楚人诛之。⑪千亩：地名，在今山西介休市。周宣王在此与姜戎作战，不胜。⑫脱：使……逃脱。⑬霍、魏、耿：皆春秋早期诸侯国名。⑭求：一作“来”，当是。⑮祟（suì）：想象中经常出没而祸害人的鬼神。⑯复之：恢复其君位。⑰穰（rǎng）：富庶。⑱鲁闵公之元年：即公元前661年。⑲赵衰：人名，《左传》载赵衰为赵夙之弟，《史记》恐误。⑳卜事：占卜而问侍奉之主。㉑翟（dí）：同“狄”，对北方少数民族的通称。㉒廧（qiáng）咎如：春秋时赤狄部落名，隗（kuí）姓，在今河南安阳市。㉓原：地名，在今河南济源市。本周地，不服天子，晋文公为周襄王伐之，得其地以赐赵衰。㉔要（yāo）：通“邀”，邀请。㉕适（dí）嗣：即嫡嗣。适，通“嫡”。㉖为：认为，以为。㉗其宗：太子之宗室。大夫：倾向于太子的诸大夫。㉘距：通“拒”，抵制。㉙省略部分：参见本书第三章《左传·晋灵公不君》。㉚河上：特指今郑州西北、荥阳东北黄河沿岸一带地区。

晋景公之三年[①]，大夫屠岸贾[②]欲诛赵氏。初，赵盾在时，梦见叔带持要[③]而哭，甚悲；已而笑，拊手且歌。盾卜之，兆绝而后好。赵史援[④]占之，曰：“此梦甚恶，非君之身，乃君之子，然亦君之咎。至孙，赵将世[⑤]益衰。”屠岸贾者，始有宠于灵公，及至于景公而贾为司寇[⑥]，将作难[⑦]，乃治灵公之贼以致[⑧]赵盾，遍告诸将曰：“盾虽不知，犹为贼首。以臣弑君，子孙在朝，何以惩罪？请诛之。”韩厥[⑨]曰：“灵公遇贼，赵盾在外，吾先君[⑩]以为无罪，故不诛。今诸君将诛其后，是非先君之意而今妄诛。妄诛谓之乱。臣有大事而君[⑪]不闻，是无君也。”屠岸贾不听。韩厥告赵朔趣[⑫]亡。朔不肯，曰：“子必不绝赵祀，朔死不恨。”韩厥许诺，称疾不出。贾不请而擅与诸将攻赵氏于下宫[⑬]，杀赵朔、赵同、赵括、赵婴齐，皆灭其族。

赵朔妻成公姊[⑭]，有遗腹[⑮]，走公宫[⑯]匿。赵朔客曰公孙杵臼，杵臼谓朔友人程婴曰："胡不死？"程婴曰："朔之妇有遗腹，若幸而男，吾奉之；即女也，吾徐死[17]耳。"居无何[18]，而朔妇免[19]身，生男。屠岸贾闻之，索于宫中。夫人置儿绔[20]中，祝[21]曰："赵宗灭乎，若号；即不灭，若无声。"及索，儿竟无声。已脱，程婴谓公孙杵臼曰："今一索不得，后必且复索之，奈何？"公孙杵臼曰："立孤与死孰难？"程婴曰："死易，立孤难耳。"公孙杵臼曰："赵氏先君遇子厚，子强[22]为其难者，吾为其易者，请先死。"乃二人谋取他人婴儿负[23]之，衣以文葆[24]，匿山中。程婴出[25]，谬[26]谓诸将军曰："婴不肖，不能立赵孤。谁能与我千金，吾告赵氏孤处。"诸将皆喜，许之，发师随程婴攻公孙杵臼。杵臼谬曰："小人哉程婴！昔下宫之难不能死，与我谋匿赵氏孤儿，今又卖我。纵不能立，而忍卖之乎？"抱儿呼曰："天乎天乎！赵氏孤儿何罪？请活之，独杀杵臼可也。"诸将不许，遂杀杵臼与孤儿。诸将以为赵氏孤儿良[27]已死，皆喜。然赵氏真孤乃反在，程婴卒与俱匿山中。

居十五年，晋景公疾，卜之，大业之后不遂[28]者为祟。景公问韩厥，厥知赵孤在，乃曰："大业之后在晋绝祀者，其赵氏乎？夫自中衍者皆嬴姓也。中衍人面鸟噣[29]，降佐殷帝大戊，及周天子，皆有明德。下及幽厉无道，而叔带去周适晋，事先君文侯，至于成公，世有立功，未尝绝祀。今吾君独灭赵宗，国人哀之，故见龟策[30]。唯君图之。"景公问："赵尚有后子孙乎？"韩厥具以实告。于是景公乃与韩厥谋立赵孤儿，召而匿之宫中。诸将入问疾，景公因韩厥之众以胁诸将而见[31]赵孤。赵孤名曰武。诸将不得已，乃曰："昔下宫之难，屠岸贾为之，矫[32]以君命，并命群臣。非然，孰敢作难[33]！微君之疾，群臣固且请立赵后。今君有命，群臣之愿也。"于是召赵武、程婴遍拜诸将，遂反与程婴、赵武攻屠岸贾，灭其族。复与赵武田邑如故。

及赵武冠[34]，为成人，程婴乃辞诸大夫，谓赵武曰："昔下宫之难，皆能死。我非不能死，我思立赵氏之后。今赵武既立，为成人，复故位，我将下报赵宣孟与公孙杵臼。"赵武啼泣顿首固请，曰："武愿苦筋骨㉟以报子至死，而子忍去我死乎？”程婴曰：“不可。彼㊱以我为能成事，故先我死；今我不报，是以我事为不成。”遂自杀。赵武服齐衰㊲三年，为之祭邑㊳，春秋祠㊴之，世世勿绝。赵武续赵宗二十七年，晋平公立。平公十二年㊵，而赵武为正卿。

据中华书局三家注《史记》卷四十三

【注释】

①晋景公之三年：公元前597年。②屠岸贾（gǔ）：人名，复姓屠岸，名贾，相传为晋国著名的佞臣。③要（yāo）：通“腰”。④赵史：赵氏之家臣为史官者。援：史官名。⑤世：父子相承为一世。一说，为三十年。皆通。⑥司寇：周代官名，主治刑狱，各诸侯国亦有设置。⑦作难（nàn）：发难，发动事端。⑧治：审查。贼：对国家、人民、社会时局或道德风尚造成严重危害的人，此指弑君者。致：归罪。⑨韩厥：即韩献子，晋国六卿之一。⑩先君：指上一任君主晋成公。⑪君：指现任君主晋景公。⑫趣（cù）：通“促”，紧急。⑬下宫：赵氏祖庙。⑭妻成公姊：即赵庄姬，庄，为赵朔谥号。按：《左传》载赵朔妻为成公之女庄姬，与《史记》之记不合。又，《左传·成公四年》：“晋赵婴通于赵庄姬。”赵婴齐（即《左传》中之赵婴）与庄姬私通，次年赵同、赵括为此事问难赵婴齐，并将其逐至齐国，而赵朔未出面，可见此时赵朔已死。《左传·成公八年》：“晋赵庄姬为赵婴之亡故，谮之于晋侯。”赵庄姬伙同栾书、郤锜诬陷赵同、赵括谋反，将其杀尽，且《左传》上亦无屠岸贾其人，可见赵氏灭门的罪魁正是赵武的母亲庄姬及栾氏、郤氏等政敌，“赵氏孤儿”故事的核心部分（即屠岸贾、公孙杵臼、程婴等的相关细节）乃司马迁据前代传说润色而成，恐非史实。⑮遗腹：遗腹子之略，即丈夫已死、尚孕于妻腹而未出生之子。按：此时赵朔已死去多年，庄姬不可能有遗腹子，据《左传·成公八年》“六月，晋讨赵同、赵括，武从姬氏畜于公宫”，亦可知赵氏灭族时武已出生。⑯公宫：君主的宫室。⑰徐死：缓一步再死。⑱无何：少顷，不久。⑲免：通“娩”，分娩。⑳绔（kù）：古代指左右各一、分裹两胫、无裆的套裤，以别于满裆的“裈”（kūn）。㉑祝：祈祷。㉒强（qiǎng）：勉力。㉓负：抱持。㉔文葆：绣花的襁褓。文，通“纹”。葆，通“褓”。㉕出：出首，告发。㉖谬

(miù)：假装。㉗良：确实。㉘大业："建大业者"之略，指功臣。不遂：不能正常发展，指绝后。㉙噣（zhòu）：鸟嘴。《玉篇·口部》："噣，喙也。《诗》曰：'不濡其噣。'亦作'咮（zhòu）'。"㉚龟策：占卜之辞，即上文"大业之后不遂者为祟"。㉛因：乘，借助。胁：弹压。见（xiàn）：使之出现。㉜矫：假托，诈称。㉝作难（nàn）：作梗，作对之意。㉞冠：及冠，古时男子年满二十有加冠为成人之礼。㉟苦筋骨：即不惜身体受累、不辞辛苦之意。㊱彼：指公孙杵臼。㊲齐衰（zī cuī）：斩衰、齐衰、大功、小功、缌（sī）麻，为古代区别亲疏差等的五种丧服，称为"五服"，服期三年至三月不等。衰，通"缞"。㊳为之祭邑：封程婴后人以食邑，以供其祭祀。㊴祠：进祠祭拜。张守节《史记正义》："今河东赵氏祠先人，犹别舒一座祭二士矣。"㊵平公十二年：公元前546年。按：《左传》载赵武为晋国正卿的时间为公元前548年，盖《史记》误记。

【笺释】

一、赵氏家族发展过程中的三位关键人物：一是赵叔带，他去周仕晋，开启了赵氏在晋国的波澜历史；二是赵衰，他是晋文公重耳的重臣，为赵氏在晋国打下了雄厚的政治基础；三是赵盾，他主政晋国二十余年，内政外战建树丰伟，但也谮毁不少，"赵氏孤儿"之祸实为其积威日久、死后政敌反扑所致。

二、关于《左传》与《史记》记载的差异。《左传》为《春秋》之传，亦为儒家十三经之一，备受历代重视，其严谨性毋庸置疑，且其成书年代早于《史记》五六百年，故从史学角度而言，当以《左传》所记为准。

三、"赵氏孤儿"是否是一个悲剧事件？从历史真实（《左传》）的角度讲，赵氏政敌栾氏、郤氏借用赵氏遗孀（庄姬）私怨致使赵氏灭门，赵武为遗孀子，而非遗腹子，被庄姬抚养长大，后嗣位为赵氏首领，称其为孤儿也未不可，但绝无悲剧色彩可言；从文学真实（《史记》）的角度言，孤儿之祸源头在于赵盾的耿直，直接的原因是虚拟人物屠岸贾嫉贤妒能，进而塑造了公孙杵臼、程婴这样两位可歌可泣的仁人志士，借助其杀身成仁的悲剧感染力和正义战胜邪恶的道德审判，使这个故事在中华文明史上流芳长青。作为一笔珍贵的文化财富，"赵氏孤儿"的影响力仍长期真实地存在着，此所谓"文学的真实"。

刺客列传（节录）

【题解】

《刺客列传》是一篇人物类传，即将同类的、未必同时的若干人物进行依次记叙的传记。《史记》中类传共有十篇，如《循吏列传》《儒林列传》《游侠列传》《日者列传》等。本传记载了曹沫、专诸、豫让、聂政、荆轲等五位春秋战国时代著名刺客的事迹，赞扬其“士为知己者死”、守义殉道的侠义精神。因荆轲的事迹较为人所熟知，故本文节选了前四位刺客的内容。

曹沫①者，鲁人也，以勇力事鲁庄公②。庄公好力。曹沫为鲁将，与齐战，三败北。鲁庄公惧，乃献遂邑③之地以和。犹复以为将。

齐桓公许与鲁会于柯④而盟。桓公与庄公既盟于坛上，曹沫执匕首劫齐桓公，桓公左右莫敢动，而问曰：“子将何欲?”曹沫曰：“齐强鲁弱，而大国侵鲁亦甚矣。今鲁城坏⑤即压齐境，君其图⑥之。”桓公乃许尽归鲁之侵地。既已言，曹沫投其匕首，下坛，北面⑦就群臣之位，颜色不变，辞令如故。桓公怒，欲倍⑧其约。管仲⑨曰：“不可。夫贪小利以自快⑩，弃信于诸侯，失天下之援，不如与之。”于是桓公乃遂⑪割鲁侵地，曹沫三战所亡地尽复予鲁。

其后⑫百六十有七年而吴有专诸之事。

【注释】

①曹沫：《左传》《穀梁传》中作“曹刿”，当是同一人，春秋时鲁国大臣。②鲁庄公：名同，前693年—前662年在位，其母为齐桓公之姊。③遂邑：地名，在今山东宁阳县。④柯：地名，在今山东东阿县与阳谷县之间。⑤城：都城。坏：崩塌。⑥图：考虑。⑦北面：朝向北方，为臣子之位。按：古时，君侯坐北朝南。⑧倍：通“背”，违背。⑨管仲：春秋时代著名政治家，名夷吾，任齐国相国，佐桓公成其伯业。⑩自快：自己痛快。⑪乃、遂：同义词，犹言“于是”“就”。⑫其后：曹沫劫桓公在前681年，专诸刺僚在前515年，二事相距167年左右。

专诸者，吴堂邑[①]人也。伍子胥之亡楚而如[②]吴也，知专诸之能。伍子胥既见吴王僚[③]，说以伐楚之利。吴公子光曰："彼伍员父兄皆死于楚而员言伐楚，欲自为报私仇也，非能为吴。"吴王乃止。伍子胥知公子光之欲杀吴王僚，乃曰："彼光将有内志[④]，未可说以外事。"乃进专诸于公子光。

光之父曰吴王诸樊[⑤]。诸樊弟三人：次曰余祭[⑥]，次曰夷眛[⑦]，次曰季子札。诸樊知季子札贤而不立太子，以次传三弟，欲卒致国于季子札。诸樊既死，传余祭。余祭死，传夷眛。夷眛死，当传季子札；季子札逃不肯立，吴人乃立夷眛之子僚为王。公子光曰："使以兄弟次邪，季子当立；必[⑧]以子乎，则光真适嗣[⑨]，当立。"故尝阴养谋臣以求立。

光既得专诸，善客待之。九年而楚平王[⑩]死。春，吴王僚欲因楚丧，使其二弟公子盖余、属庸将兵围楚之灊[⑪]；使延陵季子[⑫]于晋，以观诸侯之变。楚发兵绝吴将盖余、属庸路，吴兵不得还。于是公子光谓专诸曰："此时不可失，不求何获？且光真王嗣，当立，季子虽来，不吾废也。"专诸曰："王僚可杀也。母老子弱，而两弟将兵伐楚，楚绝其后。方今吴外困于楚，而内空无骨鲠[⑬]之臣，是无如我何[⑭]。"公子光顿首曰："光之身，子之身也[⑮]。"

四月丙子，光伏甲士于窟室[⑯]中，而具酒请王僚。王僚使兵陈自宫至光之家，门户阶陛左右皆王僚之亲戚[⑰]也。夹立侍[⑱]，皆持长铍[⑲]。酒既酣，公子光详为足疾[⑳]，入窟室中，使专诸置匕首鱼炙[㉑]之腹中而进之。既至王前，专诸擘[㉒]鱼，因以匕首刺王僚，王僚立死。左右亦杀专诸，王人[㉓]扰乱。公子光出其伏甲以攻王僚之徒，尽灭之，遂自立为王，是为阖闾[㉔]。阖闾乃封专诸之子以为上卿。

其后七十余年而晋有豫让之事。

【注释】

①堂邑：地名，本名"棠"，故亦作"棠邑"，在今江苏南京市六合区。

②伍子胥：名员（yún），本为楚臣，父兄为楚平王所杀，他逃到吴国图谋

借吴复仇。《史记》有伍子胥列传。如：往，到。③吴王僚：吴国在位国君，前 526 年—前 515 年在位，下文公子光之堂弟。④内志：内心隐藏的大志。实指意欲夺取君位，原因见下文。⑤诸樊：名遏，前 560 年—前 548 年在位。⑥余祭（zhài）：名戴吴，前 547 年—前 544 年在位。⑦夷昧（mò）：一作“夷末”“余末”，前 543 年—前 527 年在位。⑧必：假使。⑨适（dí）嗣：嫡长子。适，通“嫡”。⑩九年：公子光得到专诸后的第九年。楚平王：春秋中期楚国著名暴君，名弃疾，前 528 年—前 516 年在位。⑪灊（qián）：地名，亦作“潜邑”，在今安徽霍山县。⑫延陵季子：即季子札，因其封地在延陵（在今江苏常州市），故称。⑬骨鲠：喻忠直。⑭无如我何：犹言“无奈我何”，拿我们也没办法。⑮“光之身”二句：意即我们情同手足，我会视你的亲人为我的骨肉。⑯甲士：身着铠甲的武士。窟室：地下室。⑰阶陛：台阶。亲戚：泛指亲属、亲信。⑱夹立侍：夹道两边而侍卫。⑲长铍（pī）：长剑。⑳详（yáng）：通“佯”，假装。足疾：脚痛之病。㉑鱼炙：整条烤鱼。㉒擘（bāi）：通“掰”，掰开。㉓王人：泛指僚的随从及卫士。㉔阖闾（hé lǘ）：公子光即位后的新名，一作“阖卢”，前 514 年—前 496 年在位。

豫让者，晋人也，故尝事范氏及中行氏[①]，而无所知名。去而事智伯[②]，智伯甚尊宠之。及智伯伐赵襄子[③]，赵襄子与韩、魏合谋灭智伯[④]，灭智伯之后而三分其地。赵襄子最怨智伯，漆其头以为饮器。豫让遁逃山中，曰：“嗟乎！士为知己者死，女为说己者容。今智伯知我，我必为报仇而死，以报智伯，则吾魂魄不愧矣。”乃变名姓为刑人[⑤]，入宫涂厕[⑥]，中挟匕首，欲以刺襄子。襄子如厕，心动，执问涂厕之刑人，则豫让，内持刀兵，曰：“欲为智伯报仇！”左右欲诛之。襄子曰：“彼义人也，吾谨避之耳。且智伯亡无后，而其臣欲为报仇，此天下之贤人也。”卒醳[⑦]去之。

居顷之，豫让又漆身为厉[⑧]，吞炭为哑[⑨]，使形状不可知，行乞于市。其妻不识也。行见[⑩]其友，其友识之，曰：“汝非豫让邪？”曰：“我是也。”其友为泣曰：“以子之才，委质[⑪]而臣事襄子，襄子必近幸子。近幸子，乃为所欲，顾[⑫]不易邪？何乃残身苦形，欲以求报襄子，不亦难乎！”豫让曰：“既已委质臣事人，而求⑬杀之，是怀二心以事其君也。且吾所为者极难耳！然所以为此者，将以愧天下后世之为人臣怀二心以事其君者也。”

既去，顷之，襄子当⑭出，豫让伏于所当过之桥下。襄子至桥，马惊，襄子曰：“此必是豫让也。”使人问之，果豫让也。于是襄子乃数⑮豫让曰：“子不尝事范、中行氏乎？智伯尽灭之，而子不为报仇，而反委质臣于智伯。智伯亦已死矣，而子独何以为之报仇之深也？”豫让曰：“臣事范、中行氏，范、中行氏皆众人遇我⑯，我故众人报之。至于智伯，国士⑰遇我，我故国士报之。”襄子喟然叹息而泣曰：“嗟乎豫子！子之为智伯，名既成矣，而寡人赦子，亦已足矣。子其自为计⑱，寡人不复释子！”使兵围之。豫让曰：“臣闻明主不掩人之美，而忠臣有死名之义⑲。前君已宽赦臣，天下莫不称君之贤。今日之事，臣固伏诛⑳，然愿请君之衣而击之，焉以致㉑报仇之意，则虽死不恨㉒。非所敢望㉓也，敢布腹心㉔！”于是襄子大义之㉕，乃使使持衣与豫让。豫让拔剑三跃而击之，曰：“吾可以下㉖报智伯矣！”遂伏剑自杀。死之日，赵国志士闻之，皆为涕泣。

其后四十余年而轵㉗有聂政之事。

【注释】

①范氏：其祖为晋国正卿（执政大臣，亦称“上卿”）士会，谥号为武，称范武子，因封地在范，其后人遂以范为氏，与豫让同时代的首领是范吉射。中行（háng）氏：其祖晋国正卿荀林父曾将中行（晋国六军分别为中军、上军、下军、中行、左行、右行），其后人因以为氏，与豫让同时代的首领是荀寅。按：范氏、中行氏与智、韩、魏、赵氏百余年间在晋国相继执政，势力最大，号为“六卿”；范氏、中行氏被智氏灭后，则为“四卿”。②智伯：名瑶，谥号为襄，亦称智襄子，为正卿智武子智罃（yīng）的后代，在六卿中势力最强。③赵襄子：名毋恤，晋文公上卿赵衰之后，有才略。④“赵襄子”句：前455年，智伯恃强向韩、魏、赵三氏索地，赵襄子独不予，智伯联合韩、魏攻之三年，后反被赵氏密通韩、魏灭之。事详《赵世家》。⑤刑人：服劳役、刑役的人。⑥涂厕：粉刷厕所。⑦醳（shì）：通

“释”，释放。⑧漆身为厉（lài）：以漆涂身，皮肤溃烂生疮。厉，通“癞”，癞疮。⑨吞炭为哑：吞食火炭使嗓音嘶哑。⑩行见：行而被见。⑪委质：置身。⑫顾：难道。⑬求：寻求。⑭当：将要。⑮数（shǔ）：责备，数落。⑯众人遇我：像对待普通人一样对待我。⑰国士：一国中数一数二的优秀者。⑱其：表示客气的商量语气，还是。自为计：自己看着办吧。⑲死名之义：为名而死的义务。⑳伏诛：接受死刑。伏，实是“服”的意思。㉑焉：表假设语气。致：达到。㉒恨：遗憾。㉓望：怨恨。㉔布腹心：表达衷心。㉕义之：以之为义，认为他很忠义。㉖下：于地下，作状语。㉗轵（zhǐ）：战国时代魏国地名，在今河南济源市。

聂政者，轵深井里[①]人也。杀人避仇，与母、姊如齐，以屠为事。

久之，濮阳严仲子事韩哀侯[②]，与韩相侠累有卻[③]。严仲子恐诛，亡去，游求人可以报侠累者[④]。至齐，齐人或言聂政勇敢士也，避仇隐于屠者之间。严仲子至门请[⑤]，数反，然后具酒自畅[⑥]聂政母前。酒酣，严仲子奉黄金百溢[⑦]，前为聂政母寿[⑧]。聂政惊怪其厚，固谢[⑨]严仲子。严仲子固进，而聂政谢曰：“臣幸有老母，家贫，客游以为狗屠，可以旦夕得甘毳[⑩]以养亲。亲供养备[⑪]，不敢当仲子之赐。”严仲子辟人[⑫]，因为聂政言曰：“臣有仇，而行游诸侯众矣。然至齐，窃闻足下义[⑬]甚高，故进百金者，将用为大人粗粝[⑭]之费，得以交足下之欢，岂敢以有求望邪！”聂政曰：“臣所以降志辱身居市井屠者，徒幸以养老母；老母在，政身未敢以许人也。”严仲子固让[⑮]，聂政竟不肯受也。然严仲子卒备宾主之礼而去。

久之，聂政母死。既已葬，除服[⑯]，聂政曰：“嗟乎！政乃市井之人，鼓刀以屠[⑰]；而严仲子乃诸侯之卿相也，不远千里，枉车骑[⑱]而交臣。臣之所以待之，至浅鲜[⑲]矣，未有大功可以称者，而严仲子奉百金为亲寿，我虽不受，然是者徒深知政也[⑳]。夫贤者以感忿睚眦[㉑]之意而亲信穷僻之人，而政独安得嘿然[㉒]而已乎！且前日要[㉓]政，政徒[㉔]以老母。老母今以天年终[㉕]，政将为知己者用。”乃遂西至濮阳，见严仲子曰：“前日所以不许仲子者，徒以亲在。今不幸而母以天年终。仲子所欲报仇者为谁？请得从事[26]焉！”严仲子具告曰：“臣之仇韩相侠累，侠累又韩君之季父[27]也，宗族盛多，居处兵卫甚设[28]，臣欲使人刺之，终莫能就。今足下幸而不弃，请教其车骑壮士可为足下辅翼[29]者。”聂政曰：“韩之与卫[30]，相去中间不甚远，今杀人之相，相又国君之亲，此其势不可以多人，多人不能无生得失[31]，生得失则语泄，语泄是[32]韩举国而与仲子为仇，岂不殆哉！”遂谢车骑人徒。

聂政乃辞，独行杖剑至韩，韩相侠累方坐府上，持兵戟而卫侍者甚众。聂政直入，上阶刺杀侠累，左右大乱。聂政大呼，所击杀者数十人，因自皮面决眼[33]，自屠出肠，遂以死。韩取聂政尸暴于市购问[34]，莫知谁子。于是韩县购[35]之，有能言杀相侠累者予千金。久之莫知也。

【注释】

①深井里：里弄名。②濮阳：地名，周代卫国都城，今河南濮阳市。严仲子：名遂，韩国大夫。韩哀侯：根据年代计算此处应为韩烈侯，名取，前399年—前387年在位。③侠累：韩傀（guī）字侠累，韩烈侯的叔父。郤（xì）：同“隙”，裂痕，嫌隙。④报侠累者：向侠累报仇的人。⑤请：拜见。⑥自畅（shāng）：亲自举杯敬酒。畅，通“觞”。⑦溢：通“镒”，参见本书第四章《战国策·苏秦以连横说秦》注释。⑧前：动词，走向前。寿：动词，祝寿。⑨谢：谢绝，辞谢。⑩甘毳（cuì）：指代甜脆可口的食物。毳，通“脆”。⑪备：充足，完备。⑫辟人：使旁人退避。辟，通“避”。⑬义：德行，气节。⑭将（qiāng）：愿，请。大人：指聂政的母亲。粗粝：粗糙的食物。⑮让：请。⑯除服：脱去丧服，即守孝期满。⑰鼓刀以屠：“以鼓刀屠”的倒装。鼓刀，操刀。⑱枉车骑：敬语，犹言“屈尊”“劳驾”。⑲浅鲜（xiǎn）：浅薄微少。⑳然是者徒深知政也：参考《战国策》当为“然是深知政也”，“者徒”二字为衍文。㉑感忿睚眦（yá zì）：为小事而激怒。睚眦，瞪眼看人，借指微小的怨恨。㉒嘿（mò）：同“默”。㉓要：通“邀”。㉔徒：只是。㉕天年：自然寿数。终：离世。㉖从事：开始行事。㉗季父：叔父。㉘设：完备，森严。㉙辅翼：辅助，相帮。㉚卫：指卫国，濮阳为卫地，故曰。㉛得失：偏义复词，主要指“失”，失误，差错。㉜是：连词，

这里表示推测，相当于“则”。㉝皮面：以皮为面，意即“割下脸皮蒙面”。皮，用作动词。决眼：挖出眼睛。㉞暴（pù）：同“曝”，曝露。购问：悬赏求问。㉟县（xuán）购：悬赏购求。县，“悬”的本字。

政姊荣闻人有刺杀韩相者，贼[①]不得，国不知其名姓，暴其尸而县之千金，乃于邑[②]曰：“其是吾弟与？嗟乎，严仲子知吾弟！”立起，如韩，之市，而死者果政也，伏尸哭极哀，曰：“是轵深井里所谓聂政者也。”市行者诸众人皆曰：“此人暴虐吾国相，王县购其名姓千金，夫人不闻与？何敢来识之也？”荣应之曰：“闻之。然政所以蒙污辱自弃于市贩之间者，为老母幸无恙，妾未嫁也。亲既以天年下世，妾已嫁夫，严仲子乃察举吾弟困污[③]之中而交之，泽厚矣，可柰何！[④]士固为知己者死，今乃以妾尚在之故，重自刑以绝从[⑤]，妾其柰何畏殁[⑥]身之诛，终灭贤弟之名！”大惊韩市人。乃大呼天者三，卒于邑悲哀而死政之旁。

晋、楚、齐、卫闻之，皆曰：“非独政能也，乃其姊亦烈女[⑦]也。乡使[⑧]政诚知其姊无濡忍[⑨]之志，不重暴骸之难[⑩]，必绝险千里[⑪]以列其名，姊弟俱僇[⑫]于韩市者，亦未必敢以身许严仲子也。严仲子亦可谓知人，能得士矣！”

据中华书局三家注《史记》卷八十六

【注释】

①贼：杀人者谓之贼，亦指对国家、人民、社会局势或道德风尚造成严重危害的人。②于邑（wū yè）：“呜咽”的异体写法，伤心哽泣。③困污：困苦污秽，喻地位卑下。④泽：恩惠。柰：同“奈”，怎样，如何。⑤重（chóng）自刑：指聂政“皮面决眼”“自屠出肠”等行为。重，多次。绝从（zōng）：消除痕迹，指聂政消除连累亲人的线索。从，通“踪”，踪迹。⑥殁（mò）：死亡，过世。⑦烈女：刚正有节的女子。⑧乡（xiàng）使：假如，假使。乡，通“向”。⑨濡（rú）忍：柔顺忍让。⑩不重（zhòng）：不惜，不在乎。难（nàn）：灾祸。⑪绝险千里：跨越险阻，长途跋涉。⑫僇（lù）：同“戮”，被杀，被戕。

【笺释】

一、曹沫并非只是一个刺客。他是一位将军，齐强鲁弱，不能以他个人所谓的无能来承担“三败北”的全部责任；劫桓公之事必有预谋，可见其智；在盟坛上雷霆劫持，可见其勇；从容下坛，面北就群臣之位，可见其知礼；劫持桓公之后，他“颜色不变，辞令如故”，可见其气度。综上曹沫颇具政治家的优秀素质，推其与《左传》中的曹刿为同一人，亦非遑论。

二、专诸刺僚一事中，专诸固然为第一重要人物，幕后的策划者却是伍子胥。另，吴王诸樊以弟次传位的做法有其传统，吴国乃周太王长子泰伯的后代所建，当年周太王欲传位于其少子季历之子昌，亦有由兄及弟的先例，详见《史记·周本纪》中的相关内容。

三、豫让有句名言可隐括为“君以众人遇我，我故以众人报之；君以国士遇我，我故以国士报之”，可以看作史迁名言“士为知己者死”的具体诠释。

四、聂政的部分，有大量生动形象的细节描写，如“聂政直入，上阶刺杀侠累，左右大乱”“因自皮面决眼，自屠出肠，遂以死”，史迁绝非现场目击者，焉能悉知全部根底，侠累焉能徒坐堂上束手待毙，聂政缘何横穿森严相府而直入无碍……？史迁绝非凭口杜撰，想必定有所据，不过在不违反人物基本精神的前提下略有文饰罢了。文学的真实未必是事实的真实，但文学的真实必然来源于事实的真实。另，聂荣也是一个并不逊色于其弟的人物形象，其决绝的内心能量和无畏的相认弟尸，绝非一般俗人可比，足以与聂政同辉。

魏其武安侯列传（节录）

【题解】

本文是窦婴、田蚡、灌夫三人的合传。窦、田二氏都是汉王室的外戚，分别代表破落的和新晋的政治势力。文章以三人的生平事迹平行展开，再以窦田结怨、灌夫致祸作为全文的核心情节，是整个叙事的高潮部分，展现了汉武帝初期官僚贵族之间诡谲复杂而又残酷血腥的政治斗争。文章结构井然，脉络清晰，人物刻画生动形象，留给后人颇多“以史为鉴”的政治经验，是《史记》人物列传中的名篇。

魏其侯[1]窦婴者，孝文后从兄[2]子也。父世观津[3]人。喜宾客。孝文时，婴为吴相，病免。孝景[4]初即位，为詹事[5]。

梁孝王[6]者，孝景弟也，其母窦太后爱之。梁孝王朝，因昆弟燕饮[7]。是时上未立太子，酒酣，从容[8]言曰："千秋之后[9]传梁王。"太后欢。窦婴引卮酒[10]进上，曰："天下者，高祖天下，父子相传，此汉之约也，上何以得擅传梁王！"太后由此憎窦婴。窦婴亦薄[11]其官，因病免。太后除窦婴门籍[12]，不得入朝请。

孝景三年[13]，吴楚反[14]，上察宗室诸窦[15]毋如窦婴贤，乃召婴。婴入见，固辞谢病[16]不足任。太后亦惭。于是上曰："天下方有急，王孙[17]宁可以让邪?"乃拜婴为大将军，赐金千斤。婴乃言袁盎、栾布诸名将贤士在家者[18]进之。所赐金，陈之廊庑[19]下，军吏过，辄令财取[20]为用，金无入家者。窦婴守荥阳，监齐赵兵[21]。七国兵已尽破，封婴为魏其侯。诸游士宾客争归魏其侯。孝景时每朝议大事，条侯[22]、魏其侯，诸列侯莫敢与亢礼[23]。

【注释】

①魏其（jī）侯：窦婴的爵位。魏其，窦婴的封地，在今山东临沂市。②孝文后：汉文帝皇后窦漪房，即下文的窦太后。从兄：堂兄。③世：世代。观津：地名，在今河北武邑县。④孝景：汉景帝刘启的谥号，前156年—前141年在位。⑤詹事：官名，职掌皇后、太子家事。⑥梁孝王：刘武，与景帝同为窦太后嫡生，封梁王，"孝"是谥号。⑦昆弟：对兄弟的雅称。燕饮：宴会进餐。燕，通"宴"。⑧从容：随意貌。⑨千秋之后：代指离世后。⑩卮（zhī）酒：犹杯酒。卮，古代的一种酒具。⑪薄：用作动词，意动，以……为薄，意即"看轻""轻视"。⑫门籍：悬挂在宫殿门前的记名牌。长二尺，竹制，各书官员姓名、年龄、身份等，册籍上有名又合验无误者方可出入宫门。⑬孝景三年：前154年。⑭吴楚反：这一年以吴王刘濞、楚王刘戊为首，纠合胶西王、胶东王、淄川王、赵王等七个诸侯国举兵反叛，史称"吴楚七国之乱"。⑮诸窦：窦姓的诸位外戚。如惠帝时期的吕后

诸外戚，称为“诸吕”。⑯辞谢病：“以病辞谢”的省略和倒装。⑰王孙：窦婴的字。⑱袁盎、栾布：皆文帝、景帝时期著名的大臣。在家：指赋闲。⑲廊庑（wǔ）：《汉书·窦婴传》引此文，颜师古注“廊，堂下周屋也。庑，门屋也”。⑳财取：酌情取用。财，通“裁”，裁酌。㉑监齐赵兵：监督讨伐齐地、赵地的军队。按：胶西、胶东、淄川等国属齐地；赵国，自是赵地。㉒条侯：名将周亚夫的爵位名。条，地名，在今河北景县。㉓亢礼：亦作“抗礼”，谓以对等的礼节彼此相待。

武安侯[①]田蚡者，孝景后同母弟[②]也，生长陵[③]。魏其已为大将军后，方盛，蚡为诸郎[④]，未贵，往来侍酒魏其，跪起如子姓[⑤]。及孝景晚节，蚡益贵幸，为太中大夫[⑥]。蚡辩有口，学盘盂[⑦]诸书，王太后贤之。孝景崩，即日太子[⑧]立，称制[⑨]，所镇抚[⑩]多有田蚡宾客计筴，蚡弟田胜，皆以太后弟，孝景后三年[⑪]封蚡为武安侯，胜为周阳侯。

建元六年[⑫]，窦太后崩，丞相昌、御史大夫青翟坐丧事不办[⑬]，免。以武安侯蚡为丞相，以大司农[⑭]韩安国为御史大夫。天下士、郡诸侯[⑮]愈益附武安。

武安者，貌侵[⑯]，生贵甚。又以为诸侯王多长，上初即位，富于春秋[⑰]，蚡以肺腑为京师相[⑱]，非痛折节以礼诎之[⑲]，天下不肃。当是时，丞相入奏事，坐语移日[⑳]，所言皆听。荐人或起家至二千石[㉑]，权移主上[㉒]。上乃曰：“君除[㉓]吏已尽未？吾亦欲除吏。”尝请考工地[㉔]益宅，上怒曰：“君何不遂取武库[㉕]？”是后乃退。尝召客饮，坐其兄盖侯南乡[㉖]，自坐东乡，以为汉相尊，不可以兄故私桡[㉗]。武安由此滋骄，治宅甲诸第[㉘]。田园极膏腴，而市买郡县器物相属于道。前堂罗钟鼓，立曲旃[㉙]；后房妇女以百数。诸侯奉金玉狗马玩好，不可胜数。

魏其失窦太后，益疏不用，无势，诸客稍稍自引[㉚]而怠傲，唯灌将军独不失故[㉛]。魏其日默默不得志，而独厚遇灌将军。

【注释】

①武安侯：田蚡（fén）的爵位名。武安，地名，即今河北武安市。

②孝景后：即王娡（zhì），汉景帝第二任皇后，汉武帝生母，即下文的王太后。同母弟：王皇后之母名臧儿，先嫁王氏，生王信、王娡、王兒姁（ní xǔ）；前夫死后又嫁田氏，生田蚡、田胜等。③长陵：地名，因高帝刘邦陵墓得名，在今陕西咸阳市。④诸郎：郎中令下属议郎、中郎、侍郎、执戟郎等各种中下级郎官，负责值勤保卫、侍奉车马等工作。⑤子姓：子侄辈。⑥太中大夫：郎中令的高级属官，秩比千石，掌议论。⑦盘盂（pán yú）：书名，凡二十六篇，相传是黄帝史官孔甲所作的记载铭言、功绩的法鉴，因刻于盘盂之上，故名，今已佚。⑧太子：即刘彻，即位后为武帝，前140年—前87年在位。⑨称制：不是皇帝而代行皇帝的职权。按：武帝即位时才十六岁，由其生母王太后临朝称制。⑩镇抚：指安抚人心。⑪孝景后三年：前141年，景帝于是年正月驾崩，太子随后即位，必须沿用先帝年号，到第二年才能改元。⑫建元：汉武帝第一个也是中国历史上第一个年号。其六年为公元前135年。⑬“丞相”句：当时的丞相为许昌，御史大夫为庄青翟（dí）。坐丧事不办，因没办好窦太后的丧事而获罪。⑭大司农：应为“大农令”，武帝太初元年（前104年）才改称大司农。⑮郡诸侯：指各郡地方官和各诸侯王。⑯侵（qǐn）：通“寝”，丑陋。⑰富于春秋：指年轻。⑱肺腑：犹“心腹”。京师相：即中央丞相。当时各诸侯国亦自有相，突出“京师”二字以显田蚡地位之尊宠。⑲非痛折节以礼诎（qū）之：指田蚡对各诸侯王不是狠下心恭敬以待，而是以上下尊卑的礼法去使他们屈服。折节，降下自尊屈己待人。诎，同“屈”。⑳坐语：坐着交谈，以示其亲。移日：日头西移，以见其久。㉑二千石（dàn）：汉代官秩，郡守俸禄为二千石，即月俸百二十斛，后世因称郡守为“二千石”。其俸略低于九卿之数。㉒权移主上：“权移自主上”之略。㉓除：委任。㉔考工地：即考工署之地，乃官署公地。按：少府为汉代九卿之一，考工署为其下级机构，负责宫廷染织等事。㉕武库：掌管兵器的官署。㉖坐：使……坐。盖（gě）侯：田蚡兄长的爵位名。盖，地名，在今山东沂水县。乡：通“向”。㉗桡（náo）：弯曲。此指身份受损。㉘治宅：营修住宅。甲：用作动词，在……之中为第一。诸第：其他诸大臣的府第。㉙曲旃（zhān）：用整幅帛制成的曲柄旌旗。按：于私第罗钟鼓、立曲旃，在礼法上都涉嫌僭越。㉚自引：自行引退，相继离开。㉛不失故：即待之如故。

灌将军夫者，颍阴[①]人也。夫父张孟，尝为颍阴侯婴舍人[②]，得幸，因进之至二千石，故蒙[③]灌氏姓为灌孟。吴楚反时，颍阴侯灌何为将军，属太尉[④]，请灌孟为校尉[⑤]。夫以千人与父俱。灌孟年老，颍阴侯强请之，郁郁不得意，故战常陷坚[⑥]，遂死吴军中。军法，父子俱从军，有死事，得与丧归。灌夫不肯随丧归，奋曰："愿取吴王若[⑦]将军头，以报父之仇。"于是灌夫被甲持戟，募军中壮士所善愿从者数十人。及出壁门，莫敢前。独二人及从奴[⑧]十数骑驰入吴军，至吴将麾下，所杀伤数十人。不得前，复驰还，走入汉壁，皆亡其奴，独与一骑归。夫身中大创十余，适有万金良药，故得无死。夫创少瘳[⑨]，又复请将军曰："吾益知吴壁中曲折，请复往。"将军壮义之，恐亡夫，乃言太尉，太尉乃固止之。吴已破，灌夫以此名闻天下。

颍阴侯言之上，上以夫为中郎将[⑩]。数月，坐法去。后家居长安，长安中诸公莫弗称之。孝景时，至代相。孝景崩，今上[⑪]初即位，以为淮阳天下交[⑫]，劲兵处[⑬]，故徙夫为淮阳太守。建元元年，入为太仆[⑭]。二年，夫与长乐卫尉[⑮]窦甫饮，轻重不得，夫醉，搏[⑯]甫。甫，窦太后昆弟也。上恐太后诛夫，徙为燕相。数岁，坐法去官，家居长安。

灌夫为人刚直使酒[⑰]，不好面谀[⑱]。贵戚诸有势在己之右[⑲]，不欲加礼，必陵[⑳]之；诸士在己之左，愈贫贱，尤益敬，与钧[㉑]。稠人广众，荐宠下辈，士亦以此多[㉒]之。夫不喜文学，好任侠，已然诺[㉓]。诸所与交通，无非豪桀大猾[㉔]。家累数千万，食客日数十百人。陂[㉕]池田园，宗族宾客为权利[㉖]，横于颍川[㉗]。颍川儿乃歌之曰："颍水清，灌氏宁；颍水浊，灌氏族[㉘]。"

灌夫家居虽富，然失势，卿相侍中宾客益衰。及魏其侯失势，亦欲倚灌夫引绳批根[㉙]生平慕之后弃之者。灌夫亦倚魏其而通列侯宗室为名高。两人相为引重[㉚]，其游如父子然。相得欢甚，无厌[㉛]，恨相知晚也。

【注释】

①颍阴：地名，在今河南许昌市。②颍阴侯婴：即汉朝开国功臣灌婴。

舍人：门人，门客。③蒙：依托。④灌何：灌婴之子，世袭其父爵位。属太尉：从属于太尉。按：当时的太尉是周亚夫。⑤校尉：武官名，秦汉时其地位略次于将军，并各随其职务冠以各种名号。⑥陷坚：攻打、攻入坚固的敌阵。⑦若：或者。⑧从奴：跟随的家仆。⑨少（shāo）：通“稍”，稍微。瘳（chōu）：愈合。⑩中郎将：为郎中令各署的长官，即皇帝的侍从长，总管宫中护卫、侍从等职，秩比二千石，省称“中郎”。⑪今上：指汉武帝。⑫淮阳：地名，即今河南淮阳县。天下交：天下交通枢纽。⑬劲兵处：精兵屯集之处。⑭太仆：官名，秦汉为九卿之一，为天子执御，掌舆马畜牧之事。⑮长乐卫尉：即长乐宫（东宫）的卫尉。按：卫尉，官名，主要负责宫廷警卫，西汉有未央卫尉、长乐卫尉、甘泉卫尉等，其长官称卫将军，为九卿之一。⑯搏：殴打。⑰使酒：凭酒使性，耍酒疯。⑱面谀：当面谄谀。⑲“贵戚诸”句：句末当省略一个“者”字，全句应是“贵戚诸……者”。⑳陵：通“凌”，凌驾，欺凌。㉑钧：通“均”，平等。㉒多：称赞。㉓已：必须。然、诺：此处都是名词，作“承诺”讲。㉔豪桀：亦作“豪杰”，此指在社会上有势力有地位的人。大猾：一作“大滑”，意同“巨猾”，大奸大恶之人。㉕陂（bēi）：沼塘，或指池泽之岸。㉖权利：以权谋利。㉗颍川：地名，在今河南禹州市。㉘“颍水清”四句儿歌：表现的是当地百姓对灌夫家族为害地方的痛恨，希望上天早日予以诛伐。㉙引绳批根：比喻合力排斥异己。《汉书·灌夫传》引此段改作“引绳排根”。颜师古注：“言婴与夫共相提挈，有人生平慕婴、夫，后见其失职而颇慢弛，如此者，共排退之，不复与交。譬如相对挽绳而根格之也。”㉚相为引重：相互倚重、推重。㉛无厌：相互不觉得腻味。

灌夫有服①，过丞相。丞相从容曰：“吾欲与仲孺②过魏其侯，会仲孺有服。”灌夫曰：“将军乃肯幸临况③魏其侯，夫安敢以服为解④！请语魏其侯帐具⑤，将军旦日蚤临。”武安许诺。灌夫具语魏其侯，如所谓武安侯。魏其与其夫人益市牛酒，夜洒扫，早帐具至旦。平明⑥，令门下候伺。至日中，丞相不来。魏其谓灌夫曰：“丞相岂忘之哉？”灌夫不怿⑦，曰：“夫以服请，宜往。”乃驾，自往迎丞相。丞相特前戏许灌夫，殊⑧无意往。及夫至门，丞相尚卧。于是夫入见，曰：“将军昨日幸许过魏其，魏其夫妻治具，自旦至今，未敢尝食。”武安鄂[⑨]谢曰：“吾昨日醉，忽忘[⑩]与仲孺言。”乃驾往，又徐行，灌夫愈益怒。及饮酒酣，夫起舞属[⑪]丞相，丞相不起，夫从坐上语侵[⑫]之。魏其乃扶灌夫去，谢丞相。丞相卒饮至夜，极欢而去。

丞相尝使籍福请[⑬]魏其城南田。魏其大望[⑭]曰：“老仆虽弃，将军虽贵，宁可以势夺乎！”不许。灌夫闻，怒，骂籍福。籍福恶两人有郤[⑮]，乃谩自好[⑯]谢丞相曰：“魏其老且死，易忍，且待之。”已而武安闻魏其、灌夫实怒不予田，亦怒曰：“魏其子尝杀人，蚡活之。蚡事魏其无所不可，何爱数顷田？且灌夫何与也？吾不敢复求田。”武安由此大怨灌夫、魏其。元光四年春，丞相言灌夫家在颍川，横甚，民苦之。请案[⑰]。上曰：“此丞相事，何请？”灌夫亦持丞相阴事[⑱]，为奸利，受淮南王金，与语言[⑲]。宾客居间[⑳]，遂止，俱解。

【注释】

①有服：有丧服在身。按：依礼法，古人居丧期间不得请客宴饮。②仲孺：灌夫的字。③幸：敬语，表示承蒙得此荣幸。临况（kuàng）：犹言“光临”。况，通“贶”，赐予。④解：借口。⑤帐（zhāng）具：张罗准备。帐，通“张”，下文亦同。⑥平明：天亮时分。⑦不怿（yì）：不高兴。⑧殊：极，甚。⑨鄂：通“愕”，惊愕。⑩忽忘：疏忽忘记。⑪属（zhǔ）：邀请。⑫侵：冒犯。⑬籍福：人名，田蚡家臣。请：索要的客气说法。⑭大望：大为怨恨。⑮恶（wù）：不愿意。郤（xì）：通“隙”，嫌隙，裂痕。⑯谩（mán）：欺骗。自好：自编好话。⑰案：用作动词，立案查办。⑱阴事：不可告人的坏事。⑲受淮南王金，与语言：建元二年（前139年）淮南王刘安入朝，时武帝初即位，未立太子，田蚡为太尉，戏言安日后当为天子。安大喜，厚赠田蚡金。后刘安谋反事泄，遂自杀，后文亦有提及。⑳居间（jiān）：于双方之间调解或说合。

夏，丞相取燕王女[①]为夫人，有太后诏，召列侯宗室皆往贺。魏其侯过灌夫，欲与俱。夫谢曰：“夫数以酒失得过[②]丞相，丞相今者又与夫有郤。”魏其曰：“事已解。”强与俱。饮酒酣，武安起为寿[③]，坐皆避席伏[④]。已魏其侯为寿，独故人避席耳，余半膝席。灌夫不悦。起行酒，至武安，武安膝席曰："不能满觞。"夫怒，因嘻笑曰："将军贵人也，属之[⑤]！"时武安不肯。行酒次至临汝侯[⑥]，临汝侯方与程不识耳语[⑦]，又不避席。夫无所发怒，乃骂临汝侯曰："生平毁程不识不直一钱，今日长者为寿，乃效女儿呫嗫[⑧]耳语！"武安谓灌夫曰："程李俱东西宫卫尉，今众辱程将军，仲孺独不为李将军地[⑨]乎？"灌夫曰："今日斩头陷匈[⑩]，何知程李乎？"坐[⑪]乃起更衣，稍稍去。魏其侯去，麾[⑫]灌夫出。武安遂怒曰："此吾骄[⑬]灌夫罪。"乃令骑留灌夫。灌夫欲出不得。籍福起为谢，案灌夫项[⑭]令谢。夫愈怒，不肯谢。武安乃麾骑缚夫置传舍[⑮]，召长史[⑯]曰："今日召宗室，有诏。"劾灌夫骂坐不敬，系居室[⑰]。遂按其前事，遣吏分曹[⑱]逐捕诸灌氏支属，皆得弃市[⑲]罪。魏其侯大媿，为资使宾客请[⑳]，莫能解。武安吏皆为耳目，诸灌氏皆亡匿，夫系，遂不得告言武安阴事。

于是上使御史簿责魏其所言灌夫[㉑]，颇不雠[㉒]，欺谩，劾系都司空[㉓]。孝景时，魏其常受遗诏，曰"事有不便，以便宜论上[㉔]"。及系，灌夫罪至族，事日急，诸公莫敢复明言于上。魏其乃使昆弟子上书言之，幸得复召见。书奏上，而案尚书，大行[㉕]无遗诏。诏书独藏魏其家，家丞封[㉖]。乃劾魏其矫[㉗]先帝诏，罪当弃市。五年[㉘]十月，悉论[㉙]灌夫及家属。魏其良久乃闻，闻即恚，病痱[㉚]，不食欲死。或闻上无意杀魏其，魏其复食，治病，议定[㉛]不死矣。乃有蜚语为恶言闻上，故以十二月晦论弃市渭城[㉜]。

【注释】

①取：通"娶"。燕王女：燕康王刘嘉之女。②得过：得罪。③寿：用作动词，祝酒。④避席：即站立，汉代尚无桌椅之设，人们一般席地而坐，故下文有"膝席"之称。简言之，立为避席，坐为膝席。伏：伏地。⑤属(zhǔ)之：犹言"干(gān)了它"，《汉书》作"毕之"。⑥临汝侯：灌婴之孙灌贤。⑦程不识：汉将，时任长乐卫尉。耳语：附耳低语。⑧呫嗫(chè niè)：叽叽咕咕之意。⑨李将军：指李广，时任未央(西宫)卫尉。

地：余地，代指颜面。⑩斩头陷匈：杀头穿胸，以喻不畏死亡。匈，“胸”的本字。⑪坐：同“座”，指座中人，即其他宾客。⑫麾：掩护。⑬骄：用作动词，使……骄，可译为“骄纵”。⑭案：通“按”，按住。项：脖颈。⑮麾：指挥，命令。骑：骑兵。传（zhuàn）舍：官方所设的馆驿。⑯长（zhǎng）史：官名，汉代三公（丞相、太尉、御史大夫）府都设有长史，掌文字秘书之职。⑰系（xì）：拘押，下同。居室：汉代少府属下的监狱，亦称“保宫”。⑱分曹：分班，分批。⑲弃市：本指将受刑之人曝尸街头、受公众厌弃的刑惩，后“弃市”专指死刑。⑳请：请和，请求宽恕。㉑簿责：按文簿逐条稽查。魏其所言灌夫：指窦婴为灌夫求情之事，引发武帝、百官的“东廷辩论”，此段情节正文中作了省略，可参见文后“笺释二”。㉒不雠（chóu）：不合。㉓劾系：审查罪行，予以拘禁。都司空：宗正属官，负责诏狱（皇帝交审的案件）。㉔以便（biàn）宜论上：以非常规的程序直接向皇帝上奏论事。便宜，犹“灵活处置”之意。㉕案：稽查。尚书：本少府属官，武帝因尚书在皇帝左右办事，使其掌管文书奏章。凡诏书一式两份，分别由当事人和尚书保管。大行：对死去皇帝的称呼，此指汉景帝。㉖家丞：即管家。封：盖印封存。㉗矫：伪造，假托。㉘五年：元光五年，即前130年。㉙论：酌情定罪，此指判以处决。㉚恚（huì）：怨怒。痱（féi）：偏瘫、中风之病。㉛议定：指窦婴坚信自己的预料。㉜晦：农历每个月的最后一天。按：汉代常在立春时大赦天下，田蚡及早杀死窦婴，恐其被赦。渭城：地名，在今陕西咸阳市。

其春[①]，武安侯病，专呼服谢罪。使巫视鬼者视之，见魏其、灌夫共守，欲杀之。竟死。子恬嗣。元朔三年[②]，武安侯坐衣襜褕[③]入宫，不敬。

淮南王安谋反觉[④]，治。王前朝，武安侯为太尉，时迎王至霸上[⑤]，谓王曰：“上未有太子，大王最贤，高祖孙，即宫车晏驾[⑥]，非大王立当谁哉！”淮南王大喜，厚遗金财物。上自魏其时不直[⑦]武安，特为太后故耳。及闻淮南王金事，上曰：“使武安侯在者，族矣。”

太史公曰：魏其、武安皆以外戚重，灌夫用一时决策[⑧]而名显。魏其之举以吴楚，武安之贵在日月之际[⑨]。然魏其诚不知时变[⑩]，灌夫无术而不逊，两人相翼⑪，乃成祸乱。武安负贵⑫而好权，杯酒责望，陷彼两贤。呜呼哀哉！迁怒及人⑬，命亦不延。众庶不载，竟被恶言⑭。呜呼哀哉！祸所从来⑮矣！

据中华书局三家注《史记》卷一百零七

【注释】

①其春：元光五年（前130年）春。按：此时汉代使用的尚是秦历，以农历十月为年首，故一年的第一季度是冬季，第二季度才是春季。②元朔三年：前126年。③武安侯：此指田蚡之子田恬。本文其余各处皆指田蚡。坐：坐罪，因……获罪。襜褕（chān yú）：古代一种单衣，为非正式的着装。唐司马贞《史记索隐》："襜，尺占反。褕音踰。谓非正朝衣，若妇人服也。"④淮南王安谋反：事发在武帝元狩元年，前122年。觉：被发现，败露。⑤霸上：地名，即灞水西岸的白鹿原，在今西安市长安区。⑥宫车：代指皇帝。晏驾：离世。⑦自魏其时："自魏其与武安纠纷时起"的意思。不直：不认同，意即开始猜忌。直，用作动词，以……为直。⑧用：因为。一时决策：指灌夫冲驰吴军壁垒为父报仇之事。⑨日月之际：指武帝初即位，其母王太后掌实权之时。日，喻武帝。月，喻太后。⑩不知时变：指窦婴不知时局变化，忽视了窦太后离世、王皇后掌权这一朝局变化。⑪相翼：相卫，相帮衬。⑫负贵：凭借高贵的出身。⑬迁怒及人：该句主语为田蚡。人，指窦婴等。⑭"众庶"二句：主语为灌夫。众庶，百姓，众黎民。载（dài），通"戴"，拥戴。⑮祸所从来："祸所从之来"之略。之，指上文分析的这些原因。

【笺释】

一、本文的结构可以分为四个单元：窦婴、田蚡、灌夫三人的生平事迹为三个并列的单元，对窦、田交恶的过程，双方的政治倾轧以及各自最终的结局的叙述为第四单元。

二、第四单元的主体是由三个核心情节构成的，可概括为：窦婴请客，灌夫骂座，东廷辩论。东廷辩论未选入正文，朝廷百僚大多察言观色、明哲保身，唯正直敢言的主爵都尉汲黯、谨慎持重却能教训田蚡的御史大夫韩安国令人印象深刻，于此略作说明。

三、窦婴、灌夫致祸的原因，按照司马迁的总结可归纳为以下几点：

1. 窦婴人品不差，在景帝朝立有大功，且位至丞相，但武帝继位后不审时务，没有明察朝局变化给自身带来的深刻影响，为人做事不够低调，主要受灌夫的牵连。

2. 灌夫一介武夫，不通诗书礼乐，且好酒使气，遇事不能谦逊退让。

3. 田蚡自恃当红的皇族贵戚（武帝之舅父），热衷于权力和地位，眼里不容半粒沙子，是一个惹不起的主儿。

4. 灌夫为祸乡里，不受民众拥戴，自身权势有限，无法率先告发田蚡与淮南王之“阴事”，其死也是咎由自取。

四、掌握必要的古代文化常识，也是有效读通、读懂一篇文言文的要紧前提。如文中“避席”“膝席”的含义，相关读物大多解释为“离开席位”“跪坐席上”等，既含混又生硬，因为离开席位恐给人一种中途离场的错觉。如果结合古代的家居文化，就可以知道桌椅的产生或在晚唐，大规模的民间使用是在宋代，中唐以前的中国人都是席地而坐的。还有就是饮酒文化，对方敬酒，被敬的在座者怎样回应才算合适呢？简言之，避席—起立—示敬，膝席—稳坐—不敬，这样才能准确把握住灌夫缘何会在丞相大喜的婚宴上大动肝火，最终导致灭族这一关键点。

（三）东汉散文

班　固（32 年— 92 年）

字孟坚，扶风安陵（今陕西咸阳市东北）人，东汉著名史学家、文学家。他出身于儒学世家，其父班彪、伯父班嗣，皆为当时著名学者。在家庭的熏陶下，班固九岁即能属文，诵诗赋，十六岁入太学，于九流百家之言无所不通。汉明帝时任兰台令使，永平（汉明帝年号，58 年—75 年）中受诏撰写《汉书》，在其父班彪遗稿的基础上，前后历时二十余年，于建初（汉章帝年号，76 年—84 年）中基本著成（未完成的八表及天文志，其死后由班昭和马续先后补成）。汉和帝永元元年（89 年），随大将军窦宪率军北伐匈奴，获胜后受命撰写《封燕然山铭》，刻于其山之巅，留下“燕然勒铭”的千古佳话。92 年，窦宪因谋反事败被杀，班固连坐免官，后又为仇家洛阳令种（chóng）竞所谮，入狱而死，时年六十一岁。他在史学上，与司马迁并称为“班马”；在文学上，是“汉赋四大家”之一，《两都赋》开创了京都赋的先例，列入《文选》第一篇；他的《咏史》

诗，为现存最早的有作者署名的文人五言诗；作为经学理论家，他还著有《白虎通义》等。《汉书》记载西汉一代二百三十年之历史（前206年—25年，含王莽新朝），凡百篇，计有十二纪、八表、十志、七十列传。它将《史记》之“本纪”省称“纪”，“列传”省称“传”，“书”改曰“志”，取消“世家”并入传，遂为后世正史通例。

艺文志（节录）

【题解】

《艺文志》是在西汉刘歆《七略》（《辑略》《六艺略》《诸子略》《诗赋略》《兵书略》《术数略》《方技略》）的基础上写成的，著录了当时流传可见的各类书籍，为我国图书目录学的渊薮，并论述了汉代及其以前学术思想的源流派别，是我国第一个关于文化学术的专门史总纲。本文节选了其中开篇的导言和《六艺略》《诸子略》之总论等部分，删除了文中所著录的相关书目。

昔仲尼没而微言①绝，七十子丧而大义乖②。故《春秋》分为五③，《诗》分为四④，《易》有数家之传⑤。战国从衡⑥，真伪分争，诸子之言纷然殽乱⑦。至秦患之，乃燔⑧灭文章，以愚黔首⑨。汉兴，改秦之败，大收篇籍，广开献书之路。迄孝武世，书缺简脱，礼坏乐崩，圣上喟然而称曰：“朕甚闵⑩焉！”于是建藏书之策，置写书之官，下及诸子传说，皆充秘府⑪。至成帝时，以书颇散亡，使谒者⑫陈农求遗书于天下。诏光禄大夫⑬刘向校经、传、诸子、诗赋，步兵校尉任宏校兵书，太史令尹咸校数术⑭，侍医李柱国校方技⑮。每一书已，向辄条⑯其篇目，撮其指意⑰，录而奏之。会向卒，哀帝复使向子侍中奉车都尉歆卒⑱父业。歆于是总群书而奏其《七略》，故有《辑略》，有《六艺略》，有《诸子略》，有《诗赋略》，有《兵书略》，有《术数略》，有《方技略》。今删其要，以备篇籍⑲。

【注释】

①微言：精要微妙之言。②七十子：孔门弟子有成就者七十二人，此举其成数，故言七十。乖：谬误。③《春秋》分为五：先秦时为《春秋》作传

者共五家：左氏、公羊氏、穀梁氏、邹氏、夹氏。后两者之书今不存。④《诗》分为四：即齐、鲁、毛、韩四家诗。⑤《易》有数家之传：自孔子为《易经》作七种十篇的“十翼”之后，其弟子卜商（子夏）、再传弟子馯臂子弓，以及荀子及其弟子都有为《易经》作传的记载，故曰。⑥从（zòng）衡：即“纵横”，合纵连横之略，本指战国时代各国的外交军事策略，此指学术思想混乱不堪。⑦殽（xiáo）乱：意同“混乱”。殽，通“淆”。⑧燔（fán）：焚烧，此指秦代的焚书。⑨黔首：秦代对平民百姓的称呼。⑩闵：通“悯”，同情并伤感。⑪秘府：古时称禁中藏书秘记之所。刘歆《七略》记之曰：“外则有太常、太史、博士之藏，内则有延阁、广内、秘室之府。”⑫谒者：官名，秦汉时掌宾赞受事，为天子传命之官。⑬光禄大夫：官名，汉代掌顾问应对，隶于光禄勋。⑭数术：亦作“术数”，古代关于天文、历法、占卜的学问。⑮侍医：为帝王及皇室成员治病的宫廷医师，后世称为太医、御医。方技：亦作“方伎”，医药及养生之类的技术。⑯条：用作动词，作成条目。⑰撮：总括，辑要。指意：犹“旨意”，宗旨大义。⑱卒：完成。⑲删其要：删去浮冗、取其指要之意。备，使完备。篇籍，指上述文章、典籍。

……凡六艺[①]一百三家，三千一百二十三篇。

六艺之文：《乐》以和神[②]，仁之表也；《诗》以正言[③]，义之用也；《礼》以明体[④]，明者著见，故无训[⑤]也；《书》以广听[⑥]，知之术也；《春秋》以断事，信之符也。五者，盖五常[⑦]之道，相须而备，而《易》为之原[⑧]。故曰“《易》不可见，则乾坤或几乎息矣[⑨]”，言与天地为终始也。至于五学[⑩]，世有变改，犹五行之更[⑪]用事焉。古之学者耕且养[⑫]，三年而通一艺，存其大体，玩经文而已，是故用日少而畜德多，三十而五经立也。后世经传既已乖离[⑬]，博学者又不思多闻阙疑之义[⑭]，而务碎义逃难，便辞巧说，破坏形体[⑮]；说五字之文，至于二三万言[⑯]。后进弥以驰逐[⑰]，故幼童而守一艺，白首而后能言[⑱]；安其所习，毁所不见，终以自蔽[⑲]。此学者之大患也。序六艺为九种[⑳]。

【注释】

①六艺：此指以《易》《书》《诗》《礼》《乐》《春秋》六种经典为代表的儒家著作的统称，除此以外尚有《论语》《孝经》《孟子》等。②和神：和悦心神。③正言：规范言论。④明体：指明行为。⑤无训：无须过分训示。⑥广听：增广见闻。⑦五常：犹上文所言之“仁、义、礼、智、信”。⑧原：本原。⑨“故曰”句：引自《周易·易传·系辞上》。几乎，近乎。息，停息，息灭。⑩五学：《乐》至汉已佚，六艺少一，故曰五学。⑪更（gēng）：交替。⑫耕：喻苦读。养：蕴藉涵养。⑬乖离：错谬且悖离。⑭多闻阙疑之义：《论语》子曰“多闻阙疑，慎言其余，则寡尤”，是说为学之道，首要在于广识博见，有疑则留阙待究，谨言慎行则可减少犯错。⑮“而务”三句：指当世之传经者，其对经籍的理解支离破碎而逃避别人的问难，巧为言辞却破坏了文字本身的形体构造。便（biàn）辞，华而不实之辞。⑯说五字之文，至于二三万言：汉儒解经之风渐趋烦冗，如名曰秦近君者注释《尚书·尧典》之“曰若稽古”四字，竟然用了三万字，见桓谭《新论》。⑰驰逐：指驰骋文字、追逐此风。⑱“故幼童”二句：指由幼及长只学六艺之一，老了也只会这一艺。⑲“安其所习”三句：安守于自己熟知的，诋毁自己未曾见闻的。自蔽，自我遮蔽，囿于己见。⑳九种：在上文省略处，凡为《易》《书》《诗》《礼》《乐》《春秋》《论语》《孝经》及小学等九种学问。

……右①儒五十三家，八百三十六篇。

儒家者流②，盖出于司徒③之官，助人君顺阴阳④、明教化者也。游文⑤于六经之中，留意于仁义之际，祖述⑥尧舜，宪章文武⑦，宗师仲尼，以重⑧其言，于道最为高。孔子曰：“如有所誉，其有所试⑨。”唐虞之隆，殷周之盛，仲尼之业，已试之效者也。然惑者既失精微，而辟者⑩又随时抑扬，违离道本⑪，苟以哗众取宠。后进循之，是以《五经》乖析⑫，儒学寖衰⑬，此辟儒之患⑭。

【注释】

①右：古人书写自上而下、自右至左，“右”即“上文”“前文”之意。②流：流派，派别。③司徒：官名，相传少昊始置，唐虞因之。周时为六卿之一，曰地官大司徒，掌管国家的土地和人民的教化。④阴阳：指天时节气

变化、君臣男女伦理诸事。⑤游文：潜心于文字。⑥祖述：继承，因循。祖，始也。述，修也。⑦宪章：效法。宪，法也。章，通“彰”，明也。文武：周文王、周武王之合称。⑧重（zhòng）：引重。⑨“孔子曰”以下：引自《论语·卫灵公》篇，意为“人有所称誉者，必试之以事，以观其实效”。⑩辟者：暗邪不正者。辟，通“僻”，偏僻不正。按：下文“辟儒”，同此。⑪道本：儒家之道的根本。⑫乖析：悖离且破碎。⑬寖（jìn）衰：逐渐衰败。寖，“浸”的古字。⑭患：祸患。

……右道三十七家，九百九十三篇。

道家者流，盖出于史官，历记成败存亡祸福古今之道，然后知秉要执本①，清虚以自守②，卑弱以自持③，此君人④南面之术也。合于尧之克攘⑤，《易》之嗛嗛⑥，一谦而四益⑦，此其所长也。及放者⑧为之，则欲绝去礼学，兼弃仁义，曰“独任⑨清虚可以为治”。

【注释】

①秉要执本：把握要点，坚守根本。②清虚以自守：道家推崇冲虚涵蕴，认为谷神、玄牝为道的体现，主张“见素抱朴”“少私寡欲”。可参见本书第四章《老子》相关部分，下同。③卑弱以自持：道家提倡柔能克刚，强调谦逊退让。④君人：为人之君。君，用作动词，为动。⑤合于尧之克攘(ràng)：《尚书·尧典》说尧帝之德是“允恭克让”（确实恭敬且能礼让），这与道家的精神相吻合。克，能够。攘，通“让”。⑥《易》之嗛嗛(qiān)：《周易·谦卦》初六爻辞曰“谦谦君子，用涉大川”。此指《周易》里有谦之又谦的精神。嗛，通“谦”。⑦四益：四种好处，犹《谦卦》彖辞所言：“天道亏盈而益谦，地道变盈而流谦，鬼神害盈而福谦，人道恶盈而好谦。”⑧放者：放纵而不知自敛者。⑨任：采用。

……右阴阳二十一家，三百六十九篇。

阴阳家者流，盖出于羲和①之官，敬顺昊天②，历象③日月星辰，敬授民时④，此其所长也。及拘者⑤为之，则牵于禁忌，泥于小数⑥，舍人事而任⑦鬼神。

【注释】

①羲和：羲氏与和氏的并称。尧帝曾命羲仲、羲叔，和仲、和叔两对兄

弟分驻四方，以观天象，并制历法。《尚书·尧典》："乃命羲和，钦若昊天，历象日月星辰，敬授民时。"按：钦，敬也。若，顺也。②昊（hào）天：犹"皇天"。昊，广大也。③历象：此处用作动词，推历观象。历，指历法之书。象，天象，天体在星空中运行的景象。④敬：审慎。时：各种时节、节气、农时等，如年、月、日、晦、朔、弦、望、四季、二十四节气等。⑤拘者：拘谨刻板者。⑥泥（nì）：局限。小数：犹"小术"，小伎俩。⑦任：信任，一说听凭。

……右法十家，二百一十七篇。

法家者流，盖出于理官[①]。信赏必罚[②]，以辅礼制。《易》曰"先王以明罚饬法[③]"，此其所长也。及刻者[④]为之，则无教化，去仁爱，专任刑法而欲以致治[⑤]，至于残害至亲，伤恩薄厚。

【注释】

①理官：审理刑狱的官员，犹执掌刑法之官。②信赏必罚：颜师古注"有功必赏，有罪必罚"。③"《易》曰"句：出自《周易·噬嗑卦》象辞。饬（chì），整顿，《周易》作"敕"。按：文言中饬、敕二字可相互假借。④刻者：刻薄无仁者。⑤致治：达到清明政治。

……右名七家，三十六篇。

名家者流，盖出于礼官[①]。古者名位不同，礼亦异数[②]。孔子曰："必也正名乎！名不正则言不顺，言不顺则事不成[③]。"此其所长也。及謷者[④]为之，则苟钩鈲析乱[⑤]而已。

【注释】

①礼官：掌管礼乐、仪式、文化的官员。②异数：异等，不同的等级。③"孔子曰"以下三句：出自《论语·子路》篇，可参见本书前第四章第一节《论语·卫君待子》。④謷（jiào）者：亢奋好胜者。⑤苟：随便。钩鈲（pī）：一作"钩鈲（pī）"，指取诡邪之言而损坏正理。钩，取也。鈲、鈲，皆破坏之意。析乱：支离破碎而淆乱人心。

……右墨六家，八十六篇。

墨家者流，盖出于清庙[①]之守。茅屋采椽[②]，是以贵俭；养三老五更[3]，是以兼爱；选士大射[4]，是以上[5]贤；宗祀严父[6]，是以右鬼[7]；顺四时而行，是以非命[8]；以孝视[9]天下，是以上同[10]；此其所长也。及蔽者[11]为之，见俭之利，因以非礼，推兼爱之意，而不知别亲疏。

【注释】

①清庙：即太庙，古代帝王的宗庙。②茅屋采椽：以茅覆屋，以柞（zuò）为椽。茅、采皆用作动词。采，即柞木。③三老五更（gēng）：《礼记·文王世子》“适东序，释奠于先老，遂设三老、五更、群老之席位焉”。郑玄注：“三老、五更各一人也，皆年老更事致仕者也，天子以父兄养之，示天下之孝悌也。”④选士：周代选拔人才的一种制度，录取乡人中德业有成者。《礼记·王制》：“命乡论秀士，升之司徒，曰选士。”大射：为祭祀择士而举行的射礼。《周礼·天官·司裘》：“王大射，则共虎侯、熊侯、豹侯，设其鹄；诸侯则共熊侯、豹侯；卿大夫则共麋侯，皆设其鹄。”郑玄注：“大射者，为祭祀射。王将有郊庙之事，以射择诸侯及群臣与邦国所贡之士可以与祭者。”⑤上：通“尚”，崇尚。按：墨家主张贤者治国，天子不应世袭。⑥宗祀严父：指以家父（一家之主）主持宗庙祭祀。⑦右鬼：墨家信鬼尚神。右，尊尚。⑧非命：指墨家不相信命运，凡事主张人为。⑨视：通“示”。⑩上同：墨家要求万民与在上者意见皆同，上下一心，上同于天志。按：以上概论《墨子》书中《节用》《兼爱》《上贤》《明鬼神》《非命》《上同》诸篇。⑪蔽者：见识片面、眼界狭隘者。

……右从横[1]十二家，百七篇。

从横家者流，盖出于行人[2]之官。孔子曰：“诵《诗》三百，使于四方，不能专对，虽多亦奚以为[3]？”又曰：“使乎！使乎[4]！”言其当权事制宜[5]，受命而不受辞[6]。此其所长也。及邪人为之，则上诈谖[7]而弃其信。

【注释】

①从（zòng）：通“纵”。②行人：官名，掌管朝觐聘问的官。《周礼·秋官·讶士》载有行人之官，“邦有宾客，则与行人送逆之”。春秋、战国时

各国都有设置。汉代大鸿胪属官有行人，后改称大行令。③“孔子曰”以下：引自《论语·子路》篇。春秋时代使者出使各国，吟咏《诗经》诗句作为外交辞令成为惯例。专对，精通专门以应对。④“又曰”以下：引自《论语·宪问》篇，是孔子称赞卫国使臣蘧伯玉的话。⑤权事制宜：灵活、权变而处事得当。⑥受命而不受辞：只接受本国国君之命而不接受他国的外交辞令。⑦上：通“尚”。谖（xuān）：欺诈。

……右杂二十家，四百三篇。

杂家者流，盖出于议官①。兼儒、墨，合名、法，知国体②之有此，见王治之无不贯③，此其所长也。及荡者④为之，则漫羡而无所归心⑤。

【注释】

①议官：即言官、谏官，掌管谏议之官。②国体：国家的典章制度。一说为国家的体统、体面。③见（xiàn）：通“现”，彰显。王治：正统的统治。无不贯：对各种学说无不贯通。④荡者：轻浮不持重者。⑤漫羡（yǎn）：犹漫衍，牵涉极广而无准则。无所归心：心无归所。

……右农九家，百一十四篇。

农家者流，盖出于农稷①之官。播百谷，劝②耕桑，以足衣食，故八政③一曰食，二曰货。孔子曰“所重民食④”，此其所长也。及鄙者⑤为之，以为无所事⑥圣王，欲使君臣并耕，悖⑦上下之序。

【注释】

①农稷：对农业的别称。按：周人的始祖弃为尧舜的稷官（专治稼穑农业之官），号曰“后稷”。②劝：鼓励。③八政：古代国家施政的八大方面，《尚书·洪范》载“八政：一曰食，二曰货，三曰祀，四曰司空，五曰司徒，六曰司寇，七曰宾，八曰师”。食，位列第一，可见其重要性。④“孔子曰”此句：引自《论语·尧曰》篇，大意是：粮食为民生之本。⑤鄙者：见识粗野者。⑥无所事：没有为……做事的必要。⑦悖（bèi）：惑乱。

……右小说十五家，千三百八十篇。

小说家者流，盖出于稗官①。街谈巷语，道听涂说者之所造也。

孔子曰："虽小道，必有可观者焉，致远恐泥，是以君子弗为也[②]。"然亦弗灭也。闾里小知者之所及，亦使缀[③]而不忘。如或一言可采，此亦刍荛[④]狂夫之议也。

【注释】

①稗（bài）官：颜师古注"稗官，小官。如淳曰：《九章》'细米为稗'。街谈巷说，其细碎之言也。王者欲知闾巷风俗，故立稗官使称说之"。按：稗，俗称稗子，其形极似稻禾，其实细小，人不能食，故以形容卑下。②"孔子曰"以下：引自《论语·子张》篇，但今本《论语》作"子夏曰"，"弗为"作"不为"。泥（nì），凝滞不通。③缀：连缀成辞章，犹言"记录"。④刍荛：皆用作动词，割草伐薪。刍（chú），干草。荛（ráo），薪也，柴火。按：刍荛，后为"割草伐薪者"的雅称，常为出身低下者的谦称，或代指底层劳动人民。

凡诸子百八十九家，四千三百二十四篇。

诸子十家，其可观者九家[①]而已。皆起于王道既微，诸侯力政[②]，时君世主，好恶殊方[③]，是以九家之术蜂出并作，各引一端，崇其所善，以此驰说，取合诸侯。其言虽殊，辟[④]犹水火，相灭亦相生也。仁之与义，敬之与和，相反而皆相成也。《易》曰："天下同归而殊涂，一致而百虑[⑤]。"今异家者[⑥]各推所长，穷知究虑[⑦]，以明其指，虽有蔽短[⑧]，合其要归[⑨]，亦《六经》之支与流裔[⑩]。使其人遭明王圣主，得其所折中[⑪]，皆股肱[⑫]之材已。仲尼有言："礼失而求诸野[⑬]。"方今去圣久远，道术缺废，无所更索[⑭]，彼九家者，不犹愈于[⑮]野乎？若能修六艺之术，而观此九家之言，舍短取长，则可以通万方之略[⑯]矣。

据中华书局颜师古注《汉书》卷三十

【注释】

①九家：除小说家以外的九家。②力政（zhēng）：犹"力征"，用力征伐。③殊方：不同的方法、方向或旨趣。④辟（pì）："譬"的本字，此作"譬如"讲。⑤"《易》曰"以下：引自《周易·易传·系辞下》。归，归宿，

目的地。致，目标。虑，思考，想法。⑥异家者：指诸子不同流派之间。⑦穷知（zhì）究虑：用尽心思。穷、究，都是竭尽之意。知，通“智”。⑧蔽短：犹“护短”。⑨要归：要点和旨归。⑩支：分支。流裔：末流。颜师古注：“裔，衣末也。其于《六经》，如水之下流，衣之末裔。”⑪折中：调节使适中。⑫股肱（gōng）：大腿和上肘，以喻得力辅助。⑬野：指民间。⑭更索：更新和查找。⑮愈（yù）于：强于，胜于。⑯万方：指所有思想流派。略：要略，重点。

【笺释】

一、《艺文志》并非班固一人才力所为，他是在继承司马谈《论六家要旨》、刘向《别录》、刘歆《七略》等基础之后，重新辑录兰台藏书，再统一定论而成文的。

二、《艺文志》体制虽然大体依循《七略》之布局结构，但仍有修改和增补，全篇大貌如下：

1. 导言之后是《六艺略》。《六艺略》首列《易经》书目及其分论，以下的书日和分论依次是《尚书》《诗经》《礼》《乐》《春秋》《论语》《孝经》及小学，然后是《六艺略》总论（见上文）。

2.《诸子略》之书目、分论、总论，为第二部分，分论、总论详见上文。

3.《诗赋略》有书目和总论，类别依次有骚体赋、散体赋、孙卿赋（即荀卿之赋及汉代类似者）、杂赋、歌诗。

4.《兵书略》有书目，各派尚有简要分论，依次为权谋家、形势家、阴阳家、技巧家，最后是总论。

5.《术数略》有书目、分论、总论，各派有：天文、历谱、五行、著龟、杂占、形法。

6.《方技略》有书目，亦有分论、总论，各派有：医经、经方、房中、神仙。

丙吉传

【题解】

《汉书》卷七十四（列传四十四）是汉宣帝时期两位著名丞相魏相和丙吉的合传。本文选录其中关于丙吉的部分，故名《丙吉传》。文中详细记载了丙吉为狱守时救助尚在襁褓之中的武帝曾孙刘病已以及迎立其即帝位并居功不宣等事迹，赞扬了他忠贞仁厚、宽怀大度的优秀品质，以及作为一代贤相宽待下属、关切民瘼的几件小事。文后还顺述了其子丙显、其孙丙昌继承爵位的一些情况，乃正史追述传主完整家世的惯例，是传主的身后事，故于此处略去。

丙吉字少卿，鲁国[①]人也。治律令[②]，为鲁狱史[③]。积功劳，稍迁至廷尉右监[④]。坐法失官，归为州从事[⑤]。武帝末，巫蛊事[⑥]起，吉以故廷尉监征，诏治巫蛊郡邸狱[⑦]。时，宣帝生数月，以皇曾孙坐卫太子事系[⑧]，吉见而怜之。又心知太子无事实，重哀曾孙无辜，吉择谨厚女徒[⑨]，令保养曾孙，置闲燥处。吉治巫蛊事，连岁不决。后元二年[⑩]，武帝疾，往来长杨、五柞宫[⑪]，望气者[⑫]言长安狱中有天子气，于是上遣使者分条中都官诏狱系者[⑬]，亡轻重一切皆杀之。内谒者令郭穰[⑭]夜到郡邸狱，吉闭门拒使者不纳，曰："皇曾孙在。他人亡[⑮]辜死者犹不可，况亲曾孙乎！"相守至天明不得入，穰还以闻，因劾奏吉。武帝亦寤[⑯]，曰："天使之也。"因赦天下。郡邸狱系者独赖吉得生，恩及四海矣。曾孙病，几不全者数焉[⑰]，吉数敕[⑱]保养乳母加致医药，视遇[⑲]甚有恩惠，以私财物给其衣食。

后吉为车骑将军军市令[⑳]，迁大将军长史[㉑]，霍光甚重之，入为光禄大夫给事中[㉒]。昭帝崩，亡嗣，大将军光遣吉迎昌邑王贺[㉓]。贺即位，以行淫乱废，光与车骑将军张安世诸大臣议所立，未定。吉奏记光曰："将军事孝武皇帝，受襁褓之属[㉔]，任天下之寄。孝昭皇帝早崩亡嗣，海内忧惧，欲亟闻嗣主。发丧之日以大谊[㉕]立后，所立非其人，复以大谊废之，天下莫不服焉。方今社稷宗庙、群生之命，在将军之一举。窃伏[26]听于众庶，察其所言，诸侯宗室在位列者，未有所闻于民间也。而遗诏所养武帝曾孙名病已、在掖庭外家[27]者，吉前使居郡邸时，见其幼少，至今十八九矣。通经术，有美材，行安而节和[28]。愿将军详[29]大议，参以蓍龟[30]，岂宜褒显，先使入侍[31]，令天下昭然知之，然后决定大策，天下幸甚!”光览其议，遂尊立皇曾孙，遣宗正[32]刘德与吉迎曾孙于掖庭。宣帝初即位，赐吉爵关内侯[33]。

【注释】

①鲁国：为汉代诸侯国，在今山东曲阜一带。②治：学习。律令：法律条令。③狱史：汉代地方决狱的官员。④廷尉右监：廷尉的属官，主管缉拿、逮捕。廷尉，中央统管刑狱的主官。⑤从事：官名，汉代公卿及州郡长官皆自辟僚属，多以从事为称。⑥巫蛊事：即巫蛊之祸。按：武帝征和二年（前91年）丞相公孙贺之子公孙敬声被人告发做巫蛊诅咒武帝，涉事多人被杀，宠臣江充、宦官苏文借机陷害太子刘据。太子以兵欲诛江充，事败反为忤逆，皇后卫子夫、太子刘据相继自杀。事后武帝追悔不已，族杀江充、烧死苏文，建“思子宫”。⑦治：掌管。郡邸狱：汉代中央要求各诸侯王、郡守在京城长安临时所设的监狱，属大鸿胪。⑧皇曾孙：汉宣帝为刘据之孙，武帝曾孙。坐：牵连。卫太子：亦称戾太子，即汉武帝太子刘据，因其母乃卫子夫，故以其母姓称为卫太子。系：收押。⑨谨厚：谨慎忠厚。女徒：服刑的女犯。⑩后元二年：前87年。⑪长杨、五柞（zhà）宫：皆汉代行宫名，两宫都在今陕西周至县。⑫望气者：一种依靠观望云气而预测吉凶祸福的方士。⑬分条：按条记录。中都官诏狱：指京师各直属官署关押钦犯的牢狱，郡邸狱亦在其范围内。系者：被关押的所有人犯。⑭内谒者令：宦官名，掌内外传旨通报之事，多由宦官担任。郭穰（rǎng）：人名。⑮亡（wú）：通“无”。下同。⑯寤（wù）：本意为睡醒，此指醒悟、觉醒。⑰几不全者数焉：在那里好多次几乎活不下来。⑱敕（chì）：上级对下级的命令。⑲视遇：探视和对待。⑳车骑将军军市令：官名，车骑将军属官，负责管理军中市场。㉑长史：汉代三公卿相的属官，负责文书参议等事，参见《史记·魏其武安侯列传》文中注释。㉒光禄大夫给（jǐ）事中：皆官名，意即光禄大夫兼给事中。按：光禄大夫，秩比二千石，掌顾问应对，隶于光

禄勋。给事中，汉代为列侯、将军、谒者等的加官，侍从皇帝左右，备顾问应对、参议政事，因执事于殿中，故名。㉓遣吉迎昌邑王贺：意即派遣丙吉为迎接昌邑王刘贺入京即帝位的使臣。㉔襁褓：指汉昭帝刘弗陵，武帝死时其年仅七岁，故比之在襁褓。属（zhǔ）：嘱托。㉕大谊：正道，大原则。颜师古注："虽无嫡嗣，旁立支属，令宗庙有奉，故云大谊。"㉖窃伏：谦辞，恭敬地俯身。㉗遗诏：指武帝死前大赦天下的诏命。掖庭外家：指宫廷以外的民户。掖庭，宫中旁舍，妃嫔居住的地方，即后宫。㉘行安：行为稳重。节和：气质安和。《周易·易传·系辞下》载"子曰：君子安其身而后动，易其心而后语，定其交而后求"。按：以刘病已嗣位后所为观之，丙吉所言非虚语佞辞。㉙详：详审。㉚蓍（shī）龟：古人以蓍草与龟甲占卜凶吉，因以指占卜。《周易·易传·系辞上》："探赜索隐，钩深致远，以定天下之吉凶，成天下之亹亹（wěi）者，莫大乎蓍龟。"㉛岂：据王先谦《补注》引王念孙语，当通"其"，程度副词，"大概"之意。入侍：古礼，嗣君须入宫侍奉太后。㉜宗正：官名，掌管王室亲族的相关事务，一般多以皇亲任之。㉝关内侯：秦汉二十等爵位的一种，地位仅次于御（列）侯。

吉为人深厚，不伐善①。自曾孙②遭遇，吉绝口不道前恩，故朝廷莫能明其功也。地节三年③，立皇太子，吉为太子太傅，数月，迁御史大夫。及霍氏④诛，上躬亲政，省尚书事⑤。是时，掖庭宫婢则令民夫⑥上书，自陈尝有阿保⑦之功。章下掖庭令考问⑧，则辞引使者⑨丙吉知状。掖庭令将则诣御史府以视⑩吉。吉识，谓则曰："汝尝坐养皇曾孙不谨督笞⑪，汝安得有功？独渭城胡组、淮阳⑫郭征卿有恩耳。"分别奏组等共养劳苦状。诏吉求组、征卿，已死，有子孙，皆受厚赏。诏免则为庶人，赐钱十万。上亲见问⑬，然后知吉有旧恩，而终不言。上大贤之，制诏丞相："朕微眇⑭时，御史大夫吉与朕有旧恩，厥德茂焉。《诗》不云虖？'亡德不报'⑮。其封吉为博阳⑯侯，邑⑰千三百户。"临当封，吉疾病，上将使人加绋⑱而封之，及其生存也。上忧吉疾不起，太子太傅夏侯胜曰："此未死也。臣闻有阴德者，必飨其乐⑲以及子孙。今吉未获报而疾甚，非其死疾也。"后病果愈。吉上书固辞，自陈不宜以空名受赏。上报曰："朕之封君，非空名也，而君上书归侯印，是显朕不德也。方今天下少事，君其专精神，省思虑，近医药，以自持[20]。”后五岁，代魏相为丞相。

吉本起[21]狱法小吏，后学《诗》《礼》，皆通大义。及居相位，上[22]宽大，好礼让。掾史有罪臧[23]，不称职，辄予长休告[24]，终无所案验[25]。客或谓吉曰：“君侯为汉相，奸吏成其私，然无所惩艾[26]。”吉曰：“夫以三公之府有案吏[27]之名，吾窃陋[28]焉。”后人代吉，因以为故事，公府不案吏，自吉始。

于官属掾史，务掩过扬善。吉驭吏耆[29]酒，数逋荡[30]，尝从吉出，醉欧[31]丞相车上。西曹主吏白欲斥[32]之，吉曰：“以醉饱之失去士，使此人将复何所容？西曹地[33]忍之，此不过污丞相车茵[34]耳。”遂不去也。此驭吏边郡人，习知边塞发奔命警备事[35]，尝出，适见驿骑[36]持赤白囊，边郡发奔命书驰来至。驭吏因随驿骑至公车刺取[37]，知虏入云中、代郡[38]，遽归府见吉白状，因曰：“恐虏所入边郡，二千石长吏有老病不任兵马者，宜可豫视[39]。”吉善其言，召东曹案边长吏[40]，琐科条[41]其人。未已，诏召丞相、御史，问以虏所入郡吏[42]，吉具对。御史大夫卒遽[43]不能详知，以得谴让。而吉见谓忧边思职[44]，驭吏力也。吉乃叹曰：“士亡不可容，能各有所长。向使丞相不先闻驭吏言，何见劳勉之有？”掾史繇是[45]益贤吉。

吉又尝出，逢清道[46]群斗者，死伤横道，吉过之不问，掾史独[47]怪之。吉前行，逢人逐牛，牛喘吐舌，吉止驻[48]，使骑吏问：“逐牛行几里矣？”掾史独谓丞相前后失问，或以讥吉，吉曰：“民斗相杀伤，长安令、京兆尹职所当禁备[49]逐捕，岁竟丞相课其殿最[50]，奏行赏罚而已。宰相不亲[51]小事，非所当于道路问也。方春少阳用事[52]，未可大热，恐牛近行[53]，用暑[54]故喘，此时气失节，恐有所伤害[55]也。三公典调和阴阳[56]，职当忧，是以问之。”掾史乃服，以吉知大体。

【注释】

①深厚：深沉厚重。伐：夸耀。②曾孙：指武帝曾孙刘病已，即汉宣帝刘询。③地节三年：前 67 年。地节，汉宣帝年号。④霍氏：指霍光死后的霍

家。按：光之子霍禹与族侄霍山、霍云等意欲谋反，事败，霍家被灭族。⑤省（xǐng）：视察。尚书：官名，汉代时为在皇帝左右掌管文书奏章的侍从官。事：政事，事务。⑥则：人名，汉掖庭宫婢。民夫：则的丈夫。颜师古注："谓未为宫婢时，有旧夫见（xiàn）在俗间者。"⑦阿（ē）保：保护养育。阿，倚也。保，养也。⑧章：诏令。掖庭令：管理掖庭的长官。考问：审问。⑨引：攀供，意即牵引出更多案情。使者：指上文的掖庭令，他奉上命而来故曰使者。⑩将：带领。视：通"示"，对质。⑪坐：犯罪。督笞（chī）：罚以鞭笞之刑。督，责罚。⑫渭城、淮阳：皆地名，一在今陕西咸阳市，一在今河南淮阳县。此就二人的籍贯而言。⑬见问：查问。⑭微眇（miǎo）：喻地位卑微，指宣帝尚在民间、未即位以前。⑮虖：通"乎"。亡，通"无"。此处诗句出自《诗经·大雅·抑》。⑯博阳：地名，在今山东泰安市。⑰邑：食邑。⑱加绋（fú）：指宣帝以为丙吉将死，欲使其强着朝服绋绅，于其家封赠爵禄。绋，系官印的丝带。⑲飨（xiǎng）：本指宴会或祭祀所用或所剩的食品，此处用作动词，遗留。乐（lè）：欢乐，以喻好处，恩惠。⑳持：保重身体。㉑起：出身。㉒上：通"尚"，禀赋。㉓掾（yuàn）史：掾吏、长史等长官僚属的统称。臧："赃"的本字，指犯罪所得的财物等。㉔休告：指官员的休假。㉕案验：查证验实。㉖惩艾（yì）：亦作"惩乂""惩刈"，惩治，惩罚。㉗三公：汉代以丞相、太尉、御史大夫为三公。案吏：谓惩办掾史等下属官吏。㉘窃：谦辞，表示仅代表个人观点。陋：用作动词，意动，以……为下作，意即有失体统。㉙驭吏：驾车之吏。耆：通"嗜"，酷好。㉚逋（bū）：本意为逃亡，此指不在职守。荡：放纵，不知检点。㉛欧：同"呕"。㉜西曹：相府官署名，下文"东曹案边长吏"之"东曹"，类此。白欲斥：告诉（丙吉）并想将其弃逐。斥，驱逐。㉝地：通"第"，暂且。㉞车茵：车上的坐垫。㉟边塞发奔命警备事：意即边塞所发出的关于战事的紧急情报。奔命，紧急的军报，即下文的"奔命书"。警备事，指战事。㊱驿骑（jì）：乘马送信、传递公文的骑兵。㊲公车：官署名，汉代为卫尉的下属机构，设公车令，掌管宫殿司马门的警卫，各地上书及征召等事宜，皆由此处受理。刺取：刺探。㊳云中、代郡：汉代二郡名，一在今内蒙古中部，一在今山西北部。㊴二千石长吏：指各边境郡守官员。按：汉制，各地郡守、各诸侯国相，秩二千石。豫视：预先检视、准备。㊵案边长吏：审治相府僚属中分管边境事务的责任人。案，治也。边，边境。㊶琐：记录。科条：谓分类整理成条款、纲目。㊷房所入郡吏：即上文所言的边境各郡守长官。㊸卒（cù）：通“猝”，作副词，仓猝间。遽（jù）：立即，即刻。㊹见谓：被称作。忧边思职：忧虑边事，操心职守。㊺繇是：从此。繇，通“由”。㊻清道：宫仆清扫街道之时。颜师古注：“谓天子当出，或有斋祠，先令道路清净。”㊼独：依然，还。㊽止：阻止。驻：停车。㊾禁备：犹戒备。㊿岁竟：年终。课：考核。殿：最后一名。最：第一名。51亲：亲力亲为之略。52少（shào）阳用事：指天气稍暖。少阳，代指春季。53恐：担忧。近行（xíng）：指牛在离家不远处被肆意赶着奔跑，即上文所言的“逐牛”。54用暑：即中暑。55有所伤害：对节气有所伤害。按：古人敬畏天地，丙吉认为这样虐待耕牛会触犯上天，将导致节气失常，影响农业生产。56典：主管。调和阴阳：使阴阳有序，风调雨顺。按：在古代这是丞相的基本职责。

五凤三年[①]春，吉病笃[②]。上自临[③]问吉，曰：“君即有不讳[④]，谁可以自代者?”吉辞谢曰：“群臣行能[⑤]，明主所知，愚臣无所能识。”上固问，吉顿首曰：“西河[⑥]太守杜延年明于法度，晓国家故事，前为九卿十余年，今在郡治有能名。廷尉于定国执宪详平[⑦]，天下自以不冤[⑧]。太仆[⑨]陈万年事后母孝，惇厚备于行止[⑩]。此三人能皆在臣右[⑪]，唯上察之。”上以吉言皆是而许焉。及吉薨[⑫]，御史大夫黄霸为丞相，征西河太守杜延年为御史大夫，会其年老，乞骸骨[⑬]，病免。以廷尉于定国代为御史大夫。黄霸薨，而定国为丞相，太仆陈万年代定国为御史大夫，居位皆称职，上称吉为知人。吉薨，谥曰定侯。

赞曰：古之制名，必繇象类，远取诸物，近取诸身[⑭]。故《经》谓君为元首，臣为股肱[⑮]，明其一体，相待[⑯]而成也。是故君臣相配，古今常道，自然之势也。近观汉相，高祖开基，萧、曹[⑰]为冠，孝宣中兴，丙、魏有声[⑱]。是时，黜陟[⑲]有序，众职修理[⑳]，公卿多称其位，海内兴于礼让。览其行事[㉑]，岂虚虖哉?

据中华书局颜师古注《汉书》卷七十四

【注释】

①五凤三年：前55年。五凤，汉宣帝年号（前57年—前54年）。②笃：

沉重。③临：亲自探视。④不讳：代指死亡的婉辞。⑤行（xíng）能：德行和才能。⑥西河：汉代郡名，属边境要郡，辖地在今陕西、山西、内蒙古黄河沿岸一带。⑦执宪：执法。详平：具体且公平。⑧天下自以不冤：此句犹“天下自此而不冤”，是说全国从此就极少冤狱了。⑨太仆：官名，汉代九卿之一，为天子执御，掌舆马畜牧之事。⑩惇：通“敦”，笃实。备：全面。行止：言行举止。⑪皆在臣右：意即“德才都在我之上”。按：古代崇右，故以右为上、为贵。⑫薨（hōng）：自周代始，人之死亡有尊卑之分。《礼记·曲礼下》：“天子死曰崩，诸侯曰薨，大夫曰卒，士曰不禄，庶人曰死。”按：后代后妃及三品以上达官、命妇之死，皆可称薨。⑬乞骸骨：亦省作“乞骸”，古代官吏自请退职，意谓使骸骨得归葬故乡。⑭“古之制名”以下四句：源自《周易·易传·系辞下》：“古者包牺氏之王天下也，仰则观象于天，俯则观法于地，观鸟兽之文与地之宜，近取诸身，远取诸物，于是始作八卦。”繇，通“由”。象类，万物的各类表象。诸，“之于”的合写。物，客观万物。身，主观自我。⑮《经》：指《尚书》。《尚书·虞书·益稷》：“元首明哉，股肱良哉。”元首，二字均指人之头部，政治化后的含义与君主相当。⑯相待：相互倚仗。⑰高祖：刘邦。开基：建国。萧、曹：萧何、曹参。⑱丙、魏：丙吉、魏相。有声：有声望。⑲黜陟（chù zhì）：指人才的进退，官位的升降。⑳修理：得以修正理顺。㉑行事：指高祖、宣帝及上述大臣君明臣贤，以成清明政治。

【笺释】

一、《汉书》作为“前四史”之一，是古代正史著作的典范，其人物描写纪实不失生动，严谨不乏细致，经常通过细节多方位、多角度地体现一位人物身上的诸多特质。

二、本文在记述丙吉救孤、立帝、隐德等几件大事之后，还补述了他“不案掾史”“驭吏刺取”“驻问牛喘”等几件不登庙堂的小事，进一步凸显出他宽大待人、能识大体的优秀品质。这是一种“以小见大”的写法。

三、文章的最后还记录了丙吉在临终前向汉宣帝推荐继任者的情节，更是彰显出他识人知人、一心为公的贤相风格。这种写法很容易让人联想起三国时蜀相诸葛亮死前安排、评点身后继任者的事迹，此可谓“君子同风”！

文翁传

【题解】

循吏，古称守法循理之贤良官吏。《汉书》继承了《史记》为这一类人物作传、对其政绩进行表彰的优良传统，并使之成为后世修史的通例。《汉书·循吏传》首先有几段综述汉代吏治情况的文字，然后依次记载了文翁、王成、黄霸、朱邑、龚遂、召信臣等六位官员的事迹。本文节选了其中关于文翁的部分。

文翁，庐江舒[①]人也。少好学，通《春秋》，以郡县吏察举[②]。景帝末，为蜀郡守[③]，仁爱好教化。见蜀地辟[④]陋有蛮夷风，文翁欲诱进[⑤]之，乃选郡县小吏开敏有材者张叔等十余人亲自饬厉[⑥]，遣诣京师，受业博士，或学律令。减省少府[⑦]用度，买刀布蜀物，赍计吏以遗[⑧]博士。数岁，蜀生皆成就还归，文翁以为右职[⑨]，用次[⑩]察举，官有至郡守刺史者。

又修起学官[⑪]于成都市中，招下县子弟以为学官弟子，为除更繇[⑫]，高者以补郡县吏，次为孝弟力田[⑬]。常选学官僮子，使在便坐受事[⑭]。每出行县[⑮]，益从学官诸生明经饬行者[⑯]与俱，使传教令，出入闺阁[⑰]。县邑吏民见而荣之，数年，争欲为学官弟子，富人至出钱以求之。繇是[⑱]大化，蜀地学于京师者比[⑲]齐鲁焉。至武帝时，乃令天下郡国皆立学校官，自文翁为之始云。

文翁终[⑳]于蜀，吏民为立祠堂，岁时祭祀不绝。至今巴蜀好文雅[㉑]，文翁之化也。

据中华书局颜师古注《汉书》卷八十九

【注释】

①庐江：汉代郡名，郡治在舒县（今安徽庐江县）。②察举：汉代选拔官吏的制度，由官吏举荐，经过考核任以官职。③蜀郡：汉代郡名，郡治即今成都市。守：郡长官，全称为郡守或太守。④辟（pì）：通“僻”。⑤诱进：引

导其进步。⑥开敏：开通机敏。饬厉：告诫勉励。⑦少府：代指蜀郡下辖各县，也可用作县尉的代称。⑧赍（jī）：携带，此处为使动用法，使……携带。计吏：州郡掌簿籍并负责向中央汇报的官员。遗（wèi）：赠送。⑨右职：犹言高职。⑩用次：按照等级。⑪学官：学校的房舍。⑫除：免除。更繇（gēng yáo）：即“更徭”，更番戍守边境的徭役。繇，通“徭”。⑬弟（tì）：通“悌”，敬爱兄长，亦泛指敬重尊长。力田：努力耕田，意即勤于农事。⑭便（biàn）坐：谓坐于正廷以外的别室。受事：接受差事。⑮行县：巡视属县。⑯益：增加。从学官：在学官校舍学习。明经：精通六经之业。饬行：行为谨严。⑰闺阁（gé）：内室小门，此指文翁自己的住所。⑱繇（yóu）是：从此。繇，通“由”。⑲比：相等。⑳终：终老。㉑文雅：此指文教。贾谊《新语·道基》：“乃调之以管弦丝竹之音，设钟鼓歌舞之乐，以节奢侈，正风俗，通文雅。”

【笺释】

一、相比黄河中下游等中原地区，川蜀之地偏居西南，开发较晚。文翁的主要政绩是在蜀郡大办官学、力行教化，故可言其为古代开发四川地区教育事业最早之人，后世四川文教发展之成就皆有此始。

二、文翁所表现出的执政理念，如处事宽柔，以民为本，重视文教，树立良好社会风气等，即儒家“仁政”思想之具化。

第七章　煌煌汉赋

一、概述

古人言“赋”，有“赋法”“赋体”二义。前者为一种文学手法，后者则是一种文体。

“赋法”之“赋”，始见《毛诗序》所称《诗经》“六义”之一。南齐刘勰《文心雕龙·诠赋》释云：“《诗》有六义，其二曰赋。赋者，铺也。铺采摛文，体物写志也。”

“赋体”之“赋”，则出于《毛诗训诂传》（简称《毛传》）。《诗经·鄘风·定之方中》，毛传曰：“不歌而诵谓之赋，登高能赋可以为大夫。”此指某类不能配乐歌唱之诗体。《荀子·赋篇》最早以“赋”命篇，已具铺陈、问答、讽喻等形式。汉代以降，作者远承《诗经》“赋法”铺陈之义，近仿楚辞词藻华赡、浪漫恣扬之体，及《赋篇》之格式特点，而为“辞赋”[1]，俗称“汉赋”。故刘勰《诠赋》曰：“赋也者，受命于《诗》人，拓宇于《楚辞》也。”此取其文体之义。

汉赋依其体制及所属时代，可分为骚体赋、散体大赋（或简称汉大赋）和抒情小赋三种。

1. 骚体赋阶段：高祖初年（前206年）—武帝初年（前140年）

其赋体制短小，抒情性强，篇中偏爱用“兮”字，带有显著的楚辞特点，

1　辞、赋固非同源，究其本义，“辞”乃《楚辞》、“赋”则荀卿《赋篇》之类，但在汉代及其以后二者或为一体之二名。

贾谊、淮南小山和司马相如等都有名作。枚乘《七发》承前启后，为骚体赋转向散体大赋之标志。

2. 散体大赋阶段：汉武帝初年——东汉章帝前后，约二百年

此是汉赋发展之鼎盛期，作家作品最盛，有司马相如《子虚赋》《上林赋》，扬雄《甘泉赋》《羽猎赋》、班固《两都赋》诸赋，多描写王朝之强盛、都邑之繁华、物产之丰饶等。

3. 抒情小赋阶段：东汉中叶之后

顺帝后，皇权不振，政治混沌，更有两次“党锢之祸”残害文人。明哲保身之下，作家心态开始改变，创作多在于抒情、议论之短篇小赋。其数量虽不多，却一改辞赋向来颂赞之传统，转为讥讽时事、映射黑暗、寄托郁积等，为六朝抒情辞赋大盛之先声，代表作家有张衡、蔡邕、赵壹、祢衡等。

二、作品

（一）骚体赋

贾　谊（作家简介见本卷第六章）

鹏鸟赋

【题解】

本赋是贾谊谪居长沙时所作。《史记·屈原贾生列传》：“贾生为长沙王太傅，三年，有鸮（xiāo）飞入贾生舍，止于坐隅。楚人命鸮曰‘服’。贾生既以适（zhé）居长沙，长沙卑湿，自以为寿不得长，伤悼之，乃为赋以自广。”《文选》李善注引晋灼语：“《巴蜀异物志》曰：有鸟小如鸡，体有文色，土俗因形名之曰鹏（fú）。不能远飞，行不出域。”鹏，即今俗名猫头鹰者，当时南方风俗认为鹏乃不祥之鸟，至人家，主人则死。此赋假托与鹏鸟问答，抒发自身怀才不遇之抑郁，并借助老庄“齐死生”“等祸福”等出世思想来慰勉自己的心绪。

单阏[①]之岁兮，四月孟夏[②]，庚子[③]日斜兮，鵩集予舍。止于坐隅[④]兮，貌甚闲暇。异物来萃[⑤]兮，私怪其故。发书[⑥]占之兮，谶言其度[⑦]，曰："野鸟入室兮，主人将去。"请问于鵩兮："予去何之？吉乎告我，凶言其灾。淹[⑧]速之度兮，语予其期。"鵩乃叹息，举首奋翼；口不能言，请对以臆[⑨]。

"万物变化兮，固无休息。斡流而迁兮，或推而还[⑩]。形气转续兮，变化而嬗[⑪]。沕穆[⑫]无穷兮，胡可胜言！祸兮福所依，福兮祸所伏[⑬]；忧喜聚门[⑭]兮，吉凶同域。彼吴强大兮，夫差以败；越栖会稽兮，句践霸世。斯游遂成兮，卒被五刑；傅说胥靡兮，乃相武丁[⑮]。夫祸之与福兮，何异纠纆[⑯]；命不可说兮，孰知其极！水激则旱[⑰]兮，矢激则远；万物回薄[⑱]兮，振荡相转。云蒸雨降兮，纠错相纷；大钧播物兮，坱圠无垠[⑲]。天不可预虑兮，道不可预谋；迟速有命兮，焉识其时。

"且夫天地为炉兮，造化为工[⑳]；阴阳为炭兮，万物为铜。合散消息[㉑]兮，安有常则？千变万化兮，未始有极，忽然为人兮，何足控抟[㉒]；化为异物[㉓]兮，又何足患！小智自私兮，贱彼贵我；达人大观兮，物无不可。贪夫殉[㉔]财兮，烈士殉名。夸者[㉕]死权兮，品庶每[㉖]生。怵迫[㉗]之徒兮，或趋西东；大人不曲兮，意变齐同[㉘]。愚士系俗[㉙]兮，窘若囚拘；至人遗物[㉚]兮，独与道俱。众人惑惑兮，好恶积亿[㉛]；真人恬漠兮，独与道息[㉜]。释智遗形兮，超然自丧[㉝]；寥廓忽荒[㉞]兮，与道翱翔。乘流则逝兮，得坻[㉟]则止；纵躯委命兮，不私与己[㊱]。其生兮若浮，其死兮若休[㊲]；澹乎若深泉之静，泛[㊳]乎若不系之舟。不以生故自宝兮，养空[㊴]而浮；德人无累[㊵]兮，知命不忧。细故蒂芥[㊶]兮，何足以疑！"

据上海古籍出版社李善注《文选》卷十三

【注释】

①单阏（chán yān）：卯年的别称。《尔雅·释天》："（太岁）在卯曰单阏。"《史记·天官书》："单阏岁，岁阴在卯，星居子。"②孟夏：夏季的第一个月，即夏历四月。按：古人以孟（伯）、仲、叔、季次序兄弟，以孟、仲、季次序月份。③庚子：干支纪日法，四月庚子日。④坐隅：坐席的一角。

⑤异物：怪物，即鹏鸟。萃：栖也。⑥发书：翻开占卜之书。⑦谶（chèn）：能预示吉凶征兆之语。度：运数。⑧淹：水淹而不能进，故训为“迟”。⑨臆：本指胸，此指主观猜想。⑩斡（wò）：旋转。迁：漂移。还：回流。⑪形：有形之物。气：无形之物。转续：转化延续。嬗（shàn）：通“嬗”，如蝉之蜕变。⑫沕（wù）穆：遥深微远貌。⑬“祸兮”二句：见《老子》五十八章。⑭聚门：喻忧和喜同源同体。⑮“彼吴”以下诸句：分别罗列了夫差、句践、李斯、傅说四位历史人物的事迹。夫差、李斯位高骄逸而亡，福转为祸；句践、傅说身卑奋进而兴，祸转为福。会稽（kuài jī），山名，在今浙江绍兴市。秦秋末吴越相攻，初越为吴所败，越王句践率众被逼困居于会稽山。后十年生聚，十年教训，句践灭吴称霸。游，李斯本楚国人，此指其游于秦以求官，可参见本书第六章《谏逐客书》相关内容。五刑，五种轻重不等的刑法，秦以前为墨、劓、剕（刖）、宫、大辟（斩）。秦汉时为黥、劓、斩左右趾、枭首、菹。傅说（yuè），人名，商代君王武丁的贤相，相传曾为在傅岩筑墙的苦役。胥靡：古代服劳役的刑徒，亦为刑罚名。⑯纠纆（mò）：绳索。李善注：“《字林》曰：‘纠，两合绳；纆，三合绳。’”⑰旱：通“悍”，强劲。⑱回：反转。薄：逼近。⑲大钧：指造化自然。播物：谓化育万物。坱圠（yǎng yà）：漫无边际貌。⑳工：工匠。㉑消息：犹死生。消，灭也。息，生也。㉒忽然：此处作“偶然”讲。控抟（tuán）：把持。《史记》录此赋，司马贞《史记索隐》：“控抟，谓引持而自玩弄，贵生之意也。”㉓异物：死物。㉔殉：以身从物谓之殉。㉕夸者：爱慕虚荣者。㉖品庶：犹“众庶”，众人，大多数人。每：贪也。㉗怵迫：李善注引孟康曰“怵，为利所诱怵也；迫，迫贫贱，东西趋利也”。怵，为利所诱者。迫，为贫所迫者。㉘不曲：不为物欲而屈心。意变齐同：犹“视亿变为齐同”之略。意变，千变万化。意，通“亿”。㉙系俗：为俗见所束缚。㉚遗物：抛弃物欲。㉛惑惑：意即在困惑中迷惑。按：第一个“惑”，动词；第二个“惑”，名词。亿：通“臆”，胸也。㉜息：止归。一说为“生”，亦可。㉝释智遗形：即《庄子·大宗师》所言之“离形去智”。释、遗，皆“放弃”之意。自丧：犹“忘我”。㉞寥廓忽荒：李善注“寥廓忽荒，元气未分之貌也”。忽荒，通“惚恍”。㉟坻（chí）：水中小洲或高地。㊱“纵躯”二句：指将身体、生命托付给“道”，不把它看作自己的私物。㊲“其生”二句：出自《庄子·刻意》“其生若浮，其死若休”。

㊳澹：恬淡，安静。泛：漂流。㊴自宝：自以为很宝贵。养空：道家认为“无”是道的本质，是世界的本原，看重“虚冲”“空虚”，“养空”即涵养空虚之性以守道。浮：洒脱立世。㊵无累：无拖累，不为物役。㊶细故：细小事故。蒂：花或瓜果与枝茎相连的部分。芥：小草。按：此处细故、蒂、芥，均指微不足道之事，即鹏鸟入室之事。

【笺释】

一、《鹏鸟赋》是骚体赋中的名篇，是汉赋从《赋篇》、屈宋作品等向汉大赋过渡过程中具有典型意义的一篇作品，主客问答、“兮”字点缀其中都带有前代作品的痕迹，但叙事性减弱，个人抒情色彩增多，则是骚体赋自身的特色。

二、贾谊年少位高，以改革政事、经国济世为己任，儒生气质明显。然意气风发却受到开国老臣周勃、灌婴等人的排挤，先贬长沙，虽有文帝宣室之召，但难有大用，后谪梁国，终因梁王坠马、引咎郁郁而早逝。坎壈的人生，需要“出尘”的道家思想来调味：“其生兮若浮，其死兮若休；澹乎若深泉之静，泛乎若不系之舟。”浮，指自在随意，不刻意不苛求；休，指安然自足，死生归一。可能对于贾谊而言，人生一世，抛开功名烦恼，反而活得更加淡然恬净，如清泉静流，如木舟自航，仅此而已。这些文字，虽然最终并不能改变什么，却是一副心灵的调节剂，能带给他一段宽慰自适的时光。

（二）散体大赋

枚　乘（？ —前140年）

淮阴（今江苏淮阴市）人，字叔，善辞赋。景帝时为吴王刘濞郎中。濞欲谋反，上书谏而不纳，遂去吴至梁，为梁孝王客。吴楚七国反时，再致书劝刘濞罢兵，以此知名。后景帝召为弘农都尉，以病去官。武帝即位，以安车蒲轮征之，年迈死于途中。《汉书·艺文志》著录其赋共九篇，今存三篇，以《七发》最为有名。

七发（节录）

【题解】

《文选》卷三十四“七体”第一篇就是《七发》，题曰“《七发》八首”，即以吴客问楚太子病之假设为全篇开端，“七发”是指其以下的七答七应。全篇以音乐、饮食、车马、游观、田猎、观涛、方术等七事逐步激起对方兴趣，以方术之士的要言妙道使其“霍然病已”，旨在讽喻公卿贵族放弃腐朽的生活方式，思想问题得到解决才是治病最好的药石。全文规模宏大，词汇详赡，状物细致而张扬，有的描写甚至让人惊心动魄，如“观涛”一节。本赋是汉大赋正式形成的标杆性作品，后世仿作不少，故有“七体”之称。本文选录了开篇的引文和“音乐”“方术”三部分。

楚太子有疾，而吴客往问之，曰：“伏闻太子玉体不安，亦少间[①]乎？”太子曰：“惫！谨谢客。”客因称曰：“今时天下安宁，四宇[②]和平。太子方富于年[③]，意者久耽[④]安乐，日夜无极。邪气袭逆，中若结轖[⑤]。纷屯澹淡，嘘唏烦酲[⑥]。惕惕怵怵，卧不得瞑[⑦]。虚中重听[⑧]，恶闻人声。精神越渫[⑨]，百病咸生。聪明眩曜[⑩]，悦怒不平。久执[⑪]不废，大命[⑫]乃倾。太子岂有是乎？”太子曰：“谨谢客。赖君之力[⑬]，时时有之，然未至于是也。”客曰：“今夫贵人之子，必宫居而闺处，内有保母，外有傅父[⑭]，欲交无所。饮食则温淳甘膬，脭醲[⑮]肥厚。衣裳则杂沓曼暖，燂烁[⑯]热暑。虽有金石之坚，犹将销铄而挺解[⑰]也，况其在筋骨之间乎哉？故曰：纵耳目之欲，恣支体[⑱]之安者，伤血脉之和。且夫出舆入辇，命曰蹷痿之机[⑲]；洞房清宫，命曰寒热之媒[⑳]；皓齿蛾眉，命曰伐性[㉑]之斧；甘膬肥脓，命曰腐肠之药。今太子肤色靡曼[㉒]，四支委随[㉓]，筋骨挺解，血脉淫濯[㉔]，手足堕窳[㉕]；越女侍前，齐姬奉后。往来游燕[㉖]，纵恣于曲房隐间[㉗]之中。此甘餐毒药，戏猛兽之爪牙也。所从来者[㉘]至深远，淹滞[㉙]永久而不废，虽令扁鹊治内，巫咸[㉚]治外，尚何及哉！今如太子之病者，独宜世之君子，博见强识[㉛]，承间语事[㉜]，变度易意[㉝]，常无离侧[㉞]，以为羽翼。淹沉之乐，浩唐之心，遁佚[㉟]之志，其奚由至哉！”太子曰：“诺。病已，请事此言。”客曰：“今太子之病，可无药石针刺灸疗而已，可以要言妙道[36]说而去也。不欲闻之乎？”太子曰：“仆愿闻之。”

客曰：“龙门之桐[37]，高百尺而无枝。中郁结之轮菌，根扶疏[38]以分离。上有千仞之峰，下临百丈之溪[39]。湍流溯波，又澹淡[40]之。其根半死半生，冬则烈风、漂霰[41]、飞雪之所激也，夏则雷霆、霹雳之所感也。朝则鹂黄、鳱鴠鸣焉，暮则羁雌、迷鸟[42]宿焉。独鹄晨号乎其上，鹍鸡[43]哀鸣翔乎其下。于是背秋涉冬，使琴挚斫斩以为琴，野茧之丝以为弦，孤子之钩以为隐，九寡之珥[44]以为约。使师堂操《畅》，伯子牙[45]为之歌。歌曰：‘麦秀蔪兮雉朝飞，向虚壑兮背槁槐，依绝区兮临回溪[46]。’飞鸟闻之，翕[47]翼而不能去；野兽闻之，垂耳而不能行；蚑蟜蝼蚁闻之，拄喙[48]而不能前。此亦天下之至悲也，太子能强起听之乎？”太子曰：“仆病未能也。”

客曰：“将为太子奏方术之士有资略[49]者，若庄周、魏牟、杨朱、墨翟、便蜎、詹何[50]之伦，使之论天下之释微，理万物之是非。孔、老览观，孟子持筹而筭[51]之，万不失一。此亦天下要言妙道也，太子岂欲闻之乎？”于是太子据几而起曰：“涣乎[52]若一听圣人辩士之言。”涊然汗出，霍然[53]病已。

据上海古籍出版社李善注《文选》卷三十四

【注释】

①伏闻：敬辞，多用于臣下对君王的措辞，表示诚惶诚恐地听到。少间(jiàn)：稍微缓解。②四宇：四方。③富于年：指年轻。按：年轻人将来之时日尚多，故曰富于年。④意者：想必。耽：沉溺。⑤“袭逆”两句：谓邪气侵入体内而为逆行。李善注：“言邪气入内而为逆，其坚若结也。”袭逆，犹言侵犯。结轖（sè）：如丝线成结，如车间拥轖。轖，古代车旁用皮革交错结成的障蔽物。⑥纷屯（zhūn）：混乱艰难貌。澹淡：不安貌。嘘唏：通“欷歔”，呻吟之声。烦：烦躁。酲（chéng）：酒醉后神志不清的病态。⑦惕惕怵怵：心神不宁貌。瞑：眠，入睡。⑧虚中：体内虚弱。重（chóng）听：幻听。⑨越渫（xiè）：散乱。⑩聪明眩曜：听觉和视觉恍惚迷乱。⑪久执：长期

保持。⑫大命：敬语，犹“生命”。⑬赖君之力：此句下盖有省略。大意是：依赖国君之力天下太平，使我能享有安乐。⑭宫居、闺处：均指在宫室、深闺之中养尊处优。保母：宫廷或贵族之家负责抚养其子女的妇女。傅父：教育辅导贵族子女的老年男子。⑮温淳：指所饮温润洁净。甘膬（cuì）：指所食香甜爽脆。膬，古同“脆”。脭（chéng）：肥肉，一说精肉。脓（nóng）：通“醲”，味浓的醇酒。⑯杂沓：指衣服厚长拖沓。曼：轻柔。燂（xún）烁（shuò）：均指闷热。⑰销铄（shuò）：熔化。挺解：即解体。⑱恣：恣意，任意。支体：犹“肢体”。⑲蹷（jué）痿：一作“蹶痿”，足病，瘫痪不能行走。机：征兆。⑳寒热之媒：身体发冷发热的媒介。㉑伐性：取命。㉒靡曼：此指肤色苍白、虚弱。李善注引王逸《楚辞章句》注：“靡，细也。曼，泽也。”㉓委随：犹言“萎缩”。李善注：“随，不能屈伸也。”㉔淫（yín）濯：膨胀貌。李善注：“淫濯谓过度而且大也。”淫，“淫”的讹字。㉕堕窳（yǔ）：虚弱无力貌。堕，懈堕也。窳，弱也。㉖燕：“宴”的古字。㉗曲房隐间：即上文的“宫居闺处”之意。㉘所从来者：指身体亏空的状况。㉙淹滞：停滞。㉚扁鹊：春秋时名医，姓秦名越人，因黄帝时有名医扁鹊，故以之为号。巫咸：神巫名，能祝祷为人祛病，亦见于第五章屈原《离骚》诗。㉛强识（zhì）：记忆力强。识，通“志”。㉜承间（jiàn）：伺机。语事：讨论事务。㉝变度（duó）易意：即“变易度意”，改变想法和主意。㉞无离侧：不离身边。㉟淹沉（chén）：沉溺。浩唐：放荡。李善注：“唐，犹荡也。”遁佚：指隐避于事。㊱要言：切要的话。妙道：精妙的道理。㊲龙门：山名，在今陕西韩城市与山西河津市之间。桐：桐树，其材宜制琴瑟。㊳郁结：高隆之貌。轮菌：盘曲貌。扶疏：根茎四处分散貌。㊴仞：长度单位，七尺或八尺。㊵湍流：急速的水流。溯（sù）波：逆流的波浪。澹淡：水波摇荡貌。㊶漂霰（xiàn）：犹“飘霰”，飘飞的雪珠。㊷鹂黄：黄莺。鳱（hàn）鴠（dàn）：鸟名，似鸡，冬无毛，昼夜常鸣。羁雌：失伴的雌鸟。迷鸟：迷失方向的鸟。㊸鹄（hú）：俗称天鹅，似雁而大，颈长善飞。鹍（kūn）鸡：鸟名，似鹤，黄白色。㊹背秋涉冬：秋离冬至。琴挚：春秋时鲁国的太师名挚，以其工琴，谓之琴挚，《论语》里称为“师挚”。野茧：野蚕的茧。孤子：自幼丧父或父母双亡者。按：汉乐府诗中有《孤儿行》。钩：衣带钩。九寡：人名，李善注引《列女传》“鲁之母师，九子之寡母也。不幸早失夫，独与九子居”。张铣

注："钩、珥皆宝也，隐、约皆琴上饰。取孤子寡妇之宝而用之，欲其声多悲声。"㊺师堂：鲁国乐师名，一作"师襄"，字子京，孔子曾向他学琴。《畅》：尧帝时琴曲名，取兼善天下无不通畅之意。伯子牙：即俞伯牙，春秋时楚国之善鼓琴者。㊻秀：麦穗。蕲（jiān）：通"蘄"，麦芒。虚：空也。槁：枯也。绝区：悬崖、断石等危险之处。回溪：曲折的溪流。㊼翕（xī）：合拢。㊽蚑（qí）、蟜（jiǎo）：都是爬行的昆虫。蝼：蝼蛄。蚁：蚂蚁。拄喙（huì）：张大嘴。拄，撑也。喙，鸟兽之嘴也。㊾奏：进言。方术：道术。资略：资量才略。㊿"庄周"以下：此六人即有资略之方士。51筹：记数的用具。筭：同"算"。这几句是说让孔子、老子、孟子对上述这些才智之士进行审核、分析，也不会出现什么差错。52据：扶也。涣乎：振作、清醒貌。53涊（niǎn）然：出汗貌。霍然：犹"豁然"，迅速貌。

【笺释】

一、枚乘此赋影响极大，直接奠定了后世散体大赋的基本特点——以假设情节开篇、主客问答、句式敷陈、辞藻扬厉、想象奇特等。

二、这种"以七事相启发"的格式被后世作家纷纷效仿，如傅毅的《七激》、张衡的《七辩》、崔骃的《七依》、曹植的《七启》、张协的《七命》等，故有"七体"之说。

司马相如（前179年—前117年）

字长卿，蜀郡成都人。景帝时为武骑常侍，会梁孝王来朝，乃托病免官，从枚乘、邹阳等游，至梁为孝王门客。及孝王卒，相如归蜀，于临邛遇寡居之卓文君，携以同奔成都。武帝读相如所作《子虚赋》《上林赋》而善之，同乡杨得意荐之于帝，用为郎。后为中郎将，奉使通西南夷，略定蜀南有功。拜孝文园令，不久卒于家中。他善工辞赋，为汉代大家，除《子虚赋》《上林赋》外，还有《大人赋》《长门赋》等作品，以及散文《喻巴蜀檄》《难蜀父老》《谏猎疏》等。

子虚赋（节录）

【题解】

《子虚赋》与《上林赋》原为一篇，本题为《天子游猎赋》，是司马相如的代表作，也是标志汉大赋成熟的名作，至《文选》始将其分为二篇。《子虚赋》虚构楚国子虚出使齐国，向齐国乌有先生夸耀楚王在云梦泽游猎的盛况。乌有先生不服，二人遂展开辩战。《上林赋》主要描写亡（wú）是公详述汉天子在上林苑校猎的壮观情景，调和齐楚，有强调中央权威的政治意味，并在最后主张修明政治，提倡节俭，意在讽谏。

楚使子虚[①]使于齐，王[②]悉发车骑，与使者出畋[③]。畋罢，子虚过姹[④]乌有先生，亡是公存[⑤]焉。坐定，乌有先生问曰："今日畋乐乎?"子虚曰："乐。""获多乎?"曰："少。""然则何乐?"对曰："仆乐齐王之欲夸仆以车骑之众，而仆对以云梦[⑥]之事也。"曰："可得闻乎?"

子虚曰："可。王车驾千乘，选徒万骑，畋于海滨。列卒满泽，罘网弥[⑦]山，掩兔辚[⑧]鹿，射麋脚麟[⑨]。骛于盐浦[⑩]，割鲜染轮[⑪]。射中获多，矜而自功。顾谓仆曰：'楚亦有平原广泽游猎之地饶乐若此者乎?楚王之猎孰与寡人乎?'仆下车对曰：'臣，楚国之鄙人也，幸得宿卫[⑫]十有余年，时从出游，游于后园，览于有无[⑬]，然犹未能遍睹也，又焉足以言其外泽[⑭]者乎!'齐王曰：'虽然，略以子之所闻见而言之。'

"仆对曰：'唯唯。臣闻楚有七泽，尝见其一，未睹其余也。臣之所见，盖特其小小耳者，名曰云梦。云梦者，方九百里，其中有山焉。其山则盘纡岪郁，隆崇嵂崒[⑮]；岑崟参差，日月蔽亏[⑯]；交错纠纷，上干[⑰]青云；罢池陂陀，下属[⑱]江河。其土则丹青赭垩[⑲]，雌黄白坿[⑳]，锡碧[㉑]金银，众色炫耀，照烂龙鳞[㉒]。其石则赤玉玫瑰[㉓]，琳珉昆吾[㉔]，瑊玏玄厉[㉕]，碝石碔砆[㉖]。其东则有蕙圃[㉗]，衡兰芷若[㉘]，芎䓖昌蒲[㉙]，茳蓠蘪芜[㉚]，诸柘巴苴[㉛]。其南则有平原广泽，登降陁靡[㉜]，案衍坛曼[㉝]。缘以大江，限以巫山[㉞]。其高燥则生葴菥苞荔[㉟]，薛莎青薠[㊱]。其埤湿则生藏莨蒹葭[37]，东蘠雕胡[38]，莲藕觚卢[39]，庵闾轩于[40]，众物居之，不可胜图[41]。其西则有涌泉清池，激水推移，外发芙蓉菱华[42]，内[43]隐钜石白沙。其中则有神龟蛟鼍[44]，玳瑁鳖鼋[45]。其北则有阴林，其树楩楠豫章[46]，桂椒木兰[47]，檗离朱杨[48]，楂梨梬栗[49]，橘柚芬芳。其上则有鹓雏孔鸾[50]，腾远射干[51]。其下则有白虎玄豹，蟃蜒貙犴[52]。'"

据上海古籍出版社李善注《文选》卷七

【注释】

①子虚：子虚同下文的乌有先生、亡是公都是作者虚构的人物。《汉书·司马相如传》："相如以子虚，虚言也，为楚称；乌有先生者，乌有此事也，为齐难（nàn）。亡是公者，亡是人也，欲明天子之义。"②王：此指齐王。③畋（tián）：打猎。④过：过访，造访。姹（chà）：通"诧"，夸耀。⑤存：在也。⑥云梦：楚国大泽名，在今湖北省，横跨长江两岸，江北为梦泽，江南为云泽，广八九百里，后世淤塞，现已不存。⑦罘（fú）网：捕兔网，亦泛指狩猎用的网。弥：满也。⑧掩：用网覆捕。辚：用车轮碾压。⑨脚：用作动词，指抓住其一只脚。麟：雄鹿。⑩骛（wù）：驰骋。盐浦：产盐的海滨。⑪鲜：动物的生肉。染轮：血染车轮。⑫宿卫：在宫禁中值宿，担任警卫。⑬有无：指见到了一部分，表示所见者有限。⑭外泽：相对于上文之"后园"，指宫禁外、更远的泽薮。⑮盘纡岪（fú）郁：山势回绕曲折貌。隆崇：山体高峻貌。嵂（lǜ）崒（zú）：高耸貌。⑯岑崟（yín）：山势险峻貌。蔽亏：日月或蔽或亏，山势高耸不齐之故也。⑰干：犯也。⑱罢（pí）池陂（pō）陀（tuó）：倾斜而下貌。属（zhǔ）：连也。⑲丹：朱砂。青：石青。赭（zhě）：赤褐色之土。垩（è）：白土。⑳雌黄：一种黄色矿物，可作颜料。白坿（fù）：郭璞注引苏林曰"白坿，白石英也。坿，音附"，王先谦《汉书补注》认为是石灰。㉑碧：青色玉石。㉒照烂龙鳞：光彩灿烂有如龙鳞。㉓玫瑰：火齐珠。㉔琳：美玉。珉（mín）：含玉之石。昆吾：山名，其山盛产美石，此处即指此山之石。㉕瑊（jiān）玏（lè）：即"瑊石"。郭璞注引张揖曰："瑊玏，石之次玉者。"玄厉：即"玄砺"，黑色的磨刀石。㉖碝（ruǎn）石：亦作"礝石"，次于玉的美石。碔（wǔ）砆（fū）：同"珷玞"，似玉之石。㉗蕙圃：种植香草之圃。㉘衡兰芷若：四种香草名，分别是杜蘅、兰草、白芷、杜若。㉙芎

(xiōng) 䓖 (qióng)：香草名，叶似芹，秋开白花，有香气，即江蓠。昌蒲：即菖蒲，香草名，生在水边，叶子呈剑形，淡黄色。㉚茳蓠、蘪芜：生在水边的两种香草。茳蓠，即江蓠。蘪芜，即蘼芜，江蓠幼苗也，可食。㉛诸柘(zhè)：即甘蔗。巴苴 (jū)：即芭蕉。㉜登降：指地势起伏不平。陁 (yǐ)靡：地势斜长而又绵延不断的样子。㉝案衍：地势低洼貌。坛曼：平坦宽广貌。㉞巫山：云梦泽中的山名，今作阳台山，在今湖北武汉市。这两句是说云梦泽以长江、巫山为限。㉟葴 (zhēn) 菥 (sī) 苞荔：四种草名。葴，即马蓝。菥，似燕麦。苞，茅草一类。荔，似蒲而小，根可以制刷子。㊱薛(xuē)、莎 (suō)：皆蒿一类的野草。青薠 (fán)：草名，似莎而大，生于江湖之侧，常为雁所食。㊲埤 (pí) 湿：低湿之处。藏 (zāng) 莨 (láng)：即狗尾巴草。蒹：荻也。葭：芦也。㊳东蘠 (qiáng)：即沙蓬，果实近圆形，两面扁平，种子可食，也可榨油。雕胡：即菰 (gū) 米，六谷之一。㊴觚 (gū)卢：即葫芦。一说是菰茭（菰米的嫩茎，今称茭白）和芦笋。㊵奄闾：形如蒿艾，籽实可入药。轩于：亦作"轩芋"，莸 (yóu) 草。㊶图：计算。㊷外：指水面上。发：开花。华 (huā)：通"花"。㊸内：指水中。㊹蛟：传说中深居渊中、能发洪水的龙。鼍 (tuó)：即扬子鳄，也称鼍龙、猪婆龙。㊺玳(dài) 瑁 (mào)：爬行动物，形似龟。鼋 (yuán)：大鳖，常见的为癞头鼋。㊻楩 (pián)、楠 (nán)、豫章：三种乔木名。楠，即楠木。豫章，即"豫樟"，樟木。㊼桂椒：肉桂树和山椒树。木兰：香木名，又名杜兰、林兰，皮似桂而香，状如楠树。㊽檗 (bò)：木名，即黄檗，也称黄柏，落叶乔木。离：通"樆"，即山梨树。朱杨：即赤柳。㊾楂 (zhā)：果木名，种类很多，有楂子、榠楂、山楂等。梬 (yǐng)：即梬枣树。㊿鹓 (yuān) 雏：凤凰的一种。孔：孔雀。鸾：青鸾，凤凰的一种。51腾远：猿猴一类野兽。射 (yè)干：兽名，似狐而小，能缘木。52蟃 (wàn) 蜒 (yán)：郭璞注"蟃蜒，大兽，似狸，长百寻"。貙 (chū)：即貙虎，一种似狸而大的猛兽。一说就是现在的云豹。犴 (àn)：郭璞注"犴，胡地野犬也，似狐而小"。

【笺释】

一、《论语》中记载孔子的"诗教"——子曰："小子何莫学夫《诗》？《诗》可以兴，可以观，可以群，可以怨。迩之事父，远之事君，多识于鸟兽草木之名"，其中"多识于鸟兽草木之名"就言及《诗经》的识字功能，通过学习《诗经》可以认识自然界各种动植物的名称，增广见闻。这种功能于汉大赋中亦不少见，如前文的《七发》及本文。

二、古代汉语几乎一事一物一词，尤其是车、马、服、居、鸟、兽、草、木等社会常见之事物或活动（动词也是如此，兹不赘述）。多数今已弃用，或改为白话名称，如文中所列楠—楠木、樆—山梨树、楂—山楂树、楟—酸枣树等。

扬　雄（前53年—18年）

姓应作杨（《文选》中均作“杨子云”“杨子”），字子云，蜀郡成都人。少好学，为人口吃，博览群书，长于辞赋。年四十余，始游京师，以文见召，奏《甘泉》《河东》《羽猎》《长杨》等赋。成帝时任给事黄门郎。后仕于王莽，为大夫，校书天禄阁。其作品除了赋，还有《法言》《方言》《太玄》《训纂篇》等。

解　嘲（节录）

【题解】

《汉书·扬雄传》：“哀帝时丁（明）、傅（晏）、董贤用事，诸附离（丽）之者或起家至二千石。时雄方草《太玄》，有以自守，泊如也。或嘲雄以玄尚白，而雄解之，号曰解嘲。”解嘲，就是对别人的嘲笑进行解释的意思。西汉哀帝时，外戚丁明、傅晏伙同佞臣董贤专权，小人当道，在政治上排除异己。扬雄的这篇作品正是体现了自己不肯同流合污的正直态度。本文节选了这篇赋的开头和结尾部分。

客嘲杨子曰：“吾闻上世[①]之士，人纲人纪[②]，不生则已，生必上尊人君，下荣[③]父母。析人之珪，儋人之爵，怀人之符，分人之禄，纡青拖紫，朱丹其毂[④]。今吾子幸得遭明盛之世，处不讳之朝[⑤]，与群贤同行，历金门，上玉堂有日[⑥]矣。曾不能画一奇，出一策，上说人主，下谈公卿。目如耀星，舌如电光[⑦]，一从一衡[⑧]，论者莫当。顾默而作《太玄》五千文，枝叶扶疏[⑨]，独说数十余万言[⑩]。深者入黄泉，高者出苍天，大者含元气，细者入无间[11]。然而位不过侍郎，擢才给事黄门[12]。意者玄得无尚白[13]乎？何为官之拓落[14]也？”

杨子笑而应之曰：“客徒欲朱丹吾毂，不知一跌将赤吾之族[15]也！往昔周网解结[16]，群鹿争逸[17]，离为十二，合为六七[18]，四分五剖，并为战国。士无常君，国无定臣，得士者富，失士者贫。矫翼厉翮[19]，恣意所存[20]，故士或自盛以橐，或凿坏以遁[21]。是故邹衍以颉颃而取世资[22]，孟轲虽连蹇，犹为万乘师[23]。”

【注释】

①上世：上古。②人纲人纪：人应当遵守的基本准则。③荣：用作动词，使动，使……荣耀。④“析人之珪”以下六句：指接受了朝廷的爵禄荣宠。析珪，帝王按爵位高低分颁玉珪，泛指封王、封官。人，指人君。儋，通“担”，承受。符：即符节，多以金玉竹木等制成，上刻文字，是委任官爵的凭证。纡（yū），缠绕。青、紫，指青紫色的绶带。按：汉制，公侯紫绶，九卿青绶。朱丹其毂，汉制，公卿列侯及二千石以上的官员可乘朱轮车。⑤不讳之朝：指没有禁忌、开明的时代。⑥历金门、上玉堂：都表示仕途显达、获得了殊荣。按：金门，金马门之略，汉代被征辟的人才要在公车（官署名）待诏，其中最优异者在金马门待诏、备顾问。玉堂，官署名，汉代侍中之官有玉堂署，相当于后世的翰林院。有日：有期，不久。⑦目如耀星：指目光如炬，能吸引听者。舌如电光：指口才敏捷，言辞犀利。⑧一从（zòng）一衡：指纵横捭阖，对各种问难都应付自如。从，通“纵”。⑨顾：反而。《太玄》：即《太玄经》，扬雄摹仿《易经》和《老子》而作的一部哲学著作。枝叶扶疏：指《太玄经》文辞铺张扬厉。扶疏，四处散布貌。⑩数十余万言：指除《太玄经》经文以外，算上传、章句等注释文字一起的字数。⑪元气：指天地未分前的混沌之气，以喻本真。无间（jiàn）：没有空隙的微小处，指精微的道理。⑫侍郎：汉代为皇帝的侍从武官，属光禄勋，品秩较低。给事黄门：官名，位次于中郎将、诸大夫，比侍郎高。⑬意者：想必，料想。得无：莫非。玄尚白：借《太玄》之“玄”字多义，来讥讽扬雄的低禄，意即“口口声声说黑（高禄），到头来还是白（低禄）”。⑭拓落：失意貌。⑮跌：指政治上的失利。赤吾之族：血染我之族，即灭族。⑯周网解结：指周朝衰

败。⑰群鹿争逸：指诸侯纷争。⑱十二：指齐、楚、燕、韩、赵、魏、秦、鲁、卫、宋、郑、中山十二国。六七：山东六国加上秦为七国。⑲矫：高举。厉：振奋。翮（hé）：本指鸟羽上的茎，俗称“羽管”，也可代指翅膀。⑳恣意所存：指当时的士人或隐或仕，任意找寻自己立身之处。㉑自盛以橐（tuó）：指魏国的范睢（即范雎）藏入橐中，逃往秦国以入仕。橐，布袋。凿坏（péi）以遁：据《淮南子·齐俗训》讲鲁国君欲招隐士颜阖为相，颜阖凿培逃遁，坚决不仕。坏，通“培”，本指墙上的土坯，亦代指土墙。㉒邹衍：战国时齐人，居稷下，曾历游各国，见尊于诸侯。燕昭王为其筑碣石宫，亲往师之。邹衍著书议论宏大不经，时人称为“谈天衍”。颉颃（xié háng）：双声联绵字，此指奇怪、游移之辞。取世资：指邹衍著书怪论却为世推重，成为王侯之师。《老子》二十七章：“故善人者不善人之师，不善人者善人之资。”㉓连蹇：叠韵联绵字，艰难坎坷貌。万乘（shèng）师：指孟子受到各大国如弟子对待老师般的尊敬。

客曰：“然则靡[1]《玄》无所成名乎？范蔡以下[2]何必《玄》哉？”

杨子曰：“范睢，魏之亡命也，折胁摺髂[3]，免于徽索[4]，翕肩蹈背[5]，扶服[6]入橐，激卬万乘之主[7]，介泾阳，抵穰侯而代之[8]，当[9]也。蔡泽，山东[10]之匹夫也，顩颐折頞[11]，涕唾流沫[12]，西揖强秦之相[13]，扼其咽而亢[14]其气，搚其背而夺其位[15]，时[16]也。天下已定，金革[17]已平，都于洛阳，娄敬委辂脱挽[18]，掉[19]三寸之舌，建不拔之策[20]，举中国徙之长安，适[21]也。五帝垂典，三王[22]传礼，百世不易，叔孙通起于枹鼓[23]之间，解甲投戈，遂作君臣之仪，得[24]也。《吕刑》靡敝[25]，秦法酷烈，圣汉权制[26]，而萧何造律[27]，宜也。故有造萧何之律于唐虞[28]之世，则悖[29]矣；有作叔孙通仪于夏殷之时，则惑[30]矣；有建娄敬之策于成周[31]之世，则乖矣；有谈范蔡之说于金张许史[32]之间，则狂矣。夫萧规曹随，留侯画策，陈平出奇，功若泰山，响若坻隤[33]，虽其人之胆智哉，亦会其时之可为也。故为可为于可为之时，则从；为不可为于不可为之时，则凶。若夫蔺生收功于章台[34]，四皓采荣于南山[35]，公孙创业于金马[36]，骠骑发迹于祁连[37]，司马长卿窃赀于卓氏[38]，东方朔割炙于细君[39]。仆诚不能与此数子并，故默然独守吾

《太玄》。”

据上海古籍出版社李善注《文选》卷四十五

【注释】

①靡：无也。②范：范雎。蔡：蔡泽。以下：指下文的娄敬、叔孙通、萧何等人。③亡命：亡命之徒的省略。折（lā）：“拉”的古字，拉折。摺（zhé）：叠。髂（qià）：腰骨。④徽索：绳索。⑤翕肩：收肩，即把身体缩起来。蹈背：被人踏背。⑥扶服（pú fú）：犹“匍匐”，身体作蜷曲状。按：以上几句是说范雎当年被魏齐痛打后，装死，被用席子卷起扔在厕所（以上可参见前文《狱中上梁王书》文中注释），被秦国使臣王稽装入囊中载回秦国。⑦激卬：犹“激昂”，激怒。万乘之主：指秦昭襄王。⑧介泾阳，抵穰侯而代之：指范雎到秦国后，向秦王建议离间穰侯（名魏冉，秦王母弟，当时的相国）、泾阳君（秦王之弟）、高陵君（亦是秦王之弟）等，说他们专权、奢靡对国家的危害，于是秦王罢免了穰侯的相位，并将其与泾阳君等驱逐出函谷关之外，拜范雎为相。介，离间。抵（zhǐ），通“抵”，侧面攻击。⑨当（dàng）：恰好，指遇上了机会。⑩山东：古指崤山、函谷关以东地区。按：蔡泽为燕国人，故曰“山东之匹夫”。⑪顩（yǎn）颐：下巴向上翘起。李善注引韦昭曰：“曲上曰顩。”刘良注：“言泽丑儿也。顩，口向前引也。”折頞（è）：鼻梁塌陷。頞，鼻梁。⑫涕唾流沫（huì）：鼻涕、唾沫满脸横流，这是形容蔡泽的肮脏鄙陋。⑬揖强秦之相：指蔡泽对范雎只揖不拜，并不将其放在眼里。强秦之相，指范雎。⑭扼（è）：掐住。亢：绝也。按：这些动词都是形容蔡泽胁迫范雎的厉害手段。⑮拊（fǔ）其背而夺其位：形容蔡泽以软硬兼施之法对待范雎。拊，同“抚”，抚摸。按：范雎为秦相后，其下属接连投敌、通敌，按秦法范雎当连坐三族。蔡泽抓住机会，用语言要挟范雎，劝其让位，并成功取而代之。⑯时：指善于把握时机。⑰金革：即兵革，指战事。⑱娄敬：西汉初齐人，因献建都之策有功，被汉高祖赐姓刘，亦称刘敬。委辂脱挽：是说当时娄敬正要远戍陇西，途经洛阳遇见高祖，于是放下拉车的工具，向刘邦进献建都之言。委，放下。辂（hé），车辕上用来挽车的横木。脱，取下。挽（wǎn），此指挽车的皮带。⑲掉：摇动，有卖弄之意。⑳不拔之策：即长久之策。拔，移动。㉑适：恰

逢其时。㉒五帝、三王：见本书第四章《战国策·苏秦以连横说秦》文中注释。典：经籍。㉓叔孙通起于枹（fú）鼓：叔孙通本秦的博士，经历秦末战乱，后降汉，见群臣饮酒争功，朝堂无序，他与众儒生采用古礼并参照秦法，订立了汉代的朝仪，使尊卑有次，朝廷井然，因功官拜太常。枹（fú）鼓，战鼓，代指战场。枹，鼓槌。㉔得：成功。㉕《吕刑》：周穆王任用吕侯制定的刑法，《尚书·吕刑》记载此事。此泛指周代的刑法。靡敝：残破、凋敝。㉖权制：灵活地制定。权：权变。㉗萧何造律：汉代开国，相国萧何适当选取秦法并根据当时的实际，制定律令九章。㉘唐虞：唐尧、虞舜之略，也简称“尧舜”。㉙惟（pī）：错误。㉚惑：不明事理。㉛成周：指西周初年周公旦辅佐成王的时代。㉜金张：指汉昭帝、宣帝时期的重臣金日磾、张安世，后世以“金张”作为达官显宦的代称。许：许广汉，汉宣帝许皇后之父。史：指史恭及其长子史高。史恭是宣帝祖母史良娣之兄。后世遂以“许史”为外戚的代称。㉝响：声响，声誉。坻（dǐ）：即陇坻，一名陇坂、陇山，即六盘山南段，在今甘肃天水市。郦道元《水经注·河水二》：“水出鸟鼠山西北高城岭，西径陇坻，其山岸崩落者，声闻数百里。故扬雄称‘响若坻颓’是也。”隤（tuí）：同“颓”，崩塌。㉞蔺生收功于章台：指蔺相如使秦并完璧归赵的事迹。章台，秦国宫殿名。㉟四皓采荣于南山：指四皓隐居于商山，吕后用张良计策，迎接他们出山辅佐太子刘盈，四皓由此获得尊荣。四皓，秦汉之际四位仙风道骨的隐士，即东园公、绮里季、夏黄公、角（lù）里先生，这些都是雅号，并非真名。采荣，还有一层意思是说四皓他们采荣（花）修身。南山，指河南的商山。㊱公孙创业于金马：指公孙弘当年应贤良文学对策，在百余人之中成绩第一，拜为博士，待诏金马门。后来官至丞相，封平津侯，《汉书》有传。㊲骠骑（piào qí）发迹于祁连：指汉代骠骑将军霍去病在祁连山攻击匈奴，斩获甚多，故日受武帝亲信，屡次加封，后来和大将军卫青同加官大司命，职位俸禄与大将军相齐。㊳司马长卿窃赀于卓氏：指司马相如与临邛富豪卓王孙之女文君私奔，相如着犊鼻裈（一种形如犊鼻的围裙。裈，音 kūn），文君当垆（垆，灶台也），二人在成都卖酒为业，后卓王孙不得已分文君仆婢百人、钱帛百万。赀，同“资”，财物。㊴东方朔割炙于细君：指东方朔为细君（诸侯之妻称细君，这里指东方朔之妻，其自比于诸侯）割走武帝烤肉的故事。李善注引《汉书·东方朔传》(有删节):“伏日,诏赐从官肉。太官丞日晏不来,东方朔独拔剑割肉,即怀肉去。太官奏之,上曰:‘先生起自责也!’朔曰:‘受赐不待诏,何无礼也?拔剑割肉,一何壮也!割之不多,又何廉也!归遗细君,又何仁也!’上笑曰:‘使先生自责,乃反自誉。’复赐酒一石,肉百斤,归遗细君。”

【笺释】

一、本赋有一定抒发牢骚的意味。文士怀才不遇、有才无用,这在古今中外的文化史中并不罕见,很多时候还带有沉重的苦涩和伤感之意。从东方朔的《答客难》到这篇《解嘲》,再到唐代韩愈的《进学解》,起码在中国古代文学中这条线索还是很分明的。

二、《解嘲》文锋所指,是在提出这样一个疑问——文士仅是雕章琢句、奉制侍从的政治附庸吗?后来扬雄索性将自己的辞赋文章比作“壮夫不为”“童子雕虫篆刻”的小伎俩(《法言·吾子》)。这起码反映了文士在汉季的社会地位,与后代(如唐宋时期)相比,也是一个值得关注的问题。

(三)抒情小赋

张　衡(78年—139年)

字平子,南阳西鄂人(在今河南南阳市)。少善属文,通五经,贯六艺,尤致思于天文、阴阳、历算。安帝时征拜郎中,迁太史令。顺帝初,复为太史令,后迁侍中。永和初,出为河间相,整法令,有政绩。征拜尚书卒。发明浑天仪、地动仪,所著《灵宪》解答天地起源,并正确解释月食原因。在文学方面,《后汉书·张衡传》载其共有诗、赋、铭等作品三十二篇,明人张溥辑有《张河间集》。其辞赋代表作有《东京赋》《西京赋》《应间赋》《思玄赋》《归田赋》等。

归田赋

【题解】

本赋仅二百余字,抒发了作者对现实政治的不满,以及其仕宦一生的感慨与准备归隐的情志,文字淡雅清丽,结构短小灵活,一洗汉大赋铺采摛文、虚夸堆砌的陈式,是抒情小赋的开山之作。

游都邑[①]以永久，无明略以佐时[②]。徒临川以羡鱼，俟河清[③]乎未期。感蔡子之慷慨，从唐生以决疑[④]。谅天道之微昧，追渔父以同嬉[⑤]。超埃尘以遐[⑥]逝，与世事乎长辞。

于是仲春令月，时和气清。原隰[⑦]郁茂，百草滋荣。王雎鼓翼，鸧鹒[⑧]哀鸣。交颈颉颃，关关嘤嘤[⑨]。于焉逍遥，聊以娱情。尔乃龙吟方泽，虎啸[⑩]山丘。仰飞纤缴[⑪]，俯钓长流。触矢而毙，贪饵吞钩。落云间之逸禽，悬渊沉之魦鰡[⑫]。

于时曜灵俄景，系以望舒[⑬]。极般游之至乐，虽日夕而忘劬[⑭]。感老氏之遗诫[⑮]，将回驾乎蓬庐。弹五弦之妙指，咏周孔之图书[⑯]。挥翰墨以奋藻，陈三皇之轨模[⑰]。苟纵心于物外，安知荣辱之所如[⑱]！

据上海古籍出版社李善注《文选》卷十五

【注释】

①都邑：东汉都城洛阳。②明略：善策。佐时：匡扶世道。③徒临川以羡鱼：语本《淮南子·说林训》“临河而羡鱼，不如归家织网”。本句指徒有匡扶之心。河清：借指政治清明。后世有“河清海晏”一词，同此。④“感蔡子”两句：蔡子指蔡泽，曾为秦国相国。唐生指唐举，战国时著名相士。按：蔡泽微寒时，曾请唐举为其看相。两人事迹可详见《史记·范雎蔡泽列传》。慷慨：形容壮志难酬的心情。⑤谅：信，确实。昧：暗也。渔父：屈原有《渔父》诗。王逸《楚辞章句·渔父章句》序：“渔父避世隐身，钓鱼江滨，欣然自乐。时遇屈原川泽之域，怪而问之，遂相应答。”嬉：乐也。⑥埃尘：尘世。遐：远也。⑦原隰（xí）：平地为原，洼地为隰。⑧王雎：即雎鸠。鸧鹒：黄鹂。⑨颉颃（xié háng）：鸟上下翻飞貌。关关嘤嘤：皆二鸟和鸣的象声词。《诗经·小雅·伐木》：“伐木丁丁，鸟鸣嘤嘤。”⑩龙吟、虎啸：非真有龙虎焉，乃作者吟啸以自比也。方泽：大泽。⑪纤：细也。缴（zhuó）：系在箭上射鸟用的生丝绳，亦指系着丝绳的箭，此指仰射飞鸟。⑫悬：钓起。魦（shā）、鰡（liú）：皆鱼名。⑬曜灵：指太阳。俄：倾斜。景（yǐng）：通“影”。系：一本作“继”。望舒：神话中为月驾车的神，此指月亮。⑭般（pán）游：游乐。般，通“盘”。劬（qú）：劳苦。⑮老氏之遗诫：即《老子》十二章“五色令人目盲，五音令人耳聋，五味令

人口爽。驰骋畋猎，令人心发狂”。⑯五弦：即五弦琴，舜帝所制，作《南风歌》。其辞曰：“南风之熏兮，可以解吾民之愠兮；南风之时兮，可以阜吾民之财兮。”（见《孔子家语》）指：通“旨”。周孔之图书：周公、孔子所编修的典籍。⑰三皇：上古的三位帝王，历来说法不一，如有伏羲、神农、黄帝（《周礼》），伏羲、神农、女娲（《吕氏春秋》），伏羲、神农、燧人（班固《白虎通》），天皇、地皇、人皇等说法。轨、模：皆指法则、标准。⑱苟：倘若。物外：世俗名利得失之外。安知：犹“何知”，相当于说“不知道”。如：归、往。

【笺释】

一、《文选》李善注：“《归田赋》者，张衡仕不得志，欲归于田，因作此赋。凡在曰朝，不曰归田。”

二、本赋先写自己功业难就、准备退隐的决心；次写归田途中所见之景，景物所及由喜转悲的情绪变化；末写超然旷达的感悟，坚定了“置身物外”的人生追求。

赵　壹（生卒年不详）

字符叔，汉阳西县（今甘肃天水市西南）人。性情耿直倨傲，获罪几至于死。灵帝光和元年（178 年），举郡上计吏至京师，为司徒袁逢、河南尹羊陟所重，名播京中。后十辟公府，并不就，终老于家。善辞赋，《后汉书·文苑传》有传。

刺世疾邪赋

【题解】

东汉末期桓灵时代，党祸不断，政治黑暗，豪强贵族、佞谄小人素餐尸位、恣肆威福，德才之士处境日蹙。本赋笔锋犀利，言辞剀切，气势激烈，对现实中的种种弊端无情地加以揭露和讽刺，矛头直指高高在上的执政者，很能反映出作者孤傲岸介的性格。

伊五帝之不同礼，三王亦又不同乐①。数极自然变化，非是故相反驳②。德政不能救世溷乱③，赏罚岂足惩时清浊？春秋时④祸败之始，战国愈复增其荼毒。秦汉无目[5]相踰越，乃更加其怨酷。宁计[6]生民之命？唯利己而自足。

于兹迄今，情伪万方。佞谄日炽，刚克[7]消亡。舐痔结驷，正色徒行[8]。妪媽名势，抚拍[9]豪强。偃蹇反俗[10]，立致咎殃。捷慑逐物[11]，日富月昌。浑然[12]同惑，孰温孰凉？邪夫显进，直士幽藏。

原斯瘼之攸兴，寔[13]执政之匪贤。女谒掩其视听兮，近习[14]秉其威权。所好则钻皮出其毛羽，所恶则洗垢求其瘢痕[15]。虽欲竭诚而尽忠，路绝崄而靡缘[16]。九重既不可启，又群吠之狺狺[17]。安危亡于旦夕[18]，肆嗜欲于目前。奚异涉海之失柂[19]，积薪而待燃？荣纳由于闪揄，孰知辨其蚩妍[20]？故法禁屈挠于势族，恩泽不逮于单门[21]。宁饥寒于尧舜之荒岁兮，不饱暖于当今之丰年。乘理[22]虽死而非亡，违义虽生而匪存。

有秦客[23]者，乃为诗曰："河清不可俟，人命不可延。顺风激靡草[24]，富贵者称贤。文籍虽满腹，不如一囊钱。伊优北堂上，抗脏依门边[25]。"

鲁生闻此辞，系[26]而作歌曰："势家多所宜，咳唾自成珠。被褐怀金玉[27]，兰蕙化为刍[28]。贤者虽独悟，所困在群愚。且各守尔分，勿复空驰驱。哀哉复哀哉，此是命矣夫！"

据中华书局李贤等注《后汉书》卷八十

【注释】

①"伊五帝"两句：上下句为互文，意即"五帝三王不同礼乐"。五帝、三王，见前第三章"诸子百家·纵横家"《战国策·苏秦以连横说秦》文中注释。②数：天数、运数。极：终极，极致。是：代五帝、三王。故：故意。反驳：反对、排斥。③溷（hùn）乱：污浊杂乱。④时：通"是"。⑤目："以"的古字。⑥计：考虑，顾及。⑦刚克：谓以刚强取胜。《尚书·洪范》："三德：一曰正直，二曰刚克，三曰柔克。"孔颖达疏："二曰刚克，言刚强而能立事。"⑧舐痔结驷：曹商出使秦国为秦王舔痔，而得车百乘，详见前第四章《庄子·杂篇·列御寇·曹商使秦》正文。正色：正直之人。徒行：步行。⑨妪媽（yù qǔ）：佝偻貌，此作动词。名势：有名有势之辈。抚拍：指溜须拍马。⑩偃蹇（jiǎn）：高耸孤傲貌。俗：大众，大多数人。

⑪捷慑逐物：《后汉书》李贤注“捷，疾也。慑，惧也。急惧逐物，则致富昌”。⑫浑然：糊涂不分明貌。⑬原：追究，探原。瘼（mò）：病也。攸：所也。寔：“是”的古字，一本作“实”。⑭女谒：宫中的女宠和宦官。其：代指帝王。近习：皇帝亲信之人。⑮“所好”二句：指掌权者对其喜好的人可以将麻雀当作凤凰，对其不喜的人则吹毛求疵。钻皮出其毛羽：后世有“钻皮出羽”一词，比喻极意夸饰自己偏爱的人。⑯崄：同“险”。靡缘：无处攀缘。⑰九重（chóng）：代指皇宫。吠（fèi）：本指狗叫，此指似狗摇尾者。狺狺（yín）：狗叫声。⑱安：安于。旦夕：从早到晚，指淫奢无度。⑲柁（duò）：同“舵”。⑳荣纳：谓受宠幸重用。李贤注：“行倾佞者则享荣宠而见纳用。”闪揄（yú）：奸巧谄媚。一说闪忽不定貌。蚩（chī）：通“媸”，丑陋。妍：貌美。㉑法禁：法律禁令。屈挠（náo）：被弯曲。单门：寒门、细族。㉒乘理：秉持道理。㉓秦客：及下文的“鲁生”皆作者虚构之人物。㉔靡草：细弱的草。㉕伊优：“伊优亚”的省语，象声词，学语之声。后指逢迎谄媚的人，谓其说话无定见，苟合人意。北堂：代指公堂。抗脏：指高亢耿直之人。门边：当权者的门边。㉖系：紧接其后。㉗被（pī）：同“披”，指穿戴。褐：指粗麻衣，古时贫贱者所着。怀金玉：《老子》七十章“圣人被褐而怀玉”。㉘刍（chú）：干草。

【笺释】

一、本赋篇幅短小，笔势凌厉，一反大赋僵硬呆板、缺少生气的风格，化板滞为融畅，变华丽为通俗。

二、活用骚体“兮”字句，将大赋排比句转化为对仗句，以灵活多变的句式适应激昂情绪的表达，如“女谒掩其视听兮，近习秉其威权”“宁饥寒于尧舜之荒岁兮，不饱暖于当今之丰年”“邪夫显进，直士幽藏”“安危亡于旦夕，肆嗜欲于目前”“乘理虽死而非亡，违义虽生而匪存”等。

三、赋末最后两首五言诗，起强化抒情作用，是著名的早期文人诗，被称为《疾邪诗》，不可忽而过之。

祢　衡（173年—198年）

字正平，平原般（在今山东临邑县）人。少有才辩，性情直傲，唯善孔融及杨修。融深爱其才，数称述于曹操。操欲见之，衡称病不往。操大会宾客，召衡为鼓史，欲辱之，反为其所辱。操怒，然不欲陷害才之名，故遣人送之与荆州牧刘表。表亦不能容，转送江夏太守黄祖，卒被杀，年仅二十六岁。《后汉书》本传所录著述至今几亡，存世者唯《鹦鹉赋》一篇。

鹦鹉赋

【题解】

《文选》此赋序曰："时黄祖太子（即大子，长子也）射（音yì，时为章陵太守，与祢衡友善）宾客大会，有献鹦鹉者，举酒于衡前曰：'祢处士，今日无用娱宾，窃以此鸟自远而至，明慧聪善，羽族之可贵，愿先生为之赋，使四坐咸共荣观，不亦可乎？'衡因为赋，笔不停缀，文不加点。"本赋以全篇拟人的手法，艺术地再现了作者远在异乡而受人拘束、心怀忧惧而无可奈何的不幸遭遇。

惟西域①之灵鸟兮，挺自然之奇姿。体金精之妙质兮，合火德之明辉②。性辩慧而能言兮，才聪明以识机③。故其嬉游高峻，栖跱④幽深。飞不妄集，翔必择林。绀趾丹觜⑤，绿衣翠衿。采采丽容，咬咬⑥好音。虽同族于羽毛，固殊智而异心。配鸾皇⑦而等美，焉比德于众禽？

于是羡芳声之远畅，伟灵表⑧之可嘉。命虞人于陇坻，诏伯益于流沙⑨。跨昆仑而播弋，冠云霓而张罗⑩。虽纲维之备设，终一目之所加⑪。且其容止闲暇，守植安停⑫。逼⑬之不惧，抚之不惊。宁顺从以远害，不违迕以丧生。故献全者受赏，而伤肌者⑭被刑。

尔乃归穷委命⑮，离群丧侣。闭以雕笼，剪其翅羽。流飘万里，崎岖重阻。踰岷越障⑯，载罹寒暑。女辞家而适人，臣出身而事主。彼贤哲之逢患，犹栖迟以羁旅⑰。矧⑱禽鸟之微物，能驯扰以安处。

眷西路而长怀，望故乡而延伫[19]。忖陋体之腥臊，亦何劳于鼎俎[20]？

【注释】

①西域：实指下文之“陇坻”（山名，见前扬雄《解嘲》第二处选文注㉝）。李善注：“西域，谓陇坻，出此鸟也。”②金精：此鸟出西方，西在五行为金，白羽应五色之白，色属金，故曰金精。火德：指鹦鹉嘴红色。③机：征兆，先兆。④跱（zhì）：停踞。⑤绀（gàn）：深青透红之色。觜：“嘴”的古字。⑥采采：羽毛盛美貌。咬咬（jiāo）：鸟鸣之声。⑦鸾皇：即“鸾凰”，青鸾与火凤，皆凤凰一类的瑞鸟。按：据宋人王应麟所编蒙学书《小学绀（gàn）珠》，凤有五种，赤者为凤、青者为鸾、白者为鹄、紫者为鸑鷟、黄者为鹓鸰。⑧远畅：犹远扬、远播。伟：用作动词，意动，以……为伟奇。灵表：灵秀的外表。⑨虞人：古代掌管山泽苑囿的长官，参见前《周易·易经·屯卦》六三爻辞。伯益：人名，舜帝时的大臣，即为虞人。流沙：泛指西北沙漠地区。⑩播弋（yì）：到处弋射。弋，带丝绳的箭。张罗：张开罗网。⑪纲、维：均指罗网上的粗绳。目：网上的孔眼。加：覆捕。⑫植：当“志”字之讹。李善注：“植，志也。”安停：安稳、不闹腾。⑬逼：接近。⑭献全者、伤肌者：皆指捕捉鹦鹉者。前者不伤鸟儿受赏，后者弄伤鸟儿获罪。⑮归穷委命：犹“以穷归、以命委”，指鹦鹉被捕后走投无路的惨状。⑯踰岷越障：（被人带着）跋涉岷山、障山。一说，障为亭障。⑰栖迟：途中休息。《诗经·陈风·衡门》：“衡门之下，可以栖迟。”朱熹传：“栖迟，游息也。”羁旅：异乡为客。⑱矧（shěn）：何况，况且。⑲延伫：久立。⑳忖（cǔn）：揣度。鼎俎（zǔ）：泛称割烹的炊具。鼎，圆鼎两耳三足，方鼎两耳四足，可烹煮、盛物。俎，切肉的砧板。

嗟禄命之衰薄，奚遭时之险巇[1]？岂言语以阶乱，将不密以致危[2]？痛母子之永隔，哀伉俪[3]之生离。匪余年之足惜，悯众雏之无知。背蛮夷之下国，侍君子之光仪[4]。惧名实之不副，耻才能之无奇。羡西都之沃壤，识苦乐[5]之异宜。怀代越之悠[6]思，故每言而称斯。

若乃少昊司辰，蓐收整辔[7]。严霜初降，凉风萧瑟。长吟远慕，哀鸣感类。音声凄以激扬，容貌惨以憔悴。闻之者悲伤，见之者陨泪。放臣[8]为之屡叹，弃妻为之歔欷。感平身之游处，若埙篪之相须⑨。何今日之两绝，若胡越之异区。顺笼槛⑩以俯仰，窥户牖以踟蹰。想昆山之高岳，思邓林之扶疏⑪。顾六翮⑫之残毁，虽奋迅其焉如？心怀归而弗果，徒怨毒于一隅。苟竭心于所事⑬，敢背惠而忘初！托轻鄙之微命，委⑭陋贱之薄躯。期守死以报德，甘尽辞以效愚⑮。恃隆恩于既往，庶弥⑯久而不渝。

据上海古籍出版社李善注《文选》卷十三

【注释】

①禄：福也。险巇（xī）：险阻崎岖。②“岂言语”两句：出自《周易·易传·系辞上》“子曰：‘乱之所生也，则言语以为阶。君不密则失臣，臣不密则失身，几事不密则害成。是以君子慎密而不出也。’”指祸乱之所生皆由语言为导引，表面指鹦鹉多语恐致祸，实则作者自省祸之所出。③母子：老幼鹦鹉。伉俪：雌雄鹦鹉。按：上述所指皆含双关，既指鹦鹉，也指个人。④背：离开。下国：发展程度低的国家。光仪：光彩的仪容，犹言尊颜。⑤西都：指长安。苦：在陇坻、流沙，风大地贫，为苦。乐：在长安，通饶大邑，为乐。⑥代、越：皆地名，借指故乡。《古诗十九首》：“胡（一作代）马依北风，越鸟巢南枝。”悠：长也。⑦少昊：也作“少皞”，传说东夷部落的首领，名挚（一作质），号金天氏，死后为西方之神。蓐（rù）收：传说西方的神名，司秋。见《礼记·月令》。⑧放臣：被放逐之臣，也可指作者自己。⑨游处（chǔ）：出游和家居。埙（xūn）：古代陶制吹奏乐器。篪（chí）：竹制乐器。按：埙、篪二者合奏时声音和谐，因常以“埙篪”比喻兄弟亲密和睦。《诗经·小雅·何人斯》：“伯氏吹埙，仲氏吹篪。”毛传：“土曰埙，竹曰篪。”郑玄笺：“伯仲，喻兄弟也。我与女恩如兄弟，其相应和如埙篪，以言俱为王臣，宜相亲爱。”须：通“需”。⑩笼槛（jiàn）：拘囚禽兽之处，多指鸟笼。⑪邓林：夸父逐日所死之林，见《山海经·海外北经》。扶疏：枝叶四布貌。⑫六翮（hé）：谓鸟类双翅中的正羽，用以指鸟的两翼。⑬所事：所侍奉之君子。⑭托、委：二词同义，都是交付、委托的意思。⑮守死：坚持到死而不改变。《论语·泰伯》：“笃信好学，守死善道。”效愚：犹效忠。司马迁《报任安书》：“诚欲效其款款之愚”。⑯庶：希望。弥：益，更加。

【笺释】

一、《山海经·西山经》："黄山有鸟，其状如鸮，青羽赤喙，人舌能言，名鹦鹉也。"郭璞注："舌似小儿舌，脚指前后各两。"

二、关于对本赋作者的质疑，详见钱锺书《管锥编》，现将其举例辑要如下：

1. 唐人段成式《酉阳杂俎》卷十一《语资》，书中有魏肇师语："《鹦鹉赋》祢衡、潘尼二集并载。"故作者未必是祢衡。

2. 清人张云璈《选学胶言》卷八，疑全赋之情志与祢衡之倨人傲物不称，或是他人所作。

3. 清人严可均所辑《全上古三代秦汉三国六朝文》卷十四陈王植《鹦鹉赋》："蒙含育之厚德，奉君子之光辉……常戢心以怀惧，虽处安其若危。永哀鸣以报德，庶终来而不疲。"钱氏认为曹植此赋仿袭祢衡之作，词旨相类，"岂此题之套语耶？抑同心之苦语也？"

第八章　两汉诗歌

两汉四百余年之诗歌，内容可分乐府诗（民间歌谣）、文人诗两种。后者借前者之积累，旨意由叙事变至抒情，以五言诗为主流。

汉代之民间歌谣主要收录在宋代郭茂倩《乐府诗集》中，又分有名与无名两类，于兹取广义，统称为汉代乐府诗。有名类，即有作者署名之作，如项籍、刘邦之歌，作者未必皆文人，然能吟咏乡土民谣；无名类，无作者署名者，即武帝乐府官署成立后历久收集而来的民间佚名之作（即狭义之汉乐府诗）。

文人专门创作之诗歌，即此处所谓“文人诗”，有三点须注意：其一，班固《咏史》为最早、最完整之五言者；其二，张衡《四愁诗》已初具七言之雏形，可目为最早之七言者；其三，《古诗十九首》及“苏李诗”[1] 为此阶段文人五言诗之最高水平者。

第一节　乐府诗

一、概述

汉初流行于民间之歌谣为楚声短歌，如项籍《垓下歌》、刘邦《大风歌》

1　苏武、李陵相互赠答的五言古诗最早著录于《文选》卷二十九“杂诗”类，题为《李少卿与苏武诗三首》《苏子卿诗四首》，共七首；《古文苑》卷四收录十首。世称“苏李诗”。目前学界普遍的观点认为它们都是东汉末年的佚名之作，产生的时代与《古诗十九首》大致相当，风格特点、艺术水平也比较接近。

等，其后武帝、昭帝（有《黄鹄歌》）、刘细君（江都王之女，远嫁乌孙国，有《乌孙公主歌》《悲愁歌》等）、梁鸿、辛延年、宋子侯诸人之作，虽皆有署名，部分作品甚至早于乐府成立之前，然其悉仿民歌形式，故于本质当属广义乐府诗之畛域。乐府成立之后，文人教习女乐歌舞演奏，广泛收集、整理民间乐曲歌谣，并积极以之创作庙堂颂辞，狭义乐府诗出焉。班固《汉书·艺文志》著录，有西汉乐府诗百余首，然多数已佚。《乐府诗集》所辑汉乐府诗数十首，几乎全为东汉之作。

二、作品

（一）有名类

项　籍（前232—前202年）

名籍，字羽，下相（在今江苏宿迁市）人。战国末年楚将项燕之后，力能扛鼎，胆气过人。秦末起兵灭秦，自立为西楚霸王，封诸侯。继与刘邦争衡，四年乃败，至乌江自刎而死。

垓下歌

【题解】

本歌《乐府诗集》题作《力拔山操》，归入“琴曲歌辞二”。项王被汉军困于垓（gāi）下，四面楚歌，美人虞姬抚琴，不忍与之永诀而歌之也。垓下，地名，在今安徽灵璧县东南。

力拔山兮气盖世，时不利兮骓不逝①。骓不逝兮可奈何，虞②兮虞兮奈若何！

【注释】

①骓（zhuī）：骏马名，项羽常年的坐骑，俗称乌骓马。不逝：不离。②虞：指虞姬，多年侍从项羽，美艳善舞，有虞美人之称。

【笺释】

一、歌中的"时"，代表的是男人的江山事业；"骓""虞"，则是项羽心中的牵挂，可见其多情。项羽身上这种小仁多情的性格，或许正是导致其功业失败的一个因素。

二、因"骓不逝"，势必"虞亦不逝"，这些与"时不利"形成对比，体现了马、人双方与项羽之间不离不弃的深厚情义。

刘　邦（前256或前247—前195年）

字季，沛（今江苏丰县）人。秦末为泗水亭长，响应陈胜起兵，初属项梁，先攻入咸阳，被项羽封为汉王。后楚汉相争战胜项羽，即皇帝位，建立汉朝，是为汉高祖。

大风歌

【题解】

本歌最早见于《史记·高祖本纪》《汉书·高帝纪》，《乐府诗集》中题为《大风起》，亦归入"琴曲歌辞二"。《汉书》载，前195年冬十月，刘邦平定淮南王黥（qíng）布反叛后，"过沛，留，置酒沛宫，悉召故人父老子弟佐酒。发沛中儿得百二十人，教之歌。酒酣，上击筑自歌曰：'……'（即此歌）令儿皆和习之。上乃起舞，忼慨伤怀，泣数行下"。

大风起兮云飞扬，威加①海内兮归故乡！安得猛士②兮守四方？

以上据中华书局郭茂倩编《乐府诗集》卷五十八

【注释】

①加：施加，使……笼罩。②猛士：威震敌雠之士，指能独当一面的人才。

【笺释】

一、观此歌可知，刘邦真乃具有博大胸怀的杰出政治家，满眼所及天地四方，满心所系国家治理、边防武备。"威加海内兮归故乡"，体现出他敉平诸侯、初定天下的志得意满和英雄霸气；最后一句颇有忧虑的意味，也可见汉初草创时期的奠基艰难（黥布、韩王信等内乱频出；北方匈奴虎视眈眈，刘邦曾大败于白登等）、守业不易。

二、南梁任昉《文章缘起》："汉祖《大风歌》汪洋自恣，不必三百篇遗音，实开汉一代气象，实为汉后诗开创。"

鸿鹄歌

【题解】

本歌《乐府诗集》题作《楚歌》，归入"杂歌谣辞一"。据《汉书》，高帝欲立戚夫人之子赵王如意而废太子刘盈，吕后用张良之策请商山四皓为太子师。太子羽翼已成，刘邦不忍废之。戚夫人对高帝泣涕，帝曰："为我楚舞，吾为若楚歌！"所言"楚歌"，即这首《鸿鹄歌》。颜师古注："楚歌者，楚人之歌，犹吴歈（yú，歌也）越吟也。"

鸿鹄高飞，一举①千里。羽翼已就②，横绝四海。横绝四海，又③可奈何。虽有矰缴④，尚安所施⑤？

据中华书局郭茂倩编《乐府诗集》卷八十三

【注释】

①举：高飞。②翼：《史记》中作"翮"。就：长大。③又：《史记》中作"当"。④矰（zēng）缴（zhuó）：系有丝绳、弋射飞鸟的短箭。⑤施：此指弋射。

【笺释】

一、此歌中的"鸿鹄"指太子刘盈，全歌是刘邦委婉谢绝戚夫人易太子之请的回答，并含有温柔的安慰和无可奈何之情。

二、作为政治家须具有长远的大局观，稳定对于一个政权来说是非常重要的，可稳则稳，确不可稳方易。这样的结局对于戚夫人母子而言又是非常不幸的，后来她和赵王如意的悲惨遭遇，想必刘邦不会预见不到。用道家思想中的一句话"大仁不仁"可对此进行总结，换作一句通俗的棋术用语就是——"舍卒保车"。

刘　彻（前156—前87年）

即汉武帝，小名彘儿，景帝中子。十六岁即帝位，在位五十四年。一代雄主，亦善诗赋，《先秦汉魏晋南北朝诗》辑存其诗七篇。

秋风辞

【题解】

本诗归在《乐府诗集》“杂歌谣辞二”。旧题班固撰《汉武故事》：“帝行幸河东，祠后土。顾视帝京，忻然中流，与群臣饮燕。帝欢甚，乃自作《秋风辞》。”

秋风起兮白云飞，草木黄落兮雁南归。兰有秀兮菊有芳，怀佳人①兮不能忘。泛楼船兮济汾河②，横中流③兮扬素波。箫鼓鸣兮发棹④歌，欢乐极兮哀情多。少壮几时兮奈老何！

【注释】

①怀佳人：怀念昔日曾与之出游的佳人。②楼船：建有楼形船舱的大船。汾（fén）河：黄河第二大支流，流经山西省。③中流：河流正中，亦指返航的中途。④发棹（zhào）：开船。棹，本指船桨，也可指代整船。

【笺释】

一、本诗颇有借鉴屈原诗辞中“香草美人”的象征手法。以风起云飞、木落雁归起兴，触动往日情景，以抒发乘舟中流的秋思，同时升华出乐极生悲、年华易逝的人生感悟，含蓄而深沉。明人胡应麟《诗薮》内编评曰：“《秋风》百代情致之宗，虽词语寂寥，而意象靡尽。”

二、明人王世贞《艺苑卮言》卷二：“汉武故是词人，《秋风》一章，几于《九歌》矣。”

瓠子歌（选一）

【题解】

《乐府诗集》载汉武帝《瓠子歌》二首，归入“杂歌谣辞二”，今选第一首。《瓠子歌》是汉武帝亲临黄河决口现场的即兴诗作。元光三年（前132年），黄河决于瓠（hù）子口，淮、泗一带连年遭灾。元封二年（前109年），汉武帝在泰山封禅后，发卒万人筑塞，下令以薪柴及所伐的淇园竹楗堵塞决口，成功控制洪水。据《史记·河渠书》，武帝既临河决，而悼功之不成，乃作《瓠子歌》二章。又命从官自将军以下皆负薪填塞河堤，筑宫其上，名曰宣房宫。瓠子，黄河堤坝名，一名瓠子口，在今河南濮阳市南。

瓠子决兮将奈何？浩浩洋洋兮虑殚为河①。殚为河兮地不得宁，功无已②时兮吾山平。吾山平兮巨野③溢，鱼弗郁兮柏④冬日。正道弛兮离常流⑤，蛟龙骋兮方远游。归旧川⑥兮神哉沛，不封禅兮安知外。为我谓河伯兮何不仁，泛滥不止兮愁吾人。啮桑浮兮淮泗⑦满，久不反兮水维⑧缓。

以上据中华书局郭茂倩编《乐府诗集》卷八十四

【注释】

①虑殚（dān）为河：即“为河虑殚”，为黄河水灾殚精竭虑。②功无已：功不成。③巨野：湖泽名，在今山东巨野县北五里。④弗郁：鱼众多之貌，《史记》中作“沸郁”。柏（pò）：通“迫”。⑤常流：正常舒缓的水流。⑥归旧川：指黄河归回故道。⑦啮（niè）桑：地名，在今徐州市沛县。淮泗：泗水，流经山东省中部，是淮河下游第一大支流，常同淮河一起连称淮泗。⑧维：此处有“希望”之意。

【笺释】

一、本诗体现出刘彻心系天下、牵挂苍生的一代明君的心胸和情怀。“将奈何”，为其愁；“殚为河”，为其勤；“功无已”，为其惧。“愁吾人”，为明说；“水维缓”，为婉言。

二、北宋西昆体诗人刘筠有七律《汉武》，其颔联曰“桑田欲看他年变，郄子先成此日歌"，对汉武帝乃讽刺之意。今细推武帝此诗真是肺腑为民之言，可知刘诗出自宋人作诗翻案出新之风。但联系到汉武帝尚有骄奢好功、求仙问药之失，末联"相如作赋徒能讽，却助飘飘逸气多"，也言之成理。

梁　鸿（生卒年不详）

字伯鸾，扶风平陵（在今陕西咸阳市）人。受业太学，家贫而尚节，博览无不通。娶孟光为妻，貌丑而贤，共入霸陵山中，以耕织为业。因作诗讥刺时政，受朝廷诏捕，逃亡吴地。为人赁舂，妻乃具食，与之举案齐眉。《后汉书》有传，今存诗三首。

五噫歌

【题解】

本诗录入《乐府诗集》"杂歌谣辞三"。据《后汉书·逸民传·梁鸿》，汉章帝闻此诗而非之，使人追捕，于是梁鸿更名改姓，与妻子孟光流亡齐、鲁、吴等地。可见本诗针砭时弊力度之深。

陟彼北邙①兮，噫②！顾瞻帝京③兮，噫！宫阙崔嵬④兮，噫！民之劬劳⑤兮，噫！辽辽未央⑥兮，噫！

据中华书局郭茂倩编《乐府诗集》卷八十五

【注释】

①陟（zhì）：登也，"降"之反也。北邙（máng）：山名，又名邙山，在今河南洛阳市城北，汉魏时期的帝王公卿多葬于此。②噫（yī）：叹词，表示悲痛或叹息。③帝京：指东汉京师洛阳。④崔嵬（cuī wéi）：高耸貌。⑤劬（qú）劳：辛苦劳累。⑥辽辽未央：承接上句，指百姓的劳苦长久没有尽头。

【笺释】

一、本诗的讥刺、调侃之意全体现在五个"噫"字之上：

第一噫：死者已矣；第二噫：偌大都市；第三噫：好个宫阙；第四噫：可怜黎庶；第五噫：苦难无期。

一为死者，二三四五为生者，死生对比，暗含死魂笑看、生者尔尔之意；二三为生之贵者，四五为生之贱者，贵贱对比，不满之情跃然纸上。

二、清人张玉谷《古诗赏析》卷五：“无穷悲痛，全在五个噫字托出，真是创体。”

辛延年（生平不详）

羽林郎

【题解】

本诗始见于南陈徐陵所编《玉台新咏》，并收入《乐府诗集》“杂曲歌辞三”。据《汉书·百官公卿表》及颜师古注，汉武帝时设羽林军，即皇家禁卫军。羽林郎即羽林军之军官，用之以诗篇名，当是沿用乐府旧题写新事之习，不涉及诗歌内容。

昔有霍家姝，姓冯名子都①。依倚将军势，调笑酒家胡②。胡姬年十五，春日独当垆③。长裾连理带，广袖合欢襦④。头上蓝田玉，耳后大秦珠⑤。两鬟何窈窕，一世良⑥所无。一鬟五百万，两鬟千万余。不意金吾子，娉婷过我庐⑦。银鞍何煜爚，翠盖空踟蹰⑧。就我求清酒⑨，丝绳提玉壶。就我求珍肴，金盘脍鲤鱼。贻我青铜镜，结⑩我红罗裾。不惜红罗裂，何论轻贱躯。男儿爱后妇，女子重前夫。人生有新故，贵贱不相逾⑪。多谢金吾子，私爱徒区区⑫。

据中华书局郭茂倩编《乐府诗集》卷六十三

【注释】

①霍家：霍光家。按：霍光，西汉武帝末期重臣，为昭帝、宣帝的辅政大臣，官至大将军大司马。姝（shū）：此指美貌男子。别本作“奴”。按：丁福保《全汉三国晋南北朝诗》绪言认为，宋刻《玉台新咏》《乐府诗集》俱作“姝”，后世选本皆改“姝”字为“奴”。徐仁甫《古诗别解》：“《羽林郎》全诗堂皇富丽，作一‘奴’字，则大煞风景。丁说是，兹改‘奴’为

'姝'。"冯子都：据《汉书·霍光传》名殷，为霍光的家府总管。②调笑：此处实为挑拨、追求之意。酒家胡：卖酒的胡女。胡，古代称少数民族或外国人。③当垆：在酒垆前。垆，放酒坛的土台，也可指土灶。④裾（jū）：衣服的前后襟。连理带：两条对称的衣带，用以系束衣服。一说绣有连理枝的带子，以象征爱情。合欢襦（rú）：绣有合欢花图案的短袄。⑤蓝田玉：陕西蓝田县所产之美玉，较为罕见。大秦珠：异域宝珠。大秦，我国古代对古罗马帝国的称呼。⑥窈窕：原作"窕窕"，据元人左克明《古乐府》而改之。良：副词，确实。⑦不意：不料。金吾子：即执金吾，汉代官名，为戍卫京畿的武官，此指冯子都。娉（pīng）婷：本指女子姿态绰约，此指冯子都和颜悦色之态。庐：小屋，此指胡女之酒店。⑧煜爚（yù yuè）：光辉闪耀貌。翠盖：饰以翠鸟羽毛的车盖。踟蹰（chí chú）：徘徊貌。⑨就：靠近。清酒：美酒。⑩结：拉扯，纠缠。一说"结"为冯子都把铜镜系在胡女的衣襟上，联系后文"红罗裂"，此解太过胶柱鼓瑟，非也。⑪逾：超越。此乃婉拒之辞，故示身份低下而予以拒绝。⑫私爱：个人的独爱。区区：殷勤、专注。

【笺释】

一、全诗统用赋法，铺叙、详陈了一场古代高富帅单恋"女神"而追求不果的情事。胡应麟《诗薮》内编卷一评曰：此诗"整而条，丽而典，五言之赋也"。

二、此诗女子以礼拒绝男方追求之题材模式，当祖述前第二章《诗经·召南·野有死麇》之篇。诗中冯子都青铜镜之"贻"，犹"吉士诱之……白茅纯束"之"诱"。胡姬之婉拒，"人生有新故，贵贱不相逾。多谢金吾子，私爱徒区区"之语，如"舒而脱脱兮，无感我帨兮，无使尨也吠"之厉责，皆因对方之"无礼"也。

三、诗中"男儿爱后妇，女子重前夫"两句，清人王尧衢《古唐诗合解》卷一析之云："若男儿之所爱无定，女子则岂不重前夫？从一而终，妇之道也，何得于新故之际而贵贱逾节乎？若曰虽以子之私心相爱，抱此区区，亦徒然耳。辞婉而意严矣！"

宋子侯（生平不详）

董娇饶

【题解】

本诗始见于《玉台新咏》，《乐府诗集》收入“杂曲歌辞十三”。董娇饶，盖女子之名。娇饶，当是“娇娆”之讹，指女子柔媚之貌。

洛阳城东路，桃李生路旁①。花花自相对，叶叶自相当。春风东北起，花叶正低昂。不知谁家子，提笼行②采桑。纤手折其枝，花落何飘扬。“请谢彼姝子，何为见③损伤？”“高秋④八九月，白露变为霜。终年会飘堕⑤，安得久馨香？”“秋时自零落，春月复芬芳。何时盛年去，欢爱永相忘⑥！”吾欲竟⑦此曲，此曲愁人肠。归来酌美酒，挟瑟⑧上高堂。

据中华书局郭茂倩编《乐府诗集》卷七十三

【注释】

①旁：原作“傍”，据他本改。②行：行将，将要。③请谢：请问。何为：犹“为何”。见：被。④高秋：浓秋，深秋。⑤终年：犹年终、岁末之意。会：适逢。按：此句倒装，一般语序是“飘堕会终年”。⑥欢爱永相忘：“别人欢爱却将你永远遗忘”之意。⑦吾：作者自称。竟：完成。⑧挟瑟：挟瑟以弹、排遣此愁也。

【笺释】

一、本诗最大的艺术特色是，用拟人化的手法描写花、人对语，景情交融，辗转生愁。

二、后四句似有画蛇添足之嫌，若将其删去，或达“言尽意远”之效。

（二）佚名类

战城南

【题解】

本诗录于《乐府诗集》“鼓吹曲辞一”，为“汉铙歌十八曲”之一。诗歌描写了前线士卒曝尸荒野、影响后方农业生产的社会实况，表现了作者对死去战士的哀悼和对朝不保夕生活的不满。

战城南，死郭北，野死不葬乌①可食。为②我谓乌：“且为客豪③！野死谅不葬，腐肉安能去子④逃？”

水深激激，蒲苇冥冥⑤。枭骑战斗死，驽马徘徊鸣⑥。

梁筑室，何以南，何以北⑦？禾黍不⑧获君何食？愿为忠臣安可得？思子⑨良臣，良臣诚可思。朝行出攻，暮不夜归！

据中华书局郭茂倩编《乐府诗集》卷十六

【注释】

①“战城南”二句：为互文写法，言南北东西皆有战斗、皆有死者。乌：乌鸦。②为：于是。③客：指战死异乡的战友。豪：通“嚎”，哀嚎，实指招魂。④谅：犹副词“信”，想必。子：指乌鸦。⑤激激：水流湍急貌。冥冥：草木幽暗貌。⑥枭骑（jì）：骁勇的骑兵。枭，通“骁”。驽（nú）马：迟钝的劣马。⑦梁筑室：在桥头修筑桥头堡。何以北：底本原作“梁何北”，据原书校勘记改之。⑧不：原作“而”，据校勘记而改。⑨思：怀念。子：你们，指阵亡的战友。

【笺释】

一、“水深激激，蒲苇冥冥。枭骑战斗死，驽马徘徊鸣”四句是典型的比兴写法。前两句分别烘托了战斗的激烈场面和战后环境的萧条；后两句则象征性地暗示了“精壮皆战死，老弱独苟活”的战后惨状。

二、本诗感怀死士和反对战争的构思立意，被后来许多作家在创作古体诗时用来学习和借鉴，如陈琳的《饮马长城窟行》、李白的《战城南》和杜甫的《兵车行》等。

十五从军征

【题解】

本诗收录在《乐府诗集》“横吹曲辞五·梁鼓角横吹曲”。原题《紫骝马歌辞》，题注引南陈释智匠《古今乐录》：“‘十五从军征’以下是古诗。”因本诗首句“十五从军征”之前尚有“烧火烧野田，野鸭飞上天。童男娶寡妇，壮女笑杀人。高高山头树，风吹叶落去。一去数千里，何当还故处”八句，故可凭断此诗大致为汉代乐府诗。

十五从军征，八十始得归。道逢乡里人：“家中有阿①谁？”“遥看是君家，松柏冢累累②。”兔从狗窦入，雉③从梁上飞。中庭生旅谷④，井上生旅葵。舂谷持作饭，采葵持作羹。羹饭一时熟，不知贻⑤阿谁？出门东向看，泪落沾我衣。

据中华书局郭茂倩编《乐府诗集》卷二十五

【注释】

①阿（ā）：语助词，无实意。②累累：重叠凑集貌。③窦：孔穴。雉：野鸡。④中庭：庭院中央。旅谷：野谷。按：下文之“旅葵”，指野葵菜，同此。旅，客也，在外也，故训为“野”。⑤贻（yí）：通“贻”，给予。

【笺释】

一、古典诗词作品写作时，往往贵凝练，多节省。一般将情节、场面、语言、动作、情感等写出一半于纸上，留下一半在字后，故所谓蕴藉隽永之致，“言有尽而意无穷”者也。沈德潜《古诗源》卷四评此诗云：“‘遥望’二句，乃乡人答词，下从征者入门之词。古人诗每减去针线痕迹。”

二、本诗描述退伍老兵归家后举目无亲的悲惨遭遇，平白如画，抒情遥深，艺术感染力几欲令人欷歔。这种写法被后代的优秀诗人继承，最典型的就是大诗人杜甫的《无家别》。

江　南

【题解】

本诗见于《乐府诗集》之“相和歌辞一·相和曲”，是一支清新优美的江南采莲图曲。

江南可采莲，莲叶何田田①。鱼戏莲叶间。鱼戏莲叶东，鱼戏莲叶西，鱼戏莲叶南，鱼戏莲叶北②。

据中华书局郭茂倩编《乐府诗集》卷二十六

【注释】

①田田：莲叶盛大密集貌。②结尾四句：既是写鱼，亦是写人。初看是写鱼儿四处之游动，细味则是四处采莲女子之相继唱和。

【笺释】

一、本诗最大的特色就是末尾四句的齐同排比，固是民歌本色，形式貌似划一，却能情态灵动，诗意绵深，后世作者多引论之。

二、清人陈祚明《采菽堂古诗选》：“排演四句，文情恣肆，写鱼飘忽。较《诗》‘在藻’‘依蒲’尤活！”

三、清人王尧衢《古唐诗合解》卷一：“莲叶之浮水，群鱼之戏波，而迭语以咏叹之。存其章法，以见一格。”

四、近人朱自清散文《荷塘月色》：“曲曲折折的荷塘上面，弥望的是田田的叶子……采莲的是少年的女子，她们是荡着小船，唱着艳歌去的。”其中的“田田”一词，渊源在此。

薤　露

【题解】

本首及下首《蒿里》同在《乐府诗集》“相和歌辞二·相和曲”。题注引晋人崔豹《古今注》："《薤露》《蒿里》，泣丧歌也。本出田横[1]门人，横自杀，门人伤之，为作悲歌。言人命奄忽，如薤上之露，易晞灭也；亦谓人死魂魄归于蒿里。至汉武帝时，李延年分为二曲，《薤露》送王公贵人，《蒿里》送士大夫庶人。使挽柩者歌之，亦谓之挽歌。"

薤①上露，何易晞②！露晞明朝更复落③，人死一去何时归④？

【注释】

①薤（xiè）：多年生草本植物，新鲜鳞茎可作蔬菜。②晞（xī）：晒干。③落：自上落下，实指生成。④归：归家。

【笺释】

一、本歌在古代作高级挽歌使用。挽歌，为挽柩者哀悼死者所唱之歌，后来演化为对死者悼念的诗歌或哀叹故物不存的文辞。

二、汉末曹操、曹植，晋人张骏都作有《薤露行》。

蒿　里

【题解】

参见上首《薤露》题解。

蒿里①谁家地？聚敛魂魄无贤愚。鬼伯②一何相催促，人命不得少③踟蹰。

以上据中华书局郭茂倩编《乐府诗集》卷二十七

【注释】

①蒿里：本为山名，相传在泰山之南，为死者葬所，因以泛指墓地、黄泉。②鬼伯：索命的鬼王。③少（shāo）：通"稍"。

【笺释】

一、近人黄节《汉魏乐府风笺》引张阴嘉语综评此二首之特色："前章（《薤露》）比体，凄婉欲绝；此章赋体，惨刻尽致。"

二、曹操、南朝宋鲍照、唐释贯休都作有《蒿里行》。

1　田横，本齐国宗室，秦末起兵反秦，后自立为齐王，不肯降汉，曾率五百部属归隐海岛。

陌上桑

【题解】

本歌归入《乐府诗集》“相和歌辞三·相和曲”。最早著录此诗的是《宋书·乐志》，题为《艳歌罗敷行》，《玉台新咏》中题为《日出东南隅行》。此处用《乐府诗集》之题名。本诗讴歌了美貌的采桑姑娘秦罗敷严词拒绝太守调戏的故事，体现出女主人公的坚贞和机智；在艺术上运用了铺陈、烘托、虚实结合等多种写作手法，是一篇不可多得的极富喜剧色彩的古代民间文学佳作。

日出东南隅[①]，照我秦氏楼。秦氏有好女，自名[②]为罗敷。罗敷喜蚕桑，采桑城南隅。青丝为笼系[③]，桂枝为笼钩。头上倭堕髻，耳中明月珠[④]。缃绮为下裙，紫绮为上襦[⑤]。行者见罗敷，下担捋髭[⑥]须。少年见罗敷，脱帽著帩头[⑦]。耕者忘其犁，锄者忘其锄。来归相怒怨，但坐[⑧]观罗敷。

使君从南来，五马[⑨]立踟蹰。使君遣吏往，问是谁家姝。“秦氏有好女，自名为罗敷。”“罗敷年几何?”“二十尚不足，十五颇有余”。使君谢罗敷，“宁可共载不[⑩]?”罗敷前置辞，“使君一何愚[⑪]！使君自有妇，罗敷自有夫!”

东方千余骑，夫婿居上头[⑫]。何用识夫婿？白马从骊驹[⑬]。青丝系马尾，黄金络[⑭]马头。腰中鹿卢剑，可直[⑮]千万余。十五府小史[⑯]，二十朝大夫。三十侍中郎，四十专城居[⑰]。为人洁白皙，鬑鬑颇[⑱]有须。盈盈公府步，冉冉府中趋[⑲]。坐中数千人，皆言夫婿殊[⑳]。

据中华书局郭茂倩编《乐府诗集》卷二十八

【注释】

①东南隅：东南方。一本作“东海隅”。②自名：本名。③系：系竹笼的丝绳。一作“绳”。④倭（wō）堕髻：当时妇女流行的一种发式，发髻偏于一边，呈欲堕之状。明月珠：宝珠名。⑤缃（xiāng）绮：淡黄色、有花纹的丝绢。襦：短袄。⑥捋（lǚ）：用手指顺着抹过去，使物体顺溜或干净。

髭（zī）：唇上的胡子。⑦著（zhuó）：穿戴。帩（qiào）头：古代男子包头发的布巾。⑧但：只是。坐：因为。⑨使君：汉代对州郡长官（州为刺史，郡为郡守、太守）的尊称。五马：汉制郡守乘车用五匹马。⑩谢：问、询。宁（nìng）：表示疑问语气的助词，无实意。不（fǒu）：通“否”。⑪一何愚：犹言“何其愚”。⑫上头：前列。⑬何用：犹“用何”，如何、怎样。识（zhì）：辨认。骊（lí）驹：深黑色的马驹。⑭黄金：指黄金络，即饰有黄金的马笼头。按：络，指用网状物（即马笼头）兜住马头。⑮鹿卢剑：宝剑名，剑首镶以辘轳形饰玉，即“辘轳剑”。直：通“值”。⑯府：郡守府。小史：泛指长史、掾吏等长官的文职属员，参见前第六章《汉书·丙吉传》文中注释。⑰侍中郎：侍中在汉代本为郎中令属下郎官的一种，为皇帝身边的侍从武官，故称侍中郎。专城居：专治一城的长官，即郡守。⑱皙：“晰”的异体字，白净。鬑鬑（lián）：须发稀疏貌。颇：略微。⑲盈盈：形容落落大方的仪态。公府步：庄重的步伐，即“官步”。冉冉：舒缓貌。趋：行走。⑳坐：同“座”。殊：出众、不一般。

【笺释】

一、本诗立意当效法《诗经·召南·野有死麇》、辛延年《羽林郎》等诗之题材模式，参见本书第二章及本章前诗。

二、本诗用赋法写诗，主要表现在两处：一是罗敷的出场及其装饰、打扮，众人对其美丽如痴如醉的反应；一是对夫婿到来时的排场，及其履历、仪态、众人的夸赞等处描写。赋法的好处是，能起到惟肖对方形象、铺陈场面张力、烘托环境气氛的效果。

三、该诗的第三部分此处并未添加引号。若加引号则为罗敷自夸其夫；不加引号，则为作者第三方客观陈述。如付之阙如，以存多解。

饮马长城窟行

【题解】

《文选》《玉台新咏》皆收录此歌。《乐府诗集》将其归入“相和歌辞十三·瑟调曲”，又名《饮（yìn）马行》。郭茂倩题注曰：“长城，秦所筑以备胡者。其下有泉窟，可以饮马。古辞云‘青青河畔草，绵绵思远道’，言征戍之客，至于长城而饮其马，妇人思念其勤劳，故作是曲也。郦道元《水经注》曰：‘始皇二十四年，使太子扶苏与蒙恬筑长城……今白道南谷口有长城，自城北出，有高坂，傍有土穴出泉，挹之不穷。歌录云《饮马长城窟》，信非虚言也。’”这是一首思妇诗，女子思念远在长城服役、历久不见的丈夫，表达缠绵反复，感情质朴笃厚，十分感人。

青青河畔草，绵绵①思远道。远道不可思，宿昔②梦见之。梦见在我旁③，忽觉在他乡。他乡各异县，展转不相见④。枯桑知天风，海水知天寒⑤。入门各自媚，谁肯相为言⑥？客从远方来，遗⑦我双鲤鱼。呼儿烹鲤鱼，中有尺素⑧书。长跪读素书，书中竟何如？上言加餐饭，下言长相忆⑨。

据中华书局郭茂倩编《乐府诗集》卷三十八

【注释】

①绵绵：所指双关，一指春草沿河蔓延，一指情思如草绵长。②宿昔：昨夜。一作“夙昔”。③旁：原作“傍”，据他本改。④不相见：一作“不可见”。⑤“枯桑”二句：比兴名句。无叶枯桑尚知风吹之烈，无冰海水亦觉天寒之酷，分离之人心非木石，岂能无感？⑥入门各自媚：摹他人欢聚之景。媚，亲昵状。相为言：与我交言，与我亲昵。⑦遗（wèi）：赠予。⑧尺素：小幅的绢帛，古人多用以写信或文章，后代指书信。⑨“上言”两句：一作“上有加餐食，下有长相思”。

【笺释】

一、“枯桑知天风，海水知天寒”二句具有极高的艺术特色，详情见注释，愈嚼愈有味。

二、“尺素”可作为代指书信的典故，其用法自此始。亦可知，古代文学中可以传递书信的典型工具（即常言的文学意象）有两个，一为鸿雁，一为鲤鱼。对此明了于胸，那么后世与之相关的某些诗词也就不再令人费解了，如唐张若虚诗《春江花月夜》“鸿雁长飞光不度，鱼龙潜跃水成文”，再如宋秦观词《踏莎行》“驿寄梅花，鱼传尺素，砌成此恨无重数”等。

白头吟

【题解】

本歌归入《乐府诗集》“相和歌辞十六·楚调曲”，是一首女子对负心男子的决裂之辞。葛洪《西京杂记》曰：“司马相如将聘茂陵人女为妾，卓文君作《白头吟》以自绝，相如乃止。”然沈约《宋书·乐志》将此诗列于“汉世街陌谣讴”、徐陵《玉台新咏》题此诗名为《皑如山上雪》，皆未言及卓文君。葛洪之言乃小说家语，恐不足信。

皑如山上雪，皎若云间月①。闻君有两意，故来相决绝。今日斗酒会，明旦沟水头②。躞蹀御沟③上，沟水东西流。凄凄复凄凄，嫁娶不须啼。愿得一心人，白头不相离。竹竿何袅袅，鱼尾何簁簁④。男儿重意气，何用钱刀⑤为！

据中华书局郭茂倩编《乐府诗集》卷四十一

【注释】

①“皑（ái）如”二句：写女子之情怀如雪之洁，如月之明。皑、皎，皆洁白之貌。②斗（dǒu）酒会：指最后的欢愉。斗，盛酒的酒具。沟水头：指明日分手之处。③躞蹀（xiè dié）：小步行走貌，亦指徘徊。御沟：流经宫苑掖庭的沟渠。④“竹竿”二句：指夫妇恩爱的闲适生活，古人常以钓鱼作为男女求偶的譬喻。竹竿，即钓竿。袅袅（niǎo），鱼竿摆动之态。簁簁（shāi），鱼跃貌。一说通“漇漇（xǐ）”，鱼尾润湿之貌。⑤意气：情意、气节。钱刀：铜钱和刀币，泛指金钱。

【笺释】

一、“愿得一心人，白头不相离”两句，流传吟唱至今。

二、明清之际的毛先舒《诗辩坻》卷一：“《白头吟》古辞，突然而起，突然而收。无句不奇，无调不变。”

上山采蘼芜

【题解】

本诗未收入《乐府诗集》，最早见录于《玉台新咏》，列于“古诗”类；《太平御览》引作“古乐府”，故可看作一篇汉代乐府诗。作为一首弃妇诗，其主题与《焦仲卿妻》（即《孔雀东南飞》）一诗颇有共通之处，都有对社会制度不公的揭露和批判，但在本诗中男女主人公的对话及抒情都显得委婉含蓄、情意绵绵，尤其女主人公楚楚无辜、全无戾气，十分惹人垂怜。全诗符合“温柔敦厚”的诗教传统，含而不露，也具有更加悠长的艺术感染力。

上山采蘼芜，下山逢故夫[①]。长跪问故夫，新人复何如？新人虽言好，未若故人姝[②]。颜色类相似，手爪[③]不相如。新人从门入，故人从閤[④]去。新人工织缣，故人工织素[⑤]。织缣日一匹[⑥]，织素五丈余。将缣来比素，新人不如故。

据中华书局吴兆宜注《玉台新咏笺注》卷一

【注释】

①蘼芜：香草名，一名江蓠、芎（xiōng）䓖、川䓖。按：中医理论认为该草有活血行气之效，可助妇女多生子。故此诗以“采蘼芜”为题，亦在暗示女子被逐盖在无子。故夫：前夫。②姝：美好。此词双关，一指容颜娇美，一指勤劳能干。③手爪（zhǎo）：纺织、缝纫等手工技能。④閤（gé）：侧门、小门。⑤工：擅长。缣（jiān）：黄色丝绢。素：白色细绢，比缣精致。⑥匹：布帛计量单位，一匹为四丈。

【笺释】

一、本诗自“长跪问故夫”以下，均由对话构成。

二、清人王尧衢《古唐诗合解》卷二：长跪而问故夫，中怀哀怨，外致恪恭；“新人复何如”，只一句问，故夫如何答得？“复”字暗对“故人”说。以下是从旁将“新人”“故人”比拟一番，而结到“新人不如故”，以见故人浑厚而弃旧之情薄。“手爪不相如”，以织言。一从门入，一从閤去，描写出一种恶薄世态，所不忍看。

第二节　文人诗

一、概述

与乐府民歌之如火如荼相比，汉代文人诗起步较晚，发展亦滞后。相传西汉时为苏武、李陵、枚乘及班婕妤等所作之五言诗，六朝时即被疑为伪作。首出之篇，公认乃东汉班固之《咏史》诗与张衡之《四愁诗》。秦嘉、徐淑夫妇《赠答诗》，郦炎《见志诗》，赵壹《疾邪诗》，蔡邕《翠鸟》等，皆后起之佳者。《古诗十九首》及颇存争议之“苏李诗”，乃脱离乐府自立、五言取代四言之杰构，其后建安诗歌“五言腾涌”，于兹所兴。

二、作品

班　固（作家简介见本书第六章）

咏　史

【题解】

本诗见于《文选》卷三十六王融《策秀才文》李善注引文，今人多认为是最早的一首文人五言诗。《史记·扁鹊仓公列传》、刘向《列女传·齐太仓女》都记载，汉文帝时，齐国太仓令淳于意获罪当解长安，意有五女，随而泣，意怒而骂曰：“生子不生男，缓急无可使者！”小女缇萦（tí yíng）痛其父之言，往长安阙下上书，并歌《鸡鸣》《晨风》之诗，言愿入宫为婢以赎父罪。汉文帝哀悯之，于是废除肉刑并赦免其父。此诗歌咏的就是孝女缇萦的这件事迹。南梁钟嵘《诗品序》认为此诗“质木无文”。

三王德弥薄，惟后用肉刑[①]。太仓令[②]有罪，就逮长安城。自恨身无子，困急独茕茕[③]。小女痛父言，死者不复生。上书诣北阙，阙下歌《鸡鸣》[④]。忧心摧折裂，《晨风》[⑤]扬激声。圣汉孝文帝，恻然感至诚[⑥]。百男何愦愦[⑦]，不如一缇萦。

据上海古籍出版社李善注《文选》卷三十六

【注释】

①三王：本指夏、商、周三代开国之王，此指这三个时代。弥：更加。肉刑：残害肉体的刑罚，古指墨、劓、剕、宫、大辟等，号称“五刑”。后泛指对受审者肉体上的处罚。②太仓令：主管太仓（政府粮仓）的长官。③茕茕（qióng）：孤单无依貌。④《鸡鸣》：《诗经·齐风》中的诗歌，其中有“匪鸡则鸣，苍蝇之声”两句，这里指淳于意获罪乃被人诬陷。⑤《晨风》：《诗经·秦风》中的诗歌，写未见君子诗时的忧心忐忑，此指淳于意无人救援的困窘。⑥诚：一本作“情”。⑦百男：千百的男子。愦愦（kuì）：昏庸无能貌。底本原作“愦愦”，据他本改。

【笺释】

一、本诗作为古代文学史上最早的文人五言诗，产生时代较晚，但证据确凿，争议较少。

二、本诗不过隐括史实，以叙事为主，基本没有使用渲染、修饰等艺术手段，质朴无华。钟嵘之评基本允当，但本诗的文学史意义重大。

三、可以推测写作此诗时，当是班固身系狱中之际，所以诗中有作者自身遭遇和情怀的寄托。这种暗示和象征的意义，恰恰就是这首作品最大的文学特色所在。

张　衡（作家简介见本书第七章）

四愁诗

【题解】

此诗《文选》题注云："张衡不乐久处机密[1]，阳嘉（汉顺帝年号，132年—135年）中，出为河间相。时国王骄奢，不遵法度，又多豪右并兼之家。衡下车，治威严，能内察属县。奸猾行巧劫，皆密知名，下吏收捕，尽服擒。诸豪侠游客，悉惶惧逃出境。郡中大治，争讼息，狱无系囚。时天下渐弊，郁郁不得志，为《四愁诗》。依屈原以美人为君子，以珍宝为仁义，以水深雪雰（fēn）为小人。思以道术为报，贻于时君，而惧谗邪不得以通。"诗中以"芳草美人"的兴寄手法，抒发自身在政治上卓见不得舒申的苦闷。七言的形式也是历来诗人的首创，反映出作者在艺术上的创新追求。

一思曰：我所思兮在太山，欲往从之梁父①艰。侧身东望涕沾翰②。美人赠我金错刀，何以报之英琼瑶③。路远莫致倚逍遥④，何为怀忧心烦劳！

二思曰：我所思兮在桂林，欲往从之湘水⑤深。侧身南望涕沾襟。美人赠我金琅玕⑥，何以报之双玉盘。路远莫致倚惆怅，何为怀忧心烦伤！

三思曰：我所思兮在汉阳，欲往从之陇阪⑦长。侧身西望涕沾裳。美人赠我貂襜褕⑧，何以报之明月珠。路远莫致倚踟蹰，何为怀忧心烦纡⑨！

四思曰：我所思兮在雁门⑩，欲往从之雪纷纷。侧身北望涕沾巾。美人赠我锦绣段，何以报之青玉案⑪。路远莫致倚增叹，何为怀忧心烦惋⑫！

据上海古籍出版社李善注《文选》卷二十九

1　此指中央枢要之职，张衡时为太史令。

【注释】

①所思：心中思念之人，即下文的“美人”。太：同“泰”。从：追随。梁父（fǔ）：山名，泰山的支脉。父，通“甫”。②翰：指笔墨或文辞。③金错刀：刀身用黄金镶嵌的佩刀。错，装饰。一说指钱币，王莽摄政时所铸造的以黄金错镂其文的钱币，也称错刀。英、琼、瑶：皆美玉名。英，通“瑛”。④致：送达，传达。倚（yī）：通“猗”，语气助词。逍遥：彷徨不安貌。⑤桂林：秦汉郡名，大致为今广西北部、湖南南部一带。湘水：长江支流，源于广西，自南至北流经湖南。⑥金琅玕（láng gān）：金镶玉。琅玕，含玉的美石。⑦汉阳：汉代郡名，今甘肃东南部一带。陇阪：山名，在汉阳郡，即“陇坻”，详情可参见本书第七章扬雄《解嘲》、祢衡《鹦鹉赋》文中注释。⑧貂襜褕（chān yú）：貂皮缝制的长袍。襜褕，宽大的长衣，为古人通用的非正式衣着。⑨纡（yū）：曲折，此指心情郁结。⑩雁门：汉代郡名，大致在今山西北部一带。⑪锦绣段：锦绣一类的绸缎。段，同“缎”。青玉案：青玉所制的短脚盘子。⑫惋（wǎn）：怨恨。

【笺释】

一、本诗的比兴寄托手法是对《国风》《离骚》艺术传统的继承；七言体制，则是张衡的发扬。

二、本诗是我国古代文人草创七言诗的第一首，故晋代傅玄《拟张衡四愁诗序》曰：“张平子作《四愁诗》，体小而俗，七言类也。”

秦　嘉（生卒年不详）

字士会，陇西（在今甘肃临洮县）人。汉桓帝时，为郡上计吏，奉使洛阳。后除黄门郎，病卒于津乡亭。《先秦汉魏晋南北朝诗》存其诗六首，残句二则，另有文《与妻徐淑书》等。

赠妇诗（选一）

【题解】

《玉台新咏》存秦嘉四言《赠妇诗》一首；《先秦汉魏晋南北朝诗》存其

五言《赠妇诗》三首，亦名《留郡赠妇诗》，这是其第一首。此诗是秦嘉为郡上掾时，妻子徐淑因病还母家，不及面别，他赠送给妻子的诗。诗中使用了比喻、通感等修辞手法，活用《诗》典以及大量的赋法铺陈，感情真挚动人，艺术性较高，表明了当时的文人五言诗已经发展到了相对成熟的阶段。

人生譬朝露，居世多屯蹇①。忧艰常早至，欢会常苦晚。念当奉时役，去尔②日遥远。遣车迎子还，空往复空返。省书情凄怆③，临食不能饭。独坐空房中，谁与相劝勉。长夜不能眠，伏枕独展转。忧来如循环，匪席不可卷④。

据中华书局《先秦汉魏晋南北朝诗》汉诗卷六

【注释】

①屯（zhūn）蹇（jiǎn）：《周易》中《屯》卦和《蹇》卦的合称，意谓艰难困苦、不顺利。②奉：执行。时役：手头的差使。去：离开。尔：你。③省（xǐng）：观看。凄怆（chuàng）：悲伤痛苦貌。④循环：沿环而动，犹“回环”，后指事物周而复始地运行。匪（fēi）席不可卷：化用《诗经·邶风·柏舟》“我心匪石，不可转也。我心匪席，不可卷也”的诗句，指（思念的）心肠不似草席般柔软，不能轻易地改变。匪，通“非”。

【笺释】

一、诗中的赋法体现在描写自己多次迎接妻子而无果，归来后愁苦不堪的情形，“遣车迎子还，空往复空返。省书情凄怆，临食不能饭。独坐空房中，谁与相劝勉。长夜不能眠，伏枕独展转”。盛兴而去，败兴而归，不止一次两次；翻开先前的书信，越看心情越不好；吃不下饭，睡不着觉……一般般一件件，反复渲染，可谓穷极憔悴之形，写尽孤苦之相矣。

二、“我心匪席，不可卷也”之句出自《诗经》，“忧”为心情，为感觉；“卷”为动作，为触觉——可以理解为通感的修辞。本诗化用此典，使作品貌似浅白的背后深藏了一份典雅和隽永。

蔡　邕（132年—192年）

字伯喈，陈留郡圉（yǔ）（在今河南杞县）人。少博学，好辞章、数术、天文，妙操音律。灵帝时辟入司徒桥玄幕府，任郎中，校书东观，后迁议郎。熹平四年（175年）与五官中郎将堂溪典等奏定《六经》文字，自书并镌于碑，立太学门外，世称“熹平石经”。后以上书论朝政阙失，屡为宦官所谗，流放北南苦远之地。晚年值董卓专权，慕其名高而召之，称疾不就。卓怒，乃趋庭，甚见敬重，拜为左中郎将，再封高阳乡侯。卓诛，众谈卓之恶，邕在司徒王允之座，唯不意而叹，戚容动于色，允叱与廷尉治罪。邕乞黥首刖足，续成汉史，不许。士大夫多矜救之，不能得，卒死狱中，时年六十一。文集二十卷已佚，明人张溥辑有《蔡中郎集》。

翠　鸟

【题解】

翠鸟，一种羽毛以青绿色为主、长喙的水鸟。这是一首咏物诗，作者以比兴的手法，托物寄怀，将翠鸟当作自我的化身，渴望获得一方可以安憩全家的乐土，艺术地反映出广大士大夫在末世黑暗中惧怕遭受迫害、缺乏安全感的真实心态。

庭陬有若榴，绿叶含丹荣①。翠鸟时来集，振翼修形容②。回顾生碧色，动摇扬缥青③。幸脱虞人机④，得亲君子庭。驯心托君素，雌雄⑤保百龄。

据上海中华书局四部备要本《蔡中郎集》外集卷三

【注释】

①陬（zōu）：隅，角落。若榴：亦作“若留”，即石榴。张衡《南都赋》：“梬（yǐng）枣若留，穰橙邓橘。”潘岳《金谷集作》诗：“灵囿繁若榴，茂林列芳梨。”丹荣：红花。②形容：形体外貌。③生：此处有“增多”之意。缥（piǎo）青：淡绿色。④虞人：本指掌管山泽苑囿的官员，此指猎人。机：机关。⑤驯心：驯从的性情。素：向来，一直。此处有“得长久”之意。雌雄：指鸟之父母及众多幼鸟。按：本诗作者自喻，也指作者的家庭、妻孥等。

【笺释】

一、“回顾生碧色，动摇扬缥青”，一切景语皆情语。在风波之余，得此佳处，有所观、所感相得益彰之效。

二、本诗通篇比兴，“翠鸟”即作者性灵的化身，借此来寄托诗人的心志和忧伤。蔡邕多年来饱经凶险、流离各地，多么渴望有一处恬静、温馨的逋逃薮——即诗中有若榴的庭陬。“驯心”，在我必将安分守己；“托君”，于您还望多加关照——多少也反映出作者寄人篱下的无奈和对未来生活不确定的惶恐，这也是身处汉末乱世中一般士人心路历程的真实写照。

古诗十九首

东汉佚名之诗，非一人一时之作。始见于南梁萧统所编《文选》“杂诗”类，题为“古诗十九首”，后人沿用此题至今。其中十二首又见于南陈徐陵所编《玉台新咏》，有八首题作枚乘《杂诗》。宋代郭茂倩编《乐府诗集》亦选录其中三首。这十九首诗的内容，多为夫妇、朋友间的离情别怨以及士人的彷徨苦闷，语言流畅自然，善用兴寄，故表达委婉蕴藉，感情真挚动人，是早期文人五言抒情诗的标杆作品。

行行重行行

【题解】

本诗为《古诗十九首》的第一首，抒发了女子对远行已去的爱人深厚的思念和牵挂。诗中先补叙初别之景，次言路远难聚，再述离思之苦，最后以自我宽勉之辞作结。整首诗笔法回环丝扣，层层演进，有较高的艺术水平。

行行重行行，与君生别离①。相去万余里，各在天一涯②。道路阻③且长，会面安可知。胡马依北风，越鸟④巢南枝。相去日已远，衣带日已缓⑤。浮云蔽白日，游子不顾反⑥。思君令人老，岁月忽已晚。弃捐勿复道⑦，努力加餐饭。

【注释】

①行行：行将远行。重：再次，又，表示缠绵不前。生别离：非因死而别，乃活生生地离别。据朱自清《古诗十九首释》，此句化用屈原《九歌·少司命》“悲莫悲兮生别离”之句，暗含“悲莫悲”之意。②一涯：一方。

③阻：险也。④胡马：北方之马。越鸟：南方之鸟。越，地名，今浙江大部，泛指南方。⑤已：通“以”，语助词。缓：衣带宽松，实指身形消瘦。⑥“浮云”二句：比兴，实指游子在外地为人或事所分心。反：通“返”。⑦弃、捐：皆放弃、抛开之意。道：说道，犹言“唠叨”。

【笺释】

一、“胡马依北风，越鸟巢南枝”，后为游子不忘故土的名句，与成语“狐死首丘”含义相当。

二、“浮云蔽白日”一句，“浮云”“白日”之比兴境界有大小之分。大比兴，言志，当指奸佞、廊庙之类；小比兴，言情，可解为新欢、我夫诸人。

三、最后一句“努力加餐饭”，是女子的自语，还是女子对男子的劝慰？古典文学内质之包容、渊深正在此处。

青青陵上柏

【题解】

本诗为《古诗十九首》的第三首，写一位士子自身郁郁不得志，目睹京城王侯冠带者一片文恬武嬉般的虚荣，对此所抒发的讽刺和不满。诗首起兴，中间多用对比之法，结尾反语，饶有意味。

青青陵上柏，磊磊涧①中石。人生天地间，忽如远行客。斗酒相娱乐，聊厚不为薄②。驱车策驽马，游戏宛与洛③。洛中何郁郁，冠带自相索④。长衢罗夹巷，王侯多第宅⑤。两宫遥相望，双阙百余尺⑥。极宴娱心意，戚戚何所迫⑦？

【注释】

①“青青”二句：以高树、坚石起兴，突出其长久和恒定，以引出下文短暂和漂泊的“远行客”。陵：大土山。磊磊：高高攒集貌。②斗酒：一斗酒，指少许的酒。聊：姑且，勉为。厚：指浓酒。薄：指劣酒。③宛：地名，汉代南阳郡郡治所在，为一大都会。洛：洛阳，东汉都城。④郁郁：人烟稠密貌。冠带：指戴冠冕的达官显贵。索：求也。⑤长衢：长远的大道。

罗：列陈也，此指大路小巷的交错。夹巷：夹在街道两旁的小巷。第宅：犹宅第，此指私家府邸。⑥两宫：指洛阳皇城里的南宫、北宫。阙：宫门两侧的楼观。百余尺：指宫阙之高。⑦极宴娱心意：此句写王侯冠带者。宴，指享乐。戚戚何所迫：此句写己况。戚戚，忧愁貌。迫，急迫，实指内心责任心和良知所带来的逼迫感。

【笺释】

一、本诗最大的特色就是用了多处的对比来体现人生、社会中的某些“尴尬”：

1. 物我对比，即“陵上柏”“涧中石”与“远行客”的对比，凸显“物”之高大久远，“我”之渺小不定。

2. 贱贵对比，即“斗酒”“驽马”与“冠带”“王侯”“宫阙”的对比，贫贱者在生活中刻意寻乐，富贵者在享乐中肆意生活。

3. 清浊对比。浊流小人者，无心国家百姓，故“极宴娱心意”，酒酣自若；清流君子者，有志天下苍生，故“戚戚何所迫”，心有所忧。

二、上述内容亦是对东汉末年贤愚易位、黑白颠倒的政治实状的直观写照。正如赵壹《疾邪诗》中所言：“文籍虽满腹，不如一囊钱。伊优北堂上，抗脏依门边。”不过赵诗刻露，此诗含蓄而已。

西北有高楼

【题解】

这首是《古诗十九首》的第五首。《文选》李善诗中注曰：“此篇明高才之人，仕宦未达，知人者稀也。”高楼上的弦歌之声激起了楼下路过者的心弦，诗中重在描述路过听歌者的感受，抒发知音难觅、仕途无望的感伤。

西北有高楼，上与浮云齐。交疏结绮窗，阿[①]阁三重阶。上有弦歌声，音响一何悲。谁能为此曲，无乃《杞梁妻》[②]？清商随风发，中曲正徘徊[③]。一弹再三叹，慷慨[④]有余哀。不惜歌者苦，但伤知音[⑤]稀。愿为双鸿鹄[⑥]，奋翅起高飞。

【注释】

①交疏：四散交错貌。结：联系上文当指浮云接交于窗上。绮（qǐ）

窗：雕刻或绘饰得很精美的窗子。阿：曲檐。②无乃：犹“莫非”“难道是”。《杞梁妻》：歌曲名，晋人崔豹《古今注·音乐》认为此曲为杞梁妻之妹明月所作。按：杞梁，名殖（一作植），春秋时齐国大夫。齐庄公四年，齐袭莒，杞梁战死，其妻迎丧于郊，哭甚哀，遇者挥涕，城为之崩。后演化为孟姜女哭长城的传说。③清商：乐调名，即清越的商声。商声，五音之一，古人谓其调凄清悲凉，故称清商。中曲：曲中高潮处。徘徊：指乐曲旋律回环往复、缠绵不绝。④叹：弹奏时的和声。慷慨：深情感伤貌。⑤不惜：不在意。知音：本指能识曲者，后泛指知心人、体己者。⑥鸿鹄：鸿雁与天鹅，因鸿鹄善高飞，常比喻志向远大的人。按：底本原作“鸣鹤”，据五臣注《文选》及《玉台新咏》改。

【笺释】

一、开篇的“浮云”与诗尾的“鸿鹄”皆有象征之意，首尾联系去理解可获得更深刻的认识。

二、倒数第二句中之“鸿鹄”，李善注《文选》中作“鸣鹤”，其实各有好处，择其一种则自有妙会。

冉冉孤生竹

【题解】

本诗为《古诗十九首》的第八首，是一首怨妇诗，既有新婚久别之怨，又有韶华易逝之叹。全诗多用譬喻兴寄，附物抒情，感情细腻委婉，言在彼而意在此，读来使人怅惘。杜甫著名的《新婚别》在结构上当借鉴过此诗。

冉冉孤生竹，结根泰山阿①。与君为新婚，兔丝附女萝②。兔丝生有时，夫妇会有宜③。千里远结婚，悠悠隔山陂④。思君令人老，轩车⑤来何迟？伤彼蕙兰花，含英⑥扬光辉。过时而不采，将随秋草萎。君亮⑦执高节，贱妾亦何为？

【注释】

①“冉冉”两句：李善注“竹结根于山阿，喻妇人托身于君子也”。冉冉，柔长貌。阿（ē），山坳，山曲。②兔丝：植物名，即菟丝子。女萝：亦

作“女罗”，蔓生植物，呈丝状下垂。按：丝萝二物纠结相附，以喻夫妻关系密切。③有宜：有时宜，有机会。④陂（bēi）：坡也，坂也。⑤轩车：有屏障的车，古代大夫以上所乘。⑥含英：花含苞而未尽放。⑦亮：信也，的确。

【笺释】

一、本诗中“竹”“山阿”“兔丝”“女萝”“蕙兰”“秋草”等意象的比兴意，皆具有男女二元之意味。象众而理一，物多而意明，古诗之道也。

二、诗的主旨大致有“怨婚后远别”“怨迎娶之迟”二说，亦可合二为一，以为第三说。

庭中有奇树

【题解】

这首是《古诗十九首》的第九首，在写相思之情方面与第六首《涉江采芙蓉》旨意相同。不同之处在于，前首写行者（游子）怀居者（旧人），本首写居者怀行者（远方之人）。

庭中有奇树，绿叶发华滋①。攀条折其荣②，将以遗所思。馨香盈怀袖，路远莫致③之。此物何足贡，但感别经时④。

【注释】

①奇树：与众不同、意义非凡的树（见后文“笺释”详解）。华（huā）：同“花”。滋：青翠欲滴貌。②荣：亦花也。按：草华为花，木华为荣，一般可通用。③怀、袖：衣内胸处为怀、腕处为袖。致：送达、传达。④此物何足贡：一作“此荣何足贵”。贡：赠予。别经时：自分别后到如今这段时间。

【笺释】

一、诗中“奇树”之为“奇”，或许只在诗中人之眼中，在其他人看来未必“奇”也。清人朱筠《古诗十九首说》：“盖人之相别，却在树未发华之前，睹此华滋，岂能漠然？‘攀条折其荣，将以遗所思’，因物而思绪百端矣。”

二、“馨香”空空如也，令人无法捉摸，花枝在古代长途传送也失去了实际的意义——此为事物的真实，比兴之本；“馨香”表达的是一份美好的情意和心愿，香气虚而浓郁，经久不散——此为文学的真实，比兴之旨。

回车驾言迈

【题解】

此作是《古诗十九首》的第十一首。诗歌描述了作者在现实生活中所经历的各种客观景物，通过“物我对比”之法，表达了人生苦短、事业无成的苦闷（悲），以及对重名崇利世风的不满（怨）。

回车驾言迈，悠悠涉①长道。四顾何茫茫，东风②摇百草。所遇无故物③，焉得不速老？盛衰各有时，立身苦不早④。人生非金石，岂能长寿考⑤？奄忽随物化，荣名⑥以为宝。

【注释】

①回车：驱车返程。言：语助词。迈：远行。涉：历经。②茫茫：辽远无际貌。东风：春风。③故物：旧识的物和人。④立身苦不早：本句有自嘲之意。立身：指追求富贵和名声，即下文的“荣名”，这与儒家提倡的“立德、立功、立言”的“三不朽”有别。苦：用作动词，意动，以……为苦、为忧。⑤寿考：犹“寿命”。⑥奄（yǎn）忽：倏忽，形容时间流逝之快。物化：指死亡，语出《庄子·刻意》“圣人之生也天行，其死也物化”。荣名：犹言“利名”，富贵和名望。

【笺释】

一、所谓的“物我对比”，乃主观的“我”与客观的“物”（“我”内心以外的一切对象）之间的对比。中国古代哲学与之对应的概念，前者谓之“人”，后者谓之“天”。文学细微，多讲“物我对比”，以示文人之慷慨多情；哲学宏达，推崇“天人合一”，以显哲人之明澈通透。这两种维度观照下的概念，视角不同，对象有差，表现各异，但有本质上的一致性。正如古希腊柏拉图所言“现实世界是对理念世界的模仿”，天、物，现实世界也；人、我，理念世界也。

二、“物我对比”于是引申出生死观、价值观等立场问题。“我”之能力渺小而“长道”难行，“我”之生命短促（如“百草”“故物”）而“东风”

无穷、“金石”岿然，故“我”悲；“我”自知“奄忽随物化”为生命的归宿，为永恒的生命价值（比如“不朽”）孜孜守节，而众人以“追逐荣名”为生命的目的，为短暂的纵情享乐而费尽心机（“以为宝”）——“我”独醒而众皆醉，故“我”怨。

生年不满百

【题解】

本诗是《古诗十九首》的第十五首，表面上体现的是人生苦短、及时行乐的人生态度，但是联系诗中对现实中吝啬惜财者和虚妄求仙者的嘲讽，细嚼个中滋味，乃可见作品纾解苦闷、调侃不幸的真实意旨。

生年不满百，常怀千岁忧①。昼短苦夜长，何不秉烛②游？为乐当及时，何能待来兹③。愚者爱惜费④，但为后世嗤。仙人王子乔，难可与等期⑤。

【注释】

①生年：指寿命。千岁忧：指对死去身后事的计划，如子孙后代的生活、自己的墓葬等事。一说，指欲活千年的烦恼。②秉烛：持烛。一说，犹“炳烛”，点烛之义。③来兹：来年。④爱惜：吝惜。费：指钱财上的花费。⑤王子乔：周代仙人。据刘向《列仙传》，其人是周灵王太子晋，好吹笙，后被道人浮丘公引上嵩山，驾鹤而去。与等期：期望与之等同（成仙）。

【笺释】

一、唐代李锜（一说其妾杜秋娘）所作乐府小诗《金缕衣》“劝君莫惜金缕衣，劝君惜取少年时。花开堪折直须折，莫待无花空折枝”，与本诗旨意相近。

二、汉魏时期对儒学儒理的研究不如宋明以后精深，故其思想高度也仅停留在“个人”层面而已。清人方东树《昭昧詹言》卷二：“《生年不满百》，万古名言，即前《驱车》（指《古诗十九首》之第十三首《驱车上东门》）篇意，而皆重在饮酒、及时行乐，是其志在旷达。汉魏人无明儒理者，故极高志，止此而已。”

凛凛岁云暮

【题解】

此作是《古诗十九首》的第十六首，是一篇思妇记梦的作品。女子思极而梦，梦欢而醒，醒后涕下，整个过程虚实结合、如泣如诉，令人不禁心生感慨。

凛凛岁云暮，蝼蛄①夕鸣悲。凉风率已厉②，游子寒无衣。锦衾遗洛浦，同袍与我违③。独宿累长夜④，梦想见容辉。良人惟古欢，枉驾惠前绥⑤。愿得常巧笑，携手同车归⑥。既来不须臾，又不处重闱⑦。亮无晨风翼，焉能凌风⑧飞？眄睐以适意，引领遥相睎⑨。徙倚⑩怀感伤，垂涕沾双扉。

以上据上海古籍出版社李善注《文选》卷二十九

【注释】

①凛凛：寒风吹拂貌。岁：岁末、年终。云：语助词。蝼（lóu）蛄（gū）：昆虫名，背褐色，腹灰黄色，前脚大，善掘土，喜夜鸣。②率：大多。已：通“以”。厉：猛烈。③遗：此指掷弃。洛浦：洛水之滨。同袍：语出《诗经·秦风·无衣》，本指患难战友，此指夫妻。违：离也。这两句的诗意是：男子经久不归，女子疑其变心，竟将锦衾投于洛水。④累长夜：为长夜所折磨。累，为动用法，为……所累。⑤良人：古代妇女对丈夫的尊称。惟：思也。古（gù）：通“故”，往昔的。枉驾：屈驾，称人来访的敬辞，此指男子前来娶亲。惠：授予，递送。前绥（suí）：车前助人上车的绳索。《礼记·昏义》：“出御妇车，而婿授绥，御轮三周。”⑥巧笑：对丈夫的亲昵之笑，语出《诗经·卫风·硕人》“巧笑倩兮，美目盼兮”。携手同车归：指夫妻恩爱无间的情形，语出《诗经·邶风·北风》“惠而好我，携手同归”，及《诗经·郑风·有女同车》“有女同车，颜如舜华”。归，古代女子出嫁曰归。⑦又不处重（chóng）闱（wéi）：指能与夫婿外出游玩。重闱，进深很长的闺门。⑧亮：信也，确实。晨风：鸟名。凌风：驾风。⑨眄（miǎn）睐：此指深情凝视。适意：通“示意”，表达不忍别离之意。领：

脖颈。睎（xī）：望也。⑩徙倚：彷徨不定之状。

【笺释】

一、本诗写梦从“梦想见容辉”以下开始，然至于何处“梦醒”呢？一般认为是在“亮无晨风翼”此句之前，这是虚写；此句之后，描写的是梦醒后迷离恍惚、半醒半梦的状态，虚实难分，愈见情重。

二、清人张玉谷《古诗十九首赏析》卷四：“撰出一初嫁来归之梦，叙得情深义重，恍惚得神。中腰有此波澜，便增多少起色。”

序　论（下）

自东汉末年（建安时代，在史学中属汉代，而建安文学在文学史中一般划在魏晋文学范畴）至隋文帝统一天下，近四百年的时间段（196 年—589 年），除了中间有过短暂稳定[1]，大都属中国历史上政治社会最动荡、最黑暗的时代，表现为政权失序而频繁更迭，大小战争不间断，内部统治高压血腥，皇亲权贵道德沦丧而生活腐化堕落，门阀制度加重社会阶层固化，社会贫富差距加深，文人死于非命者比比皆是等种种乱象。

大一统政治之崩塌，其文化成因在于作为社会精神支柱的儒家学说之颓靡。取而代之的则是清谈玄学之流行，如鲁迅、钱穆二先生之论：

汉末士流，已重品目，声名成毁，决于片言。魏晋以来，乃弥以标格语言相尚，惟吐属则流于玄虚，举止则故为疏放，与汉之惟俊伟坚卓为重者，甚不侔矣。盖其时释教广被，颇扬脱俗之风，而老庄之说亦大盛，其因佛而崇老为反动，而厌离于世间则一致，相拒而实相扇，终乃汗漫而为清谈。[2]

汉儒说经，其功力所注，厥有两途：一曰谶纬，一曰传注。谶纬杂于方士，传注限于师法。二者皆利禄之所致也。谶纬虽有不同，然皆原于阴阳，为汉儒本色。及王莽托言“符命”，光武信重“图谶”，而此风益盛。传批注说之勤，亦动辄数十万言……其[3]初特以破《公羊》天人感应之说[4]，而矫

1　如三国时期魏、蜀、吴各自的局部发展，西晋的短暂统一，东晋对南方的开发，北魏对北方的较长统治等。

2　见鲁迅《中国小说史略》第七篇《〈世说新语〉与其前后》，《鲁迅全集》第八卷，人民文学出版社 1957 年，第 46 页。

3　指东汉王充所著之《论衡》一书。

4　指西汉董仲舒阐释《公羊传》之学，其初为《公羊》博士，所论在汉代影响甚大。

枉过正，使人爽然失其用力之意。循至于典午[1]清谈，视亡国若无事，亦未始非王氏之论有以助成之也……今魏晋南朝三百年学术思想，亦可以一言蔽之，曰“个人自我之觉醒”是也。此其端，肇自王充，倡内心批评之说，传统之尊严既弛，而个人之地位渐以褫著。又值世乱，生命涂炭，道义扫地，志士灰心，见时事无可为，遂转而为自我之寻究……季汉以来，迄于魏晋，本内心批评之精神，而极于自我之发现，一惟以个人小己为归宿，此三百年间学术风尚之主潮也。于是而有两汉旧传之经籍，循此潮流而蜕化其面目焉；有印度新来之佛教，循此潮流而长养其势力焉[2]。

综上所述，由于汉儒功利化、神秘化之蜕变，《论衡》《潜夫论》诸书霹雳出而揭其弊，无形之中加速了魏晋士人儒学信仰之坍圮。加之有志之士灰心于现实政治，转而借用玄道之说、阴阳五行（汉代谶纬之学的惯性）去探讨个人命运，而衣冠南渡之后佛教思想日益浸淫，于是玄学思潮前后蔓生焉。

玄学流行之下，清谈之士亦道亦佛，无心政治、鄙视名教、崇尚自由。其颖悟、旷达、真率之人格，言行颇似行为艺术，有“魏晋风流”之誉，反映于文学则有游仙诗、玄言诗及志怪志人之小说。其后佛经语言广泛传播，汉语词汇量为之扩容，汉字注音反切法、四声八病诗法因之蒙发，佛道故事之浪漫叙事亦丰富文人创作思维。故可言，玄学之失在于削弱个人心中之“天下”意识；其功在于催化主观“个人自我之觉醒”，客观开创一个“文学自觉之时代”（见鲁迅《魏晋风度及文章与药及酒之关系》），具体表现为：

1. 文学从广义的学术中分出，成为一种独立的学问门类

述其独特价值者，如曹丕《典论·论文》曰：“盖文章，经国之大业，不朽之盛事。”阐其文体特点者，如《文心雕龙·总术》曰：“无韵者笔也，有韵者文也。”释其内涵定义者，如萧绎《金楼子·立言》：“吟咏风谣，流连哀思者谓之文……至如文者，惟须绮縠纷披，宫征靡曼，唇吻遒会，情灵摇荡。”

---

1 典午为“司马”之代称，指晋王朝。典者，司也；午者，属马。

2 见钱穆《国学概论》，商务印书馆 1997 年，第 122～163 页。

2. 着眼于文体分类，并界定其体制特色

如曹丕“四科八体”之论，《典论·论文》“盖奏议宜雅，书论宜理，铭诔善实，诗赋欲丽”；如陆机“文章十体”之说，《文赋》“诗缘情而绮丽，赋体物而浏亮”云云。

3. 自觉追求文学审美

发现汉字四声、平仄，乃中国古代诗歌发展史上一件大事，使诗歌形式美特质得以提升、进化，并为后代诗歌创作开辟格律一途。

4. 文学批评著述繁荣，各种总集、选集得以整理、编纂

前者有《典论·论文》《文赋》《文章流别论》《文心雕龙》等，后者如《文选》《诗品》《玉台新咏》等，皆非前代可比，为后世各种文艺批评、文学选集之先河。

最后，对此一阶段诗歌、辞赋和散文发展中几个基本问题略做说明。

以三曹、七子诗歌为代表的建安文学以“风骨”著称，为汉魏古诗之代表。其后正始诗歌首推竹林七贤，受制于当时司马氏之高压政治，各人才情禀性有差，故“嵇志清峻，阮旨遥深”。太康诗坛人才辈出，有“三张二陆两潘一左”之称，而有“风力”之号的左思、似逸实忠的郭璞和“不教横槊建安中”的刘琨为其中之秀者。晋宋之际，陶潜、谢灵运为古代田园、山水诗派之元祖，而陶潜除诗歌外的人文精神在后世尤受推崇。南梁周颙（yóng）发现汉字四声，沈约倡导“八病”，新体诗“永明体”由是而降，鲍照、谢朓、王褒、何逊、阴铿诸家之作扬其波，其中鲍照定型七言歌行之体，贡献犹巨。永明体施于宫廷苑榭、美人馨香一隅者，被称为宫体诗，题材愈隘，骨力愈弱，作者以徐（摛、陵）、庾（肩吾、信）两家父子为著（尚有萧衍、萧纲、陈叔宝等），故又称“徐庾体”。庾信因身世之变，作品“集南北之盛”而有“乡关之思”，其创作已突破宫体藩篱，成就为同侪最高。流行于民间之南北朝乐府民歌，《吴歌》《西曲》淳朴挚烈，有乡土气息，似潜流而暗涌。

魏晋南北朝辞赋承轨东汉抒情小赋之制，篇幅不长，而辞藻典雅，情韵悠远，创作兴盛，王粲、曹植、陆机、潘岳、陶潜、鲍照、木华、江淹、庾信等皆有名作。中后期，辞赋渐与骈文合流，骈俪之赋则被称为“骈赋”或“俳赋”。有学者论之曰：“建安七子，独王仲宣（粲）辞赋有古风。至晋陆

士衡（机）辈《文赋》等作，已用俳体。流至潘岳，首尾绝俳。迨沈休文（约）等出，四声八病起，而俳体又入于律矣。”[1]

“散文”一词乃现代白话文概念，古代绝无将一种文体称为散文者[2]。若依现代“散文”定义去对应古代文章，那么散文则有狭义、广义之分。狭义散文应指两汉之前以《左传》《国语》《史记》《汉书》为代表的“不拘声韵，单句散行”之文，后世自唐宋八大家至清代桐城派之文都被称为“古文”，方是具备此种体制特点之“散文”。“古文”之外，主要有亦诗亦文之辞赋（即使算是文，也更趋向于骈文）和“骈四俪六”之骈文。辞赋介于诗文之间，可单独成类，故古代文章从来都是“骈古二元”之格局。因为现今“散文”概念之流行，而魏晋南北朝虽无“古文”之名却有其实，故对“魏晋南北朝散文”须重作分类。为避混淆，姑且将这一时期具有“古文”格式之文章统称“散体文”。于是依广义散文之定义，“魏晋南北朝散文”就应包括除辞赋、诗歌、小说、戏剧以外的散体文和骈文两类。其时散体文创作不乏名家，如三曹、七子、阮籍、嵇康、陶潜等，而北朝郦道元《水经注》和杨衒之《洛阳伽蓝记》两部学术著作于文章格式亦属散体文之域；骈文之创作在南朝方兴未艾，陶潜、刘勰、鲁褒、陶弘景、吴均、丘迟等都有佳作。

1　元代祝尧《古赋辨体》卷五。

2　以当时作品的文字为例，木华《海赋》“若乃云锦散文于沙汭之际，绫罗被光于螺蚌之节”，其中“散文”乃铺散文采之意；刘勰《文心雕龙·明诗》“观其结体散文，直而不野，婉转附物，怊怅切情”，“散文”乃疏散文藻之意，均非指文体。唐宋及其以后，单句散行、形式宽放的散体文则被称为“古文”。

第九章　建安风骨

一、概述

“建安”是汉末献帝年号（196 年—220 年）。于此之前（灵帝光和七年甲子，184 年），黄巾流民揭竿而起，各路军阀以平乱为名，蜂拥混战，天下大乱。后经多年征战，以曹操为首的曹魏集团“挟天子以令诸侯”，取得中央的实际控制权，占据黄河中下游一带的中原地区，汉朝名存实亡。其时大多数杰出作家在政治上皆属曹魏势力，如“三曹”“七子”及蔡琰等，他们的创作成绩不仅限于诗歌，但以诗歌所取得之成就为最高，其文学风格和审美特征被后世誉为建安风骨或汉魏风骨[1]。

《文心雕龙·风骨》曰：“结言端直，则文骨成焉；意气骏爽，则文风生焉[2]。”“风骨”，即由端直的文本主体（文骨）所体现的骏爽义理（文气），营构出的语言畅达、情绪慷慨的文学特征。建安风骨，意为三曹、七子、蔡琰等在诗歌艺术上扬续《诗经》、汉乐府之写实传统，真诚关注时代动乱与人民苦难，抒发自身建功立业之进取精神以及人生短暂、壮志难酬之幽思浓衷，在作品中所形成的格调刚健、情感真切的文学风格和精神。

1　较早提到汉魏风骨的是唐代陈子昂《与东方左史虬修竹篇序》：“文章道弊五百年矣，汉魏风骨，晋宋莫传，然而文献有可征者。”

2　“生焉”一作“清焉”。

在三曹、七子中最著名的是曹植和刘桢，后世多以“曹刘”并称[1]。“七子”之名则出于曹丕《典论·论文》一文，指孔融、陈琳、王粲、徐幹、阮瑀、应玚、刘桢等七位作家[2]，他们多是曹操幕下文士，其中成就最高者属王粲，有“七子之冠冕”之说（见《文心雕龙·才略》）。

二、作品

（一）三曹

曹　操（155年—220年）

字孟德，沛国谯（今安徽亳州市）人，东汉末年出色的政治家、军事家、文学家。年二十举孝廉为郎官，献帝初平三年，任兖州牧，将所收黄巾军精锐编为青州兵。建安元年（196年），迎献帝于许都，以帝名号令诸侯，在陆续攻破吕布、袁术、袁绍等军阀后统一北方。建安十三年（208年）进位丞相，率军南下，在赤壁为孙权、刘备联军所败。封魏王。曹丕篡汉后，追尊为武帝，庙号太祖。在文学上，他擅长诗文，多抒发政治抱负，反映汉末动乱的社会实景，语言质朴，风格沉雄悲凉。今存《曹操集》。

薤露行

【题解】

《薤露》《蒿里》皆汉乐府旧题，有挽歌性质，可参见本卷第八章汉乐府《薤露》诗“题解”中所引崔豹《古今注》之详述。此首与曹操另一首《蒿里行》也都是哀悼殁亡之作，不过前者所哀者为君上（国），后者所哀者为

1　如南梁刘勰《文心雕龙·比兴》“至于扬班之伦，曹刘以下，图状山川，影写云物”，钟嵘《诗品序》“次有轻薄之徒，笑曹刘为古拙……曹刘殆文章之圣”，唐杜甫《壮游》“气劘屈贾垒，目短曹刘墙”，唐杜牧《酬张祜处士见寄长句四韵》“七子论诗谁似公，曹刘须在指挥中”，宋苏轼《书黄子思诗集后》“苏李之天成，曹刘之自得”，秦观《韩愈论》“曹植、刘公干之诗长于豪逸”，严羽《沧浪诗话》“曹刘体，子建、公干也”，等等。

2　建安七子的文学活动大多集中在曹操王都邺城（今河北临漳县），故亦称邺中七子。七子中孔融行辈较长，且在建安十三年被杀，实际上形成文学集团的只有六人。

黎庶（家）而已。

汉中平六年（189年），灵帝死，少帝刘辩即位，宦官张让、段珪等把持朝政。何太后之兄、大将军何进谋诛宦官，犹豫之下密召凉州刺史董卓进京相助。不料张让等人先发制人杀了何进，旋又为率兵而来的董卓所灭。由此，董卓操弄朝权，废杀少帝，立陈留王刘协为汉献帝，并放火烧毁洛阳，挟持帝民西迁长安。本诗立足于当时政治隳颓、生灵涂炭的社会惨状，有感而发，语言平易，情感悲沉。

惟汉廿二世，所任①诚不良。沐猴而冠带，知小而谋强②。犹豫不敢断，因狩执君王③。白虹为贯日，己④亦先受殃。贼臣持国柄，杀主灭宇京⑤。荡覆帝基业，宗庙以燔丧⑥。播越西迁移，号泣而且行⑦。瞻彼洛城郭，微子⑧为哀伤。

【注释】

①廿二世：即二十二代，汉灵帝为汉朝第二十二代皇帝。按：原作“二十二世”，一本作“二十世”，据黄节《魏武帝诗注》改之。所任：指当时的大将军何进。②“沐猴”二句：均指何进无能、不堪重任。沐猴而冠（guàn）带，《史记·项羽本纪》“说者曰：‘人言楚人沐猴而冠耳，果然。’项王闻之，烹说者”。知（zhì），通“智”。谋强，以弱图强也，指做自不量力的事情。③断：决断，指何进。因狩执君王：指董卓乘君王避难之机将其劫持。狩，本指打猎，亦借指天子出巡，后作为指皇帝外逃的讳辞。君，指少帝刘辩。王，指陈留王刘协。④白虹为贯日：古人认为白虹贯日是天子命绝、大臣为祸的征兆。据《后汉书·献帝纪》，初平二年（191年）二月白虹贯日，这年正月，董卓毒死已废为弘农王的少帝刘辩。己：指何进。⑤贼臣：指董卓。国柄：喻国家权力。灭宇京：指董卓焚毁当时的都城洛阳。⑥燔（fán）：焚烧。丧：坏亡。⑦播越：颠沛流离貌。且行：犹“行行”（如古诗有“行行重行行”），欲行不行，不行将行，以示不舍。⑧微子：殷纣王之兄。按：殷亡后，微子路过殷朝故都，见宫室颓败残破，遂作《麦秀歌》之诗，以抒亡国之痛。诗人在此自比微子。

【笺释】

一、本诗及下首《蒿里行》被誉为“汉末实录，真诗史”（明钟惺《古诗归》评语），诗中提供的不少事件细节，可与《后汉书》《三国志》等史书的相关内容襄赞发明。

二、宋人敖陶孙《臞翁诗评》评价曹操的诗歌风格“如幽燕老将，气韵沉雄”。沉，指情感悲凉，多写忧乱故也；雄，指眼界廓大，政治家胸襟故也。“沉雄”相缀，尤不可少力度，如本诗前六句“惟汉廿二世，所任诚不良。沐猴而冠带，知小而谋强。犹豫不敢断，因狩执君王”，率意批评，言辞剀切，对何进之斥无以复加矣。

蒿里行

【题解】

汉献帝初平元年（190 年）春，关东各州郡共推渤海郡守袁绍为盟主，曹操为奋威将军，兴兵十余处同伐董卓。然而联军中的诸路军阀各怀私心，皆欲借机扩充己方势力，故于董卓重兵把守的洛阳城前逡巡不前，后来在不同的利益驱使下，甚至激化为互相残杀。诗人作为事件的直接参与者，在诗中叙述了事件的整个过程，寄予了自己对讨董战事失败的不满，并对人民的苦难遭遇表达了深切的同情。

关东有义士，兴兵讨群凶①。初期会盟津，乃心在咸阳②。军合力不齐，踌躇而雁行③。势利使人争，嗣还自相戕④。淮南弟称号，刻玺于北方⑤。铠甲生虮虱，万姓⑥以死亡。白骨露于野，千里无鸡鸣。生民百遗一，念之断人肠。

以上据中华书局郭茂倩编《乐府诗集》卷二十七

【注释】

①关东：函谷关以东地区。义士：指讨董联军中的各路“诸侯”。群凶：指董卓及其帮凶，如吕布、李儒、华雄、李傕、郭汜等。②“盟津”二句：乃活用典故。按：会孟津者为武王伐纣，入咸阳者乃刘、项灭秦。此指原本期望讨董联军就如周武王、刘邦、项羽的正义之师，所到必克。盟（mèng）津，即孟津，地名，在今河南孟州市。③雁行（háng）：大雁飞翔的行列，此指诸军列阵后观望不前。按：此句倒装，正常语序当为“雁行而踌躇”。

④嗣：后来。还（xuán）：通“旋”，不久。自相戕（qiāng）：自相残杀。按：当时盟军内部袁绍、韩馥、公孙瓒等发生了内讧攻杀。⑤淮南弟：指袁术。按：袁术为袁绍从弟，当时割据淮南郡（郡治在寿春）一带。称号：袁术于建安二年（197 年）称帝号。刻玺：指袁绍于初平二年（191 年）谋废献帝而更立幽州牧刘虞、私刻金玺事。北方：绍先据渤海郡，后取得冀、青、幽、并四州之地，皆在黄河以北，故称北方。⑥虮（jǐ）：虱子的卵。万姓：万民。《尚书·立政》：“式商受命，奄甸万姓。”

【笺释】

一、“铠甲生虮虱”一句，冰冷坚硬的铠甲之上为何会生长出虱子？究其缘故，在于这里使用了借代的修辞——“铠甲”代指死去战士腐烂的尸体。

二、钟嵘《诗品》虽将曹操之诗评为下品，却认为“曹公古直，甚有悲凉之句”。如“白骨露于野，千里无鸡鸣”二句——上句写视觉，“白骨”为小，“野”为大，以显白骨之多；下句写听觉，“千里”为远，“鸡鸣”应属常闻，“无”字以示其荒。“悲凉”之意全由“白骨”之多、“鸡鸣”（人烟）之竭而来，人民的苦难亦尽在其中矣。

曹　丕（187 年—226 年）

字子桓，曹操次子，沛国谯（今安徽亳州市）人。220 年代汉即帝位，是为魏文帝，在位七年。曾两次率军攻吴，均无功而返。行九品中正制，确立士族门阀政治特权。性好文学，爱情类的诗作较为知名，有辑本《魏文帝集》二卷。所作《典论·论文》为我国文学批评史上的重要著作。

燕歌行（选一）

【题解】

《燕歌行》也是汉乐府古题，属“相和歌辞·平调曲”。燕为北方地名，历来征戍不绝，诗题冠以地名，一般表明乐曲声调的地域特点，但后来凡写思妇征夫题材的作品亦可用此题。曹丕共有两首《燕歌行》，此为第一首，是我国现存最早且成熟的七言诗。作品在韵律上较有特色，句句用韵。艺术上以萧瑟秋景起兴开篇，移步换景，抒情深婉，极富情致，对后世歌行体诗歌的发展有较大影响。

秋风萧瑟天气凉，草木摇落露为霜。群燕辞归雁南翔，念君客游思断肠。慊慊思归恋故乡，何为淹留寄他方①。贱妾茕茕守空房，忧来思君不敢忘②。不觉泪下沾衣裳，援琴鸣弦发清商③。短歌微吟不能长，明月皎皎照我床。星汉西流夜未央，牵牛织女遥相望，尔独何辜限河梁④。

据上海古籍出版社李善注《文选》卷二十七

【注释】

①慊慊（qiè）：不自足之态。淹留：羁留、滞留。②茕茕（qióng）：同“茕茕”，孤单无依貌。③清商：商声之调凄清悲凉，故称清商。④星汉：银河的别称，亦称天河、天汉。夜未央：夜未尽。《诗经·小雅·庭燎》：“夜如何其？夜未央。”尔：你们，指牵牛和织女。河梁：银河上之桥梁，即后世所说的鹊桥。

【笺释】

一、曹丕此诗柔顺凄美，与其父曹操“古直悲凉”的诗风相较，若莛与楹矣。清人沈德潜故而评曰：“子桓诗有文士气，一变乃父悲壮之习矣。要其便娟婉约，能移人情。”（《古诗源》卷五）

二、本诗这种句句押韵的写法，最早始于汉武帝的柏梁联句，故有“柏梁体”之说。不过柏梁联句乃多人连属而成，在内容上不似如此连贯划一。

曹　植（192年—232年）

字子建，曹操第四子，沛国谯（今安徽亳州市）人。自幼聪慧过人，早年为操所爱，一度欲立为太子，然其任气行事，故失宠。先后封平原侯、临淄侯。曹丕、曹叡为帝期间，先封为鄄城王，再徙封雍丘王、东阿王、陈王，十一年中三徙都，备受猜忌。植每冀试用，终不能得，郁郁而终。谥思，世称陈思王。他极富文才，善诗工文，有“天下文章一石，子建独得八斗”之说。他的诗歌“骨气奇高，辞采华茂，情兼雅怨，体披文质”（钟嵘《诗品》），是建安文学的杰出代表，与曹操、曹丕合称“三曹”。其作品包括赋、颂、诗、铭、杂论凡百余篇，《隋书·经籍志》著录其作品三十卷，及《列女传颂》一卷、《画赞》五卷，均不存，唐宋人辑有《曹子建集》。近人黄节的《曹子建诗注》见解独到。今人赵幼文的《曹植集校注》较为完备。

公　宴

【题解】

公宴就是在公家的邀请下群臣参与的宴请活动。本篇一般认为是曹植作于由曹丕在建安年间（曹操未死之前）召集的某次宴会，反映了当时邺下诗人们流连光景、聚会咏诗的社交情况。《文心雕龙·明诗》总述建安文学的大貌云：“暨建安初，五言腾踊。文帝陈思，纵辔以骋节，王徐应刘，望路而争驱。并怜风月，狎池苑，述恩荣，叙酣宴。慷慨以任气，磊落以使才。造怀指事，不求纤密之巧；驱辞逐貌，唯取昭晰之能，此其所同也。”可见慷慨任气、磊落使才的“建安风骨”，除了反映作家内心和下层社会这样现实饱满的作品，“怜风月，狎池苑，述恩荣，叙酣宴”等贵族式的闲适题材也是其主要内容。《文选》中的文人诗就有“公宴”一类，以曹植此作为首，此外王粲、刘桢、阮瑀、应玚等人也有同题之诗，可见当时政治吟咏之盛。

公子①敬爱客，终宴不知疲。清夜游西园，飞盖相追随。明月澄清影，列宿②正参差。秋兰被长坂，朱华③冒绿池。潜鱼跃清波，好鸟鸣高枝。神飙接丹毂，轻辇④随风移。飘飖放志意，千秋长若斯⑤。

【注释】

①公子：指曹操之世子曹丕。此诗《文选》李善注：“公子谓文帝，时武帝在，谓五官中郎将也。”按：五官中郎将，为曹丕当时的官职。②清夜：清静幽凉的夜晚。飞盖：飞驰的马车。盖，车盖。列宿（xiù）：众星。③被（pī）：同“披”。长坂：犹高坡。朱华：荷花的别称，亦称芙蓉、菡萏、莲花等。④神飙（biāo）：迅疾若神的风。丹毂（gǔ）：朱红的车轮，代指华贵的车辆。辇（niǎn）：贵族所乘的用人力拉或抬的小车。⑤放志：放纵心志。千秋长若斯：意即“斯若千秋长”。

【笺释】

一、自宋玉《九辩》言“悲哉秋之为气也，萧瑟兮草木摇落而变衰”，中国骚人辞客便“自古逢秋悲寂寥”。但是凡事都有个例外，此诗所写秋夜之景，如“明月”“列宿”“秋兰”“朱华”“潜鱼”“好鸟”等，都呈现出欣欣向荣、明快活泼的气象，却没有半点悲苦萧索的味道。

二、都说曹植是天纵英才，以此诗而论，他亦可算是超越了时代的作家。“秋兰被长坂”以下四句，“被”字、“冒”字语意精警，体现了诗人下字用词的匠心独运；每联对仗工整，暗合格律，而在其近三百年之后，才出现了要求对仗、协调四声的永明体诗歌。

七　哀

【题解】

《七哀》是五言乐府诗的题目，唐人吴兢《乐府古题要解》曰“《七哀》起于汉末”，而在魏晋时期特别流行，王粲、阮瑀、张载等都有同题之作，皆有写照社会离乱、抒发个人悲伤的特点。曹植此首最突出的是运用了比兴的象征写法，以男女关系比拟君臣间的政治关系，意在讽喻魏文帝，使其领悟同胞兄弟的手足之情。

明月照高楼，流光正徘徊。上有愁思妇，悲叹有余哀。借问叹者谁，言是宕子①妻。君行逾十年，孤妾常独栖。君若清路尘，妾若浊水泥。浮沉②各异势，会合何时谐③？愿为西南风，长逝入君怀④。君怀良不开，贱妾当何依？

【注释】

①宕子：犹荡子，客居异乡的游子。宕，同“荡”。②浮沉：土灰遇风，乃浮，故清；土灰遇水，乃沉，故浊。③谐：实现，成功。④“愿为”两句：化用《古诗》“从风入君怀，四座莫不叹”之意。长逝，远飞。

【笺释】

一、本诗开篇二句“明月照高楼，流光正徘徊”，极受后世激赏，被誉为“工于起调”的典范。清人王夫之《古诗评选》卷四认为这两句“可谓物外传心，空中造色。结语居然在人意中，而如从天陨，匪可识寻，当由智得”。盖言这十字之内有天人互构、情景交融之境界，尤其“徘徊”二字，既写月色之闪动，又含思妇之踟蹰，有承前启后之功。

二、关于作品比兴寄托的言外之意，元人刘履《选诗补注》卷二分析道：“子建与文帝同母骨肉，今乃浮沉异势，不相亲与，故特以孤妾自喻，而切切哀虑之也。”

赠白马王彪并序

【题解】

黄初四年（223年）五月，因“会节气”曹植与他的同母兄任城王曹彰、异母弟白马王曹彪同在京师洛阳朝觐。期间，曹彰暴亡（《世说新语》一书言为曹丕所害）。七月，曹植与曹彪归藩，因兄长离世而心情沮丧，更于途中接到曹丕不许二王同路而归的禁令。对此曹植百感交集，怒不敢言，于是写下这首传诵千古的名诗《赠白马王彪》。

（原序）黄初四年五月，白马王、任城王与余俱朝京师。会节气[①]，到洛阳，任城王薨。至七月，与白马王还国。后有司以二王归藩，道路宜异宿止[②]，意毒恨之。盖以大别在数日，是用自剖[③]，与王辞焉。愤而成篇。

谒帝承明庐，逝将归旧疆[④]。清晨发皇邑，日夕过首阳[⑤]。伊洛广且深，欲济川无梁[⑥]。泛舟越洪涛，怨彼东路[⑦]长。顾瞻恋城阙，引领[⑧]情内伤。

【注释】

①会节气：魏朝规定的王公大臣迎接四季到来的仪式。按：黄初四年的立秋日是六月二十四，迎秋仪式在此前十八天。②有司：指监国使者灌均。按：魏朝专设监国使者以监视、约束各诸侯。归藩：返回封地，即上文的“还国”。异宿止：不在一处住宿、休息。③大别：永别。数日：后省略“之后”。自剖：自吐心声之意。④谒：此处有拜别之意。承明庐：本为长安汉代宫宇名，三国魏文帝以建始殿朝群臣，门曰承明，其朝臣止息之所亦称明

庐。逝：表示时间很快。旧疆：曹植时为鄄（juàn）城（在今山东鄄城县）王，此指自己的封地。⑤皇邑：皇城，即洛阳。首阳：山名，在今洛阳东北。⑥伊洛：伊水、洛水。按：伊水为洛水的支流，洛水为黄河的支流。梁：桥也。⑦东路：东归之路，即从洛阳到鄄城的路。⑧引领：引颈遥望。

太谷[①]何寥廓，山树郁苍苍。霖雨泥我涂，流潦[②]浩纵横。中逵绝无轨[③]，改辙登高岗。修坂造云日，我马玄以黄[④]。

【注释】

①太谷：山名，在洛阳东南。②泥（nì）：用作动词，使……泥泞。潦（lǎo）：雨后积水。③中逵：多路交汇之路口，一说即大道。轨：即下文"改辙"之"辙"。④修阪：修长的陡坡。造：到达。玄以黄：犹"玄且黄"，喻疲惫。《诗经·周南·卷耳》："陟彼高冈，我马玄黄。"

玄黄犹能进，我思郁以纡[①]。郁纡将难进，亲爱在离居。本图相与偕，中更不克俱[②]。鸱枭鸣衡轭[③]，豺狼当路衢。苍蝇间白黑[④]，谗巧令亲疏。欲还[⑤]绝无蹊，揽辔止踟蹰。

【注释】

①郁：郁结。纡（yū）：萦绕。②中：中途。更：变更。不克：不能。俱：指与曹彪同道而归。③鸱（chī）枭：猫头鹰。衡：车辕前的横木。轭（è）：衡下方两侧约束马颈的曲木。按：黄节《曹子建诗注》分析此句及下句曰"谓不祥之鸟近在乘舆，喻君侧之多恶人也"。④苍蝇间（jiàn）白黑：苍蝇能使好东西变坏，此喻小人颠倒黑白以害人。《诗经·小雅·青蝇》："营营青蝇，止于樊。岂弟君子，无信谗言。"刘向《九叹·怨思》："若青蝇之伪质兮，晋骊姬之反情。"王逸注："青蝇变白使黑，变黑使白，以喻谗佞。"⑤还：返回洛阳（向曹丕解释）。

踟蹰亦何留，相思无终极[①]。秋风发微凉，寒蝉鸣我侧。原野何萧条，白日忽西匿。归鸟赴乔林，翩翩厉[②]羽翼。孤兽走索群，衔草不遑[③]食。感物伤我怀，抚心长太息。

【注释】

①终极：终点和尽头。②乔林：高大的树林。厉：奋起、舒展。③走：

奔跑。索：寻找。衔草：所衔之草中必有食也。不遑（huáng）：不及、不顾。

太息将何为，天命与我违。奈何念同生，一往形不归①。孤魂翔故域②，灵柩寄京师。存者忽复过，亡没身自衰③。人生处一世，去若朝露晞④。年在桑榆间，影响⑤不能追。自顾非金石，咄唶⑥令心悲。

【注释】

①同生：指与曹彰同胞所生。往：死去。不归：不能与兄弟同往来。②故域：指曹彰的封地任城（在今山东济宁市）。③“存者”二句：较为费解，今依元人刘履《选诗补注》的意见，当有倒文，正常语序是“亡没（mò）忽复过，存者身自衰”，指曹彰（亡没）转瞬即死，自己和曹彪（存者）也难久保。没，通“殁”，死去。④晞：晒干。古诗云：“青青园中葵，朝露待日晞。”⑤桑榆：语本《后汉书·冯异传》“可谓失之东隅，收之桑榆”，指日落桑榆之上，即天色将晚之时。此处以喻老年。《文选》李善此处注：“日在桑榆，以喻人之将老。”影响：倒影和回声。⑥非金石：古诗有“人生非金石，岂能长寿考”，见本卷第八章《回车驾言迈》诗中相关内容。咄唶（duō jiè）：感慨时光流逝之声。李善注：“言人命叱呼之间，或至夭丧也。”

心悲动我神，弃置①莫复陈。丈夫志四海，万里犹比邻。恩爱苟不亏，在远分日亲②。何必同衾帱，然后展殷勤③。忧思成疾疢，无乃儿女仁④。仓卒骨肉情，能不怀苦辛？

【注释】

①弃置：抛弃，放在一边。这里有“不受重用”的意思。②苟：假使。分（fèn）：情分。③衾（qīn）帱（chóu）：被子和床帐。殷勤：指情义深厚。④疾疢（chèn）：泛指病害。《诗经·小雅·小弁》：“心之忧矣，疢如疾首。”无乃：岂非，难道没有。儿女仁：指眷恋儿女、亲人之类的常人情怀。

苦辛何虑思，天命信可疑。虚无求列仙，松子①久吾欺。变故在斯须②，百年谁能持？离别永无会，执手将何时？王其爱玉体，俱享黄发期③。收泪即长路，援笔④从此辞。

以上据民国上海商务印书馆《四部丛刊》本《曹子建集》卷五

【注释】

①松子：赤松子之略，道家中的神仙人物，见刘向《列仙传》。②变故：偏指死病灾祸等。斯须：片刻、须臾。③王：谓曹彪。其：语气副词，有期许、盼望之意，可翻译为“应该”“要”。黄发期：谓高寿。④援笔：执笔、取笔，在这里代指写作诗篇。

【笺释】

一、本诗背景知识的补充。

关于曹彰之死的经过，成书于南朝宋的《世说新语》有详细的记录，可供参考：魏文帝忌弟任城王骁壮，因在卞太后阁共围棋，并啖枣。文帝以毒置诸枣蒂中，自选可食者而进。王弗悟，遂杂进之。既中毒，太后索水救之。帝预敕左右毁瓶罐，太后徒跣趋井，无以汲。须臾，遂卒。复欲害东阿（指曹植），太后曰：“汝已杀我任城，不得复杀我东阿！”（《世说新语·尤悔》）

二、本诗的结构。

全诗分七章，诗前有自序，交代写作缘由。

第一章，记离开京师的依恋与感伤；第二章，写归藩途中的艰难与孤苦；第三章，抒发对谗巧离间的愤怒；第四章，对比日暮时鸟兽的活动所带来的内心触动及凄凉；第五章，由曹彰之死而引发的生死感喟；第六章，展示慷慨豁达与难舍亲情的内心矛盾；第七章，与曹彪兄弟间的期许、祝福和赠别。

三、本诗的艺术手法。

1. 兴寄（比兴寄托）手法的运用

明人许学夷《诗源辨体》卷四：“子建《赠白马王》诗，体既端庄，语复雅炼，尽见作者之功，少时读之，了不知其妙也。”明人陆时雍《古诗镜》卷五：“忧虞之感、离别之情见之骨肉，此中最多隐衷惋绪。”

比兴手法可以达到景物烘托、情感暗示、景情融一、言在此而意在彼等多重艺术效果（参见本卷第二章《诗经》诸诗的相关内容），是故造成了作品文意的含蓄朦胧（如上文明人所言“隐衷惋绪”）。初见时不甚了了（即上文所言“少时读之，了不知其妙也”)，细研后则别有洞天。

如诗中第四章“归鸟赴乔林，翩翩厉羽翼。孤兽走索群，衔草不遑食”四句，“归鸟”“孤兽”虽写实景，亦是比兴，其中更兼寄托。

前两句：野鸟一天活动之后尚有乔林的归宿，能欣悦地生活着。由此联系到自己，相比之下，诗人的处境真是“人不如鸟”(联系曹植生平可知其事业、爱情、亲情皆不如意，自会觉得日子过得不如归鸟这般充实快活)，从中可以体会到诗人蕴藉其中的羡慕、懊恼、幽怨等情绪。

后两句：走单的、不肯吃独食的、尚且有仁爱之心的山兽，还要急匆匆地去找寻自己的同伴，而有的人呢？由此联系到某人(曹丕)的所作所为，独享权尊，猜忌兄弟，不惜拆散甚至杀害骨肉兄弟，比之禽兽尚不如——在这里作者隐晦地寄托了愤怒、厌恶甚至诅咒等感情。

2. 连珠格(顶针)的使用

本诗自第二章尾至第七章首，首尾蝉联，由表及里，层层加深感情的抒发，使诗人的感情迂回曲折，上下贯通，更显真挚无伪。

3. 慷慨达观抒情模式的创立

如第六章“丈夫志四海，万里犹比邻。恩爱苟不亏，在远分日亲”四句。前两句表达的是有志君子“四海之内皆兄弟”的理想主义，这在唐人诗歌里屡被学习、借鉴，如王勃《送杜少府之任蜀州》、高适《别董大》中的名句等。后两句凝练的是“距离产生美”的道理。古代诗词里卿卿侬侬的生离死别都预设了这个基调，现代流行歌曲里有一首歌叫做《相见不如怀念》，起码歌名是符合这个意思的。

箜篌引

【题解】

《箜篌引》属乐府《相和歌辞·瑟调曲》，亦名《公无渡河》。晋人崔豹《古今注·音乐》：“《箜篌引》，朝鲜津卒霍里子高妻丽玉所作也。高晨起刺船而濯，有一白首狂夫，被发提壶，乱河流而渡，其妻随而止之，不及，遂堕河水死。于是援箜篌而鼓之，作《公无渡河》之曲，声甚凄怆。曲终，自投河而死。霍里子高还，以其声语妻丽玉，玉伤之，乃引箜篌而写其声，闻者莫不堕泪饮泣焉。丽玉以其声传邻女丽容，名之曰《箜篌引》。”箜篌（kōng hóu），古代拨弦乐器名，有卧式和竖式两种。前者形似瑟而小，七弦，拨弹之；后者体曲而长，二十有二（或二十三）弦，竖抱于怀，用两手齐奏。

置酒高殿上，亲友从我游。中厨办丰膳①，烹羊宰肥牛。秦筝何慷慨，齐瑟②和且柔。阳阿奏奇舞，京洛出名讴③。乐饮过三爵，缓带倾庶羞④。主称千金寿，宾奉万年酬⑤。

久要不可忘，薄终义所尤⑥。谦谦君子德，磬折⑦欲何求。惊风飘白日，光景⑧驰西流。盛时不再来，百年忽我遒⑨。生存华屋处⑩，零落归山丘。先民谁不死，知命⑪复何忧？

【注释】

①中厨：私厨，内府的厨房。丰膳：丰盛的佳肴。②秦筝：秦地的筝。相传古筝五弦，秦人蒙恬改为十二弦，故称。齐瑟：齐地的瑟。相传齐都临淄之民无不鼓瑟，故以称瑟之佳者。③阳阿（ē）：汉代县名，在今山西阳城县，以出产优秀舞女著称。按：据《汉书》载，汉成帝皇后赵飞燕未入宫前，曾在阳阿公主府中学舞。奏：进献。名讴：知名的歌曲。④乐（yuè）饮：边欣赏舞乐边饮酒。三爵：三杯。《礼记》云君子饮酒，三杯后即可退席，以免失礼。缓带：喻放开食量。倾：倾倒。庶：众、多。羞：“馐”的古字，美食。⑤“主称”二句：概述宾主间饮酒时的各种祝劝、酬答。⑥久要（yāo）：犹“旧邀”，旧约。《论语·宪问》：“久要不忘平生之言。”何晏《论语集解》引孔安国曰：“久要，旧约也。平生，犹少时。”薄终：善始不善终。义：道义。尤：指责。⑦磬折（shé）：一本作“磬折”，曲躬如磬，表示谦恭。⑧光景：犹日光。⑨盛时：盛年，青壮之时。遒：穷尽。⑩华屋处：华丽的房舍、居所，喻富贵。⑪先民：先贤、古人。知命：谓懂得事物的生灭变化，都会顺应自然、依天而行的道理。《周易·系辞上》：“乐天知命，故不忧。”《论语·为政》：“子曰：‘四十而不惑，五十而知天命。’”

【笺释】

一、本诗可以分为两个层次：第一层记叙丰盛豪奢的宴饮场景，可谓美不胜收，令人欲罢不能；第二层专主议论，既有希望亲友勿忘初心、共建大业的期许，后又转为对盛年不再、生命短促的喟叹和自慰。

二、在章法结构上，本诗具有明显的二元对比的特点。第一层浓艳之笔，叙乐记实；第二层慷慨之调，宣悲写虚。虚实演进、悲喜对照的效果体现为：第一层为第二层做事实铺垫，以示抒情不伪；第二层在第一层上情感升华，可见自嘲之意。

三、在感情宣泄上，本诗有一种乐极生悲、悲不自胜的效果。随着燕集的欢乐气氛消解殆尽，乐极悲来的心理变化引起了对建功立业的渴望和无助，虽作出了“知命不忧”这样的自我心理安慰，若再观照一下先前热烈而富贵的享乐场景，更觉如烟的浮华于事无补，对自我一生蹉跎岁月、无力回天的嘲讽和否定亦含其中，情感达到悲怆的顶点。

白马篇

【题解】

此篇一名《游侠篇》，与《名都篇》《吁嗟篇》等都是曹植自己创制的乐府新题。诗中生动描绘了幽并游侠儿的高超武艺和爱国精神，寄托了诗人对建立功业的赞赏和向往。

白马饰金羁①，连翩西北驰。借问谁家子，幽并游侠儿②。少小去乡邑，扬声沙漠垂③。宿昔秉良弓，楛矢④何参差。控弦破左的，右发摧月支⑤。仰手接飞猱，俯身散马蹄⑥。狡捷过猴猿，勇剽若豹螭⑦。边城多警急，胡虏数迁移。羽檄从北来，厉马⑧登高堤。长驱蹈匈奴，左顾陵鲜卑⑨。弃身锋刃端，性命安可怀⑩？父母且不顾，何言子与妻。名在壮士籍，不得中⑪顾私。捐躯赴国难，视死忽如归⑫。

【注释】

①羁：马嚼子，又名辔头、马络头、马笼头。②幽并（bīng）：幽州和并州，东汉全国司隶十三州中的二州，大致范围相当于现今河北、山西两省及陕西省东北部一带。游侠儿：轻生重义、急人之难的少年。③垂：通“陲”，边远之地。④宿昔：往昔。秉：操持。楛（hù）矢：以楛木做杆的

硬箭。⑤控弦：拉弓。左的（dì）：左侧的目标。摧：本指毁坏，此处实指射穿。月支：箭靶名。⑥接：迎射。猱（náo）：猿类动物，善攀援。散（sàn）：义同上文“摧月支”之“摧”。马蹄：亦为箭靶名。⑦剽（piào）：轻疾。螭（chī）：传说中似龙且无角的猛兽。⑧羽檄（xí）：古代军事文书，插鸟羽以示紧急，必须迅速传递。厉马：策马。⑨陵：通“凌”，凌轹之“凌”，压倒、践踏之意。鲜卑：古代北方少数民族名，原为东胡族的一支，东汉末年开始崛起。⑩怀：挂怀，惦记。⑪中：通“衷”，心中。⑫归：归宿，应去之处。

【笺释】

一、本诗是最能体现曹植英雄意气、建安文学“雅好慷慨”的作品。虽然是乐府诗，但作品多了一份文人高远的理想和文字的精致，自然与民间乐府作品的风貌有别。明人胡应麟《诗薮》内篇卷二评曰：“子建《名都》《白马》《美女》诸篇，辞极赡丽，然句颇尚工，语多致饰，视东西京（即两汉）乐府天然古质，殊自不同。”

二、关于文字上的打磨精细，清人陈祚明《采菽堂古诗选》卷六有具体分析：“‘参差’，字活。‘左的’‘右发’，变宕不板。‘仰手’‘俯身’，状貌生动如睹，而‘俯身’句尤佳：‘散马蹄’，‘散’字活甚，有声有势，历乱而去，而马上人身容飘忽，轻捷可知。缀词序景，须于此等字法尽心体究，方不重滞。‘弃身’以下，慷慨激昂。”

野田黄雀行

【题解】

《野田黄雀行》亦属乐府古题，《乐府诗集》将其收入“相和歌辞十四·瑟调曲”。据《三国志·陈思王传》载，曹丕为帝后遂诛曹植友人丁仪、丁廙等，并派人监视曹植日常起居。本诗通篇用比兴的手法，描写了诗人无力救援遇害朋友的苦闷，最后设想有一位“少年”来加以解救，仿佛一个寓言故事。

高树多悲风，海水扬其波①。利剑②不在掌，结友何须多？不见篱间雀，见鹞自投罗[3]。罗家[4]得雀喜，少年见雀悲。拔剑捎[5]罗网，黄雀得飞飞。飞飞摩[6]苍天，来下谢少年。

以上据民国上海商务印书馆《四部丛刊》本《曹子建集》卷六

【注释】

①“高树”二句：起兴开篇，语带双关。按：木秀于林，风必摧之；海大风烈，浪必多也。高树，以比人；海水，以喻时局。②利剑：犹权柄。③鹞（yào）：鹰一类的猛禽。罗：罗网。④罗家：设罗逮雀之家。⑤捎（xiāo）：除去。一本作“削”。⑥飞飞：飞上飞下之意，如古诗中的“行行”“去去”的用法。摩：接近、迫近。

【笺释】

一、诗中“黄雀”的指代问题一般有两说，如清人陈祚明《采菽堂古诗选》卷六云“此应自比黄雀，望援于人，语悲而调爽。或亦有感于亲友之蒙难，心伤莫救”。意即，一说黄雀是作者自喻，一说黄雀是指友人。恐以后者为是。

二、清人张玉穀《古诗赏析》卷九：“末二，以雀知感谢，为人必知恩写影，而己之不能如此，更不缴明，最为超脱。”指出诗中最后两句的言外之意，剖析出作者愧对友人的自责之情。

（二）七子及蔡琰

陈　琳（？—217年）

字孔璋，广陵射阳（在今江苏淮安市）人。初为何进主簿，后依袁绍，典文章，曾为绍作檄文力斥曹操。绍败，归曹操，操爱其才而不究，拜司空军师祭酒，管记室。为“建安七子”之一，尤擅章表书记。本集已失，明人张溥辑为《陈记室集》一卷传世。

饮马长城窟行

【题解】

《饮马长城窟行》乐府名称的产生及含义见本卷第八章同名诗“题解”。作品表面上是叙述秦代故事，实则借古喻今，通过吏卒之间的对话以及筑城役卒夫妻双方的书信往来，艺术地揭露了汉末繁重的徭役给人民带来的灾难和苦痛。

饮马长城窟[①]，水寒伤马骨。往谓长城吏："慎莫稽留太原卒[②]。""官作自有程，举筑谐汝声[③]。""男儿宁当格斗死，何能怫郁[④]筑长城？"长城何连连，连连三千里。边城多健少，内舍多寡妇。作书与内舍："便嫁莫留住。善事新姑嫜，时时念我故夫子[⑤]。"报书往边地[⑥]："君今出语一何鄙？""身在祸难中，何为稽留他家子[⑦]？生男慎莫举，生女哺用脯[⑧]。君独不见长城下，死人骸骨相撑拄[⑨]。""结发行事君，慊慊心意关[⑩]。明知边地苦，贱妾何能久自全？"

据中华书局逯钦立辑《先秦汉魏晋南北朝诗》魏诗卷三

【注释】

①长城窟：长城侧边的泉眼。参见本卷第八章汉乐府《饮马长城窟行》题解所引《水经注》相关内容。②稽留：延迟，停留。太原：今山西中北部一带，秦代为太原郡。按：此句是太原卒对官吏的请求，也可见筑城役卒的家乡在太原。③官作：官方的事务。程：期限、规划。筑：夯土的杵。谐汝声：使夯土声与号子声相一致，这实际上是官吏催工的话。④格斗：指作战。格，通"挌"（gé），击也。怫（fú）郁：心情不舒畅。⑤事：一本作"侍"。姑嫜（zhāng）：丈夫的母亲与父亲。故夫子：丈夫的自称。⑥报书往边地：指妻子的回信送往修筑长城之地。⑦他家子：别家人的女子，这里实指妻子（出嫁前并不是夫家的人）。按：此句是丈夫在解释上文让妻子改嫁的苦衷。⑧举：抚养，养育。哺：喂食。脯（pǔ）：肉干。⑨骸骨相撑拄（zhǔ）：以喻死人之多。撑拄，撑持，架起。按：以上四句是化用秦时民谣："生男慎勿举，生女哺用脯。不见长城下，尸骨相支拄。"（见《水经注》卷三）⑩结发：指成婚。按：古礼成婚之夕，男左女右共髻束发。行事：即侍奉。慊慊（qiè）：空虚貌。关：关切、牵挂。

【笺释】

一、此诗最大的特色是通过长城役卒夫妻间的两次书信交流，模拟对话的形式来完成叙事和抒情。

二、此诗的杂言句式、设问作答的叙事手法、批判的现实主义立意广泛影响了鲍照、杜甫等后代大诗人歌行体或古诗的创作。如清人刘熙载在《艺概·诗概》中评道："陈孔璋《饮马长城窟》，机轴开鲍明远。惟陈纯乎质，而鲍济以妍。"再如清人仇兆鳌《杜诗详注》评杜甫古诗云："陈琳《饮马长城窟行》，设为问答，此《三吏》《三别》诸篇所自来也。"不过再往上追溯，陈琳这种"设为问答"的写法也是习自汉代乐府古诗，如《陌上桑》《上山采蘼芜》《羽林郎》等。

王　粲（177 年—217 年）

字仲宣，山阳高平（在今山东邹城市）人，少有才名。董卓挟持汉献帝西迁时（190 年），粲随徙长安，深受蔡邕赏识。后往荆州依刘表，以貌寝短小，不为所重十余年。建安十三年（208 年），曹操得荆州之地，遂归曹操，辟为丞相掾，赐爵关内侯。后擢侍中，随曹操南征孙权，病死于北还军中。粲善属文，有诗名，为建安七子之一。原集已佚，明人张溥辑其遗作为《王侍中集》。

七哀诗（选一）

【题解】

诗题概要见本章曹植《七哀》"题解"。王粲《七哀诗》共三首，都是描述汉末社会动乱景象的作品，这是第一首。汉献帝初平三年（192 年），董卓被诛，其余党李傕、郭汜等在长安作乱，诗人南往荆州刺史刘表处避难。

西京乱无象，豺虎方遘患①。复弃中国去，远身适荆蛮②。亲戚对我悲，朋友相追攀③。出门无所见，白骨蔽平原。路有饥妇人，抱子弃草间。顾闻号泣声，挥涕独不还④。"未知身死处，何能两相完⑤？"驱马弃之去，不忍听此言。南登霸陵岸⑥，回首望长安。悟彼《下泉》人⑦，喟然伤心肝。

据上海古籍出版社李善注《文选》卷二十三

【注释】

①西京：指长安。无象：无道、无法。豺虎：指李傕、郭汜等人。遘：通"构"，造成。②中国：谓长安、洛阳所在的中原地区。远：一本作

"委"。适：往、去。荆蛮：谓荆州。按：周代以来称南人为蛮，荆州在南方，故曰荆蛮。③追攀：攀车追送，以示不舍。④挥涕：作者感动流泪也。独不还：不忍再还视也。⑤两相完：母子二人都得保全。⑥霸陵：汉文帝的陵墓，在长安以东。岸：高地。⑦《下泉》人：《下泉》的作者。《诗经·曹风·下泉》："洌彼下泉，浸彼苞稂。"《毛诗序》："《下泉》，思治也。曹人疾共公侵刻，下民不得其所，忧而思明王贤伯也"，后用作思念明君贤王的事典。按：王粲认为汉文帝是明君，故登霸陵之岸而生企盼明主之念。

【笺释】

一、本诗用举重若轻之法，通过典型化刻画，细致地描述了汉末战乱带给广大人民的深重苦难，以小见大，读来令人几欲为之落泪。清人吴淇《六朝选诗定论》卷六评此诗曰："人当乱离之际，一切皆轻，最难割者骨肉，而慈母于幼子尤甚。写其重者，他可知矣。"

二、刘勰认为王粲的文学成就是七子之冠冕（《文心雕龙·才略》），钟嵘《诗品》则认为其"在曹（植）刘（桢）间别构一体，方陈思（植）不足，比魏文（丕）有余"。

刘　桢（？—217年）

字公干，东平宁阳（今山东宁阳县）人。建安中，曹操辟其为丞相掾属，使随侍曹丕。尝从丕饮，酒酣命夫人甄氏出拜，坐中咸伏，桢独平视。以不敬被收，刑竟复署吏。为建安七子之一，其诗气度不凡，负盛名。今有辑本《刘公干集》。

赠从弟（选一）

【题解】

刘桢此题共有三首，这是其第二首，以松柏挺拔之姿譬喻其从弟坚贞之志。从弟，古人堂弟之称也，其名不详。

亭亭山上松，瑟瑟①谷中风。风声一何盛，松枝一何劲。冰霜正惨怆，终岁常端正。岂不罗凝寒②，松柏有本性。

据上海古籍出版社李善注《文选》卷二十三

【注释】

①亭亭：高耸貌。瑟瑟：风吹之象声也。②罗：招致。一本作“罹”。凝寒：严寒。《论语·子罕》：“岁寒，然后知松柏之后凋也。”

【笺释】

一、此诗通用比兴，貌似咏物，实则誉人。

二、钟嵘《诗品》总结刘桢诗歌的特点及地位是：“真骨凌霜，高风跨俗……自陈思已下，桢称独步。”

三、清人刘熙载《艺概·诗概》评价刘桢、王粲、曹植的诗歌风格：“公干气胜，仲宣情胜，皆有陈思之一体，后世诗率不越此两宗。”

蔡　琰（生卒年不详）

本字昭姬，晋时因避讳改字文姬，陈留郡圉（在今河南杞县）人。著名文学家蔡邕之女，博学有才辩，妙于音律。初嫁卫仲道，夫死无子。汉末天下大乱，文姬为南匈奴所获，归左贤王十二年，生二子。建安十一年（207年），曹操因素与邕相善，感其无子嗣见存，遂以金璧将文姬赎回，再嫁屯田都尉董祀。有《悲愤诗》二篇，琴曲歌辞《胡笳十八拍》相传亦为其所作。

悲愤诗

【题解】

蔡琰的《悲愤诗》共两篇，一为五言，一为骚体，此作即前者。诗中作者自述了汉末董卓之乱所带来的社会动荡，以及自己被掳至南匈奴的经过，尤其写出了与幼子诀别归汉时的悲辛情景，突出了当事者的心理细节，感情悲愤动人，是古代文学史中第一首女性自传体的纪实诗作。蔡琰陷落南匈奴的时间，《后汉书·列女传·董祀妻传》只言在汉献帝兴平二年（195年）。据今人余冠英考证，是年十一月董卓党羽李傕、郭汜之军为南匈奴左贤王部所击破，蔡琰落入匈奴之手当在此时也。

汉季失权柄，董卓乱天常①。志欲图篡弑，先害诸贤良。逼迫迁旧邦，拥主以自强。海内兴义师，欲共讨不祥②。卓众③来东下，金甲耀日光。平土人脆弱，来兵皆胡羌④。猎野围城邑，所向悉破亡。斩截无孑遗，尸骸相撑拒⑤。马边悬男头，马后载妇女。长驱西入关，回路险且阻。还顾邈冥冥，肝脾为烂腐。所略有万计，不得令屯聚。或有骨肉俱⑥，欲言不敢语。失意机微间，辄言"毙降虏⑦。要当以亭刃，我曹⑧不活汝!"岂复惜性命，不堪其詈骂。或便加棰杖，毒痛参并⑨下。旦则号泣行，夜则悲吟坐。欲死不能得，欲生无一可。彼苍者何辜，乃遭此厄祸⑩。

【注释】

①汉季：犹汉末。天常：天道，社会的统治秩序。②"志欲"以下六句：董卓在汉灵帝光熹元年（189 年）入京取得朝权以后，废掉汉少帝，并于次年将其与何太后鸩杀。关东诸郡以渤海太守袁绍为盟主，组成讨董联军。董卓为避其锋芒焚烧洛阳，胁迫君臣百姓西迁长安，大臣周珌、伍琼等反对迁都以作联军内应，皆被董卓杀害。这些历史背景知识可以参照本章曹操《薤露行》《蒿里行》二诗的相关内容。贤良，指周珌、伍琼等。旧邦，指长安。义师，指伐董联军。③卓众：指董卓部将李傕、郭汜等所率的军队。按：史载，初平三年（192 年）董卓为司徒王允所杀后，李、郭等部将出潼关，大肆劫掠关东诸郡。④平土：指中原地区。胡羌：李、郭军中多羌、氐族人，骁勇彪悍。按：董卓初为西凉刺史，所部多胡人故也。⑤孑（jié）遗：遗留，残存。《诗经·大雅·云汉》："周余黎民，靡有孑遗。"撑拒：撑持、撑架，其本义犹前陈琳《饮马长城窟行》诗中之"撑拄"。⑥骨肉俱：指某百姓一家老小都被胡兵掳获。⑦失意机微间（jiān）：指哪怕有细小处不合胡兵的心意。毙降虏：杀死你们这些俘虏。⑧要当：首当，自当。亭刃：木棍和刀刃，意即杀害。亭，通"楟（tíng）"，山梨木。我曹：我辈。⑨毒：恨也，言心理。痛：言身体。参并：交织合一。⑩彼苍者：那个苍天。何辜：我们犯了什么罪？

边荒与华异，人俗少义理①。处所多霜雪，胡风春夏起。翩翩吹我衣，肃肃入我耳。感时念父母，哀叹无穷已。有客从外来，闻之常欢喜。迎问其消息，辄复非乡里。邂逅徼时愿，骨肉②来迎己。己得自解免，当复弃儿子。天属缀③人心，念别无会期。存亡永乖隔④，不忍与之辞。儿前抱我颈，问母欲何之。“人言母当去，岂复有还时？阿母常仁恻，今何更不慈？我尚未成人，奈何不顾思？”见此崩五内[⑤]，恍惚生狂痴。号泣手抚摩，当发复回疑。兼有同时辈[⑥]，相送告离别。慕我独得归，哀叫声摧裂。马为立踟蹰，车为不转辙。观者皆歔欷，行路[⑦]亦呜咽。

【注释】

①边荒：指南匈奴。华：指中原。义理：礼义和道理。②邂逅：不期而遇，偶然而遇。徼：徼幸（侥幸的另一种写法）。时愿：平时的心愿。骨肉：喻至亲，指曹操。按：当时曹操是以蔡琰为其亲属的名义，派遣使者以金璧将其赎回的。③天属：天然的眷属，指有血脉联系的直系亲属。缀：连系。④乖隔：分隔。⑤五内：五脏，心、肝、胆、脾、肾也。⑥同时辈：同时被掳掠至匈奴的人。⑦行路：路过的行人。

去去割情恋，遄征日遐迈[①]。悠悠三千里，何时复交会？念我出腹子，匈[②]臆为摧败。既至家人尽，又复无中外[③]。城郭为山林，庭宇生荆艾。白骨不知谁，纵横莫覆盖。出门无人声，豺狼号且吠。茕茕对孤景，怛咤糜[④]肝肺。登高远眺望，魂神忽飞逝。奄若寿命尽，旁人相宽大[⑤]。为复强视息，虽生何聊赖[⑥]？托命于新人，竭心自勖厉[⑦]。流离成鄙贱，常恐复捐废[⑧]。人生几何时，怀忧终年岁。

据中华书局李贤等注《后汉书》卷八十四

【注释】

①去去：走了又走。遄（chuán）征：疾行。日遐迈：日益走远了。②匈：通“胸”。③中外：犹中表。按：据清人梁章钜《称谓录·母之兄弟之子》：“中表犹言内外也。姑之子为外兄弟，舅之子为内兄弟，故有中表之称。”古称丈夫之父母（即公婆）为“姑舅”。中，父系血亲子女，为内兄弟；外，母系血亲子女，为外兄弟。是为“中表”“中外”之含义。④景（yǐng）：同“影”。怛（dá）：悲痛。咤（zhà）：惊叫。糜：碎烂。⑤奄（yǎn）：忽然。相宽大：加以劝慰，使其宽心。⑥强（qiǎng）视息：勉强睁眼和呼吸，指苟且而活。聊赖：依赖。⑦新人：指董祀。勖（xù）厉：

勉励。⑧流离：指自己先前身陷匈奴十余年（195年—207年）的经历。捐废：抛弃、遗弃。

【笺释】

一、关于本诗的艺术成就。

1. 首尾完整的长篇叙事兼容抒情，层次分明，虚实交错，对杜甫的叙事长诗有不小影响，如清人沈德潜《古诗源》卷三（以下引文出处同此者，不注）所评："段落分明，而减去脱、卸、转、接痕迹，若断若续，不碎不乱。少陵《奉先咏怀》《北征》等作，往往似之。"

2. 凄楚缠绵的"文姬念子"，成为古文学史中最能感人肺腑的文学情怀。诗中言"流离成鄙贱"，文姬流离时的辛酸历程大致有：被掠、被杖骂、受侮辱、念父母、念子（别子亦在其中）、归后亲人丧尽的孤独、再嫁后的忧思，等等，其中最使她刻骨铭心的是"念子"。诗人使用回环往复的手法，前后有四次念子的艺术描写：

（1）汉使甫至，诗曰"己得自解免，当复弃儿子"，此为一念，为下文不忍别子铺垫张目。

（2）别子之时，正面有儿子的声泪俱下，侧面有同辈、行人的欷歔呜咽，他人尚且如此，"我"又当如何？诗曰"马为立踟蹰，车为不转辙"，此为二念，念子不已而不忍骤离也。

（3）赎归路上，又翻出"念我出腹子，匈臆为摧败"，此为三念，使读者悟出这是一个多么慈爱多情而又多么可怜无依的无奈母亲！

（4）回汉以后，各种萧条凄凉加剧了内心的寒意，至"登高远眺望，神魂忽飞逝"，此为第四念，暗收念子幽思，此乃一切不快乐的根源。

3. 抒发真情实感的文学典范。清人张玉穀《古诗赏析》卷六评此作"以真气自开户牖"，沈德潜论此篇"由情真，亦由情深也"。如文姬别子时儿子的话语，虽仅是语言描写，但是孩子天真无邪的语气、神态，以及对母亲纯真无瑕的依恋，全都跃然纸上，真正的"赤子之心""赤字之言"，愈见其真。

二、本诗作者的真伪问题。

北宋自熙宁改制以来，文人、学者多有疑古、翻古之风，诸多大家概莫能外。自苏轼认为此诗作者非蔡琰（见《仇池笔记》）以来，影响甚大，操其同调者代不乏人，如清人阎若璩，今人郭沫若、郑振铎等。疑人者亦自为人所疑。反对他们意见的大致有宋人蔡居厚（见宋人胡仔《苕溪渔隐丛话》所引《蔡宽夫诗话》《西清诗话》），今人余冠英、谭其骧等。

这里姑且不列其具体观点和论据，亦不论孰是孰非，只以近人吴闿生《古今诗范》之言作一补充，以期有志之士自辨之："东坡不信此诗，疑为伪造。吾以谓决非伪者，因其为文姬肺腑中言，非他人之所能代也……东坡不信此传者，以为琰非卓众所掠，所言失实。后人又疑中幅言已陷胡一段佚去。吾谓此诗以哀痛为主，纪载固不暇求详，且其情事，亦不忍详言矣。"

第十章　晋宋诗坛

一、概述

三国曹魏自正始年间（240 年—249 年），政治大权旁落至勋臣司马懿家族。至公元 265 年，司马懿孙司马炎废魏立晋，此二十余年中曹魏末代“三少帝”[1] 形同傀儡，相继被废或被杀。历史总有惊人之相似，曹魏政权有如建安时代之东汉王朝，同样名存实亡。其时司马氏肆意迫杀异己，文人首当其冲，其政治理想趋向枯萎，危机感与幻灭感交现，遂或放浪形骸于山水间，借以避祸；或曲折为文，婉发其愤。阮籍、嵇康、山涛、刘伶、阮咸、向秀、王戎为“竹林七贤”，其文学生涯正活跃于此一时期，故在西晋文学范畴内。其诗一改建安悲壮之风，辞旨渊永，寄托遥深，充满理性深思与人生哀叹。

西晋建立，十余年后灭吴，统一宇内，而至政治顶峰，史称“太康之治[2]”，文学则称“太康文学”。“太康文学”一说模糊且发散，或可含晋初至“八王之乱”[3] 此四十余年之文学。此期文士颇多，然总绩平平，较著名者有所谓“三张（张载、张协、张亢）、二陆（陆机、陆云）、两潘（潘岳、潘尼）、一左”（左思）之说。声名高者，首推陆机与潘岳，另外傅玄、张华

1　具体指齐王曹芳（240 年—254 年在位）、高贵乡公曹髦（254 年—260 年在位）、陈留王曹奂（260 年—265 年在位）。

2　太康，晋武帝司马炎的第三个年号（280 年—289 年）。

3　八王之乱整个过程非常复杂，时间上自 291 年起，先后持续十六七年，是西晋王朝灭亡的主因。太康作家凋零其间，后辈则南渡而为东晋作家。故从这个意义上讲，太康文学可代表整个西晋文学。

等人亦有名作传世。此辈之诗歌、文赋，风格清靡繁缛，工于形式技巧，模拟气质重，而现实性不强。同时左思之“风力”，其后刘琨之慷慨悲歌，郭璞之外飘逸而内忠厚，孙绰、许询、释支遁等人之玄言诗，皆与“陆潘”之辈不同，文风已变矣。

东晋一代[1]玄言诗盛行，除陶潜外诗坛几无可称者。钟嵘“平典似道德论”“理过其辞，淡乎寡味”之论，俨然后世文学对玄言诗之一纸定谳。陶潜之田园诗有如一股清流，异出其间。其诗秉承儒之“固穷”与道之“自然”，观照社会现实，吟咏日常生活，平淡有味而又真切动人，其超凡脱俗、独善其身之人文魅力，对后世诗歌审美影响甚大。

刘宋初年，诗人多专注于山水，将其提升为独立之审美客体，诗歌创作主流由玄言转向山水[2]。谢灵运“尚巧似”，开创感受山水空灵之先例，颜延之、鲍照之诗各有特色，而并称“元嘉三大家”。其中鲍照之诗内容充实，情感浓挚，其七言体用汉魏乐府之畅爽亲切，又开拓题材，于形式上自由换韵、间以杂言，奠定后世歌行体之制。

二、作品

（一）竹林诗人

阮　籍（210年—263年）

字嗣宗，阮瑀子，陈留尉氏（今河南尉氏县）人。齐王芳时任尚书郎，以疾归。大将军曹爽被诛后，任散骑常侍、步兵校尉，封关内侯。世称阮步兵。好老庄之道，喜纵酒谈玄。为躲避政治迫害，后期口不臧否得以自全。在文学上擅长五言诗，多用兴寄，风格隐晦，亦工文，为竹林七贤之一。今存《阮步兵集》一卷。

1　东晋一代的起始时间是317年—420年。

2　见《文心雕龙·明诗》：“宋初文咏，体有因革。庄老告退，而山水方滋。俪采百字之偶，争价一句之奇。情必极貌以写物，辞必穷力而追新。”

咏怀诗（选四）

【题解】

《咏怀诗》共八十二首，是古代文学史上首次出现的大型政治抒情组诗。诗人通过诗歌蕴藉的艺术方式，委婉曲折地表达了在魏晋易代的趋势下，对司马氏专权的个人立场和看法，是后人认识阮籍人生、思想的重要资料。

本诗是其中的第一首，有组诗开幕的意义，总体象征了诗人在那个黑暗时代所感受到的不安和苦闷。

夜中不能寐，起坐弹鸣琴。薄帷鉴①明月，清风吹我襟。孤鸿号②外野，翔鸟鸣北林。徘徊将何见，忧思独伤心。

【注释】

①帷：帐幕。鉴：铜镜。按："鉴"此处活用为动词，以……为镜子。一译照映，乃意译。②号（háo）：长鸣。

【笺释】

一、关于"鉴"字，建议从字源本意出发，译为"像铜镜一样挂在……""像铜镜一样在……上照映下来"，这样更具文学的形象和动感。

二、倒数第二句"徘徊将何见"内有机杼：诗人徘徊不定必有所见，此见势为他人之所不能见，此情难以告人，是故夜不能寐、徘徊忧思也。

【题解】

此作为《咏怀诗》的第三首，以春往秋来说明盛事不再、纷乱将至，随后点明诗人的隐退之意。

嘉树下成蹊，东园桃与李①。秋风吹飞藿②，零落从此始。繁华有憔悴，堂上生荆杞③。驱马舍之去，去上西山趾④。一身不自保，何况恋妻子？凝霜被野草，岁暮亦云已⑤。

【注释】

①"嘉树"两句：化用《史记·李将军列传赞》"谚曰：桃李不言，下

自成蹊”。嘉树，引出下文桃李。蹊（xī），小路。②藿（huò）：豆叶。③荆杞：指荆棘和枸杞，皆野生灌木，带钩刺，被视为恶木，因以形容蓁莽荒秽、残破萧条的景象。④西山：此指首阳山，在洛阳之西，为伯夷、叔齐当年隐居之地。趾：山脚。⑤已：完结。此句《文选》李善注："繁霜已凝，岁已暮止，野草残悴，身亦当然。"

【笺释】

一、"繁华有憔悴，堂上生荆杞"二句互文象征，用的是比兴之法。堂上繁华者，京师也，众人也；荆杞生憔悴者，亦京师也，然"我"也。

二、"去上西山趾"一句，与其说是暗示，不若说是明示归隐之志。唯"西山"之地如乃泛指，则为多地；若实指首阳山，则毫无暗示之意可言。

【题解】

本诗原列第三十一，咏叹战国之魏王淫逸败亡的史事，巧用双关，实讽喻时局。

驾言发魏都，南向望吹台①。箫管有遗音，梁王安在哉？战士食糟糠，贤者处蒿莱②。歌舞曲未终，秦兵已复来。夹林③非吾有，朱宫生尘埃。军败华阳下，身竟④为土灰。

【注释】

①驾：驾车。言：语气词。魏都：战国时魏国以大梁（今河南开封市）为都，故魏国亦称梁国，下文的"梁王"即指魏王。吹（chuì）台：又称繁台，相传为春秋时师旷吹乐之台，故名。吹，去声，指管乐器的吹奏。②蒿莱：本指野草，此指在野、不在位。③夹林：地名，为魏王游乐处。④"军败"句：魏安釐王四年（前273年）秦军大破魏军于华阳。华阳，山名及亭名，在今河南新密市。竟：最终、终于。

【笺释】

一、"春秋笔法"称鲁国为"我"，称当世鲁君为"公"，故古人避讳称本朝本代之国号字，多以"皇朝""圣朝""天朝""我朝"等婉称之。若径称者，必是后代或域外之人。以此推知，诗中首句"魏都"之"魏"，其字面义乃战国之魏，非曹魏也。

二、本诗借古讽今的立意仍是顾左右而言他。战国之魏与曹魏之魏，国号同名，咏叹魏王之事实则是讽喻曹魏之政。但是我们都知道，当时的朝权尽归司马氏之手，因此诗人所不满的骄奢淫逸的对象到底是谁，明眼人都看得出，只是不敢说出来而已。

三、"战士食糟糠，贤者处蒿莱"两句是描写政治腐败、埋没人才的典型诗句，很容易使人想起东汉赵壹《疾邪诗》中类似的句子来"伊优北堂上，抗脏倚门边""被褐怀金玉，兰蕙化为刍"。

【题解】

此首原列第三十三，感慨岁月流逝、人生变故，以抒发惶恐、焦虑的心情为主。

一日复一夕，一夕复一朝。颜色改平常①，精神自损消。胸中怀汤火，变化故相招②。万事无穷极，知谋苦不饶③。但恐须臾间，魂气随风飘④。终身履薄冰⑤，谁知我心焦？

以上据人民文学出版社黄节《阮步兵咏怀诗注》

【注释】

①颜色：面色、气色。改平常：一改常态。②变化：指上文所言的气色不佳、精神不振等。招：招致。③苦：用作动词，意动，以……为苦，犹言"患"，可意译为担心。饶：足够、丰盈。④魂气随风飘：指死亡。⑤履薄冰：语本《诗经·小雅·小旻》"战战兢兢，如临深渊，如履薄冰"。履，用作动词，踩、踏。

【笺释】

一、"胸中怀汤火"一句，用比喻之法，略带夸张，类似我们通常说的"心乱如焚"。

二、"知谋苦不饶"一句，暗含自嘲反讽之意。诗人绝非智谋不足之人，在明哲保身一点上也是远胜同侪的。而那些所谓的智谋高深者，面对强权，屈膝摇尾，真真如断脊之犬，为了眼下的安逸快活，反倒是丧失了独立人格。

三、"终身履薄冰"一句，若论描摹实况真景则略显夸张，倘言比拟精神世界，则是形象地还原了诗人长期在压抑环境下“战战兢兢”的心理状态。

嵇 康（223年—262年）

字叔夜，谯郡铚（今安徽宿县）人。妻魏长乐亭主，为曹操曾孙女。齐王芳正始间，迁郎中，拜中散大夫，世称嵇中散。后隐居不仕，与阮籍等交游，为竹林七贤之一。崇尚老庄，精音律，善鼓琴。友人吕安被诬，康为之辩，遭钟会构陷，为司马昭所杀。善为文，工四言诗，风格清峻。有《嵇中散集》，另有鲁迅辑本《嵇康集》。

兄秀才公穆入军赠诗（选一）

【题解】

嵇喜，字公穆，嵇康之兄，曾察举为秀才（秀才、孝廉都是自汉代以来举士的科名，与后世科举制中的秀才含义不同）。嵇康此题共有十九首，都是作者送别嵇喜从军的作品，本诗原列第十四。

息徒兰圃，秣马华山①。流磻平皋，垂纶②长川。目送归鸿，手挥五弦③。俯仰自得，游心太玄④。嘉彼钓叟，得鱼忘筌⑤。郢人逝⑥矣，谁可尽言？

据民国上海商务印书馆《四部丛刊》本《嵇中散集》卷一

【注释】

①息徒：让伴从休息。华（huā）山：即花山，与上文“兰圃”对应。②流磻（bō）：指习射。磻，系于箭身丝绳上的石块。平皋：水边的平地。垂纶：垂钓。③挥：弹奏。五弦：乐器名，似琵琶而小。④俯仰：指举手投足。太玄：深奥玄妙的道理。按：西汉扬雄著有《太玄经》。⑤嘉：赞赏。“得鱼”句：语本《庄子·外物》“筌者所以在鱼，得鱼而忘筌；蹄者所以在兔，得兔而忘蹄”。本意指达到目的后就忘记了原来的凭借，后世道家、文论家多引申为得其精髓、弃其外形，警示勿为形役的意思。⑥郢（yǐng）人：喻知己，实指嵇喜。典出《庄子·徐无鬼》：述郢人鼻上有垩，匠石运

斤成风，尽垩而鼻不伤之事。逝：远离。

【笺释】

一、本诗的结构是前六句专写别离之景事，后六句深发别离之幽思。

二、“目送归鸿，手挥五弦”二句，既是全诗旨意的形象浓缩，又是承转前后文的情感枢纽，体现了“我”与“他人”思想矛盾的碰撞。“手挥五弦”，为优游之乐，以承上文亲友间的花草休憩、水边钓射，以启下文自得无拘的老庄之思；“目送归鸿”，为形役之苦，大雁尚且恋归，人却因某些不可抗力（比如从军）而作孤苦的长别羁旅……如此，人生的乐趣和意义何在？可见诗人在看待兄长从军的这件事情上，还是有一些排斥和反对的。

三、“郢人逝矣，谁可尽言”之叹，可知嵇康所信奉的这种从容自在、勿为形役的道家人生观，能有共识者除其兄长外也是寥寥无几，但这并不妨碍他去做一个真实的自己。正如元人陈绎曾《诗谱》所评“嵇康人品、胸次高，自然流出”，其可谓诗人的异代知己也。

（二）太康诗人及其他

潘　岳（247年—300年）

字安仁，荥阳中牟（今河南中牟县）人。有奇童之号，初征辟为秀才，后累迁给事黄门侍郎，世称潘黄门。其人性轻躁，趋势利。赵王司马伦执政后，岳被其亲信孙秀构陷害死。岳丰姿美仪，尝出门，多为妇人投果满车而归，乃民间美男子潘安之原型。善诗赋，诗与陆机并称。今存辑本《潘黄门集》一卷。

悼亡诗（选一）

【题解】

古制，妻死，丈夫居丧一年。本诗所作之时，在潘岳妻子离世周年后。他不得已须离家返回任所，故对亡妻感怀之思辗转不舍，浓情不开，真切处读来令人鼻酸。此题共有三首，这是第一首。

荏苒冬春谢，寒暑忽流易①。之子归穷泉，重壤②永幽隔。私怀谁克从，淹留③亦何益？僶俛恭朝命，回心反初役④。望庐思其人，入室想所历。帏屏无仿佛，翰墨有余迹[5]。流芳未及歇，遗挂[6]犹在壁。怅怳如或存，周遑忡[7]惊惕。如彼翰林[8]鸟，双栖一朝只。如彼游川鱼，比目中路析[9]。春风缘隙来，晨溜承[10]檐滴。寝息何时忘，沈忧日盈积。庶几有时衰，庄缶犹可击[11]。

据上海古籍出版社李善注《文选》卷二十三

【注释】

①荏苒（rěn rǎn）：形容时光渐去。谢：代谢、交替。寒暑忽流易：指时间已过一年。②之子：那人，指亡妻。《诗经·周南·桃夭》："之子于归，宜其家室。"穷泉：犹黄泉。重（chóng）壤：层层土壤。③私怀：私愿，指夫妻死生一处的愿望。从：达到。淹留：指活在世间。④僶（mǐn）俛（miǎn）：同"黾勉"，勉强，或勉力。语本《诗经·小雅·十月之交》："僶俛从事，不敢告劳。"朝命：朝廷之命。反：通"返"。初役：先前做官的任所。⑤"帏屏"两句：《文选》此处李善注引《汉书·外戚传》，大意说：李夫人早卒，方士齐少翁言能致其神，乃夜张灯烛，设帏帐，令武帝居他帐中遥望，见少女如李夫人之状，不得就视。帝愈益伤悲，遂作诗及《美连娟》之赋。仿佛，形影飘忽不定之状。翰墨，笔墨、文字。此处既指武帝之诗赋，又暗示妻子留下的手迹。⑥流芳：妻子残留的香气。歇：消失。遗挂：亡妻的遗物等。⑦怅怳（huǎng）：恍惚貌。周遑：惶恐貌。忡：忧心。⑧翰林：黑色的树林。⑨比目：鱼名。《尔雅》："东方有比目鱼焉，不比不行。"析：分离。⑩隙：门窗之缝隙。溜（liù）：通"霤"，屋檐下滴水处。承：接也。⑪庶几：表示希望、不肯定或者近似的副词词组，可译为但愿、或许、差不多等。"庄缶"句：《庄子·至乐》载，庄子的妻子死了，他非但不哭，反而鼓盆而歌。缶，瓦盆。按：末两句是诗人的自慰之辞，希望自己能像庄子一样豁达起来。

【笺释】

一、本诗非常知名，"潘岳悼亡"从此成为悼念亡妻的典故，而后来同类的诗词名篇也自此诗始，如元稹、李商隐、苏轼、吴文英等人的悼亡作品。

二、"望庐思其人，入室想所历。帏屏无仿佛，翰墨有余迹。流芳未及歇，遗挂犹在壁”六句，刻画细致，感情真挚，历来为人传诵、化用，如苏轼“小轩窗，正梳妆”、吴文英“黄蜂频扑秋千索，有当时纤手香凝”之句等。

三、“如彼翰林鸟，双栖一朝只。如彼游川鱼，比目中路析”四句，也是流传久远的句子，不禁使人想起唐人卢照龄歌行《长安古意》中的“得成比目何辞死，愿作鸳鸯不羡仙”的诗句。

陆 机（261年—303年）

字士衡，东吴都督陆逊之孙，名将陆抗之子，吴郡吴县华亭（在今上海松江区）人。吴亡，退居勤学，作《辩亡论》。晋武帝太康末，与弟陆云同入洛阳，文才倾动一时，人称“二陆”。八王之乱时参与政治倾轧，先后依附多王（赵王司马伦、齐王司马冏、成都王司马颖），一度任后将军、河北大都督，讨长沙王司马乂兵败后被谗，为司马颖所杀。其诗注重藻绘排偶，骈文亦佳，在当时有盛名。有《陆士衡集》十卷传世。

赴洛道中（选一）

【题解】

本题共二首，都是太康末年（289年）作者赴往洛阳途中所写，此作为第一首。

揔辔登长路，呜咽辞密亲①。借问子何之，世网婴②我身。永叹遵③北渚，遗思结南津④。行行遂已远，野途旷无人。山泽纷纡余，林薄杳阡眠⑤。虎啸深谷底，鸡鸣高树巅。哀风中夜流，孤兽更⑥我前。悲情触物感，沉思郁缠绵。伫立望故乡，顾影凄自怜。

【注释】

①揔：把持、控制。一本作“总”。按：揔、总，今均简化为“总”。辔：马缰。密亲：近亲。②世网：世间名利之网。婴：萦绕。③永叹：长叹。一说即“咏叹”。遵：顺着。④遗思：眷恋不舍之情。结：结聚。南津：南边的渡口，此指分别之地。⑤纡（yū）余：迂回曲折貌。薄：草木丛生

处。杳：幽深貌。阡眠："芊绵"的另一种写法，草木繁密貌。⑥更(gēng)：经过。

【笺释】

一、"借问子何之，世网婴我身"二句，正可看作前文《兄秀才公穆入军赠诗》诗中嵇康兄长相同之忧。陆机明知此弊，却依然无法自拔，他十多年后死于非命，岂非一语成谶？人在江湖，身不由己，殆非虚言。

二、后世李白有诗云"锦城虽云乐，不如早还家"，算是看透了世间的一切名来利往。陆机作此诗时，年不满三十，正值踌躇满志、血气方刚之际，毅然离乡赴京博取前程。然其离别亲人之痛、途中所历之险，诗中用"悲情""沉思""缠绵""凄怜"等字眼不断渲染，虽非无病呻吟之态，但文人之敏感懦弱，也自显而易见。

为顾彦先赠妇二首（选一）

【题解】

陆机此题共有两首，此为第一首。顾荣，字彦先，东吴名臣顾雍之孙，吴亡后与陆机、陆云同入洛阳，号为"洛阳三俊"。此诗当是顾荣托付陆机代为其妻所作，有家书的性质，可见陆、顾两家交情之深厚，也可知江东士子在京师洛阳生活、事业之不易。

辞家远行游，悠悠三千里。京洛多风尘，素衣化为缁①。修身悼忧苦，感念同怀子②。隆思乱心曲，沉欢滞不起③。欢沉难克兴④，心乱谁为理。愿假归鸿翼，翻飞浙江汜⑤。

以上据民国上海中华书局《四部备要》本《陆士衡集》卷五

【注释】

①素衣：纯白之衣。缁（zī）：黑色。②修身悼忧苦：不肯同流合污故而忧苦也。悼，伤痛。感念：感念往昔情意。同怀子：意即"大家都很怀念你"。子，对人的尊称，此指顾荣之妻。③隆思：繁乱、极度之思。心曲：做他事的心情。沉欢：深沉的欢乐。滞：停滞、滞留。起：启程，此指返回江东。④克：能够。兴：实现，指实现回家的愿望。⑤假：借也。浙江汜：

浙江之滨。这里以浙江代指江东吴越之地。

【笺释】

一、本诗一句之内暗含转折之处颇多，如“修身悼忧苦”“沉欢滞不起”等，在第二字后皆可加一转折连词“而”，化成“修身而悼忧苦”“沉欢而滞不起”。如此则易于理解，可于有心得处多体会。

二、“感念同怀子”一句中的“同”字，充分体现了陆机与顾荣一家兄弟般的情谊。这里不应有庸俗之念，体谅人情世故，其真实意思是：“我”与尊伉俪交情笃厚，彦先兄甚是思念你，我亦如此。

三、宋人陆游七律名作《临安春雨初霁》，其末联“素衣莫起风尘叹，犹及清明可到家”，乃化用此诗“京洛多风尘，素衣化为缁”之故句也。

猛虎行

【题解】

《猛虎行》亦属古乐府旧题，曲调在“相和歌辞”。诗中所反映的正直高洁之士难以保节、才华出众之人壮志难酬的进退维谷，正是诗人自身政治沉浮的如实写照，其内心之苦闷不安令人叹惋。

渴不饮盗泉水，热不息恶木阴①。恶木岂无枝？志士多苦心。整驾肃时命，杖策②将远寻。饥食猛虎窟，寒栖野雀林③。日归功未建，时往岁载阴④。崇云临岸骇，鸣条⑤随风吟。静言幽谷底，长啸高山岑。急弦无懦响，亮节难为音⑥。人生诚未易，曷云开此衿⑦？眷我耿介怀，俯仰⑧愧古今。

据民国上海中华书局《四部备要》本《陆士衡集》卷六

【注释】

①盗泉：古泉名，故址在今山东省泗水县。按：古时常借此以喻不义的获得。《尸子》卷下：“（孔子）过于盗泉，渴矣而不饮，恶其名也。”恶木：贱劣的树。此诗《文选》李善注引江邃《文释》：“《管子》曰：夫士怀耿介之心，不荫恶木之枝。”②整驾：整顿车马。肃：恭敬。时命：君王的命令。杖策：犹扶杖。杖，用作动词，扶也；策，亦杖也。③“饥食”二句：语本

乐府古辞《猛虎行》："饥不从猛虎食，暮不从野雀栖。"诗人这里反用其意，说自己饥不择食、寒不择栖。④岁载阴：年头又到了年终。岁，年岁。载，犹"则"。阴，古人以秋冬为阴月。⑤崇：高也。骇：腾起。鸣条：风吹作响的树枝。⑥急弦：绷得很紧的弦。懦响：弱缓的声音。亮节：高尚的节操。⑦曷（hé）：何，怎么。衿：同"襟"，胸怀。⑧眷：回顾。耿介：正直不阿。俯仰：指一举一动。

【笺释】

一、"饥食猛虎窟，寒栖野雀林"两句，使用反语修辞，自嘲德才之士饥寒交迫的生活窘境。

二、"崇云临岸骇，鸣条随风吟。静言幽谷底，长啸高山岑"四句，则是用比兴之法，象征德才之士云诡波谲的政治生活。

三、"急弦无懦响，亮节难为音"两句，前句写物以比拟，后句写人以双关，体现的是正直之士难为人喜的无奈和尴尬。

左　思（约250年—305年）

字太冲，齐国临淄（在今山东淄博市）人，晋武帝贵嫔左芬之兄。博学，兼善阴阳之术，貌寝口讷，不好交游。构思十年乃成《三都赋》，张华誉之为班、张之流，贵盛之家竞相传写，洛阳为之纸贵。所作《咏史》诸诗，借古讽世，笔力遒劲，有"左思风力"之称，成就较高。有辑本《左太冲集》。

咏　史（选三）

【题解】

左思此题共八首，皆为托言古代人物事迹来抒写自己抱负、情怀的作品。钟嵘《诗品》评其诗："文典以怨，颇为精切，得讽谕之致。"

本首原列第二，借低处之松与高处之苗对比起兴，以史实佐证，抒发了对士族门阀制度的不满，以及对自身怀才不遇的积愤。

郁郁涧底松，离离山上苗[①]。以彼径寸茎，荫此百尺条[②]。世胄蹑[③]高位，英俊沈下僚。地势使之然，由来非一朝。金张籍旧业，七叶珥汉貂[④]。冯公岂不伟[⑤]？白首不见招。

【注释】

①郁郁：茂盛貌。离离：盛多貌。《诗经·王风·黍离》："彼黍离离，彼稷之苗。"苗：草的嫩枝。②径寸茎：直径一寸的茎干，指山上苗。荫：遮盖。百尺条：指涧底松。③世胄：门阀世家子弟。蹑（niè）：登，占据。④金张：指西汉金日磾和张汤两大家族。《汉书·张汤传》："安世（张汤子）子孙相继，自宣、元以来，为侍中、中常侍者凡几十余人。功臣之后唯有金氏、张氏亲近贵宠，比于外戚。"籍（jiè）：通"藉""借"。七叶：七代。珥（ěr）：插也。汉貂：汉代侍中、中常侍等宠贵近臣帽子上所插之貂尾佩饰。⑤冯公：指冯唐，其生于汉文帝时，武帝时仍居郎官小职。伟：奇特、杰出。

【笺释】

一、关于本诗前四句的比兴对比之义。比兴有象征之意，此不赘述，只言对比：一二句，高下之比，写自然，引出下文之"地势"；三四句，贵贱之比，转人事，引出五六句。

二、"地势"一词贯穿全诗首尾，其象征"制度"之意不言而喻。

三、本诗题为"咏史"，所举皆汉代人物史事，而门阀世袭的九品中正制成为制度是在曹魏文帝时期。对此理解不必拘泥，原因有二：一则诗人借古喻今不便直言，故假托前代人物以讽喻当时制度；二则西汉贵族传代的现象，虽并未形成制度，但是发展至东汉末期以后，豪强士族（如河北袁氏、谯郡曹氏、益州刘氏等）并起，汉家天子任人摆布，才有三国之乱世，故从西汉的情况中可以看到门阀制度先期的影子。

【题解】

本诗原列第五。诗中前六句极写皇宫王侯之盛，可见豪门大族皆居上位；后六句激昂地表达了对此的不屑一顾，以及毅然归隐的决绝。

皓天舒白日，灵景耀神州[①]。列宅紫宫里，飞宇[②]若云浮。峨峨高门内，蔼蔼[③]皆王侯。自非攀龙客，何为欻来游[④]？被褐出阊阖，高步追许由[⑤]。振衣千仞岗，濯足万里流[⑥]。

【注释】

①皓天：犹“昊天”，明亮的天空。舒：使动，使……舒展。灵景（yǐng）：日光。神州：赤县神州之略，指华夏九州。②紫宫：星垣名，即紫微宫，汉代长安宫中有紫宫，故此借指皇宫。飞宇：飞檐。③峨峨：高耸貌。蔼蔼：众多貌。④攀龙客：攀附帝王将相以求显达之人。欻（xū）：忽然、突兀。⑤被（pī）褐：指甘为贫贱。褐，粗麻衣。《老子》七十章：“知我者希，则我者贵，是以圣人被褐怀玉。”阊阖：晋代洛阳有阊阖门。许由：传说中上古的隐士，曾以洗耳拒绝尧帝的让位。⑥“振衣”二句：此诗《文选》李善注引王粲《七释》“濯身乎沧浪，振衣乎高岳”。振衣、濯足都是为了洗清身上的俗世污垢。“濯足”句还可参见前第四章《孟子·离娄上·沧浪之水》文中相关内容。

【笺释】

一、本诗前六句所记当时贵族富丽景象，与前文第八章《古诗十九首·青青陵上柏》所写汉末衮衮诸公的文恬武嬉（“洛中何郁郁，冠带自相索。长衢罗夹巷，王侯多第宅。两宫遥相望，双阙百余尺”），如出一辙。

二、两诗思想表达的不同之处在于：左诗表意直露，中发隐居高蹈之志（“被褐出阊阖，高步追许由”），有文人之操守；古诗抒情含蓄，末作辛酸反语之讥（“极宴娱心意，戚戚何所迫”），见百姓之无力。

【题解】

此首原列第七。全诗列举主父偃、朱买臣、陈平、司马相如四位历史人物未显达前所遭受的世态炎凉，抒发了自身怀才不遇的苦闷和愤慨，不过并没有如本诗第二首那样写明造成这种情况的原因。

主父宦不达，骨肉还相薄[①]。买臣困樵采，伉俪不安宅[②]。陈平无产业，归来翳负郭[③]。长卿还成都，壁立何寥廓[④]。四贤岂不伟？遗烈光篇籍[⑤]。当其未遇时，忧在填沟壑[⑥]。英雄有屯邅[⑦]，由来自古昔。何世无奇才？遗之在草泽。

以上据上海古籍出版社李善注《文选》卷二十一

【注释】

①“主父”二句：主父，主父偃，汉武帝时人，官至齐相。其游学未贵时，“亲不以为子，昆弟不收”，详见《史记·平津侯主父列传》。骨肉，喻至亲。②“买臣”二句：买臣，朱买臣。汉武帝时人，官至丞相长史。家贫，四十余仍以耕樵为计，其妻深以为耻，遂改嫁，事详《汉书·朱买臣传》。不安宅，家庭不合。③“陈平”二句：陈平，汉初开国功臣，官至丞相。少时家贫，以负郭之屋为家，以弊席为门，详见《史记·陈丞相世家》。翳（yì），遮蔽。④“长卿”二句：长卿，司马相如字长卿，其与卓文君私逃回成都，家中一无所有，徒有四壁，详见《史记·司马相如列传》。寥廓，空旷貌。⑤遗烈：遗业。光篇籍：光耀史册之意。⑥填沟壑：喻死得贫贱。按：无力购买棺椁、坟地，只得弃尸于沟壑之中。⑦屯（zhūn）邅（zhān）：一作“迍邅”，指艰难的境地。《周易·易经·屯卦》爻辞：“六二，屯如邅如，乘马班如。”孔颖达疏：“屯是屯难，邅是邅回。”

【笺释】

一、贫而后达的这四位历史人物——主父偃、朱买臣、陈平、司马相如，他们的事迹能在后代脍炙人口，除史书记载的文字外，还有此诗的宣扬之功。

二、“屯”乃象形字，《说文解字》上的释意是：“屯，难也。屯，象草木之初生，屯然而难。从屮贯一，屈曲之也。一，地也。”《周易》六十四卦第三卦为“屯卦”，即取此草木根芽破土艰难之意。可参见前第一章《商周古·周易·屯》正文及相关内容。

刘　琨（271年—318年）

字越石，中山魏昌人（在今河北无极县）。少负志气，希为世用，与祖逖为友，有闻鸡起舞之事。初为司隶从事。晋惠帝时，迎驾有功封广武侯。愍帝时拜为大将军，都督并、冀、幽三州诸军事，长期为晋廷招抚流亡，固守河北孤悬之地，与匈奴刘聪、羯族石勒等政权相抗衡。后为勒所败，奔鲜卑贵族幽州刺史段匹磾。匹磾忌之，遂被杀。因刘琨长期在北方领导反抗异族侵扰的爱国军事斗争，故其诗多具慷慨豪迈之气，风格刚健清新，在当时独树一帜。有《刘越石集》辑本传世。

重赠卢谌

【题解】

刘琨在与石勒的军事斗争失利后，投奔幽州刺史段匹磾。双方歃血为盟，共许匡扶晋室。不料琨子刘群得罪匹磾，琨受其牵连被拘入狱。卢谌（chén）本是刘琨的从事中郎，亦其好友，后改投段匹磾属下为别驾。刘琨身在缧绁，不得已作诗勉励卢谌，希其从中营救。谌不能体会刘诗深意，故诗人再赠以此诗。据此推论，本诗大致作于诗人受害前夕，晋元帝太兴元年（318年）。

握中有悬璧，本自荆山璆①。惟彼太公望，昔在渭滨叟②。邓生何感激，千里来相求③。白登幸曲逆，鸿门赖留侯④。重耳任五贤，小白相射钩⑤。苟能隆二伯，安问党与雠⑥？中夜抚枕叹，想与数子⑦游。吾衰久矣夫，何其不梦周⑧？谁云圣达节，知命故不忧⑨。宣尼悲获麟，西狩涕孔丘⑩。功业未及建，夕阳忽西流。时哉不我与，去乎若云浮。朱实陨劲风，繁英落素秋⑪。狭路倾华盖，骇驷摧双辀⑫。何意百炼刚，化为绕指柔⑬。

据上海古籍出版社李善注《文选》卷二十五

【注释】

①悬璧：用悬黎（战国魏地所产之玉）做成的美璧。荆山璆（qiú）：春秋时楚人卞和在荆山（在今湖北南漳县）所得之璞玉，后雕琢成宝，称和氏璧。璆，球的古字，美玉名。这两句都是在称赞卢谌之才具。②“惟彼”两句：太公望，即姜尚。据《史记·齐太公世家》，姜尚晚年垂钓于渭水之滨，周文王出巡相遇曰：“吾太公，望子久矣”，因号“太公望”，遂引为太师，后助武王灭殷。③“邓生”两句：邓生，指东汉开国功臣邓禹。据《后汉书·邓禹传》，禹与光武帝刘秀亲善，闻刘秀安抚河北，遂由新野渡河来投。④“白登”两句：白登，山名，在今山西大同市。曲逆，陈平的爵位。陈平出奇计解汉高祖刘邦白登之围，详见《史记·陈丞相世家》。鸿门，地名，在今西安市临潼区。留侯，张良的爵位。张良解救刘邦于鸿门之宴，详见

《史记·项羽本纪》。⑤“重耳”两句：重耳，即晋文公。五贤，为随文公流亡并辅佐其复国成霸的五位贤臣：赵衰、狐偃、魏犨、颠颉、胥臣。小白，即齐桓公。相射钩，指以管仲为相。管仲本小白之兄公子纠之臣，两公子争位，管仲曾射中小白之衣带钩，小白即位为君，杀死公子纠，却不计前嫌重用管仲。⑥隆二伯：指成就齐桓、晋文尊王攘夷（内佐周室、外御夷狄）的功业。这里比拟辅佐晋朝，抵抗匈奴、羯等异族外敌的事业。“伯”“霸”二字字音字义的联系和区别，参见前第三章《左传·晋楚城濮之战》文后“笺释”。党，指同道，接上句之“五贤”。雠，指管仲，他与小白本是敌对关系、有射钩之雠。⑦数子：指上文姜尚、邓禹、陈平、张良、五贤、管仲等功成之人。⑧“吾衰”两句：语本《论语·述而》“子曰：‘甚矣吾衰也，久矣吾不复梦见周公。’”以上四句意为：自己虽然希望像“数子”那样能够建功立业，但如今只落得像孔子这般抱怨自己有心无力的地步了。⑨圣达节：语本《左传·成公十五年》“圣达节，次守节，下失节”。杨伯峻注：“最高道德为能进能退，能上能下，而俱合于节义。”不忧：《周易·易传·系辞上》：“乐天知命故不忧。”⑩“宣尼”两句：宣尼，即孔子。孔子字仲尼，后世又被奉为文宣王，故称宣尼。《春秋》载鲁哀公十四年哀公西狩获麟，《春秋公羊传》记孔子闻知此事后，认为麒麟乃仁兽，“反袂拭面，涕沾袍”，叹曰：“吾道穷矣!”这里是说像孔子这样的圣人尚不免忧愁，何况我辈？⑪朱实：红色的果实。陨：落也。繁英：繁花。素秋：深秋。秋季五行属金，金为白色，故称素秋。⑫华盖：华美的车盖，即大车，与下文的“双辀(zhōu)”均代指自己的事业。骇驷：受惊的马，与上文的“狭路”均代指时局的险恶。驷，四马驾车中的一马。辀，车辕。⑬“何意”两句：总结自己经过多年的事业沉浮所带来的心态变化，好似经受百炼的坚硬之物，现在变得如可以绕指的软物一样不堪。

【笺释】

一、关于本诗的结构，大致可以划分为三个层次：

第一层：前两句，称赞诗歌赠与对象（卢谌）的才干，类似于开场白。

第二层：第三句至“安问党与雠”，列举自姜尚至管仲这些前代有功绩之人，既有激励自己和卢谌能向他们学习、效忠晋室的用意，又为下文抒发忧思作铺垫。

第三层："中夜抚枕叹"以后，主要表达诗人英雄末路的不甘和屈己求人的哀情。

二、本诗第二层以"用事"("用古人古事"之略，今俗称用典）的方式来表情达意，具有一定的复杂性，整体上它们都是在勉励卢谌忠心报国、建立功业，但在各自的微言大义上又不尽相同：姜尚事，诗人有示己不老、将大有为之意；邓禹事，有激励卢谌勿忘故旧之意；陈平、张良事，有希冀卢谌巧用奇谋、救己于危难之意；五贤事，是诗人将自己、卢谌以古代五贤自许，以期共建大功之意；管仲事，是诗人希望卢谌能劝谏段匹磾不计前嫌以共图大业之意。

三、"何意百炼刚，化为绕指柔"二句，写尽大丈夫落难时的无助和悲哀，为千古传诵的名句，港台流行歌曲中有"我承认都是誓言惹的祸，偏偏似糖如蜜说来最动人，再怎么心如钢铁也成绕指柔"这样的歌词（当然在这里修改为抒发失恋之悲苦），便是化用《重赠卢谌》中的这两句。清人刘熙载《艺概·诗概》评曰："刘公干（桢）、左太冲（思）诗壮而不悲，王仲宣（粲）、潘安仁（岳）悲而不壮。兼悲壮者，其惟刘越石乎?"

四、金人元好问《论诗》绝句对刘琨之诗评价甚高，认为其若生于建安时代，文学成就并不会亚于曹植和刘桢："曹刘坐啸虎生风，四海无人角两雄。可惜并州刘越石，不教横槊建安中。"

郭　璞（276年—324年）

字景纯，河东闻喜（即今山西闻喜县）人。生来好古文奇字，精天文、历算、卜筮。西晋末过江，为宣城太守殷佑参军，为当时丞相王导所重，与王隐共撰《晋史》，惜不存。后为王敦记室参军，以卜筮不吉谏阻敦反，为敦所杀[1]。敦乱平后，追赠弘农太守。郭璞博洽多识，为《尔雅》《方言》《山海经》《穆天子传》诸书作注，皆传于世。

---

1 《晋书·郭璞传》对此有详细记载，其大略为：王敦将反，温峤、庾亮请郭璞卜筮，璞沉吟不答。温、庾又请璞卜二人之吉凶，璞曰"大吉"，这是在暗示温、庾平乱必成，二人因此也极受鼓舞，力助晋明帝戡乱。而王敦举兵之初亦请郭璞卜卦，璞曰"无成"，敦大怒，继使其为己卜寿命，璞曰："思向卦，明公起事，必祸不久。若往武昌，寿不可测。"敦怒曰："卿寿几何?"璞答："命尽今日日中。"遂被杀。可见，郭璞素常虽以术士的形象示人，骨子里流露的却是心系天下、不计个人的儒家精神，与道家全身远祸的思想若莛与楹也。

亦擅长诗赋，富于文采，被誉为“始变永嘉[1]平淡之体，故称中兴第一”（《诗品》），有辑本《郭弘农集》二卷。

游仙诗（选二）

【题解】

《游仙诗》十四首（内有四首残缺）是郭璞诗歌的代表作，主要表现的是对浑浊尘世的不屑和对隐逸生活的向往，自古被认为内含寄托、讽刺的深意，非一般化羽登仙的游仙诗可比。

本诗原列第二。作品通过描写隐居生活的清雅以表达对纷乱世俗的鄙视。

青溪①千余仞，中有一道士。云生梁栋间，风出窗户里。借问此何谁？云是鬼谷子②。翘迹企颖阳，临河思洗耳③。阊阖西南来，潜波涣④鳞起。灵妃⑤顾我笑，粲然启玉齿。蹇修时不存，要⑥之将谁使？

【注释】

①青溪：此句《文选》李善注引庾仲雍《荆州记》：“临沮（古县名，在今湖北当阳市）县有青溪山，山东有泉，泉侧有道士精舍。郭景纯尝作临沮县，故《游仙诗》嗟青溪之美。”仞：七尺或八尺为一仞。②鬼谷子：即王诩，战国时齐国人。隐于鬼谷，因自称鬼谷先生，张仪、苏秦师事之。③翘迹：犹抬足。企：盼也。颖阳：指许由，相传其曾隐居于颍水之阳。洗耳：指许由在颍水之阳拒绝尧帝让位之事。④阊阖：西风又名阊阖风。涣：变也。⑤灵妃：即宓（fú）妃，传说中洛水之神。⑥蹇修：指媒人。他本为传说中伏羲氏的贤臣，屈原《离骚》：“解佩纕以结言兮，吾令蹇修以为理。”要（yāo）：通“邀”，请也。按：末二句指诗人欲从神女传授仙道，因无媒介而不得其人。

【笺释】

一、“云生梁栋间，风出窗户里”两句，通过云气绕屋、清风满室的描

1　西晋怀帝年号，公元 307 年—312 年。

述，突出一个“仙”字；“阊阖西南来，潜波涣鳞起”两句，“涣”字写出了大自然的灵动。这四句就是诗人想象世界中吸风饮露、不食人间烟火的道家生活。

二、清人陈祚明《采菽堂古诗选》卷十二认为：“景纯本以仙姿游于方内，其超越恒情，乃在造语奇杰，非关命意。《游仙》之作，名属寄托之词，如以列仙之趣求之，非其本旨矣。”此诗即其一例。

【题解】

此首原列第六。本诗讽刺了古代所谓的明君雄主学道却不得其要领的愚行，他们的求仙只是为了长生而浪费了大量的人力、物力、财力乃至付出了生命的代价。

杂县寓鲁门，风暖将为灾①。吞舟涌海底，高浪驾蓬莱。神仙排云出，但见金银台②。陵阳挹丹溜，容成③挥玉杯。姮娥扬妙音，洪崖颔其颐④。升降随长烟，飘飖戏九垓⑤。奇龄迈五龙，千岁方⑥婴孩。燕昭无灵气，汉武非仙才⑦。

以上据上海古籍出版社李善注《文选》卷二十一

【注释】

①“杂县（yuán）”二句：语本《国语·鲁语》“海鸟曰爰居，止于鲁东门外三日。展禽曰：‘今兹海其有灾乎？夫广川之鸟兽，恒知风而避其灾也。’是岁也，海多大风，冬暖”。爰居，一名杂县，《尔雅·释鸟》：“爰居，杂县。”邢昺疏：“爰居，海鸟也，大如马驹，一名杂县。”②“吞舟”四句：事见《史记·封禅书》“（齐）威、宣、燕昭使人入海求蓬莱、方丈、瀛洲，此三神山者……仙人及不死之药皆在焉。其物、禽兽尽白，而黄金白银为宫阙，未至望之如云”。蓬莱，即蓬莱山，传说中的海上仙山。③陵阳：陵阳子明之略，传说中的仙人。刘向《列仙传》曰：“陵阳子明者，铚乡人也，好钓鱼于旋溪钓……得白鱼，肠中有书，教子明服食之法。”丹溜：即流丹，指陵阳子明于黄山所采之五石脂，服食三年后，驾龙而去。容成：即容成公。《列仙传》：“容成公者，自称黄帝师，见于周穆王，能善补导之事……发白更黑，齿落更生。事与老子同，亦云老子师也。”④姮（héng）娥：即嫦娥。《淮南子·览冥训》：“羿请不死之药于西王母，姮娥窃以奔月。”高诱

注："姮娥，羿妻。羿请不死之药于西王母，未及服之，姮娥盗食之，得仙，奔入月中，为月精也。"洪崖：传说中的仙人，黄帝臣子伶伦的仙号。相传其姓张，尧帝时已有三千岁。颔（hàn）：本意为下巴，此指点头。颐：下颔。按：颔颐，犹点头称是之意。⑤升降：《列仙传》"宁封子者，黄帝时人，积火自烧而随烟上下"。戏九垓（gāi）：指卢敖于北海所见之奇士。《淮南子·道应训》："卢敖游乎北海，见一士……若士者齤（quán，笑而见齿貌）然而笑曰：'……今子游始于此，乃语穷观，岂不亦远哉？然子处矣，吾与汗漫期于九垓之上，吾不可以久居。'若士举臂而竦身，遂入云中。"高诱注：卢敖，燕人，秦始皇召以为博士，使求神仙，亡而不反也。九垓，犹九天、九霄之意。垓，层也。⑥迈：超过。五龙：传说中五个人面龙身的仙人，道教称为五行神。详见《文选》李善注引《遁甲开山图》荣氏解。方：比也。⑦燕昭无灵气：燕昭王使人入海求蓬莱，见上注②。汉武非仙才：《汉武内传》"西王母曰：刘彻好道，然形慢神秽。虽当语之以至道，殆恐非仙才也"。

【笺释】

一、飘逸从仙道者，信其术而未必长生，亦未必不知其不能使人长生也。后世道家成为思想巨擘、学问渊薮者，亦不乏其人，老、庄且不必说，以魏晋六朝为例就有葛洪、郭璞、皇甫谧等，难道他们都不明白这个道理？他们信奉道术，自是追求一种自由无羁的精神，未必就是为了登仙不老。历史上燕昭王等派遣船队探寻蓬莱等仙山，汉武帝晚年长期服食丹药，虽其人不至猝死，但都劳民伤财。郭璞此诗之讽刺本旨，正是在此。

二、总之，郭璞的《游仙诗》十余首，正如钟嵘《诗品》所论"乃是坎壈咏怀，非列仙之趣也"，清人刘熙载《艺概·诗概》则曰"《游仙诗》假栖遁之言，而激烈悲愤，自在言外，乃知识曲宜听其真也"，真可谓慧眼如炬，透过现象而看到了事物的本质。

（三）陶潜

陶　潜（365 年—427 年）

字渊明，自号五柳先生，私谥靖节，东晋初名将陶侃曾孙，江州柴桑（在今江西九江市）人。一说名渊明，字元亮。初仕州祭酒，不堪吏职，辞归。复为刘裕幕下镇军参军，旋转刘敬宣幕中为建威参军。义熙元年为彭泽令，逢郡督邮至，潜不愿为五斗米折腰，乃去官隐居，赋《归去来兮》以明志。后被征著作佐郎，不就。自以为曾祖乃晋世宰辅，耻于屈身后代，入刘宋朝，终生不仕，躬耕自资。所著诗文、辞赋凡题年月者，义熙以前，书晋代年号，刘宋以后，唯云甲子，足见其志。

陶潜今存诗一百二十多首，辞赋、散体文十余篇。诗歌多描写农村田园风光及躬耕生活，诗风自然隽永，感情纯真笃厚，对后世诗人影响极大。南宋汤汉所撰《陶靖节诗注》为现存最早的陶诗注本（萧统所编原集已佚），清人陶澍、今人王瑶、逯钦立、龚斌、袁行霈等都有注本。

归园田居（选三）

【题解】

陶潜此题共五首，约写于诗人辞去彭泽令归田的次年（晋安帝义熙二年，公元 406 年）。

本首原列第二，主要描写清静的隐居生活及对此的感受。

野外罕人事，穷巷寡轮鞅①。白日掩荆扉，对酒绝尘想②。时复墟曲人，披草③共来往。相见无杂言，但道桑麻长④。桑麻日已长，我土⑤日已广。常恐霜霰⑥至，零落同草莽。

【注释】

①人事：此指社交活动。轮鞅：代指车马。鞅，马套车时颈上的皮带。②对酒：一作“虚室”。尘想：此指出仕之念。③时：此时。墟曲人：乡村农人。一本“人”作“中”。披草：拨开荒草，此实指与农耕之人的交往。④长（zhǎng）：生长之长。⑤我土：自己耕种的田地。⑥霰（xiàn）：小冰粒。

【笺释】

一、“对酒绝尘想”或云“虚室绝尘想”皆可，一言其愁，一言其贫。

二、“相见无杂言，但道桑麻长”，平白如话，语意干净。唐人王维古风《渭川田家》“田夫荷锄至，相见语依依”，本此。

三、“常恐霜霰至，零落同草莽”，二句比兴。桑麻不存，我命岂能保乎？“霜霰”以喻一切坏势力，“零落”非只桑麻也。

【题解】

本诗原列第三，详述拓荒劳动的躬耕生活，并借此表达心中志愿。

种豆南山下，草盛豆苗稀。晨兴①理荒秽，带月荷锄归。道狭草木长，夕露沾我衣。衣沾不足惜，但使愿无违②。

【注释】

①兴（xīng）：起，起床。一说指日出。②惜：在意，在乎。一说意为惧怕。违：离开。一说，违背。

【笺释】

一、董仲舒《春秋繁露·精华》曰：“《诗》无达诂，《易》无达占，《春秋》无达辞。”试以本诗中的两处注释为例，体会对诗意不同理解的好处。

二、本诗三四句写稼穑之勤，五六句见环境之恶。人大多好逸恶劳、趋利避害，生存条件艰苦，自然会去选择另一处所谓好的环境。作者并没有那样做，其原因就是作品的最后一句“但使愿无违”。

三、作品绾结在末尾的一个“愿”字上，“愿”亦是本诗表达之要旨。愿，犹志也。承接以上六句，足见此志之卓，本可冠带加身，却甘愿勤劳四体，此是一种个性；又足见此志之坚，艰难困苦而此心不改，此亦是一种个性。那么这个“愿”到底是什么呢？这仅非“个性”一词所能涵盖，乃是一种执着的精神——追求道的精神，追求自由的精神。

【题解】

此首原列第四，作者叙述了在隐居期间所看到的战火之后农村凋敝的惨况，从侧面反映了晋末统治集团内部激烈的政治、军事斗争，以及自身对此的感慨。

久去山泽游，浪莽①林野娱。试携子侄辈，披榛步荒墟②。徘徊丘垄间，依依③昔人居。井灶有遗处，桑竹残朽株。借问采薪者，此人皆焉如④？薪者向我言，死没⑤无复余。一世异朝市⑥，此语真不虚。人生似幻化，终当归空无⑦。

【注释】

①久去：长期离开俗世。去，离开。浪莽：空间广大貌。②披榛（zhēn）：犹“道狭草木长”之意。墟：村落。③丘垄：乡里田间。依依：隐约之意。④焉：哪里。如：去、到。⑤死没：因兵燹而死者。没，同“殁”，死亡。⑥一世：三十年。异朝（cháo）市：指朝廷政局和社会民风都发生了很大的变化。朝市，朝廷和集市。⑦空无：《老子》第一章“‘无’名天地之始，‘有’名万物之母”。

【笺释】

一、“井灶有遗处，桑竹残朽株”二句，写战争对普通人民的荼毒，自然易使我们想起曹操《蒿里行》“白骨露于野，千里无鸡鸣”、王粲《七哀诗》“出门无所见，白骨蔽平原”等诗句，而此诗这方面的描写更为细致。上句可想昔日人迹之稠密，下句可见当时战火之残酷，两句都是作者对战争结束之后残景的写实，对杀戮的过程和场面则须读者推想，为侧面描写；“借问采薪者”以下四句，薪者或为这场悲剧的亲见幸存者，他的回答，坐实上文作者之推想，此为正面补写。

二、“一世异朝市，此语真不虚”二句，反映出作者对动荡时局的不满，也表明了他的政治立场。

答庞参军并序

【题解】

陶潜本题共两首，一为五言，一为四言，此为五言者。据清人陶澍考证，二诗均作于宋少帝景平元年（423年），是年诗人五十九岁。庞参军为作者友人，名字不详。参军，官职名，是王侯或将军的军事参谋。时卫军将军王弘镇守浔阳，庞任其参军，其春奉命使于江陵，本诗当作于此时。

（原序）三复来贶[①]，欲罢不能。自尔邻曲[②]，冬春再交，款然良对[③]，忽成旧游。俗谚云“数面成亲旧”，况情过此者乎？人事好乖[④]，便当语离。杨公所叹[⑤]，岂惟常悲？吾抱疾多年，不复为文，本既不丰[⑥]，复老病继之。辄依周礼往复之义[⑦]，且为别后相思之资。

相知何必旧，倾盖定前言[⑧]。有客赏我趣，每每顾林园[⑨]。谈谐无俗调，所说圣人篇。或有数斗酒，闲饮自欢然。我实幽居士，无复东西缘[⑩]。物新人惟旧，弱毫[⑪]多所宣。情通万里外，形迹滞江山[⑫]。君其爱体素[⑬]，来会在何年？

以上据中华书局排印本《陶渊明集》卷二

【注释】

①三：再三、多次。复：反复阅读。来贶（kuàng）：送来的赠品，此指庞参军所赠之诗。贶，赠送。②尔：代词，那次。邻曲：邻居。③款然：诚恳貌。良对：愉快地对话。④好（hào）乖：易于偏差。⑤杨公所叹：即杨朱哭于逵路之事。《淮南子·说林训》："杨子见逵路而哭之，为其可以南可以北。"意即杨朱见世道多歧路，所以止步不前。⑥丰：强健。⑦周礼往复之义：指《礼记·曲礼》"礼尚往来。往而不来，非礼也；来而不往，亦非礼也"之训示。⑧倾盖："倾盖如故"之略，参见第六章邹阳《狱中上梁王书》文中注释。定：验证。前言：即上文之"相知何必旧"。⑨赏：赞赏、赞同。顾：光顾。林园：代指乡间田园，诗人所居之地。⑩东西缘：东西奔走的机缘。⑪物新人惟旧：《尚书·盘庚》"人惟求旧，器非求旧，惟新"。此处寓有晋宋易代之意。弱（nuò）毫：拿起毛笔，此指作诗或写信。弱，同"搦"，握持。一说，弱毫代指毛笔。⑫滞江山：为江山所滞。滞：停滞、阻止。⑬体素：敬辞，犹言玉体。

【笺释】

一、君子之交淡如水，诚如诗中"谈谐无俗调，所说圣人篇。或有数斗酒，闲饮自欢然"四句所言。

二"情通万里外，形迹滞江山"二句所摹送别之际，行子、居人情深不舍，情可通，形却断，无限伤感、无奈尽在言中。后世诗人对此又有发挥，多借助明月、长风、青山等意象，变作"情可通，形亦随"，如李白"我寄愁心与明月，随风直到夜郎西"（《闻王昌龄左迁龙标遥有此寄》），王昌龄"青山一道同云雨，明月何曾是两乡"（《送柴侍御》）这样的句子。另，后人对其中的"滞"字亦有发挥，如王勃"长江悲已滞，万里念将归"（五绝《山中》）之"滞"。

庚戌岁九月中于西田获早稻

【题解】

依诗题所示，本诗写于义熙六年庚戌（410 年）九月，是年陶潜四十六岁。诗歌详述了躬耕垄亩的劳动体验，并在写法上融情、景、事、理于一体，尤其在说理方面能够运用充满情趣和理趣的语言来表达深邃的哲理思考。

人生归有道，衣食固其端[①]。孰是都不营[②]，而以求自安。开春理常业，岁功聊[③]可观。晨出肆微勤，日入负禾还[④]。山中饶[⑤]霜露，风气亦先寒。田家岂不苦，弗获[⑥]辞此难。四体诚乃疲，庶无异患干[⑦]。盥濯息檐下，斗酒散襟颜[⑧]。遥遥沮溺[⑨]心，千载乃相关。但愿长如此，躬耕非所叹。

【注释】

①有道：意即“固有之常道”。端：开端、基本。②是：此，指上文之衣食。营：经营。③常业：指稼穑、农耕。岁功：一年的收成。聊：略微。④肆微勤：即肆勤，尽力勤劳。蔡邕《中鼎铭》：“公允迪厥德，宣力肆勤。”微，谦辞。肆，一本作“肄”。禾，一本作“耒”。⑤饶：多也。⑥弗获：不能。《尚书·咸有一德》：“匹夫匹妇，不获自尽。”获，能够、得以。⑦庶：差不多，几乎。异患：特别的灾病。干：相犯、相侵。⑧盥（guàn）：盆中洗。濯：拔水洗。襟颜：胸襟和脸上的气色。⑨沮溺：春秋时代隐士长沮、桀溺之略。其事迹详见第四章《论语》相关部分。

【笺释】

一、情、景、事、理四者，景、事，为实；情、理，为虚。虚实结合，互为表里，是本诗最大的写作特色。

二、“人生归有道，衣食固其端。孰是都不营，而以求自安”四句，乃做人的道理，并有“自力更生”之理；“田家岂不苦，弗获辞此难。四体诚乃疲，庶无异患干”四句，乃重农的道理，并有“生命在于运动”之理。以上皆为议论，为说理。

三、“遥遥沮溺心，千载乃相关。但愿长如此，躬耕非所叹”四句，为咏志，为抒情。

四、“盥濯息檐下，斗酒散襟颜”两句为本诗叙事之一，一个轻松自在、安贫乐道的魏晋名士形象亦跃然于纸上。

饮　酒（选四）

【题解】

陶潜以本题共作诗二十首。这些诗借酒为题，以酒寓意，表达了作者对历史、社会、人生的看法，在对现实的不满和对田园生活的喜爱中，体现了诗人穷且益坚的人格节操和恬淡自然的人生境界。

本诗原列第五，主要体现了道家所提倡的“真者不拘形迹”的价值追求。

结庐①在人境，而无车马喧。问君何能尔？心远地自偏②。采菊东篱下，悠然见③南山。山气日夕佳，飞鸟相与④还。此中有真意，欲辩已忘言⑤。

【注释】

①结庐：建造居所。②“问君”二句：自设问答。尔，如此、这样。心远地自偏，心境远离了尘俗，自然就会觉得所处之地僻静。言下之意，只要内心宁静，即使身在闹市依然如同身在山林般清静。③见：《文选》中作“望”。④相与：相伴、一道。⑤中：原作“还”，据诸本择优改之。真意：《庄子·渔父》“真者，所以受于天也，自然不可易也。故圣人法天贵真，不拘于俗”。欲辩：《庄子·齐物论》“辩也者，有不见也。夫大道不称，大辩不言”。辩，一本作“辨”。忘言：《庄子·外物》“言者所以在意也，得意而忘言”。

【笺释】

一、“真者不拘形迹”在诗中有两个表现：一是“我之真心”，心倘为真，则处处皆真，与所处之地无关，故“采菊东篱下，悠然见南山”，非“真我”不能为；二是“物之真意”，意倘为真，则物物皆真，与何事何物无关，故“山气日夕佳，飞鸟相与还”，不足具言也。

二、“心远地自偏”乃一诗之枢纽，清人王士禛《古学千斤谱》评此句曰：“通章意在‘心远’二字，‘真意’在此，‘忘言’亦在此。”

三、“悠然望南山”之非。宋人苏轼《东坡题跋》：“因采菊而见山，境与意会，此句最有妙处。近岁俗本皆作‘望南山’，则此一篇神气都索然矣。”

【题解】

本首原列第九，写出了作者生活穷困，受到邻居接济，体现了和田父之间质朴的情谊，以及诗人君子固穷的执着操守。

清晨闻叩门，倒裳①往自开。问子为谁与，田父有好怀②。壶浆远见候，疑我与时乖③。“褴缕茅檐下，未足为高栖④。一世皆尚同，愿君汩⑤其泥。”“深感父老言，禀气⑥寡所谐。纡辔诚可学，违己讵⑦非迷？且共欢此饮，吾驾不可回。”

【注释】

①倒裳（cháng）：将衣服里外穿反。语本《诗经·齐风·东方未明》：“东方未明，颠倒衣裳。”②田父：老农。好怀：好心。③壶浆：本指茶水、酒水之类的饮品，此处代指食物。见候：等候我。疑：揣测。时：时尚。乖：不合。④褴（lán）缕：衣服破烂貌。高栖：指大隐，真正的隐士。⑤尚同：以同流合污为风尚。汩（gǔ）：同“淈”，搅浑。语本《楚辞·渔父》：“世人皆浊，何不淈其泥而扬其波？”⑥禀气：犹言禀性。⑦纡（yū）辔：调转马头，改变车辙，此指出仕。违己：违背自己的本心。讵（jù）：岂、难道。

【笺释】

一、“倒裳往自开”一句极富情趣和深意。“倒裳”，足见作者之急迫，如涸辙之鲋忽闻东海之水来；亲自去开门（“往自”），足见作者之重视，罗雀之门幸有客至焉能等闲待之？短短五字，竟将作者之生活窘境穷形尽相。

二、诗中以两段对话衍敷诗意情节，是借鉴了汉魏乐府的写法，如《羽林郎》《董娇饶》《上山采蘼芜》《陌上桑》和陈琳的《饮马长城窟行》等。

【题解】

此首原列第十四，诗中通过描写与故友松下饮酒时无机忘我的状态，表达了对庸俗世人的不屑。

故人赏我趣，挈壶相与[①]至。班荆[②]坐松下，数斟已复醉。父老杂乱言，觞酌失行次[③]。不觉知有我，安知物为贵[④]？悠悠迷所留[⑤]，酒中有深味。

【注释】

①挈（qiè）壶：带着酒壶。挈，携也。相与：相伴、一道。②班荆：成语“班荆道故”之略。典出《左传·襄公二十六年》：“楚伍参与蔡太师子朝友，其子伍举与声子相善……伍举奔郑，将遂奔晋。声子将如晋，遇之于郑郊，班荆相与食，而言复故。”杜预注：“班，布也。布荆坐地，共议归楚，事朋友世亲。”后泛指故友相遇，不顾场所简陋，共叙离情。③觞（shāng）酌：俱为饮酒器，此指饮酒。行（háng）次：辈行、饮酒的次序。④“不觉”两句：描述醉酒后忘我的状态，都忘了自己（“我”）是什么，再谈名利（“物”）为贵显得毫无意义。⑤悠悠：指趋名附利之辈。语本《列子·杨朱篇》：“悠悠者趋名不已。”迷所留：迷恋于其所流连者。

【笺释】

一、山间松林，清风徐来，故环境干净；没有利害机关，可以不拘俗套，故人心干净。这正是开怀共饮的最宜场合和最佳人选，此诗最是切题。

二、“不觉知有我，安知物为贵”二句颇具玄理。常言道“人为财死，鸟为食亡”，人若与鸟兽一般执着地为“物”而死，且不说做人的境界低之又低，只论“皮之不存毛将焉附”的道理，“我”已不存，“物”又为谁而得？趋名附利者何其愚也。而此等觉悟又只有在酒醉忘我之后方能激发，“我”心飞神逸，飘散四野，故“不觉知有我”。酒，未必为饮品，亦未必为商品，其作为一种消费品的精神属性正在于此。

【题解】

本诗原列第十九，诗中概述了诗人大半生的经历行藏，坦露了面对败坏的世道绝不妥协、坚持独善其身的志节。

畴昔苦长饥，投耒[①]去学仕。将养不得节[②]，冻馁固缠己。是时向立年[③]，志意多所耻。遂尽介然分，拂衣[④]归田里。冉冉星气流，亭亭复一纪[⑤]。世路廓悠悠，杨朱所以止[⑥]。虽无挥金事[⑦]，浊酒聊可恃。

以上据中华书局排印本《陶渊明集》卷三

【注释】

①畴昔：往昔、过去。投耒（lěi）：放下农具。耒，古代一种可脚踏的木制翻土农具。②将养：养活他人，此指支撑家庭。不得节：不能恪守心中信念。③向立年：接近三十岁。向：接近。立年："而立之年"之略。按：陶潜初仕江州祭酒时二十九岁。④介然分（fèn）：耿介、高洁的名分。语本《汉书·傅喜传》："高武侯喜姿性端悫，论议忠直，虽与故定陶太后有属，终不顺指从邪，介然守节。"分，名分、位分。拂衣：挥拂衣袖，形容激动或激愤的情绪，此指辞去彭泽令之事。原作"终死"，据他本择优改之。⑤冉冉星气流：喻时光逐渐流逝。冉冉，缓慢貌。星气，星宿气节之略。亭亭：长久貌。一纪：岁星（木星）绕地球一周约需十二年，故古称十二年为一纪。《国语·晋语四》："文公在狄十二年，狐偃曰：'蓄力一纪，可以远矣。'"韦昭注："十二年，岁星一周为一纪。"⑥廓：空旷貌。悠悠：漫长貌。杨朱所以止：见前《答庞参军并序》诗中注⑤。⑦挥金事：汉宣帝时太傅疏广年老告退，帝及太子赐金丰厚，"广既归乡里，日令共具设酒食，请族人故旧宾客，与相娱乐"，为的是杜绝儿孙坐享其财、不思进取。事见《汉书·疏广传》。

【笺释】

一、本诗最能体现诗人"君子固穷"的思想节操。"苦长饥""冻馁"，为基本生存之穷困；"无挥金""浊酒"为常态生存之穷困；"不得节"而"志多耻"、"介然分"而"拂衣归"为志节冲突之穷困。居且贫而"聊可恃"，为君子之固（坚守）。

二、穷而能固的原因，是作者认为"世路廓悠悠"不能苟同，"穷"可以忍耐。"杨朱所以止"，为其榜样，故而能"固"也。

拟　古（选一）

【题解】

陶潜此题共九首，一般认为作于晋宋易代（420 年）作者 55 岁以后。清人温汝能《陶诗汇评》卷四云："《拟古》九首大抵遭逢易代，感世事之多变，叹交情之不终。抚时度势，实所难言，追昔伤今，惟发诸慨，在陶集中意义固甚明者。"

此诗原列第三，诗歌用拟人化的笔法塑造了一群非凡的燕子，它们经过多年岁月的沧桑，并未忘记自己的旧巢以及诗人这个贫穷的旧主，温存的问询意味深长。整首诗好似一个美丽的童话，并奠定了古代文学中"燕子通神"的传统。

仲春遘时雨，始雷发东隅①。众蛰各潜骇，草木从横②舒。翩翩新来燕，双双入我庐。"先巢故尚在，相将③还旧居。自从分别来，门庭日荒芜。我心固匪石，君情定④何如？"

【注释】

①仲春：夏历二月。遘（gòu）：遭遇。时雨：应时之雨，即春雨。东隅：东方。②众蛰（zhé）：各种冬眠之虫。潜骇：欲眠欲惊貌。从（zòng）横：同"纵横"。③先巢：旧巢。相将：相共、相偕。④我心固匪石：语本《诗经·邶风·柏舟》"我心匪石，不可转也"。匪，通"非"。定：到底、究竟。

【笺释】

一、古代文章诗词只有简单的句读表示阅读时的长短停顿，本无引号、问号、分号、惊叹号等现代标点符号，本诗亦是如此。诗中后六句诸版本中并无引号，那么理解为诗人的一般性陈述，还是燕子、诗人间的问答，抑为全是诗人的话语，或者全是燕子的话语呢？若采用拟人化的燕子视角，将这六句理解为全是燕子对作者关怀的体己话，那么可以多获得如下的几点认知：

1. 平中造奇的浪漫主义写法。鸟禽本不通人语，将其视为人格化的知已，展开人与物之间的互动，原本普通的借景抒情，通过这种瑰丽独特的表达形式，实现了抒情上灵动隽永的审美效果。

2. 暗含对炎凉世态的讽刺。通读全诗，睽违多年之后，对诗人最为关切的却是几双燕子，也只有这么几双燕子。那么读者不禁要问，人呢？关切诗人的其他人（除了其家人）当时在哪里？起码从这首诗的分析来看，答案是不容乐观的，此时此地并没有一个其他人来关怀诗人。结合生平事迹及相关文学作品可知，陶潜自归隐之后再未出仕，他既非贵族，又非名流，有时甚至穷困到“冻馁”的地步，其门庭冷落、无人问津的情形可想而知。实际上，燕子问候诗人的情况并不存在，这只是诗人自作多情的想象而已，通过暗寓“人不如燕”，诗人要表达的正是对炎凉世态的辛辣讽刺。

3. 穷且益坚的精神坚守。诗人隐居躬耕于乡野，无权无势，无钱无名，他和家人离群索居、无人问津的现实境遇是不难想见的。但是他没有向现实妥协，始终坚持着心中对自由、对清白、对大道的守护，穷且益坚，不是一般人所能做到的。

4. 天人合一的精神境界。在诗中燕子变成诗人的知己，诗人也成为燕子的朋友。燕子即诗人，诗人即燕子，二者在文学的想象中实现了平等化一的地位。在此之前，燕子身上天然的成分重，诗人身上人为的成分重。在此之后，诗人与燕子心灵互通，双方干净、纯粹、无负担、享自由，他得以唤醒身上天然的因子，如同燕子一样融入自然之中。在那一刻，诗人即燕子，诗人即自然，他的精神世界与天道自然合二为一。

二、“燕子”作为文学意象最早出现在《诗经·邶风·燕燕》一诗中，“燕燕于飞，差池其羽”，燕子意象作为起兴的用法以引起下文离愁别恨的描摹（“之子于归，远送于野。瞻望弗及，泣涕如雨”），其性灵与人之情思略有相通。事实上，“燕子通神”意象模型的定型，就是在陶潜本诗中完成的，对后代诗词创作产生很大影响。姑且试举几例如下：

1. 友爱之燕：杜甫七律《江村》颔联“自去自来梁上燕，相亲相近水中鸥”。

2. 沧桑之燕：刘禹锡七绝《乌衣巷》三四“旧时王谢堂前燕，飞入寻常百姓家”。

3. 神灵之燕（对陶潜此诗意象的化用）：李商隐七言古诗《无题》“归

来展转到五更，梁间燕子闻长叹”。

4. 知己之燕（对陶潜此诗意象的局部化用）：晏殊词《浣溪沙》“无可奈何花落去，似曾相识燕归来。小园香径独徘徊”。

5. 恩爱之燕：晏几道词《临江仙》“落花人独立，微雨燕双飞”。

6. 势利之燕（对陶潜此诗意象的反面化用）：宋人罗与之五绝《商歌》“东风满天地，贫家独无春。负薪花下过，燕语似讥人”。

读《山海经》（选一）

【题解】

陶潜此题共有十三首。《山海经》是一部记载古代海外地理珍奇及神话传说之书，汉代刘歆校定为十八卷，晋代郭璞为之作注和图赞。组诗从第二首起皆是分咏书中所载之奇异事物。

本诗原列第一，可以看作组诗之总序，抒写耕作暇余阅读图书之乐。

孟夏草木长，绕屋树扶疏①。众鸟欣有托，吾亦爱吾庐。既耕亦已种，时还读我书。穷巷隔深辙，颇回②故人车。欢然酌春酒③，摘我园中蔬。微雨从东来，好风与之俱。泛览《周王传》，流观《山海图》④。俯仰终宇宙⑤，不乐复何如？

以上据中华书局排印本《陶渊明集》卷四

【注释】

①孟夏：夏历四月。长（zhǎng）：生长。扶疏：树木枝叶繁茂分披貌。②穷巷：隘巷、陋巷。隔深辙：此处以喻富贵者不造其门。回：使……回转。③春酒：冬酿春熟之酒。《诗经·豳风·七月》：“为此春酒，以介眉寿。”《毛传》：“春酒，冻醪（láo）也。”④《周王传》：即《穆天子传》。《山海图》：《山海经》之图。⑤俯仰：举手投足间，此喻片刻、须臾间。终：穷尽，通晓。宇宙：宇宙之理。

【笺释】

一、本诗一二句与三四句为因果关系。物我皆得其归宿之所，只为有此一方清幽惬意之造化环境也。

二、五六句写自足的日常生活，突出“自由”；七八句写与世不合的社交情况，突出“自得”。

三、“欢然酌春酒，摘我园中蔬”二句极富生活情趣。与老友饮酒焉能缺少佐酒菜肴，自家后院菜圃中自有食材。采摘既已点明，清洗、削切、烹炒诸环节则尽在诗后联想之中矣。

四、“微雨从东来，好风与之俱”二句具有比兴之妙，既是眼下实景，又暗寓深意。“微雨”乃及时之雨，如旱地草木之需甘霖，如索居幽士之需同道，微雨实指此时造访之故人佳客也；“好风”乃宾主交谈甚欢、其乐融融之好气氛，乃诗人得遇知音、畅释己怀之好心情。此二句上承前文会客之欢，下引后文读书之兴，何其妙也！

五、本诗语言平易，诗意丰腴，极具生活乐趣和哲思深度。各句间自有经络，通篇又浑然天成，非大手笔不能为也。清人温汝能《陶诗汇评》卷四如是而论：“此篇是渊明偶有所得，自然流出，所谓不见斧凿痕也，大约诗之妙以自然为造极。陶诗率近自然，而此首更令人不可思议，神妙极矣。”

（四）元嘉名家

颜延之（384年—456年）

字延年，琅琊临沂（今山东临沂市）人。少孤贫，好读书，无所不览。初仕晋，入宋官至金紫光禄大夫。嗜酒，不护细行，性激直，每犯权要，自谓“狂不可及”。诗文冠绝当时，与谢灵运齐名，世称“颜谢”，喜雕章琢句，好用典故。今存《颜光禄集》辑本。

五君咏（选二）

【题解】

颜延之此题共五首，分咏“竹林七贤”中的阮籍、嵇康、刘伶、阮咸和向秀等五人。延之初时为步兵校尉，以好酒疏诞迁为永嘉太守，内心积愤故作此诗。此选其第一、第二两首。

阮步兵

【题解】

阮籍亦尝任步兵校尉，阮步兵为后人对他的尊称。阮籍是飘逸不羁的魏晋名士的代表，此诗却论阮籍外在放诞而内心清醒，“越礼”乃因世道之不可说，可谓得其肺腑之真。

阮公虽沦迹，识密鉴亦洞①。沈醉似埋照，寓辞类托讽②。长啸若怀人，越礼③自惊众。物故不可论，途穷能无恸④？

【注释】

①沦迹：隐晦其行迹。识密：见识精密。鉴：本义为“照”，此指分析、识别。洞：深也。②埋照：犹韬光，喻匿迹不使显露。寓辞：指阮籍的《咏怀诗》八十二首。托讽：寄托和讽喻。颜延之曾注《咏怀诗》曰：“阮公身仕乱朝，常恐遇祸，因兹发咏，故每有忧生之嗟。虽志在刺讥，而文多隐避。百世而下，难以情测也。”③长啸：《晋书·阮籍传》“籍尝于苏门山遇孙登，与商略终古及栖神导气之术，登皆不应，籍因长啸而退。至半岭，闻有声若鸾凤之音，响乎岩谷，乃登之啸也。遂归著《大人先生传》”。怀人：怀念人情。越礼：无视礼法的约束。按：《晋书·阮籍传》载其多条不拘礼教的事迹，如母死而弈棋不顾；亲朋吊丧时他却“散发箕踞，醉而直视”；亲送其嫂归宁，遭路人讥讽，他答之“礼岂为我辈设耶”；邻家美妇当垆沽酒，尝造其处讨饮，醉而卧其侧等。④物故：世道，时论。不可论：无法论说，不值得论及。途穷：《三国志·王粲传》裴松之注引《魏氏春秋》，阮籍“尝登广武，观楚、汉战处，乃叹曰：‘时无英才，使竖子成名乎！’时率意独驾，不由径路，车迹所穷，辄恸哭而反”。恸（tòng）：极度悲伤而哭。

【笺释】

一、诗中所提及阮籍的“越礼自惊众”，其事迹除注释中所摭拾之外尚有很多，主要集中在《三国志·王粲传》裴松之注、《晋书》本传、《世说新语》等书之中。

二、本诗的用意在于向读者还原一个真实的阮籍。关于其离经叛道的诸多怪异行为，《晋书》称其“外坦荡而内淳至”，仍似不够深入。而通过“物故不可论，途穷能无恸”两句，我们能够认识到那个表面古怪甚至懦弱[1]的阮籍绝非真实的他，从而可以透过表象看到他的清高孤傲，他内心的某种热爱和操守，以及那颗因为混乱的世道人心而极度压抑的扭曲且痛苦的心灵。

嵇中散

【题解】

嵇康曾任中散大夫，嵇中散是后人对他的尊称。本诗赞扬了嵇康身上那种与世不合、超然自视、至死不屈的倔强性格。

中散不偶世，本自餐霞人①。形解验默仙，吐论知凝神②。立俗迕流议，寻山洽隐沦③。鸾翮有时铩，龙性④谁能驯？

以上据上海古籍出版社李善注《文选》卷二十一

【注释】

①不偶世：不合于世，意即不认同现实社会所奉行的制度、规则、风气等。餐霞人：犹言仙人。道教神仙多有餐霞饮露、长生不老之能。②形解：尸解，肉体消解。验：证实。默仙：默然成仙。吐论：指嵇康所撰之《养生论》。凝神：谓心神聚合，集天地智慧的境界。按：《文选》李善注引顾凯（恺）之《嵇康赞》，有嵇康尸解成仙的传说。③立俗：立于俗世之中。迕：悖逆、违背。流议：流俗人之议论。寻山：寻访山林。洽隐沦：与隐士相处融洽。隐沦，此指隐士。按：葛洪《神仙传》载嵇康常与仙者王烈等隐士入山游戏采药。④鸾翮（hé）：鸾凤之翎翼，此指嵇康有凤凰之德。铩（shā）：翦除鸟羽，此指嵇康被杀。龙性：喻嵇康卓然不拔之性。

【笺释】

一、此篇前四句是说嵇康本具仙人之资，死后亦近不朽，是为其因；“立俗迕流议，寻山洽隐沦”两句是说嵇康行事非凡，与仙道为友，是为其果。

1　关于阮籍在仕途上低调避祸的夕惕若厉与其诸多怪异行径的反差，参见《三国志·王粲传》裴松之注引《魏氏春秋》“口不论人过，而自然高迈，故为礼法之士何曾等深所仇疾”等记载。

二、“鸾翮有时铩，龙性谁能驯”是歌颂嵇康有龙凤之德，凤凰虽死，其志不灭。

谢灵运（385年—433年）

陈郡阳夏（今河南太康县）人，幼寄养于外，因名客儿，人称谢客。晋车骑将军谢玄之孙，袭封康乐公，又称谢康乐。仕晋为秘书丞。入宋，历任太子左卫率、永嘉太守、秘书监、临川内史等职，降为康乐侯，后辞官返会稽故宅，经营园林。屡触犯郡守，诬为谋反被杀。他是开创中国山水诗派的祖师，诗中多有对会稽、永嘉、庐山等南方山水名胜的描写，打破了东晋诗坛玄言诗一家独大的局面。有明人辑本《谢康乐集》。

登池上楼

【题解】

本诗作于宋少帝景平元年（423年）春永嘉太守任上，《宋书》本传载其“在郡一周，称疾去职”。“池”，即作者寓所楼下之池，后世因名谢公池，在今浙江永嘉县西北三里处，积谷山之东。本诗为诗人久病初起登楼所见之作，抒发了大志不酬的感伤。

潜虬媚幽姿，飞鸿[①]响远音。薄霄愧云浮，栖川怍渊沉[②]。进德智所拙，退耕力不任[③]。徇禄反穷海，卧痾[④]对空林。衾枕昧节候，褰开[⑤]暂窥临。倾耳聆波澜，举目眺岖嵚[⑥]。初景革绪风[⑦]，新阳改故阴。池塘生春草，园柳变鸣禽。祁祁伤豳歌，萋萋感楚吟[⑧]。索居易永久，离群难处心[⑨]。持操岂独古，无闷征[⑩]在今。

据上海古籍出版社李善注《文选》卷二十二

【注释】

①潜虬：潜伏水中之虬龙。虬，传说中无角之龙。媚：此处有自艾自怜之意。鸿：大雁。②“薄霄”二句：飞鸿能薄霄而与云浮，潜虬能栖川而随渊沉，虬、鸿均能各得其所，自己却为尘网所缚，实感惭愧。薄，迫近。怍(zuò)，羞惭。③进德：增进道德。语本《周易·文言·乾·九三》：“子

曰：‘君子进德修业。忠信，所以进德也。修辞立其诚，所以居业也。’”此指诗人打算增进德业、欲有所为的志向。任：担当。④徇禄：追求禄位。反：通“返”，归于。穷海：偏荒的海滨之地，此指永嘉。痾（ē）：疾病。⑤昧节候：不知季节变化。褰（qiān）开：打开窗子。⑥岖嵚（qīn）：山高貌，此指高峻之山。⑦初景：指初春的阳光。革：变革、清除。绪风：冬季残余的寒风。⑧祁祁伤豳歌：《诗经·豳风·七月》“春日迟迟，采蘩祁祁。女心伤悲，殆及公子同归”。祁祁，繁密貌。萋萋感楚吟：《楚辞·招隐士》“王孙游兮不归，春草生兮萋萋”。萋萋，草色葱郁貌。这两句是写诗人因春天的新景而想起古人诗歌所引起的共鸣。⑨易永久：容易感到日子长久难挨。难处心：难以调和心态。⑩无闷：没有苦恼，多形容遗世索居或致仕退休者的心情。语本《周易·文言·乾·初九》：“子曰：‘龙，德而隐者也。不易乎世，不成乎名。遁世无闷，不见是而无闷。乐则行之，忧则违之。’”征：应征、应验。

【笺释】

一、本诗之首以“潜虬”“飞鸿”比兴，其后又有“进德”“无闷”之语，诗人皆在暗示。《周易·乾卦》初九、九三爻辞分别为“潜龙勿用”“君子终日乾乾，夕惕若厉，无咎”，诗人以“潜龙”自喻之意明矣，可见其志不小，然不无忧惧警惕之心。何也？只因晋宋易代所造成的政治打压、生存压力等坎壈现实。诗人故作此篇以自慰其心也。

二“池塘生春草，园柳变鸣禽”二句为传世名句。“生”字写出了青草的从无到有，突出“生机勃发”，有从死气到活气的变化；“变”字写出了鸟禽的种类变迁，突出“除旧布新”，有从静到动的变化。物犹如此，人何以堪？环境多少能改变一个人，是故诗人得以遣怀，得以“无闷”。

石壁精舍还湖中作

【题解】

本篇由游记、写景、阐理三部分构成，反映了诗人自石壁精舍至巫湖一天游历的经过，以及其中的乐趣和理趣。精舍指佛寺，石壁精舍在始宁（今浙江上虞区）东南，巫湖之畔。谢灵运《游名山志》：“湖三面悉高山，枕水渚，山溪涧凡有五处，南第一谷今在所谓石壁精舍。”

昏旦变气候，山水含清晖①。清晖能娱人，游子憺②忘归。出谷日尚早，入舟阳已微。林壑敛暝色，云霞收夕霏③。芰荷迭映蔚，蒲稗相因依④。披拂趋南径，愉悦偃东扉⑤。虑澹物自轻，意惬理无违⑥。寄言摄生客，试用此道推⑦。

据上海古籍出版社李善注《文选》卷二十二

【注释】

①昏：黄昏。旦：此指清晨。清晖：清爽的阳光。②憺（dàn）：宁静安乐貌。《楚辞·九歌·东君》：“羌声色兮娱人，观者憺兮忘归。”③林壑：山林和谷涧。暝色：暮色、夜色。夕霏：夕阳之光所散发的雾霭。④芰（jì）荷：菱叶和荷叶。迭：相互。映：映照。蔚：光色耀目貌。蒲：菖蒲。稗（bài）：形似稻的野草。因、依：都有倚靠的意思。⑤披拂：拨开路边草木。趋：走上。偃东扉：此指在住所休息。偃，倒下、躺下。东扉，犹东轩，诗人在附近的居所。⑥虑：心思、思想。澹：干净、纯洁。物自轻：外物自然不值得重视。意惬：内心满足。理无违：不违背大道之物理。⑦寄言：托言、寄语。摄生客：善于养生者。此道：即上文“虑澹物自轻，意惬理无违”之意。推：推求。

【笺释】

一、“林壑敛暝色，云霞收夕霏”二句，写出了天色由明转暗，夕阳落山，光线逐渐消泯的动态之景。日暮时分，天色渐暗，山谷显得格外黝黑，仿佛是它吸收了天地间所有的黑暗而造成了这一情况似的；夕阳西沉，逐渐失去光彩，四周的云朵越发暗红，仿佛是它吸去了夕阳本身的光泽而使其黯淡似的。在这里诗人只使用了最简单的文学修辞——拟人。

二、清人王夫之《古诗选评》卷五评论此诗曰：“凡取景远者，类多梗概；取景细者，多入局曲。即远入细，千古一人而已。”“林壑敛暝色，云霞收夕霏”二句，远景也；“芰荷迭映蔚，蒲稗相因依”二句，细景也。

三、“虑澹物自轻，意惬理无违”二句，乃“勿为物役”之理。

鲍　照（约414年—466年）

字明远，东海（在今江苏涟水县）人。出身寒微，献诗于临川王刘义庆，入其幕。义庆死后，擢为国侍郎，累迁永安、秣陵、海虞诸县令。宋孝武帝时为中书舍人，再为临海王刘子顼前军参军，故世称鲍参军。明帝泰始二年，子顼起兵应晋安王刘子勋之叛，兵败，照亦为乱兵所杀。其诗、赋、骈文皆独出一世，尤其对七言诗的成熟和发展贡献甚大，七言歌行俊逸遒丽，对唐代李白、杜甫、高适、岑参等人有较大影响。南齐虞炎编其诗文为《鲍氏集》十卷，近人钱仲联《鲍参军集注》为今世通行佳本。

代出自蓟北门行

【题解】

《出自蓟北门行》为乐府旧题。《乐府诗集·杂曲歌辞一》题解引曹植《艳歌行》："出自蓟北门，遥望胡地桑。枝枝自相值，叶叶自相当。"又引唐人吴兢《乐府解题》："《出自蓟北门行》，其致与《从军行》同，而兼言燕蓟风物，及突骑勇悍之状。若鲍照云'羽檄起边亭'，备叙征战辛苦之意。"又引唐人杜佑《通典》："燕，本秦上谷郡，蓟即渔阳郡，皆在辽西。"及《汉书》："蓟，故燕国也。"代，即"拟"也。本诗以急促的节奏备述了边情紧急、塞外风光及将士的爱国主义情怀等内容。

羽檄起边亭，烽火入咸阳①。征师屯广武，分兵救朔方②。严秋筋竿③劲，虏阵精且强。天子按剑怒，使者遥相望。雁行缘石径，鱼贯度飞梁④。箫鼓流汉思，旌甲⑤被胡霜。疾风冲塞起，沙砾自飘扬。马毛缩如猬⑥，角弓不可张。时危见臣节，世乱识忠良。投躯报明主，身死为国殇⑦。

据民国上海商务印书馆《四部丛刊》本《鲍氏集》卷三

【注释】

①羽檄：古代军事木牍文书，插鸟羽以示紧急，必须迅速传递。边亭：古代的边防亭障，驻兵以观察和监视敌情。烽火：古时边防报警的烟火，多以狼粪为之，故亦称狼烟。咸阳：秦代的都城，此泛指京师。②征师：一作

“征骑（jì）”，征发的骑兵。广武：古县名，在今山西代县西。朔方：汉郡名，大致在今内蒙古河套地区。③严秋：犹深秋。筋：弓弦。竿：箭杆。④雁行（xíng）：军队像雁阵一样排列整齐地行进。缘：依循、沿着。鱼贯：如游鱼前后相贯、依次前行。飞梁：架在高山之上的桥梁。⑤箫鼓：代指军乐。汉思：故国之思。旌甲：旌旗和铠甲。⑥缩如猬：指马躯收缩，其毛竖起如刺猬一样。猬，刺猬之略。⑦投躯：投身。国殇：为国而捐躯。按：屈原有《国殇》之诗。

【笺释】

一、“雁行缘石径，鱼贯度飞梁。箫鼓流汉思，旌甲被胡霜。疾风冲塞起，沙砾自飘扬。马毛缩如猬，角弓不可张”八句乃全诗之精华，读之径得唐代高、岑边塞诗之先声，不过尤显紧促、干练耳。

二、“时危见臣节，世乱识忠良。投躯报明主，身死为国殇”四句为全诗之升华，与《国殇》《白马篇》诸作其旨略同。

梅花落

【题解】

《梅花落》本为乐府古题。《乐府诗集》属“横吹曲辞·汉横吹曲”，其题解并云：“《梅花落》，本笛中曲也。”本诗赞美了梅花临寒独开、不随流俗的高贵品格。

中庭杂树多，偏为梅咨嗟①。问君何独然？念其②霜中能作花，露中能作实，摇荡春风媚春日。念尔零落逐寒风③，徒有霜华无霜质④。

据民国上海商务印书馆《四部丛刊》本《鲍氏集》卷七

【注释】

①咨嗟：拟赞叹之声。②其：指梅花。③尔：指杂树。逐寒风：为寒风所逐。寒风，一作“风飙”。④霜华：霜一般清雅的色泽，指杂树的外表。霜质：耐寒的品质。

【笺释】

一、“霜中能作花，露中能作实”写出梅花不畏严寒的特质，“摇荡春风媚春日”写出其生命力之坚韧，自冬历春，经久不败。

二、“徒有霜华无霜质”不止写梅，论人亦然。芸芸众生，大多好逸恶劳、趋利避“害”，金玉其外者多矣，败絮其中者亦多矣，直似一个个“花瓶”，正如诗中所刺之“杂树”。似梅临寒暗香、坚贞低调者，不多见。梅，花中之君子；似梅者，故人中之君子也。

三、咏梅之诗，最早有《诗经·召南》之《摽有梅》，然尚未人文化，并未赋诸上述文化内涵。以梅花喻君子，魏晋六朝选诗、乐府始显此端倪，鲍照此诗即其一例。论咏梅之风最盛者，则在几百年之后的宋代人。

拟行路难（选二）

【题解】

鲍照拟《行路难》古题共十八首。《乐府诗集·杂曲歌辞十》题解云：“《乐府解题》曰：‘《行路难》，备言世路艰难及离别悲伤之意，多以君不见为首。’按《陈武别传》曰：‘武常牧羊，诸家牧竖有知歌谣者，武遂学《行路难》。’则所起亦远矣。”《晋书·袁瑰传》载袁山松曾改其音调，并作新辞。

此首原列第六，吐露了诗人怀才不遇的激愤之情，其间穿插日常生活的描写，颇有情味。

对案①不能食，拔剑击柱长叹息。丈夫生世会几时，安能蹀躞②垂羽翼？弃置③罢官去，还家自休息。朝出与亲辞，暮还在④亲侧。弄儿床前戏，看妇机中织。自古圣贤尽贫贱，何况我辈孤⑤且直。

【注释】

①案：摆放餐食的小几。②会：当，遇到。《乐府诗集》中作“能”。时：机遇、机会。蹀躞（dié xiè）：小步行走。③弃置：放弃、扔在一边。④在：原作“往”，据《乐府诗集》改。⑤孤：孤傲。

【笺释】

一、本诗的情绪最为外露和激昂，措辞不加掩饰，矛头所指应是当时社会的门阀士族制度。人在矮檐下，哪能不低头？人生的殉教者，艺术的圣徒，也只能为诗人的生不逢时感叹此声。

二、最爱“朝出与亲辞，暮还在亲侧。弄儿床前戏，看妇机中织”这四句。回到现实环境之中，诗人亦是一个凡夫俗子，抛开心中的理想和大志，也需要直面具体的生活。日暮归家，同稚嫩天真的孩子玩耍一会，看着忙于劳作的贤惠妻子，在外奔忙的多少苦累、多少无奈都会烟消云散，自己又重新储满明天继续为生活打拼的能量。诚然，家庭是每个人心灵的港湾。

【题解】

本诗原列第八，以桃花零落起兴，写一位常年与丈夫分离的思妇相思苦甚而“腰瘦发乱”。这正是当时下层劳动人民生活不如意的真实写照。

中庭五株桃，一株先作花①。阳春妖冶二三月，从风簸荡落西家②。西家思妇见悲惋③，零泪沾衣抚心叹。初送我君出户时，何言淹留节回换④。床席生尘明镜垢，纤腰瘦削发蓬乱。人生不得恒称意，惆怅徙倚⑤至夜半。

据民国上海商务印书馆《四部丛刊》本《鲍氏集》卷八

【注释】

①作花：开花。②妖冶：此指桃花色彩艳丽。《乐府诗集》中作“妖若”。二三月：一作“二月中”。簸荡：飘荡貌。西家：春风从东来，故落于西家。③见悲惋，“见之而生悲惋”之略。悲惋，悲伤叹惜。④言：一作“意”。节：季节。回换：转换。⑤恒：常也，一直。称（chèn）意：如意。徙倚：犹徘徊、逡巡。《楚辞·远游》：“步徙倚而遥思兮，怊惝怳而乖怀。”王逸注：“彷徨东西，意愁愤也。”

【笺释】

一、“床席生尘明镜垢，纤腰瘦削发蓬乱”二句，本于《诗经·卫风·伯兮》“自伯之东，首如飞蓬。岂无膏沐？谁适为容”的诗意而有所补充和润色。

二、“惆怅徙倚至夜半”已将一位触景伤情、久难释怀的幽怨女子形象刻画得入木三分，类似的情况在李商隐笔下，多了一只燕子而多了一份灵动和深刻（《无题》“归来展转到五更，梁间燕子闻长叹”）。

三、鲍照之所以塑造此思妇形象，作诗以记其怨，正应了“人生不得恒称意”这句。同是人生的失意者，不免同病相怜，借彼手中之“酒杯”浇己胸中之块垒也。

第十一章　永明新体

一、概述

南朝宋、齐交替之际，国子学博士周颙（yóng）在翻译佛经的过程中，发现汉字“平、上、去、入”四声规律。齐武帝永明[1]年间，沈约、谢朓、王融等诗人在此四声和双声叠韵的基础上研究作诗之声、韵、调配合，并以魏晋以来逐渐兴起之诗法，如对仗、用典、藻饰等相约束，提出明“四声”、避“八病[2]”之作诗新则，故称以此法所作之诗为“永明体”。永明体与汉魏以来不拘声律之古体诗相对，故当时亦名“新体诗”，乃一过渡性概念。自永明年间至南朝晚季，百余载中，沈约、谢朓、王融、萧衍、范云、任昉、吴均、何逊、阴铿、徐陵、庾信诸家自觉运用声律，探索诗歌形式美感，对新体诗创作进行有益尝试，以求提升其艺术效果，堪称文艺美学史中一大盛举。永明体之要求声律固然有苛细之弊，而新气息之注入、新审美之树立，加之众诗人之不懈实践，亦为唐代格律诗之繁荣奠基，功不可没。

东晋时期，门阀士族滋盛，以王、谢二氏为代表的家族文学，代不乏人，如王导、王羲之、王献之，及谢安、谢混、谢灵运、谢惠连诸辈。南朝刘宋以来，家族文学集团逐步向藩王与宫廷文学集团转变，如南齐竟陵王萧

1　永明为齐武帝萧赜的年号，483 年—493 年。

2　八病指“平头、上尾、蜂腰、鹤膝、大韵、小韵、正纽、旁纽”这八种声律上须避忌的诗弊。详见日僧遍照金刚《文镜秘府论》、梅尧臣《续金针诗格》、纪昀《沈氏四声考》等书。

子良门下之“竟陵八友”[1]，南梁萧衍、萧纲、萧绎之帝王文学家族等。其文学活动多为共赋、唱和、应制之形式，空间仅限宫廷建筑之内，审美囿于女性体态之美，题材单调狭隘，内容又少有社会生活，然此调风靡不坠。其中梁简文帝萧纲[2]首倡之“宫体诗”，艺术上借鉴永明声律，并融汇南朝乐府民歌之情韵，诗风绮艳柔靡，自梁至初唐影响延续百年。代表作家有徐摛、徐陵父子与庾肩吾、庾信父子，故宫体诗又称“徐庾体”。

谢朓驾驭永明体自如，庾信又能跳出宫体诗桎梏，二者皆是此阶段影响深远的杰出诗人。谢朓之山水诗，清新雅致，颇有乐府民歌风格，其准绝句小诗“全篇似唐人者”（严羽《沧浪诗话》语），其“弹丸之论[3]”美学观对后世李白影响不小[4]。庾信本擅作宫体诗，中年使北被扣，以致终生不归，半世“穷乡关之思”使其文学风格由柔靡一变为真挚苍凉，又兼有南北文化典丽与豪健之长，被誉为“集南北之盛”，成就首屈一指[5]。

1　指萧衍、沈约、谢朓、王融、萧琛、范云、任昉、陆倕等八人。《梁书·武帝纪》：“竟陵王子良开西邸，招文学，高祖（萧衍）与沈约、谢朓、王融、萧琛、范云、任昉、陆倕并游焉，号曰‘八友’。”

2　《梁书·简文帝纪》：“余七岁有诗癖，长而不倦。然伤于轻靡，时号‘宫体’。”

3　谢朓“弹丸之论”的说法主要是概括了永明体诗歌“声”“色”这两个艺术要质。语出《南史·王筠传》：“谢朓常见语云，‘好诗圆美流转如弹丸’。”

4　李白经常提起谢朓，如“解道澄江静如练，令人长忆谢玄晖”（《金陵城西楼月下吟》），“三山怀谢朓，水澹望长安”（《三山望金陵寄殷淑》），“我吟谢朓诗上语，朔风飒飒吹飞雨”（《酬殷明佐见赠五云裘歌》），“蓬莱文章建安骨，中间小谢又清发”（《宣州谢朓楼饯别校书叔云》）。清人王士禛《论诗绝句》说李白“一生低首谢宣城”。

5　杜甫对庾信推崇备至，如“庾信文章老更成，凌云健笔意纵横”（《戏为六绝句》其一），“庾信平生最萧瑟，暮年诗赋动江关”（《咏怀古迹》其一），“清新庾开府，俊逸鲍参军”（《春日忆李白》）。明人杨慎《升庵诗话》卷九：“庾信之诗，为梁之冠绝。史评其诗曰‘绮艳’，杜子美称之曰‘清新’，又曰‘老成’。”清人沈德潜《古诗源》卷十四：“陈隋间人，但欲得名句耳。子山于琢句中，复饶清气，故能拔出于流俗中，所谓轩鹤立鸡群者耶!”刘熙载《艺概·诗概》：“庾子山《燕歌行》开唐初七古，《乌夜啼》开唐七律，其他体为唐五绝、五律、五排所本者，尤不可胜举。”

二、作品

（一）永明诗人

沈　约（441年—513年）

字休文，吴兴武康（今浙江德清县）人。幼孤贫，笃志好学，博通群籍。历仕宋、齐、梁三代，官至尚书令，封建昌县侯。卒谥隐。精通史籍，著有《宋书》；并擅诗赋，是当时的文坛领袖，与谢朓等提出“声韵八病”之说，创制新体诗，时称“永明体”，为后世格律诗的确立起到很大影响。明人辑有《沈隐侯集》二卷。

别范安成

【题解】

本诗为沈约永明体的代表作之一，抒写朋友间的离别之情，语言平易，风格清雅，在声律上则可看出尚未完全格律化的痕迹。范安成，名岫，字懋宾，曾任安成内史，故称范安成以示敬意。

生平少年日，分手易前期①。及尔同衰暮，非复别离时②。勿言一樽酒，明日难重持③。梦中不识路，何以慰相思④？

据上海古籍出版社李善注《文选》卷二十

【注释】

①生平：此处有追忆往昔的意思。易：此处活用为动词，意动，以为……容易。前期：当时对下次见面的约定。②别离时：即上文“少年日”之时、“易前期”之情。③一樽酒：物轻而情重也。难重（chóng）持：字面意思是“难以再次举起酒杯”，深层含义是“难以再次相聚”。④“梦中”二句：化用《韩非子》典故。据李善注引：战国时张敏与高惠友善，分别后张多次在梦中访高，但都迷路而返。

【笺释】

一、“及尔同衰暮，非复别离时”二句，写出了两个老朋友早已不复当年青春，不能再肆意挥霍时光的无奈之感；“勿言一樽酒，明日难重持”二句，是说相聚之难有人事错迕，有山水阻隔，而你我时日无多，好好珍重当下吧！这四句含有岁月悲凉的无限深意。

二、本诗抒情婉约含蓄，不同于建安文学的刚健、太康诗风的清靡、永嘉诸诗人的巧似，有《古诗十九首》的神韵。

谢　朓（464—499年）

字玄晖，陈郡阳夏（在今河南太康县）人。曾任宣城太守、尚书吏部郎等职。南齐末，被始安王萧遥光等构陷而死。他是永明体的代表诗人，诗风自然俊逸，五言小诗颇有民歌风味，世称“小谢”。有《谢宣城集》。

玉阶怨

【题解】

《玉阶怨》是乐府曲调名，属“相和歌辞·楚调曲”。本诗小巧精致，抒情绵邈，对唐人五言七言宫怨题材的绝句影响很大。

夕殿下珠帘①，流萤飞复息。长夜缝罗衣，思君此何极②？

【注释】

①下：放下。珠帘：珍珠缀成的帘子。②罗衣：罗缎制成之衣。极：极点、尽头。

【笺释】

一、清人陈祚明《采菽堂古诗选》卷二十：“长夜缝衣，初悲独守，归期未卜，来日方遥，道一夕之情，余永久之感。”

二、人性中至善至美之质，势必亘古相连。肉体已销，篇什不灭，古今人心相通也。古人“缝罗衣”以喻情长，今人有织毛衣、织围巾之举，若彼之施于尔，此情必不浅也。

王孙游

【题解】

《王孙游》亦为乐府古调，在“杂曲歌辞”。本诗之起意源于《楚辞·招隐士》“王孙游兮不归，春草生兮萋萋”。

绿草蔓如丝，杂树红英①发。无论君不归，君归芳已歇②。

【注释】

①红英：红花。②无论：此处有“无所谓”之意。歇：凋谢。

【笺释】

一、本诗表现出的抒情主体，应是一位在家空守的思妇，因情深而怨以致绝望的真性情。

二、此首之诗意虽本于《招隐士》，但除“芳草”意象有借鉴痕迹外，形神全变。清人陈祚明《采菽堂古诗选》卷二十：“翻新取胜。‘王孙’‘芳草’句千古袭用，要以争奇现才。”

之宣城郡出新林浦向板桥

【题解】

本诗是作者从建康赴任宣城太守时途中所作，表达了幸离朝市、全身远祸的思想。宣城郡大致在今天安徽宣城市一带。板桥，板桥浦，在今南京市西南。《水经注·江水》：“江水经三山，又湘浦出焉。水上南北结浮桥度水，故曰板桥浦。”

江路西南永，归流东北骛①。天际识归舟②，云中辨江树。旅思倦摇摇，孤游昔已屡③。既欢怀禄情，复协沧洲趣④。嚣尘自兹隔，赏心于此遇⑤。虽无玄豹姿，终隐南山雾⑥。

【注释】

①江路西南永：宣城在南京西南，沿长江水路可达。永，延长。归流东

北骛：指长江之水向东北奔流入海。骛，奔驰。②归舟：回京城建康的船。③旅思：行旅的心情。摇摇：长途颠簸貌。昔已屡：曾经感受过多次。④欢：欢畅。怀禄情：追求官禄的心意。协：适合。沧洲趣：指宣城一带山水僻野，颇有隐居的趣味。沧洲，泛指滨水的地方，古时多为隐士的居处。⑤嚣尘：繁杂的俗世。赏心：心所愉悦之事。此遇：指此次赴外任做官。⑥“虽无”二句：化用刘向《列女传·贤明·陶答子妻》典故。陶答子治陶三年而家富，其妻独抱儿而泣。姑怒，妇曰：“妾闻南山有玄豹，雾雨七日而不下食者，欲以泽其毛而成文章也，故藏而远害。犬彘不择食以肥其身，坐而须死耳。”姑怒，遂弃之。处期年，答子之家果以盗诛。玄豹，后遂喻洁身自好而隐居避祸者。这里是作者自喻。

【笺释】

一、本诗三四句向来为人所称道。“天际”，舟尚远也；远且能识，熟悉航情也，以合下文“昔已屡”之意；他人自归，“我”自离，祸耶？福耶？感慨无限也。云中，江上云气也；辨江树，实为难辨也；江树，隐逸之物也，“我”之所求也，此为比兴，以引下文“沧洲”之趣、“玄豹”之喻。

二、清人王夫之《古诗选评》卷五：“语有全不及情而情自无限者，心目为之，政不恃外物故也。‘天际识归舟，云中辨江树’，隐然一含情凝眺之人，呼之欲出。从此写景，乃为活景。故人胸中无丘壑，眼底无性情，虽读尽天下书，不能道一句。”

晚登三山还望京邑

【题解】

本首诗由写远眺京城景色起，触景生情，以展示仕途无望、恋乡思归之情。三山，山名，在今南京市长江西南段南岸。京邑，江南六朝的都城都在建康，即今南京。

灞涘望长安，河阳视京县①。白日丽飞甍②，参差③皆可见。余霞散成绮，澄江静如练④。喧鸟覆春洲，杂英满芳甸⑤。去矣方滞淫⑥，怀哉罢欢宴。佳期怅何许，泪下如流霰⑦。有情知望乡，谁能鬒不变[⑧]？

以上据中华书局《先秦汉魏晋南北朝诗》齐诗卷三

【注释】

①灞涘（sì）望长安：汉末王粲离开长安时曾有“南登霸陵岸，回首望长安”（《七哀诗》其一，见本书第九章）的诗句。灞涘，灞水的河岸。灞，河名，渭水的支流，流经长安。涘，水边。河阳视京县：西晋潘岳在河阳做官时有“引领望京室，南路在伐柯”（《河阳县诗》）之句。河阳，古县名，在今河南孟州市。京县，指西晋的京师洛阳。这两句是诗人用王粲、潘岳之事以自比。②丽：附丽、接近。飞甍（méng）：飞檐。③参差（cēn cī）：上下不齐貌。④绮（qǐ）：有花纹的丝织品。澄江：清澈的江水。练：白绢。⑤芳甸：芬芳的郊野。⑥滞淫：长久滞留。王粲《七哀诗》其二：“荆蛮非我乡，何为久滞淫。”⑦佳期：好日子，此指回乡之期。何许：何时。霰（xiàn）：小冰粒。⑧鬒（zhěn）：稠密黑发。变：由黑变白。

【笺释】

一、“余霞散成绮，澄江静如练”两句后世名声大噪，盖由宋人王安石《桂枝香·金陵怀古》词化用之缘故——“千里澄江似练，翠峰如簇”。

二、清人王夫之《古诗选评》卷五：“折合处（指诗意情感的变化、收合之处）速甚，所谓羚羊挂角（宋人严羽《沧浪诗话》语）者。如此虽有踪，如无踪也。佳句率成，故足动供奉（指李白）知赏。”

何　逊（约 472 年—约 522 年）

字仲言，东海郯（今山东郯城县）人。著名学者何承天曾孙。八岁能赋诗，弱冠举秀才。梁代历任诸王参军、记室，兼尚书水部郎等。世称“何水部”或“何记室”。其诗善于写景抒情，为当时名流所重。明人辑有《何记室集》一卷。

慈姥矶

【题解】

本诗是友人送行至矶下而归，作者有感而发所作。慈姥矶，地名，在今安徽当涂县北。矶，水边突起的岩石。

暮烟起遥岸，斜日照安流①。一同心②赏夕，暂解去乡忧。野岸平沙合，连山远雾浮。客悲不自已，江上望归舟。

【注释】

①安流：平缓的水流。②心：此处相当于副词，会心地。

【笺释】

一、本诗一二两句，描写的是恬淡平静的江景，人若能与景长此以往、永保现状自是美好，但不久如斯美景、此般惬意都将因“远离”而被人为地破坏。诗语看似平静，却给后文心情的“不平”伏下暗线。

二、五六句之景出自诗人不舍离、不忍去的视角，从近至远，山山水水，都是自己熟悉的故土，寄寓着不该去而又难以如愿的“悲”。

三、“客悲不自已”一句双关，友人之悲伤固不可止，“我”之悲伤又岂能停耶？故有“江上望归舟”之下句。

相　送

【题解】

本首据诗题当是送别友人之作，寄托了诗人对其含蓄绵长的挂念。

客心已百念，孤游重千里①。江暗雨欲来，浪白风初起。

以上据中华书局《先秦汉魏晋南北朝诗》梁诗卷九

【注释】

①客心：离乡为客的心绪。百念：犹言“百感交集”。孤游：一个人独自远游。重（chóng）：更，又。

【笺释】

一、一二句写友人远行前心已乱，身无伴，路又远，实则是从侧面烘托诗人对他的切身关注。

二、三四句颇有“山雨欲来风满楼”之意，从眼前事联想到别后江上行舟的风雨飘摇，实则是虚写诗人对友人别后的主观挂怀。

阴 铿（生卒年不详）

字子坚，武威姑臧（在今甘肃武威市）人。由梁入陈，历任晋陵太守、员外散骑常侍。诗工五言，擅长山水之作，风格与何逊相似。有《阴常侍集》辑本。

江津送刘光禄不及

【题解】

此诗写作者去江边送刘光禄而未及相见，独自目送帆去的怅惘。江津，长江边的渡口。刘光禄，名孺，字孝稚，曾任散骑侍郎兼光禄卿，作者的好友。

依然[①]临江渚，长望倚河津。鼓声随听绝[②]，帆势与云邻。泊处空余鸟，离亭[③]已散人。林寒正下叶，钓晚欲取纶[④]。如何相背远，江汉与城闉[⑤]。

据中华书局《先秦汉魏晋南北朝诗》陈诗卷一

【注释】

①依然：不舍貌。②鼓声：古时开船以打鼓为号。随听绝：鼓声愈听愈弱、渐至消亡之意。③离亭：渡口的驿亭。④钓晚欲取纶：指时辰已晚，钓者也要收拾钓丝、准备回家了。纶，钓丝。⑤江汉：长江与汉水，刘光禄所行之地。城闉（yīn）：泛指城郭，此指诗人所归之地。闉，古代城门外的瓮城。

【笺释】

一、“鼓声随听绝，帆势与云邻”二句，写友人乘船渐行渐远之景，上句为听觉之远，下句为视觉之远。

二、“泊处空余鸟，离亭已散人”二句，为主语后置的倒装句，实应为“泊处鸟空余，离亭人已散”，后置比在句中更有强调之意。

三、“江汉与城闉”运用了比兴寄托的手法，不仅为景语，更是情语。

王　褒（513 年—576 年）

字子渊，琅琊临沂人（在今山东临沂市）。梁元帝时累迁吏部尚书、左仆射。江陵陷落，随梁元帝降西魏，被扣再不南返，入北周。周武帝时官至宜州刺史。文学上与庾信齐名，诗风在留北后由轻柔变为质朴。有辑本《王司空集》一卷。

渡河北

【题解】

此篇通过描写北渡黄河所见之景，表达了身在异乡的悲凉之情。

秋风吹木叶，还似洞庭波①。常山临代郡，亭障②绕黄河。心悲异方乐，肠断陇头歌③。薄暮临征马，失道北山阿④。

据中华书局《先秦汉魏晋南北朝诗》北周诗卷一

【注释】

①“秋风”两句：起意于《楚辞·九歌·湘夫人》“袅袅兮秋风，洞庭波兮木叶下”，意即黄河之上秋风骤起，木叶纷纷而落，颇似江南故土之景。②常山：汉代北部边关名，在今河北蔚（yù）县南。临：临近。代郡：秦汉郡名，范围大致在今山西大部、河北西北部一带。亭障：古代边塞要地设置的堡垒。按：堠为亭，垒为障。③乐：乐曲。陇头歌：乐府曲名，属“梁鼓角横吹曲”。《陇头歌》其三云：“陇头流水，鸣声幽咽。遥望秦川，心肝断绝。”后以之代指征人思乡之乐。④征马：供远行之马。失道：迷路。北山阿：代指北方、北朝。

【笺释】

一、本诗语言质朴刚健，抒情直豁苍凉，现代读者读来已是朗朗上口，一改诗人往昔南朝浓艳纤巧之风。

二、诗中用“临”字有重复，这在后世格律诗中是一种常识性的诗病，也反映出永明体诗歌在艺术上的不成熟处。

庾　信（513 年—581 年）

字子山，南阳新野（今河南新野县）人。南梁度支尚书庾肩吾之子。他早年出入南梁宫廷，与萧统、萧纲、萧绎多有君臣间的唱和，为宫体诗的重要作家。武帝末，侯景作乱攻陷建康，信逃奔江陵，后奉命使聘西魏，被留不回。西魏、北周时因其文才备受优待，官至骠骑大将军、开府仪同三司，世称庾开府。他虽居高位，却心系故国，其诗赋表现出浓郁的乡关之思和羁宦北朝的悲哀，绮艳靡弱之风变为老成遒劲，注重声律，善用典故，是六朝文学的集大成者。有《庾子山集》多卷，明清两代及今人都有注本。

拟咏怀（选四）

【题解】

庾信此题共二十七首，虽是追随阮籍《咏怀》组诗之作，但都是抒写自身经历、感慨的作品，多表现遭遇时变和异乡旅居的不平和积郁。

本篇原列第四，诗中大量罗列典故，隐约地表达出自身深受北朝厚待与难忘故国之情的矛盾。

楚材称晋用，秦臣即赵冠①。离宫延子产，羁旅接陈完②。寓卫非所寓，安齐独未安③。雪泣悲去鲁，凄然忆相韩④。惟彼穷途恸⑤，知余行路难。

【注释】

①楚材称晋用：化用《左传·襄公二十六年》“惟楚有才，晋实用之”。称（chèn），适合。秦臣即赵冠：化用《后汉书·舆服志》“武冠谓之赵惠文冠，秦灭赵，以其君冠赐近臣”。即，戴上。冠（guān），冠冕。这两句是庾信说自己本是梁臣，却为魏、周所用。②离宫延子产：据《左传·襄公三十一年》记载，郑国上卿子产携郑伯至晋国，未得晋侯及时接见，尽毁离宫（君主的行宫或作为招待国宾的宾馆）之垣墙而入。晋侯因此知罪而厚礼

郑伯。延，挽留，实有厚待之意。羁旅接陈完：《左传·庄公二十二年》记载，陈国公子完逃亡至齐，齐侯任之为卿，他自称羁旅之人，不受任命。接，接待。这两句是说如同子产、陈完当年在异国一样，自己在北方受到魏、周朝野的器重和优待。③寓卫：《诗经·邶风·式微》毛序载“黎侯寓于卫，其臣劝以归也”。毛传：“黎侯为狄人所逐，弃其国而寄于卫。卫处之以二邑，因安之。可以归而不归，故其臣劝之。”安齐：《左传·僖公二十三年》载，晋公子重耳出亡至齐，齐桓公以女齐姜妻之，重耳乐其美有安居之意，其随臣以为不可，设计使其离开齐国。按：这两句是说自己与当年黎侯、重耳的情况不同，羁留北方是出于不得已。④雪泣：拭去眼泪。去鲁：《韩诗外传》“孔子去鲁，迟迟乎其行也。”这句以孔子去鲁来说明自己远离父母之乡。相（xiàng）韩：《史记·留侯世家》载“韩破，良……悉以家财求客刺秦王，为韩报仇，以大父、父五世相韩故。”按：庾信及其父肩吾均累仕南梁，身荷重恩，故以张良家世自比。⑤穷途恸：《三国志》裴注引《魏氏春秋》所记阮籍的典故，详见本书第十章颜延之《五君咏·阮步兵》诗中注。

【笺释】

一、本诗共十句，用典九处：楚材、秦臣、子产、陈完、黎侯、重耳、孔子、张良、阮籍。

二、楚材、秦臣，以示其不甘；子产、陈完，以明其知恩；黎侯、重耳、孔子、张良，皆见其不忘本之志，前二者反用之，后二者顺用之。最后以穷途之恸，自比阮籍之境，以结其悲。

【题解】

此首原列第七，通篇使用比兴之法，借描述汉代蔡文姬羁身胡地的悲惨身世，表达诗人自身思归不得的幽怨。

榆关断音信，汉使[①]绝经过。胡笳落泪曲，羌笛[②]断肠歌。纤腰减束素，别泪损横波[③]。恨心终不歇，红颜无复多。枯木期填海[④]，青山望断河。

【注释】

①榆关：古代关塞名，其地古有渝水，县与关都以水得名，在今河北秦

皇岛市。后泛指北方边塞。汉使：汉朝的使节。②胡笳、羌笛：均为北方少数民族的常见乐器，此泛指异乡之乐。按：相传蔡文姬流落匈奴时曾作《胡笳十八拍》乐曲及诗。③束素：一束绢帛，形容女子腰肢细柔。语本宋玉《登徒子好色赋》："腰如束素，齿如含贝。"详见本书第五章宋玉赋相关内容。别泪：离别时流下的眼泪。横波：横流的水波，此指女子多情的眼神。④枯木期填海：即精卫填海的事迹。传说炎帝之女在东海被淹死，灵魂化为精卫，常衔西山之木石以填东海，事见《山海经·北山经》。

【笺释】

一、本诗通篇比兴，抒情真切含蓄，是其最大的文学特色。但"胡笳落泪曲，羌笛断肠歌"两句所写，基本为同一类事件（闻异域之乐，因思故乡之乐，不得归而伤心），一联重复一意，这在后世格律诗的诗法中被称作"合掌"，是写诗的一大禁忌。当然庾信此诗只是永明体诗歌，其艺术发展阶段介于古体诗与近体诗之间，此即为一例证。

二、"纤腰减束素，别泪损横波"两句分别使用不同的修辞，使诗意曲折回环，别有一番婉约之美。上句为通感修辞，实为"纤腰（被）束素减"，腰之瘦因心之碎也，学《古诗十九首》"相去日已远，衣带日已缓"之意而变之，后世宋人柳永有名句"衣带渐宽终不悔，为伊消得人憔悴"，亦学于此；下句比喻修辞，实为"别泪（使）横波损"，当下有几句流行歌词写得很好——"你的眼睛是一弯深邃的湖水，忽明忽灭，掩藏不可思议的美"。能如作词人一般充分领悟"横波"这个表达的真意，才能充分理解"损"这个词在句中的妙处。

三、"青山望断河"句，"青山"拟人，似特与人作对，以示宿命之难改、上天之不公。补全诗意后的句子应是"望河（却被）青山断"。

【题解】

本诗原列第十八，诗中通过对清秋索居的描写，体现出诗人内心的孤寂及相应的排遣。

寻思万户侯，中夜①忽然愁。琴声遍屋里，书卷满床头。虽言梦蝴蝶，定自非庄周②。残月如初月，新秋似旧秋。露泣连珠下，萤飘碎火[3]流。乐天乃知命[4]，何时能不忧？

【注释】

①万户侯：食邑万户之侯，泛指高爵显位。中夜：半夜。②“虽言”二句：《庄子·齐物论》载“昔者庄周梦为蝴蝶，栩栩然蝴蝶也，自喻适志与，不知周也。俄然觉，则蘧蘧然周也，不知周之梦为蝴蝶与，蝴蝶之梦为周与？周与蝴蝶，则必有分矣，此之谓物化”。庄子认为生与死、祸与福、物与影、梦与觉等，都是自然变化的现象，圣人任其自然，随之变化。按：此处作者是说也曾做过不切实际的梦，但自己不是庄周，无法至其旷达境界。③露泣：古人认为露水乃上天感动人事所落之泪，故曰露泣。碎火：火星儿。④乐天乃知命：指顺从自然、安于本分的心态。语本《周易·系辞》及《论语》，参见本书第四章曹植《箜篌引》诗中相关注释。

【笺释】

一、“琴声遍屋里，书卷满床头。虽言梦蝴蝶，定自非庄周”四句概写一天的日常生活，前两句写白天之所做，后两句写夜间之所为。

二、“残月如初月，新秋似旧秋。露泣连珠下，萤飘碎火流”四句写梦醒难寐时所见之景。前两句寄托，以喻时光流逝、所思所想之事在一月之中、一年之内都一切如旧、毫无进展之失落；后两句比兴，“露泣”暗示天可怜见，“萤飘”譬喻自身飘零如飞萤。

【题解】

此首原列第二十四，着重抒发诗人感慨身世飘浮、国事陵替的苦闷。

无闷无不闷，有待何可待[1]？昏昏如坐雾，漫漫疑行海[2]。千年水未清，一代人先改[3]。昔日东陵侯，惟见瓜园在[4]。

以上据中华书局倪璠《庾子山集注》卷三

【注释】

①无闷：没有苦恼，多形容遗世索居或致仕退休者的心情。语本《周易·文言·乾》，参见本书第五章谢灵运《登池上楼》诗中注释。有待：道家哲学用语，指世俗生活都需要依赖一定的外在条件，是为有待；绝对的精神自由则无需依赖任何条件，是为无待、为逍遥。《庄子·逍遥游》：“夫列

子御风而行，泠然善也，旬有五日而后反……犹有所待者也。”在此庾信活用其意，表示自己很需要各种帮助。待，依靠。②漫漫：遥远无垠貌。行海：航海。③水：此指黄河之水。一代：父子相继为一代。人先改：指南梁王朝灭亡等世事变迁。按：在侯景之乱后，南梁国势日蹙，内讧不已，公元554年新都江陵被西魏攻破，梁元帝萧绎被杀。三年后，大将陈霸先废梁敬帝萧方智，建立南陈，宣告南梁灭亡。④“昔日”二句：秦汉之际邵平的典故，邵平本为秦代东陵侯，秦亡后为布衣，种瓜于长安城东青门外，瓜味甜美，时人谓之“东陵瓜”。此处以喻世事无常，自古而然。

【笺释】

一、“无闷无不闷，有待何可待”二句为全诗之眼。“遁世无闷”等语是《文言》对《乾》卦初九爻辞“潜龙勿用”的解释，本是有为君子暂应韬光养晦之意，诗人以君子自居，当深谙“无闷”之道；“无待逍遥”是道家向往的精神境界，诗人反言“有待”，是自示内心不宁、难以潇洒，但希冀和依靠仍在。“无不闷”，可见知其易而行其难也，心中苦闷所来大矣，是全诗的主题；“何可待”，指原本的希冀业已破灭，现实的结果却是无一可依，是在说明上文“无不闷”的原因。

二、“千年水未清，一代人先改”二句是点明“无不闷”的具体原因。上句大有无力回天之意，下句是实指萧梁政权的最终崩塌，这意味着诗人返回南朝故国理论上的最大希望已经彻底破灭。由此，理解“无不闷”“何可待”所面对的逻辑茅塞可以完全廓清。

三、本诗末两句为诗人对自己做的心理安慰：不如意事常八九，自古如此，“我还是算了吧”。

寄王琳

【题解】

王琳，字子珩，为南梁大将，江陵城破之前，曾率军从广州驰援，未至而城陷。后举兵东下，欲征讨篡梁的陈霸先，兵败降北齐。本诗抒写了对故国的思念和诗人与友人之间的深厚情谊。

玉关[①]道路远，金陵[②]信使疏。独下千行泪，开君万里书。

【注释】

①玉关：即玉门关，在今甘肃敦煌市西。按：作者留北后常在北周诸帝之侧，此代指北周都城长安，用玉关以示其离南朝之远。②金陵：南京的古称，为南方六朝的都城，当时先后被称作建业、建邺和建康。

【笺释】

一、一二句点明南北地域之比，突出距离路途遥远之意，且“道路远”与“信使疏”构成因果关系。

二、三四句之“千行”“万里”暗示情长，“泪”与“书”反为因果。

三、全诗重心在第三句，第四句补叙“下泪”的具体原因，一二句为背景烘托。

重别周尚书（选一）

【题解】

庾信此题共两首，此为第一首。周尚书，名弘正，曾于陈文帝天嘉元年（560年）奉命出使北周，归前庾信作诗赠之。

阳关[①]万里道，不见一人归[②]。惟有河边雁，秋来南向飞。

以上据中华书局倪璠《庾子山集注》卷四

【注释】

①阳关：古关名，在今甘肃敦煌市西南古董滩附近，因位于玉门关以南，故称。《汉书·地理志下》：“敦煌郡……有阳关、玉门关，皆都尉治。”此处代指作者所居之长安，如上诗《寄王琳》第一句“玉关”之用法。②归：回家，此处犹指从北方回到南方。

【笺释】

一、“万里道”而无一人归，可见南北方之间政治隔离、军事对峙的普遍情况，亦可见作者对此状况之失望。

二、三四句比兴。表面摹景写实，实则寄托情怀，有诗意双关之妙。清人倪璠《庾子山集注》曰：“弘正南还，若秋雁渡河也。”诗人艳羡对方得归之情含而不露，主观上表达出对南方故土的不舍，客观上却突显个人形象的失落、凄凉。

（二）宫体诗

萧　衍（464年—549年）

即梁武帝，南梁开国君主。南兰陵（今江苏武进区）人，字叔达，小字练儿。仕齐为雍州刺史，镇守襄阳。齐末，废齐和帝，建梁朝。即位后，重儒兴学，纳谏薄敛，政绩可观。后期重用士族，沉溺佛教，接纳东魏叛将侯景归降。太清二年（548年），侯景乱起，次年三月京都建康陷落，衍困饿而死。衍精通乐律，善作书法，并擅长文学，诗赋虽一袭绮靡之风，然不乏名作，明人辑有《梁武帝御制集》。

河中之水歌

【题解】

《河中之水歌》为乐府题目，属“杂歌谣辞”，《乐府诗集》中仅录梁武帝此篇一首，可见此题仿作者不多，但诗中主人公莫愁是中国古典诗歌中最著名的少女形象之一，自此而后影响极大。作品采用乐府民歌铺陈、排比、音节流畅等外在形式，虽以娇女闺怨为吟咏题材，却能于结尾处陡折出新，化喜为悲，是宫体诗中较突出的佳作。

河中之水向东流，洛阳女儿名莫愁①。莫愁十三能织绮，十四采桑南陌头②。十五嫁为卢郎妇，十六生儿字阿侯③。卢家兰室桂为梁，中有郁金苏合香④。头上金钗十二行，足下丝履五文章⑤。珊瑚挂镜烂生光，平头奴子擎履箱⑥。人生富贵何所望，恨不早嫁东家王⑦。

据中华书局郭茂倩编《乐府诗集》卷八十五

【注释】

①河：指黄河，以引出下文之洛阳。莫愁：少女名。按：其身份有两种说法。一说为石城（在今湖北钟祥市）人，《旧唐书·音乐志二》：“《莫愁乐》出于《石城乐》。石城有女子名莫愁，善歌谣，《石城乐和》中复有‘莫

愁’声，故歌云‘莫愁在何处？莫愁石城西。艇子打两桨，催送莫愁来’。”一说为洛阳人，为卢家妇，当源自本诗。②绮：有花纹的丝帛。南陌：南边的道路。头：路的尽头。③卢郎妇、字阿侯：《艺文类聚》中作“卢家妇”“似阿侯”。阿侯，人名。④兰室：芳香高雅的居室，多为妇女的居室。桂：桂木。梁：房梁。郁金：香料名，可泡制香酒，或浸水作染料。苏合：香料名。⑤十二行（háng）：金钗为上下两股合成，十二行实指金钗六枚。丝履：以丝织品制成的鞋，为华贵的衣着。五文章：五色交错的纹路。⑥挂镜：古时镜子常悬于壁上，犹言铜镜。一说，珊瑚镶嵌于镜缘，故曰挂镜。平头奴子：不着冠巾的仆僮。擎（qíng）：《艺文类聚》中作“提”。履箱：即鞋柜。⑦望：期望，指望。恨：遗憾。东家王：名昌。据东晋习凿齿《襄阳耆旧传》载，王昌盖为魏晋时人，字公伯，曾任东平相、散骑常侍，姿仪俊美，娶任城王曹彰之女，为世人所赏慕。东家，东邻之家。

【笺释】

一、本诗在写作艺术上借鉴了《为焦仲卿妻作》“十三能织素，十四学裁衣，十五弹箜篌，十六诵诗书，十七为君妇”以及《相逢行》《长安有狭斜行》等汉乐府古诗排比才情、铺陈豪贵的赋法，前十二句都在围绕莫愁的豪奢生活而展开，为末二句的讽谕张本、铺垫。

二、本诗在结构上可划分为两层：前十二句为客观视角，描述莫愁的“美满”婚姻；末二句为内心视角，道出莫愁不要富贵、追悔爱情的衷心款曲。

三、诗歌重心在末二句。古语云：汝之蜜糖，彼之砒霜。看似人人羡慕的富贵婚姻，到莫愁这里却不值一提：她渴望真爱，后悔当初没能早嫁给隔壁的帅哥王郎。诗意于是前后反转，颇有些以悲情现身说法，讽刺拜金世俗、呼吁珍重爱情的教育意义。

四、“东家王昌”之典屡屡见诸唐人篇什，如上官仪《和太尉戏赠高阳公》“南国自然胜掌上，东家复是忆王昌”，崔颢《古意》“十五嫁王昌，盈盈入画堂”，李商隐《代应》“谁与王昌报消息，尽知三十六鸳鸯”，等等。

萧　纲（503年—551年）

即梁简文帝，字世缵，小字六通，南兰陵（今江苏武进区）人，梁武帝第三子。中大通三年（531年），昭明太子萧统病死，继立为皇太子。太清三年（549年），侯景攻破建康，武帝死，纲即帝位，两年后为侯景所害。纲幼好诗文，为太子时常与文人徐摛、庾肩吾等以轻艳之诗吟咏宫廷缱绻，时称“宫体诗”。明人辑有《梁简文帝集》。

江南弄·采莲曲

【题解】

萧纲《江南弄》共三首，分别是《江南曲》《龙笛曲》和本篇。作品全是民歌风味，格式颇似后世曲子词，体现出贵族青年恋爱时浪漫的激情。

桂楫兰桡①浮碧水，江花②玉面两相似。莲疏藕折香风起。香风起，白日低。采莲曲，使君迷。

据中华书局郭茂倩编《乐府诗集》卷五十

【注释】

①桂楫（jí）、兰桡（ráo）：桂木、木兰等香木所制之桨。由此可见其船之精美。②江花：此指水上的莲花。

【笺释】

一、“莲疏藕折香风起”一句，“莲疏藕折”写人忙后，“香风起”写天作美，休憩之间“劳而歌其事”，于是产生无限诗意。

二、“使君迷”之“迷”字含有多义：香风徐来使其神迷（嗅觉），日光耀水使其目迷（视觉），歌声款款使其心迷（听觉）。总之，从嗅觉、视觉、听觉“使君迷”者，正乃佳人也。

陈叔宝（553年—604年）

即陈后主，字符秀，小字黄奴，南陈宣帝长子。在位时，大建宫室，终日与宠妃词臣游宴，不问政事，制作艳词，披以新声，如《玉树后庭花》《临春乐》等。自恃长江天堑，隋军大举南下，仍纵酒赋诗不辍。隋军入建康，俘送长安，后病死于洛阳。明人辑有《陈后主集》。

玉树后庭花

【题解】

《玉树后庭花》曲调为陈后主所制，《乐府诗集》归入“清商曲辞”，并引《南史》曰：后主张贵妃名丽华，与龚孔二贵嫔、王李二美人、张薛二淑媛、袁昭仪、何婕妤、江修容等并有宠，又以宫人袁大舍等为女学士。每引宾客游宴，则使诸贵人、女学士与狎客共赋新诗，采其尤艳丽者，以为曲调，被以新声，选宫女千数歌之。其曲有《玉树后庭花》《临春乐》等。其略云：“璧月夜夜满，琼树朝朝新。”大抵皆美张贵妃、孔贵嫔之容色。

丽宇芳林对高阁，新妆艳质本倾城①。映户凝娇乍不进，出帷含态笑相迎②。妖姬脸似花含露，玉树③流光照后庭。

据中华书局郭茂倩编《乐府诗集》卷四十七

【注释】

①丽宇：富丽的宫室。宇，屋檐。倾城：《汉书·外戚传上·孝武李夫人》：“北方有佳人，绝世而独立，一顾倾人城，再顾倾人国。”后因以“倾城”形容绝色女子。②“映户”二句：描写的是女子娇羞含情、进入内室的情形。户，单扇门、小门。出帷，指君王推开帷帘。含态，饱含情态。③妖姬：柔媚的女子。玉树：指女子高挑匀称、光洁细腻的形体。

【笺释】

一、“出帷含态笑相迎”一句，出帷者君王也，相迎者女子也。

二、“玉树流光照后庭”一句，以比喻、夸张修辞形容女子光彩、魅力之无限。

第十二章　南北朝乐府

一、概述

“乐府”，称诗歌即乐府诗之略，可作为汉代以来民歌或拟民歌风格类诗作之代称[1]。南北朝民歌现今大都保存于宋代郭茂倩《乐府诗集》一书中，故以“乐府”称此时期之民歌，亦前人惯例也。

公元 317 年—589 年，中国大致以秦岭—黄淮流域为界，南北有两组政权前后交错对峙，又各自兴废嬗变。南朝依次是东晋、宋、齐、梁、陈诸代，衣冠南渡后而守中原文化。北朝以匈奴、羯、氐、羌、鲜卑等古代少数民族为主体，前期战乱不休，有“十六国”之割据并争[2]，之后鲜卑人之北魏政权统一北方[3]。北朝人勇猛尚武，善于征战，然文化发展程度不高。南北文化水准之不均，直观反映于文学作品数量及质量上，乐府民歌亦在其例。

南朝乐府今存近五百首，分“吴歌”“西曲”“神弦歌”三种，存于《乐府诗集·清商曲辞》。吴歌因产于吴地而得名，有三百二十余首，大多数为东晋、刘宋时之作品；西曲产于楚地，有一百四十余首，多为南朝中后期之作品；神弦曲有十八首，是民间祭祀之乐辞。吴歌、西曲作为南朝乐府之主

1　唐代以后其他文学类型亦可称作“乐府”。简言之，宋代以乐府称“词”，如《东坡乐府》等；元明则以乐府称“散曲”，如《小山乐府》等。

2　氐人建立的前秦政权在苻坚灭代国后，曾短暂（376 年—385 年）统一过北方。

3　北魏于 386 年建国，439 年统一北方。北魏后期（534 年）又分裂为西魏和东魏，各经宇文氏、高氏篡权为北周、北齐后，于 581 年为隋朝所灭。

体，以年轻男女欢爱情歌为主，感情真挚细腻，情调婉丽缠绵。前者较多市井气息，反映城市中下层市民之感情生活，可称为“都市之歌”；后者则多写岸津舟楫间行旅、商妇之离情别绪，生活面较吴歌广，情调也更开朗明快，可称为“行商情歌”。

北朝乐府多存于《乐府诗集·横吹曲辞五·梁鼓角横吹曲辞》，少部分见于“杂曲歌辞”及“杂歌谣辞”中。语言质朴少采，抒情浓烈直露，共约七十首。

二、作品

（一）南朝乐府

吴　歌

《吴歌》乃《吴声歌曲》之略，属“清商曲辞”。吴乃吴地之意，承袭周代吴国辖地之属，大致为今苏南、上海、浙北、皖南、赣东北一带，古时亦称“江东”“江左”“江南”。《乐府诗集》引《晋书·音乐志》曰：“吴歌杂曲，并出江南。东晋已来，稍有增广。其始皆徒歌，既而被（pī）之管弦。盖自永嘉渡江之后，下及梁、陈，咸都建业，吴声歌曲起于此也。”

子夜歌（选二）

【题解】

《子夜歌》共42首。《乐府诗集》引《旧唐书·音乐志》曰：“《子夜歌》者，晋曲也。晋有女子名子夜，造此声，声过哀苦。”再引唐人吴兢《乐府解题》曰：“后人更为四时行乐之词，谓之《子夜四时歌》。又有《大子夜歌》《子夜警歌》《子夜变歌》，皆曲之变也。”

此首原列第七，用双关之法描写了一位对情感悲观的少女。

始欲识郎时，两心望如一①。理丝入残机②，何悟不成匹③？

【注释】

①望：指望，希望。如一：不渝，不贰。②丝：丝线；情丝。残机：残破的织机；即将失败的感情局面。③匹：成段的布匹；匹配。

【笺释】

一、本歌最大的艺术特色是其双关修辞。双关的好处在于可以产生多维的理解层面，引起比兴、联想之感，以达抒情含蓄之效。

二、单纯写实层面：抱怨织机破损，无法织成布匹成品。

三、暗示情感层面：埋怨男子负心，自悔痴情。

【题解】

此首原列第九，写法和内容与上一首基本类似。

今夕已欢①别，合会②在何时？明灯照空局③，悠然未有期④。

【注释】

①欢：吴歌中特有的第二人称代词，有亲昵之意，类似于当今网络称谓“亲”。②合会：再会，再聚。③灯：照亮之物；谐音为“等”。照：照明；谐音为“兆”。空局：空荡的棋盘；没有结果的局势。④悠然：漫长貌；谐音为“油燃”。期：期限，谐音为“棋”，指棋子。

【笺释】

一、本歌与上首的“双关”略有不同：前者双关多借助于“谐音”之法，后者用的仅是一字多义。

二、本歌辞抒情不如上首委婉，幽怨之情见于字间，写实之意反而隐晦其中。

子夜四时歌（选四）

【题解】

《子夜四时歌》概况见《子夜歌》“题解”。它由《春歌》二十首、《夏歌》二十首、《秋歌》十八首、《冬歌》十七首构成，共七十五首。

本首原列《春歌》第十二，诗中塑造了一位孤芳自赏的女子形象。

梅花落已尽，柳花随风散。叹我当春年①，无人相要唤②。

【注释】

①春年：青春，华年。②要（yāo）唤：邀请，此处指被人追求。

【笺释】

一、“梅花落已尽，柳花随风散”二句比兴。

二、“梅花落已尽”，暗示青春易逝；“柳花随风散”，比拟春心泛滥。

【题解】

此首原列《夏歌》第十八，抒情颇有酷夏的热度。

情知三夏①热，今日偏独甚。香巾拂玉席，共郎登楼寝。

【注释】

①情知：度情而知。三夏：农历四月为孟夏，五月为仲夏，六月为季夏，合称三夏。亦指夏季的第三个月。

【笺释】

一、本歌一二句写天热，三四句写情热。

二、第三句“香巾拂玉席”以凉衬热，既照应一二句，又为第四句铺张。

【题解】

此首原列《秋歌》第十七，写明月寄相思之意，实为李白名作《静夜思》之本。

秋风①入窗里，罗帐起飘扬。仰头看明月，寄情千里光。

【注释】

①秋风：原作“秋夜”，据《玉台新咏》改。

【笺释】

一、李白《静夜思》之起意构思，当借鉴此首乐府小诗而来，不过具体情状略有小异。

二、“明月千里寄相思”是中国古代诗词借物抒情最常见的思维模式之一，唐宋以来此种作品不胜枚举，此处对古人的抒情逻辑试作分析：古时通信条件较为原始，书信驿传对于身处异地的双方是最基本也是最重要的联系手段，然马驮车载，加之长途险阻，则无法实现双方的实时互通。于是乎，古人展开浪漫的想象，于某一瞬间在甲地此人思念彼人，想必同一瞬间在乙地彼人也正思念着此人，双方无论睽违多远在同一时刻都守望着天上同一轮月亮，洒散在彼此身上的月光通过月亮的传导，将各自的心意传递给对方，便可实现双方的“实时沟通”。所以明月对于古人乃传情达意最重要的一个自然媒介，一望明月升，即惹相思起；相思一起，便高眺明月。

【题解】

此首原列《冬歌》第二，反映出年轻女子不畏严寒、探望爱人的热情。

途涩①无人行，冒寒往相觅。若不信侬②时，但看③雪上迹。

以上据中华书局郭茂倩《乐府诗集》卷四十四

【注释】

①途涩：指路途泥泞难行。②若：第二人称代词“你”。侬：南朝乐府特有的第一人称代词“我”。③但看：且看，只用看。

【笺释】

一、本歌前两句写行程之艰辛，后两句近似戏谑自白，颇有情趣。末句“但看雪上迹”，又回应前面的跋涉之苦，点明主题。

二、歌辞通过女主人公对爱情滚烫的热度和勇敢的行为，艺术地构建起“天寒”与“人暖”的对比，突显出她朴实专一的可贵品操。

华山畿（选一）

【题解】

《华山畿（jī）》共二十五首。《乐府诗集》引南陈释智匠《古今乐录》述此歌缘起曰：《华山畿》者，宋少帝时《懊恼》一曲，亦变曲也。少帝时，南徐一士子从华山畿往云阳，见客舍有女子年十八九，悦之无因，遂感心疾。母问其故，具以启母。母为至华山寻访，见女具说闻感之因。士子脱蔽膝，令母密置其席下卧之，当已。少日果差，忽举席见蔽膝而抱持，遂吞食而死。气欲绝，谓母曰："葬时车载，从华山度。"母从其意。比至女门，牛不肯前，打拍不动。女曰："且待须臾。"妆点沐浴，既而出。歌曰："华山畿，君既为侬死，独活为谁施？欢若见怜时，棺木为侬开。"棺应声开，女透入棺，家人叩打，无如之何，乃合葬，呼曰"神女冢"。畿，本指一国京都管辖的周边地区，此指山之郊野。蔽膝，围于衣服前面的大巾，用以蔽护膝盖。

此首原列第六，体现了一位女子对待感情的刚烈绝决。

懊恼不堪止①。上床解要绳②，自经③屏风里。

【注释】

①不堪止：不能止，消解不开。②要（yāo）绳：腰带。要：同"腰"。③自经：自缢。

【笺释】

一、本歌可以理解为一段客观的叙事描写，足见此女子遇人之不淑及悲凉身世。

二、本歌三句亦可理解为人物话语，都是女子的独白，愈见此女欲死欲活之情态和将以威胁之真性情。当以此种理解为佳。

读曲歌（选二）

【题解】

《读曲歌》共八十九首。《乐府诗集》引《宋书·音乐志》曰："《读曲歌》者，民间为彭城王义康所作也。其歌云'死罪刘领军，误杀刘第四'是也。"

此歌原列第十五，写一位女子孤独的幽怨。

柳树得春风，一低复一昂①。谁能空相忆，独眠度三阳②？

【注释】

①昂：高举。本句写风吹柳枝摇曳貌。②三阳：指一月初春。按：古人称农历十一月冬至一阳生，十二月二阳生，正月三阳开泰。

【笺释】

一、歌中一二句比兴。

二、三四句承接一二句，形成“人不如物”的对比。

【题解】

此歌原列第五十五，重在表现男女间的欢爱。

打杀[①]长鸣鸡，弹去乌臼鸟[②]。愿得连冥不复曙，一年都一晓[③]。

以上据中华书局郭茂倩《乐府诗集》卷四十六

【注释】

①打杀：打死。后世也作“打煞”。②乌臼鸟：停栖于乌臼树上的鸟。③一年都一晓：一年只天亮一次，意即不愿醒来。

【笺释】

一、一二句写鸟雀聒噪，恼人不得眠，突出“这边风景”正好；三四句写睡得酣美，永远都不想醒来，以示“年年有今日”之意。

二、唐人金昌绪五绝《春怨》“打起黄莺儿，莫教枝上啼。啼时惊妾梦，不得到辽西”，学此歌而变其意，一改小我私欢之声为征夫苦戍之刺，境界尤高。

西　曲

南朝时流行于今湖北大部、河南南部等江汉流域一带的民间歌曲，地域上大致属传统上的楚地，因其位于吴地以西，故名“西曲”。《乐府诗集》引释智匠《古今乐录》云，西曲歌有《石城乐》《乌夜啼》《莫愁乐》等三十四种曲，并按曰：“西曲歌出于荆、郢、樊、邓之间，而其声节送和与吴歌亦异，故依其方俗而谓之西曲云。”

莫愁乐（二首）

【题解】

《莫愁乐》共两首。《乐府诗集》引《旧唐书·音乐志》曰："《莫愁乐》者，出于《石城乐》。石城有女子名莫愁，善歌谣，《石城乐和》中复有忘愁声，因有此歌。"又引唐人吴兢《乐府解题》曰："古歌亦有莫愁，洛阳女，与此不同。"关于两种"莫愁"之不同，参见本书第十一章萧衍《河中之水歌》的相关注释。乐（yuè），指乐曲，乐府中题目之读音皆同于此。

此歌为第一首，塑造了一位天真无邪的少女形象。

莫愁在何处，莫愁石城①西。艇子打②两桨，催送莫愁来。

【注释】

①石城：地名，在竟陵（今湖北凭祥市）。②打：荡起。

【笺释】

一、一二句点出莫愁之家。

二、三四句暗示莫愁为渔家之女。

【题解】

此歌为第二首，生动地刻画了一对依依不舍的热恋情侣。

闻欢下①扬州，相送楚山头。探手抱腰看②，江水断③不流。

以上据中华书局郭茂倩《乐府诗集》卷四十八

【注释】

①下：从楚地前往扬州，顺长江东流直下，故称。②看：用在动词或动词结构之后，表示先试试之意。《敦煌变文集·庐山远公话》："身上有何伎艺？消得五百贯钱。至甚不多，略说身上伎艺看。"③断：阻断，截断。

【笺释】

一、全诗运用赋法铺叙，前后亦有层次。前三句实写叙事，后一句虚写抒情。

二、末句"江水断不流"为此一对男女浪漫想象之辞，希望长江之水突被阻断，不再奔流，这样男子就不能乘船离去。

拔　蒲（二首）

【题解】

《拔蒲》为西曲民歌之一，共两首。《古今乐录》称：“《拔蒲》，倚歌也。”意即民间歌曲的歌辞。蒲，菖蒲，即正文中之“青蒲”，水生植物，嫩者可食。

此为第一首，表达了男女青年能够两心如一、快乐厮守的美好愿望。

青蒲衔紫茸①，长叶复从②风。与君同舟去，拔蒲五湖③中。

【注释】

①紫茸：蒲草茎叶上的紫色茸毛。②复：又，亦。从：指被风吹动。③五湖：即五湖四海之意。一说，指太湖及其周边四湖，恐非，太湖在吴地，此歌为楚地民歌。

【笺释】

一、本歌一二句比兴。紫茸之附于青蒲，如女子之附于男子；长叶之从风，犹妾意之从郎情。

二、后二句当是女子口吻，可见其纯真朴实的爱情观：纵使野菜疏食，始终相伴，天涯与共，足矣。

【题解】

此为第二首，描写了这对青年情侣快乐的日常生活。

朝发桂兰渚①，昼息桑榆②下。与君同拔蒲，竟日不成把③。

以上据中华书局郭茂倩《乐府诗集》卷四十九

【注释】

①桂兰渚：长满桂花和兰草的河岸。②桑榆：桑树和榆树。后因日落时光线照于桑榆树端，亦指日暮。③竟日：一整天。把：量词，一手所握之量。

【笺释】

一、俗言“嫁鸡随鸡，嫁狗随狗”，西曲诸歌中男子多为奔波江湖的商旅。本歌一二句所写两人一天之行程，即为商人行舟的本色。

二、末句“竟日不成把”，化用《诗经·小雅·采绿》“终朝采绿，不盈一匊”两句的诗意，参见本书第二章《采绿》诗中注释。

三、末句只说二人拔蒲数量之少，歌中再无说明因何“不成把”。这个问题留给读者自由遐想，实为此歌最大妙处。

四、这两首民歌之间亦有逻辑上的肌理。前一首为爱情宣言，借女子之口，侧重女子之愿；后一首为爱情实践，写二人之事，寓意一拍即合。

西洲曲

【题解】

本曲收入《乐府诗集·杂曲歌辞》，归为“古辞”。《玉台新咏》《古诗源》等选本作江淹诗，或梁武帝诗，或“晋辞”。学界一般认为是经文人润色过的南朝民歌。曲辞借用季节之转换，以“莲”及其相关意象为中心景物，加上采莲的诸多肢体动作，表现了一位女子对远方爱人的深切思念。

忆梅下西洲，折梅寄江北①。单衫杏子红，双鬓鸦雏色②。西洲在何处？两桨桥头渡。日暮伯劳飞，风吹乌臼树③。

树下即门前，门中露翠钿④。开门郎不至，出门采红莲。采莲南塘秋，莲花过人头。低头弄莲子，莲子青如水。置莲怀袖中，莲心彻底红。忆郎郎不至，仰首望飞鸿⑤。

鸿飞满西洲，望郎上青楼。楼高望不见，尽日栏干头⑥。栏干十二曲，垂手明如玉。卷帘天自高，海水摇空绿。海水梦悠悠，君愁我亦愁。南风⑦知我意，吹梦到西洲。

据中华书局郭茂倩《乐府诗集》卷七十二

【注释】

①下：落下。折梅寄江北：化用南朝宋陆凯《赠范晔》诗“折花逢驿使，寄与陇头人。江南无所有，聊赠一枝春”。江北：远在长江以北之人。②鸦雏色：乌鸦幼鸟羽毛的颜色。③伯劳：鸟名，又名䴗（jú）或鴂（jué）。善鸣，喜欢单栖。《诗经·豳风·七月》“七月鸣䴗”毛传：“䴗，伯

劳也。”乌臼树：落叶乔木，开黄花，果实可榨油。④翠钿（diàn）：用翠玉镶嵌的花朵状的首饰。⑤飞鸿：飞翔的鸿雁，此处联想书信。⑥尽日栏干头：指整日站于栏干处守望。⑦南风：夏风。一说从南往北所刮之风。

【笺释】

一、本曲辞以季节变化为线索展开叙事抒情，其中“忆梅”“折梅”为残冬初春，“伯劳飞”、乌臼结花为仲夏，红莲为深秋，南风又为第二年之夏季。

二、巧用谐音双关的手法，以寓绵厚相思。如“出门采红莲”以下六句中之“莲”，皆通“怜”，乃怜爱之意。“红莲”，喻红火之爱；“莲子”，实为“爱你”；“置莲”，犹“怀爱”；“莲心”，即“爱你之心”。

三、用细微的肢体语言表达内心复杂的情感。“采莲”，寻爱也；“低头”，娇羞也；“置莲”，深爱也；“仰首”，企盼也；“上楼”，欲达也；“尽日（立）”，痴心也；“垂手”，自怜也；“卷帘”，积郁也；等等。

四、运用连珠格，四句一韵，音节婉畅。清人沈德潜《古诗源》卷十二评曰：“续续相生，连跗接萼[1]，摇曳无穷，情味愈出。似绝句数首，攒簇而成，乐府中又生一体。初唐张若虚、刘希夷七言古，发源于此。”

（二）北朝乐府

企喻歌辞（选一）

【题解】

本歌共四首，收在《乐府诗集·横吹曲辞五·梁鼓角横吹曲》中。其书引《古今乐录》云：《企喻》本北歌，《唐书·乐志》曰：“北狄乐其可知者，鲜卑、吐谷浑、部落稽三国，皆马上乐也。后魏乐府始有北歌……知此歌是燕、魏之际鲜卑歌也。”本首为其第四首。关于作者，《古今乐录》云：“‘男儿可怜虫’一曲是苻融[2]诗，本云‘深山解谷口，把骨无人收’。”

1　连跗（fū）接萼：花萼片片相接，此指韵脚紧密相连而又流畅和谐。跗，通“柎”，花萼房。

2　苻融（340年—383年）：字博休，氐人首领苻雄之子，苻坚幼弟，前秦立，封阳平公。

男儿可怜虫，出门怀死忧。尸丧[①]狭谷中，白骨无人收。

【注释】

①丧：遗弃，抛弃。按：若站在死者亲友的角度上，则是“丢失”之意。

【笺释】

一、本歌艺术地描述出十六国时期战火连连，人民生命安全朝不保夕的惨状。

二、“尸丧狭谷中，白骨无人收”二句可有两种理解：其一为客观的第三者叙述角度，体现出旁观者对此的哀惋同情；其二为死者亲友的主观抒情角度，可加上引号，则径直表现出苦难亲历者的真实感受。

琅琊王歌辞（选一）

【题解】

《琅琊王歌辞》凡八首，亦在《横吹曲辞五·梁鼓角横吹曲》中。此为第一首，体现出古代北方少数民族尚武的风气。

新买五尺刀，悬著中梁柱[①]。一日三摩娑，剧于[②]十五女。

【注释】

①著（zhuó）：依附。中梁柱：房内大梁的正中。②三：多次。摩娑：即“摩挲”，抚摸。剧于：强于，甚于。

【笺释】

一、全歌通过多个侧面表现男子对宝刀的喜爱。

二、“悬著中梁柱”，时时可见；“一日三摩娑”，爱不释手；“剧于十五女”，爱美人更爱宝刀。

地驱歌乐辞（选一）

【题解】

本歌共四首，也属《梁鼓角横吹曲》（以下诸歌辞同此）。这是第二首，隐晦写出一位未嫁女之难言心事。

驱羊入谷，自羊在前①。老女不嫁，蹋地唤天。

【注释】

①自羊在前：正常语序为“自在羊前”。自，自己，指牧羊的老女；一本作“白”。

【笺释】

一、本歌突入三四句，颇有嬉笑之感。

二、联系全文，一二句实为三四句铺垫。女子应是瞥见众羊成群结队，睹物思人，反照自身孑然无依，故而大恸也。

捉搦歌（选一）

【题解】

《捉搦（nuò）歌》凡四首，此作为最后一首，反映了一位北方少女的婚姻难题。

黄桑柘屐蒲子履，中央有丝①两头系。小时怜母大怜婿，何不早嫁论家计②？

【注释】

①黄桑柘（zhè）屐（jī）：黄桑木、柘木所制之鞋。屐，木鞋，底多有二齿，以行泥地。蒲子履：蒲草所织之草鞋。丝：原作“系”，据他本改之。

②婿：此指女子未结亲的对象。论：考虑，盘算。家计：维持家庭开销等事务。

【笺释】

一、本歌前两句可作为我国古代北方民族服饰文化研究的参考资料。

二、“小时怜母大怜婿”一句之意，相当于现今所讲的“有了媳妇忘了娘”，不过两句话主语的性别指代不同。

三、“何不早嫁论家计”，对于年纪渐长的未婚女子来说，继续待字闺中各种压力日益增大，委实是件弊大于利的事情。是啊，她为什么还不出嫁，读者能否给出一个合情合理的解释呢？

折杨柳歌辞（选一）

【题解】

本歌共五首，此首原列第二，塑造出一位渴望炽热爱情的少女形象。

腹中愁不乐，愿作郎马鞭。出入擐①郎臂，蹀座②郎膝边。

【注释】

①擐（juǎn）：环绕。②蹀（dié）座：双足交叠而坐。

【笺释】

一、“腹中愁不乐”的原因，阅读其后三句便知：不得与“郎”朝夕相随。

二、后三句运用比拟之法，马鞭被持、被握、被携带，都能与“郎”形影不离，而女子自身却不及马鞭这般“待遇”，故有美慕之意。

三、从这篇歌辞也可看出“郎”日常乘马之频繁和时间之长，以至于很少有时间陪伴该女子，从侧面反映出北朝男子的勇健好武。

折杨柳枝歌（选一）

【题解】

本歌凡四曲，此曲列第二，以轻松的笔调表现少女对婚姻的渴望。

门前一株枣，岁岁不知老①。阿婆不嫁女，那②得孙儿抱？

【注释】

①不知老：意即“看不出衰老”。②阿婆：此处指女子的母亲。那（nǎ）：相当于现代汉语里的“哪”。

【笺释】

一、此曲一二句依然使用比兴之法，形成“物我”之间的对比，并暗示后文“女”之易老。

二、三四句纯粹口语表达，可以加上引号。

陇头歌辞（选一）

【题解】

本歌共三曲，此曲列第三，表达了征人戍卒的漂泊之苦。

陇头[①]流水，鸣声幽咽。遥望秦川[②]，心肝断绝。

以上据中华书局郭茂倩《乐府诗集》卷二十五

【注释】

①陇头：即陇山，亦作陇坂、陇坻，后泛指边塞之地。按：《乐府诗集·横吹曲辞一·汉横吹曲一·陇头》郭茂倩题解引唐杜佑《通典》“天水郡有大阪，名曰陇坻，亦曰陇山，即汉陇关也”。②秦川：泛指今陕西、甘肃位于秦岭以北的平原、河谷等地区，因春秋、战国时地属秦国而得名。此指征人的故乡。

【笺释】

一、“鸣声幽咽”句为拟人修辞，但结合后文三四句，更有烘托气氛、引发情绪之意，故可算作“兴”。拟人，为“比拟”的一种。故该句放在全文来看，运用的仍是“比兴”之法。

二、“陇头”“陇水”“陇头水”诸辞可代言全歌之旨，成为后世知名的文学典故，自南北朝以来文人多喜引用，如陆凯《赠范晔诗》“折花逢驿使，寄与陇头人”，庾信《小园赋》“关山则风月凄怆，陇水则肝肠断绝”，李白《猛虎行》“肠断非关陇头水，泪下不为雍门琴”，等等。而“陇坂”之名早见于东汉张衡《四愁诗》“我所思兮在汉阳，欲往从之陇阪长”，“陇坻”也出现于张衡《西京赋》“右有陇坻之隘，隔阂华戎”，及祢衡《鹦鹉赋》“命虞人于陇坻，诏伯益于流沙”等作品中。

第十三章　魏晋南北朝文

一、概述

如前文序论（下）所述，魏晋南北朝时期散文类型分为散体文、骈文和辞赋三大部分。

散体文，与骈（体）文相对，指以《左传》《国语》《史记》《汉书》等中古典籍之文字风格为准绳，单句散行、不拘声律的文章（唐宋以后称“古文”）。魏晋散体文颇有论辩之气，文字爽利通脱，有清新之致。南朝散体文深受务繁丽、求声色之世风濡染，有一定程度的骈俪化。南朝骈文大盛，北朝文章仍以散体为主，郦道元、杨衒之二家为其代表。

骈文，又称四六文，语言形式多用四字、六字句，上下句间须合对仗、典实、藻饰、平仄和谐等写作要求。骈文形成于魏晋，盛行于南朝，名家名作甚多。此种唯美文体垂续不绝，唐宋时之制诰公文亦多用此体，几经韩愈、柳宗元及欧阳修、三苏等拨正古文之力斥，虽退居文体之佐贰，然直至清代仍与散体文对峙勃兴。

魏晋南北朝辞赋承东汉小赋抒情、纯美之质而愈为鸿富，篇幅更长，题材更广，层次丰富，表达倾向诗意化。其体物已非目的，写志方为要旨，“个人自我之内心”往往见于细腻、曲折、雅丽处，而曹植、鲍照、江淹、庾信尤为名家。

二、作品

（一）散体文

诸葛亮（181年—234年）

字孔明，琅琊阳都（在今山东沂南县）人。东汉末避乱隆中，躬耕读书。后向刘备献三分天下之策，结好孙权、共抗曹操。蜀汉立国后，任丞相，抚平南中诸郡，六次北伐曹魏。病逝于五丈原军中，谥忠武。其诗文存世不多，但都情感真挚，不重雕琢，以前后《出师表》《梁甫吟》等最为知名。有《诸葛亮集》辑本。

诫子书

【题解】

本文是三国时期著名政治家、军事家诸葛亮在晚年写给他儿子诸葛瞻的一封家书，语言质朴凝练，不足百字却能蕴涵深刻的人生哲学，耐人寻味。

夫君子之行，静以修身，俭①以养德。非澹泊无以明志，非宁静②无以致远。夫学须静也，才③须学也。非学无以广才，非志无以成学。淫慢则不能励精，险躁④则不能冶性。年与时驰，意与日去⑤。遂成枯落，多不接世⑥。悲守穷庐⑦，将复何及？

据中华书局香港分局排印本《诸葛忠武侯文集》卷一

【注释】

①行：做法。静：内心平和少欲。俭：指生活方式朴素。②澹泊：恬淡寡欲貌。这句是说内心无欲则不被物役，故其志可坚。宁静：安定专一貌。这句是说只有坚定专一才能走得更远。③才：才能，才干。④淫慢：放纵怠慢。一本作“慆（tāo）慢”。励精：集中精力做某事。险躁：轻薄浮躁。⑤年：年纪。意：意志。日去：指一天的时间转瞬即逝。⑥枯落：凋残貌。接世：为世所接受，意即为世道所用。⑦穷庐：贫贱者所居的茅屋，实指属

于自己的狭小天地。

【笺释】

一、本文虽归为“散体文”一类，但是细细分析其行文句式，多是两两一组，以四字句为主，兼有六字句、七字句，已反映出一定程度的骈俪化。

二、文中所论道理，简单归纳起来就是“勿为物役”方能成才。物质欲望过多、过大，往往使人内心不宁，意志分散，自然无法达到“静”“俭”“澹泊”和“宁静”的状态，这样是无法“立志”的；即使立志，所立不过是“淫慢”“险躁”之志，并不能经受住时间的考验，也是无法去治学和成才的。其结局正如文中所言“年与时驰，意与日去”，枉自蹉跎时光，终归“枯落”而无用。

三、这种“勿为物役”或“勿为形役”的思想在诸葛亮所处的魏晋时代是比较流行的，颇有道家之风的玄理色彩，可参见本书第十章嵇康、谢灵运等人相关作品（如《兄秀才公穆入军赠诗》《石壁精舍还湖中作》）的注释及笺释部分。做人做事，其理一也。

曹　丕（作家简介见本书第九章）

典论·论文

【题解】

《典论》为魏文帝曹丕所著之书，自称“所著《典论》诗赋，盖百余篇”（《三国志·魏书·文帝纪》裴松之注引王沈《魏书》载曹丕《与王朗书》）。全书大约在宋代失传，仅存《论文》一篇，是我国文学评论史上第一篇专论。文中有“融等已逝”之语，则本文当作于建安后期七子亡故以后。

文人相轻，自古而然。傅毅[①]之于班固，伯仲之间耳，而固小之，与弟超[②]书曰：“武仲以能属文为兰台令史[③]，下笔不能自休[④]。”夫人善于自见[⑤]，而文非一体，鲜能备善。是以各以所长，相轻所短。里语曰：“家有弊帚，享之千金[⑥]。”斯不自见之患也。

今之文人，鲁国孔融文举、广陵陈琳孔璋、山阳王粲仲宣、北海徐幹伟长、陈留阮瑀元瑜、汝南应玚德琏、东平刘桢公干，斯七子者⑦，于学无所遗，于辞无所假⑧，咸自以骋骥騄⑨于千里，仰齐足⑩而并驰。以此相服，亦良难矣。盖君子审己以度人⑪，故能免于斯累⑫而作《论文》。

王粲长于辞赋，徐干时有齐气⑬，然粲之匹也。如粲之《初征》《登楼》《槐赋》《征思》⑭，干之《玄猿》《漏卮》《圆扇》《橘赋》⑮，虽张、蔡⑯不过也，然于他文未能称是。琳、瑀之章表书记⑰，今之隽⑱也。应玚和而不壮，刘桢壮而不密。孔融体气高妙，有过人者，然不能持论，理不胜词⑲，以至乎杂以嘲戏⑳。及其所善，杨、班俦㉑也。

【注释】

①傅毅（？—90年）：字武仲，扶风茂陵人，东汉初期文学家，《后汉书》卷八十《文苑传》有传。②超：班固之弟班超（32年—102年），字仲升，后官至西域都护，封定远侯。③属（zhǔ）文：作文，撰写文章。兰台令史：汉代兰台长官（一般由御史中丞兼任）的属官，负责典校图籍，整理文书档案等。兰台，汉代宫内收藏典籍之处。④休：停止。这是说傅毅的文字汗漫无际、缺少统驭性。⑤自见（xiàn）：犹自知。⑥“里语”三句：后世亦作“敝帚千金”，指把自家破旧的扫帚也看成价值千金的宝贝，比喻对己物的珍视。语出《东观汉记·光武帝纪》：“帝闻之，下诏让吴汉副将刘禹曰：‘城降，婴儿老母，口以万数，一旦放兵纵火，闻之可为酸鼻。家有敝帚，享之千金。禹宗室子孙，故尝更职，何忍行此！’”⑦斯七子者：即后世所称的建安七子或邺下七子。除孔融与曹操不合被杀外，其余六人都是曹魏集团的幕下文人。孔融《后汉书》卷七十有传，王粲传在《三国志·魏书》卷二十一，徐幹等五人事迹附于《王粲传》之后。⑧于辞无所假：指能自创新辞，绝不借助别人的陈辞。⑨骥騄（lù）：都是千里驹。⑩仰：倚仗。齐足：犹并驾。《诗经·小雅·车攻》：“我马既同。”《毛传》：“田猎齐足，尚疾也。”⑪君子：曹丕自称。度（duó）：揣度。⑫斯累：这个拖累，即“文人相轻”这个思想包袱。⑬齐气：齐地舒缓的地方文风。李善注：“言齐俗

文体舒缓，而徐幹亦有斯累。”又引《汉书·地理志》曰：“故《齐诗》曰：‘子之还兮，遭我乎猺之间兮。’此亦舒缓之体也。”⑭《初征》《登楼》《槐赋》《征思》：皆为王粲所作之赋，独《征思赋》今不存。⑮《玄猿》《漏卮》《圆扇》《橘赋》：皆徐幹所作之赋，除《圆扇赋》外，其余三篇今皆佚。⑯张、蔡：指张衡和蔡邕。按：二人都是汉代著名的赋家。张有《二京赋》《南都赋》《思玄赋》《归田赋》等，蔡有《述行赋》《青衣赋》等。⑰章表书记：为当时的四种文体。按：大致说来，章表即奏章、奏表，类似于下文所说的“奏议”；书记即抄录、记事一类的文字。⑱隽：同“俊”，指杰出之人。⑲理不胜辞：虚辞多于实理。不胜：不堪，无法承受。⑳嘲戏：指调笑戏谑之辞。㉑扬、班：扬雄和班固。其所作的《解嘲》和《答宾戏》都是“嘲戏”之文的佳作。俦（chóu）：同类，同等者。

常人贵远贱近，向声背实[①]，又患暗[②]于自见，谓己为贤。

夫文本同而末异[③]，盖奏议宜雅，书论宜理，铭诔尚实，诗赋欲丽[④]。此四科[⑤]不同，故能之者偏[⑥]也，唯通才能备其体。

文以气为主，气之清浊[⑦]有体，不可力强而致。譬诸音乐，曲度虽均，节奏同检[⑧]。至于引气[⑨]不齐，巧拙有素[⑩]，虽在父兄，不能以移子弟[⑪]。

盖文章，经国[⑫]之大业，不朽之盛事[⑬]。年寿有时而尽，荣乐止乎其身，二者必至之常期[⑭]，未若文章之无穷。是以古之作者，寄身于翰墨，见意于篇籍，不假良史之辞，不托飞驰之势，而声名自传于后。故西伯幽而演《易》，周旦显而制《礼》，不以隐约而弗务，不以康乐而加思[⑮]。夫然则古人贱尺璧[⑯]而重寸阴，惧乎时之过已。而人多不强力，贫贱则慑于饥寒，富贵则流于逸乐，遂营目前之务，而遗千载之功。日月逝于上，体貌衰于下，忽然与万物迁化[⑰]，斯志士之大痛也！

融等已逝，唯幹著论[⑱]，成一家言。

据上海古籍出版社李善注《文选》卷五十二

【注释】

①向声背实：向往虚名而不求实际，或指注重传闻而背离事实。②暗：

糊涂，不明白。③本同：指内涵本质相同。末异：指外在形式不同。④“盖奏议”四句：奏、议、书、论、铭、诔、诗、赋为曹丕归纳的八种文体。⑤四科：四大类。⑥偏：此指数量少。⑦文以气为主：文章的气质是其最大的特质。气，气质，气息。按：这即是曹丕首倡的“文气说”。作家之气，即作家的个性、气度等；文之气，即作家在文字中所体现的这种精神气质。清浊：本是音律术语，指声音的激越和低沉，这里可指气质风格的刚健和柔靡。⑧节奏：音乐中交替出现的强弱、长短的规律。按：度数为节，更端为奏。检：法度。⑨引气：指吹奏时的用气。⑩有素：有常，有一定的概率。⑪“虽在”以下二句：指不同辈行的乐伎，其技能也有高下优劣的差别，这种现象谁也不能改变。移，改变。《文选》本文李善注引桓谭《新论》：“惟人心之所独晓，父不能以禅子，兄不能以教弟也。”⑫经国：犹言治国。⑬不朽之盛事：指文章立言为人生“三不朽”的事业之一。《左传·襄公二十四年》：“太上有立德，其次有立功，其次有立言，虽久不废，此之谓不朽。”⑭常期：一定的时限。⑮“故西伯”以下四句：古人颇认为《周易》六十四卦辞为殷末西伯侯姬昌（即周文王）被纣王囚禁于羑里时所作，《周礼》为其子周公旦摄政周成王时所作。幽，拘禁。隐约，指《周易》所涉义理幽昧玄奥；一说，指姬昌当时的处境穷困简陋。康乐，指周公当时的处境优渥。加思，动摇著述的意念。⑯尺璧：以喻财宝。语本《淮南子·原道训》：“圣人不贵尺之璧而重寸之阴，时难得而易失也。”⑰与万物迁化：指庸庸碌碌的凡人最终如大多数事物一般悄然死去。迁化，离世。语本《古诗十九首·回车驾言迈》“奄忽随物化”，参见本书第八章诗中注释。⑱唯幹著论：指徐幹所著之《中论》。按：曹丕《与吴质书》曰“《中论》二十篇，成一家之言，辞义典雅，足传于后，此子为不朽矣”。此书今存，《四库全书总目提要》称其“大都阐发义理，原本经训，而归之于圣贤之道”。

【笺释】

本文在中国文学评论史中具有非常重要的地位，不仅在于其为第一篇理论专文，还在于文中分析、归纳了文学自身的体裁、价值、审美和评论等诸多深刻内容，体现了文学的学科独立性，并标志着魏晋时期开始成为一个“文学自觉的时代”（鲁迅《魏晋风度及文章与药及酒之关系》）。特将此要点，略加说明于下：

一、首次对各类文体进行了划分归类，提出“四科八体”之说。尽管曹丕对于各种文体特点的定性，后世学者尚有异议，但其将文章基本功用的“本”与外在表现形式的“末”对立统一看待的观点，确实是开风气之先，并推动了后世的文体学研究，从桓范的《世要论》、陆机的《文赋》、挚虞的《文章流别论》、李充的《翰林论》，到刘勰的《文心雕龙》，都是曹丕本文影响后代文学理论发展的表现。

二、首次肯定了文学类文章的现实意义和价值。“经国之大业，不朽之盛事”的论断，把文学与立德、建功提高到同等的地位，不仅突出了文学的重要地位和不可或缺性，更极大地推动了魏晋以后作家文学创作的蓬勃发展。

三、“文气说”的提出表明对文学自身审美特征的关注。“文以气为主”，“气之清浊有体”，借用生理学和音律学上形象感性的语言去分析文学自身的艺术规律，去归纳建安七子各自不同的创作特色，强调作家个人的才情个性及所在地域文化对其创作的影响，开创了古代文论家蕴藉又不失灵动的表述风格。巨著《文心雕龙》“体性篇”曰“才有庸俊，气有刚柔”，就是承袭了曹丕这个观点。

四、批评了当时不良的文学风气。一方面“贵远贱近，向声背实”，即盲目地厚古薄今，摇着古人古风的“幌子”，搞脱离实际的形式主义；一方面又“暗于自见”，“各以所长，相轻所短”，出现“文人相轻”的局面，这都是非常错误的文学观点。曹丕以身作则地“审己以度人”，去看待建安七子的文学成绩，并强调“文章之无穷”，正是要求文学创作及评论要主观符合客观，言之有据，且文以致用。

曹　植（作家简介见本书第九章）

与杨德祖书

【题解】

本文是曹植书信中的名篇，文中不仅悉数评价了建安时代的文学名士，还抒发了自身三个不同层次的人生抱负。文章语言犀利，情感直率，格式洒脱，风流自赏，是作者早期文学风格的典型体现。杨德祖，即杨修，德祖乃其表字，是故汉名臣杨震玄孙、太尉杨彪之子，素以才智见称，为曹植的密友。

植曰：

数日不见，思子为劳，想同之也。仆少好为文章，迄至于今，二十有五年矣。然今世作者，可略而言也。昔仲宣独步于汉南，孔璋鹰扬于河朔，伟长擅名于青土，公干振藻于海隅，德琏发迹于此魏，足下高视于上京①。当此之时，人人自谓握灵蛇之珠②，家家自谓抱荆山之玉③，吾王于是设天网以该④之，顿八纮以掩⑤之，今悉集兹国矣。然此数子犹复不能飞轩绝迹⑥，一举千里。以孔璋之才，不闲于辞赋，而多自谓能与司马长卿⑦同风，譬画虎不成反为狗也。前书嘲之，反作论盛道仆赞其文⑧。夫钟期不失听⑨，于今称之。吾亦不能忘叹者，畏后世之嗤⑩余也。

世人之著述，不能无病。仆常好人讥弹其文⑪，有不善者，应时改定。昔丁敬礼常作小文，使仆⑫润饰之。仆自以才不过若人⑬，辞不为也。敬礼谓仆，卿何所疑难？文之佳恶，吾自得之，后世谁相知定⑭吾文者邪？吾常叹此达言，以为美谈。昔尼父⑮之文辞，与人流通，至于制《春秋》，游夏⑯之徒乃不能措一辞。过此而言不病者，吾未之见也。

【注释】

①“昔仲宣”以下六句：分别称赞了王粲、陈琳、徐幹、刘桢、应玚、杨修等人的文学声望。仲宣，王粲表字。汉南，汉水之南，代指荆襄之地，当时王粲正投效荆州刺史刘表。孔璋，陈琳表字。鹰扬，似雄鹰扬翅，喻大才横溢。河朔，本指黄河朔方之地，此代指冀、并河北之地，当时陈琳为河北袁绍账下记室。伟长，徐幹表字。青土，指青州，徐幹为北海郡剧县人，北海郡属青州。公干，刘桢表字。海隅，海边、海角，刘桢为东平郡宁阳人，宁阳地近黄海，故称。德琏，应玚表字。此魏，指魏都许昌，应玚为汝

南郡南顿人，南顿濒临许昌。足下，指杨修。上京，指汉代故都洛阳，杨修为汉代故臣之后，世居洛阳。②灵蛇之珠：即“隋珠”“隋侯之珠”。按：相传古时隋侯见一大蛇伤断，即以药敷之，后蛇从江中衔出一大珠报之。见《淮南子·览冥训》“隋侯之珠”高诱注。后以喻非凡的才华。③荆山之玉：即和氏璧。④吾王：指曹操。天网：漫天之网，喻各种周密的手段。该：包罗，招致。⑤顿：整治。八纮（hóng）：八方极远之地，代指天下。纮，本指冠冕上的缨带，后代指天地的界线。掩：涵盖。⑥飞轩绝迹：喻文才凌厉无法遏制。飞轩，飞腾的轻车。⑦闲：通“娴”，擅长。司马长卿：司马相如字长卿，西汉著名辞赋家。⑧前书：观上下文，盖杨修上次写给曹植的书信。仆赞其文：皆指曹植所写的各类文章。赞，一种用于总结、颂扬人物的文体。其文，那些文章，谦称自己的文章。⑨钟期不失听：典见于《列子·汤问》《吕氏春秋·本味》《淮南子·修务训》等处，俞伯牙鼓琴，意在高山流水，钟子期听而知其用意。此处曹植自比俞伯牙，以钟子期比杨修。⑩忘叹：妄自赞同。忘，通“妄”。嗤（chī）：嘲笑。⑪其文：与注释⑧处含义相同。⑫丁敬礼：丁廙（yì），字敬礼，曹植好友，文学家。仆：第一人称“我”的谦辞。⑬若人：此人，指丁廙。⑭定：评定。⑮尼父：亦称“尼甫”，对孔子的尊称。⑯游夏：指孔子擅长文学的弟子言偃、卜商。按：偃字子游，商字子夏。

盖有南威之容，乃可以论其淑媛；有龙泉之利，乃可以议其断割[①]。刘季绪才不能逮[②]于作者，而好诋诃[③]文章，掎摭[④]利病。昔田巴毁五帝，罪三王，呰五霸于稷下[⑤]，一旦而服千人。鲁连[⑥]一说，使终身杜口。刘生之辩，未若田氏，今之仲连，求之不难，可无息乎[⑦]？人各有好尚，兰茝荪蕙[⑧]之芳，众人所好，而海畔有逐臭之夫[⑨]；《咸池》《六茎》[⑩]之发，众人所同乐，而墨翟有非之之论[⑪]，岂可同哉？

今往仆少小所著辞赋一通[⑫]相与，夫街谈巷说，必有可采，击辕之歌[⑬]有应《风》《雅》，匹夫之思，未易轻弃也。辞赋小道，固未足以揄扬[⑭]大义，彰示来世也。昔杨子云先朝执戟之臣耳，犹称壮夫不为[⑮]也。吾虽德薄，位为蕃侯[⑯]，犹庶几勠力[⑰]上国，流惠下民，建永世之业，留金石之功[18]，岂徒以翰墨[19]为勋绩、辞赋为君子哉？若吾志未果，吾道不行，则将采庶官之实录[20]，辩时俗之得失，定仁义之衷，成一家之言，虽未能藏之于名山，将以传之同好，此要之皓首[21]，岂今日之论乎？其言之不惭，恃惠子[22]之知我也。

明早相迎，书不尽怀，植白。

据上海古籍出版社李善注《文选》卷四十二

【注释】

①“盖有”以下四句：是说自身为名家方有评论别人的资格。南威，亦称“南之威”，春秋时晋国的美女。《战国策·魏策二》：“晋文公得南之威，三日不听朝，遂推南之威而远之，曰：‘后世必有以色亡其国者。’”淑媛，品行贤淑的美女。龙泉，亦作龙渊，宝剑名。《战国策·韩策一》：“邓师、宛冯、龙渊、太阿，皆陆断马牛，水击鹄雁，当敌即斩坚。”②刘季绪：汉末人，名修，刘表之子，官至乐安太守，相传作有诗赋六篇。逮：达到。③诋（dǐ）诃（hē）：攻讦，指斥。④掎（jǐ）摭（zhí）：指摘。⑤田巴：战国时齐国辩士。五帝、三王、五霸：泛指上古有功业的大人物。呰（zǐ）：同“訾”，诋毁。稷下：地名，在战国齐都临淄西门稷门一带，齐威王、宣王曾在此建学宫，广招文学游说之士讲学议论。⑥鲁连：即齐国著名义士鲁仲连。⑦可无息乎：能不停止吗？⑧兰茝（chǎi）荪（sūn）蕙：为四种香草。⑨遂臭之夫：指以打鱼为生者。⑩《咸池》《六茎》：分别为黄帝和颛顼时的乐曲名。⑪墨翟（dí）有非之之论：《墨子》里有《非乐》一篇，认为制造乐器必要敛财于民，沉溺音乐使人丧志荒废。⑫往：将，送。一通：量词，犹“一叠”“一批”。⑬击辕之歌：亦作“击角歌”，相传春秋时卫人宁戚家贫，在齐饭于牛车之下，适遇桓公，因击牛角而歌。桓公闻而以为善，命后车载之归，任为上卿，见《吕氏春秋》《新序》等书。此处泛指民间歌谣，是曹植自称其有民歌风味的诗作。⑭揄（yú）扬：宣扬，光大。⑮“扬子云”以下二句：扬雄《法言·吾子》“或问：‘吾子少而好赋？’曰：‘然。童子雕虫篆刻。’俄而曰：‘壮夫不为也。’”按：虫书、刻符分别为秦书八体之一，西汉时为蒙童所习。扬雄曾为执戟郎，此语表明其自视辞赋文章为下品小技。⑯蕃侯：即藩侯，藩国的诸侯，蕃，通“藩”。按：当时曹

植受封临淄侯，故曰。⑰庶几：希冀、希望。勠（lù）力：齐力、并力。⑱金石之功：能镌勒于鼎彝、高山之上的不朽之功。⑲翰墨：笔墨，代指辞赋文章。⑳庶官：众官。实录：符合事实的记录，如纪实、记事、编年、纪传等历史记载。㉑此：原作“非”，于义不通，据《三国志》本传裴注改。要（yāo）：要求。皓首：指至老如此。㉒惠子：指庄子的好友惠施。此处作者自比庄子，以惠子比杨修。

【笺释】

一、虽然曹植对王粲、陈琳等邺下文人的文学成绩赞不绝口，但仍然认为他们并没有在文学领域登峰造极，“此数子犹复不能飞轩绝迹，一举千里”，甚至毫不客气地将其中的滥誉者斥为“譬画虎不成反为狗”。对于杨修“盛道仆赞其文”，虽然“畏后世之嗤”，但将其比为知音之钟子期，并会心曰之“于今称之”，足见其睥睨诸子的眼界、自负才高于人的信心。

二、曹植平生大志尽见篇内，自高至低可分为三：一等大志——经世济民的政治之志，“勠力上国，流惠下民，建永世之业，留金石之功”；二等中志——采史立德的儒林之志，“采庶官之实录，辩时俗之得失，定仁义之衷，成一家之言”；三等小志——雕虫文章的文苑之志，不屑于“以翰墨为勋绩、辞赋为君子”，极不甘心仅作一名吟咏风月、华而不实的文人。

陶　潜（作家简介见本书第十章）

五柳先生传

【题解】

南梁昭明太子萧统《陶渊明传》曰：“潜少有高趣……尝著《五柳先生传》以自况，时人谓之实录。”可知本文为陶潜的自传。文章简洁平易，兴至笔随，体现出飘逸旷达、自在无拘、安贫乐道的高士境界。

先生不知何许人也，亦不详其姓字。宅边有五柳树，因以为号焉。闲静少言，不慕荣利。好读书，不求甚解，每有会意[①]，便欣然忘食。性嗜酒，家贫不能常得。亲旧知其如此，或置酒而招之。造饮[②]辄尽，期在必醉。既醉而退，曾不吝情[③]去留。环堵萧然[④]，不蔽风日。短褐穿结，箪瓢屡空，晏如[⑤]也。常著文章自娱，颇示己志。忘怀得失，以此自终。

赞曰：黔娄之妻有言："不戚戚于贫贱，不汲汲于富贵[⑥]。"极其言，兹若人之俦[⑦]乎？酣觞赋诗，以乐其志，无怀氏之民欤？葛天氏[⑧]之民欤？

据中华书局排印本《陶渊明集》卷六

【注释】

①不求甚解：指只关注全篇的义理，不细研字、句、音、形等章句小节。会意：指内心领会其旨意。②造饮：登门而饮之也。③吝情：在意，顾念。④环堵：四周环着每面一方丈的土墙。萧然：空旷萧条貌。⑤短褐：粗麻布短衣。穿结：谓衣服洞穿和补缀。箪（dān）瓢：盛饭食的竹器和盛水的葫芦勺。晏如：安静平和貌。⑥"黔娄"以下三句：事见刘向《列女传·鲁黔娄妻》。黔娄为春秋鲁国人，不肯出仕，家贫，死时衾不蔽体。曾子及门人往吊之，不欲谥其为"康"。其妻曰："不戚戚于贫贱，不忻忻于富贵。求仁而得仁，求义而得义。其谥为康，不亦宜乎？"曾子曰："唯斯人也而有斯妇。"君子谓黔娄妻为乐贫行道。戚戚，忧愁貌。汲汲，急切貌。⑦极：推究。兹：这，此。若人之俦：像此君（五柳先生）这类人。俦，同类。⑧无怀氏：传说中的上古帝王。《管子·封禅》："昔无怀氏封泰山。"尹知章注："（无怀氏）古之王者，在伏羲前。"葛天氏：传说中的远古帝王。《吕氏春秋·古乐》："昔葛天氏之乐，三人掺牛尾，投足以歌八阕。"

【笺释】

一、陶潜自号五柳先生，渊源在于此文。

二、文末之赞，作者引黔娄妻之语，意在自励：古有贤伉俪之典范，吾辈岂能不及乎？并以上古无怀氏、葛天氏之先民自比，以显淳朴快乐之志。

（二）骈文

鲁　褒（生卒年不详）

字符道，西晋南阳（今河南南阳市）人。好学多识，一生不仕。惠帝元康后，国家纲纪大坏，货赂公行。褒疾时之贪鄙，乃隐姓名，著《钱神论》以刺世，世赞其谐妙，一时流传天下。后不知所终。

钱神论（节录）

【题解】

传世《钱神论》一文，乃清人严可均据《晋书·隐逸·鲁褒传》《艺文类聚》《初学记》等文献汇辑而成。文中虚拟司空公子与綦（qí）毋先生的问答，极论钱之妙用如神，融谐谑入骈俪，揶揄笑骂之间乃宣愤世嫉俗之意，其妙趣奇思为世所服膺。"孔方"一词从此后亦作为对金钱的戏称，是对古今拜金主义者的绝妙讽刺。全文较长，此处删去开篇司空、綦毋二人对话，及末尾黄铜中方（文中人物）自白的部分。

钱之为体，有乾有坤。内则其方，外则其圆①。其积如山，其流如川。动静有时，行藏有节②。市井便易，不患耗折。难朽象寿，不匮象道③。故能长久，为世神宝。亲爱如兄，字曰孔方。失之则贫弱，得之则富强。无翼而飞，无足而走。解严毅之颜，开难发之口。钱多者处前，钱少者居后。处前者为君长，在后者为臣仆。君长者丰衍而有余，臣仆者穷竭而不足。《诗》云："哿矣富人，哀哉茕独④！"岂是之谓乎？

钱之为言泉⑤也，百姓日用，其源不匮。无远不往，无深不至。京邑衣冠，疲劳讲肄⑥。厌闻清谈⑦，对之睡寐。见我家兄，莫不惊视。钱之所佑，吉无不利。何必读书，然后富贵。昔吕公欣悦于空版，汉祖克之于嬴二⑧。文君解布裳而被锦绣，相如乘高盖而解犊鼻⑨。官尊名显，皆钱所致。空版至虚，而况有实。嬴二虽少，以致亲密。由是论之，可谓神物。

无位而尊，无势而热[10]。排朱门，入紫闼[11]。钱之所在，危可使安，死可使活；钱之所去，贵可使贱，生可使杀。是故忿诤辩讼，非钱不胜。孤弱幽滞，非钱不拔[12]。怨仇嫌恨，非钱不解。令问[13]笑谈，非钱不发。洛中朱衣，当途之士，爱我家兄，皆无已已[14]。执我之手，抱我[15]终始。不计优劣，不论年纪。宾客辐辏[16]，门常如市。

谚云："钱无耳，可暗使[17]。"岂虚也哉？又曰："有钱可使鬼，而况于人乎？"子夏云："死生有命，富贵在天。"吾以死生无命，富贵在钱。何以明之？钱能转祸为福，因[18]败为成。危者得安，死者得生。性命长短，相禄[19]贵贱，皆在乎钱，天何与焉？天有所短，钱有所长。四时行焉，百物生焉，钱不如天；达穷开塞，赈贫济乏，天不如钱。若臧武仲之智，卞庄子之勇，冉求之艺[20]，文之以礼乐，可以为成人矣。今之成人者何必然？唯孔方而已！夫钱，穷者能使通达，富者能使温暖，贫者能使勇悍，故曰："君无财则士不来，君无赏则士不往。"谚曰："官无中人，不如归田[21]。"虽有中人，而无家兄，何异无足而欲行，无翼而欲翔？使才如颜子，容如子张，空手掉臂[22]，何所希望？不如早归，广修农商。舟车上下[23]，役使孔方。凡百君子，和尘同光[24]。上交下接[25]，名誉益彰。

据上海古籍出版社严可均辑《全上古三代秦汉三国六朝文》全晋文卷一百十三

【注释】

①"钱之为体"四句：描摹钱形状上的两极性，乾坤即两极，内方指其中孔，为刚为乾；外圆指其外廓，为柔为坤。②"动静"二句：将钱拟人，指钱在一定条件下既可闲置，如静如藏；也可带来无限事端，如动如行。③象寿：指金钱也有寿命。象道：指对待金钱能反映处事做人的道理。④"《诗》云"三句：引自《诗经·小雅·正月》，概论贫富两极的悬殊生活。毛传："哿（gě），可。"王引之《经义述闻·毛诗中》"哿矣富人"条："哿与哀相对为文。哀者，忧悲；哿者，欢乐也……毛传训哿为可，可亦快意惬心之称。"茕（qióng）独，指孤单无依之人。⑤钱之为言泉：钱、泉

二字发音相近，这是说二字在含义上也有相通之处。⑥京邑衣冠：指生活在京都大城的贵族们。讲肄（yì）：指讲论肄习道家玄学。⑦清谈：魏晋时期上层士人崇尚老庄，有空谈玄理的风气，亦称玄谈。按：清谈重在有无、本末之辨，始于何晏、夏侯玄、王弼等人，至晋王衍之流而益盛，延及齐梁不衰。⑧“昔吕公”二句：指刘邦和萧何关于理财的两个故事。据《史记·高祖本纪》载，刘邦当年与众吏于吕公家做客，主人规定送钱不满千钱者坐堂下，时萧何主其事，与刘邦佯称诸吏皆贺万钱，实不持一钱，后来因为这件事吕公将女儿吕雉许配给刘邦。版，门贴、名片。又《史记·萧相国世家》载，刘邦初进咸阳征收徭赋，众吏皆奉钱三百文以上，独萧何以五百进之。克之，指成就大业。赢二，指多送的二百文。⑨“文君”二句：指卓文君与司马相如私奔、自营酒垆、先贫后富的故事，详见本书第七章扬雄《解嘲》文中注释。⑩热：指有钱者门庭若市，人气旺盛。⑪排：打开。朱门、紫闼（tà）：皆指富贵人家富丽堂皇的门楣。闼，小门。⑫孤弱：孤苦贫穷而无职者。幽滞：隐沦而未被擢用者。拔：提拔。⑬令问：美好的问候。⑭无已：无倦，无止境。已，通“矣”，止也。⑮我：皆指有钱之人。抱：拥抱。⑯辐辏（còu）：车辆聚集貌。⑰暗使：暗中指使。⑱因：于也，由也。⑲相（xiàng）禄：面相和福禄。⑳臧武仲：春秋时鲁国大夫，多智谋，时人谓之圣。卞庄子：春秋鲁大夫，著名勇士。冉求：字子有，孔子弟子，有治政之术。艺：技艺，才干。按：以上语本《论语·宪问》“子曰：‘若臧武仲之知，公绰（人名，姓孟，亦鲁大夫）之不欲，卞庄子之勇，冉求之艺，文之以礼乐，亦可以为成人矣。’”㉑中人：指有权势的朝臣。归田：指卸职归隐。㉒颜子：孔子弟子颜回，字子渊，以仁和贤达著称，颇得夫子之道，后世尊称颜子。子张：孔子弟子颛孙师，字子张，以注重仪表、宽冲从容著称。空手：指双手空空，缺钱少财。掉臂：欲有所为貌。㉓舟车上下：具言奔波忙碌之状。㉔和（hè）尘同光：语本《老子》第四章及第五十六章：“和其光，同其尘。”按：和光同尘，本指随俗而处，不露锋芒。作者在这里反用其意，以示对拜金者的讥讽。㉕上交下接：指成为有钱人之后八面玲珑、左右逢源的风光得意。

【笺释】

一、钱币因其轻巧便携的特点，取代贝、刀、布、帛等物品作为一般等价物以促进商品交换，加速了生产、生活资料的流通，便利了人类的日常生活，这是其进步的意义。而占据金钱的数量，很大程度上决定了一个社会人占据多少资源及特权、享受玩乐多大程度，甚至受人尊敬、与人亲近的程度，所以作者称其为“神宝”“神物”。

二、唯金钱至上的社会价值观，势必会驱使人们在社会生活中绞尽脑汁甚至不择手段地谋取利益。由于不同阶层对社会资源占有率和支配权的差异，特权阶层尽得其利而日益富有，底层人民却日益贫困。而西晋时代，正是这样一个门阀士族占据和支配社会资源的特权社会，故本文有着很强的现实针对性。但是它将很严肃的批判主题隐藏在轻松诙谐的艺术外衣之下，这种含蓄的讽刺往往是通过对圣贤言论的刻意反说和改造以实现的，比如：

1. 文章引用了子夏“死生有命，富贵在天”的名言。众所周知，儒家是以智勇才艺加以礼乐修养来塑造完善人格，去实现人生最高价值的，同时强调无论穷达都要做到乐天知命，此乃子夏斯言之语境。魏晋时代儒家价值观早已沦丧，在社会大众中并无市场，故作者接着说“吾以死生无命，富贵在钱”，这是对当时道德沦丧、拜金成风的社会风气的一种极具戏谑的反话正说，反映的是一个时代的悲哀。

2.《老子》所言的“和光同尘”讲的是一种平和低调的处世方式，一种出淤泥而不染的人格操守，而作者却言“和尘同光”。他在这里将道家的话语反说，意在讽刺人们一味追求物质、愿意与“尘”为伍而炫耀其“光”的丑态。

三、人的生存离开金钱是万万不能的，但是金钱对于人生的意义并没有想象中那么重要。世界上还有很多极重要的事物，其价值非金钱所能衡量，如尊严、自由、情义、光阴、生命等，如果忽视、损害它们，甚至以钱交换，其结局要么为钱而得钱，做一世之守财奴；要么适得其反，徒有光鲜之表，无人愿与独夫寡人相近相亲——其得善终乎？

四、拥有过量金钱，将会腐蚀一个人的生命意志和审美情操。“玩物丧志”，泯灭的是人奋进的意志；“人为财死，鸟为食亡”，消耗的是人有限的精力，甚至带来悲剧式的争斗及结局。更何况，人毕竟不是只知追求口腹之欲的鸟兽，怎么能追求与鸟兽一样的目标和生命体验呢？

孔稚珪（447 年—501 年）

字德璋，南齐会稽山阴（今浙江绍兴市）人。仕宋为尚书殿中郎，仕齐官至都官尚书、太子詹事，加散骑常侍。为人爱山水，好文嗜酒，不乐世事。明人辑有《孔詹事集》。

北山移文

【题解】

北山，即钟山，位于建康城（六朝都城，今江苏南京市）之北，故名。移文，古代公文的一种体裁，用于不相统属的官署之间，以通谕对方知晓己方旨意。本篇极状山林之景，语言精美圆润，情节诙谐生动，具有诗意的美感。《文选》五臣注吕向曰："钟山在都北。其先，周彦伦（周颙表字彦伦）隐于此山，后应诏出为海盐县令，欲却过此山。孔生乃假山灵之意移之，使不许得至。"但查之《南齐书·周颙传》，颙一生仕宦多地，却无出任海盐县令之事，其在钟山置立隐庐，当为官后休憩之所。文中乃虚拟周颙起先隐沦钟山，故作淡泊高节之态，转而闻朝廷委任之诏而心动，汲汲于冠簪之职禄，热衷于世网之沉浮。再用拟人化的写法，通过钟山自然之诸灵对周颙前后态度的变化，揭露其做作虚伪的本性，突出文章的主题。本篇为私人之撰作，借以"移文"之名，属于朋友间打趣取乐的性质，实乃游戏之作。

钟山之英，草堂[①]之灵。驰烟驿路，勒移山庭[②]。夫以耿介拔俗之标，萧洒出尘之想。度白雪以方洁，干青云而直上[③]，吾方知之矣。若其亭亭物表，皎皎霞外[④]。芥千金而不眄，屣万乘其如脱[⑤]。闻凤吹于洛浦，值薪歌于延濑[⑥]，固亦有焉。岂期终始参差，苍黄[⑦]翻覆？泪翟子之悲，恸朱公之哭[⑧]。乍回迹以心染，或先贞而后黩[⑨]，何其谬哉！呜呼，尚生不存，仲氏[⑩]既往。山阿寂寥，千载谁赏？

世有周子，隽俗[⑪]之士。既文既博，亦玄[⑫]亦史。然而学遁东鲁，习隐南郭[⑬]。偶吹草堂，滥巾北岳[⑭]。诱我松桂，欺我云壑。虽假容于江皋，乃缨情于好爵[⑮]。其始至也，将欲排巢父，拉许由，傲百氏，蔑[16]王侯。风情张日，霜气[17]横秋。或叹幽人长往，或怨王孙[18]不游。谈空空于释部，核玄玄于道流[19]。务光何足比，涓子不能俦[20]。

及其鸣驺入谷，鹤书赴陇[21]。形驰魄散，志变神动。尔乃眉轩席次，袂[22]耸筵上。焚芰制而裂荷衣，抗尘容而走俗状[23]。风云凄其带愤，石泉咽而下怆[24]。望林峦而有失，顾草木而如丧。至其钮金章，绾墨绶[25]。跨属城之雄，冠百里[26]之首。张英风于海甸，驰妙誉于浙右[27]。道帙长殡，法筵久埋[28]。敲扑喧嚣犯其虑，牒诉倥偬[29]装其怀。琴歌既断，酒赋无续。常绸缪于结课，每纷纶于折狱[30]。笼张赵于往图，架卓鲁于前箓[31]。希踪三辅豪，驰声九州牧[32]。使我高霞孤映，明月独举。青松落[33]阴，白云谁侣？涧户摧绝无与归，石径荒凉徒延伫[34]。至于还飙入幕，写雾出楹[35]。蕙帐空兮夜鹄怨，山人去兮晓猿[36]惊。昔闻投簪逸海岸，今见解兰缚尘缨[37]。

于是南岳献嘲，北垄腾笑。列壑争讥，攒峰竦诮[38]。慨游子之我欺，悲无人以赴吊[39]。故其林惭无尽，涧愧不歇。秋桂遣风，春萝罢月[40]。骋西山之逸议，驰东皋之素谒[41]。今又促装下邑，浪拽上京[42]。虽情投于魏阙，或假步于山扃[43]。岂可使芳杜厚颜，薜荔[44]无耻？碧岭再辱，丹崖重滓[45]。尘游躅于蕙路，污渌池[46]以洗耳。宜扃岫幌，掩云关[47]。敛轻雾，藏鸣湍。截来辕于谷口，杜妄辔[48]于郊端。于是丛条瞋胆，叠颖怒魄[49]。或飞柯以折轮，乍低枝而扫迹[50]。请回俗士驾，为君谢逋客[51]。

据上海古籍出版社李善注《文选》卷四十三

【注释】

①草堂：指周颙在钟山所居的庐舍。②“驰烟”二句：主语都是钟山的英灵。驰烟，驱驰于山路烟雾之中。驿路，驿使传车所经之大路。勒，镌刻也。移，移文。山庭，山林和庭院。③“度（duó）白雪”两句：是描摹隐士人品的高洁。度，揣度。方，比也。干，凌驾。④“若其”二句：形容隐士仪表不俗、志趣高远。亭亭，傲立貌。物表，人物的外形、仪态。皎皎，皎洁貌。⑤芥千金：视千金如草芥。眄（miǎn）：斜视。屣（xǐ）万乘

(shèng)：以万乘为屣。屣，草鞋。万乘，指天子之位。按：此句语本《孟子·尽心上》中舜帝负其父瞽叟逃之于海的典故。⑥闻凤吹于洛浦：出于刘向《列仙传》，周灵王太子晋好吹笙作凤鸣，常游于伊洛之间，终化仙而去。浦，水边。值薪歌于延濑：五臣注载苏门先生游于延濑（lài），见一人采薪曰："子以终此乎？"对曰："吾闻圣人无怀，以道德为心，何怪乎而为哀也？"遂歌二章而去。延，延水。濑，沙石之滩。这两句是说隐士们常与神仙奇士交往。⑦参差（cēn cī）：指情况前后不一。苍黄：本指青色和黄色，以喻事物变化不定，反复无常。⑧"泪翟子"二句：均出于《淮南子·说林训》，指墨子见练丝而泣、杨朱见歧路而哭之事。⑨乍：暂时。回迹：指回隐山林。心染：指心动于仕途名利。贞（zhèng）：通"正"。黩（dú）：污浊。⑩尚生：尚子平，汉代隐士。仲氏：指仲长统，东汉著名文学家。按：仲长统性情洒脱，不慕名利。据《后汉书》本传，州郡每有召命，统辄称疾不就，曰："若得背山临水，游览平原，此即足矣。何为区区于帝王之门哉？"⑪周子：指周颙。隽（jùn）俗：超越流俗。⑫玄：指老庄之学。《南齐书·周颙传》说他"泛涉百家，长于佛理""兼善《老》《易》"。⑬"然而"二句：引《庄子》里颜阖、南郭子綦（qí）的事迹。《让王》篇：鲁君闻颜阖为得道之人，使人以币聘。颜阖对曰："恐听者谬而遗使者罪，不若审之。"使者还，反审之，复来求之，终不从。东鲁，鲁国在东方，故称。《齐物论》："南郭子綦隐机而坐，仰天而嘘，荅（dá）焉似丧其耦。"这两句是说周颙徒负隐士之名，只是模仿隐者的姿态而已。⑭偶吹（chuì）：跟随他人一起吹奏乐器，夹杂在众人中混数，犹滥竽充数之意。滥巾：效仿别人戴着隐士的头巾。北岳：即指钟山。⑮假容：假扮隐士的仪容。江皋：江岸之地，通常为隐士居住之处，钟山即在长江之滨。缨情：犹系情。爵：爵禄。⑯排：排挤。拉：折辱。巢父、许由：皆上古著名的隐士。百氏：诸子百家。蔑：原作"蔑"，据他本改之。⑰风情：指周颙的风度情调。霜气：指周颙的志气似严霜凛冽。⑱幽人：隐逸者。王孙：公卿王侯的弟子。⑲空空：佛教谓一切皆空而又不执着于空名与空见。《大品般若经·如化品》："以空空，故空。不应分别是空、是化。"释部：佛家之书。玄玄：《老子》"玄之又玄，众妙之门"之省，指道家所称的道。道流：道家之流。⑳务光、涓子：皆《列仙传》中的道家人物。务光者，夏时人也。耳长七寸，好琴，服蒲韭根。殷汤伐桀，因光而谋。光曰："非吾事也。"汤得天下，已而让光，光遂负石沉窾水而自匿。涓子者，齐人也，好饵术，隐于宕山，能风。俦：匹敌。㉑鸣驺（zōu）：古代随贵族出行并传呼喝道的骑卒，亦借指显贵。鹤书：古时用于招贤纳士的诏书，因其字体如鹤头故名。陇：山阜。㉒轩：高扬。袂（mèi）：衣袖。㉓芰（jì）制、荷衣：皆指菱荷枝叶所做之衣，为隐士的着装。抗：高举。尘容：世俗的容态。走：奔走以现。俗状：世俗的样子。㉔下：流露出。怆（chuàng）：悲伤貌。㉕钮：系也，结也。金章：铜印。绾（wǎn）：意如"钮"。墨绶：黑色绶带。按：金章、墨绶，皆为魏晋时代县令的待遇。㉖属城：指一郡所属各县。百里：县的代称，古时一县之辖为百里。㉗海甸：近海地区。浙右：指浙江东北部地区。按：海盐县即属浙右，这句当是指周颙出任海盐县令之事。㉘道帙（zhì）：道家的典籍。帙，书套，代指图书。法筵：讲法的坐席。殡（bìn）、埋：皆有荒废之意。㉙敲扑：鞭打。喧嚣：指犯法者。牒诉：公文及诉状。倥偬（kǒng zǒng）：事情纷繁迫促貌。㉚绸缪（chóu móu）：纠结貌。结课：指稽核税敛等公务。纷纶：错杂貌。折狱：审判案件。㉛张赵：指西汉的循良能吏张敞、赵广汉。往图：指青史图册。卓鲁：东汉的循吏卓茂、鲁恭。前箓（lù）：意同"往图"。箓，簿籍。㉜希踪：钦慕其遗踪。三辅豪：治理三辅的循吏。三辅，汉代以京兆、左冯翊、右扶风为京畿三辅之地。驰声：指声名远播。九州牧：管理天下各州的首长。㉝落：投下。㉞户：原作"石"，据他本改。摧绝：摧败。延伫（zhù）：久立。㉟还飙（biāo）：回风。幕：帘幕。写（xiè）：通"泻"。楹：房屋的栋柱。㊱晓猿：拂晓出没的猿猴。㊲投簪（zān）：指辞官。簪，为古代官员束发的饰物。逸：隐遁。解兰：扔掉兰草，指放弃隐居生活。尘缨：尘世如缨网。㊳攒（cuán）峰：密集的山峰。竦诮（qiào）：意即上文之"腾笑"。竦，通"耸"，高腾。诮，讥笑。㊴"慨游子"二句：指北山当初接纳周颙，现今周颙又弃之而去。南岳等对北山加以讥笑，无人对北山表示同情和安慰。游子，指周颙。我，指北山之神。吊，问候不幸者。㊵"秋桂"二句：皆用拟人手法，表示桂、萝等因此心情不佳，随意排遣风、月。遣，本作"遗"，据他本改。㊶"骋西山"两句：指四邻因周颙事件而为北山蒙羞，清议纷起。逸议、素谒：皆指清贫有德者之言。㊷促装下邑：指周颙整装去海盐上任。浪拽（yì）上京：指其驾舟去京城建康复命。浪拽，鼓楫荡桨也。拽，通“栧”及“枻”，船桨也。㊸魏阙：指朝廷。魏者，巍也；阙者，楼观也。假步：假装作步。山扃（jiōng）：山门，代指北山。㊹芳杜：芳香的杜若。杜若与下文的“薜（bì）荔”，皆香草也。㊺重（chóng）滓（zǐ）：再次蒙受污秽。㊻尘：用作动词，使蒙尘、污染。躅（zhuó）：足迹，踪迹。蕙路：长满蕙草的道路。渌（lù）池：清池也。㊼扃：合上门闩。岫（xiù）幌：指北山之门户。幌，帷帘也。掩：闭合。云关：以云为关口、为门户也。㊽截：截停。来辕：来访之车乘。辕，本指车前驾牲口用的直木，此处代指其车驾。杜：堵闭。妄辔：无礼擅闯之车马。按：来辕、妄辔，均指周颙的车辆。㊾丛条：众草木之枝。瞋（chēn）胆：实为“胆瞋”。叠颖：各种草穗。怒魄：实为“魄怒”。按：瞋胆、怒魄，皆指众草木因周颙之访而异常生气。㊿飞柯以折轮：树枝飞起以阻折周颙之车轮。乍：又，表示同时进行的其他动作。扫迹：扫去周颙来过的行迹。㊿①为君：指条、穗对北山之神而言。谢：拒绝。逋（bū）客：逃离者，此指周颙。按：“逋客”亦可指漂泊逃难之人，或指避世之隐者。

【笺释】

一、全篇可分为四部分。

1. 首写北山之景，凸显真隐士耿介拔俗、潇洒出尘的高风亮节，其视功名如草芥，与仙侣而遨游。

2. 次写周颙初隐北山之志，将欲超越巢父、许由，意图傲视百家、王侯，虽古之务光、涓子不及也，俨然与松桂、云壑等自然之灵秀相处甚得。

3. 次写周颙闻朝廷之诏书而志变神动，兴致昂扬而改弦更张，风云、石泉为之悲怆失望。及其受一县之任而矢心庶政，欲攀前代张敞、赵广汉之良吏，希冀扬名于天下。北山故居只落得涧户摧绝、石径荒凉的景象，而斯人甘愿为尘世之缨网所缚绑。

4. 末尾用拟人之笔法写南岳、北垄及其峰、其壑讥笑北山之神识人之不明，西山、东皋诸邻亦议论四起，自家之林涧、秋桂、春萝为之蒙羞。周颙再造北山，山中之杜若、薜荔、岭崖、云岫、条柯、穗颖皆知耻而后勇，截其辕，杜其辔，折其轮，扫其迹，使虚伪清士周颙狼狈而不得入。

二、本篇构思独特，用语精巧，风格谑趣灵动，实为千古奇文之一。明人孙矿在《文选集评》中论其写作艺术云：“六朝虽尚雕刻，然属对尚未尽工，下字尚未尽险，至此篇则无不入髓。句必净，字必巧，真可谓精绝之甚，此唐文所祖。铸辞最工，极藻绘，极精巧，若精神唤应，全在虚字旋转上。”

刘　勰（约465年—532年）

字彦和，祖籍东莞郡莒（今山东莒县）人。世居京口（今江苏镇江市），少时家贫早孤，笃志好学，不婚娶。从沙门僧佑学于建康钟山定林寺近二十年。梁初入仕，任东宫通事舍人、步兵校尉等职，为昭明太子萧统、名臣沈约等所重。晚年出家，法号慧地，整理定林寺经藏。所著《文心雕龙》[1] 一书，凡五十篇，咸以骈文写就，文辞典雅优美，体系完整，阐论严密，全面总结了我国自上古至南齐几千年文学发展的现象和规律，被誉为“体大而虑周”“笼罩群言[2]”，是古代美学著作的典范，也是古代文学理论领域中丰碑式的巨著。

原道（文心雕龙）

【题解】

《原道》是《文心雕龙》的第一篇，主要系统地阐述了人文的本质，人文的起源，以及道、圣、文三者之间的关系这三大问题。“文之为德也大矣，与天地并生者何哉”一节，系统论证了“文”的两层涵义，广义层面的万物之“文”是“道”的体现，狭义层面的秉德之人文亦是“道”的体现；由“爰自风姓，暨于孔氏”前后文字，阐明伏羲氏设易象、画八卦为我国人文之始，而此后至孔子则是对这种人文精神的传承和光大；“道沿圣以垂文，圣因文而明道”，隐括出“圣”作为创造主体，在“道”与“文”之间积极的能动作用，并由此为全书第二篇《征圣》、第三篇《宗经》张目。

文之为德①也大矣，与天地并生者何哉？夫玄黄色杂，方圆体分②。日月叠璧，以垂丽天之象；山川焕绮，以铺理③地之形。此盖

1　据清人刘毓崧《通谊堂文集·书文心雕龙后》考证，是书写成于南齐末年（501年—502年）。

2　见清人章学诚《文史通义·诗话》。

道之文也。仰观吐曜，俯察含章[4]。高卑定位，故两仪[5]既生矣。惟人参之，性灵所钟，是谓三才[6]。为五行之秀，实天地之心。心生而言立，言立而文明，自然之道也。傍及万品，动植[7]皆文。龙凤以藻绘呈瑞，虎豹以炳蔚[8]凝姿。云霞雕色，有逾画工之妙；草木贲华[9]，无待锦匠之奇。夫岂外饰，盖自然耳。至于林籁结响，调如竽瑟；泉石激韵，和若球锽[10]。故形立则章成矣，声发则文生矣[11]。夫以无识之物，郁然有采；有心之器[12]，其无文欤？

人文之元，肇自太极[13]。幽赞神明，《易》象[14]惟先。庖牺画其始，仲尼翼[15]其终。而《乾》《坤》两位，独制《文言》[16]。言之文也，天地之心哉！若乃《河图》孕乎八卦，《洛书》韫乎九畴[17]。玉版金镂之实，丹文绿牒之华，谁其尸[18]之？亦神理而已。自鸟迹代绳[19]，文字始炳。炎皞遗事，纪在《三坟》[20]。而年世渺邈，声采靡追。唐虞[21]文章，则焕乎始盛。元首载歌，既发吟咏之志；益稷陈谟，亦垂敷奏[22]之风。夏后氏兴，业峻鸿绩[23]。九序惟歌，勋德弥缛[24]。逮及商周，文胜其质。《雅》《颂》所被，英华日新。文王患忧，繇辞[25]炳曜。符采[26]复隐，精义坚深。重以公旦多材，振其徽烈[27]。剬《诗》缉《颂》，斧藻[28]群言。至夫子继圣，独秀前哲。熔钧六经，必金声而玉振[29]。雕琢情性，组织辞令。木铎起而千里应，席珍流而万世响[30]。写天地之辉光，晓生民之耳目矣。

爰自风姓，暨[31]于孔氏。玄圣创典，素王述训[32]。莫不原道心以敷章，研神理[33]而设教。取象乎《河》《洛》，问数乎蓍龟[34]。观天文以极变，察人文以成化。然后能经纬区宇，弥纶彝宪[35]。发挥事业，彪炳[36]辞义。故知道沿圣以垂文，圣因文而明道。旁通而无滞，日用而不匮。《易》曰："鼓天下之动者存乎辞。"[37]辞之所以能鼓天下者，乃道之文也。

赞曰：道心惟微，神理设教。光采玄圣，炳耀仁孝。龙图献体，龟书呈貌。天文斯观，民胥以效[38]。

据人民文学出版社范文澜《文心雕龙注》卷一

【注释】

①德：古人认为德和道是一物之两面，既有区别，亦有联系。按：道是世界宇宙的本原和内在机制，德是道之器，是道赋予人性的自然体现。如《周易·易传·系辞上》："形而上者谓之道，形而下者谓之器。"又如《老子》共八十一章，前三十七章称为《道经》，后四十四章称为《德经》，且曰："道生之，而德畜之。"（《老子》第五十一章）《礼记·中庸》亦曰："天命之谓性，率性之谓道，修道之谓教。"修道教化就是培养有德之人。②玄黄：玄为天色，黄为地色，玄黄即天地的代称。《周易·易传·文言》释坤卦曰："夫玄黄者，天地之杂也，天玄而地黄。"色杂：以喻世间万事万物的纷繁芜杂。方圆：天圆地方也。③叠璧：日月明洁，如双璧在天。垂：展示。丽：附着、依附之意。按：范文澜注引《尚书·顾命·释文》马融语"太极上元十一月朔旦冬至，日月如叠璧，五星如连珠"。焕绮：明亮似罗绮。铺：铺陈。理：用作动词，整合。④"仰观"二句：《周易·易传·系辞上》"仰以观于天文，俯以察于地理"。孔颖达疏："天有悬象而成文章，故称文也；地有山川原隰（xí，湿地也），各有条理，故称理也。"《周易·易传·系辞下》："古者包牺氏之王天下也，仰则观象于天，俯则观法于地。"可参见本书第一章《周易·易传·系辞下》选文部分。吐曜（yào），指能发光的日月星，古人统称为"三光"。含章，包含美质，即孔疏中所说的地之山川原隰。⑤两仪：天地（或阴阳）为道之两极。《周易·易传·系辞上》："是故易有太极，是生两仪。"孔颖达疏："不言天地而言两仪者，指其物体；下与四象［金、木、水、火；易学中亦指少阳、少阴、太（老）阴、太（老）阴四种二爻卦象］相对，故曰两仪，谓两体容仪也。"⑥参（sān）：同"三"，用作动词，成为三者。性灵：天地的本质和神奇。钟：汇聚，集中。三才：由文意所示，天、地、人也。⑦傍（páng）：同"旁"，广泛地。动植：动物、植物之意。⑧藻绘：指色彩错杂华丽。炳蔚：指纹采的鲜明华美。⑨贲（bì）华：谓开出多彩的花。按："贲"（下离上艮）为《周易》第二十二卦，其卦九三爻辞曰"贲如濡如，永贞吉"。孔颖达疏："贲如，华饰之貌。"⑩林籁：谓风吹林木发出的声音。按：《庄子·齐物论》中对世间的声音有人籁、地籁、天籁之分。林籁为刘勰自铸之辞，当属天籁。球：本指玉磬，此指敲击玉磬所发之声。锽（huáng）：钟声也。⑪

“故形立”二句：上下互文，指万物成形、万籁发声都表现为文章。⑫无识之物：即无意识之物，指天然自生的动植物等，即上文所说的龙凤、虎豹、云霞、草木、林籁、泉石等。有心之器：人力有目的制造的器物。⑬肇：开始。太极：古人认为最原始的混沌之气，谓太极运动而分化出阴阳，由阴阳而产生四时变化，继而出现各种自然现象，是宇宙万物之源。《周易·易传·系辞上》：“易有太极，是生两仪。两仪生四象，四象生八卦。”⑭幽赞：暗中相助。《易》象：《周易》六十四卦的卦象。⑮“庖牺”二句：指伏羲氏发明了八卦，孔子作《十翼》归总其意。庖牺，上古圣王名，一作伏羲、包牺、宓牺。仲尼，孔子的字。翼，此处用作动词，作《十翼》以结之。可参考本书第一章《周易》选文、注释及相关常识性介绍。⑯《文言》：为《十翼》中的一篇，分别综述乾、坤二卦的卦象、卦义等。⑰《河图》：儒家关于《周易》卦形来源的传说。《尚书·顾命》：“大玉、夷玉、天球、河图，在东序。”孔传：“伏牺王天下，龙马出河，遂则其文以画八卦，谓之‘河图’。”《洛书》：儒家关于九畴创制过程的传说。《尚书·洪范》：“天乃锡禹洪范九畴，彝伦攸叙。”孔传：“天与禹，洛出书。神龟负文而出，列于背，有数至于九。禹遂因而第之以成九类常道。”韫（yùn）：蕴藏。九畴：传说中天帝赐给禹治理天下的九类大法，载于《洛书》。⑱玉版：古代用以刻字的玉片，亦泛指珍贵的典籍。金镂：在金、铜等器物上雕刻。丹文绿牒（dié）：红字绿底的简札。范文澜注引《尚书中候·握河记》：“河龙出图，洛龟书感，赤文绿字，以授轩辕。”尸：主宰，职掌。⑲鸟迹：指原始的象形文字。代绳：代替结绳记事。⑳炎：神农氏为炎帝。皞（hào）：伏羲氏为太皞（一作太昊）。《三坟》：传说中我国最古老的书籍之一，或曰伏羲、神农、黄帝之书谓之三坟。《左传·昭公十二年》：“是能读三坟、五典、八索、九丘。”杜预注：“皆古书名。”㉑唐虞：尧帝与舜帝的合称。按：尧帝初封于陶，后徙于唐，故亦称唐尧；舜帝因其先国于虞，故亦称虞舜。㉒元首载歌：指舜帝咏歌之事。《尚书·益稷》：“（舜帝）乃歌曰：‘股肱喜哉，元首起哉，百工熙哉！’”益稷：禹帝大臣伯益与后稷的并称。谟（mó）：记述君臣谋议国事的一种文体。孔安国《〈尚书〉序》：“举其宏纲，撮其机要，足以垂世立教，典、谟、训、诰、誓、命之文，凡百篇。”敷奏：陈奏，向君上报告。《尚书·舜典》：“敷奏以言，明试以功，车服以庸。”孔传：“敷，陈；奏，进也。”㉓夏后氏：指禹受舜禅而建立的夏代。业、绩：均指事功。峻、鸿：皆形容事功之伟大。㉔九序惟歌：指舜帝时期的乐曲《九歌》。按：《左传·文公七年》“九功之德，皆可歌也，谓之《九歌》。六府、三事，谓之九功；水、火、金、木、土、谷，谓之六府；正德、利用、厚生，谓之三事”。九序，使九功都有秩序。缛：繁密、繁复。㉕文王患忧：相传周文王制六十四卦之卦爻辞。《周易·易传·系辞下》：“《易》之兴也，其于中古乎？作《易》者其有忧患乎？”繇（zhòu）辞：指《周易》的卦辞和爻辞，因其最早为籀文写就故称。繇，通“籀”。㉖符采：本指美玉的纹理色彩，此指六十四卦的卦象及其卦爻辞。㉗徽烈：伟业也。㉘剬（zhì）：“制”的古字，编制。缉：通“辑”，编纂。斧藻：本指梁楹上刻画的纹饰图案，此用作动词，修饰。㉙金声而玉振：语本《孟子·万章下》“孔子之谓集大成。集大成也者，金声而玉振之也。金声也者，始条理也；玉振之也者，终条理也”。朱熹《孟子集注》：“金，钟属；声，宣也；玉，磬也；振，收也。”刘勰化用《孟子》之语以说明孔子对《六经》在形式有审美上的追求。㉚木铎（duó）：以木为舌的铜质大铃，古代宣布政教法令时，巡行振鸣以引起众人注意，此指宣扬文教。《论语·八佾》：“天下之无道也久矣，天将以夫子为木铎。”席珍：坐席上的珍宝，比喻儒者美善的才学。《礼记·儒行》：“哀公命席，孔子侍，曰‘儒有席上之珍以待聘，夙夜强学以待问。’”流：流传。响：响应。㉛爰（yuán）：于是。风姓：指伏羲氏。《礼记·月令》孔颖达疏引《帝王世纪》：“太皞帝庖牺氏，风姓也。”暨（jì）：至也，到也。㉜玄圣：有大德而无爵位的圣人，此指伏羲氏。创典：指伏羲氏创画八卦。素王：指孔子，自汉儒以来认为孔子有王者之德业，而没有实际的王位，故称为素王。述训：指孔子编纂《六经》。㉝道心：此处犹言“天理”“天道”。按：此指人对天地自然基本规律的认识。《尚书·大禹谟》：“人心惟危，道心惟微。惟精惟一，允执厥中。”蔡沈《书集传》：“心者，人之知觉，主于中而应于外者也。指其发于形气者而言，则谓之人心；指其发于义理者而言，则谓之道心。”神理：即神道，此词多见于齐梁时代佛经文字。㉞数：运势、规律。蓍（shī）龟：古人以蓍草与龟甲占卜凶吉，因以指占卜。《周易·易传·系辞上》：“探颐索隐，钩深致远，以定天下之吉凶，成天下之亹亹（wěi，美好和谐貌）者，莫大乎蓍龟。”㉟经纬：本指织物的纵线和横线，此指规划治理。区宇：天下宇内。弥纶：综括、贯通。弥，遍也。纶，钓丝也。《周易·易传·系辞上》："《易》与天地准，故能弥纶天地之道。"彝（yí）宪：大法，常法。《尚书·冏命》："永弼乃后于彝宪。"孔传："当长辅汝君于常法。"㊱彪炳：文采焕发貌。㊲"《易》曰"以下引文：见《周易·易传·系辞上》。㊳胥：副词，全，皆。《诗经·小雅·角弓》："尔之教矣，民胥效矣。"郑玄笺："胥，皆也。"

【笺释】

对本文题解部分所涉及前两个问题的进一步说明：

一、人文的本质贵在人对"道"的探索、认知，并通过反馈、应用以指导生产生活（更多的是以符号、文字及经籍等载体作为精神产品的形式）。古人认为天地为"道"之最直观体现者，天有天之文，日月星三光是也，地有地之文，山川原隰五行是也。天地两仪俱有文，是道作用于万物的结果，此乃自然万物之文。那么作为与天地并立而被称为"三才"之一的人呢？人亦作为万物之一，亦经受道之作用，是否也该有人之文？圣人通过"仰观吐曜，俯察含章"触类旁通，开始关注、寻找并发现了我们自己的人文，故"观天文以极变，察人文以成化"。

二、刘勰对人文的阐释具有儒、道、释三家合流的含义。刘勰对儒家思想的推崇在于其经世济民的政治之道，它是对古代历史、社会起到推动发展的正面作用的，是对世间自然规律所折射出的哲理之道的具体发挥和运用。刘勰构建我国人文的源头体系，自是建立在当时他所能看到的各种典籍、文献、资料等既成事实以及自身的缜密思考的基础上的。但是毋庸讳言，这种逻辑起点本身就是道家解释万物的自然之道（可参照本书第四章《老子》解释世界本原及人与社会诸章的内容）。同时，如"原道心以敷章，研神理而设教"这样的表达，将"道心"与"神理"并论，"神理"是当时的佛教术语，刘勰本人与释家渊源颇深，可见他又将儒家、道家人文观与释家价值视为相通的。

三、站在文化发展史的角度来看，本文是一篇富有历史使命感的、寻根式的、充满睿智哲思的伟大篇章。中华文化泱泱数千年，具体究竟该从何时、何事算起？虽然司马迁在《史记·五帝本纪》里记载了我国始祖之一的黄帝等传说人物的大致活动，但是都是一些具体感性的事迹文献的罗列，且对黄帝之前的三皇不着一字。故在此之前，从来没有人站在哲学思辨的角度，像刘勰这样如此细致缜密、爬罗剔抉地对这个问题展开过综述。本文以三皇之首的伏羲氏画八卦为始，述尧舜二帝重视歌咏谟奏，次言夏代诸王以《九歌》定九功，陈《诗经》二雅、三颂中反映的商周文化，叙周文王、周公旦对八卦的进一步演化发展，直到孔子作《十翼》、编《六经》，为我们展现了中华先民对“道”的认知逐步加深，为探索“道”的本原而孜孜以求、前赴后继，直至孔子集大成而使之定型的这一横亘千年的发展过程，真可谓“写天地之辉光，晓生民之耳目”——这就是中国的人文精神，这就是中国人灵魂深处的根，也即后世儒家所谓的“道统”。而这个从伏羲氏至孔子的传承谱系图，正是宋明理学道统谱系的雏形。唐代韩愈在他同名大作《原道》里再次探讨了士大夫视角下“道”的本原及其发展，在论述道统问题时仍然遵照着刘勰的这个谱系。这可以看作两位有信仰有追求的文化大师之间的异代共鸣，也是韩愈不忘初心的坚守和寄情未来的呼吁。

（三）辞赋

曹　植（作家简介见本书第九章）

洛神赋并序

【题解】

《文选》李善注引《记》[1]云，曹植曾求婚于甄逸女不遂，甄氏转为曹丕所得，丕即位后立为皇后。植朝京师时，甄氏已因郭后进谗而死。洛水之神相传为古帝伏羲氏之女，先溺死于此水中，名宓（fú）妃者。植还渡洛水，遂感甄氏之亡乃作《感甄赋》，此为本赋之初名。更有曹植“度轘辕，少许时，将息于洛水上，思甄后，忽见女来”，赠其所用之枕等情节。此说在民间影响甚大，而方家以为小说家之言，多不信。本赋中，曹植极陈洛神

1　此《记》据清人胡克家《文选考异》考证，乃无名氏所作之《感甄记》，最早被宋人尤袤刊刻《文选》时加入李善注中，故而流传甚广。

之形容及与其畅游之状、不得偕逝之怅然，盖假托之以寄寓对君王垂顾的企盼，反映其衷情不能通达的苦闷。

（原序）黄初三年，余朝京师，还济洛川①。古人有言，斯水之神，名曰宓妃。感宋玉对楚王神女之事②，遂作斯赋。其辞曰：

余从京域，言归东藩③。背伊阙，越轘辕④。经通谷，陵景山⑤。日既西倾，车殆马烦⑥。尔乃税驾乎蘅皋，秣驷乎芝田⑦。容与乎阳林，流眄乎洛川⑧。于是精移神骇，忽焉思散⑨。俯则未察，仰以殊观⑩。睹一丽人，于岩之畔。乃援御者而告之曰："尔有觌⑪于彼者乎？彼何人斯，若此之艳也！"御者对曰："臣闻河洛之神，名曰宓妃。然则君王所见，无乃是乎？其状若何？臣愿闻之。"

余告之曰：其形也，翩若惊鸿，婉若游龙⑫。荣曜秋菊，华茂春松。仿佛兮若轻云之蔽月，飘飖⑬兮若流风之回雪。远而望之，皎若太阳升朝霞；迫而察之，灼若芙蕖出渌波⑭。秾纤得衷⑮，修短合度。肩若削成，腰如约素⑯。延颈秀项，皓质呈露⑰。芳泽无加，铅华弗御⑱。云髻峨峨，修眉联娟⑲。丹唇外朗，皓齿内鲜⑳。明眸善睐，靥辅承权㉑。瑰姿艳逸㉒，仪静体闲。柔情绰态㉓，媚于语言。奇服旷世，骨像应图㉔。披罗衣之璀粲兮，珥瑶碧之华琚㉕。戴金翠之首饰，缀明珠以耀躯。践远游之文履，曳雾绡之轻裾㉖。微幽兰之芳蔼兮，步踟蹰㉗于山隅。于是忽焉纵体，以遨以嬉㉘。左倚采旄，右荫桂旗㉙。攘皓腕于神浒兮，采湍濑之玄芝㉚。

【注释】

①黄初三年：公元222年。黄初，魏文帝曹丕的年号。按：据《三国志》曹植本传及其《赠白马王彪》诗序，可知作此赋在作上诗的前一年。李善注："此云三年，误。一云，《魏志》三年不言植朝，盖《魏志》略也。"京师：洛阳。还：还归。济：渡河。洛川：洛水。②神女之事：见本书第五章宋玉《神女赋》相关内容。③从：指来朝觐。京域：犹京畿。言：语助词。东藩：黄初三年曹植被封为鄄城王，鄄城在洛阳之东，故曰东藩。④背：此处可理解为用作动词，渐离。伊阙：山名，在今河南洛阳市南。郦

道元《水经注·伊水》："伊水又北入伊阙。昔大禹疏以通水，两山相对，望之若阙，伊水历其间北流，故谓之伊阙矣。春秋之阙塞也。"轘（huán）辕：山名。《左传·襄公二十一年》："使侯出诸轘辕。"杨伯峻注："轘辕，山名，在河南登封县西北三十里，又跨巩县西南。险道也。"⑤通谷：洛阳城外之山谷。李善注引华延《洛阳记》："城南五十里有大谷，旧名通谷。"陵：升也，登也。景山：山名，在河南偃师市南。《诗经·商颂·殷武》："陟彼景山，松柏丸丸。"朱熹《诗集传》："景，山名，商所都也。"⑥殆、烦：皆指车马乘者的疲惫。殆，通"怠"。⑦尔乃：文言词组，相当于"于是"。税（tuō）驾：犹解驾、停车。税，通"挩（脱的古字）"。蘅皋：长有香草的沼泽。秣（mò）：喂养。驷：指曹植车队所用之马。芝田：种有芝草的田野。⑧容与：从容闲适貌。阳林：地名。流眄（miǎn）：流转目光四望。宋玉《登徒子好色赋》："含喜微笑，窃视流眄。"⑨骇：飘散。忽焉：犹忽然。⑩殊观：非一般的景象。⑪援：拉拽。觌（dí）：看到。⑫翩：飘逸飞翔貌。婉：曲折蜿蜒貌。⑬仿佛：若隐若现貌。飘飖：轻盈洒脱貌。⑭迫：靠近。察：细观也。灼：鲜明，花朵盛开貌。芙蕖：荷花的别名。《尔雅·释草》："荷，芙渠。其茎茄，其叶蕸（xiá），其本蔤（mì），其华菡萏，其实莲，其根藕，其中的（dì），的中薏（yì）。"郭璞注："（芙渠）别名芙蓉，江东呼荷。"渌（lù）波：清波。⑮秾：腴也。纤：瘦也。衷：通"中"，指不偏不倚、恰到好处。⑯约：缠束、束缚。他本正作"束"。素：白色的丝绢。⑰延颈秀项：修长的脖颈。延、秀，皆是"长"义。皓质：洁白的肌肤。呈露：呈现、展露。⑱芳泽：古时妇女润发的香油。铅华：妇女化妆用的铅粉。御：用也。⑲云髻（jì）：其状如云的发髻。峨峨：高耸貌。联娟：眉毛微曲貌。宋玉《神女赋》："眉联娟以蛾扬兮，朱唇的其若丹。"⑳朗、鲜：皆色泽明亮貌。㉑眸（móu）：眼珠，瞳子。睐（lài）：顾盼。靥（yè）：酒窝。辅：脸颊。承权：指酒窝恰在颧骨之下。权，通"颧"。㉒瑰姿：美丽的姿容。艳逸：温柔飘逸貌。㉓绰态：柔美的姿态。㉔旷世：旷绝于世。骨像：骨骼体貌。应（yìng）图：与相书中的图谱一致。㉕璀粲：光彩绚丽貌。珥（ěr）：佩戴。瑶碧：美玉。华琚（jū）：有纹路的佩玉。㉖践：穿戴。文履：有纹饰的鞋。曳（yè）：拖引。雾绡（xiāo）：薄雾似的轻纱。轻裾（jū）：薄裙。㉗芳蔼：芳香的草木气息。踟蹰（chí chú）：缓行貌。㉘纵体：展开身体，此指飞翔。以遨以嬉：一边遨游，一边嬉戏。㉙采旄（máo）：用牦牛尾装饰的彩旗。《楚辞·远游》："建雄虹之采旄兮，五色杂而炫耀。"荫：用作动词，指立于阴处。桂旗：桂木所制之旗，为神祇所用。《楚辞·九歌·山鬼》："乘赤豹兮从文狸，辛夷车兮结桂旗。"㉚攘：伸出。皓腕：光洁的手腕。神浒（hǔ）：即指洛水之浦，因洛神游戏于此，故称神浒。浒，水边之地。湍（tuān）濑（lài）：湍急的水流。玄芝：黑色的灵草。

余情悦其淑美兮，心振荡而不怡[①]。无良媒以接欢兮，托微波[②]而通辞。愿诚素之先达兮，解玉佩以要[③]之。嗟佳人之信修，羌习礼而明诗[④]。抗琼珶以和予兮，指潜渊而为期[⑤]。执眷眷之款实兮，惧斯灵[⑥]之我欺。感交甫之弃言[⑦]兮，怅犹豫而狐疑。收和颜而静志兮，申礼防以自持[⑧]。

于是洛灵感焉，徙倚[⑨]彷徨。神光离合，乍阴乍阳[⑩]。竦[⑪]轻躯以鹤立，若将飞而未翔。践椒途之郁烈，步蘅薄而流芳[⑫]。超长吟以永慕兮，声哀厉[⑬]而弥长。尔乃众灵杂沓，命俦啸侣[⑭]。或戏清流，或翔神渚。或采明珠，或拾翠羽。从南湘之二妃，携汉滨之游女[⑮]。叹匏瓜之无匹兮，咏牵牛[⑯]之独处。扬轻袿之猗靡兮，翳修袖以延伫[⑰]。体迅飞凫[⑱]，飘忽若神。陵波微步，罗袜生尘。动无常则[⑲]，若危若安。进止难期，若往若还。转眄流精[⑳]，光润玉颜。含辞未吐，气若幽兰。华容婀娜，令我忘餐。[㉑]

于是屏翳收风，川后[㉒]静波。冯夷鸣鼓，女娲[㉓]清歌。腾文鱼以警乘，鸣玉鸾[㉔]以偕逝。六龙俨其齐首，载云车之容裔[㉕]。鲸鲵踊而夹毂[㉖]，水禽翔而为卫。

于是越北沚[㉗]，过南冈。纡素领，回清阳[㉘]。动朱唇以徐言，陈交接之大纲[㉙]。恨人神之道殊兮，怨盛年之莫当。抗罗袂以掩涕兮，泪流襟之浪浪[㉚]。悼良会之永绝兮，哀一逝而异乡。无微情以效爱兮，献江南之明珰[㉛]。虽潜处于太阴[㉜]，长寄心于君王。忽不悟其所舍，怅神宵而蔽光[㉝]。

于是背下陵高，足往神留[34]。遗情想像[35]，顾望怀愁。冀灵体之复形，御轻舟而上遡[36]。浮长川而忘反，思绵绵而增慕[37]。夜耿耿而不寐，沾繁霜而至曙[38]。命仆夫而就驾，吾将归乎东路。揽騑辔以抗策，怅盘桓[39]而不能去。

据上海古籍出版社李善注《文选》卷十九

【注释】

①振荡：指情绪起伏不平。不怡：因无法与之相识而不乐，即下文的“无良媒以接欢”。②接欢：达成欢愉。微波：指眼神。③诚素：真情。素，通“愫”，情怀。要（yāo）：通“邀”，邀请。④信修：如意料中的美好。羌：发语词。习礼而明诗：指深厚的文化修养。⑤抗：高举。琼珶（dì）：皆美玉名。和（hè）：回应。潜渊：深渊也。期：相会。⑥眷眷：流连不舍貌。款实：实情，指自身的衷心。斯灵：指洛神。⑦交甫：指郑交甫。事见刘向《列仙传·江妃二女》：“江妃二女者，不知何所人也。出游于江汉之湄，逢郑交甫。见而悦之，不知其神人也。谓其仆曰：‘我欲下，请其佩。’遂手解佩与交甫。交甫悦爱而怀之，中当心，趋去数十步，视佩，空怀无佩。顾二女，忽然不见。”弃言：指二女之虚伪不诚。⑧和颜：犹言“悦色”。申：表明。礼防：即礼法。自持：自我控制。⑨徙倚：逡巡徘徊。⑩神光：指洛神身上的光彩。离合：指光彩闪烁不定貌。乍阴乍阳：犹言“忽暗忽明”。⑪竦：通“耸”，挺立。⑫椒途：用椒泥涂饰的道路，其上芳香四散。郁烈：指香味浓厚强烈。蘅：杜蘅，芳草名。薄：草丛。《淮南子·俶真训》：“鸟飞千仞之上，兽走丛薄之中。”高诱注：“聚木曰丛，深草曰薄。”流芳：指香气四溢。⑬超：惆怅。司马相如《上林赋》：“于是二子愀然改容，超若自失。”高步瀛《文选李注义疏》：“《庄子·徐无鬼篇》曰：‘武侯超然不对。’《释文》引司马彪曰：‘超然，犹怅然也。’朱骏声《说文定声》以为‘惆’之借字。”哀厉：指声音低沉而尖锐。⑭众灵：指洛神的同伴，即下文的俦侣。杂沓（tà）：纷乱繁多貌。命、啸：皆呼告之意。⑮南湘之二妃：指湘水之神，舜帝的二妃娥皇、女英。汉滨之游女：即上文“感交甫之弃言兮”所言郑交甫所遇之逸女。⑯匏（páo）瓜：星名，一名天鸡。《文选》张铣注：“匏瓜，星名，独在河鼓（亦是星名）东，故云无

匹。”牵牛：星名，传说与织女星为夫妻，却隔银河相望，每年七月七日相会一次。⑰轻袿（guī）：轻薄的上衣。袿，长襦，女子的上衣。猗（yǐ）靡：随风飘拂貌。翳（yì）：遮蔽。延伫：久立。⑱凫（fú）：野鸭也。⑲常则：一定的规律。⑳转眄：如上文“流眄乎洛川”之流眄。流精：指眼睛秋波流转。㉑华容：美丽的面容。婀娜（ē nuó）：指身姿轻盈柔美。餐：原作“飡”，据他本改。㉒屏翳（yì）：传说中的风神。《文选》吕向注：“屏翳，风师也。”川后：传说中的河神。㉓冯夷：传说中的黄河之神，即河伯。按：《庄子·大宗师》载“冯夷得之，以游大川”。成玄英疏：“姓冯名夷，弘农华阴潼乡堤首里人也。服八石，得山仙。大川，黄河也。天帝锡冯夷为河伯，故游处盟津大川之中也。”女娲：传说中的女神。按：相传她与伏羲由兄妹而结为夫妇，产生人类。又传说她曾用黄土造人，炼五色石补天，断鳌足支撑四极，平治洪水等。详见《淮南子·览冥训》、《史记》司马贞补《三皇本纪》、《太平御览》卷七八皇王部《女娲氏》等记载。㉔文鱼：有翅能飞的鱼。李善注：“文鱼有翅，能飞。”警乘（shèng）：为车乘警卫。玉鸾：车铃的美称。㉕六龙：神话中日神乘车，驾以六龙，羲和为御。按：此处言六龙为洛神驾车，以示其地位之高。俨：庄严貌。齐首：齐头并进。云车：神仙以云为车，故称云车。容裔：从容徐行貌。一说，高低起伏貌。《文选》刘良注：“容裔，行貌。”㉖鲸鲵（ní）：即鲸，雄曰鲸，雌曰鲵。毂（gǔ）：本指车轮中心用以贯轴的圆木，此指车轮或整车。㉗沚（zhǐ）：水中的小块陆地。㉘纡：义即下文的“回”。素领：洁白的颈项。清阳：通“清扬”，指眉目之间。清，指目；扬，指眉。《诗经·郑风·野有蔓草》：“有美一人，清扬婉兮。”毛传：“清扬，眉目之间婉然美也。”㉙交接：指男女交往。大纲：礼法纲要。㉚浪浪：泪流不止貌。㉛微情：谦辞，微薄的情意。效爱：体现爱慕之意。珰（dāng）：玉珠，用以耳饰。㉜太阴：指洛水之底，为洛神之所居。㉝不悟：指其沉溺惬意而不知。其：指洛神。所舍（shè）：犹言“所往”。舍，止也，所停之处也。宵：幽暗不明。一说，通“消”，消失不见。蔽光：隐去光彩。㉞背下陵高：背离低下之地而登高，指离开方才与洛神欢游之所。陵，通“凌”，居其上也。足往神留：指人虽走而心仍留。㉟遗情：留情，犹言余情。想像：想念洛神之形貌。㊱灵体：指洛神。复形：再现。遡（sù）：逆流而行。㊲长川：指洛水。慕：思念。㊳耿耿：烦躁不安貌。《诗经·邶风·柏舟》："耿耿不寐，如有隐忧。"沾繁霜：暗写其不寐而在室外守望也。曙：天明。㊴揽：解开，松开。骈（fēi）：驾在车辕两旁的马，此处泛指驾车的马。辔（pèi）：缰绳。抗策：扬起马鞭。盘桓：犹徘徊、踯躅貌。

【笺释】

一、关于本赋的写作特色。

1. 作者通过描摹虚构的神幻境界，比兴人神之间真挚、凄美的爱情，以寄托自身渴求明君重用却难达其愿的郁闷。此赋既吸收了屈宋楚辞的浪漫主义风格，又继承了两汉以来抒情小赋的咏怀传统，为辞赋的发展开辟了一个新的境界。

2. 引人入胜的想象力。赋中对宓妃体态容貌的描写，通过大量出神入化的比喻将对象的美丽形象化，如以惊鸿比其体态摇曳飘忽，以游龙比其身形婉曲轻柔。她的雍容华美使秋菊、春松逊色，灿如朝霞，明如芙蓉，可谓风华绝代。

3. 语言典雅优美，无轻浮狎邪之气。赋中很多词汇借鉴宋玉《神女赋》《高唐赋》而来，又能结合己意，灵活变通，绝无抄袭之感。行文格式初具骈俪之风，如"其形也"以下四十四句，又如"体迅飞凫"以下十四句，开启了后世辞赋向俳赋[1]方向发展的势头。

二、关于本赋的思想主题。

1. 赋中所记宓妃洛神是否即为曹丕后甄氏，以及甄氏与曹植之间有无求婚、相会、荐枕等感情瓜葛，自唐宋以来持否定意见者居多，可参见此赋前题解及脚注等文字的概述。然非无例外者，如唐人李商隐七律《无题》颔联"贾氏窥帘韩掾少，宓妃留枕魏王才"，似信此事为有。

2. 宋人刘克庄《后村诗话》云："《洛神赋》，子建寓言也，好事者乃造甄后事以实之。使果有之，当见诛于黄初之朝矣。唐彦谦'惊鸿暂过游龙去，虚恼陈王一事无'，似为子建分疏者。"

3. 清人何焯（号义门）《义门读书记》卷四十五曰："按《魏志》[2]，

1　俳赋，亦称骈赋、骈体赋，为六朝时通行的一种赋体。讲究骈偶声律，字句工巧，可以算作押韵的骈文。可参见本书序论（下）的相关综述。

2　对《三国志·魏书》的简称。

（甄）后三岁失父，后袁绍纳为中子熙妻。曹操平冀州，丕纳之于邺下，安有子建尝求为妻之事……示枕赉[1]枕，里老之所不为，况帝又方猜忌诸弟，留宴从容，正不可得。感甄名赋，其为不恭，夫岂酗酒悖慢、劫胁使者之可比耶……植既不得于君，因济洛川作为此赋，托辞宓妃以寄心文帝，其亦屈子之志也……序明云拟宋玉《神女》为赋，寄心君王，托之宓妃。《洛神》犹屈宋之志[2]也。”

4. 清人丁晏《曹集诠评·附录》言：“拟宋玉之辞为《洛神赋》，托之宓妃神女，寄心君王，犹屈子之志也。而俗说乃诬为‘感甄’，岂不谬哉？余尝叹陈王忠孝之性，溢于楮[3]墨，为古今诗人之冠，灵均（即屈原）以后，一人而已。”

鲍 照（作家简介见本书第十章）

芜城赋

【题解】

芜城，意即荒芜之城，指东晋广陵郡郡治广陵城（故城在今江苏扬州市江都区）。据钱仲联《鲍参军集注》考证，宋文帝元嘉二十七年（450年）冬十二月，北魏太武帝拓跋焘举兵南侵，广陵太守刘怀之焚城后率民渡江而逃。宋孝武帝大明三年（459年）四月，竟陵王刘诞据广陵反叛，七月孝武帝派兵讨平，杀三千余口。“是十年之间，广陵两遭兵祸，照盖有感于此而赋。”本赋以铺陈广陵的地势形胜开篇，通过对其往昔繁盛与今日荒凉的对比描写，寄托了深沉的历史兴亡之叹。

沵迤平原，南驰苍梧涨海，北走紫塞雁门①。柂以漕渠，轴以昆岗②。重关复江之隩，四会五达之庄③。当昔全盛之时，车挂轊，人

---

1 赉（lài），赠送。

2 即“香草美人”的比兴之志，参见本书第五章屈原《离骚》、宋玉《神女赋》诸篇思想、艺术手法的分析。

3 楮（chǔ），指纸。楮树之皮可制皮纸，故有此代称。

驾肩[④]。廛闬扑地，歌吹沸天[⑤]。孳货盐田，铲利铜山[⑥]。才力雄富，士马精妍。故能奓秦法，佚周令，划崇墉，刳浚洫，图修世以休命[⑦]。

是以板筑雉堞之殷，井干烽橹[⑧]之勤。格高五岳，袤广三坟[⑨]。崪若断岸[⑩]，矗似长云。制磁石以御冲，糊赪壤以飞文[⑪]。观基扃之固护，将万祀而一君[⑫]。出入三代五百余载，竟瓜剖而豆分[⑬]。泽葵依井，荒葛罥[⑭]涂。坛罗虺蜮，阶斗麏鼯[⑮]。木魅山鬼，野鼠城狐。风嗥雨啸，昏见晨趋。饥鹰厉吻，寒鸱吓雏[⑯]。伏虣藏虎，乳血飧肤[⑰]。崩榛塞路，峥嵘古馗[⑱]。白杨早落，寒草前衰。稜稜霜气，蔌蔌[⑲]风威。孤篷自振，惊沙坐飞[⑳]。灌莽杳而无际，丛薄纷[㉑]其相依。通池既已夷，峻隅又已颓[㉒]。直视千里外，唯见起黄埃。凝思寂听，心伤已摧。

若夫藻扃黼帐[㉓]，歌堂舞阁之基。璇渊[㉔]碧树，弋林钓渚之馆。吴蔡齐秦之声，鱼龙爵马[㉕]之玩。皆薰歇烬[㉖]灭，光沉响绝。东都妙姬，南国丽人。蕙心纨质[㉗]，玉貌绛唇。莫不埋魂幽石，委骨穷尘。岂忆同舆之愉乐，离宫[㉘]之苦辛哉？天道如何，吞恨者多。抽琴命操[㉙]，为芜城之歌。歌曰："边风急兮城上寒，井径灭兮丘陇[㉚]残。千龄兮万代，共尽兮何言？"

据上海古籍出版社李善注《文选》卷十一

【注释】

①沵迤（mǐ yǐ）：平坦绵延貌。《文选》李善注："沵，相连渐平之貌。迤，斜也。"苍梧：两汉魏晋时的郡名，郡治在今广西梧州市。涨海：南海别称。紫塞：指长城。晋人崔豹《古今注·都邑》："秦筑长城，土色皆紫，汉塞亦然。一云雁门草皆紫色，故曰紫塞。"雁门：秦汉郡名，今山西北部一带。这三句通言广陵地势开阔、沟通南北。②柂（duò）：同"柁"，船舵。漕渠：运粮的河道，此指邗（hán）沟，是春秋时吴王夫差为开通粮道、自今江苏扬州市至淮安市挖凿的一段古运河。昆岗：山名，广陵城据此山而建，亦称阜岗、广陵岗。这两句是说广陵城以漕渠为舵，以昆岗为轴。③隩（yù）：水边深曲处。庄：《尔雅·释宫》云"五达谓之康，六达谓之庄"，指交通极其便利。④挂轊（wèi）：犹言"辐辏"，指车轴相交摩。轊，

车轴的两端。驾：凌驾。⑤廛（chán）闬（hàn）：泛指城区。按：民居市宅曰廛，里门里巷曰闬。扑地：铺地也。歌吹（chuì）：歌声和乐声。⑥孳货：增殖财货。铲利：获利，取利。按：广陵郡西汉时为吴王刘濞所辖，即以煮海制盐、取铜铸钱为业，号称富庶。⑦奓（chǐ）秦法、佚周令：指超过了周秦二代的制度规模。奓，侈的古字。划：规划。崇墉：高大的城墙。刳（kū）：挖空。浚（jùn）洫（xù）：深沟，此指深广的护城河。图：谋求。修世：永世。休命：天佑之嘉命。⑧板筑：此指筑城。按：板，筑墙用的夹板；筑，夯土用的杵。筑墙时，以两板相夹，填土于其中，再用杵捣实。雉：城墙长三丈、高一丈为一雉。堞（dié）：城上的短墙，亦称女墙。李善此注引郑玄《周礼》注"雉，长三丈，高一丈"，及杜预《左氏传》注"堞，女墙也"。殷：盛也。井干：建筑时用木柱搭建的辅助施工的架子，因形似井栏得名。烽：指烽火台。橹：指城上的望楼。⑨格：格局，此指高度。五岳：指泰、华、恒、衡、嵩诸山。袤广：南北之长曰袤，东西之长曰广。三坟：据《尚书·禹贡》，兖州土黑坟，青州土白坟，徐州土赤埴坟，此指广陵土地临近此三州。⑩崒（zú）：高峻貌。断岸：江边绝壁。⑪御冲：防御敌人的冲击。李善注引《三辅黄图》："阿房宫以磁石为门，怀刃者止之。"糊：黏也。赪（chēng）壤：红色的土壤，古时用以涂饰墙壁。飞文：纹采飞动。⑫基扃（jiōng）：代指城阙。扃，城门之闩，亦称关键。固护：卫护坚固之意。万祀：犹万年。一君：指一姓之统治。⑬出入：犹言经过。三代：汉、魏、晋。瓜剖、豆分：以譬喻形容广陵城的颓隳破败。⑭泽葵：青苔、苔藓之类。荒葛：野生、枯黄的葛藤。罥（juàn）：缠挂。⑮坛：厅堂。罗：呈现，出现。虺（huǐ）：蝮蛇一类的毒蛇，色如泥土。蜮（yù）：相传一种能含沙射人为害的怪物。《诗经·小雅·何人斯》："为鬼为蜮。"《毛传》："蜮，短狐也。"陆德明《释文》："蜮，状如鳖，三足。一名射工，俗呼之水弩，在水中含沙射人。一云射人影。"麏（jūn）：俗称獐子，鹿类动物而小。一本作"麇"，麇、麏二字同义异体。鼯（wú）：一种野鼠，即飞鼠。⑯厉吻：磨砺自己的喙。鸱（chī）：今称猫头鹰。吓（hè）：以声威胁。雏：幼鸟。一说指凤凰的幼鸟鹓雏，此处系化用《庄子·秋水》中鸱得腐鼠以吓鹓雏的典故。⑰虣（bào）：古"暴"字。按："伏暴"文意于此处不通，故李善注认为"虣"为"虦"（hán，白虎）字之讹。乳：用作动词，饮也。飡（cān）：同“餐”。他本亦作“飱”“湌”等，几字或假借或异体，皆“餐”字之义。⑱榛（zhēn）：灌木或小乔木之类。峥嵘：阴气森森貌。馗：同“逵”，九达之大道。⑲棱棱（léng）：寒气劲锐貌。蔌蔌（sù）：风吹激烈之声。⑳坐飞：无故而飞也。㉑灌莽：灌木、野草之丛。杳：深远貌。丛薄：聚木曰丛，深草曰薄，参见本章曹植《洛神赋》文中注释。纷：杂乱貌。㉒通池：护城河，城濠。夷：平也。峻隅：即高城。隅，城墙之一角。颓：坍塌、崩倒。㉓藻扃：彩绘的门户。黼（fǔ）帐：犹绣帐。㉔璇（xuán）渊：玉池，亦为池的美称。璇，美玉名。㉕鱼龙、爵（què）马：皆古代杂技的项目。爵，通“雀”。㉖薰：香气也。烬：物品火烧后的残余。㉗蕙心纨（wán）质：比喻女子心地纯洁，性情高雅。纨，洁白的细绢。㉘同舆：与皇帝同车，意即得宠。一本“舆”作“辇”。离宫：皇帝的行宫。此指妃嫔因失宠被弃而独居冷宫。㉙命操：命操之名，意即作曲、谱曲。操，琴曲名。《史记·宋微子世家》：“纣为淫泆，箕子谏，不听……乃被发详狂而为奴，遂隐而鼓琴以自悲，故传之曰《箕子操》。”裴骃《史记集解》引应劭《风俗通》：“其道闭塞忧愁而作者，命其曲曰操。”㉚井径：田间小路。按：井，即井田，此代指田亩。《穀梁传·宣公十五年》：“古者三百步为里，名曰井田。井田者，九百亩，公田居一。”丘陇：指坟墓。

【笺释】

一、本赋以跨越时空的高度、组绣琳琅的美辞为我们描绘了广陵古城的两幅沧桑巨图，一幅是往昔兴盛图，一幅是今日衰败图。

1. 昔日美城有如下之表现：“沵迤平原，南驰苍梧涨海，北走紫塞雁门”，为地接平原、视野广阔之城；“柂以漕渠，轴以昆岗。重关复江之隩，四会五达之庄”，乃一座河汉环绕、倚山独起、四通八达之城；“车挂轊，人驾肩。廛闬扑地，歌吹沸天。孳货盐田，铲利铜山”，为商贾云集、艺馆声喧、富甲一方的繁华之城；“格高五岳，袤广三坟。崪若断岸，矗似长云。制磁石以御冲，糊赪壤以飞文”，为地势险峻、易守难攻、固若金汤之城。

2. 今朝荒城亦有如下展示：“泽葵依井，荒葛罥途。坛罗虺蜮，阶斗麏鼯。木魅山鬼，野鼠城狐。风嗥雨啸，昏见晨趋。饥鹰厉吻，寒鸱吓雏”，井栏已朽，藤蔓满路，哪里还有一丝人烟？厅堂之间毒蛇、狐狸做窝，台阶之上獐子、飞鼠嬉戏。城中阴气森森，妖氛郁积，山木蛇鼠之灵恐怕早已成精，故而鹰隼、鸱鸺横飞，白虎、猛兽潜伏，真正是一座世上炼狱。

3. 两幅图画色彩光鲜与黯淡的强烈对比，传达出作者对五百年间历史沉浮、人事沧桑的无尽哀思，深为后人所称赞。如清人于光华《文选集评》卷二引方伯海评语："前本城未芜时，何等雄丽，后本城既芜时，何等荒凉。总见兴废由人，不独吴王（指刘濞）图谋非望，自速其亡，即城亦不能保及五百年以后也。但城所以就芜，天为之乎？人为之乎？即此可为千秋之国者鉴戒。笔笔正锋，无一字躲闪题外，是为掷地有声。"再如清人姚鼐《古文辞类纂》评曰："驱动苍凉之气，惊心动魄之辞，皆赋家之绝境也。"

二、本赋在篇末补写先前王侯宫宇舞殿之设、声色犬马之好，聚焦于后宫丽人"埋魂幽石，委骨穷尘"的香消玉殒。只以"边风急兮城上寒，井径灭兮丘陇残。千龄兮万代，共尽兮何言"四句短歌晦涩作结，表达出对历史兴亡无奈无助的悲观主义和伤逝情怀，并未触及造成这种局面的政治得失和历史教训等现实，古人对此亦有微辞。如《文选集评》卷二引孙月峰评语："多偶语，锻炼甚工细。然气脉却狭小，是后世律赋祖。"又如近人林纾《古文辞类纂选评》卷十之评语："文不敢斥言世祖之夷戮无辜，亦不言竟陵之肇乱[1]。（入手言广陵形胜及其繁盛，后乃写其凋蔽衰飒之形，俯仰苍茫，满目悲凉之状，溢于纸上，真足以惊心动魄矣。）"

江　淹（444年—505年）

字文通，原籍济阳考城（今河南兰考县）人，先世避永嘉之乱举家南渡。文通孤贫好学，成年后历仕宋、齐、梁三朝，官至金紫光禄大夫，封醴陵侯。晚年才思减退，传说因其在梦中归还郭璞所赠之五色笔，此后作诗再无佳句，世称"江郎才尽"。他的诗善于刻画模拟，辞赋遣词精工，尤以《恨赋》《别赋》脍炙人口。今存辑本《江文通集》。

1　世祖，指宋孝武帝刘骏。竟陵，指刘宋藩王刘诞。公元459年刘诞据广陵反逆，孝武帝遣军灭之，并屠其城，其事参见本赋题解处的综述。

恨 赋

【题解】

“恨”在古代的常用义是“遗憾”“遗恨”的意思。作品以秦始皇、赵王迁、李陵、王昭君、冯衍、嵇康六个历史人物的人生遗恨为例，再现了世事难如己意、个体失落怨怅的普遍现象。全赋语言精致，音节流畅，有分有总，文理清晰，运用了大量的前代人物和事件来支撑观点，化抽象吁嗟为形象抒情，是江淹辞赋的名作之一。

试望平原，蔓草萦骨，拱木敛魂[1]。人生到此，天道宁论？于是仆本恨人，心惊不已。直念古者，伏恨而死。

至如秦帝按剑，诸侯西驰[2]。削平天下，同文共规[3]。华山为城，紫渊为池[4]。雄图既溢[5]，武力未毕。方架鼋鼍以为梁，巡海右以送日[6]。一旦魂断，宫车晚出[7]。

若乃赵王既虏，迁于房陵[8]。薄暮心动，昧旦神兴[9]。别艳姬与美女，丧金舆及玉乘。置酒欲饮，悲来填膺。千秋万岁，为怨难胜。

至如李君[10]降北，名辱身冤。拔剑击柱，吊影[11]惭魂。情往上郡，心留雁门[12]。裂帛系书，誓还汉恩[13]。朝露溘至，握手[14]何言？

若夫明妃[15]去时，仰天太息。紫台[16]稍远，关山无极。摇风忽起，白日西匿。陇雁少飞，代云寡色[17]。望君王兮何期，终芜绝兮异域[18]。

至乃敬通见抵，罢归田里[19]。闭关却扫，塞门不仕。左对孺人[20]，顾弄稚子。脱略公卿，跌宕文史[21]。赍志没地[22]，长怀无已。

及夫中散[23]下狱，神气激扬。浊醪夕引[24]，素琴晨张。秋日萧索，浮云无光。郁青霞之奇意，入修夜之不旸[25]。

或有孤臣危涕，孽子坠心[26]。迁客海上，流戍陇阴[27]。此人但闻悲风汩起，血下沾衿[28]。亦复含酸茹叹，销落湮沉[29]。若乃骑叠迹，车屯[30]轨。黄尘匝[31]地，歌吹四起。无不烟断火绝，闭骨[32]泉里。

已矣哉！春草暮兮秋风惊，秋风罢兮春草生。绮罗毕兮池馆尽，琴瑟灭兮丘垄③平。自古皆有死，莫不饮恨而吞声。

据上海古籍出版社李善注《文选》卷十六

【注释】

①试：此处用作副词，有胆怯、不忍之意，相当于“姑且”“试着”。拱木：代指坟墓。《左传·僖公三十二年》：“尔何知？中寿，尔墓之木拱矣。”敛魂：收聚死魂。②秦帝按剑：秦始皇发怒貌，以喻秦国兵势强盛。诸侯：山东各国之诸侯。西驰：指诸侯西来纳地、求和。③同文共规：指秦代统一全国后“书同文、车同轨”等统治措施。④紫渊：水名。《史记·司马相如列传》：“紫渊径其北。”张守节《史记正义》：“《山海经》云：‘紫渊水出根耆之山，西流注河。’文颖云：‘西河谷罗县有紫泽，在县北，于长安为北。’”池：城濠，护城河。这两句是写秦都咸阳城池坚固。⑤雄图：幅员广阔的版图。溢：指秦国版图扩张。⑥鼋（yuán）：大鳖。鼍（tuó）：猪婆龙，一说即扬子鳄。梁：桥也。按：此句指传说中周穆王征伐东方部族之事。李善注引《竹书纪年》：“周穆王三十七年征伐，大起九师，东至于九江，叱鼋鼍以为梁。”巡海右以送日：本指周穆王西狩昆仑之事。李善注引《列子》：“穆王驾八骏之乘，乃西观日所入。”此指当时秦代国力辐射至西部边陲。海右，指黄河、青海湖以西的地区，古时方位以西为右，故称。⑦一旦魂断：指秦始皇死后，秦朝迅速灭亡。宫车晚出：犹言“晏驾”，其意与上文“一旦魂断”相同，江淹造句求奇，故互文以见义。宫车：对皇帝的婉称。⑧赵王：指战国末的赵幽缪王迁。按：秦始皇十九年（前228年）秦灭赵，赵王迁被秦将王翦虏获。房陵：古县名，秦时属汉中郡，在今湖北房县。⑨昧旦：犹破晓，天将明未明之时。《诗经·郑风·女曰鸡鸣》：“女曰鸡鸣，士曰昧旦。”神兴：产生忧思。⑩李君：指汉武帝时投降匈奴的名将李广之孙李陵。⑪吊影：对影自怜，喻孤独寂寞。⑫上郡：秦汉郡名，大致范围在今陕西北部与内蒙古鄂尔多斯市一带，曾是李陵的战斗之地。雁门：汉代郡名，大致在今山西东北部一带，为古代防御北方侵扰的军事要地。⑬“裂帛”二句：指苏武不屈匈奴十九年，经汉使设计言汉天子射雁得帛书知其下落，匈奴最终无奈使其归汉的事迹。详见《汉书·苏武传》。⑭溘（kè）：忽然。握手：指李陵与苏武诀别之时。⑮明妃：后人对王昭君的敬

称。按：昭君本汉元帝宫人，名嫱字昭君，晋代避司马昭（文帝）讳，改称明君，后人又称之为明妃。⑯紫台：犹紫宫、紫宸，指帝王的所居。⑰陇雁：泛指北方的飞鸟。代云：泛指北方的天气。代，一作“岱”。⑱芜绝：荒芜而隔绝。异域：遥远之他乡，国外之地。⑲“至乃”二句：为东汉冯衍的事迹。按：据《后汉书》本传，衍字敬通，京兆杜陵（在今陕西西安市东南）人。新莽末，辗转多处后归附汉光武帝刘秀，为曲阳令，有功当封，遭谗毁而赏不行，遂西归故郡。见抵：被诋毁排挤。抵，通“诋”。⑳孺人：古时对妻的通称。㉑脱略：轻慢不羁。跌宕文史：指冯衍颇具文史之才，才情激昂。㉒赍（jī）志没地：冯衍《与阴就书》“怀抱不报，赍恨入冥”。赍，怀着，抱着。没（mò）地，消融于地，实指人死埋葬于地下。㉓中散：指魏晋时代的嵇康，曾任中散大夫。其生平事迹可参见本书第五章关于嵇康的内容，以及颜延之《五君咏·嵇中散》诗中详解。㉔醪（láo）：汁渣混合的酒，类似于醪糟。引：通“饮”。素琴：不加雕饰之琴。嵇康《赠秀才诗》：“习习谷风，吹我素琴。”㉕青霞：以喻嵇康不俗之志节。修夜：犹长夜，以喻司马氏黑暗之政治。旸（yáng）：明亮。㉖孤臣、孽子：指孤立无助的远臣和姬妾所生的庶子，引申为不容于当政者但心怀忠诚的人。《孟子·尽心上》：“独孤臣孽子，其操心也危，其虑患也深，故达。”朱熹《孟子集注》：“孤臣，远臣；孽子，庶子。皆不得于君而常有疢（chèn）疾者也。”坠心：惊惧、伤心之意。㉗陇阴：陇山之北，代指苦寒穷荒之地。㉘汩（yù）起：急起。衿：同“襟”，衣服的交领或前幅。㉙销落湮（yān）沉：此处皆指衰落、死亡。湮，埋没、淹没。㉚骑（jì）叠迹、车屯轨：均指荣贵之家车马驾从之盛。屯，陈列。㉛匝：环绕，遍及。㉜闭骨：埋葬骨骸。㉝绮罗：本指华贵的丝织品或丝绸衣服，此指身着绮罗的美人。池馆：供贵族游玩的池苑和休憩的馆舍。琴瑟：指弹奏琴瑟的雅士。丘垄：代指坟茔。

【笺释】

一、作品的篇章结构大致仍是常见的“总—分—总”方式。第一章以自身远眺坟茔开篇，触发“恨人无奈”的情感基点，为全赋的引子和总起；以下六章分别用形象生动的文辞，概括六位古人各自的人生憾事，如始皇宏图未毕之憾，赵王家国难复之憾，李陵辜负汉恩之憾，昭君终老异域之憾，冯衍怀才不遇之憾，嵇康生不逢时之憾等；最后两章总括世人无论忠奸贤愚、无论贵贱高低，无不带着人生的不甘而终归一死的众生相，并在篇末咏叹岁月无情、人皆有死的无奈现实，为全篇作结。

二、南宋江湖派诗人方岳有两句诗“不如意事常八九，可与人言无二三”（《别子才司令》）在民间广为流传，可以看作对本赋旨意的高度浓缩。

庾　信（作家简介见本书第十一章）

小园赋

【题解】

梁元帝承圣三年（554年），庾信奉帝命使魏，未及还，西魏攻陷江陵，元帝被杀。不久梁朝被陈朝取代，庾信无国可归，于是开始了羁留北方的后半生。其间，他历仕西魏、北周诸朝，在政治上长期只得勋官、戎号等虚职，而无职事。表面上他位尊望显，但常感为臣不忠、为子不孝之耻，及寄人篱下、仰人鼻息之悲，故以华彩之笔敷写眼下小园之景，用哀怨之辞抒发心中乡关之思。本赋与《哀江南赋》齐名，展现出庾信非凡博雅之文才，均为其辞赋传世之名篇。

若夫一枝之上，巢父得安巢之所；一壶之中，壶公①有容身之地。况乎管宁藜床，虽穿而可坐；嵇康锻灶，既暖而堪眠②。岂必连闼洞房，南阳樊重之第；绿墀青锁，西汉王根之宅③。余有数亩敝庐，寂寞人外。聊以拟伏腊④，聊以避风霜。虽复晏婴近市，不求朝夕之利；潘岳面城，且适闲居之乐⑤。况乃黄鹤戒露，非有意于轮轩；爰居避风，本无情于钟鼓⑥。陆机则兄弟同居，韩康则舅甥不别⑦。蜗角蚊睫⑧，又足相容者也。

尔乃窟室徘徊，聊同凿坯⑨。桐间露落，柳下风来。琴号珠柱，书名玉杯⑩。有棠梨而无馆，足酸枣⑪而非台。犹得欹侧⑫八九丈，纵横数十步。榆柳三两行，梨桃百余树。拔蒙密⑬兮见窗，行欹斜兮得路。蝉有翳兮不惊，雉无罗兮何惧？草树混淆，枝格⑭相交。山为篑覆，地有堂坳[15]。藏狸并窟，乳鹊重巢[16]。连珠细茵，长柄寒匏[17]。可以疗饥，可以栖迟[18]。崎岖兮狭室，穿漏兮茅茨[19]。檐直倚而妨帽，户平行而碍眉。坐帐无鹤，支床有龟[20]。鸟多闲暇，花随四时。心则历陵枯木，发则睢阳乱丝[21]。非夏日而可畏，异秋天而可悲[22]。

【注释】

①巢父：传说中尧时的隐士。晋人皇甫谧《高士传·巢父》："巢父者，尧时隐人也。山居不营世利，年老以树为巢而寝其上，故时人号曰巢父。"壶公：传说中的仙人。葛洪《神仙传》卷五："壶公者，不知其姓名。今世所有召军符、召鬼神、治病、王府符，凡二十余卷，皆出于壶公，故名为壶公符……常悬一空壶于坐上，日入之后，公辄转足跳入壶中，人莫知所在。"②"况乎"四句：述魏晋名士管宁和嵇康的事迹。皇甫谧《高士传·管宁》："管宁字幼安，北海朱虚（在今山东临朐县）人。常坐一木榻，积五十年，未尝箕踞（伸腿而坐的坐姿），榻上当膝皆穿。"藜床，用藜藤所做之木榻。《晋书·嵇康传》："（康）性绝巧而好锻。宅中有一柳树甚茂，乃激水圜之。每夏月，居其下以锻。"锻灶，打铁用的炉灶。③"岂必"四句：乃写汉代外戚宅邸之豪奢。樊重，南阳人，东汉光武帝刘秀的舅父，《后汉书·樊宏传》载樊家庐舍皆重堂高阁，雄伟无比。闼（tà），侧门、小门，也泛指门。洞（tōng）房：互相通连的房间。洞，"通"的假借字。王根，西汉元帝皇后王政君之弟，封曲阳侯，《汉书·元后传》载王根"骄奢僭上，赤墀青琐"。赤墀（chí），皇宫中的台阶，以赤色丹漆涂饰。按：庾信作"绿墀"，疑其笔误。青锁：装饰皇宫门窗的青色连环花纹，亦为天子之制。④拟：计划，安排。伏腊：古代两种祭祀的名称，伏祭在夏季伏日，腊祭在农历十二月，可代指节日。此处实际代指一年日常之需。⑤"虽复"四句：为春秋时晏婴和西晋潘岳的典故。据《左传·昭公三年》，齐景公因晏婴居近集市，卑湿嘈杂，欲为其更换。晏子曰："君之先臣容焉，臣不足以嗣之，于臣侈矣。且小人近市，朝夕得所求，小人之利也。敢烦里旅？"潘岳《闲居赋》有"退而闲居，于洛之涘……陪京泝伊，面郊后市"之句。⑥戒露：鹤类性警，闻露水滴声即动而高鸣。轮轩：春秋时卫懿公好鹤，鹤有乘轩者，事见《左传·闵公二年》。爰居：海鸟名。《国语·鲁语》："海鸟曰爰居，止于鲁

东门之外三日，臧文仲使国人祭之。展禽曰：‘今兹海有灾乎？夫广川之鸟兽，恒知避其灾也。’”钟鼓：代指祭祀之乐声。⑦陆机则兄弟同居：据《世说新语·赏誉》，陆机与其弟陆云青年时入洛求官，曾同住一屋。韩康则舅甥不别：晋代经学家韩康字康伯，受其舅殷浩庇爱，顺逆不弃，殷浩后落职流徙为民，韩康随其至徙地。⑧蜗角、蚊睫：蜗牛的触角、蚊虫的眼睫毛，皆喻微小之地。典见《庄子·则阳》“有国于蜗之左角者曰触氏，有国于蜗之右角者曰蛮氏，时相与争地而战。伏尸数万，逐北旬有五日而后反”，及《晏子春秋·外篇下》“东海有虫，巢于蚊睫，再乳再飞，而睫不为惊”。⑨窟室：地下室。《左传·襄公三十年》：“郑伯有耆酒，为窟室，而夜饮酒，击钟焉，朝至未已。”杜预注：“窟室，地室。”凿坯：谓隐居不仕。语本《淮南子·齐俗训》：“颜阖，鲁君欲相之而不肯，使人以币先焉，凿培而遁之。”高诱注：“培，屋后墙也。”坯，同培。⑩号：本指称号、名号，此处用作动词，意即“称作”。珠柱：以明珠为饰的琴柱，此借指精美的琴。玉杯：西汉董仲舒著《春秋繁露》，有《玉杯》《竹林》《精华》等篇。⑪棠梨：汉代甘泉宫有棠梨台。酸枣：古县名，县城西有韩王望气台。按：这两句是说小园中有棠梨、酸枣之树，却无宫掖楼台。⑫攲（qī）侧：枝条歪斜貌。⑬蒙密：草木繁密貌。⑭枝格：枝短为枝，枝长为格。⑮山为篑（kuì）覆：指园中之山仅以一筐土覆地而起。语本《论语·子罕》，子曰：“譬如为山，未成一篑，止，吾止也；譬如平地，虽覆一篑，进，吾往也!”篑，盛土的竹筐。地有堂坳（ào）：指园中之水不过厅堂一隅洼水之小。语本《庄子·逍遥游》：“覆杯水于坳堂之上，则芥为之舟。”⑯藏狸（lí）：潜伏的狸猫。并窟、重（chóng）巢：言窟、巢之多。⑰连珠细茵：清人倪璠注以为细草连贯如珠，若铺茵席。茵，草席。匏（páo）：葫芦的一种，可食。⑱栖迟：游玩休憩。⑲崎岖：此指房屋歪斜不正。茅茨（cí）：茅草盖的屋顶。⑳坐帐无鹤：倪璠注引葛洪《神仙传》云会稽人介象修道法，能隐形变化。吴主征召至武昌，优礼有加，后飘然化归建邺。帝为之立庙时祭，常有白鹤飞来集于座上。庾信这里是说自己无仙术可归建邺。支床有龟：《史记·龟策列传》：“南方老人用龟支床足，行二十余岁。老人死，移床，龟尚生不死。”这是写自己如龟一样长在一地，暗示自己久居长安。㉑历陵枯木：写己心如期待复荣的枯木。历陵，地名，魏晋时属豫章郡。倪璠引《宋书·五行志》

谓西晋永嘉年间豫章有樟树久枯，一日忽然全青。睢阳乱丝：言自己鬓发斑白。睢阳，地名，周代为宋国之地，墨子为宋人。《淮南子·说林训》记有墨子见练丝而泣之事，详见本章孔稚珪《北山移文》文中注释，但庾信此处是活用典故，非其本义。㉒“非夏”二句：写自己炎夏、寒秋都过得惶恐悲凉。非，并非。夏日，《左传·文公七年》载“或问赵衰、赵盾孰贤？（贾季）对曰：‘赵衰冬日之日，赵盾夏日之日。’”杜预注：“冬日可爱，夏日可畏。”异，无异。秋天而可悲，自宋玉《九辩》“悲哉秋之为气也，萧瑟兮草木摇落而变衰”之句以后，悲秋成为中国文人的常见情怀。

一寸二寸之鱼，三竿两竿之竹。云气荫于丛蓍，金精①养于秋菊。枣酸梨酢，桃榹李薁②。落叶半床，狂花满屋。名为野人之家，是谓愚公③之谷。试偃息于茂林，乃久羡于抽簪④。虽有门而长闭，实无水而恒沉⑤。三春负锄相识，五月披裘⑥见寻。问葛洪之药性，访京房⑦之卜林。草无忘忧之意，花无长乐之心⑧。鸟何事而逐酒，鱼何情而听琴⑨？

加以寒暑异令，乖违德性⑩。崔骃以不乐损年，吴质⑪以长愁养病。镇宅神以薶石，厌山精⑫而照镜。屡动庄舄之吟，几行魏颗之命⑬。薄晚闲闺，老幼相携。蓬头王霸之子，椎髻梁鸿之妻⑭。燋⑮麦两瓮，寒菜一畦。风骚骚⑯而树急，天惨惨而云低。聚空仓而雀噪，惊懒妇而蝉嘶⑰。

昔草滥于吹嘘，藉《文言》之庆余⑱。门有通德，家承赐书⑲。或陪玄武之观，时参凤凰之虚⑳。观受釐于宣室，赋长杨于直庐㉑。遂乃山崩川竭，冰碎瓦裂㉒。大盗潜移，长离㉓永灭。摧直辔于三危，碎平途于九折㉔。荆轲有寒水之悲，苏武有秋风之别㉕。关山则风月凄怆，陇水则肝肠断绝㉖。龟言此地之寒，鹤讶今年之雪㉗。百龄兮倏忽㉘，光华兮已晚。不雪雁门之踦，先念鸿陆㉙之远。非淮海兮可变，非金丹兮能转㉚。不暴骨于龙门，终低头于马坂㉛。谅天造兮昧昧，嗟生民兮浑浑㉜！

据中华书局倪璠注《庾子山集注》卷一

【注释】

①蓍（shī）：草名，一本多茎，可入药。按：我国古代常用蓍草的茎来占卜。《周易·易传·系辞上》："是故蓍之德，圆而神；卦之德，方以知。"金精：甘菊的别称，倪璠注引《玉函方》"甘菊，九月上寅日采，名曰金精"。②酢（cù）："醋"的古字，此处亦作酸义讲。榹（sī）：山桃。薁（yù）：野李。③野人、愚公：皆古代隐士之称，此为庾信自称。按：此愚公非《列子·汤问》中移山之愚公，乃"愚公之谷"中之愚公。刘向《说苑·政理》："齐桓公出猎，逐鹿而走入山谷之中，见一老公而问之曰：'是为何谷？'对曰：'为愚公之谷。'桓公曰：'何故？'对曰：'以臣名之……臣故畜牸牛，生子而大，卖之而买驹。少年曰：'牛不能生马！'遂持驹去。傍邻闻之，以臣为愚，故名此谷为愚公之谷。'"④抽簪：谓弃官引退。古时做官的人须束发整冠，用簪连冠于发，故称引退为"抽簪"。⑤无水而恒沉：指小园中无池却常有卑湿之处。恒，常也。⑥三春：古人称农历正月为孟春，二月为仲春，三月为季春。亦可指春季的第三个月，暮春。负锄：联系下文的"披裘"，当作"负薪"，疑作者误记。按：王充《论衡·书虚》载"传言延陵季子出游，见路有遗金。当夏五月，有披裘而薪者。季子呼薪者曰：'取彼地金来！'薪者投镰于地，瞋目拂手而言曰：'何子居之高，视之下，仪貌之壮，语言之野也？吾当夏五月，披裘而薪，岂取金者哉？'"后遂以"披裘负薪"指高士孤高清廉，隐逸贫居。这两句是说与己结交者皆有节贫士。⑦葛洪：东晋道家，兼通医学、文史及炼丹术，著有《抱朴子》《金匮药方》《神仙传》《西京杂记》等。京房：西汉人，少从淄川杨何授业《周易》，著有《京氏易传》。这两句谓己平日以研究医药、卜筮为业。⑧"草无忘忧"二句：是说自己园中种植的有萱草（一名忘忧草）和长乐花（俗称月月红）。⑨鸟何事而逐酒：语本上文"爰居避风，本无情于钟鼓"所用《国语·鲁语》中"海鸟止飞"的典故。鱼何情而听琴：语本《韩诗外传》"昔伯牙鼓琴而渊鱼出听"。这两句是说自己生活苦闷，琴酒不足以解忧。⑩寒暑异令：指北方冬夏气候与南方不同。乖违德性：指与自己的身体秉性不合。⑪崔骃（yīn）：东汉人，和帝时为车骑将军窦宪掾吏。不乐损年：窦宪擅权骄恣，骃数谏不听，出为长岑（汉县名，属乐浪郡，在辽东）长，不赴而归，未几卒于家。吴质：三国时魏人，与曹操次子曹丕过从甚密。长愁养

病：吴质《答魏太子笺》载“今质已四十二矣，白发生鬓，所虑日深，实不复若平日之时也……犹欲触匈奋首，展其割裂之用也”。⑫宅神：家户里的鬼神。倪璠注引《淮南万毕术》：“埋石四隅，家无鬼。”薶：“埋”的古字。厌（yā）：通“压”。山精：山中的妖怪。⑬庄舄（xì）之吟：庄舄越国人，仕于楚，病中思越而吟越声。魏颗之命：《左传·宣公十五年》载“魏武子有嬖妾，无子。武子疾，命颗（武子之子）曰：‘必嫁是。’疾病，则曰：‘必以为殉。’及卒，颗嫁之，曰：‘疾病则乱，吾从其治也。’”这两句是说自己因思乡而得病，近乎昏乱。⑭“蓬头”二句：是说自己生活困窘，子女、妻室亦显寒酸。王霸之子，事见《后汉书·列女·王霸妻》。王霸东汉人，连征不仕，其子耕于野，见为官之子而有惭色。霸因内疚，妻谓：“君少修清节，不顾荣禄。奈何忘宿志而惭儿女子乎！”霸悟，遂共终身隐遁。椎髻，一撮之髻，其形如椎。梁鸿之妻，即孟光，其先以盛装入门，七日鸿不答礼，光“乃更为椎髻，着布衣，操作而前，鸿乃喜”，事见《后汉书·逸民传》。⑮燋：焦的古字。⑯骚骚：大风强劲貌。⑰“聚空仓”二句：是写自己缺粮少衣的艰难生活。上句语本《玉台新咏》卷九苏伯玉妻《盘中诗》“空仓雀，常苦饥。吏人妇，会夫稀”。下句中之懒妇，即蟋蟀。三国时吴人陆玑《毛诗草木鸟兽虫鱼疏·蟋蟀在堂》：“（蟋蟀）一名蛬（音qióng），一名蜻蛚，楚人谓之王孙，幽州人谓之趣（音cù，同‘促’）织，督促之言也。里语曰‘趣织鸣，懒妇惊’是也。”后以“懒妇”为蟋蟀的别名。⑱草滥：庾信谓己以草莽之具滥居梁朝高位。吹嘘：即“滥竽充数”中之吹竽。《文言》之庆余：《周易·易传·文言·坤卦》：“积善之家必有余庆，积不善之家必有余殃。”⑲门有通德：谓有重德家风。通德，东汉时为表彰大儒郑玄之德在其故乡高密所造之门，号称“通德门”。家承赐书：谓己为书香世家。赐书，《汉书·叙传上》：“（班）彪字叔皮，幼与从兄嗣共游学，家有赐书，内足于财。”按：庾信及其父庾肩吾皆为南朝文俊，堪比东汉班氏一家，故言此。⑳玄武观、凤凰虚：均指代南梁皇室殿宇。玄武，倪璠注引《三辅旧事》：“未央宫北有玄武阙。”凤凰，倪璠注引《三辅黄图》：“汉宫殿有凤凰殿。”虚，通“墟”，处所。㉑受釐（xī）：汉代祭天地五畤，皇帝派人祭祀或至郡国祭祀后，皆以祭余之肉归致皇帝，以示受福，称为“受釐”。按：釐，祭余肉也。《史记·屈原贾生列传》：“孝文帝方受釐，坐宣室。上因感鬼神事，而问鬼神之本。贾生因具道所以然之状。至夜半，文帝前席。”宣室：汉代未央宫中之宣室殿。长杨：指汉代扬雄所作之《长杨赋》。直庐：值宿之庐，古代官员在朝房值班留宿之处。以上四句皆写庾家在南梁所受的殊宠。㉒山崩川竭：指南梁太清二年（548 年）爆发的侯景之乱，参见本书第十一章庾信《拟咏怀》之二十四诗中注释，及“宫体诗”部分萧衍、萧纲二人的作家简介。《国语·周语上》：“夫国必依山川。山崩川竭，亡之征也。”冰碎瓦裂：以喻国家江河破碎。㉓大盗：指侯景。潜移：政权逐渐移失。按：庾信《哀江南赋序》“大盗移国，金陵瓦解”，侯景之乱虽未直接导致南梁灭亡，但此乱之后萧氏垂弱，军阀纷出，西魏乘虚灭之，终由陈氏代之，故赋中曰“潜移”。长离：传说中的一种灵鸟，或曰即凤凰。此指梁武帝萧衍的子孙。㉔直辔：喻轻驾直行，犹下文之“平途”。三危：山名。《尚书·禹贡》：“三危既宅。”孔传：“三危为西裔之山也。”九折：坂名，相传登者九折乃上，在今四川荥经县西南邛崃山麓。按：三危、九折皆西陲之山坂，故庾信当指西魏。这两句是说南梁本来政治升平，后来进入乱世，前途艰难。㉕“荆轲”二句：庾信自比荆轲客死之悲壮，独羡苏武之得归。荆轲有寒水之悲，指荆轲《易水歌》。苏武有秋风之别，指旧题苏武《和李陵诗》，诗曰“芬馨良夜发，随风闻我堂”。㉖关山则风月凄怆：因古乐府有《关山月》之诗，唐人吴兢《乐府解题》曰“《关山月》，伤离别也”。陇水则肝肠断绝：化用北朝乐府《陇头歌辞》其三，详见本书第十二章原诗。㉗龟言此地之寒：倪璠注引《水经注》。记前秦苻坚曾得一龟，大二尺六寸，其背有八卦古字，坚以石池养之，十六年而死，后托梦曰：“我将归江南，不遇，死于秦。”此指庾信思归江南，不欲如龟般客死秦地。鹤讶今年之雪：倪璠注又引刘敬叔《异苑》。记西晋时某冬日，有人见二白鹤语于桥下曰：“今兹寒不减尧崩年也。”于是飞去。按：庾信言此暗示“尧崩”，当指梁元帝萧绎之死。西魏攻破江陵在承圣三年（554 年）十一月，十二月元帝被杀。㉘百龄：百年。龄，一本作“灵”。倏（shū）忽：迅疾貌。㉙雪：洗除，洗雪。雁门之踦（jī）：据《汉书·段会宗传》，会宗西汉上邽（今甘肃天水市）人，字子松。元帝时为西域都护，西域敬其威信。任满还，迁为沛郡、雁门诸地太守。数年，坐法免。成帝时西域诸国上书愿得会宗，将往西域复任都护，其友谷永予书戒曰：“愿吾子因循旧贯，毋求奇功，终更亟还，亦足以复雁门之踦。”踦，清人王先谦《汉书补注》引宋人刘攽语：“免官为踦。”鸿陆：《周易·易经·渐卦》九三爻辞“鸿渐于陆，夫征不复”。这两句是庾信说自己如段会宗般屡失（梁朝的）官职，现今又远行不还。㉚非淮海兮可变：语本《国语·晋语九》，赵简子叹曰“雀入于海为蛤，雉入于淮为蜃，鼋鼍鱼鳖，莫不能化。惟人不能，悲夫！”窦犨侍，曰：“臣闻之，君子……哀名之不令，不哀年之不登。”庾信此指自己年岁已老。非金丹兮能转：语本葛洪《抱朴子·金丹》，术士炼丹有一转至九转之法。此为庾信感慨无法长生。㉛不暴（pù）骨于龙门：倪璠注引辛氏《三秦记》“龙门山在河东界，禹凿山断门一里余，黄河自中流下，两岸不通车马。鱼登者化为龙，不登者点额暴腮而返”。暴骨，犹上文之“暴腮”，即曝露尸骨，死于郊野之意。暴，曝的本字。庾信此指不能为梁朝殉节而死。终低头于马坂：语本《战国策·楚策四》，记一老骥服盐车上太行，伯乐见状伤心而哭之事。庾信此指自己如骐骥而服贱役，深以为耻。㉜谅天造兮昧昧：语本张衡《归田赋》“谅天道之微昧”之句。昧昧，极不明貌。嗟生民兮浑浑：语本屈原《离骚》“哀民生之多艰”之句。浑浑，昏聩貌。

【笺释】

一、《小园赋》的文学艺术性

本赋极具藻绘之工，整饬绮丽之间不见斧凿，尤见对典故的裒用，有时几乎是一句一典，一气呵成而毫无涩滞堆砌之感，已经达到“用事无迹”的境界。在谋篇布局上，作品前半篇皆从小园实处落笔，后半篇由实入虚、借景抒情，反复申说其坎壈悲凉的平生之痛。

二、对《小园赋》及庾信辞赋艺术的分析及评价

自古至今，方家多认为庾信是魏晋六朝辞赋创作水平的集大成者，尤其代表了骈赋的最高水平，如《四库全书总目提要·庾子山集》论之曰：“信为梁元帝守朱雀航，望敌先奔[1]，厥后历仕诸朝，如更传舍[2]，其立身本不足重。其骈偶之文，则集六朝之大成，而导四杰之先路，自古迄今，屹然为四六宗匠。”以下辑录对《小园赋》及庾信辞赋创作有代表性的几则评论：

---

1 此事在太清二年（548年），庾信时为梁武帝镇守京师要塞朱雀航。侯景兵至，信闻风而逃，投奔在江陵尚为湘东王的萧绎。

2 如更传（zhuàn）舍（shè）：如同更换旅馆一般。传舍，传车、驿夫及旅客于途中的住所。

1. 清人倪璠集注此赋曰："伤其屈体魏周，愿为隐居而不可得也。其文既异潘岳之《闲居》，亦非仲长之《乐志》[1]，以乡关之思，发为哀怨之辞者也。"

2. 清人许梿《六朝文絜笺注》评此赋云："骈语至兰成[2]，所谓采不滞骨，隽而弥絜，余子只蝇鸣蚓窍[3]耳……此赋前半俱从小园落想，后半以乡关之思为哀怨之词。近人模拟是题，一味写景赋物，失之远已。"

3. 清人李元度《赋学正鹄》评论此赋道："子山以梁室世臣入事北周，其胸中先有一段家国、身世、乱离、羁旅之感。如所谓'黄鹤戒露''爰居避风''庄舄之吟''苏武之别'者，故借小园以发之，不第以刻画小字为能也。然即其刻画精警处，已独绝千古。"

4. 近人钱锺书在《谈艺录》中总评庾信辞赋的创作特色说："子山辞赋，体物浏亮、缘情绮靡之作，若《春赋》《七夕赋》《灯赋》《对烛赋》《镜赋》《鸳鸯赋》，皆居南朝所为。及夫屈体魏周，赋境大变……如《小园》《竹杖》《邛竹杖》《枯树》《伤心》诸赋，无不托物抒情，寄慨遥深，为屈子旁通之流，非复荀卿直指之遗……早作多事白描，晚制善运故实。明丽中出苍浑，绮缛中有流转。穷然后工，老而更成，洵非虚说。"

---

1 仲长之《乐志》，东汉末仲长统感于乱世，拒绝出仕，认为"人生易灭，优游偃仰，可以自娱，欲卜居清旷，以乐其志"，乃作《乐志》诗文，见《后汉书·仲长统传》。

2 兰成，庾信的小字。唐代陆龟蒙《小名录》："庾信幼而俊迈，聪敏绝伦。有天竺僧呼信为兰成，因以为小字。"

3 蝇鸣蚓窍，即苍蝇、蚯蚓无休止地叫，比喻低劣的、无病呻吟之文字。古人误认为蚯蚓能鸣，其声发于孔窍。

第十四章　魏晋南北朝小说

一、概述

小说作为一种现代文学门类，与诗歌、散文、剧本等并列，为西方近代文学观点，传至我国后渐为大众所知。我国古代所谓“小说”者，盖指稗（bài）史、杂事、杂录、杂记、异闻、琐语、小录、传奇、轶事、话本之类文字，多见于史部[1]。

“小说”一词先秦时意为与大道无涉之琐碎言语，始出《庄子·外物》：“饰小说以干县令，其于大达亦远矣。”东汉班固《汉书·艺文志》则将街谈巷语、道听途说之类称为小说，并称其“盖出于稗官[2]”，列于九流十家之末，以明其补缺史载、近乎野史之性质。抑或用以泛称丛杂之文，如张衡《西京赋》：“小说九百，本自虞初[3]。”三国时吴人薛综注：“小说，医巫厌祝之术。”

将魏晋南北朝所记神鬼灵异故事之文称为“志怪”，自近人鲁迅始。其《中国小说史略》第五篇《六朝之鬼神志怪书（上）》云：“中国本信巫，秦汉以来，神仙之说盛行。汉末又大畅巫风，而鬼道愈炽。会小乘佛教亦入中土，渐见流传。凡此皆张惶鬼神，称道灵异，故自晋讫隋，特多鬼神志怪之

1　一些书目家出于班固“小说家者流”之说的考虑，认为小说家亦为诸子之一，也有将其归为子部的。

2　稗官，古代专门给帝王讲述街谈巷议、风俗故事的小官。

3　虞初，西汉洛阳人，武帝时以方士侍郎，号黄车使者。曾撰《虞初周说》，著录于《汉书·艺文志》，已佚。

书。”学界遂有“志怪小说”“志人小说”（记人物轶事一类）之称。此种书粗陈梗概，略有小说雏形，称为文人笔记则更贴切。今存题为汉人所著小说，据学者考证多为魏晋南北朝人伪托之作[1]，而题名魏晋南北朝者（含各种后代辑本），据今人程毅中《古小说简目》统计则有八十余种。

志怪小说以东晋干宝《搜神记》为代表，大致可分为三类：记载地理奇物者，如托名东方朔的《神异经》，西晋张华的《博物志》等；专记仙怪故事者，如托名曹丕的《列异传》，十六国时王嘉的《拾遗记》，南梁吴均的《续齐谐记》等；宣扬宗教灵异者，如南朝宋刘义庆的《幽明录》，南齐王琰的《冥祥记》，南梁任昉的《述异记》，北齐颜之推的《冤魂志》等。

志人小说大多已佚，数量不及志怪，大致也可分为笑话、杂史和轶事三类，如汉末邯郸淳《笑林》，东晋裴启《语林》、郭澄之《郭子》，南梁殷芸《小说》等。托名西汉刘歆所作的《西京杂记》和刘义庆编纂的《世说新语》则是保存完整、影响较大的两部。前者近乎杂史，后者专录魏晋名士之言谈、逸事，颇见当时清谈玄理、品藻人物之世风人情。

二、作品

（一）志怪小说

张　华（232 年—300 年）

字茂先，范阳方城（今河北固安县）人。他是西晋开国功臣，官至司空，封壮武郡公，后死于八王之乱。诱进后辈不倦，卒之日家无余财，唯文史简册充栋。有《博物志》及《张司空集》辑本存世。

《列异传》

魏晋志怪小说集。《隋书·经籍志》题魏文帝曹丕撰，但文中有曹魏末

1　托名汉人的，如旧题东方朔的《神异经》，托名刘歆、实为葛洪所作的《西京杂记》，旧题班固的《汉武故事》等。即使魏晋南北朝之小说，亦有伪作，如托名曹丕的《列异传》，托名陶潜的《搜神后记》等。

期正始、甘露年间的事，其时与文帝不合，故《旧唐书·经籍志》《新唐书·艺文志》都改为张华撰。清人姚振宗在《〈隋书·经籍志〉考证》中认为："意张华续文帝书，而后人合之。"此说解决了上述作者与书中内容所示时间上的矛盾。此书多记荒诞怪异之事，情节离奇，引人入胜，刘宋裴松之的《三国志注》，北魏郦道元的《水经注》都有引用，因此可以确定是魏晋时代的作品。原书已佚，鲁迅《古小说钩沉》辑有五十则。

宋定伯

【题解】

本文记叙了一个少年捉鬼的故事，展现了主人公宋定伯临危不惧、勇敢机智、灵活应变的特点，具有一定破除鬼神迷信的意义。

南阳①宋定伯，年少时，夜行逢鬼。问之，鬼言："我是鬼。"鬼问："汝复谁？"定伯诳②之，言："我亦鬼。"鬼问："欲至何所？"答曰："欲至宛市③。"鬼言："我亦欲至宛市。"遂行数里。鬼言："步行太迟，可共递相担④，何如？"定伯曰："大善。"鬼便先担定伯数里。鬼言："卿⑤太重，不是鬼也。"定伯言："我新鬼，故身重耳。"定伯因复担鬼，鬼略⑥无重。如是再三。定伯复言："我新鬼，不知有何所恶忌。"鬼答言："唯不喜人唾⑦。"于是共行。

道遇水，定伯令鬼渡，听之了然无水音。定伯自渡，漕漼⑧作声。鬼复言："何以有声？"定伯曰："新死，不习渡水故尔，勿怪吾也。"

行欲至宛市，定伯便担鬼著肩上，急执⑨之。鬼大呼，声咋咋然，索⑩下。不复听之，径⑪至宛市中。下著地，化为一羊，便卖之。恐其变化，唾之。得钱千五百，乃去。当时有言："定伯卖鬼，得钱千五。"

据中华书局排印本《太平广记》卷第三百二十一

【注释】

①南阳：汉代郡名，大致在今河南西南部、湖北北部一带。②诳(kuáng)：欺骗。③宛：南阳郡的郡治，即现在的河南南阳市。市：集市。

④迟：缓慢。递：轮流。相担：相互背负。⑤卿：魏晋六朝时期第二人称代词“你”的昵称。⑥略：几乎。⑦唾：唾液，此处用作动词，指被吐口水。⑧漼漼（cuǐ）：形容水声的象声词。⑨执：抓住。⑩咋咋（zé）：形容呼叫、咬牙等声音的象声词。索：索求，要求。⑪径：副词，直接地。

【笺释】

一、本故事东晋干宝的《搜神记》中也有收录。

二、这则故事文本难度不大，情节生动有趣，一直广为流传，也出现在二十世纪八九十年代人教版初中语文必修课本里。

《博物志》

晋代志怪小说集，西晋张华撰。内容包罗较广，有补“《山海经》及《禹贡》《尔雅》《说文》、地志”诸作地理、杂史缺记之失，也有对异境奇物、神仙方术的描写。书中保存了如牛郎织女、盗女猕猴等神话故事的原始材料，其中记载神仙的资料也常为后世道家所引用。宋人李石的《续博物志》，明人游潜的《博物志补》都是此书的续作。原书已佚，中华书局排印的《博物志校证》为今人辑本，较为完备。

八月乘槎

【题解】

本故事重在突出汉代著名道家严遵推算天机的神妙，而“乘槎”亦成为后世所谓化羽登仙的知名典故。原文并无标题，此为编者所加。

旧说云：天河[①]与海通。近世有人居海渚者，年年八月有浮槎[②]去来，不失期。人有奇志，立飞阁于槎上，多赍[③]粮，乘槎而去。十余日中犹观星月日辰，自后茫茫忽忽亦不觉昼夜。去十余日，奄至一处，有城郭状，屋舍甚严[④]。遥望宫中多织妇，见一丈夫牵牛渚次[⑤]饮之。牵牛人乃惊问曰：“何由至此？”此人具说来意，并问此是何处，答曰：“君还至蜀郡，访严君平[⑥]，则知之。”竟不上岸，因还如期。

后至蜀，问君平，曰："某年月日，有客星犯牵牛宿⑦。"计年月，正是此人到天河时也。

据中华书局《博物志校证》卷十

【注释】

①天河：天上之河，即银河，又称星汉、天汉。②海渚（zhǔ）：海岛。槎（chá）：木筏。③飞阁：此指翘起的船篷。槎：原作"查"，一本作"楂"，据诸本择优改之。按：查、楂、槎三字古时音义相同。赍（jī）：持带、携带。④奄（yǎn）：忽然、骤然。严：此指房舍齐整。⑤渚次：小洲的边上，即水边。⑥蜀郡：汉代郡名，大致今四川省中部一带，郡治在今成都市。严君平：名遵，西汉蜀郡人，著名道家。成帝时，卖卜于成都，与人言利害，得百钱足自养，余则闭肆下帘读《老子》，一生不仕，扬雄少年时曾从之学，年九十余卒。著有《道德真经指归》。⑦某年月日："某年某月某日"之略。客星：对天空中出现的新星的统称。宿（xiù）：星宿。

【笺释】

一、这则故事在后代影响较大，"乘槎""星槎""上汉槎""八月槎"遂成为升仙的代名词，于诗词中屡见。

二、在后代影响更大的是另一个关于"乘槎"的传说——《荆楚岁时记》[1] 中所录的"张骞乘槎"：汉张骞奉命出使西域诸国，乘槎经月，至一城市，见一女在室内织布，又见一男子牵牛饮于河边，后携织女所赠之支机石而归。此处"乘槎"的涵义则是"奉命出使"之义。这在后代诗赋词曲中的运用情况就更多，大诗人杜甫尤其喜用这个典故，如《有感五首》其一："乘槎断消息，无处觅张骞。"《奉赠萧二十使君》："起草鸣先路，乘槎动要津。"《寄李十二白二十韵》："莫怪恩波隔，乘槎与问津。"《赠王二十四侍御契四十韵》："伏柱闻周史，乘槎有汉臣。"《秋兴八首》其二："听猿实下三声泪，奉使虚随八月槎。"

1　是书为南梁宗懔（lǐn）所撰，是一部关于楚地风俗的笔记作品。全书凡三十七篇，记载了自元旦至除夕的二十四节令及其时俗。

干　宝（生卒年不详）

字令升，汝阴新蔡（今河南新蔡县）人。晋元帝时以著作郎领国史，迁散骑常侍。他勤学博览，著有《晋纪》，直而能婉，世称良史。亦好阴阳术数，撰《搜神记》，被誉为"鬼之董狐"（南朝宋刘义庆《世说新语·排调》）。

《搜神记》

晋代志怪小说集，东晋干宝撰。二十卷，今本已非古本原貌，是明人胡应麟据《法苑珠林》《太平广记》《太平御览》诸书辑录的。鲁迅《中国小说史略》曰："《搜神记》今存者正二十卷，然亦非原书。是书于是神祇、灵异、人物变化之外，颇言神仙五行，又偶有释氏说。"除神话传说，书中还保存了很多民间故事和野史杂记，描写细致生动，是六朝志怪小说的代表。

三王墓

【题解】

本篇描写了一个子报父仇的故事，文中呈现了奇客怪异的杀人法术，体现出古代下层劳动人民面对强权暴政的反抗精神，以及古人重义轻生、贵诺守信的淳朴情怀和急人之难、舍己助人的高尚品质。

楚干将、莫邪[①]为楚王作剑，三年乃成。王怒，欲杀之。剑有雌雄。其妻重身[②]，当产，夫语妻曰："吾为王作剑，三年乃成。王怒，往必杀我。汝若生子是男，大，告之曰：'出户望南山，松生石上，剑在其背。'"于是即将[③]雌剑，往见楚王。王大怒，使相[④]之：剑有二，一雄一雌，雌来雄不来。王怒，即杀之。

莫邪子名赤，比[⑤]后壮，乃问其母曰："吾父所在？"母曰："汝父为楚王作剑，三年乃成，王怒，杀之。去时嘱我：'语汝子出户望南山，松生石上，剑在其背。'"于是子出户南望，不见有山，但睹堂前松柱下石低之上[⑥]，即以斧破其背，得剑。日夜思欲报楚王。

王梦见一儿，眉间广尺⑦，言欲报仇。王即购之千金。儿闻之，亡去。入山行歌⑧，客有逢者，谓："子年少，何哭之甚悲耶？"曰："吾干将、莫邪子也。楚王杀吾父，吾欲报之。"客曰："闻王购子头千金，将子头与剑来，为子报之。"儿曰："幸甚。"即自刎，两手捧头及剑奉之，立僵⑨。客曰："不负子也。"于是尸乃仆⑩。客持头往见楚王，王大喜。客曰："此勇士头也。当于汤镬⑪煮之。"王如其言。煮头三日三夕，不烂。头踔出汤中，踬目⑫大怒。客曰："此儿头不烂，愿王自往临视之，是必烂也。"王即临之。客以剑拟⑬王，王头堕汤中。客亦自拟己头，头复堕汤中。

三首俱烂，不可识别。乃分其汤肉葬之，故通名三王墓。今在汝南北宜春⑭县界。

据中华书局排印本《搜神记》卷十一

【注释】

①干将、莫邪（yé）：东汉赵晔《吴越春秋·阖闾内传》"干将者，吴人也，与欧冶子同师，俱能为剑……莫邪，干将之妻也……干将妻乃断发剪爪，投于炉中，使童女童男三百人鼓橐装炭，金铁乃濡，遂以成剑。阳曰干将，阴曰莫邪"。此处干将、莫邪为楚人。②重（chóng）身：指怀孕。《素问·奇病论》："人有重身，九月而瘖，此为何也？"王冰注："重身，谓身中有身，则怀妊者也。"③将：携带。④相（xiàng）：鉴定，鉴别。⑤比：及也，至也。⑥石低：应是"石砥"之讹，指石基。之上：二字当是衍文。⑦眉间广尺：两眉间距宽过一尺，言此儿生有异相。⑧行歌：边走边哀号。歌，据下文"何哭之甚悲耶"，当作哀号讲。⑨立僵：指身躯立刻僵硬。⑩仆：倒地。⑪镬（huò）：无足鼎，古时煮肉及鱼、腊之器，亦用作烹人的刑器。⑫踔（chuō）：跃也。踬（zhì）目：疑乃"瞋目"之讹，指张大眼睛，表示震怒。⑬拟：对准，看准。⑭汝南：汉魏郡名，大致在今河南驻马店市一带，郡治在今汝南县。北宜春：西汉时县名宜春，东汉改为北宜春，在今河南汝南县西南。

【笺释】

一、关于干将、莫邪的指代问题。如上文注释①所引，有称为吴人者，有称为楚人者；有认为是一人者（复姓干将，名莫邪），有认为是夫妻二人者；还可作为雌雄双剑的名称。这正反映出我国传说故事口耳相传的特征，在时间上是多代流传，在空间上是跨地域传播。我国自古以来就幅员广阔，各地文化相对稳定互通，故事细节出现了变迁的现象，落诸纸端就形成了诸多大同小异的异文。

二、近人鲁迅有一部白话短篇小说集《故事新编》，包括了以中国古代神话、历史传说为基本素材而重新创作的八篇小说。其中有一篇就是对本文的改写和演绎，初名《眉间尺》，后来定名为《铸剑》。

紫　玉

【题解】

本篇讲述了一则因社会门第观念而导致悲剧的凄美爱情传说，反映了当时的人们对美好爱情、理想生活的渴望和向往。

吴王夫差[①]小女名曰紫玉，年十八，才貌俱美。童子[②]韩重，年十九，有道术。女悦之，私交信问[③]，许为之妻。重学于齐、鲁之间，临去，属[④]其父母使求婚。王怒，不与女。玉结气死，葬阊门[⑤]之外。

三年，重归，诘[⑥]其父母。父母曰：“王大怒，女结气死，已葬矣。”重哭泣哀恸，具牲币[⑦]往吊于墓前。玉魂从墓出，见重流涕，谓曰：“昔尔行之后，令二亲从王相求，度必克[⑧]从大愿。不图别后遭命[⑨]，奈何！”玉乃左顾，宛[⑩]颈而歌曰：“南山有乌，北山张罗。乌既高飞，罗将奈何！意欲从君，谗言孔[⑪]多。悲结生疾，没命黄垆[⑫]。命之不造[⑬]，冤如之何！羽族之长，名为凤凰。一日失雄，三年感伤。虽有众鸟，不为匹双。故见鄙姿[⑭]，逢君辉光。身远心近，何当暂忘？”

歌毕，欷歔流涕，要[⑮]重还家。重曰：“死生异路，惧有尤愆[⑯]，不敢承命。”玉曰：“死生异路，吾亦知之。然今一别，永无后期，子将畏我为鬼而祸子乎？欲诚所奉[⑰]，宁不相信？”重感其言，送之还家。玉与之饮燕[⑱]，留三日三夜，尽夫妇之礼。临出，取径寸明珠以送重，曰："既毁其名，又绝其愿，复何言哉？时节自爱⑲。若至吾家，致敬大王。"

重既出，遂诣⑳王自说其事。王大怒曰："吾女既死，而重造讹言㉑，以玷秽亡灵。此不过发㉒冢取物，托以鬼神。"趣收㉓重。重走脱，至玉墓所诉之。玉曰："无忧。今归白王。"

王妆梳，忽见玉，惊愕悲喜。问曰："尔缘何生？"玉跪而言曰："昔诸生韩重来求玉，大王不许。玉名毁义绝，自致身亡。重从远还，闻玉已死，故赍㉔牲币，诣冢吊唁。感其笃终㉕，辄与相见，因以珠遗之。不为发冢，愿勿推治㉖。"夫人闻之，出而抱之，玉如烟然。

据中华书局排印本《搜神记》卷十六

【注释】

①夫差：春秋末吴国国君，吴王阖闾之子，前495年—473年在位。后吴国为越国所灭，夫差遂自杀。②童子：少年，未成年的男子。按：古时男子年满二十束发及冠，是为成年。③私交：私下暗中交往。信问：以信使相问询，意即遣人沟通消息。④属（zhǔ）：委托，嘱咐。⑤阊（chāng）门：吴国国都姑苏（今江苏苏州市）西北方的城门。按：苏州自古大城，一城八门。阊门外有阖闾冢，名曰虎丘。⑥诘（jié）：责备，质问。⑦牲币：古代用以祀日月星辰、社稷、五岳等的牺牲和币帛，后泛指一般的祭祀供品。⑧度（duó）：料想，揣度。克：能也。⑨不图：不料，未曾想。遭命：遭受非命之略，犹言屈死。⑩宛：弯曲。⑪孔：甚也，极也。⑫黄垆：黄土，此为黄泉。垆，黑色硬土。⑬不造：不达。⑭见（xiàn）：通"现"，展现。鄙姿：粗野的形貌，此为自谦之辞。⑮要（yāo）：通"邀"，邀请。⑯尤愆（qiān）：罪过，过错。⑰奉：侍奉。⑱燕："宴"的古字。⑲时节自爱：注意节气变化，爱惜自己身体。⑳诣：拜见，请见。㉑讹（é）言：谎话。㉒发：掘开。㉓趣（cù）：通"促"，立即，从速。收：收系，拘捕。㉔赍（jī）：携带。㉕笃终：指感情深厚且始终不变。㉖推治：古代刑狱用语，审问、推究以定罪。

【笺释】

一、紫玉及春秋时代的弄玉[1]，同为我国古代多情少女的浪漫代表，广为后代读者所铭记，影响很大。晚清汉魏诗派的大诗人王闿运（《采芬女子墓志铭》）有这样几句妙语："出郊而望，但见紫玉之烟；舞鹤还来，俱入泉台之镜。"

二、"紫玉"一词后世亦可作为对女子早逝的代称，如大诗人李白《经乱后将避地剡中留赠崔宣城》诗"胡床紫玉笛，却坐青云叫"，杜甫《桃竹杖引赠章留后》诗"斩根削皮如紫玉，江妃水仙惜不得"，俱用此义。

刘义庆（403 年—444 年）

字季伯，彭城（今江苏徐州市）人。刘宋宗室，宋武帝刘裕之侄，袭封临川王，历任荆州、江州、南兖州等地刺史。雅好文学，延揽远近文学之士鲍照、袁淑、陆展、何长瑜等，并作辞章之美，皆引为佐史国臣，为人称颂。所撰除《幽明录》外，还有《世说新语》《集林》（已佚）等。

《幽明录》

南朝志怪小说集，亦名《幽冥录》或《幽冥记》，南朝宋刘义庆及其门客所撰。书名取义于《周易·易传·系辞上》"是故知幽明之故"及注释"幽明，有形无形之象"，书中所记亦多为鬼神灵怪之事，变幻无常，生动出奇。其书《隋书·经籍志》著录为二十卷，原书已佚，鲁迅《古小说钩沉》辑得二百六十多则，较为完备。

刘晨阮肇

【题解】

东汉末年时至南朝初，谈玄成风，道家兴盛，化羽升仙是当时士人最高

---

1 弄玉，相传为秦穆公之女，嫁于善吹箫之萧史，日就萧史学箫作凤鸣，穆公为作凤台以居之。后夫妻乘凤飞天去。事见汉刘向《列仙传》。

的人生理想。本篇讲述的就是在这个大背景下的一段仙俗奇缘。

汉明帝永平五年，剡县刘晨、阮肇共入天台山取穀皮[①]，迷不得返。经十三日，粮食乏尽，饥馁殆[②]死。遥望山上有一桃树，大有子实，而绝岩邃涧，了无[③]登路。攀援藤葛，乃得至上。各啖数枚，而饥止体充。复下山，持杯取水，欲盥漱。见芜菁叶从山腹[④]流出，甚鲜新。复一杯流出，有胡麻饭糁[⑤]。相谓曰："此必去人径[⑥]不远。"便共没水，逆流二三里，得度[⑦]山，出一大溪。

溪边有二女子，姿质妙绝，见二人持杯出，便笑曰："刘阮二郎捉向[⑧]所失流杯来。"晨、肇既不识之，缘[⑨]二女便呼其姓，如似有旧，乃相见欣喜。问："来何晚邪？"因邀还家。其家筒瓦[⑩]屋，南壁及东壁下各有一大床，皆施绛[⑪]罗帐，帐角悬铃，金银交错。床头各有十侍婢，敕[⑫]云："刘阮二郎，经涉山岨，向虽得琼实，犹尚虚弊[⑬]，可速作食。"食胡麻饭、山羊脯、牛肉，甚甘美。食毕行酒，有一群女来，各持五三桃子，笑而言："贺汝婿来。"酒酣作乐，刘阮欣怖交并。至暮，令各就一帐宿，女往就之，言声清婉，令人忘忧。至十日后，欲求还去。女云："君已来是，宿福所牵[⑭]，何复欲还邪？"遂停半年。气候草木当是春时，百鸟啼鸣，更怀悲思，求归甚苦。女曰："罪牵君[⑮]，当可如何？"遂呼前来女子，有三四十人，集会奏乐，共送刘阮，指示还路。

既出，亲旧零落，邑屋改异，无复相识。问讯得七世孙[⑯]，传闻上世入山，迷不得归。至晋太元八年[⑰]，忽复去，不知何所。

据人民文学出版社《鲁迅全集·古小说钩沉》

【注释】

①汉明帝永平五年：公元 62 年。剡（shàn）县：汉县名，即今浙江嵊（shèng）州市（今绍兴市下辖县级市）。天台：山名，在今浙江天台县（今属台州市）北，道教以天台为南宗祖庭，释家天台宗亦发源于此山。穀皮：树名，可作药材。②殆：副词，将及、将近。③子实：本指植物所结的籽粒及果实，此指大小的桃子。绝岩：极其陡峭的山崖。了无：全无，一点儿都

没有。④芜菁（jīng）：植物名，又名蔓菁，块根可食，俗称大头菜。山腹：山腰，山体的中部。⑤胡麻：芝麻的别称。糁（sǎn）：米粒、饭粒。⑥人径：有人迹的山路，实指人烟、人家。⑦没水：此指游泳。度：穿越。⑧向：时间副词，先前，以前。⑨缘：因为。⑩筒瓦：圆筒状的屋瓦。⑪施：置设。绛：深红色。⑫敕（chì）：汉魏以前凡尊长告诫后辈或下属之命皆称敕，六朝以后特指皇帝的诏书。⑬虚弊：此指身体气虚体弱。⑭宿福所牵：两世所积之福而牵今日之缘也。宿福，前世注定的福分。⑮罪牵君：天台仙女自谦之辞，意即因我的罪过牵连您不得归。⑯七世孙：七代后的子孙，即云孙。《尔雅·释亲》："子之子为孙，孙之子为曾孙，曾孙之子为玄孙，玄孙之子为来孙，来孙之子为昆孙，昆孙之子为仍孙，仍孙之子为云孙。"⑰晋太元八年：公元383年。太元，东晋孝武帝年号，376年—396年。

【笺释】

由本文所孳乳的两个文学典故如下：

一、刘郎。得名于本则故事中主人公之一的刘晨，后世遂代以称情郎。如唐人李商隐著名的《无题》"刘郎已恨蓬山远，更隔蓬山一万重"；又如唐人司空图《游仙》诗"刘郎相约事难谐，雨散云飞自此乖"；再如宋人周邦彦《苏幕遮》词"翠屏深，香篆袅。流水落花，不管刘郎到"；等等。按：在古诗词中，刘郎并非仅此一义，作家还喜欢将汉武帝刘彻称为刘郎，如李贺；刘禹锡亦自称刘郎。这是需要注意的。

二、桃源洞。刘晨、阮肇遇见仙女之前，"遥望山上有一桃树……逆流二三里，得度山，出一大溪"，于是衍化出此典故，泛指男女幽会的佳处。如唐人韩偓《六言》诗"忆泪因成别泪，梦游常续心游。桃源洞口来否？绛节霓旌久留"，又如元人李好古《张生煮海》杂剧第一折"我与你笑相从，再休提误入桃源洞"等。按：此桃源洞并非陶潜《桃花源记序》中所写"山有小口，仿佛若有光，便舍船从口入。初极狭，才通人，复行数十步，豁然开朗"之洞。据上文注释①可知，前者（刘晨、阮肇所度之天台山洞）在今浙江台州市天台县，而后者（陶潜所记之桃花源洞）在今湖南常德市桃源县，二者并非一地。

任　昉（460年—508年）

字彦升，祖籍乐安郡博昌（今山东寿光市）人。历仕齐、梁两朝，官至司徒右长史及御史中丞、秘书监、新安太守。以文才见知，在齐时与萧衍等同为竟陵王萧子良西邸八友。梁代齐，禅让文诰多出昉手，时与沈约并称“任笔沈诗”。有《任彦升集》辑本。

《述异记》

南朝志怪小说集，有两种：一是南齐祖冲之所撰，十卷（已佚）；一是南梁任昉（fǎng）所撰，二卷，有鲁迅《古小说钩沉》辑本。宋代《崇文总目》最早著录任氏之书，并有无名氏序一篇，说昉“家藏书三万卷，故多异闻，采于秘书，撰《新述异记》上下两卷”，可见是书沿用祖氏之书名。所记与西晋张华的《博物志》近似，多为异闻琐事，篇幅单薄，故事性较差。《四库全书总目提要》认为“或后人杂采类书所引《述异记》，益以他书杂记，足成卷帙”。

王质烂柯

【题解】

本条叙述了一则樵夫遇仙的故事，在后代成为一个常用的文学典故。

信安郡石室山①，晋时王质伐木至。见童子数人棋而歌，质因听之。童子以一物与质，如枣核。质含之，不觉饥。俄顷，童子谓曰：“何不去?”质起视，斧柯②尽烂。既归，无复时人③。

据人民文学出版社《鲁迅全集·古小说钩沉》

【注释】

①信安郡：隋代始有信安郡之称，改高要郡为信安郡，范围大致在今广东肇庆市一带。按：信安郡既为隋代地名，则疑《述异记》或经隋人补缀。石室山，又名烂柯山，在今肇庆市高要区。清人顾祖禹《读史方舆纪要·广东二·肇庆府》：“高峡山、烂柯山在府东南四十六里，一名柯斧山，旧传王

质观棋处，亦名端山，峡之对山也。”按：今浙江衢州市、河南新安县、山西沁县境内都有此同名山，恐非文中所指，乃后人附会耳。②柯：斧之柄。③时人：当时的人，同时代的人。

【笺释】

一、“烂柯”此后成为典故，常被文人翻用，涵义也略有扩延：

1. 谓岁月流逝，人事变迁。如宋人陆游《东轩花时将过感怀》诗“还家常恐难全璧，阅世深疑已烂柯”，放翁用是本义。

2. 宋人赵彦卫《云麓漫钞》卷十：“况人一夕不寝必困，岂有两昼夜而不觉，朝廷为之废务？殆几于烂柯之说矣。”此处以喻荒诞不可信。

3. 唐人窦常《哭张仓曹南史》诗“丽藻尝专席，闲情欲烂柯”，及清人钱谦益《〈棋谱新局〉序》“安知夫烂柯之老，橘中之叟，不揶揄窃笑耶”，此乃借指下棋。

二、又衍生出“烂柯人”一典，如唐人刘禹锡《酬乐天扬州初逢席上见赠》诗“怀旧空吟闻笛赋，到乡翻似烂柯人”，自喻为饱经沧桑变幻之人。

（二）志人小说

刘 歆（？—23年）

字子骏，沛（今江苏丰县）人。刘向之子。成帝时为黄门郎，与父向总校群书。王莽称帝后，拜为国师，封嘉新公。后谋诛王莽，事泄自杀。其所撰《七略》，为我国第一部图书分类目录，主要内容为《汉书·艺文志》所继承。有明人辑本《刘子骏集》。

葛 洪（284年—364年）

字稚川，自号抱朴子，丹阳句（gōu）容（今江苏句容市）人。三国时著名方士葛玄之侄孙。少好神仙导养之法，师事名道郑隐、鲍玄，得其法。东晋时，闻交址出丹砂，求为句漏（亦作“苟漏”，汉县名，在今越南北部）令，迁广州，止于罗浮山炼丹，积年而卒。著有《抱朴子》《金匮药方》《肘后备急方》《神仙传》《集异传》等。

《西京杂记》

历史小说集。原书二卷，后分为六卷，共一百三十八则。关于作者，素有西汉刘歆、东晋葛洪二说，一般认为当是葛洪托名刘歆[1]之撰。“西京”即西汉京师长安，在时间上借指西汉一朝。故全书所记都是西汉逸史，杂以少量民间奇谈和传说。

昭君不赂

【题解】

本则故事较为知名，比较细致地叙述了昭君出塞的起因，并引起了一场关于这个问题旷日持久的文学公案。

元帝①后宫既多，不得常见。乃使画工图形，案图召幸②之。诸宫人皆赂画工，多者十万，少者亦不减五万。独王嫱③不肯，遂不得见。匈奴入朝，求美人为阏氏④。于是上案图，以昭君行。及去，召见，貌为后宫第一。善应对，举止闲雅。帝悔之，而名籍已定⑤。帝重信于外国⑥，故不复更人。乃穷案其事，画工皆弃市，籍⑦其家，资皆巨万。

画工有杜陵⑧毛延寿，为人形，丑好老少必得其真。安陵陈敞，新丰刘白、龚宽，并工为牛马飞鸟众势，人形好丑，不逮⑨延寿。下杜阳望亦善画，尤善布色⑩。樊育亦善布色。同日弃市，京师画工，于是差稀⑪。

【注释】

①元帝：名刘奭（shì），西汉第八任皇帝，前49年—前33年在位。②案：同“按”，依照，依据。召幸：召见并侍寝。③王嫱（qiáng）：字昭君，南郡秭归（今湖北秭归县）人。古代四大美人之一，初为汉元帝宫人。④阏氏（yān zhī）：汉代对匈奴单于、诸王正妻的统称。⑤名籍已定：指人

1 《西京杂记》六卷本末有葛洪跋文一篇，自称家传刘歆所作《汉书》一百卷，“歆欲撰《汉书》编录汉事，未得缔构而亡”，洪又以此书参照班固所写《汉书》，发现“班固所作，殆是全取刘书”，遂将班氏所不用之二万余言辑出，是为《西京杂记》。“殆是全取刘书”一说荒诞不足信，学者多不取。而如此故弄玄虚之言，颇有自抬身价之嫌。此书《隋书·经籍志》虽未著录，然未必为伪书，如唐人颜师古注《汉书·匡衡传》、李善注《文选》、杜甫作诗用事，多有引用。其成书必在唐前，故新旧《唐书》均著录为葛洪撰。

选已定，姓名已入册通报。⑥重：重视，看重。外国：指汉朝以外的诸国，此专指匈奴。⑦穷：此作副词，彻底，全面。案：同“按”，追究，审查。弃市：《礼记·王制》“刑人于市，与众弃之”。本指受刑罚之人于街头示众，民众共鄙弃之，后以“弃市”专指死刑。籍：登记家财，予以没收。⑧杜陵：汉县名，在今陕西西安市东南。秦置杜县，汉宣帝筑陵于东原上，因名杜陵。⑨安陵：汉惠帝陵寝之地，在今陕西咸阳市东北，后因以为县名。新丰：县名，汉高祖七年置，治所在今陕西西安市临潼区西北。本秦骊邑，汉高祖定都关中，其父太上皇居长安宫中，思乡心切，郁郁不乐。高祖乃依故乡丰邑街舍格局改筑骊邑，并迁来丰民，改称新丰。不逮：不及、不如。⑩下杜：地名，在长安之南、杜陵之西。布色：指在绘画时着色，布置色彩。⑪差稀：略少，较少。差：略也，相对也。

【笺释】

一、吟咏王昭君的题材向来是诗词创作的热点，其中直陈其事的诗作，如西晋石崇和唐代上官仪、骆宾王、杜甫等诗人的作品，其恩怨是非盖不出《西京杂记》此章之畛域。

二、题解中所言的文学公案，由以下几项争论点构成：

1. 造成昭君出塞这一历史误会的元凶是否为毛延寿等画工？

2. 罪魁若不是画工，那又是谁？

3. 出塞对于王昭君的人生意义而言，是悲剧还是幸事？

关于这些争论，后代知名的诗人如唐代白居易、李商隐，宋代欧阳修、王安石等多有诗篇来抒发各自观点，此处暂不赘述。

三、元人马致远的杂剧《汉宫秋》，对昭君故事做了新的艺术定位和全面的改编与扩写，可谓这一文学题材的集大成者。

匡衡说诗

【题解】

匡衡（生卒年不详），东海郡承（今山东枣庄市峄城区）人，西汉著名学者、政治家。精通《诗经》，元帝时官至御史大夫、丞相，封乐安侯。成帝时因“专地盗土”罪，被免为庶人。《汉书》卷八十一有传。本篇记载了他“凿壁偷光”“追人说诗”两件轶事，可见他发奋勤学的刻苦和对学问的痴迷与执着，这种好学精神在民间影响很大。

匡衡字稚圭，勤学而无烛。邻舍有烛而不逮①，衡乃穿②壁引其光，以书映光而读之。邑人大姓③，文不识，家富多书，衡乃与其佣作而不求偿④。主人怪，问衡，衡曰：“愿得主人书遍读之。”主人感叹，资给以书，遂成大学⑤。

衡能说《诗》，时人为之语曰：“无说《诗》，匡鼎来。匡说《诗》，解人颐⑥。”鼎，衡小名也，时人畏服之如是。闻者皆解颐欢笑。衡邑人有言《诗》者，衡从之，与语质疑。邑人挫服，倒屣⑦而去。衡追之，曰：“先生留听，更理⑧前论！”邑人曰：“穷矣⑨！”遂去不反。

以上据中华书局排印本《西京杂记》卷二

【注释】

①不逮：不能触及，意即不能获得。②穿：穿凿之略。按：穿即凿义也。③大姓：大户，大家族。④佣作：受雇为人做工。偿：酬劳，报酬。⑤大学：高深的学问。⑥解人颐：使人发笑。解，动也。颐，口腔的下部，俗称下巴。⑦挫服：犹折服。倒屣（xǐ）：穿反了鞋子，以见匆忙之义。屣，鞋也，有时尤指拖鞋。⑧更（gèng）：再次。理：理辩。⑨穷矣：口语表达，意即“都明白啦”“都清楚啦”。

【笺释】

一、与“凿壁偷光”齐名的另一典故是“萤囊映雪”。“萤囊”指东晋车胤家贫，不常得油，夏夜练囊，盛萤火虫以读书，事见《晋书·车胤传》；“映雪”指东晋孙康家贫，冬夜常映雪光读书，典出唐人徐坚《初学记》。

二、匡衡“追人说诗”，其研学之心单纯而专注，行为却颇显滑稽，如一精神失常者，众人不解其故而径直发笑。然如《老子》四十一章所言：“上士闻道，勤而行之。中士闻道，若存若亡。下士闻道大笑之，不笑不足以为道。”

介子叹觚

【题解】

傅介子（？—前 65 年），表字不详，北地郡义渠（在今甘肃庆阳市）人，西汉著名将领、外交家。汉昭帝时西域龟兹、楼兰等国联合匈奴，杀害汉使。介子以骏马监求使大宛，杀匈奴使者，平两国。后又奉命携黄金锦绣出使楼兰，杀其王，使楼兰亲汉。以功封义阳侯。《汉书》卷七十有传。觚（gū），古代写字用的木简。

傅介子年十四，好学书。尝弃觚①而叹，曰："大丈夫当立功绝域，何能坐事散儒②？"后卒斩匈奴使者，还拜中郎③。复斩楼兰王首，封义阳④侯。

据中华书局排印本《西京杂记》卷三

【注释】

①弃觚：犹言弃笔。②绝域：指危险之地或国外之地，此尤指西域诸国。坐：用作副词，徒劳地、无意义地。事：事奉。散儒：平庸而闲散之儒，对文士的蔑称。③中郎：中郎将之略。按：中郎将，汉代武官名，参见本书第六章《史记·魏其武安侯列传》文中注释。④楼兰：古西域国名。按：其遗址在今新疆若羌县境，罗布泊西，处汉朝通西域的南道上。元凤四年（前 77 年），汉遣傅介子斩其王安归，另立尉屠耆为王，更名为鄯善。义阳：乡名，在汉代南阳郡平氏县（在今河南桐柏县西）。

【笺释】

一、西汉有"弃觚而叹"、建功封侯的勇士傅介子，东汉有"弃笔从戎"、经营西域三十年的民族英雄班超（因功封定远侯，世称"班定远"），可谓"英雄双璧"。

二、汉代开通西域、将其纳入祖国版图的功臣，西汉有张骞、霍去病、傅介子、陈汤等人，东汉有班超、甘英诸人。可见伟大的事业需要英雄前赴后继、代代传承。

《世说新语》

南朝志人笔记小说集，刘宋临川王刘义庆（生平见于本章前志怪小说《幽明录》简介之后）及其门客编撰。其书本名《新书》，五代时改称《新语》，又为与西汉陆贾所撰《新语》相区别，宋时定名《世说新语》。全书分类录事，以“德行”“言语”“政事”“文学”“方正”等名分为三十六篇，共计一千二百多则。内容多记载东汉末至晋宋年间一些名士实人的言行与逸事，尤以东晋为最详。此书开卷“德行”“言语”“政事”“文学”等四篇，正是孔门四科[1]，可见在思想上有崇儒的一面，但更多反映的是魏晋时期谈玄成风、老庄思想深刻影响士人思维方式和生活状况的时代特征。南梁刘峻（字孝标）引用古书四百多种以注此书，已成为本书不可分割的一部分。

管宁割席（德行）

【题解】

管宁（158年—241年）字幼安，北海朱虚（汉县名，今山东临朐县）人。少孤，与华歆、邴原相善。汉末避乱至辽东，山居三十多年，从者甚众。曹魏诸帝多次征辟，俱不就。华歆（157年—231年）字子鱼，平原高唐（汉县名，今山东高唐县）人。汉末举孝廉，拜豫章太守，后由吴入魏，官至太尉，封博平侯。本则故事是成语“割席绝交”的出处，以小事表现两位朋友的不同品质。每篇各则本无标题，此为编者所加。下同。

管宁、华歆共园中锄菜，见地有片金，管挥锄与瓦石不异，华捉而掷去之①。又尝同席读书，有乘轩冕②过门者，宁读如故，歆废书③出看。宁割席分坐，曰：“子非吾友也！”

据中华书局徐震堮著《世说新语校笺》德行篇第十一则

1　指孔子施行教育的四门科目，即德行、言语、政事、文学。《论语·先进》：“德行：颜渊、闵子骞、冉伯牛、仲弓；言语：宰我、子贡；政事：冉有、季路；文学：子游、子夏。”邢昺疏：“夫子门徒三千，达者七十有二，而此四科惟举十人者，但言其翘楚者耳。”

【注释】

①捉而掷去之：片金、瓦石必共把，存片金，而掷去瓦石也。②轩冕：车乘和冕服，一般为达官者所乘服。③废书：停止读书。

【笺释】

一、传统“君子小人”之论，基于道德进行评判，以“义”“利”二字区分人品之优劣。若以此为标准，那么管宁为理想主义者，舍利守义，近乎君子；华歆为现实主义者，汲汲于利禄，近乎小人。但是从本则“题解”处关于二人的生平简介可以看出，华歆未必那么不堪，最后位极人臣，富贵等身，自有其佳处；倒是管宁清苦终生，默默而终。且二人都名留史册，轩轾厚薄之分，或非易也。

二、宋亡后，民族英雄文天祥于元大都狱中作长篇古风一首《正气歌》，可谓声迈千古、荡气回肠，其中列举了十二位忠正先贤以自励。其中就有管宁（自然无华歆），诗曰：“或为辽东帽，清操厉冰雪。”这十个字，也许就是历史给予管宁的最客观、最公正的旌奖，从而使其名垂后世。

华歆王朗（德行）

【题解】

王朗（？—228年）字景兴，东海郯（今山东郯城县）人。汉末举茂才，为徐州刺史陶谦治中。后归曹操，拜谏议大夫，参司空军事。为魏文帝、明帝重臣，官至司徒，封兰陵侯。与其子肃皆为当时经学大家。本则故事一向被人据为论华歆、王朗优劣的口实，但其可信度颇受质疑。

华歆、王朗俱乘船避难，有一人欲依附，歆辄难①之。朗曰：“幸尚宽，何为不可？”后贼②追至，王欲舍所携人。歆曰：“本所以疑，正为此耳。既已纳其自托③，宁可以急相弃邪？”遂携拯如初。世以此定华、王之优劣。

据中华书局徐震堮著《世说新语校笺》德行篇第十三则

【注释】

①辄：副词，反而，却。刘向《列女传·梁节姑姊》：“因失火，兄子与

己子在火中，欲取兄子，辄得其子，独不见兄子。”难（nàn）：拒绝。《尚书·舜典》：“柔远能迩，惇德允元，而难任人，蛮夷率服。”孔传：“难，拒也。”②贼：此时值汉末乱世，当是指黄巾乱兵。③自托：自行托护。

【笺释】

一、评骘人物，自是魏晋风气，但人物优劣之论古已存焉，后亦有之。如孔门弟子子路、冉求、公西赤、曾点之优劣（见本书第四章《论语》“侍坐”章相关内容），又如战国时两大兵家孙膑、庞涓之优劣，后世文学争论千年的“李杜优劣论”；等等。个人价值取向、立场观点、掌握信息多寡等影响评判的因素各不相同，只通过只言片语、事件一瞥，绝不能充当现世史官而随意论人（即使人已作古，如实评价人物亦非易事）。再以孔夫子为例，其对诸弟子悠游以应，意颇勉慰，并未遽下定语，可见品评同时人优劣之谨慎。

二、观题解部分简介可知，王朗于汉魏时期亦可算声名显赫之才俊，未必如是书所记之不堪。然其名声向来不好，在后世通俗小说《三国演义》里甚至还有“武乡侯骂死王朗”的情节，这自然并非事实。究其原因，盖王朗等人助曹丕篡汉甚力，而王氏一族又为司马氏姻亲（朗之子肃为司马昭丈人、司马炎外祖父），后来司马氏又再度篡魏，与传统价值观不合，故而王朗成为谗佞甚至平庸之流的代言人。

孔融诣门（言语）

【题解】

孔融（153 年—208 年）字文举，汉末鲁国（今山东曲阜市）人，孔子二十世孙。文学上为建安七子之一，历除北海相、太中大夫等职，故世称“孔北海”。自负才高，终因激怒曹操被杀。“孔融让梨”的故事使他在后代的知名度大增，这里叙述的是他另一则明礼、慧捷的童年趣事。

孔文举年十岁，随父到洛[①]。时李元礼有盛名，为司隶校尉，诣门者皆俊才清称、及中表亲戚[②]乃通。文举至门，谓吏[③]曰：“我是李府君[④]亲。”既通[⑤]，前坐。元礼问曰：“君与仆有何亲？”对曰：“昔先君仲尼与君先人伯阳有师资之尊，是仆与君奕世为通好也⑥。”元礼及宾客莫不奇之。太中大夫陈韪⑦后至，人以其语语之。韪曰：“小时了了⑧，大未必佳！”文举曰：“想君小时，必当了了。”韪大踧踖⑨。

据中华书局徐震堮著《世说新语校笺》言语篇第三则

【注释】

①父：据刘峻注引《续汉书》孔融父名宙，曾任泰山都尉。洛：东汉京都洛阳。②李元礼：李膺（110年—169年），字符礼，汉末清流名士的代表人物，曾任青州刺史，渔阳、蜀郡太守，河南尹，司隶校尉等职，有“天下楷模李元礼”之誉。后与太尉陈蕃等谋诛宦官，事败免官，乃有二次党锢之祸，陷狱死。司隶校尉：汉代官名，负责三辅、三河、弘农七郡的治安、刑狱等。诣：拜访。清称：犹言“美誉”，意即为清流所称道，或以清廉称名。中表：对父系及母系旁支子女的通称，此泛指近亲，参见本书第九章蔡琰《悲愤诗》诗中“中外”的注释。③吏：门吏，看门的家臣。④府君：汉代对郡相、太守的尊称。⑤通：通报。⑥“对曰”以下两句：《史记·老子韩非列传》有孔子适周，闻礼于老子之事。伯阳，据唐人张守节《史记正义》，老子字伯阳，一名重耳，外字聃。奕（yì）世：累世，代代。⑦太中大夫：汉代官名，郎中令的高级属官，参见本书第六章《史记·魏其武安侯列传》文中注释。陈韪（wěi）：据《后汉书》《三国志·魏书》相关内容应为“陈炜”。⑧了了：聪慧，晓彻事理。⑨踧踖（cù jí）：尴尬踌躇貌。

【笺释】

一、孔融让梨之事记于晋人张隐《文士传·孔融》，及唐章怀太子李贤注《后汉书·孔融传》引《孔融家传》等文献。使其妇孺皆知的则是宋人王应麟所编蒙学读物《三字经》——“融四岁，能让梨。弟（tì，通‘悌’）于长，宜先知”。

二、《三字经》中还摭拾了宋代以前如下神童的事迹——“莹八岁，能咏诗。泌七岁，能赋棋”，这是说北魏的祖莹和唐代的李泌；“唐刘晏，方七岁。举神童，作正字[1]”，这是说唐代的名相刘晏。

1　正字，官名，在中央为雠校典籍、刊正文章之职。刘晏七岁时，唐玄宗泰山封禅，晏献所作颂文而获赏，遂授太子正字之职。

三、除上述的神童外，在中国历史上少慧早熟的奇才代不乏人，姑举几例如下：(1) 以船石称象的曹操幼子曹冲；(2) 七岁能赋《咏鹅诗》的骆宾王；(3) 七岁能属文，应神童试，朝中“气不慑，援笔立成”，后来官至宰辅的晏殊[1]；(4)“少好读书，一过目终身不忘，其属文动笔如飞”[2]的王安石；(5) 七岁时即能机智应变、砸缸救人的司马光；等等。

新亭之泣（言语）

【题解】

此则为《世说新语》书中彰显“忠正”思想的著名故事，而王导、周𫖮（yǐ）则是两晋乱世下忠臣义士的典型。西晋灭后，中原王室公卿飘零南渡，绍建东晋之朝，绵延不灭百余年，其来有自矣。

过江诸人，每至美日，辄相邀新亭，藉卉饮宴①。周侯中坐而叹曰：“风景不殊②，正自有山河之异！”皆相视流泪。唯王丞相愀然变色曰：“当共戮力王室，克复神州，何至作楚囚③相对？”

据中华书局徐震堮著《世说新语校笺》言语篇第三十一则

【注释】

①过江诸人：指西晋亡后衣冠南渡的众公卿士族。美日：犹言佳日，风和天朗之日。新亭：亭名，故址在今江苏南京市南。因王导、周𫖮等此会而知名。藉（jiè）：对着，此处有“欣赏”之义。②周侯：名𫖮，字伯仁，晋代大臣，弱冠袭爵武城侯，故称周侯。中坐：坐于席位之中。不殊：没什么不同。③王丞相：指王导。愀（qiǎo）然：容色改变貌。戮（lù）力：共同努力。戮，并也，合也。神州：指北方已沦陷的失地。楚囚：语本《左传·成公九年》，本指楚国乐师钟仪，此为阶下囚之义，后亦指身在异乡而怀念故土的爱国者。

【笺释】

一、读懂本则故事的关键是读懂这句——“风景不殊，正自有山河之

---

1 见《宋史》卷三百一十一晏殊本传。

2 见《宋史》卷三百二十七王安石本传。

异！”其深意是：风也暖，水也清，天也蓝，花儿也香，凡此种种南方北方并无多少差别，风景约莫还是那个风景——此为“风景不殊”；只是故乡的人儿，你在何方？自小熟悉的乡土情啊，却是如此迷离难觅——此为“山河之异”。

二、故事中正气凛然的两位主人公，最后的人生结局却大相径庭，王丞相欠下了周侯爷一笔终生的“良心债”，并由此诞生了一个著名的典故——“吾虽不杀伯仁，伯仁由我而死”。据《晋书》周顗本传，晋元帝时，大将军王敦反，元帝欲尽除诸王，顗力言王敦族弟王导忠诚，导遂被赦。及王敦攻入建康后，顗被杀，导未加劝阻。导后知顗曾救己，泣曰：“吾虽不杀伯仁，伯仁由我而死。”

周处（自新）

【题解】

周处（236 年—297 年）字子隐，义兴郡阳羡（今江苏宜兴市）人。吴亡入晋，历任广汉太守、御史中丞等职，纠劾不避宠戚，权贵恶其强直。后被征西大将军梁王司马肜（róng）逼迫，以五千人进击氐人七万反兵，力战败死。《晋书》卷五十八有传。本则记载了他早年横行乡里，后又发愤改过的美谈，亦被载入正史。

周处年少时，凶强侠气①，为乡里所患。又义兴水中有蛟，山中有邅迹虎，并皆暴犯百姓，义兴人谓为“三横”，而处尤剧②。或说处杀虎斩蛟，实冀③三横唯余其一。处即刺杀虎，又入水击蛟，蛟或浮或没，行数十里，处与之俱。经三日三夜，乡里皆谓已死，更相④庆。竟⑤杀蛟而出，闻里人相庆，始知为人情所患，有自改意。乃自吴寻二陆，平原不在，正见清河⑥，具以情告，并云欲自修改，而年已蹉跎，终无所成。清河曰：“古人贵朝闻夕死⑦，况君前途尚可。且人患志之不立，亦何忧令名不彰邪？”处遂改励⑧，终为忠臣孝子。

据中华书局徐震堮著《世说新语校笺》自新篇第一则

【注释】

①侠气：犹言“使气”，恣逞意气。一本正作“使气”。②邅（zhān）迹虎：跛足的老虎。邅迹，一本作“白额”。剧：甚也，指程度更深。③说（shuì）：劝说。冀：希望，期盼。④更（gēng）相：犹“交相”，相继。⑤竟：时间副词，最终。⑥自：疑为“至”字之讹，他本作“入”，同理。二陆：三国时东吴才俊陆机、陆云兄弟的合称。平原：指陆机，其入晋后曾任平原内史。清河：指陆云，其嗣后做过清河内史。⑦古人贵朝闻夕死：语本《论语·里仁》“子曰：‘朝闻道，夕死可矣。’”⑧改励：改过自励。

【笺释】

一、《左传·宣公二年》记载晋国大夫士会曰：“人谁无过？过而能改，善莫大焉。”这几句话流传至今，可谓至理名言（可参见本书第三章《左传·晋灵公不君》的相关内容）。此故事中的周处正是这段名言的生动写照。

二、结合题解介绍及本则故事，可知周处自是忠直之人，后来竟被权贵构陷致死，可见西晋王朝的腐败。八王之乱、永嘉之祸，并非无妄之灾。

刘伶病酒（任诞）

【题解】

刘伶字伯伦，沛国（在今安徽淮北市）人。魏末为建威参军，性嗜酒，作《酒德颂》，善诗文，为竹林七贤之一。《晋书》卷四十九有传。本则极具谐趣，是刘伶众多放纵不羁事迹的一个代表，反映出魏晋时期文士内心郁积故而曲折发泄的苦闷。

刘伶病酒，渴甚，从[①]妇求酒。妇捐[②]酒毁器，涕泣谏曰：“君饮太过，非摄生[③]之道，必宜断之！”伶曰：“甚善。我不能自禁，唯当祝[④]鬼神，自誓断之耳！便可具酒肉。”妇曰：“敬闻命。”供酒肉于神前，请伶祝誓。伶跪而祝曰：“天生刘伶，以酒为名。一饮一斛，五斗解酲[⑤]。妇人之言，慎不可听。”便引酒进肉，隗然[⑥]已醉矣。

据中华书局徐震堮著《世说新语校笺》任诞篇第三则

【注释】

①病酒：得病于酒，因酗酒而成病，类似于今天说的“犯酒瘾”。从：跟随。按：联系后文意为追着媳妇索要。②捐：泼掉，倒掉。③摄生：养生，经营生命。④祝：向神灵祷告。⑤斛（hú）：量词，南宋前一斛为十斗。解酲（chéng）：醒酒。酲，病酒。⑥隗（tuí）然：倾倒的样子。隗，通“隤”，倒塌，崩倒。

【笺释】

一、《晋书》本传及《世说新语》其他部分还载有关于刘伶醉酒的诸多趣事，如：

1. 刘伶荷锸[1]——“常乘鹿车，携一壶酒，使人荷锸而随之，谓曰：‘死便埋我。’”

2. 刘伶鸡肋[2]——“尝醉与俗人相忤，其人攘袂奋拳而往。伶徐曰：‘鸡肋不足以安尊拳。’其人笑而止。”

3. 刘伶裸居——“恒纵酒放达，或脱衣裸形在屋中，人见讥之。伶曰：‘我以天地为栋宇，屋室为裈[3]衣，诸君何为入我裈中？’”于是产生出“刘伶醉”“刘伶酒”这样的名词，从此刘伶俨然成为“酒”或“醉”的代言人。

二、刘伶貌似狂诞、实则悲凉的做派，正是有志个体以行为艺术的方式所蕴涵的时代悲哀，可参照本书第十章、第十三章有关竹林七贤、左思、鲁褒的作品综合阅读。

子猷访戴（任诞）

【题解】

王徽之，字子猷（yóu），羲之中子。任性放达，不理府事，官至黄门侍郎，后弃官东归。戴逵，字安道，东晋著名艺术家，精通音乐、书画及雕刻。其志不合当世，徙居会稽剡县（在今浙江嵊州市）。晋孝武帝时，累征不就。本则讲述的就是这样两位不仅志趣相投，而且“君子之交淡如水”的朋友。

---

1 锸，音 chā，铁锹，或铁铲。

2 鸡肋，此处比喻人瘦弱的身体，与“食之无肉，弃之可惜”的鸡肋含义不同。

3 裈，音 kūn，指裤子或裤裆。

王子猷居山阴[①]，夜大雪。眠觉，开室命酌酒，四望皎然。因起仿偟，咏左思《招隐诗》[②]，忽忆戴安道。时戴在剡，即便夜乘小船就之。经宿方至，造[③]门不前而返。人问其故，王曰："吾本乘兴而行，兴尽而返，何必见戴？"

据中华书局徐震堮著《世说新语校笺》任诞篇第四十七则

【注释】

①山阴：古县名，在今浙江绍兴市。②《招隐诗》：其诗曰"杖策招隐士，荒途横古今。岩穴无结构，丘中有鸣琴。白云停阴冈，丹葩曜阳林。"③宿（xiǔ）：一夜为宿。造：到也，至也。

【笺释】

一、朋友之交贵在志同，志同则道合，故为知己。王徽之"不理府事"，戴逵"不乐当世"，按照今天的话说，他们怀有相同的价值观，都不屑于当时社会所通行的理念和规则。据《晋书·隐逸传》，戴逵还有一则"不为王门伶人"的事迹更能说明这种情况："太宰武陵王晞闻其善鼓琴，使人召之，逵对使者破琴曰：'戴安道不为王门伶人！'晞怒，乃更引其兄述。述闻命欣然，拥琴而往。"

二、某些文学史著作惯常将阮籍、嵇康、刘伶及王徽之等这种貌似洒脱旷达的做派称为"魏晋风度"或"魏晋风流"。其实不然，若用心体味上述这些名士的相关文字，便会觉得他们的"风流"终是假象，每天过得"辛苦"却是真的。因为表面上"众人昭昭，我独昏昏"，他们熙熙攘攘，如春登台；实际的情形却是"众人昏昏，我独昭昭"，"我"是少数，无法改变大局，"我"不满、不屑、不乐而无济于事，于是拒绝与俗世合作，所以才以这样一种特立独行的方式来表达对世道的抗议，最终只剩下一颗不被理解的内心独自寂寞。

三、抛开上述文化心理学角度的分析不论，这则故事单就哲思而言，似乎还蕴藏着这样一个道理：有时，追求事物的结果，并不比享受过程更重要！

石崇王恺（汰侈）

【题解】

石崇（249 年—300 年）字季伦，渤海南皮（今河北南皮县）人，小名齐奴。西晋开国功臣石苞之子，元康初为荆州刺史，以劫掠商客而豪富，后于洛阳北郊建金谷园。八王之乱时，因其宠姬绿珠之事被政敌灭门。王恺字君夫，东海郯县（今山东郯县）人，西晋外戚，朗之孙，肃之子，司马昭妻弟。封山都县公，累官龙骧将军、后军将军。通过本则可窥见西晋时公卿贵族们骄奢荒靡的生活。

石崇与王恺争豪，并穷绮丽，以饰舆服[①]。武帝，恺之甥也，每助恺。尝以一珊瑚树，高二尺许赐恺。枝柯扶疏，世罕其比，恺以示崇。崇视讫，以铁如意[②]击之，应手而碎。恺既惋惜，又以为疾己之宝，声色甚厉。崇曰："不足恨，今[③]还卿。"乃命左右悉取珊瑚树，有三尺、四尺，条干绝世、光彩溢目者六七枚，如恺许比[④]甚众。恺惘然自失。

据中华书局徐震堮著《世说新语校笺》汰侈篇第八则

【注释】

①绮丽：华美艳丽貌，以喻极其富贵。舆服：指车舆冠服及各种仪仗。②讫（qì）：完毕，完结。如意：器物名，梵语"阿那律"的意译，即古之爪杖。有骨、角、竹、木、玉、石、铜、铁制等多种，人脊背有痒，手所不到，用以搔抓，可如人意，因而得名。③恨：遗憾，惋惜。今：现在，马上。④如恺许比："如恺许之比"的省略。许，代词，此，这般。如杜甫《野人送朱樱》诗："数回细泻愁仍破，万颗匀圆讶许同。"比，名词，同类。如《汉书·叙传上》："班侍中本大将军所举，宜宠异之，益求其比，以辅圣德。"颜师古注："比，类也。"

【笺释】

一、《世说新语·汰侈》里关于石崇、王恺斗富的"系列剧"共有三部，姑且名之为："澳釜步障[1]之比""粥韭赛牛之斗""珊瑚树之争"，于兹补全其余两则：

1. 澳釜步障之比：王君夫以粭糒[2]澳釜，石季伦用蜡烛作炊。君夫作紫丝布步障、碧绫里四十里，石崇作锦步障五十里以敌之。石以椒为泥，王以赤石脂泥壁。

2. 粥韭赛牛之斗：石崇为客作豆粥，咄嗟[3]便办；恒冬天得韭蓱齑[4]；又牛形状气力不胜王恺牛，而与恺出游，极晚发，争入洛城。崇牛数十步后迅若飞禽，恺牛绝走不能及。每以此三事为扼腕，乃密货崇帐下都督及御车人，问所以。都督曰："豆至难煮，唯豫作熟末[5]，客至，作白粥以投之。韭蓱齑是捣韭根，杂以麦苗尔。"复问驭人牛所以驶。驭人云："牛本不迟，由将车人不及制之尔。急时听偏辕，则驶矣。"恺悉从之，遂争长。石崇后闻，皆杀告者。

二、王恺身为国亲，肆意与大臣斗富，而晋武帝对此充耳不闻，深为时议、史家所讥，西晋之亡盖自在萧墙之内矣。恺死后，其谥号为"丑"，可见公道自在人心。

1 澳釜：清洗锅釜。步障：用以遮蔽风尘或视线的一种道旁帷幕。

2 粭（yí）糒（bèi）：糖汁米饭。粭，同"饴"，糖浆。

3 咄嗟：犹呼吸之间，以喻迅速。

4 韭蓱：韭叶。齑（jī）：细切后用盐、酱等腌制过的蔬、果等。

5 豫：副词，事先。熟末：炒熟的豆末。

附录　研读书目

一、商周古辞

《读书指南》，梁启超著，中华书局 2009 年版

《经典常谈》，朱自清著，中华书局 2009 年版

《周易正义》，王弼、韩康伯注，孔颖达疏，北京大学出版社《十三经注疏》2001 年标点版

《尚书正义》，孔安国传，孔颖达疏，北京大学出版社《十三经注疏》2001 年标点版

二、风雅三百

《毛诗传笺》，毛亨传，郑玄笺，陆德明音义，中华书局 2018 年版

《毛诗正义》，毛亨传，郑玄笺，孔颖达疏，北京大学出版社 2001 年《十三经注疏》标点版

《诗集传》，朱熹注，中华书局 2011 年版

《毛诗传笺通释》，马瑞辰著，中华书局 1989 年版

《诗经原始》，方玉润著，中华书局 2005 年版

《诗言志辨》，朱自清著，凤凰出版社 2008 年版

三、左氏春秋

《春秋左传正义》，杜预注，孔颖达疏，北京大学出版社 2001 年《十三经注疏》标点版

《春秋左传注》，杨伯峻注，中华书局 2009 年版

《春秋史》，童书业著，上海古籍出版社 2010 年版

四、诸子百家

1. 儒家

《四书章句集注·论语集注》，朱熹集注，中华书局2012年版

《论语译注》，杨伯峻译注，中华书局2004年版

《四书章句集注·孟子集注》，朱熹集注，中华书局2012年版

《孟子译注》，杨伯峻译注，中华书局2008年版

《荀子集解》，王先谦集解，中华书局1988年版

2. 道家

《老子道德经注校释》，王弼注，楼宇烈校释，中华书局《新编诸子集成》本2008年版

《老子注释及评介》，陈鼓应著，中华书局1983年版

《庄子集释》，郭庆藩集释，中华书局《新编诸子集成》本2004年版

《庄子集解》，王先谦集解，中华书局《新编诸子集成》本2012年版

《庄子今注今译》，陈鼓应著，中华书局1983年版

3. 纵横家

《战国策笺证》，范祥雍笺证，上海古籍出版社2006年版

《战国策注释》，何建章注释，中华书局1990年版

《战国策笺注》，张清常、王延栋笺注，南开大学出版社1993年版

五、屈宋楚辞

《楚辞补注》，王逸章句，洪兴祖补注，中华书局1983年版

《楚辞集注》，朱熹集注，上海古籍出版社2001年版

《楚辞通释》，王夫之撰，中华书局1975年版

《屈原赋校注》，姜亮夫注，人民文学出版社1957年版

六、秦汉鸿文

《史记》，司马迁撰，裴骃、司马贞、张守节注，中华书局1982年版

《史记志疑》，梁玉绳著，中华书局1984年版

《汉书》，班固撰，颜师古注，中华书局1975年版

《汉书补注》，王先谦注，上海古籍出版社2012年版

七、煌煌汉赋

《全汉赋校注》，费振刚等注，广东教育出版社 2005 年版

《全汉赋评注》，龚克昌等注，花山文艺出版社 2003 年版

《赋史》，马积高著，上海古籍出版社 1987 年版

八、两汉诗歌

1. 乐府诗

《乐府诗集》，郭茂倩编，中华书局 1979 年版

《乐府诗选》，余冠英选注，人民文学出版社 1954 年版

《黄节注汉魏六朝诗六种》(《汉魏乐府风笺》部分)，黄节注，人民文学出版社 2008 年版

2. 文人诗

《中国之美文及其历史》，梁启超著，贵州人民出版社 2014 年版

《古诗十九首释》，朱自清著，凤凰出版社 2015 年版

《古诗十九首初探》，马茂元著，陕西人民出版社 1981 年版

九、建安风骨

《三曹诗选》，曹操等著，余冠英选注，人民文学出版社 1979 年版

《黄节注汉魏六朝诗六种》(魏武帝、魏文帝、曹子建诗部分)，黄节注，人民文学出版社 2008 年版

《曹植集校注》，赵幼文校注，人民文学出版社 1984 年版

《三曹资料汇编》，河北师范学院中文系古典文学教研组编，中华书局 1980 年版

《建安七子集》，王粲等著，俞绍初辑校，中华书局 2005 年版

《古诗赏析》，张玉穀著，上海古籍出版社 2000 年版

十、晋宋诗坛

《黄节注汉魏六朝诗六种》(阮籍《咏怀诗》、谢灵运部分)，黄节注，人民文学出版社 2008 年版

《陶渊明集笺注》，袁行霈笺注，中华书局 2003 年版

《陶渊明集》，陶潜著，逯钦立校注，中华书局 1979 年版

《陶渊明资料汇编》，北京师范大学中文系、北京大学中文系文学史教研

室编，中华书局 1962 年版
《鲍参军集注》，鲍照著，钱仲联集注，上海古籍出版社 1980 年版

十一、永明新体

《玉台新咏笺注》，徐陵编，吴兆宜注，陈琰删补，中华书局 1985 年版
《谢宣城集校注》，曹融南校注，上海古籍出版社 2001 年版
《庾子山集注》，庾信著，倪璠注，许逸民校点，中华书局 2000 年版

十二、南北朝乐府

《乐府诗集》，郭茂倩编，中华书局 1979 年版
《乐府诗选》，余冠英选注，人民文学出版社 1954 年版

十三、魏晋南北朝文

《汉魏六朝散文选》，陈中凡选注，中华书局 1962 年版
《骈体文钞》，李兆洛编，上海古籍出版社 2001 年版
《骈文史论》，姜书阁著，人民文学出版社 1986 年版
《汉魏六朝赋选》，瞿蜕园选注，上海古籍出版社 1979 年版

十四、魏晋南北朝小说

《汉魏六朝小说选》，徐震堮选注，上海古典文学出版社 1955 年版
《博物志校证》，范宁校证，中华书局 2014 年版
《搜神记》，干宝撰，汪绍楹校注，中华书局 1979 年版
《古小说钩沉》，鲁迅校录，齐鲁书社 1997 年版
《西京杂记》，葛洪撰，中华书局 1985 年版
《世说新语校笺》，徐震堮校笺，中华书局 1984 年版
《中国小说史略》，鲁迅著，人民文学出版社 2006 年版